KB059676

그리스인 조르바

Vios kai politia tou Alexi Zormpa

Nikos Kazantzakis

그리스인 조르바

니코스 카잔차키스
이재형 옮김

문예출판사

일러두기

- 옮긴이가 추가한 설명은 〔 〕로 표시했습니다.

1

나는 크레타 섬으로 가는 배를 타려고 피레아스로 내려갔다가 그를 알게 되었다. 동틀 무렵이었다. 비가 내리고 있었다. 강한 지중해 동남풍이 불면서 물보라가 카페에까지 들이닥쳤다. 유리를 끼운 문은 닫혀 있었고, 카페 안은 악취 나는 땀 냄새와 차茶 냄새로 가득했다. 밖이 추운 탓에 손님들이 내쉰 숨이 김으로 변해 유리창에 부유스름하게 서려 있었다. 카페에서 밤을 샌 뱃사람 대여섯 명이 염소 가죽으로 만든 갈색 카디건 차림으로 커피와 샐비어 차를 마시며 희끄무레한 창을 통해 바다를 바라보았다.

높은 파도가 몰아치자 깜짝 놀란 물고기들이 고요하고 깊은 바닷속으로 피신해서 저 위의 바다가 잔잔해지기를 기다렸다. 카페에 옹기종기 모여 앉은 어부들 역시 신의 분노가 얼른 가라앉기를, 그리하여 물고기들이 안심하고 다시 수면으로 올라와 미끼를 물기를 기다렸다. 서대와 쏨뱅이, 가오리가 한밤중의 원정을 마치고 잠을 자러 돌아왔다. 날이 밝아오기 시작했다.

유리문이 열리더니 작지만 다부진 몸집에 얼굴에 시련의 흔적이 역력한 하역 인부 한 사람이 몸이 온통 진흙으로 뒤덮인 채 맨머리, 맨발로 들어왔다.

두건이 달린 하늘색 외투로 온몸을 감싼 나이 든 선원 한 사람이 그를 보고 소리쳤다. “어이, 코스탄디! 요즘 어떻게 지내나?”

코스탄디가 격앙된 표정으로 침을 바닥에 콱 내뱉으며 대답했다. "어떻게 지낼 것 같나? 낮에는 카페 나와서 죽치고 앉았다가 밤 되면 집에 들어가서 퍼 자고, 다음 날 되면 다시 카페 나와서 죽치고 앉았다가 밤 되면 다시 집에 들어가지. 내가 요즘 이렇게 산다네. 일거리가 있어야 말이지!"

몇 사람은 웃었고, 또 몇 사람은 고개를 끄덕이며 투덜거렸다.

그때 카라교즈Karagöz(그리스 그림자 연극을 말하며, 꾀바르고 냉소적인 그리스인의 원형을 찾아볼 수 있다)를 보며 나름대로 인생철학깨나 해본 듯한 텁석부리 남자가 말했다. "사람 사는 게 다 고해라네. 영원히 헤어날 수 없는 고해지, 암."

부드러운 청록색 빛줄기 하나가 지저분한 창문 위로 퍼져나가더니 카페 안으로 뚫고 들어왔다. 빛줄기는 사람들의 손과 코, 이마에 잠시 달라붙었다가 벽난로 위로 뛰어올라 술병을 붉게 물들여놓았다. 전등 불빛이 희미해지자 밤을 새느라 피곤했던 탓에 꾸벅꾸벅 졸던 카페 주인이 손을 내밀어 스위치를 꺼버렸다.

잠시 침묵이 흘렀다. 모든 사람이 눈을 들어 창밖의 희끄무레한 하늘을 바라보았다. 밖에서는 파도가 부서지며 노호하는 소리가, 그리고 카페 안에서는 수연통(연기가 물을 거쳐 나오는 중국식 담뱃대 통)을 꾸르륵꾸르륵 빨아대는 소리가 들려왔다.

아까 그 늙은 선원이 한숨을 내쉬며 소리쳤다. "레모니 선장은 도대체 어떻게 된 거지?"

나는 구석자리에 앉아 추워서 덜덜 떨었다. 다시 샐비어 차를 시켰다. 그러다가 꾸벅꾸벅 졸았다. 잠과 피로, 그리고 그날 아침의 음울한 날씨와 싸워야만 했다. 김으로 덮인 희뿌연 창문을 통해 도선사와 짐꾼들이 내지르는 고함 소리와 뱃고동 소리 속에서 깨어나는 항구를 바라보았다. 그동안 바다와 비, 그리고 떠남으로 짜인 그물이 그 촘촘한 그물코로 내 마음을 옭아맸다.

선체가 아직도 어둠에 잠긴 배의 검은색 뱃머리를 뚫어져라 쳐다보았다. 비가 내렸다. 빗줄기가 하늘과 진흙탕을 뒤섞어놓은 것처럼 보였다.

검은 배와 그림자, 비를 바라보노라니 내 마음의 고통이 조금씩 모습을 바꾸어 추억들이 다시 표면에 떠오르고, 이슬비와 회한으로 이루어진 내 사랑하는 친구의 모습이 축축한 공기 속에서 형태를 갖추었다. 그게 언제였지? 작년이었나? 전생이었나? 어제였나? 나는 바로 이 항구로 내려와 그에게 작별 인사를 했다. 생각난다. 비가 내렸고, 날씨가 추웠고, 동이 터 올랐다. 그리고 내 마음은 슬픔으로 가득 채워지고, 안개로 얼어붙었다.

그렇게 사랑하는 존재들과 서서히 헤어진다는 건, 정말이지 얼마나 쓰라린 일인가! 차라리 단숨에 작별하고 혼자 지내는 게 낫다. 고독이야말로 인간 본연의 상태 아니던가. 그러나 그 비 내리는 새벽에 나는 내 친구를 떼어놓을 수가 없었다(유감스럽게도 나는 그 이유를 나중에야 깨달았다). 그와 함께 배에 올라탄 나는 가방이 여기저기 놓인 그의 선실에 앉았다. 그의 모습 하나하나(강렬하게 빛나는 그의 청록색 눈, 둥글고 앳된 얼굴, 자존심이 강해 보이는 기품 있는 얼굴, 그리고 특히 길고 귀족적인 손가락)를 기억해두려는 듯, 나는 그가 다른 일에 관심을 쏟는 동안 그를 오랫동안 유심히 바라보았다. 어느 순간, 그는 내가 남몰래 자신을 훔쳐본다는 걸 알아채고는 자신의 감정을 감추고 싶을 때 늘 그랬듯 그 비웃는 것 같은 표정을 띠고 몸을 돌렸다. 다시 내 얼굴을 뚫어져라 쳐다보던 그는 모든 걸 알아차렸다. 그는 이별의 슬픔을 떨쳐버리려고 빈정거리는 듯

한 미소를 지으며 내게 물었다. "언제까지 그럴 거야?"

"언제까지 그럴 거냐니, 그게 무슨 말이야?"

"도대체 언제까지 손에 잉크나 묻히고 종이나 씹어 먹고 있을 거냔 말이야? 그러지 말고 나랑 같이 가세. 저 멀리 카프카스에 가면 수많은 우리 동포들이 위험에 처해 있다네. 우리 같이 가서 그 사람들을 구해주자고."

그는 마치 자신의 고귀한 제안을 비웃기라도 하려는 듯 웃음을 터트렸다. "물론 그들을 구할 수 있을지 없을지 그건 확실치 않아. 하지만 최소한 그들을 구하려고 애쓰다 보면 우리 자신은 구할 수 있는 거지. 자네, 이렇게 설교하지 않았나? '자기 자신을 구할 수 있는 유일한 방법, 그것은 남을 구하려고 애쓰는 것이다'라고 말일세……. 자, 그러니, 선생 나리…… 나랑 같이 가자고!"

나는 대답하지 않았다. 신들의 어머니인 저 신성한 동방의 땅에서, 바위에 못 박혀 있는 프로메테우스의 울부짖음이 울려 퍼지던 그 높은 산에서 이제는 우리 그리스인 동포들이 바로 그 바위에 묶인 채 도움을 청하는 것이다. 위험에 빠져 다시 한 번 후손들 중 한 명에게 도움을 청하는 것이다. 하지만 나는 마치 고통이란 기껏해야 한 번의 꿈에 불과하고 삶은 비극에 불과하다는 듯이, 이층 관람석에서 무대로 나가 다른 배우들과 함께 연기를 한다는 건 어리석고 몰상식한 행동에 불과하다는 듯이 손가락 하나 까딱하지 않은 채 그들의 호소를 그냥 듣고만 있을 뿐이었다.

친구는 내 대답을 기다리지 않고 일어났다. 배가 세 번째로 고동을 울렸다. 그가 내게 손을 내밀었다.

그는 마음의 동요를 감추려고 빈정대듯 말했다. "잘 가게, 책벌레여!"

그는 자기감정을 다스릴 수 없다는 게 창피한 일이라는 사실을 잘 알았다. 그가 보기에, 눈물과 다정한 말, 충동적 행동, 지나칠 정도로 허물없는 언행은 남자가 할 짓이 아니었다. 우리는 서로를 너무나 좋아했지만 단 한 번도 살가운 얘기를 나눠본 적이 없다. 우리는 장난을 치듯 짐승처럼 서로를 할퀴었다. 그는 기품 있고 냉소적인 문명인이고, 나는 야만인이었다. 그는 매우 신중했고, 주체할 수 없는 모든 감정을 한 번의 미소로 갈음할 수 있는 능력을 갖고 있었다. 나로 말하자면, 상황에 맞지 않게 느닷없이 경박하게 웃음을 터트리곤 했다.

나 역시 냉담한 말로 동요하는 내 마음을 감춰볼까 하는 생각이 들었지만, 그러는 게 창피했다. 아니, 창피하지는 않았다. 그렇게 할 수 없었을 뿐이다. 나는 그의 손을 잡았다. 그의 손을 잡고 놓아주지 않았다. 그가 당혹스런 표정으로 나를 보았다.

"왜? 감동했나?" 그가 미소를 지으려 애쓰며 물었다.

나는 조용히 대답했다. "응."

"왜? 우리가 아주 오래전에 합의를 보지 않았나? 자네가 좋아하는 그 일본 말로 뭐라고 하지? 아, '후도신不動心!' 냉정, 마음의 평정, 미소만 지을 뿐 표정 하나 안 변하는 가면으로 바뀐 얼굴. 가면 뒤에서 일어나는 일, 그게 우리 일이지."

"그래, 맞아." 나는 길게 말하는 걸 피하려고 애쓰며 이렇게 대답했다. 내 목소리가 떨려 나오지 않게 할 자신이 없었다.

배에서 종이 울려 선실 안에 있던 방문객들을 몰아냈다. 이슬비가 내렸다. 비장한 작별 인사와 맹세, 긴 입맞춤, 숨을 헐떡거리며 다급하게 들려주는 충고가 대기를 가득 메웠다. 어머니는 아들의 품에, 아내는 남편의 품에 왈칵 안겼고, 친구는 친구를 껴안았다.

다시는 못 볼 것처럼. 이 작은 이별이 더 큰 이별을 상기시키기라도 하는 것처럼. 그때 별안간 종소리가 마치 조종처럼 뱃머리에서 선미까지 축축한 대기 속에서 부드럽게 울려 퍼졌다.

친구가 내게로 몸을 기울이며 속삭이듯 물었다. "자, 무슨 불길한 예감이라도 드나?"

나는 다시 한 번 대답했다. "그래."

"그런 허튼소리를 믿어?"

나는 자신 있게 대답했다. "아니."

"그럼, 왜?"

'그럼, 왜?' 같은 건 없었다. 나는 그런 건 믿지 않았다. 하지만 두려웠다.

내 친구는 우리가 정말 친한 사이였을 때 그랬던 것처럼 왼손을 내 무릎에 살그머니 올려놓았다. 내가 결정을 내리라고 독촉할 때마다 그는 처음에는 거절하다가 결국은 '좋아, 자네가 하라는 대로 할게…… 우린 친구니까……'라고 말하는 듯 내 무릎을 만지면서 결정을 내리곤 했다.

그는 눈을 두세 번 껌벅거렸다. 그리고 다시 나를 뚫어져라 쳐다보았다. 그는 내가 슬퍼한다는 걸 알아차리고 웃음이라든가 조롱이라든가 하는 우리가 좋아하는 무기를 쓸까 말까 망설였다.

그가 말했다. "좋아, 자네 손을 주어보게…… 만일 우리 두 사람 중 하나가 위험에 처하기라도 하면……."

그는 창피한 듯 말을 멈추었다. 그토록 오랫동안 형이상학적 현상을 조롱하고, 채식주의자와 강신술사, 접신론자, 심령체를 한통속으로 매도하던 우리가 그러고 있었으니…….

"그래서?" 나는 그가 무슨 말을 하려는 건지 짐작해보려고 애쓰면서 이렇게 물었다.

"이걸 하나의 게임으로 생각하자고……." 그는 자기가 이미 시작한 이 위험한 말을 얼른 끝내버리려고 서둘렀다. "……만일에 우리 두 사람 중 한 명이 위험에 처하면, 상대를 아주 간절히 생각해서 위험을 알리는 거야. 상대가 어디 있건 말야……. 알았어?"

그는 살짝 미소 지었지만, 그의 입술은 얼어붙기라도 한 듯 움직이지 않았다.

내가 대답했다. "응, 알았어."

마음의 동요가 겉으로 드러날까 봐 두려웠던 그는 서둘러 이렇게 덧붙였다. "물론 난 텔레파시 같은 건 믿지 않아……."

나는 낮은 목소리로 말했다. "상관없어. 그럼 그렇게 하자고……."

"알았어! 그럼 그렇게 할게!"

그게 우리가 마지막으로 나눈 대화였다. 우리는 아무 말 없이 악수를 나누었다. 우리의 손가락이 굳게 얽혔다가 갑자기 풀어졌다. 나는 누가 쫓아오기라도 하는 것처럼 뒤도 안 돌아보고 서둘러 그곳을 떠났다. 친구의 모습을 마지막으로 한 번 보고 싶어 돌아설 뻔했지만, 꾹 참았다. '돌아보지 마! 이제 그만 됐어!' 나는 단호하게 자신을 타일렀다.

인간의 영혼은 아직 빚어지지 않고 그냥 원래 상태로 남아 있는 진흙으로 이루어졌다. 그것은 지각 능력이 아직 희미하고 조잡해서 전혀 아무것도 확실하거나 명료하게 예견할 수 없다. 만약에 내가 뭔가 짐작할 수 있었다면, 우리의 이별은 전혀 다른 식으로 이루어졌을 텐데!

날이 점점 더 밝아졌고, 두 아침이 서로 뒤섞였다. 비 내리는 항구에서 쓸쓸하게 굳은 내 친구의 얼굴이 더 또렷하게 보였다. 카페 유리문이 열리더니 으르렁대는 듯한 바다의 파도 소리와 함께 콧수염을 늘어뜨린 건장한 뱃사람 하나가 다리를 벌리고 뛰어들어 왔다. 사람들이 즐거운 탄성으로 그를 맞았다. "어서 오게나, 레모니 선장!"

나는 한쪽 구석에 웅크리고 앉아 다시 정신을 집중하려고 애썼다. 하지만 내 친구의 얼굴은 이미 빗속으로 사라지고 난 뒤였다.

레모니 선장이 묵주를 꺼내더니 얼굴을 찌푸리며 아무 말 없이 차분하게 알을 굴리기만 했다. 나는 보지도, 듣지도 않은 채 사라져가는 친구의 모습을 단 한순간이라도 눈에 담아두려고 애썼다. 그가 나를 '책벌레'라고 불렀을 때 나를 사로잡았던 그 분노의 감정을, 혹은 부끄러움의 감정을 다시 한 번 느끼고 싶어서였다. 그의 말이 옳았다! 삶을 너무나 깊이 사랑한다고 자부하는 내가 도대체 어떻게 그토록 오랫동안 잉크와 종이 속에서 허우적댈 수 있었단 말인가? 우리가 헤어지던 그날, 내 친구는 내가 그 사실을 분명히 이해하도록 도와준 것이었다. 나로서는 고마워해야 마땅한 일이었다. 내가 왜 불행한지 그 이유를 알았으니 이제는 더 쉽게 끝장을 볼 수 있으리라. 이제 나의 불행은 더는 막연해 보이지도 않고, 추상적인 것으로 보이지도 않는다. 이제는 그것이 구체적으로 형체를 갖추었으니 그것과 맞서 싸우기가 더 쉬워질 것이다.

내 친구의 그 가차 없는 한마디가 내 마음속에 울림을 주었는지 나는 그때부터 종이 나부랭이는 내팽개치고 행동에 나설 구실을 찾으려 애쓰게 되었다. 나는 그 흉측한 설치류가 나를 상징하는 표식이라는 게 정말 싫었다. 그런데 한 달 전에 내가 그토록 바라던 기회가 찾아온 것이다. 리비아 해가 보이는 크레타 해안에 버려진 갈탄광을 빌려서 노동자나 농부처럼 책벌레들과는 거리가 먼 소박한 사람들과 함께 그 큰 섬에서 살러 떠나기로 한 것이다.

나는 그 여행이 어떤 감추어진 의미를 갖기라도 한 듯 출발 준비를 하면서 마음이 무척이나 설렜다. 사실 나는 인생의 궤도를 바꾸기로 결심했던 것이다. 나는 속으로 이렇게 말했다. '내 영혼이여, 지금까지 넌 그늘 속에 살면서 그걸 즐겼지. 이제는 내가 너를 실체 앞으로 데려가겠다.'

준비를 마쳤다. 출발하기 전날, 종이를 뒤적거리던 내 눈에 절반쯤 끝낸 원고 하나가 띄었다. 그걸 집어 든 나는 망설이며 한 장 한 장 넘겼다. 2년 전부터 내 가슴속 깊은 곳에서는 하나의 깊은 열정이, 하나의 씨앗이 싹터왔는데, 그건 바로 붓다였다. 나는 그 씨앗이 내 안에서 끊임없이 먹고, 소화시키고, 익어가는 것을 느꼈다. 자라면서 발길질을 하던 그것은 밖으로 나오려고 나의 가슴을 두드리기 시작했다. 나는 그것을 거부하고 싶지도 않았고, 그럴 수도 없었다. 정신적 낙태를 하기에는 이미 때가 너무 늦어버린 것이다.

엉거주춤한 자세로 원고를 손에 들고 있는데 내 친구가 느닷없이 부드러우면서도 냉소적인 미소를 지으며 눈앞에 나타났다. 나는 부아가 치밀어 올라서 소리쳤다. "가져갈 거야! 가져갈 거라고! 난 이 원고가 두렵지 않아!" 나는 갓난애를 포대기로 감싸듯 조심스럽게 원고를 싸서 짐에 집어넣었다.

레모니 선장의 크고 탁한 목소리가 들려왔다. 귀를 기울였다. 그는 폭풍이 몰아칠 때 자기 배의 돛을 핥기 시작했다는 악마들 얘기를 했다. "다들 흐물흐물하고 끈적끈적해. 손으로 잡으면 손에 불이 붙어서 활활 타오르지. 그 손으로 수염을 문질렀더니 밤새도록 꼭 악마 수염처럼 반짝거리더라니까. 어쨌든, 내가 방금 얘기했던 것처럼, 바닷물이 배 안으로 밀려들어 와 석탄 실어놓은 걸 덮치는 바람에 석탄이 갑자기 무거워져버렸지. 그러자 배가 기울기 시작했지만, 하느님이 잘 처리해주셨다네. 그분이 보내주신 번개에 갑판 승강구가 부서져나가면서 바다가 온통 석탄에 뒤덮이게 된 거야. 배는 가벼워지면서 다시 일어섰고, 나는 다시 한 번 난관에서 빠져나오게 되었지."

나는 여행의 동반자 노릇을 하게 될 단테의 문고판을 꺼내 들었다. 그리고 파이프에 불을 붙인 다음 벽에 몸을 기대고 편안히 자리 잡았다. 잠시 망설였다. 이 불후의 시행詩行을 어디서부터 읽기 시작할 것인가? 〈지옥편〉의 불타오르는 역청에서부터 읽을까? 〈연옥편〉의 활활 타는 화염에서부터 읽을까? 아니면 인간의 희망이 최고조에 달하는 단계로 곧장 뛰어오를까? 내게는 선택권이 있었다. 나는 아주 작은 단테의 작품을 손에 들고 자유를 만끽했다. 이른 아침에 선택하게 될 시행들이 나의 하루가 어떻게 흘러갈지를 결정하게 될 것이다.

결정을 내리려고 통찰력이 번득이는 이 책으로 고개를 숙였지만, 미처 그럴 틈이 없었다. 갑작스레 불안에 사로잡힌 나는 고개를 들었다. 왠지는 모르지만, 내 정수리에 구멍이 두 개 뚫린 듯한 느낌이 들었다. 나는 홱 돌아서서 내 뒤에 있는 유리문 쪽을 바라보았다. '친구를 다시 만날 수도 있어' 하는 희망이 나의 뇌리를 순간적으로 스쳐 지나갔다. 나는 기적을 경험할 준비를 갖추었다. 하지만 실망이었다. 키가 크고 마른 예순다섯 살가량 된 노인이 유리창에 얼굴을 갖다 붙인 채 눈을 커다랗게 뜨고 나를 보고 있었다. 그는 납작해진 보따리 하나를 겨드랑이에 끼고 있었다.

내게 가장 강렬한 인상을 준 것은, 슬퍼 보이기도 하고, 냉소적이기도 하고, 불안하게 느껴지기도 하고, 타오르는 불길처럼 뜨거워 보이기도 하는 그의 눈이었다.

우리의 시선이 마주치자마자 그는 자기가 찾던 사람을 찾았다고 확신하는 듯했다. 그는 단호한 표정으로 손을 문 쪽으로 뻗어 그걸 열었다. 그리고 활기차고 경쾌한 걸음으로 탁자 사이를 지나와 내 앞에 우뚝 섰다.

그가 물었다. "여행하시오? 어디 가시려는 거요?"

"크레타에 갑니다……. 그런데 그건 왜 물으시는 거죠?"

"날 좀 데려가시겠소?"

나는 주의 깊게 그를 뜯어보았다. 움푹 들어간 두 뺨, 억센 턱, 튀어나온 광대뼈, 회색 곱슬머리, 반짝반짝 빛나는 두 눈.

"왜 데려가라는 거죠? 뭘 하려고요?"

그러자 그가 으쓱거리며 경멸하듯 소리쳤다. "또 그놈의 '왜' 타령! '왜'가 없으면 아무것도 못 하는 겁니까? 그냥 하고 싶어서 한다고 하면 안 되는 겁니까? 날 요리사로 채용하시오. 수프란 수프는 다 만들 수 있으니까……."

웃음이 터져 나왔다. 나는 그의 거친 태도와 단호한 말투에 매료되었다. 큰 키에 성큼성큼 걸음을 내딛는 이 노인을 그 멀고 쓸쓸한 해안으로 데려가는 것도 나쁘지는 않겠다는 생각이 들었다. 수프도 먹을 수 있고, 깜짝 파티도 할 수 있고, 재미있는 얘기도 들을 수 있으니……. 그는 꼭 온 세상을 돌아다니며 모험을 벌이는 뱃사람 신드바드 같았다. 나는 그가 마음에 들었다.

그는 그 큰 머리를 가볍게 흔들며 말했다. "무슨 생각을 하는 거요? 혹시 머리를 이리저리 굴려가며 날 데려갈지 말지 저울질하는 거요? 자, 결정해버려요, 젠장! 그 저울 따위는 멀리 던져버리고!"

그의 뼈만 앙상한 거구가 내 눈앞에 우뚝 서 있었고, 나는 그에게 말을 하려고 매번 고개를 드는 게 귀찮아졌다. 그래서 단테를 덮으며 말했다. "앉으세요! 샐비어 차 한잔하세요."

그러자 그는 자리에 앉아 옆에 있는 의자에 조심스럽게 보따리를 올려놓았다.

그리고 입을 삐죽거리며 소리치는 것이었다. "샐비어 차? 이봐요, 주인장, 그러지 말고 럼주나 한 잔 줘요! "

그는 럼주를 조금씩 홀짝거리며 입안에서 오랫동안 굴리다가 몸이 덥혀지도록 천천히 배 속으로 내려보냈다.

'이 사람은 육감주의자야. 미식가이기도 하고…….'

그에게 물었다. "무슨 일을 하세요?"

"닥치는 대로 해요. 못 하는 일이 없죠. 이것저것 가릴 처지가 아니라서……."

"그럼 최근에는 무슨 일을 하셨나요?"

"광산에서 일했지요. 이래 봬도 제법 잘나가는 광부였어요. 광석에 대해서도 좀 알고, 광맥도 찾을 줄 알고, 갱도도 팔 줄 압니다. 겁이 없어서 수직갱도에도 잘 내려가고요. 좌우지간 얼마 전까지는 십장으로 일을 잘하고 있었지요. 불평불만 하나 없이 말입니다. 그런데 악마가 슬그머니 끼어든 겁니다. 지난주 토요일에 술 한잔 마시고 얼큰하게 취한 상태였는데, 주인이 우리를 시찰하러 나왔기에 흠씬 패줬지요!"

"왜요? 그 사람이 영감님께 무슨 잘못을 저질렀나요?"

"나한테 잘못을 저질렀냐고요? 전혀! 전혀 그런 거 없었어요!

그날 처음 주인을 봤는데 뭘! 그 불쌍한 사람은 우리한테 담배를 나눠주기까지 했어요!"

"그런데 왜?"

"또 왜냐고 물으시는구먼! 그냥 느닷없이 그러고 싶은 생각이 들어서 때린 거라니까! 설마 물레방앗간 집 바깥주인 엉덩이를 보고 철자가 맞나 안 맞나 물어볼 생각은 안 하겠지요? 물레방앗간 집 마누라 엉덩이가 바로 인간의 정신이지 뭐."

인간의 정신에 관한 정의야 수없이 들어봤다. 하지만 이 노인이 내리는 정의는 내가 들어본 것 중에서 가장 기발했고, 나는 그 정의가 마음에 들었다. 나는 내 새로운 길동무를 바라보았다. 얼굴이 비바람에 시달린 듯 주름지고, 움푹 들어가고, 귤껍질같이 얽었다. 몇 년 뒤, 또 다른 얼굴이 불행을 당하고 황폐화된 나무 같은 느낌을 불러일으켰는데, 그것은 바로 파나이트 이스트라티 Panaït Istrati〔1884~1935. 루마니아 작가로 《튀링거 가The Thüringer House》를 썼으며 카잔차키스는 1920년대 말 그와 함께 소련을 오랫동안 여행한 적이 있다〕의 얼굴이었다.

"그 보따리에는 뭐가 들어 있습니까? 먹을 거? 옷? 아니면 연장?"

내 길동무는 어깨를 으쓱하더니 웃기 시작했다. "이런 말 해도 될지 모르지만, 당신 참 눈치가 있는 사람 같군요."

그리고 길고 야윈 손가락으로 보따리를 어루만지며 덧붙였다. "그게 아니고 산투리Santouri〔사닥다리 모양의 공명 상자 위에 금속 현을 치고, 양손에 든 발목撥木으로 소리를 내는 악기〕라오."

"산투리요? 산투리를 연주하세요?"

"먹고살기 힘들어지면 카페를 돌아다니며 산투리를 연주하지요. 마케도니아 전통가요도 부르고, 클레프트 산적들〔15세기에 주로 산악 지대에서 오토만 제국의 터키인들에게 저항했다)이 부르던 노래도 불러요. 그러고 나서 모자를 들고 한 바퀴 돌면 모자가 돈으로 가득 채워지는 거지요."

"성함이 어떻게 되십니까?"

"알렉시스 조르바라고 하오. 내가 꺽다리 수도사랑 좀 비슷하게 키가 멀쑥한 데다가 핫케이크처럼 납작한 얼굴이 멀리서도 보인다는 이유로 나를 제빵사용 대삽이라고 부르는 사람들이 있는데, 그러든지 말든지 내버려둡니다! 다른 별명도 있어요. 한때는 볶은 해바라기 씨를 팔러 다녔기에 간단한 식사라는 별명을 얻었고, 가는 데마다 개판을 쳐서 노균병이라고 불리기도 했지요. 다른 별명도 많은데, 그건 다음으로 미룹시다……."

"그런데 산투리는 어디서 배우셨습니까?"

"스무 살 때였지요. 올림푸스 산기슭에 있는 우리 마을의 잔치에서 난생처음 산투리 소리를 들었지요. 그걸 듣는 순간, 숨이 탁 막히더군요. 사흘 동안 밥을 못 먹을 정도였다니까요. 그러자 아버지가 물었습니다. '도대체 무슨 일이냐?' 그분의 영혼이 평안하기를! '산투리를 배우고 싶어요!' '깽깽이 긁는 사람이 되겠다니, 창피하지도 않느냐? 넌 집시가 아니란 말이다!' '그래도 배우고 싶어요!' 내겐 때가 되면 결혼하려고 돈을 좀 모아둔 게 있었지요. 아직 애라서 제정신이 아니었던 거지. 한창 혈기 왕성한 나이라서 장가를 가려고 했던 거야. 그렇게 하는 게 현명한 행동이라고 믿었어, 그때는! 아무튼 있는 돈을 다 털어서 산투리를 샀지요. 지금 당신이 보고 있는 게 그 산투리랍니다. 나는 살로니카로 가서 열정적 예술가이자 산투리를 가르치는 선생인 터키 사람 레트셉 에펜디를 찾아갔지요. 그리고 대뜸 발밑에 엎드렸습니다. 그가 묻더군요. '무슨 일이냐, 그리스 꼬마?' '산투리를 배우고 싶습니다!' '그래서 이렇게 내 발밑에 엎드린 거냐?' '배우고는 싶은데, 수업료를 낼 돈이 없습니다!' '그렇다면 산투리에 단단히 미친 게로군.' '네.' '그렇다면 여기 있어도 좋아. 너한테 돈 받을 생각은 없다.' 나는 1년 동안 거기 있으면서 산투리를 배웠지요. 지금쯤 아마 돌아가셨을 겁니다. 신께서 그분을 축복해주시기를! 좋으신 신께서 개들도 천국에 들여보내 주신다면 레트셉 에펜디를 위한 자리도 하나 만들어주실 수 있을 텐데. 산투리를 배운 뒤로 난 전혀 다른 사람이 되었지요. 기분이 우울하거나 빈털터리가 되었을 때는, 산투리를 치면 날개가 달려 날아오르는 듯 기분이 좋아집니다. 산투리를 치는 동안에는 누가 뭐라건 내 귀에는 안 들려요. 설사 들린다고 해도 대답은 못 해요. 아니, 하고 싶어도 할 수가 없어."

"왜요, 조르바?"

"으음, 그게 바로 정열이라는 거지요."

문이 열렸다. 바다 소리가 다시 카페 안으로 들어왔고, 발끝에서 머리끝까지 온몸이 바들바들 떨렸다. 나는 조금 더 몸을 웅크리고 외투로 몸을 감쌌다. 뜻밖의 행복이 느껴졌다. 나는 생각했다. '굳이 다른 데 갈 필요가 있을까? 여기보다 더 나은 데는 없을 것 같은데……. 이 순간이 오래도록 계속되었으면 좋겠다!'

나는 내 앞에 서 있는 그 이상한 방문객을 바라보았다. 그는 흰자위에 빨갛게 핏발이 서 있는 작고 둥글고 까만 눈으로 나를 뚫어져라 쳐다보았다. 뭔가 꼬치꼬치 캐묻는 듯한 그 눈길이 마치 내 몸을 뚫고 들어오는 것처럼, 내 몸을 뒤지는 것처럼 느껴졌다.

"그래서요? 그래서 어떻게 됐나요?"

조르바는 뼈가 드러나는 어깨를 으쓱거리며 말했다. "산투리 얘기는 그만합시다. 담배 한 대 줄 수 있소?"

그에게 담배 한 개비를 내밀었다. 그는 호주머니에서 라이터돌과 심지를 꺼내 불을 붙였다. 그러고는 만족스러운 듯 눈을 찌푸렸다.

"결혼은 했습니까?"

"나도 남자에요, 안 그래요? 즉 눈먼 남자라는 거지. 나보다 먼저 살다 간 남자들처럼 나도 진창에 머리를 처박고 나가떨어진 겁니다. 결혼했어요. 그러고 나서는 죽 내리막길을 걸었지요. 가장이 되고, 집을 짓고, 자식들을 낳고…… 그러다 보니 걱정거리가 산더미였지. 하지만 다행스럽게도 산투리가 있어서……."

"그럼 힘든 걸 잊으려고 집에서 산투리를 치셨군요?"

"오, 세상에! 당신은 생전 악기라고는 만져본 적이 없나 보군요? 아니, 지금 대체 뭔 소리를 하는 겁니까? 집도 그렇고, 마누라도 그렇고, 자식새끼들도 그렇고, 다 골칫거리에 불과하단 말입니다! 뭘 먹나? 뭘 입지? 우린 장차 어떻게 되는 걸까? 이게 지옥이 아니고 뭐겠소? 산투리를 연주하려면 마음이 편안해야 해요. 그런데 마누라가 잔소리를 늘어놓으면 도대체 어떻게 산투리를 칠 생각이 나겠소? 자식새끼들이 옆에서 배가 고프다고 훌쩍거리는데 어떻게 산투리를 칠 수 있겠냔 말이오? 산투리를 연주할 때는 오직 그것만 생각해야 해요, 이해하겠소?"

내가 이해한 것은, 이 조르바야말로 내가 오랫동안 찾았으나 만날 수 없었던 바로 그 사람이라는 사실이었다. 어머니 같은 대지에서 탯줄이 떨어지지 않은 살아 있는 가슴과 따뜻한 목소리, 위대한 야성의 영혼을 가진 남자.

이 노동자는 나를 위해 예술과 아름다움에 대한 사랑, 순수함,

열정이 무엇을 의미하는지를 단순하고 인간적인 말로 잘 이해시켜주었다.

나는 곡괭이와 산투리를 다룰 줄 아는 그 손을, 뼈마디가 굵고, 금이 가고, 못이 박히고, 힘줄이 많은 그 손을 바라보았다. 그 손이 여자의 옷이라도 벗기듯 정성스럽고 조심스럽게 덮개를 벗겨 현과 청동, 상아 장식으로 덮이고, 끝부분에 붉은 비단 장식이 달린, 반들반들하고 낡은 산투리를 끄집어냈다. 그의 두꺼운 손가락이 마치 여자를 애무하듯 천천히, 사랑스럽게 한쪽 끝에서 다른 쪽 끝까지 산투리를 어루만졌다. 그러고 나서는 사랑하는 사람이 감기에 걸리지 않도록 몸을 감싸주듯 그걸 다시 보따리에 쌌다.

"자, 됐습니다!" 그는 이렇게 상냥하게 중얼거리며 조심스럽게 산투리를 의자에 올려놓았다.

뱃사람들이 이제는 술잔을 부딪치며 웃고 있었다. 그들 중 한 명이 레모니 선장의 등을 친근하게 툭 한 번 치며 물었다. "레모니 선장, 당신, 겁나서 지릴 뻔했지? 사실대로 말해봐. 제발 목숨만 살려달라고 니콜라우스 성인께 빌면서 살려주시면 바치겠다고 약속한 양초가 몇 개야?"

선장이 더부룩한 눈썹을 찌푸렸다. "이봐, 친구들. 맹세컨대, 내가 죽음에 직면했을 때 생각한 건 성모 마리아나 니콜라우스 성인이 아니었어. 느닷없이 아내가 생각나기에 소리쳤지. '아이고, 카테리나, 지금 당신이랑 같이 침대에 누워 있으면 얼마나 좋을까!'"

뱃사람들이 웃음을 터트렸고, 레모니 선장도 그들을 따라 웃으며 말을 이어갔다. "사내들이란 다들 짐승이야! 죽음의 천사장이 자기 머리 위에 칼을 들고 서 있어도, 마음은 거기 가 있다니까!

다른 곳도 아닌 그곳에 말이야! 악마가 꼭 그 더러운 색골을 잡아 가기를!"

그가 손뼉을 치며 소리쳤다. "주인장, 돈은 내가 낼 테니까 여기 한 잔씩 다 돌려!"

조르바가 귀를 쫑긋 세우더니 선장이 방금 무슨 말을 했는지 이해하려고 애썼다. 그가 몸을 돌려 뱃사람들을 보았다가 다시 나를 보았다.

"'거기'라니? 거기가 어딘데요?" 하지만 그는 금방 그게 무슨 뜻인지 이해하고는 탄성을 내질렀다.

"오, 맞아, 맞아! 저 뱃놈들이 뭘 좀 아네. 분명히 밤낮으로 바다랑 싸워본 경험이 있어서 그런 거야."

그는 굵은 손을 흔들어대며 말했다. "아무튼 그건 다른 얘기니 나중에 따로 하기로 하고…… 아까 하던 얘기, 마저 합시다. 나, 여기 있을까요? 아님 그냥 갈까요? 그거나 결정하시오."

나는 그를 얼싸안고 싶은 충동을 겨우겨우 억누르며 말했다. "조르바, 결론 났어요. 나랑 함께 가요. 내가 크레타 섬에 갈탄광을 하나 갖고 있는데, 거기서 노동자들을 감독하는 일을 해줘요. 밤이 되면 둘이 모래사장에 누워 먹고 마셔요……. 난 아내도 없고 자식도 없고 개도 없으니까. 그러다가 산투리도 치고……."

"내가 마음이 내키면 칠게요, 알았죠? 내가 마음이 내키면……. 일이야 당신이 원하는 만큼 당신을 위해 해주겠소. 난 당신의 노예나 마찬가지니까! 하지만 산투리를 켜는 건 달라요! 그건 자유를 필요로 하는 짐승이나 마찬가지지요. 기분만 내키면 산투리를 치는 건 물론이고 노래도 부를 거요. 그리고 제임베키코Zéimbékiko〔소아시아 해안 지방에 사는 제임벡족의 춤〕랑 하사피코Hassápiko〔백정들이 추는 춤〕, 펜토잘리Pentozáli〔크레타 전사들이 추는 춤〕도 출 거요. 물론 내가 컨디션이 좋아야지요. 우리, 합의를 봅시다. 나한테 억지로 뭐 시키면 그때는 끝이에요. 이런 일에서는 그 사실을 알아두는 게 좋습니다. 내가 하나의 인간이라는 걸 말입니다."

"인간이라니, 그게 무슨 뜻이지요?"

"자유로운 인간이라는 뜻입니다."

나는 소리쳤다. "주인, 여기 럼주 한 잔 더 줘요!"

그러자 조르바가 내 말을 수정했다. "아니, 두 잔 가져와요! 당신도 마셔야 우리가 건배를 할 수 있을 거 아닙니까? 샐비어 술이랑 럼주는 잘 안 어울려요. 그러니 당신도 럼주를 마셔야 합니다. 자, 우리가 하게 될 일의 성공을 위하여!"

우리는 들고 있던 작은 술잔을 부딪쳤다. 이제 날이 환히 밝았다. 뱃고동 소리가 들려왔다. 내 짐을 배에 실은 뱃사공이 내게 손짓했다.

나는 그에게 말했다. "자, 갑시다! 하느님의 가호가 함께하시기를!"

그러자 조르바가 조용한 목소리로 덧붙였다. "하느님뿐만 아니라 악마도!"

그는 허리를 숙여 산투리를 집어 옆구리에 낀 다음 문을 열고 먼저 나섰다.

2

바다, 가을의 부드러움, 햇빛에 잠긴 섬들, 영원히 벌거벗고 있는 그리스에 불투명한 베일을 씌워주는 가랑비. 나는 생각했다.

죽기 전에 에게 해를 여행할 기회가 주어진 사람은 복을 타고난 거야.

여자, 과일, 이상…… 이 세상에는 수많은 즐거움이 마련되어 있다. 그러나 이 따사로운 가을날, 눈에 보이는 섬들의 이름을 하나씩 나지막한 목소리로 부르며 이 바다의 파도를 헤쳐나가는 것만큼, 천국이 문을 열고 사람을 받아들이는 듯한 즐거움은 없다. 다른 어떤 곳에서도 이렇게 쉽게, 이렇게 평온하게 현실의 세계를 떠나 꿈의 세계로 옮겨갈 수는 없다. 이 두 세계의 경계선은 사라지고, 작은 돛배의 진홍빛 돛대에서는 나뭇가지와 과일이 자라난다. 이 기적이 마치 피할 수 없는 필요의 꽃처럼 돌연 나타나는 곳은 그리스에서 오직 이곳뿐이다.

정오쯤에 비가 그치더니 해가 마치 세수라도 하고 난 듯 부드럽고 신선하게 구름을 가르고 나타나 그 빛으로 사랑하는 대지와 바다를 어루만졌다.

나는 뱃머리에 서서 하늘과 바다가 맞닿을 곳까지 끝도 없이 펼쳐져 있는 그 절경을 감상했다. 배 위에는 교활한 그리스인들이 바글바글했다. 눈은 탐욕스러워 보였고, 머릿속은 자질구레한 계산으로 가득 차 있었고, 정치적인 이유로 아옹다옹 다툼을 벌였고, 피아노는 음이 안 맞았고, 중년 부인들은 잘난 척하며 간사한 살모사의 혀를 놀렸고, 빈곤한 시골은 활기 없이 따분하기만 했다. 할 수만 있다면, 두 손으로 배의 양끝을 잡고 들어 올린 다음 바닷물 속에 풍덩 빠트렸다가 크게 한 번 흔들어 인간과 쥐, 벼룩 등 배를 더럽히는 그 온갖 버러지들을 털어낸 다음 깨끗이 씻어서 텅 빈 채로 다시 바다에 띄우고 싶었다.

나는 이따금 자비에 사로잡혔다. 그것은 복잡한 형이상학적 추리의 결론만큼이나 차가운 불교적 자비심이었다. 인간들뿐만 아니라 싸우고, 소리치고, 울고, 소망하고, 만사가 무無의 환상에 지나지 않음을 알지 못하는 모든 살아 있는 것들을 위한 자비심. 그것은 그리스인들에 대한 자비이며, 배를 위한 자비이며, 바다를 위한 자비이며, 나를 위한 자비이며, 나의 갈탄광 채굴을 위한 자비이며, 나의 '붓다' 원고에 대한 자비이며, 결국은 맑은 공기를 탁하게 만들어 더럽히고 마는 그 모든 헛된 명암의 배합을 위한 자비였다.

조르바는 창백한 안색을 한 얼굴을 찡그린 채 뱃머리의 밧줄 타래 위에 올라앉아 있었다. 그는 레몬 냄새를 맡으며 국왕을 지지하는 승객들과 베니젤로스를 지지하는 승객들이 편을 갈라 벌이는 언쟁(1차 세계대전 중 독일과 가까웠으며 그리스의 중립에 호의적이었던 콘스탄틴 국왕과 동맹국을 지지했던 베니젤로스 수상에 관한 언쟁을 말한다)에 귀를 기울였다.

그가 그 큰 머리를 흔들며 침을 뱉더니 경멸스런 표정을 지으며 투덜거렸다. "무슨 씨알도 안 먹히는 소리들을 하고 자빠졌어! 창피하지도 않나?"

"씨알도 안 먹히는 소리라니, 그게 무슨 말인가요?"

"왕이니, 공화국이니, 국회의원이니, 다 개소리라는 겁니다!"

조르바의 머릿속에서 현대 세계는 이미 원시시대나 다름없었다. 그만큼 그는 이미 그 모든 것에서 멀찌감치 떨어져 있었다. 그로서는 전신기나 증기선, 철도, 진부한 도덕, 조국, 종교는 케케묵은 과거의 유산으로 보였음에 틀림없다. 그의 정신은 세상을 훨씬 더 빨리 앞질러 가고 있었다.

마스트 위에 놓인 밧줄이 피리 부는 소리를 내며 삐걱거리고,

해안선이 이리저리 요동치자 여자들의 안색이 꼭 레몬처럼 노랗게 변했다. 그들은 이미 무기(화장품, 빗, 머리핀)를 버렸다. 그들의 입술에서는 핏기가 가셨고, 손톱은 파랗게 변했다. 이 늙은 바보들은 빌려서 몸에 더덕더덕 붙이고 있던 각종 장신구들(리본, 가짜 눈썹, 가짜 점, 브래지어)을 다 잃어버려서 빈털터리가 되었다. 토하기 직전인 그들의 모습을 보노라니 나도 역겨움과 깊은 연민에 사로잡혔다.

조르바 역시 얼굴빛이 노래지다 못해 창백해졌으며, 반짝거리던 눈빛도 흐릿해졌다. 그는 두 팔을 뻗어 배와 속도를 겨루며 물 위로 솟구쳐 오르는 커다란 돌고래 두 마리를 내게 보여주었다.

그가 밝은 목소리로 소리쳤다. "돌고래다!"

그 순간 나는 그의 왼손 집게손가락이 절반쯤 잘려나갔다는 사실을 처음으로 알아차렸다.

나는 놀라서 물었다. "이봐요, 조르바! 손가락이 왜 그래요?"

그는 돌고래를 보여주었는데도 내가 관심 없어 보이자 화가 난 듯 대답했다. "아무것도 아니오."

나는 아랑곳하지 않고 한 번 더 물었다. "기계에 잘렸어요?"

"기계요? 무슨 말도 안 되는 소릴! 내 손으로 잘랐소."

"당신 손으로? 왜?"

그는 어깨를 한 번 으쓱하며 대답했다. "당신이 이해할 수 있을지 모르겠군요. 내가 안 해본 일이 없다고 말했지요? 한때는 도자기도 만들었습니다. 그 일 하는 걸 좋아했지요. 흙덩이를 가지고 자기가 원하는 걸 만든다는 게 어떤 건지 아시오? 녹로鹿盧를 한 번 돌리기만 하면 진흙이 미친 듯이 돌아가지요. 그러면 나는 그걸 내려다보며 생각합니다. 항아리를 만들어야지, 접시를 만들어야지, 등을 만들어야지. 아니, 아무도 그게 뭔지 모르는 물건을 만들어볼까……. 자, 인간이 된다는 건 바로 그겁니다. 자유로워진다는 것!"

그는 바다를 잊어버렸다. 더는 레몬을 깨물고 있지 않았고, 두 눈은 원래의 광채를 되찾았다.

내가 물었다. "그래서 손가락은 어떻게 됐어요?"

"그게 어떻게 된 거냐면요, 손가락이 자꾸 녹로에 걸리더라고요. 자꾸 옆으로 끼어서 만들려던 걸 망쳐놓지 않겠습니까? 그래서 어느 날 손도끼를 집어 들어……."

"아프지 않았어요?"

"어떻게 아프지 않을 수가 있겠어요? 아니, 지금 내가 목석이라 생각하는 건가요? 나도 사람인데 당연히 아팠지요. 하지만 방금 말했던 대로 일을 하는 데 방해가 돼서 잘라버린 거죠!"

해가 넘어가면서 바다가 잠잠해지고 구름이 흩어졌다. 밤별이 땡그랑거리는 작은 종처럼 반짝거렸다. 나는 바다와 하늘을 바라보며 생각에 잠겼다. 도자기 만드는 걸 너무나 좋아해서 손도끼로 손가락을 자르고, 그 아픔을 참아낼 수 있다니……. 하지만 나는 내 감정을 드러내지 않았다.

나는 웃으며 말했다. "그럴 필요까지는 없었을 것 같은데! 여자를 보자 마음이 너무나 어지러워져서 도끼를 집어 든 성인전聖人傳의 그 고행자가 생각나는군요."

그다음에 무슨 말을 할지 짐작한 조르바가 내 말을 잘랐다. "뭐 그런 바보가 다 있나? 그걸 자르다니, 세상에! 그런 바보 멍청이는 지옥에나 가야 돼! 그게 뭐 거추장스러운 거라고!"

"아닙니다! 그건 거추장스러워요! 그것도, 많이!"

"뭘 하는 데 거추장스럽다는 건가요?"

"천국에 들어가는 데요."

조르바는 한심하다는 표정으로 나를 곁눈질하며 소리쳤다. "참 답답하시네. 그건 천국으로 들어가는 걸 방해하는 게 아니라 오히려 천국으로 들어가는 문을 열어준단 말입니다!"

그는 내가 내세와 천국, 여자, 성직자에 대해서 어떤 생각을 갖고 있는지 알아내려는 듯 고개를 들어 나를 관찰했다. 하지만 결과가 신통치 않았는지 당황한 표정으로 그 큰 회색 머리를 절레절레 흔들었다. "불구자들은 천국에 못 들어갑니다!"

그는 이렇게 말하고 나서 다시 침묵 속에 들어박혔다.

나는 내 선실로 들어가 누운 후 책을 한 권 집어 들었다. 붓다가 여전히 내 생각을 지배하고 있었다. 나는 지난 몇 년 동안 내 마음에 믿음과 안식을 가져다준 '붓다와 목자의 대화'를 읽었다.

목자 저의 식사는 준비되었고, 암양의 젖도 짜놓았습니다. 저희 집 대문은 잠가놓았고, 불도 피워놓았습니다. 오, 하늘이시여, 그러니 이제 마음대로 비를 내리셔도 좋습니다!

붓다 내게는 음식도 필요하지 않고, 젖도 필요하지 않습니다. 바람이 곧 저의 처소이고, 불은 꺼졌습니다. 오, 하늘이시여, 그러니 이제 마음대로 비를 내리셔도 됩니다!

목자 내게는 수소도 있고, 암소도 있습니다. 선조들에게 물려받은 목초지도 있고, 암소와 교미시킬 황소도 있습니다. 오, 하늘이시여, 그러니 이제 마음대로 비를 내리셔도 됩니다!

붓다 내게는 수소도 없고, 암소도 없습니다. 목초지도 없습니다. 내겐 아무것도 없고, 아무것도 두렵지 않습니다. 오, 하늘이시여, 그러니 이제 마음대로 비를 내리셔도 됩니다!

목자 내게는 성실하고 말 잘 듣는 양 치는 여자가 있습니다. 그녀는 아주 오래전부터 내 아내이며, 나는 밤에 그녀를 희롱하기를 좋아합니다. 오, 하늘이시여, 그러니 마음대로 비를 내리셔도 됩니다!

붓다 나는 자유롭고 유순한 영혼을 갖고 있습니다. 오래전부터 내 영혼을 길들여왔고, 나랑 희롱하는 법도 가르쳐놓았습니다. 그러니 하늘이시여, 마음대로 비를 내리셔도 좋습니다!

이 두 개의 목소리는 내가 잠이 들 때까지 계속해서 말을 했다. 바람이 다시 일었고, 파도가 내 선실의 유리창에 와서 부딪치곤 했다. 나는 비몽사몽, 때로는 땅 위에서 굴러다니기도 했고, 또 때로는 마치 연기처럼 가볍게 대기 속을 떠다니기도 했다. 파도가 거친 비바람을 몰고 와 목초지와 수소, 암소, 황소 등 모든 것을 쓸어가 버렸다. 바람이 집의 지붕을 날려 보냈고, 불은 꺼졌으며, 여자는 고함을 내지르다가 진흙탕 속에 쓰러지더니 그 자리에서 죽어버렸다. 목자가 애가를 읊조리다가 통곡하기 시작했지만, 내 귀에는 그가 뭐라는지 들리지 않았다. 그는 울부짖었고, 나는 마치 바닷속 물고기처럼 점점 더 깊이 잠 속으로 빠져들어 갔다.

해가 뜰 무렵 잠에서 깨어보니 우리 오른편으로 큰 섬이 돌올하게 펼쳐져 있었고, 산들은 아침 햇살 속에 차분하게 미소 짓고 있었다. 우리 주변의 남빛 바다에는 높은 파도가 거칠게 일렁였다.

조르바는 두꺼운 갈색 담요를 두른 채 크레타 섬을 하염없이 바라보았다. 그의 시선이 산에서 평야로 옮겨 갔다가, 다시 해안을 따라가며 샅샅이 살펴보았다. 마치 그곳을 오래전부터 잘 알았고,

상상 속에서 다시 그곳을 돌아다니게 되어 기쁘다는 듯.

나는 그에게 다가가 어깨에 손을 올려놓으며 말했다. "조르바, 크레타에 처음 와보는 게 아니군요. 꼭 오래된 친구처럼 바라보는 걸 보니 말예요."

그러자 조르바는 지겨운 듯 하품을 했다. 그는 나랑 얘기를 하고 싶지 않은 것이다.

나는 그런 생각을 하며 피식 웃었다. "나랑 얘기하는 게 귀찮아요, 조르바?"

"지금, 얘기하는 게 귀찮아서 이러는 게 아녜요, 보스. 그냥 얘기하는 게 힘들어요."

"정말요? 정말, 얘기하는 게 힘들어요?"

그는 대답을 바로 하지 않았다. 그의 시선은 다시 해안을 죽 한 번 훑어보았다. 갑판에서 잠을 잔 탓에 회색빛 곱슬머리에 이슬이 방울져 떨어졌다. 그의 양쪽 뺨과 턱, 목에 난 깊은 주름이 햇빛을 받아 환히 빛났다.

이윽고 그는 꼭 염소수염처럼 축 늘어진 굵은 입술을 움직였다. "아침에는 말을 하려고 입을 여는 게 힘들어요. 정말 힘들어요. 그러니 나한테 뭐라고 하지 말아요."

그는 다시 입을 다물더니 둥근 눈으로 크레타 섬을 응시했다. 아침 식사 시간을 알리는 종이 울렸다. 선실에서 피로에 찌들어 누렇게 뜬 얼굴들이 쏟아져 나왔다. 쪽진 머리를 길게 늘어뜨린 여자들은 식탁 사이로 거의 기다시피 비틀거리며 걸어갔다. 그들에게서는 토사물과 화장수 냄새가 풍겼고, 눈빛은 뭔가 얼이 빠져나간 듯 불안하고 흐릿해 보였다.

내 앞에 앉은 조르바는 홀짝거리며 열심히 커피를 마셨는데, 나는 그 모습을 보며 그가 삶을 사랑한다는 사실을 알 수 있었다. 그는 빵에 버터와 꿀을 발라 먹었다. 그의 얼굴이 펴지더니 부드러워졌고, 입가의 주름도 없어졌다. 나는 그를 흘낏 훔쳐보았다. 그는 잠의 굴레에서 천천히 빠져나오는 중이었고, 그의 눈은 시간이 갈수록 점점 더 또랑또랑해졌다.

그가 담배에 불을 붙여 맛있게 빨자 털투성이 콧구멍으로 푸른 연기가 소용돌이치며 뿜어져 나왔다. 그리고 오른쪽 다리를 접어 깔고 동양식으로 자리를 잡았다. 이제 얘기를 할 수 있게 된 모양이었다. 그가 입을 열었다. "내가 크레타에 처음 왔냐고 물었지요?"

그는 눈을 반쯤 감은 채 현창을 통해 눈부시게 반짝이는 이디산의 사면을 응시했다. "아니요. 처음이 아닙니다. 1896년(크레타가 마지막으로 오토만 제국의 억압에 맞서 봉기한 해로, 그로부터 몇 년 뒤인 1899년에 독립했다가 1913년 그리스에 합병되었다)에 나는 이미 건장한 남자가 되어 있었습니다. 수염과 머리털은 꼭 석탄처럼 새까만 색깔이었지요. 이빨도 서른두 개였고, 술에 취하면 우선 전채 요리를 먹고, 그다음에는 그 전채 요리를 담아온 접시까지 씹어 먹을 정도로 건강했습니다. 그런데 악마가 농간을 부리는 바람에 크레타에서 또다시 봉기가 일어난 겁니다.

그때 나는 장돌뱅이였습니다. 이 마을 저 마을 돌아다니며 잡화를 팔고, 돈 대신 치즈나 버터, 토끼, 옥수수 같은 걸 받았지요. 그리고 이렇게 받은 걸 되팔아서 곱장사를 했습니다. 길을 가다가 도중에 날이 저물어 어느 마을에 들어가더라도, 어느 집에서 나를 재워줄지를 이미 다 알았지요. 어느 마을을 가든 마음씨 착한 과부가 한 명씩은 꼭 있거든요. 그럼 그녀에게 실 한 타래나 빗 하나, 혹은 죽은 사람 거라서 검정색인 스카프 한 장을 주고 데리고 자는 거죠. 이러면 큰돈 들어갈 리가 없지요!

이렇게 큰돈 안 들이고 좋은 세월 보내는데…… 글쎄, 그 빌어먹을 악마가 끼어드는 바람에 크레타가 다시 무기를 들게 된 겁니다! 나는 생각했지요. '저주받은 운명 같으니! 이 고약한 크레타는 도대체 우릴 가만히 내버려두질 않는군!' 그래서 나도 실패와 과부를 내버려둔 채 총을 들고 다른 반란군과 합류해서 크레타로 떠난 겁니다."

조르바가 입을 다물었다. 배는 이제 모래가 깔린 평화로운 해안을 따라 흘러갔는데, 이 해안에서 초승달 모양으로 움푹 들어간 물굽이에서는 파도가 밀려왔다가 부서지지 않고 술 장식처럼 늘어진 거품만 모래사장에 남겨놓은 채 사라지곤 했다. 구름이 흩어지고 태양이 빛나자 야생의 크레타 섬은 안도하며 미소를 지었다.

조르바가 고개를 돌리더니 빈정거리는 듯한 시선으로 나를 바라보았다. "보스, 당신은 내가 터키 놈들의 머리를 몇 개나 잘랐는지, 그리고 그놈들의 귀는 또 몇 개나 알코올에 절였는지를 얘기하리라 생각할 거요. 이게 크레타의 풍습이니까……. 하지만 천만에! 난 그런 얘기 하는 거 지겹고 창피해요. 도대체 그렇게 지랄해봤자 무슨 소용이 있다는 겁니까? 요즘은 그래도 머리가 제대로 돌아가서 그런지, 이런 생각이 듭니다. 그래요, 도대체 무슨 지랄병이 돌았기에 우리에게 아무 나쁜 짓도 안 한 놈들에게 덤벼들어 물어뜯고, 코를 도려내고, 귀를 잘라내고, 배를 가른단 말입니까? 하느님, 살려주소서, 이러면서 말입니다. 달리 말하면 누군가 그에게, 그리고 그 또한 코와 귀를 자르고, 배를 가르라고 했다는 겁니다.

하지만 그 당시에는 내가 피가 뜨거워서 이런 생각을 해볼 만큼 머리가 돌아가지를 않았지요. 똑바로, 제대로 생각하려면 침착해야 하고, 나이도 좀 먹어야 하고, 이빨도 좀 빠져야 하는 법입니다. 이빨이 하나도 없는 나이가 되면 아마 쉽게 '그렇게 사람을 물어뜯다니, 부끄럽지도 않아?'라고 말할 수 있을 겁니다. 하지만 이빨 서른두 개가 하나도 안 빠지고 멀쩡할 때는…… 인간이 젊을 때는 잔인한 야수처럼 다른 사람들을 잡아먹는 법입니다!"

그가 고개를 절레절레 흔들었다. "인간은 양도 먹고, 닭도 먹고, 돼지도 먹습니다. 하지만 굳이 자기 동족들을 먹지 않으면 배가 부르질 않는다는군요……."

그는 담배꽁초를 커피잔 받침 접시에 비벼 끄고 나서 덧붙였다. "그래요, 배가 부르지 않다는 거예요……. 자, 아는 게 많으신 우리 보스께서는 여기에 대해서 뭐라고 말씀하실 건가요?"

그는 대답을 기다리지 않고 나를 아래위로 훑어보며 말했다. "뭐라고 할 수 있겠어요? 내가 보기에 보스는 굶어본 적도 없고, 사람을 죽여본 적도 없고, 도둑질을 해본 적도 없고, 다른 남자의 여자랑 자본 적도 없을 것 같은데? 그래 가지고서야 이 세상에 대해 어떻게 알 수 있겠어요? 당신 머리는 아직 여물지 않았고, 살갗은 타지 않았어요……." 그는 노골적으로 나를 무시하며 이렇게 중얼거렸다.

그리고 나는 굳은살 없는 내 손과 햇볕에 타지 않아 새하얀 얼굴, 고생을 해본 적이 없는 내 삶이 부끄러워졌다.

"뭐, 다 그런 거지요!" 조르바는 자기가 방금 한 말을 싹 다 지워버리고 싶은 듯 거만한 표정을 지으며 그 큰 손으로 식탁을 휙 한 번 쓸었다.

"난 그냥 보스에게 뭐 한 가지 물어보고 싶네요. 당신은 책을 엄청 많이 읽었을 테니 알지도 모르겠습니다그려……."

"무슨 질문인데요, 조르바? 말해보세요……."

"나로선 이해 안 되는 게 있어요, 보스……. 내 머리를 한 방 꽝 하고 후려칠 만큼 이상한 겁니다. 우리 파르티잔들은 그렇게 훔치고 죽이고 하면서 잔혹 행위를 했는데, 그 덕분에 게오르기오스 왕자가 크레타에 오게 된 겁니다〔그리스 왕 게오르기오스 1세의 아들 게오르기오스 왕자는 1898년 말 오토만 군대가 떠나고 난 뒤 이익보호국(영국, 프랑스, 이탈리아, 러시아)에 의해 신생 크레타 자치국 총독으로 임명되었다〕. 그리고 자유도!"

그는 아연실색한 듯 눈을 휘둥그레 뜨고 나를 쳐다보며 말을 이어갔다. "신기한 일입니다! 이거야말로 정말 신기한 일입니다! 그러니까 이 세상이 자유로워지려면 살인도 저지르고 잔인한 행위도 서슴지 않아야 한다는 겁니까? 내가 사람들을 죽이며 저지른 그 온갖 끔찍한 짓에 대해 얘기하기 시작하면 보스는 아마 머리털 끝이 쭈뼛쭈뼛 곤두설 겁니다! 그렇지만 그 결과는 무엇이었습니까? 자유였습니다요! 하느님께서는 우리에게 벼락을 내려 태워 죽이는 대신 자유를 주신 거라고요! 정말 이해가 안 가요!"

그는 도움을 구하는 듯 나를 바라보았다. 그는 이 문제 때문에 오랫동안 괴로워했으나 여전히 해결하지 못한 듯했다.

그가 불안한 표정으로 물었다. "보스는 이게 이해가 갑니까?"

내가 뭘 이해하고, 무슨 말을 할 수 있었겠는가? 하느님은 존재하지 않는다는 말을 할 수 있었겠는가? 하느님이 살인과 악행을 좋아한다고 말할 수 있었겠는가? 아니면, 우리가 범죄와 악행이라 부르는 것도 일어나야 이 세상이 불안에서 벗어나려고 발버둥

친다라고 말할 수 있겠는가?

그러나 나는 조르바를 위해 다른 대답을 찾아내려고 애썼다. "두엄과 쓰레기 위에서 어떻게 꽃이 자라나지요? 조르바, 두엄은 인간이고 꽃은 자유라고 생각해봐요."

그러자 조르바가 주먹으로 식탁을 치며 말했다. "그럼 씨앗은요? 꽃이 피어나려면 씨앗이 필요합니다. 누가 우리 더러운 내장 속에 그런 씨앗을 집어넣는 거지요? 그리고 왜 그것은 친절하고 정직한 방법으로는 꽃을 피우지 못하는 거지요? 왜 피와 진흙이 있어야만 꽃을 피우냐고요?"

나는 고개를 가로저었다. "모르겠습니다."

"누구 아는 사람이 있을까요?"

"아무도 없을걸요."

그러자 조르바가 분노에 가득 찬 눈길로 주변을 둘러보며 절망적으로 소리쳤다. "그렇다면 이 배와 기계, 와이셔츠 칼라가 다 무슨 쓸모가 있단 말입니까?"

항해에 진저리를 내던 승객 두 명이 옆 탁자에서 커피를 마시며 기운을 차리다가 무슨 말다툼이라도 벌어진 줄 알고 귀를 곤두세웠다.

그러자 역정이 난 조르바가 목소리를 낮추었다. "이 얘긴 그만둡시다. 그 생각만 하면 전등이든 의자든 내 앞에 있는 건 뭐든지 다 때려 부수고 싶고, 내 머리를 벽에 찧어버리고 싶으니까. 하기야 그러면 뭐하겠어요? 어차피 아무것도 알 수가 없는데. 부서진 거 물어주고, 의사에게 달려가 머리에 붕대 감아달라고 부탁하는 것밖에는……. 만일 하느님이 계신다면, 이건 진짜 잘못된 거야! 이 양반, 지금 하늘 높은 곳에서 날 내려다보면서 배꼽을 잡고 있을 겁니다."

그는 귀찮게 구는 파리를 내쫓듯 갑자기 손을 내저으며 말을 이어갔다. "어쨌든! 내가 하려던 말이 뭐냐 하면…… 작은 깃발로 장식된 왕립 해군의 배가 도착하더니 축포를 발사하고 왕자가 크레타 땅에 발을 내디뎠을 때…… 자유를 되찾았다고 온 백성이 미친 듯이 열광하는 모습을 본 적이 있습니까? 없다고요? 아, 그럼, 불쌍한 보스시여, 당신은 지금까지 살아오면서 아무것도 본 게 없는 거나 마찬가집니다. 내가 설사 천년을 살고, 뼈와 가죽밖에 안 남는다고 하더라도 그날 본 건 절대 못 잊을 겁니다. 우리가 우리 입맛대로 천국을 선택할 수 있다면…… 천국에서는 당연히 그렇게 해야 되겠지요……. 하느님께 이렇게 말할 겁니다. '오, 하느님, 도금양 잎과 깃발이 나부끼는 크레타 섬을 저의 천국으로 만들어주시고, 왕자가 크레타의 땅을 밟는 그 순간이 영원히 계속되게 해주소서……. 제가 원하는 건 오직 그뿐입니다!'"

조르바는 다시 침묵에 빠져들었다. 그는 콧수염을 손으로 쓰다듬다가 찬물을 한 컵 가득 부어 단숨에 마셨다.

"크레타에서 무슨 일이 있었는지 얘기해보세요, 조르바!"

그러자 조르바가 퉁명스럽게 받았다. "나더러 그 얘기를 하라는 겁니까? 내가 하고 싶은 얘기는, 이 세상은 수수께끼고 인간은 야수라는 겁니다. 야수이기도 하고 신이기도 하지요. 마케도니아에서 나와 함께 온 요르가로스라는 잡놈이 있었는데 아, 글쎄, 이 더럽고 돼지 같은 놈이 어느 날 꺼이꺼이 울기 시작하지 않겠어요. '왜 우는 거냐, 이 돼지 녀석아?' 이렇게 말하고 나서 나도 비 오듯 눈물을 쏟았지요. 그랬더니 이 인간이 나한테 달려들어서 안고 어린애처럼 하염없이 우는 거였어요. 그러더니 이 인색하기 짝이 없는 인간이 지갑을 꺼내어 터키 놈들을 죽이거나 터키 놈들의 집을 약탈해서 빼앗은 금화를 쏟아내더니 한 움큼씩 집어서 던지는 겁니다. 알겠어요, 보스? 이런 게 바로 자유라고요!"

나는 일어나서 갑판으로 더 맑은 공기를 쐬러 갔다.

나는 생각했다. 그래, 그게 자유야. 열정을 품는 것, 금화를 한 푼 두 푼 모으는 것, 그러다가 갑자기 열정을 버리고 그동안 모아 온 금화를 사방에 뿌려버리는 것!

하나의 열정에서 벗어나 더 고상한 열정을 품는 것……. 그러나 그것 역시 예속이 아닐까? 소신을 위해, 종족을 위해, 하느님을 위해 자신을 희생하는 것. 우리가 높은 곳을 지향하면 할수록 우리를 묶는 노예의 사슬은 점점 더 길어지는지도 모른다. 그렇게 되면 더 넓은 곳으로 나가 깡충깡충 뛰어다니다가 사슬의 한계에 도달하지도 못한 채 죽어버릴 수도 있다. 이것이 사람들이 말하는 자유일까?

우리는 오후에 우리의 목적지인 해변에서 하선했다. 체에 걸러놓은 것처럼 새하얀 모래사장과 아직 꽃을 피우고 있는 협죽도, 무화과, 캐롭나무가 눈에 들어왔다. 그리고 그보다 먼 곳에는 나무 한 그루 없이 낮고 회색을 띤 언덕이 펼쳐져 있었는데, 영락없이 여자가 얼굴을 뒤로 젖히고 있는 것처럼 보였다. 여자의 턱 밑 목에는 갈탄광의 거무스레한 광맥이 길게 뻗어 있었다.

바람이 불었다. 천을 풀어놓은 것 같은 구름이 서둘러 하늘을 가로질러 가며 대지를 더 흐릿하고 부드럽게 만들어놓았다. 비바람을 품은 또 한 떼의 구름이 하늘에서 일어났다. 태양이 구름 속으로 들어갔다 나왔다를 되풀이하자 대지의 얼굴도 꼭 살아 있는 사람의 얼굴이 흥분할 때처럼 밝아졌다 어두워졌다를 되풀이하곤 했다.

나는 잠시 해변에 서서 풍경을 바라보았다. 마치 사막 한가운데 있을 때처럼 매혹적이지만 거칠고 해로운 고독이 내 앞에 펼쳐졌다. 세이렌들의 노랫소리와 흡사한 붓다의 시가 대지에서 올라오더니 내 폐부를 뒤흔들어놓았다. "내 언제 친구 없이 오직 모든 게 다 꿈에 불과하다는 신성한 확신 하나만으로 드디어 사막에 은둔할 수 있을까? / 내 언제 누더기만 걸치고 아무 욕망도 없이 산속에 즐거운 기분으로 파묻힐 수 있을까? / 내 언제 육신이란 게 결국은 병과 죄악, 늙음과 죽음에 불과하다는 것을 깨닫고 자유롭고 평온하고 행복하게 숲 속에 은둔할 수 있을까? / 언제? 언제? 언제?"

조르바가 겨드랑이에 산투리를 끼고 다가왔다.

"저게 갈탄광입니다!" 나는 내 감정을 감추려고 뒤로 젖혀진 여인의 얼굴 쪽으로 두 팔을 들어 올리며 이렇게 말했다.

그러나 조르바는 고개도 돌리지 않고 미간을 찌푸리며 대답했다. "그건 나중에 봅시다, 보스. 우선은 이 땅바닥이 안정되도록 내버려두자고요. 이 빌어먹을 놈의 땅이 아직도 배의 갑판처럼 움직인다니까요, 글쎄."

그는 걸음을 재촉하며 덧붙였다. "자, 빨리 마을로 갑시다!"

젊은 농부들처럼 얼굴이 가무잡잡하게 그을린 맨발의 동네 꼬마 두 명이 달려와 우리 짐을 받았다. 덩치가 우람하고 눈이 푸른 세관원 남자가 세관 막사로 쓰이는 오두막집 안에서 수연통을 빨았다. 그는 우리를 힐끗거리고 우리 짐을 오랫동안 쳐다보다가 일어나려는 듯 잠깐 의자를 움직였으나 다시 앉았다. 그는 수연통의 관을 천천히 들어 올렸다.

그리고 졸린 듯한 목소리로 말했다. "어서들 오시오."

동네 꼬마 한 명이 내게 다가왔다. 그는 올리브처럼 새까맣고 큰 눈을 굴리며 빈정거렸다. "그리스 사람이에요. 그래서 저렇게 지겨워하는 거죠."

"그럼 크레타 사람은 절대 지겨워하지 않니?"

"아니, 지겨워하긴 하죠……. 하지만 저런 식으로 지겨워하진 않아요……."

"마을은 아직 멀었니?"

"빵! 총 한 번 쏘면 가 닿을 거리만큼 남았어요. 마을은 저기 계곡에 있어요. 아름다운 마을이에요, 아저씨. 없는 게 없죠……. 캐롭나무도 있고, 야생 겨자나무도 있고, 기름도 짤 수 있고, 포도주도 생산할 수 있고…… 그리고 저 모래밭에서는 크레타에서 가장 먼저 따는 오이를 키운답니다. 아프리카에서 불어오는 바람을 맞으며 자라나죠. 밤에 채소밭에서 잠을 자면 오이가 자라면서 내는 소리가 들려요. 쑥! 쑥! 쑥!"

조르바는 완전히 기진맥진해, 비틀거리며 내 앞에서 걸었다.

나는 그에게 소리쳤다. "힘내요, 조르바! 이제 거의 다 왔어요!"

우리는 빨리 걸었다. 흙에는 모래와 조개껍데기가 섞여 있었고, 위성류와 골풀, 미역취가 여기저기서 자랐다. 날씨가 무척 더웠다. 구름은 점점 더 낮게 깔렸고, 대기는 점점 더 무거워졌다.

우리는 나이를 먹어가면서 줄기가 여러 갈래로 구불구불 갈라져 여기저기 깊이 파인 거대한 무화과나무 옆을 지나갔다. 짐을 들고 가던 꼬마 중 한 명이 멈추어 섰다. 그가 턱으로 고목을 가리키며 말했다. "아가씨의 무화과나무예요!"

나도 우뚝 멈추어 섰다. 이 크레타 땅에서는 돌 하나하나가, 나무 한 그루 한 그루가 그것의 역사를, 비극적인 역사를 갖는 것이다.

"왜 아가씨의 무화과나무야?"

"우리 할머니 때 이야기인데, 어느 아가씨가 젊은 목동을 사랑하게 되었대요. 하지만 아가씨의 아버지는 딸이 이 남자를 사랑하는 걸 원치 않았답니다. 아가씨는 울며불며 너무나 슬퍼했대요. 하지만 늙은 아버지는 그러든가 말든가 꿈쩍도 하지 않았죠. 그러던 어느 날 이 두 사람이 어디론가 사라져버렸답니다. 하루, 이틀, 사흘, 그리고 일주일 동안 그들을 찾아다녔죠. 하지만 찾지 못했어요. 그런데 여름이 되자 어디선가 악취가 풍기기 시작했답니다. 그래서 마을 사람들이 냄새를 따라가 봤더니, 글쎄, 이 무화과나무 아래서 꼭 부둥켜안은 채 썩어가고 있었다는 거예요. 아시겠죠? 썩은 냄새를 풍겨서 발견된 거예요."

아이가 말을 마치고 나서 웃음을 터트렸다.

마을의 소음이 들려왔다. 개들이 짖기 시작했고, 여자들이 떠들어대는 소리, 날씨의 변화를 알리는 수탉 울음소리도 들려왔다. 증류기에서 올라오는 라키 술 향기가 바람에 실려왔다.

"마을에 다 왔어요!" 두 아이가 뛰어가며 이렇게 소리쳤다.

모래언덕을 돌아서자 협곡의 사면에 매달린 작은 마을이 나타났다. 테라스가 있고, 벽에 석회를 칠했으며, 열린 창문마다 검은색 구멍이 있어서 꼭 바위 사이에 끼인 흰 해골처럼 보이는 집들이 다닥다닥 붙어 있었다.

나는 조르바를 따라잡은 후 낮은 목소리로 당부했다. "조르바, 이제 마을에 들어왔으니 행동거지를 조심해야 합니다. 마을 사람들이 우리 상황을 눈치채서는 안 돼요. 건실한 사업가 행세를 하자고요. 나는 관리인이고 당신은 십장입니다. 크레타 사람들이 그리 호락호락하지 않다는 사실을 알아야 해요. 당신을 보는 순간 즉시 당신의 약점을 찾아내서 별명을 붙일 거고, 한번 그러고 나면 아무리 애를 써도 그 별명이 안 없어지고 죽을 때까지 따라다닙니다. 꼬리에 매달린 양철통을 잡아보겠다고 죽어라 달리는 개처럼 아무리 애써봤자 소용없는 거예요."

조르바가 수염을 쓰다듬으며 깊은 생각에 잠겼다가 결국 입을 열었다. "이것 봐요, 보스. 이 마을에 과부가 한 명이라도 살면 아무 걱정 없어요. 하지만 과부가 없으면……."

바로 그 순간, 누더기를 걸친 여자 거지 하나가 팔을 내밀고 우리를 향해 달려왔다. 햇볕에 타서 새까만 데다가 못생기고 콧수염까지 거뭇거뭇 난 여자였다.

그녀가 조르바에게 소리쳤다. "이봐요, 친구. 당신에겐 영혼이 있나요?"

조르바가 진지하게 대답했다. "물론 있지."

"그럼 5드라크마만 줘요!"

조르바는 윗옷에서 다 낡은 가죽 지갑을 꺼냈다. "자, 받아!"

그때까지만 해도 우울해 보이던 그의 입술에 미소가 번졌다. 그가 뒤를 돌아다보며 말했다. "여기는 물가가 별로 안 비싼가 보네. 영혼이 겨우 5드라크마밖에 안 한다니 말이야."

동네 개들이 우리 쪽으로 달려왔고, 여자들은 테라스에서 우리를 내려다보았으며, 아이들은 온갖 소리를 다 내가며 우리 뒤를 따라다녔다. 개처럼 멍멍 짖어대는 아이들이 있는가 하면, 자동차 경적 소리를 내는 아이들도 있었고, 놀란 듯 눈을 동그랗게 뜨고 우리를 쳐다보며 지나쳐 가는 아이들도 있었다.

마을 광장에 도착했다. 키가 무척이나 큰 포플러나무 두 그루, 도끼로 대충 다듬어놓은 통나무 두 개, 주변의 벤치 몇 개. 그리고 건너편에는 '카페 겸 정육점 라 퓌되르La Pudeur'(퓌되르는 '수치심'이라는 뜻).

조르바가 물었다. "왜 웃는 겁니까?"

그러나 나는 미처 대답할 시간이 없었다. 카페 문이 열리더니 푸른색 바지에 빨간색 혁대를 찬 거한 대여섯 명이 튀어나왔던 것이다.

그들이 소리쳤다. "안녕, 친구들! 들어와서 라키 술이나 한잔하시구려. 금방 내린 거라 아직 따뜻하답니다."

조르바가 입맛을 다시더니 고개를 돌려 내게 윙크했다. "어때요, 보스? 가서 한잔할까요?"

우리가 마신 싸구려 독주는 배 속을 태워버릴 듯 뜨거웠다. 민첩하고 활달하며, 아직은 정정해 보이는 나이 든 카페 겸 정육점 주인이 의자를 내왔다.

나는 혹시 어디 묵을 만한 데가 있는지 물었다. 그러자 손님 중 한 명이 소리쳤다. "오르탕스 부인 집으로 한번 가보시오!"

나는 놀라서 물었다. "여기 프랑스 여자가 살아요?"

"어디서 왔는지는 가서 본인한테 직접 물어보시구려. 산전수전 다 겪으며 살다가 이제 나이가 드니까 여기서 여생을 마치려고 와서 여인숙을 차린 거지요."

한 아이가 끼어들었다. "사탕도 팔아요!"

누군가가 말했다. "얼굴에 분이랑 화장품도 발라요! 목에 댕기도 두르고……. 앵무새도 키운대요."

그때 조르바가 물었다. "과부인가요?"

하지만 아무도 대답하는 사람이 없었다.

“그 여자, 과부냐고요?” 그가 궁금해 죽겠다는 표정으로 다시 한 번 물었다.

카페 주인이 짙은 회색 수염을 쓰다듬으며 대답했다. “당신, 이 수염의 털이 몇 개나 될 것 같소? 몇 개요? 그 여자에게는 이 수염의 털만큼이나 많은 남편이 있어요. 알아듣겠소?”

그러자 조르바가 입술을 핥으며 대답했다. “알았어요.”

“조심하시오, 친구! 그 여자가 당신을 잡아먹을 수도 있으니 말이오!” 한 노인이 분위기를 띄우느라 이렇게 소리치자 모두가 웃음을 터트렸다.

카페 주인이 보리빵과 발효된 크림치즈, 배 등 안주거리가 담긴 쟁반을 새로 내오며 소리쳤다. “이 양반들 가만 좀 내버려둬. 오르탕스 부인 집으로 가다니, 말도 안 되는 소리! 우리 집에서 묵어야지!”

그러자 노인이 이의를 제기했다. “아냐, 콘도마놀리오! 내가 이 분들을 모실게. 난 애도 없고 집이 커서 방도 많으니까.”

카페 주인은 허리를 숙여 노인의 귀에 대고 말했다. “이것 보세요, 아나그노스티 아저씨, 내가 먼저 말했거든요.”

아나그노스티가 대답했다. “그럼 한쪽을 맡게. 나는 늙은 쪽을 맡을 테니.”

그러자 조르바가 아나그노스티를 사나운 눈초리로 쳐다보며 말했다. “아니, 늙은 쪽이라니?”

나는 화내지 말라고 손짓하며 말했다. “우리는 같이 지낼 겁니다. 함께 있을 거예요. 오르탕스 부인네 여인숙으로 가겠어요.”

"어서들 오세요!"

색 바랜 머리카락에 턱에는 돼지털처럼 빳빳한 털 하나가 곤두서 있는 포동포동하고 키 작은 여자가 비틀린 두 다리로 아장거리며 우리에게 두 팔을 벌리고 포플러나무 아래 모습을 나타냈다. 목에는 붉은색 벨벳 리본을 둘렀으며, 피부에 윤기가 없는 양쪽 뺨은 엷은 보라색 분으로 덮여 있었다. 귀여운 작은 털 하나가 그녀의 이마에서 흔들리는 것이 꼭 왕년에 연극 〈새끼 독수리 l'Aiglon〉를 공연하던 사라 베른하르트Sarah Bernhardt의 모습을 보는 것 같았다.

"이렇게 뵙게 되어 반갑습니다, 오르탕스 부인!" 나는 불현듯 활기에 사로잡혀 그녀 손에 입 맞출 준비를 하며 이처럼 대답했다.

인생이 마치 한 편의 동화처럼, 셰익스피어의 연극 〈템페스트The Tempest〉처럼 내 앞에서 눈부시게 빛났다. 우리는 상상 속에서, 조난을 당하는 바람에 몸이 뼛속까지 흠뻑 젖은 채 이제 막 배에서 내려 경이의 해안을 탐사하고 난 후 이곳 주민들과 정중하게 인사를 나누었다. 그리고 그 오르탕스 부인은 마치 이 섬의 여왕처럼, 이 해변에 좌초한 지 몇천 년이 지나 이미 그 아름다움은 잃었지만 그래도 아직 향기 나고 활기찬, 번들거리고 수염 난 물개처럼 보였다. 그리고 그 뒤에서는 생긴 건 꾀죄죄하고 텁수룩하지만 표정은 흡족해 보이는 켈리번Caliban〔조셉 에른스트 르낭Joseph Ernest Renan의 희곡 〈켈리번〉의 주인공으로 셰익스피어의 희곡 〈템페스트〉에서 빌려왔다〕이, 즉 백성들이 그녀를 긍지와 멸시가 뒤섞인 표정으로 바라보았다.

변장한 왕자 조르바도 미간을 찌푸린 채 그녀를 마치 오래된 전우처럼, 먼 바다에 나가 싸우며 승리와 패배를 맛보고 타격을 받느라 포신에는 구멍이 나고, 돛대는 부러지고, 돛은 찢겨져나간 후 이제 이 해안에 좌초되어 분과 크림으로 틈을 메꾼 채 기다리는 낡은 쾌속 범선처럼 바라보았다. 틀림없이 그녀는 온몸이 흉터로 뒤덮인 조르바 선장을 기다렸을 것이다. 나는 이 두 행복한 연극배우가 이 크레타의 풍경 속에서, 단순하고 얼룩덜룩한 이 급조된 무대에서 드디어 서로 만나는 모습을 보는 게 무척이나 즐거웠다.

나는 이 늙은 사랑의 배우에게 고개를 숙이며 말했다. "우리에겐 침대가 두 개 필요합니다, 오르탕스 부인! 빈대가 살지 않는 침대 두 개가……."

그러자 오르탕스 부인이 왕년에 뮤직홀에서 노래를 불렀던 가수의 그 도발적 시선으로 나를 오랫동안 바라보며 대답했다. "우리 집에 빈대는 없어요! 한 마리도 없다고요!"

그러자 켈리번들이 일제히 야유를 보냈다. "오, 말도 안 돼! 있어요. 빈대, 있다니까요!"

"없어! 없다니까!" 우리의 디바가 푸른색 양말을 신은 오동통한 발로 자갈을 차며 우겼다.

그녀는 장식용 실크 리본이 붙은 낡은 무도화를 신고 있었다.

"꺼져라, 프리마 돈나!" 켈리번들이 다시 웃음을 터트렸다.

그러나 오르탕스 부인은 사뭇 위엄 있는 걸음으로 앞서 걸으며 우리에게 길을 터주었다. 그녀에게서 백분白粉과 값싼 비누 냄새가 풍겼다.

조르바가 그녀를 뒤따라가며 그녀의 뒷모습을 탐욕스러운 눈길로 훑어보았다. 그가 눈을 찡긋하며 내게 속삭였다. "저거 좀 봐요, 보스. 저년, 궁둥이를 꼭 거위처럼 뒤뚱거리며 걷고 있어요. 궁둥이가 좌우로 왔다 갔다 하는 거 보여요? 실룩실룩! 궁둥이에 기름이 잔뜩 오른 암양 같지 않아요?"

굵직한 빗방울이 두세 방울 떨어지고, 하늘이 구름으로 뒤덮였다. 푸른색 번개가 산등성이를 후려쳤다. 흰색 염소 가죽 외투로 몸을 감싼 어린 소녀들이 집에서 키우는 염소와 양을 서둘러 목초지에서 데려왔다. 여자들은 벽난로 앞에 모여 밤을 보낼 불을 피웠다.

조르바는 콧수염을 신경질적으로 깨물었다. 그는 오르탕스 부인의 물결치듯 유연한 몸을 탐욕스러운 눈길로 곁눈질했다. 그가 한숨을 내쉬며 중얼거렸다. "흐음! 저년이 끊임없이 우리를 놀래네그려!"

3

오르탕스 부인의 작은 여인숙은 사실 다닥다닥 붙어 있던 목욕탕 탈의실을 개조한 것이었다. 첫 번째 탈의실은 사탕과 담배, 땅콩, 등의 심지, 알파벳 배우는 책, 안식향 등을 파는 가게였다. 연이어 붙어 있는 탈의실 네 개는 숙소로 쓰였고, 그 뒤편 마당에는 부엌과 세탁장, 닭장, 토끼장이 있었다. 그 주변 모래밭에는 대나무와 선인장을 촘촘히 심어놓았다. 이 모든 것에서는 바다와 짐승의 똥 냄새, 시큼한 오줌 냄새가 풍겼다. 이따금 오르탕스 부인이 지나갈 때만 미장원 세면대를 비운 것 같은 또 다른 냄새가 공기 중에 퍼져나가곤 했다.

이부자리가 준비되자 우리는 침대에 누워 아침까지 한 번도 안 깨고 내리 잤다. 무슨 꿈을 꾸었는지는 이제 기억이 나지 않는다. 하지만 아침이 되자 나는 방금 해수욕을 하고 나온 것처럼 상쾌하고 생기발랄해졌다.

일요일이었고, 이웃 마을 일꾼들은 그다음 날 와서 갈탄광에서 일을 하기로 되어 있었다. 그러므로 내게는 섬을 한 바퀴 돌아보면서 나의 운명이 어떤 해변에 나를 집어던졌는지를 알 수 있는 시간이 주어진 셈이었다. 동틀 무렵 잠자리에서 일어난 나는 정원을 지나 처음으로 이곳의 물과 대지, 대기와 접촉했고, 방향성 식물들을 땄다. 내 두 손에는 사리에트와 샐비어, 박하 향이 오랫동안 남아 있었다.

나는 언덕 위로 기어올라 가 강철처럼 단단한 암벽과 짙은 색깔 나무, 어찌나 단단한지 아무리 곡괭이질을 해도 절대 안 부서질 것 같은 흰색 석회로 이루어진 그 삭막하고 척박한 풍경을 내려다보았다. 우아한 모양의 노란 백합꽃이 이 황량한 풍경 속에 홀연 나타나더니 태양 아래서 환한 빛을 발했다. 멀리 남쪽으로는 낮은 모래섬이 이른 아침 햇살을 받아 붉게 물들어갔다.

해안에서 쑥 들어간 곳에서는 올리브나무, 캐롭나무, 무화과나무, 그리고 포도나무 몇 그루가 자라고 있었다. 두 언덕 사이 움푹 들어간 방풍지(바람을 막기 위해 나무를 심은 곳)에는 레몬나무와 서양모과나무가 보였고, 해안 가까이로는 채소밭이 자리 잡고 있었다.

나는 높은 곳에 서서 부드럽게 굽이치는 듯한 그 기복지형을 오랫동안 내려다보았다. 여기저기 자철광 광상과 캐롭나무의 짙은 녹색, 잎사귀가 은빛으로 빛나는 올리브나무가 마치 호랑이의 파도 같은 줄무늬 가죽처럼 내 앞에 좍 펼쳐져 있었다. 그리고 그보다 더 멀리 남쪽으로 아프리카 해안까지 펼쳐진 드넓은 바다는 노호하며 금방이라도 크레타 섬을 집어삼킬 것처럼 거칠게 밀려왔다.

내 생각에 크레타의 풍경은 훌륭한 산문처럼 보였다. 공들여 썼고, 간결하고, 쓸데없이 화려하지 않고, 힘이 있으면서도 신중한 그 글은 최소한의 수단으로 본질에 접근한다. 그 글은 허세를 부리지 않고, 최소한의 기교도 거부하며, 미사여구를 동원하지 않는다. 말해야 할 것을 간결하고 대차게 말할 뿐이다. 그러나 엄격한 이 글의 행간에서는 뜻밖의 감성과 부드러움이 엿보인다. 바람이 불지 않는 분지에서는 레몬나무와 오렌지나무가 향기를 널리 퍼트렸고, 더 멀리 바다에서는 무한한 시정詩情이 흘러나왔다.

"크레타…… 크레타……." 나는 이렇게 중얼거렸다. 그러자 가슴이 두근거렸다.

언덕을 내려와 해변을 따라 걸어갔다. 처녀들이 재잘거리며 마을 쪽에서 다가왔다. 눈처럼 새하얀 숄을 두르고 노란 장화를 신은 그들은 치마를 걷어 올린 채 바닷가에 지은 수도원으로 미사를 드리러 가는 중이었다.

나는 걸음을 멈추었다. 나를 보자마자 그들의 웃음소리가 멎었다. 외국인을 보는 순간 그들의 얼굴이 굳어지더니 사나운 표정을 지었다. 그들의 몸은 머리끝에서 발끝까지 경계 태세를 취했으며, 손가락은 빈틈없이 단단히 여민 블라우스 섶을 불안하게 꽉 움켜쥐었다.

그들의 피는 옛일을 기억하고 공포에 떨었다. 해적들은 아프리카 쪽을 바라보는 모든 크레타 해안에서 몇 세기 동안 노략질을 하고, 양과 여자들, 어린아이들을 납치하고, 그들을 붉은 혁대로 묶어 선창에 처넣은 다음 알제와 알렉산드리아, 베이루트 등에 팔아넘겼다. 몇 세기 전부터 이 해안은 통곡 소리로 가득 찼으며, 잘려나간 갈래머리로 뒤덮였다. 나는 처녀들이 마치 넘을 수 없는 성채를 이루어 절망적인 싸움을 벌이려는 듯 서로 몸을 꼭 붙인 채 사나운 표정으로 내게 다가오는 것을 보았다. 지난 몇백 년 동안 필수였던 행동이 저 먼 옛날의 필요에 따라 아무 이유도 없이 또다시 등장한 것이다.

그러나 처녀들이 내 앞을 지나갈 때 나는 아무 말 없이 웃으며 옆으로 길을 비켜주었다. 그러자 그 몇백 년 전 위험은 이제 지나간 과거의 일이라는 사실을 갑자기 깨달은 듯, 불현듯 잠에서 깨어나 보니 지금은 안전한 시대에 살고 있음을 깨달은 듯, 그들은 얼굴을 환하게 밝히면서 서로 간격을 두고 걸어왔다. 내게 인사하는 그들의 목소리는 맑았고, 그들의 목은 눈부시게 빛났다. 바로 그 순간, 멀리 보이는 수도원의 즐거운 종소리가 대기를 행복으로 가득 메웠다.

해가 맑고 깨끗한 하늘에 떠올랐다. 바위산 사이로 기어들어 간 나는 움푹 들어간 곳에 마치 갈매기처럼 쭈그리고 앉아 먼 바다를 응시하며 황홀경에 빠져들었다. 원기 왕성하고 싱싱하고 유순한 내 몸과 마음이 파도를 따라가다가 자기도 파도가 되어 흔들거리는 바다의 리듬에 아무 저항 없이 몸을 맡기는 게 느껴졌다.

하지만 내 가슴은 조금씩 오그라들고, 어두운 목소리가 내 깊숙한 곳에서 올라왔다. 나는 나를 부르는 게 누군지 알았다. 내가 혼자 있을 때면 어김없이 등장하는 이 존재는 뭐라 이름 붙일 수 없는 엄청난 욕망과 격정에 사로잡혀 내 안에서 신음하며 내가 해방해주기를 기다렸다.

내 안의 목소리를 더는 듣지 않으려고 나는 나의 길동무 단테를 폈다. 내 안에 사는 그 무시무시한 악마를 쫓아내고, 그것의 힘에서 벗어나고, 그것의 슬픔을 떨쳐버리기 위해서였다. 책장을 넘기며 한 행, 혹은 삼행 연구三聯句를 읽다가 한 연 전체를 기억해내는 순간 그 불같은 페이지에서 저주받은 자들이 절규하며 나를 향해 올라왔다. 더 멀리에서는 상처받은 영혼들이 높은 산을 기어오르려 애썼다. 그리고 더 높은 곳에서는 축복받은 영혼들이 꼭 반짝이는 반딧불처럼 에메랄드빛 초원 위에서 노닐었다. 나는 그게 마치 내 집이라도 되는 양 천국과 연옥과 지옥의 삼층으로 이루어진 이 무시무시한 운명의 집을 내 마음대로 오르내렸다. 그 매혹적 시행들을 따라 표류하면서 고통스러워하기도 하고, 바람을 가져보기도 하고, 지고의 행복감을 맛보기도 했다.

단테를 덮고 먼 바다를 바라보았다. 갈매기 한 마리가 배를 파도에 올려놓은 채 그 관능적 차가움에 몸을 맡겨두고 있었다. 볕에 그을린 맨발 소년이 바닷가에 나타났다. 그는 만티나다Mantinada(대화 형태로 된 크레타의 전통 노래로, 악기 반주를 따라 15음절로 이루어진 이행구二行句로 서로 응답한다)라고 불리는 사랑의 노래를 불렀다. 허스키한 수탉의 목소리를 내는 걸로 보아 그는 자기가 부르는 노래에 깃든 고통스런 감정을 이해하는 듯했다.

단테의 시는 이렇게 몇백 년 동안 그의 조국에서 불려왔다. 사랑의 노래가 젊은 사람들에게 사랑을 준비하게 만드는 것처럼 이 피렌체 출신 시인의 열정적 시구는 이탈리아 젊은이들로 하여금 조국의 자유를 위한 투쟁을 준비하게 했다. 그리고 모든 사람은 시인의 영혼과 소통하면서 마침내 노예 상태를 자유로 바꾸어놓았다.

등 뒤에서 웃음소리가 들려왔다. 나는 단테의 하늘에서 단숨에 굴러떨어졌다. 고개를 돌려보니 웃음으로 일그러진 조르바의 얼굴이 뒤에 서 있었다. "아니, 세상에, 무슨 이런 법이 있습니까? 아무리 찾아다녀도 없어서 지금 몇 시간째 헤매고 다녔단 말입니다!"

내가 아무 대답도 하지 않고 움직이지도 않자 그가 덧붙였다. "벌써 정오가 지났어요. 닭고기가 다 익었단 말입니다. 그 불쌍한 닭이 지금은 아마 흐물흐물해졌을 겁니다. 알겠소?"

"알았어요. 하지만 난 배가 안 고파요."

"뭐라고요? 배가 안 고프다고요?" 조르바가 이렇게 말하며 자기 넓적다리를 손으로 두드렸다. "하지만 아침부터 아무것도 안 먹었잖아요? 육체 역시 영혼을 갖고 있어요. 그 영혼을 불쌍히 여겨야 합니다. 그러니 육체에 먹을 걸 주세요, 보스. 먹을 걸 줘야 합니다. 육체는 우리의 나귀나 마찬가집니다. 먹을 걸 안 주면 보스를 길바닥에 내팽개치고 말 겁니다."

아주 오래전부터 나는 육체의 쾌락을 업신여겨왔다. 가능하기만 했다면 마치 부끄러운 행위라도 저지르듯 음식도 몰래 숨어서 먹었을 것이다. 그러나 지금 당장은 조르바의 비난을 그치게 하고 싶었다. "알았어요. 갈게요."

우리는 마을로 향했다. 바위 사이에서 보낸 시간은 꼭 사랑의 시간처럼 빛의 속도로 지나가 버렸다. 그 피렌체 출신 시인의 뜨거운 숨결이 여전히 살에서 느껴졌다.

조르바가 다소 머뭇거리며 물었다. "갈탄광을 생각했습니까?"

나는 웃으며 대답했다. "그거밖에 생각할 게 뭐 있겠어요? 내일부터 일 시작합니다. 그래서 계산을 좀 해봐야만 했어요."

조르바는 나를 곁눈질하다가 침묵했다. 나는 그가 나를 재본다는 사실을 다시 한 번 깨달았다.

그가 조심스럽게 걸음을 내디디며 물었다. "그래서 어떤 결론을 내렸습니까?"

"석 달 뒤에 수지를 맞추려면 갈탄을 하루 10톤씩 캐내야 합니다."

조르바가 다시 나를 쳐다보았는데, 이번에는 좀 불안한 표정이었다. "그 계산을 하려고 바닷가에 간 겁니까? 미안해요, 보스. 근데 나는 이해가 안 가는군요. 난 숫자랑 씨름할 때면 구멍이라도 파고들어 가고 싶어져요. 그러면 봉사가 되어 아무것도 안 보일 테니. 눈만 들면 바다나 나무가 보여요. 아님 여자가 보이든지. 늙은 여자라도 말입니다. 그럼 계산은 물 건너가고 말죠! 그 빌어먹을 숫자가 날개라도 달린 것처럼 날아가 버리고 마는 겁니다, 글쎄!……"

"왜 그런 건지 알아요, 조르바?"

나는 그를 놀려먹으려고 말했다. "그건 당신 잘못이에요. 당신은 정신을 집중할 만큼 정신력이 강하질 못하단 말입니다."

"음, 그럴지도 모르겠습니다, 보스……. 모든 건 생각하기 나름이니까요. 심지어는 현명한 솔로몬조차 어쩌지 못하는 일도 있으니까요. 언젠가 작은 마을에 들렀는데, 아흔 살 먹은 할아버지 한 분이 아몬드나무를 심더군요. 그래서 물었지요. '아몬드나무 심으시네요, 할아버지?' 그러자 할아버지는 여전히 허리를 숙인 채 대답하더군요. '응, 얘야. 난 영원히 살 것처럼 산단다.' 그래서 나도 말했죠. '전 금방이라도 죽을 것처럼 산답니다.' 우리 두 사람 중에서 누구 말이 옳을까요, 보스?"

그는 의기양양한 표정으로 나를 쳐다보았다. "대답해보세요."

나는 침묵을 지켰다. 두 개의 험하고 가파른 길이 똑같이 산꼭대기로 이어질 수 있다. 죽음이 아예 존재하지 않는 것처럼 살건, 언제 어느 때 죽을지 모른다는 생각으로 살건 매한가지다. 하지만 조르바가 내게 그 질문을 던졌을 때 나는 그 사실을 알지 못했다.

조르바가 놀리는 듯한 표정으로 나를 바라보며 물었다. "자, 자책하지 맙시다. 어차피 보스는 해답을 찾지 못할 테니까. 우리, 다른 얘기 합시다. 지금 나는 닭고기를 넣고 위에 계피를 얹은 터키식 볶음밥 요리를 할까 생각 중이에요. 내 머릿속은 꼭 볶음밥 요리처럼 김이 모락모락 납니다. 우선 먹읍시다. 먼저 배를 채운 다음 생각을 해보자고요. 무슨 일이든지 다 때가 있는 법이니까요. 지금 당장은 볶음밥이 우리를 기다립니다. 그러니 볶음밥 생각만 하자고요. 내일이 되면 갈탄광이 우리를 기다릴 겁니다. 그러니 갈탄광은 내일 생각하자고요. 일을 어정쩡하게 하는 건 안 하느니만 못합니다, 알았죠?"

우리는 마을에 들어섰다. 여자들이 문턱에 앉아 잡담을 나누었으며, 노인들은 아무 말 없이 지팡이에 몸을 의지하고 있었다. 석류가 주렁주렁 매달린 석류나무 아래서는 말라 오그라든 것처럼 보이는 한 노파가 손자의 이를 잡아주고 있었다.

카페 앞에는 눈이 움푹 들어간, 엄격하고 과묵해 보이는 매부리코 노인이 영주처럼 엄숙한 표정을 짓고 서 있었다. 그는 우리에게 갈탄광을 세내 준 마을 원로 마브란도니였다. 그는 전날 밤 우리를 자기 집에 데려가려고 오르탕스 부인네를 찾아오기도 했다. "두 분이 여인숙에 묵다니, 참 창피한 일입니다. 마을에 두 분을 재워드릴 사람이 없는 것도 아닌데 말이지요."

그는 꼭 진짜 영주처럼 진지하고 과묵한 사람이었다. 우리가 사양하자 속이 좀 상하는 모양이었지만, 더는 고집을 피우진 않았다.

"어쨌든 내 할 도리는 다했습니다." 그는 이렇게 말하고 나서 떠났다.

잠시 후 그는 사람을 시켜 우리에게 치즈 두 덩어리와 석류 한 바구니, 건포도 한 항아리, 라키 술 한 병을 가져오게 했다.

나귀에서 짐을 내리며 하인이 말했다. "마브란도니 님께서 드리는 겁니다. 별거 아니지만, 마음이니 받아주길 바라십니다."

우리는 이 마을 원로에게 최대한 찬사를 늘어놓으면서 감사했다.

그러자 그가 손을 가슴에 얹으며 말했다. "만수무강하시오!" 그러고 나서 입을 다물었다.

그 모습을 본 조르바가 중얼거렸다. "입이 무거운 사람이군! 편한 상대가 아냐."

"자존심이 강해서 그런 겁니다. 나는 마음에 드는데……."

드디어 우리는 여인숙에 이르렀다. 조르바의 콧구멍이 기뻐서 가볍게 떨렸다.

오르탕스 부인은 문간에서 우리를 보더니 즐거운 듯 소리를 지르고는 다시 집 안으로 들어갔다.

조르바는 잎이 듬성듬성한 포도 덩굴을 올려놓은 정자 아래에 식탁을 차렸다. 그는 빵을 큼지막하게 자르고, 포도주를 가져오고, 접시와 포크, 나이프를 올려놓았다. 그는 고개를 돌리더니 장난스러운 표정을 지으며 머릿짓으로 식탁을 가리켰다. 삼인용 상을 봐놓은 것이다.

"무슨 뜻인지 알겠지요?" 그가 내 귀에 대고 속삭였다.

"알겠어요, 음탕한 돼지 같으니!"

"원래 늙은 암탉으로 끓인 닭죽이 제일 맛있는 법이거든요. 내가 그런 쪽으로는 통달했죠." 그가 이렇게 말하며 입맛을 다시더니 아만가Amané(사면이나 용서를 뜻하는 '아만'이라는 단어가 반복되므로 아만가라고 불리는 동양 노래)를 흥얼거리며 부지런히 왔다 갔다 했다. 그의 눈에서 섬광이 번득였다.

"내게는 이게 바로 인생입니다, 보스. 즐겁게 사는 거……. 자, 지금 나는 금방이라도 죽을 사람처럼 행동하는 겁니다. 그래서 이렇게 서둘러대는 거지요. 닭 요리도 먹기 전에 죽어버리면 안 되잖아요?"

바로 그때 오르탕스 부인이 우리를 소리쳐 불렀다. "식사들 하세요!"

그녀는 냄비를 들어다 우리 앞에 내려놓았다. 그러던 그녀는 벌어진 입을 다물지 못했다. 삼인용 식탁이 차려진 걸 본 것이다. 너무 좋아서 얼굴이 새빨개진 그녀가 조르바를 바라보았고, 그녀의 반짝반짝 빛나는 푸른색 눈은 깜박였다.

조르바가 나지막한 목소리로 내게 속삭였다. "저 여자 엉덩이가 뜨거워졌어."

그러더니 오르탕스 부인 쪽으로 돌아서며 말했다. "아름다운 바닷가의 세이렌이시여, 우리는 바다가 당신의 왕국에 내던진 조난자들입니다. 오, 나의 세이렌이시여, 우리와 함께 식사하실까요?"

이 왕년의 가수는 우리 두 사람 모두를 포옹하고 싶은 듯 두 팔을 벌렸다가 다시 오므리더니 몸을 좌우로 흔들었다. 그러고 나서 손가락 끝으로 조르바와 나를 차례대로 슬쩍 건드린 다음 킥킥거리며 자기 방으로 뛰어들어 갔다. 잠시 후에 그녀는 자기가 가장 아끼는 옷, 즉 올이 풀린 노란색 리본으로 장식한 낡은 초록색 벨벳 드레스를 차려입고 허리를 흔들어대며 다시 나타났다. 가슴은 너그럽게 풀어헤쳤고, 드레스 몸통 부분에는 활짝 핀 인조 장미 한 송이를 핀으로 꽂아놓았다. 그녀는 앵무새 새장을 들고 와서 자기 앞에 있는 포도 덩굴 정자에 걸었다.

우리는 그녀를 우리 두 사람 사이에 앉혔다. 그리하여 나는 그녀의 왼쪽, 조르바는 오른쪽에 앉게 되었다.

우리 세 사람 모두 음식에 달려들어 한동안 아무 말 하지 않고 먹기만 했다. 우리는 육체라는 짐승을 실컷 먹였고, 목도 포도주로 원 없이 축여주었다. 그러자 음식은 곧 피로 변했고, 우리의 내장은 꽉 채워졌으며, 세상은 아름다워졌다. 그리고 우리 옆에 있는 여자는 눈에 띄게 젊어지고 주름도 사라졌다. 가슴팍만 노란 초록색 앵무새는 우리 앞에 매달린 새장 속에 들어 있다가 고개를 숙이고 우리를 내려다보았는데, 때로는 마법에 걸려 모습이 바뀐 사람처럼 보이기도 했고, 때로는 초록색, 노란색 옷을 입은 늙은 퇴물 여가수처럼 보이기도 했다. 그리고 언제부터 그랬는지는 모르겠으나, 우리 머리 위 포도 덩굴 정자에는 굵고 검은 포도송이가 주렁주렁 매달려 있었다.

조르바가 온 세상을 껴안으려는 듯 두 팔을 벌렸다가 다시 오므렸다. 그리고 놀란 듯한 목소리로 소리쳤다. "이게 어찌 된 일이지요, 보스? 포도주 한 잔밖에 안 마셨는데 온 세상이 빙글빙글 돌아가니 말입니다. 그래도 사는 게 참 재미있네요. 솔직히 말해봐요. 저기 매달린 게 포도인가요, 아니면 천사인가요? 난 모르겠습니다. 아니면, 이제 더는 아무것도 없는 건가요? 이제 닭고기도 없고, 세이렌도 없고, 크레타도 없고...... 말해봐요, 보스. 말해보라고요. 안 그러면 나, 돌아버릴지도 모릅니다."

조르바는 잔뜩 취한 상태였다. 그는 자기 몫의 닭 요리를 다 먹어 치운 다음 이제는 탐욕스러운 눈으로 오르탕스 부인을 바라보았다. 그의 시선은 그녀에게 착 달라붙어 위아래로 오르락내리락하기를 되풀이하다가 꼭 손으로 만질 때처럼 그녀의 불룩한 젖가슴 사이로 미끄러져 들어갔다. 오르탕스 부인의 작은 눈도 반짝거렸다. 우리 귀부인께서도 포도주를 좋아해서 꽤 많이 마셨다. 포도밭의 장난꾸러기 악마가 그녀를 좇았던 옛 시절로 다시 데려가 그녀는 다시 다정하고 수다스럽고 쾌활한 사람으로 변했다. 그녀가 혹시 마을 사람들(그녀는 그들을 '야만인'이라고 불렀다)이 자기 모습을 볼까 봐 일어나서 출입문을 잠근 다음 담뱃불을 붙이자 그녀의 자그마한 프랑스식 들창코에서는 연기가 소용돌이치며 뿜어져 나왔다.

이런 순간이 되면 파수꾼이 잠들면서 여자의 문이란 문이 모두 다 열리는 법이다. 이때, 친절한 말 한마디는 황금 혹은 사랑만큼이나 강력하다.

그래서 나는 파이프 담배에 불을 붙이고 그 다정한 말을 들려주었다. "오르탕스 부인, 부인을 보니 사라 베른하르트가 생각나는군요……. 그녀가 젊었을 때 말입니다. 이토록 우아하고 고상하고 세련되고 아름다운 분을 이런 시골에서 만나게 되리라곤 예상하지 못했습니다. 어떤 셰익스피어가 부인을 이 야만인들 속에 보낸 것일까요?"

그러자 그녀는 마스카라가 번진 작은 눈을 찌푸리며 물었다. "셰익스피어? 셰익스피어가 누군가요?"

열심히 뭔가를 찾으며 자기가 들락거렸던 극장들을 향해 날아갔던 그녀의 정신은 모든 동양의 해안에 있는 카페들을 통해 우회하다가 갑자기 알렉산드리아에 있는 거대한 홀의 샹들리에와 빌로도 소파, 수많은 남자들과 여자들, 벌거벗은 등, 향수, 꽃다발을 기억해냈다. 그리고 느닷없이 커튼이 올라가더니 무시무시하게 생긴 흑인이 등장하는 것이었다…….

드디어 기억을 되살려낸 오르탕스 부인이 만족스런 표정으로 물었다. "그 셰익스피어가 혹시 사람들이 오셀로라고 부르는 사람 아닌가요?"

"맞아요, 그 사람입니다. 어떤 셰익스피어가 당신을 이 야생의 해안에 집어던졌나요, 귀부인이시여?"

그녀는 주위를 둘러보았다. 문은 꽉 잠겨 있었고, 앵무새는 잠들었으며, 토끼들은 사랑을 나누고 있었다. 오직 우리뿐이었다. 그러자 그녀는 마치 향료와 바래서 누렇게 된 연애편지, 퇴색한 옷들이 가득 든 낡은 트렁크를 열듯이 우리에게 마음을 열기 시작했다.

그녀는 음절을 잘라먹고 단어를 서툴게 발음하면서 그럭저럭 그리스어를 구사했다. 예를 들면 amiral(장군)이라고 말하려 했지만 막상 입에서는 animal(동물)이라는 단어가 튀어나오고, revolution(혁명)이라는 단어 대신 evolution(변화)이라는 단어가 나오는 식이었다. 그렇지만 우리는 포도주의 효능 덕분에 항상 그녀가 하는 말을 결국은 알아들었다. 겨우겨우 웃음을 참기도 하고, 술을 너무 많이 마셔서 눈물을 쏟기도 했지만 말이다.

늙은 세이렌이 향수 냄새가 코를 찌르는 마당에서 우리에게 얘기했다. "내 기억에 따르면, 지금 두 사람 앞에서 말을 하는 나는 키가 크고 호리호리했었어요. 맞아요! 난 카바레에서 노래를 부르는 가수가 아니라 아주 유명한 예술가로서 진짜 레이스로 장식된 비단 속옷을 입고 다녔답니다. 그런데 사랑이 그만……."

그녀는 깊은 한숨을 내쉬더니 조르바에게 다가가 담뱃불을 붙였다. "나는 '동물'(제독)을 사랑했지요. 크레타에 다시 한 번 '변화'(혁명)가 일어나자 열강들의 함대가 수다 항에 정박했답니다(크레타가 봉기하고 그리스가 터키와의 전쟁에서 패하자 영국, 프랑스, 이탈리아, 러시아는 기독교를 믿는 주민들을 보호하려고 1897년 크레타에 자기네 나라 해군을 파견했다). 그리고 며칠 뒤에 나도 거기에 닻을 내렸지요. 아, 그건 정말 이지 장관이었어요! 영국이랑 프랑스, 이탈리아, 러시아, 이 네 나라의 '동물'(제독)을 두 분이 봤어야 하는데……. 모두 금색으로 반짝거리는 군복에 에나멜 구두를 신고 머리에는 깃털 달린 모자를 썼죠. 수탉처럼 말예요. 무게가 각각 80에서 100킬로씩 나가는 수탉……. 정말 놀라운 광경이었답니다. 그리고 또 그 수염은 어떻고? 곱슬곱슬한 수염…… 비단처럼 부드러운 수염…… 검은 수염, 금발 수염, 회색 수염, 갈색 수염……. 수염에서는 좋은 냄새가 났죠! 다들 쓰는 향수가 다 달라서 밤에는 그걸 맡고 그게 누군지 알아맞힐 수 있었어요. 영국 제독에게서는 오 드 콜로뉴 냄새가 났고, 프랑스 제독에게서는 제비꽃 향수 냄새가 났죠. 또 러시아 제독에게서는 사향 냄새가 났고, 이탈리아 제독에게서는…… 아, 그 사람에게서는 파출리 냄새가 났죠. 세상에, 어떻게 그렇게 멋진 수염이 있을 수 있는지!

우리는 5년에 한 번씩 '동물'(제독)의 배에 모여 '변화'(혁명)에 대해 얘기하곤 했답니다. 그들의 옷차림은 흐트러졌고, 그들이 샴페인을 쏟아붓는 바람에 내 실크 슈미즈는 몸에 찰싹 달라붙었지요. 여름이었답니다, 아시겠죠? 우리는 '변화'(혁명)에 대해 얘기했어요. 진지한 대화였죠. 나는 그들의 수염을 쓰다듬으면서 불쌍한 크레타 사람들을 폭격하지 말아달라고 애원했답니다. 우리는 하니아 근처 바위산 꼭대기에 모인 그들을 망원경으로 보았어요. 파란 바지에 노란색 구두를 신은 그들 모습이 개미처럼 작게 보이더군요. 그들은 깃발을 흔들어대면서 끊임없이 소리를 질러댔어요. '크레타 만세! 크레타 만만세!'……."

마당 주변 갈대 울타리가 살짝 움직였다. 왕년에 제독들을 상대하던 이 여성이 깜짝 놀라 말을 멈추었다. 장난기 어린 작은 눈들이 갈대 사이로 반짝거렸다. 동네 아이들이 우리가 잔치를 벌인다는 소식을 듣고 몰래 숨어 엿보았던 것이다.

이 카바레 가수는 일어서려고 해보았지만, 마음대로 되지 않았다. 너무 많이 먹고 마셔서였다. 그녀는 온몸이 땀에 흠뻑 젖어 다시 주저앉았다. 조르바가 땅에서 돌을 집어 들었다. 아이들이 소리를 지르며 달아났다.

조르바가 의자를 끌어당기며 말했다. "계속 얘기해봐요, 나의 인어공주! 얘기해보라니까요, 나의 보물덩어리!"

"그래서 나는 가장 가깝게 지내던 이탈리아 제독에게 말했지요. 그의 수염을 쓰다듬으면서요. '카나바로(이게 그의 이름이었어요), 카나바로, 내가 가장 사랑하는 카나바로, 쾅쾅 하지 말아요! 쾅쾅은 안 돼요!'

지금 여러분 앞에서 이렇게 말하는 내가 크레타 사람들 목숨을 몇 번이나 죽음에서 구했는지 모른답니다. 대포는 이미 발사될 준비를 마쳤지만, 그때마다 내가 '동물'(제독)의 수염에 매달려 쾅쾅을 못 하도록 한 게 몇 번인지 이젠 기억도 안 나요. 그런데 사람들은 내게 어떤 보답을 했는지 아세요? 메달 하나 안 주더라고요……." 오르탕스 부인은 인간들의 배은망덕에 분노하며 포동포동하고 주름진 작은 주먹으로 식탁을 쾅 쳤다.

조르바는 감동에 사로잡힌 척 수많은 남자들이 쓰다듬었을 그녀의 벌어진 무릎에 손을 올려놓으며 소리쳤다. "오, 나의 부불리나(라스카리나 부불리나Λασκαρίνα Μπουμπουλίνα(1771~1825)를 말한다. 부불리나라는 이름은 부불리스의 아내라는 뜻(1811년에 남편을 잃었다). 스페차이 섬에서 가지고 있던 여러 척의 배를 무장시켜 직접 몰고 터키인들과 싸운 그리스 독립전쟁의 영웅], 식탁에다 쾅쾅은 하지 말아주세요!"

그러자 우리 귀부인께서 암탉처럼 킥킥대고 웃으며 말했다. "이 손 치워요! 도대체 날 뭘로 아는 거예요?" 그리고 그에게 사랑의 추파를 던졌다.

늙은 난봉꾼이 대답했다. "신은 존재합니다. 그러니 화내지 말아요, 나의 부불리나! 신은 존재하고 우리는 여기 있습니다. 그러니 울지 마세요."

이 늙은 프랑스 여자는 작고 반짝거리는 푸른색 눈을 들어 앵무새가 새장 안에서 자고 있는 걸 보았다.

그녀가 앵무새를 다정하게 불렀다. "카나바로, 카나바로, 내 사랑!"

그녀의 목소리를 알아들은 앵무새가 눈을 뜨더니 새장의 살을 꼭 움켜잡은 채 물에 빠진 남자의 쉰 목소리로 소리쳤다. "카나바로! 카나바로!"

그러자 조르바가 수많은 남자들의 손이 거쳐간 무릎을 자기 것으로 만들고 싶다는 듯 자기 손을 다시 그 위에 올려놓으며 소리쳤다. "카나바로 여기 있소!"

오르탕스 부인은 의자에서 몸을 이리저리 비틀다가 다시 잔주름이 잡힌 작은 입을 열었다. "나도 몸과 몸을 부딪치며 용감하게 싸웠어요. 하지만 상황이 바뀌었죠. 크레타가 해방되자 함대는 철수하라는 명령을 받았지요. '그럼 난 어떻게 되는 거죠?' 나는 네 명의 수염을 붙잡으며 소리쳤답니다. '나를 버려두고 어디를 가겠다는 거예요? 나는 사치스러워졌고, 샴페인과 로스트 치킨, 나에게 군대식으로 경례하는 해군 졸병들에게 익숙해져 있었어요. 진짜 좋았죠! 그런데 이제 네 번이나 과부가 되다니, 나는 이제 어떻게 되는 거예요, 나의 동물들(제독들)이시여?'

그들은 내 말을 듣고 웃었어요. 아, 남자들이란 참! 그들은 내 호주머니를 영국 파운드랑 이탈리아 리라, 러시아 루블, 프랑스 프랑으로 꽉 채워주었어요. 나는 그걸 내 양말과 브래지어, 구두에 쑤셔 넣었어요. 마지막 날 밤에 나는 울면서 신세 한탄을 했답니다. '동물들'(제독들)은 나를 동정하며 욕조를 샴페인으로 가득 채우고 나를 거기다 밀어 넣었죠. 난 거기서 목욕을 했어요. 우리끼리는 굉장히 자유로웠으니까요. 그러고 나서 그들은 잔을 욕조에 담가서 샴페인을 다 퍼마셨답니다. 술에 취하자 그들은 불을 껐어요…….

그다음 날 아침, 내 몸에는 향수가 여러 층 겹쳐져 있었지요. 내게서는 바이올렛과 오 드 콜로뉴, 사향, 파출리 향이 났어요. 영국과 프랑스, 러시아, 이탈리아…… 나는 이 사대 강대국을 무릎에 올려놓고 가지고 논 거죠. 이렇게요!"

그녀는 통통하고 작은 팔을 벌리더니 마치 어린 아기를 무릎에 올려놓고 데리고 놀듯이 위아래로 흔들었다. "그래요, 이렇게 했어요! 그리고 단언하건대, 동이 트자 이들은 내게 경의를 표하려고 예포를 쏘았답니다. 그러고 나자 열두 명이 노를 젓는 흰색 배가 나를 태우고 하니아로 데려갔지요……."

그녀는 손수건을 집어 들더니 말릴 수가 없을 정도로 울음을 펑펑 쏟았다.

그러자 조르바가 당황해서 소리쳤다. "오, 나의 부불리나! 그 작은 눈을 감아요……. 눈을 감아요, 제발, 나의 보물덩이…… 내가 바로 당신의 카나바로예요!"

우리 귀부인께서는 다시 아양을 부리며 항의하는 척했다. "내가 손 치우라고 했지요? 당신 일이나 신경 써요! 삼각모랑 금색 견장, 향수 뿌린 콧수염은 어디 갔나요?"

이렇게 말하고 난 그녀는 조르바의 손을 다정하게 잡으며 다시 엉엉 울었다.

날씨가 선선해졌다. 우리는 잠시 침묵을 지켰다. 갈대 울타리 뒤에 있는 바다가 이제는 부드럽고 평화로운 한숨을 내쉬었다. 바람은 잦아들었고, 해는 넘어갔다. 커다란 까마귀 두 마리가 우리 머리 위로 날아갔다. 그들이 날갯짓을 할 때마다 마치 비단(여가수의 비단 슈미즈)을 찢는 것처럼 휘파람 부는 소리가 났다.

저녁노을이 꼭 황금 먼지처럼 떨어져 내리더니 마당에 흩뿌려졌다. 오르탕스 부인의 헝클어진 머리카락이 불이라도 붙은 듯 새빨간 반사광을 띠더니 마치 주변 사람들 머리가 불타오르게 하고 싶은 듯 심하게 흔들렸다. 드러낸 그녀의 가슴과 벌린 무릎, 주름진 목, 낡은 구두가 금빛으로 물들었다.

우리의 늙은 세이렌이 몸을 떨었다. 그녀는 눈물과 포도주로 붉어진 눈을 찌푸리며 때로는 나를, 또 때로는 자기 젖가슴에 시종일관 시선이 머무르는 조르바를 바라보았다. 이제는 어둠이 완전히 내려앉았다. 그녀는 탐색하는 듯한 눈길로 우리 두 사람을 쳐다보았다. 우리 둘 중 누가 카나바로인지 알아내려고 애쓰는 것 같았다.

"오, 나의 부불리나, 걱정 마세요. 악마도, 신도 존재하지 않으니까." 조르바가 열정적인 목소리로 이렇게 말하더니 다리를 그녀의 다리에 올려놓았다. "고개를 들어요. 당신의 작은 손을 뺨에 올려놓고 죽음의 신이 얼씬거릴 엄두를 못 낼 정도로 열렬한 사랑의 노래를 들려줘요!"

조르바는 이미 몸이 후끈 달아오른 상태였다. 오른손으로는 수염을 비비 꼬고, 왼손으로는 얼근히 취한 왕년의 여가수를 더듬었다. 그는 헐떡거리는 목소리로 말했고, 눈은 나른해졌다. 이제 그가 눈앞에 보는 것은 화장을 하고 방부 처리를 한 미라가 아니라 "여자라는 족속"(그는 여성들을 이렇게 불렀다)이었다. 개인성도 사라지고, 얼굴도 지워졌다. 이제 젊은가, 늙었는가, 이쁜가, 못생겼는가는 전혀 중요하지 않은 차이에 불과했다. 모든 여자 뒤에서는 위엄 있고, 성스럽고, 신비로운 아프로디테의 얼굴이 모습을 드러냈다.

조르바가 보고, 말하고, 욕망하는 것은 바로 이 얼굴이었으며, 오르탕스 부인은 사실 그 영원한 입술에 입 맞추기 위해 찢어 던질 덧없고 투명한 가면에 지나지 않았다.

그가 헐떡거리는 목소리로 애원하듯 말했다. "그 백설처럼 하얀 목을 들어요, 나의 보물. 백설같이 하얀 목을 들고 사랑가를 불러줘요."

그러자 이 늙은 여가수는 멍한 눈길로 허공을 바라보며 빨래를 하느라 여기저기 갈라지고 터진 손을 뺨에 올려놓았다. 그녀는 거칠고 날카로운 고함을 오랫동안 내지르더니 사랑에 번민하는 듯한 눈길로 조르바를 응시하며(왜냐하면 그녀는 이미 상대를 정했으므로) 이미 수도 없이 불렀을 자신의 십팔번을 노래하기 시작했다.

흐르는 세월 속에서
왜 나는 그대의 사랑을 만나야 했던가?

조르바가 벌떡 일어나더니 자신의 산투리를 들고 와서 땅바닥에 주저앉았다. 그리고 악기를 끄집어내 무릎에 올려놓고 굵은 손으로 연주를 시작했다.

그러면서 고함을 내지르듯 노래를 불렀다. "아아, 나의 부불리나, 칼을 들어 내 심장을 찔러주오!"

어둠이 내리고, 별이 하늘로 내려오고, 은밀하고 매혹적인 산투리 소리가 점점 더 커지자 닭고기와 쌀밥, 볶은 아몬드, 포도주를 배부르게 먹고 마신 오르탕스 부인은 한숨을 내쉬며 조르바의 어깨에 무거운 몸을 의지했다. 그녀는 조르바의 깡마른 허리에 부드럽게 몸을 비벼대며 또다시 한숨을 내쉬었다.

조르바가 내게 손짓하며 낮은 목소리로 말했다. "보스, 저 여자, 달아오를 대로 달아올랐어요. 그러니 우리 둘만 있게 해줘요!"

4

신께서는 또다시 동이 터 오르게 하신다. 눈을 떠보니 조르바가 내 침대 끝에 책상다리를 하고 앉아 담배를 피우며 깊은 생각에 잠겨 있었다. 그의 작고 둥근 눈은 여명이 우윳빛으로 물들이기 시작한 자기 앞의 천창을 뚫어져라 쳐다보았다. 두 눈은 퉁퉁 부어올랐고, 길고 야위고 굽은 목은 마치 독수리의 그것처럼 길게 늘어나 있었다.

전날 밤, 나는 그를 그 늙은 세이렌과 단둘이만 남겨놓은 채 일찌감치 식사 자리에서 빠져나왔다.

나는 나오기 전에 그에게 말했다. "나는 갈게요. 좋은 시간 보내요, 조르바. 힘내요!"

"잘 가요, 보스. 우리가 좋은 시간을 갖게 해줘서 고맙소."

그들은 좋은 시간을 가진 게 분명했다. 잠결에 숨죽인 달콤한 속삭임이 들려왔고, 어느 순간엔가는 옆방이 통째로 흔들리는 것 같은 느낌을 받았다가 다시 잠이 들었던 것이다. 자정이 지나고 한참 뒤에 조르바가 맨발로 들어오더니 나를 깨울까 봐 살그머니 자기 침대에 드러눕는 소리가 들렸다.

그리고 이제 이른 아침에 흐릿한 눈으로 멀리 보이는 희미한 빛을 바라보는 것이다. 잠의 날개가 아직은 그의 관자놀이에서 멀리 날아오르려고 깃털을 흔들지 않았기 때문에 그는 깊은 황홀경에 빠져 있었다. 그는 꿀처럼 쉬엄쉬엄 흘러가는 불투명한 강의 흐름에 평온하게 자신을 내맡겼다. 땅과 물, 인간, 생각 등 세계가 먼 바다를 향해 흘러갔고, 조르바는 저항도, 질문도 하지 않고 행복하게 그 세계와 함께 떠내려갔다.

마을이 수탉과 돼지, 나귀, 인간들이 내는 어수선한 소리와 함께 잠에서 깨어났다. 나는 침대에서 뛰어 일어나 "이봐요, 조르바, 오늘 할 일이 있잖아요!"라고 소리치고 싶었다. 하지만 나 역시 이렇게 새벽의 장밋빛 미광이 불러일으키는 불분명한 암시에 나 자신을 맡기며 행복감에 사로잡혔다. 이렇게 매혹적인 순간이 되면 삶 전체는 깃털처럼 가벼워지는 듯하고, 구름처럼 부들부들하고 유연한 대지는 변화하여 바람의 숨결로 바뀌어간다.

조르바가 피우는 걸 보니 나도 담배가 피우고 싶어졌다. 손을 뻗어 파이프를 꺼냈다. 그걸 보노라니 감회가 깊었다. 그것은 회색과 초록색이 섞인 눈에 귀족처럼 긴 손가락을 가진 친구가 아주 오래전 외국에서 내게 준 선물이었다. 그는 공부를 마치고 그날 밤에 그리스로 떠나기로 되어 있었다. 그가 말했다. "궐련은 이제 그만 피워. 넌 지금 궐련에 불을 붙이고 반만 피우다가 버리잖아. 꼭 창녀처럼……. 창피한 일이지. 그러지 말고 파이프 담배를 피워. 파이프 담배는 정숙한 여자 같아. 네가 집에 돌아가도 항상 제자리에서 널 기다리잖아? 연기가 소용돌이치며 널리 퍼져나가는 걸 보면 넌 나를 기억하게 될 거야!"

한낮이었다. 우리는 베를린의 한 미술관에서 그가 좋아하던 렘브란트의 그림, 긴 청동 투구에 창백하고 야윈 뺨, 슬프지만 결연한 눈동자를 가진 '전사'에게 작별 인사를 하고 나오는 길이었다. 그는 절망적이면서도 단호한 이 전사를 뚫어져라 쳐다보면서 중얼거렸다. "내가 만일 살면서 뭔가 용기 있는 행동을 하게 된다면, 그건 저 그림 덕분일 거야……."

우리는 미술관 안마당으로 나와 기둥에 기대어 섰다. 우리 앞에는 우아하면서도 자신 있는 태도로 안장이 얹혀 있지 않은 말에 올라타는 시커먼 청동상이 서 있었다. 작은 회색 할미새 한 마리가 아마존의 머리에 잠깐 앉았다가 재빠르게 꼬리를 흔들더니 장난을 치듯 두세 번 짹짹거리고 나서 날아가 버렸다.

나는 몸을 떨었다. 그리고 친구를 보며 물었다. "새소리 들었어? 우리에게 뭔가 말하는 듯하더니 날아가 버리네."

친구는 웃으며 대답했다.

> 작은 새니까 지저귀도록 내버려둬.
> 작은 새니까 노래하도록 내버려둬.

도대체 어떻게 그 먼 옛날의 추억이 그날 아침 그 크레타 섬의 해안에서 떠올라 내 마음을 쓰라린 감정으로 가득 채웠던 것일까?

나는 파이프에 천천히 담배를 채운 다음 불을 붙였다.

나는 생각했다. 이 세상의 모든 것에는 숨은 뜻이 있다. 인간과 동물, 나무, 별 등 모든 것은 상형문자에 불과하다. 이 상형문자를 해독하여 그 수수께끼를 풀어보려 하는 자에게는 불행이 닥칠 뿐이다. 우리는 그것을 보면서도 이해하지는 못한다. 그것이 그냥 인간과 동물, 나무, 별이라고 믿을 뿐이다. 훨씬 나중에서야 그것의 의미를 발견하지만, 너무 늦었다…….

청동 투구를 쓴 전사, 희끄무레한 빛 속에서 기둥에 기대고 서 있던 내 친구, 할미새와 그 새가 지저귀며 우리에게 말했던 것, 혹은 속가俗歌의 이행구二行句, 아레티Aréti 장송곡, 이 모든 것에는 숨겨진 의미가 있을 수 있다. 그런데 그게 도대체 어떤 의미란 말인가?

나는 희미한 빛 속에서 돌돌 말렸다가 다시 풀리기를 거듭하며 천천히 공중으로 사라지는 담배 연기를 눈으로 좇았다. 그리고 내 마음은 뒤엉켰다가, 연기와 장난치다가, 새로운 소용돌이에 실려 사라졌다 나타나기를 되풀이하더니 다시 모습을 감추었다. 그렇게 한참의 시간이 흘렀다. 그리고 나는 논리의 도움 없이 세계의 기원과 성장, 소멸을 온몸으로 확실하게 체험했다. 나는 이번에는 기만적 단어와 오만한 정신의 유희 없이 '붓다' 속으로 다시 한 번 빠져들었다. 이 연기야말로 붓다 가르침의 진수였으며, 끊임없이 바뀌는 이 덧없는 형태야말로 푸른색 열반 속에서 소리 없이 평온하게 막을 내리는 삶 그 자체였다. 나는 생각도 하지 않았고, 뭘 찾지도 않았고, 의심도 하지 않았다. 확신을 가졌을 뿐이다.

나는 느리게 한숨을 내쉬었다. 이 한숨이 나를 현재의 순간으로 다시 데려갔다. 주위를 둘러보니 초라한 오두막집에 이어 바로 옆의 벽에 매달려 아침 첫 햇살에 반사되어 광채를 발하는 작은 거울, 그리고 내 앞에서 등을 돌린 채 담배를 피우는 조르바가 눈에 들어왔다.

그 전날 일어났던 비희극적 사건들이 불현듯 기억에 떠올랐다. 변질된 바이올렛 향과 오 드 콜로뉴, 사향, 파출리 향, 앵무새, 아니, 앵무새로 둔갑하여 쇠로 만든 새장에서 날개를 파닥거리며 고함치던 인간의 영혼, 그리고 함대에서 유일하게 살아남아 아주 오래전에 벌어졌던 해전을 회고하는 낡은 항해선…….

내 한숨 소리를 들은 조르바가 머리를 갸웃거리더니 고개를 돌리며 말했다. "잘못했어요. 맞아요, 잘못한 거예요, 보스. 당신도 비웃었고, 나도 비웃었지요. 그 불쌍한 여자는 우리가 비웃는다는 걸 눈치챘어요. 그리고 당신은 그 여자한테 수작 한번 안 걸어보고 그냥 떠나버렸어요. 꼭 그 여자가 천년 묵은 미라라도 되는 것처럼 말입니다. 부끄러운 일이지요. 그건 예의가 아닙니다. 이런 말 해서 어떨지 모르지만, 그런 식으로 행동해서는 안 돼요, 보스! 오르탕스 부인은 여자잖아요? 여자는 원래 잘 삐치는 물건입니다. 내가 끝까지 남아서 위로해줬기에 망정이지."

나는 웃으며 대답했다. "지금 무슨 말을 하는 거예요, 조르바? 정말 여자들은 머릿속에 온통 그 생각뿐이라고 믿는 거예요?"

"그래요, 맞아요. 여자들은 자나 깨나 그 생각밖에 안 합니다, 보스. 나는 지금까지 안 해본 거 없이 참 파란만장하게 살았어요. 여자들 머릿속엔 오직 그 생각뿐이에요. 조금 전에 말했듯이, 툭하면 토라지는 연약한 존재죠. 좋아한다, 같이 자고 싶다, 라고 말 안 해주면 눈물을 쏟는다니까요. 여자가 당신에게 관심이 없을 수도 있고, 심지어는 당신을 혐오스러워할 수도 있고, 싫다고 할 수도 있어요. 충분히 가능한 일입니다. 하지만 그건 또 다른 문제고…… 여자가 원하는 건, 자기를 보는 남자가 자기를 원하는 겁니다. 여자가 원하는 건 오직 그것뿐이니까 그렇게 해줘야 하는 겁니다!

내게는 할머니가 있었는데, 나이가 여든 살쯤 되셨을까…… 이 분이 살아온 인생을 글로 쓰면 아마 소설책 몇 권은 나올 겁니다. 그 얘기는 기회가 있으면 다시 하기로 하고…… 할머니가 예순 살쯤 됐을 때, 우리 집 건너편에 크리스탈로라는 계집애가 살았는데, 막 피어나는 꽃송이처럼 아름다웠지요. 토요일 밤만 되면 동네 애송이들이 술을 진탕 퍼마시고, 바질 잎을 귀 뒤에다 꽂기도 하고…… 사촌 하나가 기타를 들고 나서면 우리 모두 크리스탈로에게 사랑의 세레나데를 불러주기도 했죠. 그녀에 대한 연정이랄까, 열정이랄까, 뭐 그런 거였죠. 우리는 꼭 물소들처럼 꽥꽥 소리를 질러댔습니다. 모두들 크리스탈로에게 미쳐 있어서 토요일 밤만 되면 자기를 선택해달라고 우르르 그 아이에게 몰려가곤 했죠.

보스, 지금 내가 하는 말, 믿겨지지요? 여자는 신비 그 자체고, 여자에게는 절대 아물지 않는 상처가 하나 있습니다. 다른 상처는 다 아물지만, 이 상처만은 절대 아물지 않습니다. 사람들 말과는 달리 이 상처는 죽을 때까지 아물지 않아요. 여자가 여든 살이면 뭐합니까? 이 상처는 계속 벌어져 있는데…….

그래서 할머니는 토요일마다 소파를 창문 앞에 끌어다놓고 몰래 작은 거울을 꺼내 몇 올 안 남은 머리를 빗질하고 가르마까지 타곤 했지요. 그러고는 혹시 누가 몰래 자기를 훔쳐볼까 봐 주위를 조심스럽게 둘러본답니다. 누가 가까이 오면 할머니는 시치미를 뚝 떼고 자는 척했지요. 아, 글쎄, 여든 살 먹은 할머니가 그랬다니까요! 누가 세레나데라도 한 곡 불러주기를 기다렸던 거죠.

여든 살에 말입니다. 여자가 알다가도 모를 동물이라는 걸 이제 알겠지요, 보스? 지금 그 생각을 하면 눈물이 앞섭니다그려! 하지만 그 당시에는 코흘리개에 지나지 않아서 뭐가 뭔지도 모르고 그저 실실 웃기만 했지요. 언젠가 한번은 내가 여자애들 꽁무니만 쫓아다닌다고 야단을 치기에 싸운 적이 있는데, 짜증이 나서 네 가지 진실을 얘기해줬지요. '왜 할머니는 토요일만 되면 호두나무 잎사귀로 입술을 그렇게 문지르는 거야? 왜 가르마를 타는 거지? 할머니 들으라고 세레나데를 부르는 것 같아? 우리가 원하는 건 언제 죽을지 모르는 할머니가 아니라 크리스탈로라고요!

보스, 믿을지 안 믿을지 모르지만, 바로 그날 나는 여자라는 게 어떤 존재인지 알게 되었습니다. 할머니 눈에서 눈물이 두 방울 뚝뚝 떨어졌습니다. 할머니는 강아지처럼 잔뜩 웅크린 채 턱을 덜덜 떨기 시작했지요. '우리가 원하는 건 크리스탈로라고요! 크리스탈로!' 나는 할머니가 내 말을 더 잘 들을 수 있도록 가까이 다가가서 이렇게 소리쳤습니다. 젊은 것들은 인간이라고 볼 수가 없어요. 인정머리가 없다고요. 쥐뿔도 몰라요. 할머니는 비쩍 마른 두 팔을 하늘로 들어 올렸어요. 그리고 '내 마음 저 깊숙한 곳에서부터 널 저주한다!'라고 소리쳤습니다. 바로 그날부터 할머니는 쇠약해져갔답니다. 서서히 기력을 잃어가더니 두 달 뒤에는 사경을 헤매더군요. 할머니는 숨이 넘어가기 직전에 날 봤어요. 그러더니 거북이처럼 거친 숨을 몰아쉬며 뼈만 남은 손을 내게 내밀어 나를 붙잡으려 애쓰는 것이었습니다. '나를 이렇게 만든 건 바로 너다, 빌어먹을 알렉시스. 너라고! 너에게 저주가 내리기를! 그리하여 내가 고통스러워했던 만큼 너도 고통받기를!'"

조르바가 웃더니 콧수염을 쓰다듬으며 말을 이어갔다. "할머니의 저주는 실현되었어요! 내 나이가 지금 예순다섯인데, 아마 백 살 때까지 살아도 철이 들 것 같지는 않네요. 주머니에 손거울을 넣고 다니면서 계속해서 여자들 뒤꽁무니를 쫓아다닐 겁니다."

그는 다시 한 번 미소를 짓고는 담배꽁초를 천창天窓으로 내던지더니 기지개를 켰다.

"내가 결점이 참 많은 사람인데, 바로 이 결점이 날 골로 보낼 겁니다." 그러고는 펄쩍 뛰어 침대에서 일어났다.

"자, 잡담은 그만하기로 하고…… 이제 일을 시작할까요?" 그는 서둘러 옷을 입고 구두를 신은 다음 밖으로 뛰쳐나갔다.

고개를 숙인 채 조르바가 방금 했던 말을 되씹는데, 눈에 덮인 어느 멀고 먼 도시가 문득 기억 속으로 떠올랐다. 로댕 작품 전시회에 갔던 나는 청동으로 만들어진 커다란 손 앞에서 멈추어 섰다. '신의 손'이라는 작품이었다. 손바닥이 반쯤 오므라져 있었고, 그 안에서 두 남녀가 꼭 껴안은 채 황홀한 표정을 짓고 있었다.

한 젊은 여자가 내게 다가왔다. 그녀 역시 영원하면서도 보는 사람을 불안하게 만드는 이 남녀의 포옹을 보며 마음에 강한 충격을 받은 것 같았다. 날씬한 몸매에 숱이 많은 금발 머리, 견고한 턱, 얇고 윤곽이 또렷한 입술. 뭔가 단호하면서도 남성적인 분위기가 풍기는 여자였다. 다른 사람에게 다짜고짜 말 거는 걸 안 좋아하는 내가 뭐에 이끌려서 그랬는지 모르겠다. 하지만 나는 여자를 돌아보며 말을 걸었다. "저 작품을 보며 어떤 생각이 드세요?"

그러자 여자는 화난 표정을 지으며 대답했다. "저것에서 벗어날 수 있으면 얼마나 좋을까요?"

"벗어나서 어디로 가게요? 어디를 가나 신의 손이 있는데. 빠져나갈 구멍은 없습니다. 왜, 언짢으세요?"

"아니요. 사랑이 이 세상에서 가장 강렬한 기쁨일 수도 있죠. 그럴 수도 있어요. 하지만 저 청동으로 만든 손을 보니 그냥 벗어나고 싶어지는군요."

"자유로워지고 싶으세요?"

"네."

"그렇지만 우리가 저 청동 손에 복종할 때만 자유로워진다면요? 그리고 '신'이라는 단어에 모든 사람이 부여하는 그런 단순한 의미가 담긴 게 아니라면요?"

그녀가 불안한 눈빛으로 나를 바라보았다. 눈은 짙은 회색을 띠었고, 건조한 입술에는 뭔지 모를 아픔이 배어 있는 듯했다.

"무슨 말인지 이해가 안 가요." 그녀는 당황스러운 표정을 지으며 이렇게 말하더니 가버렸다.

여자는 사라졌다. 그 후로 그녀는 결코 나의 기억에는 떠오르지 않았지만, 사실은 내 가슴속 저 깊숙한 곳에 숨어 살았던 것 같았다. 그러다가 오늘 이 적막한 해변에서 창백하고 애처로운 표정을 지으며 내 존재의 심연 위로 불쑥 나타난 것이다!

조르바 말이 옳았다. 나는 왜 그런 식으로 행동했을까? 청동 손은 좋은 구실이었다. 첫 번째 접촉이 무난히 이루어졌고, 이런저런 얘기도 오갔다. 우리는 그것을 의식하지 않고, 혹은 의식했다 하더라도 아무 부끄러움 없이 서로 포옹하고, 신의 손안에서 결합할 수 있었을지도 모른다. 그러나 나는 느닷없이 땅에서 하늘로 뛰어올랐고, 여자는 그걸 보고 놀라서 떠나버린 것이다.

오르탕스 부인의 늙은 수탉이 마당에서 울었다. 하얀 햇살이 작은 창문을 통해 새어 들어왔다. 나는 침대에서 뛰어내렸다.

일꾼들이 도착하여 곡괭이와 지레, 괭이로 땅을 파기 시작했다. 조르바가 그들에게 지시를 내리는 소리가 들려왔다. 그는 벌써 일을 시작했다. 그야말로 사람을 부릴 줄 알고, 자신에게 주어진 책임을 다하는 사람이라고 느껴졌다.

나는 천창에 머리를 내밀어 얼굴은 볕에 타서 가무잡잡하고, 몸은 비쩍 말랐으며, 헐렁한 바지를 입은 서른 명가량의 일꾼들 사이에 키가 큰 조르바가 마치 거인처럼 우뚝 서 있는 것을 보았다. 그는 위엄 있게 팔을 내뻗으며 간단명료하게 지시를 내렸다. 그는 불평을 늘어놓으며 늑장을 부리는 젊은 일꾼의 목덜미를 움켜잡았다.

조르바가 소리를 질렀다. "뭐 할 얘기 있어? 있으면 큰 소리로 말해봐! 난 혼자 웅얼웅얼거리는 거 진짜 싫어! 일단 일을 하고 싶은 생각이 있어야 일을 잘할 수 있는 거야. 그럴 생각이 없으면 카페에나 가서 앉아 있어!"

바로 그 순간, 헝클어진 머리에 보기 싫게 부어오른 뺨, 화장 안 한 얼굴, 더러운 잠옷 차림의 오르탕스 부인이 낡은 슬리퍼를 질질 끌며 나타났다. 그녀는 늙은 여가수처럼 당나귀 기침을 해대더니 걸음을 멈추고 자랑스러운 표정으로 조르바를 응시했다. 그녀의 눈이 거슴츠레해졌다. 그녀는 조르바가 들으라고 기침을 또 했다. 그러더니 엉덩이를 좌우로 흔들고 선웃음을 치며 그의 바로 옆을 스치듯 지나갔다. 그녀가 입은 옷의 넓은 소매가 그의 몸에 닿을락 말락 했다. 그러나 그는 돌아보지도, 눈길을 주지도 않았다. 대신 인부에게서 보리로 만든 크레이프 한 조각과 올리브 한 움큼을 받아 들며 소리쳤다. "다들 출발! 자, 하느님의 이름으로 성호를 긋도록!"

이렇게 말하고 난 그는 성큼성큼 걸어 인부들을 곧장 산으로 데려갔다.

여기서 채광 작업에 대해서는 얘기하지 않으련다. 그러려면 인내심이 필요한데 나는 특히 그게 부족하다. 우리는 드럼통과 고리버들로 바닷가 근처에 오두막을 지었다. 동틀 무렵에 일어난 조르바는 곡괭이를 들고 다른 일꾼들보다 먼저 탄광으로 가서 갱도를 파다 별거 없으면 그만두고, 또 다른 곳으로 가서 갱도를 파다 석탄처럼 반짝이는 갈탄 광맥을 찾아내고는 좋아서 덩실덩실 춤을 추었다. 그러나 며칠 뒤에 광맥이 고갈되어버리면 조르바는 벌렁 드러누워 하늘을 저주하며 엿을 먹였다.

그는 일에만 열중했다. 더는 나와 상의도 하지 않았다. 하루가 지나고 이틀이 지나면서 탄광의 관리와 책임은 내 손에서 조르바 손으로 넘어갔다. 결정을 내리고 집행하는 것은 내가 아니라 그였다. 나는 그냥 필요한 경비만 지불하면 그만이었다. 돈이 아깝다는 생각은 별로 들지 않았다. 앞으로의 몇 달이 내 생애에서 가장 행복한 날이 되리라 느꼈던 것이다. 아무리 요모조모 따져봐도 헐값에 행복을 누린다는 기분이 들었다.

크레타의 어느 마을에 살던 외할아버지는 밤마다 등을 들고 마을을 한 바퀴 돌면서 혹시 묵을 곳을 찾지 못해 헤매는 나그네가 있는지 보러 다니곤 했다. 있으면 집으로 데려가 먹을 것과 마실 것을 푸짐하게 대접한 다음 소파에 앉아 긴 장죽에 불을 붙이고 나서 나그네(이제 나그네는 먹여주고 재워주는 대가를 치러야 할 순간이 되었다)에게 눈을 돌렸다. 그리고 강압적인 어조로 명령하는 것이었다. "자, 이제 말해보시오!"

"무슨 말을 하라는 말씀이십니까, 무스토요오르기스 영감님?"

"당신이 뭘 해서 먹고사는지, 이름은 무엇인지, 어디서 왔는지, 그동안 어느 마을과 어느 나라를 보았는지 얘기해보란 말이오. 하나도 빠짐없이 말해봐요! 자, 시작!"

그러면 나그네는 진실과 거짓을 섞어가며 두서없이 얘기를 늘어놓았고, 할아버지는 편안한 자세로 안락의자에 앉아 장죽을 피우며 그와 함께 여행을 떠났다. 그러다가 나그네가 마음에 들면 이렇게 말하곤 했다. "내일도 우리 집에서 자고 가시오. 그냥 가면 안 돼요. 내게 해줄 얘기가 더 있을 테니까."

할아버지는 태어난 마을을 떠나본 적이 단 한 번도 없었다. 칸디아(크레타의 주요 도시인 헤라클리온의 옛 이름)에도, 레티몬에도 가본 적이 없었다. 그는 말하곤 했다. "내가 거길 왜 가? 칸디아나 레티몬 사람들이 우리 마을을 지나가고, 칸디아나 레티몬이 우리 집으로 들어오는데, 뭐가 더 필요해? 내가 굳이 그런 데를 갈 필요가 있냐고?"

그렇다면 나는 지금 할아버지의 기벽奇癖을 이 크레타 해안에서 그대로 답습하는 것이다. 할아버지처럼 나도 등을 들고 나가 나그네 한 사람을 찾아낸 것이다. 나는 그가 떠나도록 내버려두지 않을 것이다. 그는 저녁 한 끼 대접하는 것보다 돈이 훨씬 많이 드는 나그네였지만, 충분히 그럴 만한 가치가 있는 사람이다. 매일 밤 나는 그가 하루 일을 마치고 돌아오기를 기다렸다가 내 앞에 앉히고는 함께 식사를 한다. 그리고 그가 밥값을 내야 할 순간이 되면 이렇게 말한다. "얘기해봐요!" 나는 파이프 담배를 피우며 그의 얘기에 귀를 기울인다. 그리고 나의 나그네는 워낙 많은 곳을 다녀본 사람이라 인간의 영혼에 대해 너무 잘 알고 있어서 나는 그의 얘기를 아무리 들어도 싫증이 나지 않는다. "얘기해요, 조르바! 얘기해보라고요!"

그러면 마케도니아 전체가 내 앞에 모습을 드러내면서 그곳의 산과 숲, 강이, 그곳에서 싸우는 유격대원들과 남자처럼 힘들게 일하는 여자들, 투박하고 건장한 사내들이 조르바와 나 사이 작은 공간에 펼쳐진다……. 그리고 때로는 스물한 개의 수도원과 무기 창고, 게으르고 엉덩이가 큰 수도사들이 있는 아토스 산도 등장한다. 얘기가 끝나면 조르바는 고개를 흔들고 웃음을 터트리며 말한다. "신께서 당신을 당나귀 뒷다리와 수도사 앞다리에게서 보호해주시기를 빌겠소, 보스!"

매일 밤 조르바는 나를 그리스와 불가리아, 콘스탄티노플로 데려간다. 나는 눈을 감고 본다. 그는 분쟁에 휩싸여 엄청난 고통을 당하는 지역인 발칸 반도를 돌아다니고, 그의 매처럼 매섭고 날카로운 작은 눈은 어느 것 하나 놓치지 않는다. 늘 경계를 게을리하지 않으며, 우리에게는 너무 익숙해서 별거 아니게 느껴지는 일도 그의 앞에서는 무서운 수수께끼로 떠오른다. 지나가는 여자를 보자 당황한 표정으로 묻는다. "도대체 이 신비는 무엇일까요? 여자란 무엇인가요? 왜 이렇게 사람을 곤혹스럽게 만들까요? 말해보세요. 도대체 여자란 무엇입니까?"

그는 남자와 꽃을 피운 나무, 시원한 물 한 잔을 앞에 두고도 놀라서 커다랗게 눈을 뜨고 묻는다. 조르바는 모든 것을 매일 처음 보는 것처럼 본다.

우리는 어제 오두막 앞에 앉아 있었고, 그는 포도주를 마시다가 갑자기 놀란 표정으로 나를 돌아다보았다. "말해봐요, 보스.

이 빨간 물은 또 뭡니까? 오래된 그루터기 위에서 가지가 뻗고, 맛이 시큼한 작은 구슬 같은 것들이 거기 매달리지요. 그리고 시간이 지나 태양이 이걸 익히면 꿀처럼 달콤해지는데 사람들은 이걸 포도라고 부르지요. 그걸 짓이긴 다음 즙을 만들어 통에 집어넣으면 자기가 알아서 발효가 되고, 10월에 술고래이신 요한 성인님의 날에 그걸 열어보면 거기서 포도주가 쏟아져 나옵니다! 자, 세상에 이런 기적이 또 어디 있겠어요? 빨간 물을 마시면 우리의 영혼은 점점 더 커져서 더는 낡은 몸뚱어리에 갇혀 있으려 하지 않지요. 그러고는 하느님과 힘을 겨루어보고 싶어서 시비를 거는 겁니다. 말해봐요, 보스. 이게 도대체 다 뭐죠?"

나는 대답하지 않았다. 조르바가 하는 얘기를 듣다 보니 낡고 일상적인 것들이 마치 신의 손에서 막 빚어져 나왔을 때처럼 본래의 광채를 되찾는 것 같은 느낌이 들었다. 물과 여자, 별, 빵이 본래의 신비로운 근원으로 돌아가고, 성스러운 녹로는 하늘에서 다시 신나게 돌아갔다.

그래서 나는 매일 밤 해변의 조약돌 위에 누워 애타게 조르바를 기다렸다. 그는 꼭 땅속에서 기어나온 커다란 쥐처럼 진흙과 석탄을 뒤집어쓴 채 휘청거리며 성큼성큼 걸어왔다. 나는 그의 태도와 머리 모양, 긴 팔이 흔들거리는 것만 보면 그날 일이 어떻게 진행되었는지를 알 수 있었다.

처음에는 나도 그와 함께 광산에 가서 인부들을 감독했다. 새로운 인생을 살아보려고 애쓴 것이다. 실제적인 일에 관심을 갖고, 내 수중에 있는 인적 자원을 알고 사랑하며, 이제는 단어가 아니라 살아 있는 인간들을 상대할 때의 즐거움을 맛보고 싶다는 오래전부터의 바람을 실현하려고 애썼다. 그리고 나는 만일 갈탄광 사업이 성공하면 공동체를 세워 형제처럼 다 함께 일하고, 다 함께 소유하고, 다 함께 식사하고, 다 같은 옷을 입고 다닌다는 낭만적 계획을 세웠다. 나는 내 마음속에서 새로운 삶의 누룩이 될 새로운 사회를 만들었다…….

하지만 나는 이 계획을 아직 조르바에게 털어놓지 않았다. 그는 내가 인부들 사이를 돌아다니고, 그들에게 이것저것 묻고, 그들의 대화에 끼어들고, 항상 그들 편을 드는 걸 놀라운 눈으로 지켜보았다. 조르바는 눈살을 찌푸리며 내게 말했다. "보스, 밖에 나가서 바람이나 쐬고 오세요. 해도 나고 날씨가 진짜 좋네요. 자, 가세요!"

처음에 나는 버티며 나가려 하지 않았다. 질문도 하고 대화도 나누며 그들이 키워야 할 아이들이 있는지, 결혼시켜야 할 누이동생이 있는지, 신체가 부자유스런 부모들이 있는지 등 인부들 신상을 파악했다. 그들의 걱정거리와 질병, 우환이 무엇인지를 알아내려고 애썼다.

그러자 조르바는 화난 표정으로 말했다. "보스, 일꾼들의 개인사를 자꾸 들추지 마세요. 당신은 지금 필요 이상으로 그들에게 마음을 쓰고 있어요. 그러다 보면 그들이 무슨 부탁을 해도 들어주게 될 겁니다……. 조심하세요! 그러다 보면 사업을 망치게 됩니다. 일꾼들은 엄한 보스를 무서워하고 존경하는 법이에요. 그래야 일도 잘하고요. 하지만 너무 친절하게 대해주면 보스의 머리 꼭대기에 앉아 꾀를 피우고 게으름을 피운다는 걸 아셔야 합니다."

어느 날 밤, 일을 마치고 돌아온 그는 과장된 동작으로 곡괭이를 오두막 앞에 내던졌다. "이봐요, 보스, 제발 부탁이니 끼어들지 마세요. 나는 열심히 쌓아올리는데 보스는 그걸 몽땅 망가뜨리잖아요? 도대체 오늘은 또 일꾼들한테 무슨 얘기를 한 겁니까? 뭐

사회주의가 어쩌고저쩌고…… 쓸데없는 말을 했더군요. 보스는 자본주의자입니까, 아니면 설교자입니까? 선택을 하세요!"

하지만 어떻게 이 둘 중 하나를 선택한단 말인가? 나는 이 두 가지를 양립시키고, 이 두 가지를 종합하여 해결할 수 없는 모순을 해결하고, 지상의 생활과 하늘의 왕국을 동시에 얻겠다는 순진한 욕망에 사로잡혀 있었다. 나는 이 욕망을 아주 오래전 어렸을 때부터 품어왔다. 아직 학생이었을 때 나는 제일 친한 친구들과 함께 비밀리에 '친우회'(1813년 오데사의 그리스 상인들이 결성한 우애회를 본떠 지은 이름. 이 비밀 조직은 1821년 오토만 제국에 대항해 그리스의 독립전쟁을 주도했다)를 만든 적이 있었다. 우리는 내 방에 모여 문을 걸어 잠근 다음 평생 동안 불의에 맞서 싸우겠노라고 맹세했다. 가슴에 손을 얹고 맹세하는 순간 우리 눈에서는 폭포처럼 눈물이 쏟아져 나왔다.

그건 유치한 이상이었다! 하지만 그 이상을 비웃는 자는 불행해질 것이다! 이 '친우회' 멤버들이 지금 돌팔이 의사와 엉터리 변호사, 악질 상인, 정치꾼, 남의 거나 베끼는 작가가 되어 있는 걸 보면 내 가슴이 미어진다. 이 땅의 기후는 너무 척박하고 가혹하다. 풍성한 결실을 맺을 걸로 기대되던 씨앗이 싹을 틔우지 못하거나, 싹을 틔운다 하더라도 잡초와 쐐기풀에 치여 자라나지 못한다. 하지만 내가 봐온 바에 따르면, 그렇다고 해서 내가 더 현명해진 것은 아니었다. 지금도 여전히 모든 게 하느님 덕분인 것이다! 나는 돈키호테처럼 풍차를 공격하러 갈 준비가 되어 있다.

일요일이 되자 우리는 이제 막 결혼한 신랑들처럼 치장을 하고, 면도를 하고, 아주 깨끗한 흰색 와이셔츠를 차려입은 다음 오후 늦게 오르탕스 부인을 찾아갔다. 일요일마다 부인은 우리를 위해 닭을 잡았다. 우리 세 사람은 식탁에 앉아 먹고 마셨다. 조르바는 굵은 손을 이 여자의 풍만한 가슴에 올려놓고 제 것처럼 마음대로 주물렀다. 그리고 밤이 되어 우리가 사는 해변으로 다시 돌아오면 삶은 오르탕스 부인처럼 친절하고 좀 통통하지만 너무나 쾌활하고 관대한 나이 든 여성 같아 보였다.

그러던 어느 일요일, 진탕 먹고 마시고 난 뒤에 오두막으로 돌아오면서 나는 침묵을 깨고 내가 세운 계획을 조르바에게 털어놓았다. 그는 아연실색한 표정으로 내 말에 끈기 있게 귀를 기울이다가 이따금 화가 치밀어 오르는지 머리를 내젓곤 했다. 내가 처음 몇 마디 하자마자 그는 술에서 확 깨어났고 머리에서 생각들이 번득이는 것 같았다. 내가 얘기를 끝내자 그는 콧수염 두세 올을 신경질적으로 잡아 뽑았다.

"미안하지만 보스, 내가 보기에 당신 머리는 꼭 치즈처럼 물렁물렁할 것 같습니다그려. 지금 나이가 어떻게 되시오?"

"서른다섯입니다."

그러자 그는 웃음을 터트리며 말했다. "아, 그래요? 그럼 치즈가 단단해지기는 영 글렀군."

아픈 데를 찔린 나는 화가 치밀어 올랐다. "그러니까 당신은 인간을 믿지 않는 겁니까?"

"화내지 말아요, 보스. 난 아무것도 믿질 않아요. 만일 내가 인간을 믿는다면 신도 믿을 거고 악마도 믿을 겁니다. 그리고 바로 거기서부터 뒤죽박죽, 혼란이 시작되지요. 그리고 그게 문제를 일으킵니다."

그가 문득 입을 다물었다. 그리고 베레모를 벗더니 죽어라 머리를 긁다가 콧수염을 뽑아버리고 싶다는 듯 잡아당겼다. 뭔가 하고 싶은 말이 있지만, 참는 것이었다. 그는 나를 힐끗거리더니 다시 한 번 나를 쳐다본 다음 말하기로 결심한 듯 들었던 지팡이로 자갈을 후려치며 열변을 토했다. "인간은 짐승입니다! 엄청난 짐승이지요! 보스는 모를 겁니다. 틀림없이 부모들이 오냐오냐하면서 키웠을 테니까요. 하지만 내 말 믿어요. 인간은 짐승이라니까요! 짐승은 무섭게 대하면 당신을 두려워하고 존경합니다. 반대로, 잘해주면요? 당신 눈을 파낼 겁니다.

거리를 유지하세요, 보스! 인간들에게 너무 많은 자유를 주지 말고, 그들에게 우리 모두는 평등하다느니, 우리가 같은 권리를 가졌다느니 하는 말은 하지 마세요. 그 즉시 그들은 당신의 권리를 짓밟고, 당신이 입에 문 빵을 빼앗고, 당신이 배고파 죽도록 그냥 내버려둘 겁니다. 거리를 유지하세요, 보스! 보스를 위해서 하는 말입니다!"

나는 격분해서 소리쳤다. "그럼 당신은 아무것도 믿지 않나요?"

"아니, 난 아무것도 안 믿어요. 도대체 몇 번이나 말해야 알아듣겠어요? 난 조르바를 제외하고는 아무도 안 믿어요. 조르바가 다른 인간들보다 나아서가 아닙니다. 아니, 그건 말도 안 되는 얘기고…… 조르바 역시 짐승이지요. 하지만 난 조르바를 믿습니다. 조르바가 내가 유일하게 아는 인간이고, 내가 마음대로 할 수 있는 인간이기 때문이에요. 다른 모든 인간은 허깨비에 불과합니다. 나는 조르바의 눈으로 보고, 조르바의 귀로 듣고, 조르바의 내장으로 소화시킵니다. 내가 방금 말한 대로 다른 모든 인간은 허깨비입니다. 내가 죽으면 모든 게 죽는 겁니다. 조르바의 세계는 완전히 붕괴하는 거예요!"

나는 빈정거리는 투로 소리쳤다. "그건 이기주의 아닌가요?"

"어쩌겠습니까, 보스? 다 그런 거지. 난 내가 느끼는 대로 당신에게 얘기하는 거예요. 조르바식으로 말입니다."

나는 아무 말 하지 않았다. 조르바의 말을 들으니 찬물로 샤워를 하는 것 같은 느낌이 들었다. 그처럼 강한 그가, 그 정도로까지 인간을 혐오할 수 있는 그가, 그러면서도 그들과 싸우고 살아가는 데서 큰 즐거움을 느끼는 그가 감탄스러웠다. 나라면 고행자가 되었거나, 아니면 그들을 견뎌내기 위해 그들을 가짜 깃털로 장식했을 것이다.

조르바가 고개를 돌려 나를 바라보았다. 나는 별빛에 그의 입을 구분할 수 있었고, 그가 입이 귀에 걸릴 정도로 웃고 있다는 것을 알아차렸다.

그가 걸음을 멈추며 물었다. "내가 좀 심했나요, 보스?"

우리는 오두막에 도착했다. 조르바는 다정하면서도 불안하게 나를 바라보았다.

나는 대답하지 않았다. 내 머리는 조르바에게 동의했지만, 마음은 거부했다. 짐승을 피해 자유롭게 날아올라 새로운 길로 가려는 것이었다.

나는 말했다. "난 오늘 밤에는 왠지 잠이 안 오네요. 먼저 자요, 조르바."

별들이 반짝이고, 바다는 조용히 한숨을 내쉬며 조약돌을 핥았다. 반딧불은 배 아래 붙은 작은 사랑의 성등性燈〔빛을 내는 발광기〕에 불을 켰다. 밤의 머리카락은 이슬로 흥건히 젖었다.

나는 해변에 길게 누워 아무 생각 안 하고 침묵으로 빠져들었다. 나는 밤과 바다와 하나가 되었다. 나의 영혼은 성등을 켜고 축축하고 어두운 땅에 앉아 기다리는 반딧불 같았다.

별들이 움직이고, 시간이 흘러갔다. 왜 그렇게 된 건지는 모르지만, 다시 몸을 일으켰을 때 내 가슴속에는 내가 그 바닷가에서 이루어야 할 두 가지 과업이 결정적으로 새겨져 있었다.

붓다에게서 벗어날 것, 나의 모든 형이상학적 근심을 털어내 버릴 것, 그리고 삶을 가볍게 만들 것.

이제부터는 인간들과 단순하면서도 따뜻한 관계를 유지할 것.

그리고 나는 생각했다. '아직도 늦지 않았어.'

5

"마을 원로이신 아나그노스티 영감님께서 댁에 오셔서 함께 식사하자고 청하십니다. 오늘 돼지 불알 까는 사람이 우리 마을에 옵니다. 영감님의 아내 키라 마룰리아가 맛있는 불알 요리를 만드실 겁니다. 게다가 오늘이 두 분의 손자 미나스의 생일이기도 하니까 축하의 말씀 들려주셔도 좋고요."

크레타 농가를 방문한다는 건 매우 기쁜 일이다. 그곳에서는 모든 것이 조상 대대로 전해져 오래되고 소박하다. 벽난로, 화덕 옆에 걸린 등잔, 각종 곡물로 짠 기름이 가득 찬 항아리가 있고, 집 안에 들어가면 왼쪽의 움푹 들어간 곳에는 찬물이 든 단지가 놓여 있다. 대들보에는 마르멜로 열매와 석류, 그리고 샐비어라든가 후추 맛이 나는 박하, 로즈메리, 차조기 등 방향성 식물의 두름이 매달려 있었다. 방 안쪽으로 들어가 서너 개 정도 되는 계단을 올라가면 보통 높이보다 더 높은 바닥에 간이침대가 하나 놓여 있고, 그 위에 불이 켜진 등과 성상이 걸려 있다. 집은 언뜻 텅 빈 것처럼 보이지만 필요한 건 다 있다. 사실 알고 보면, 사람에겐 필요한 게 그다지 많지 않은 것이다.

부드럽고 온화한 햇살이 비추는 아주 좋은 날씨였다. 우리는 집 앞 작은 뜰에서 열매가 주렁주렁 열린 올리브나무 아래 앉아 있었다. 은빛을 띤 나뭇가지들 사이로 너무나 고요해 멈추어 서 있는 듯 보이는 바다가 저 멀리서 반짝였다. 몇 점 안 되는 구름이 태양을 가리기도 하고 드러내기도 하면서 우리 머리 위를 지나갔는데, 그럴 때마다 세계가 숨쉬는 것이 느껴지는 듯 때로는 슬프기도 하고 때로는 기쁘기도 했다. 정원 반대편 작은 우리에서는 거세를 당하는 돼지가 귀가 먹먹할 정도로 소리를 질러댔다. 그러고 나자 숯불에 돼지 불알을 요리하는 냄새가 집 안에서 흘러나와 우리 코를 자극했다.

우리는 씨앗과 포도나무, 비 등 일상적 주제에 대해 얘기를 나누었는데, 아나그노스티 영감의 귀가 잘 안 들려서 고래고래 소리를 질러야만 했다. 그 자신에 따르면 그는 오만한 귀를 갖고 있었다. 대화는 유쾌했다. 그는 바람 한 점 불지 않는 분지에서 자라나는 나무처럼 평화로운 삶을 살았다. 그는 태어나고 자라나고 결혼했다. 아이들을 낳았고, 손주들도 낳았다. 그중 몇 명은 죽었고, 또 몇 명은 살아남아 가문을 계속 이어갔다.

이 크레타 노인은 터키인들이 통치하던 옛 시절을 회상하며 아버지가 자신에게 했던 얘기와 그때 사람들이 하느님을 두려워하고 믿음을 가졌기 때문에 일어난 기적들을 이야기했다. "자, 지금 여러분에게 이렇게 얘기하는 나, 아나그노스티는 기적으로 태어난 사람이오! 내가 어떻게 이 세상에 나왔는지를 말하면 여러분은 놀라워하면서 '주님, 절 기억해주세요!'라고 할 거요. 그리고 성모 마리아 수도원으로 달려가 그분을 위해 양초를 밝힐 겁니다."

그는 성호를 긋고 나서 부드럽고 차분한 목소리로 자기 이야기를 시작했다. "그 당시 우리 마을에는 부유한 터키 여자가 한 명 살았어요. 그 여자의 뼈 마디마디에 저주가 내리기를! 불행을 몰고 오는 이 여자가 어느 날 아기를 배어 낳을 때가 되었지요. 침상에 눕히자 이 여자는 꼭 암송아지처럼 사흘 낮 사흘 밤 동안 소리를 내질렀답니다. 애가 나올 생각을 안 해서요. 그러자 그 여자 친구가(이 여자의 뼈 마디마디에도 저주가 내리기를!) 말했대요. '차펴 하눔, 아무래도 메리엠에게 애원해봐야겠어!' 터키 사람들은 성모 마리아를 메리엠이라고 부른답니다. 그분께 은총을! 그러자 차펴라는 잡년이 소리를 질렀습니다. '왜 그 여자를 불러? 그러느니 차라리 죽고 말겠어!' 하지만 진통은 점점 더 심해졌지요. 또 하루 밤낮이 지나고 그녀는 여전히 소리를 질러댔지만 애는 나오지 않았습니다. 그러니 어떻게 하겠어요? 그녀는 더는 진통을 참을 수가 없었지요. 그래서 소리쳤습니다. '메리엠! 메리엠!' 하지만 아무 소용이 없었습니다. 여전히 진통은 계속되었고, 아이는 나오지 않았지요. 그러자 친구가 말했습니다. '그 여자가 터키 말을 몰라서 알아듣지를 못하는가봐. 기독교식 이름으로 불러봐.' 그러자 그 잡년은 소리쳤습니다. '루미스의 처녀(기독교인을 뜻하는 이슬람 말)여! 루미스의 처녀여!' 하지만 아무 소용이 없었어요. 통증은 훨씬 더 심해졌지요. 친구가 말했어요. '제대로 불러야지, 차펴 하눔. 제대로 안 부르니까 아기가 안 나오는 거 아냐?' 그래서 이 이교도 잡년은 이러다간 큰일 나겠다 싶어 훨씬 더 큰 소리로 외쳤습니다. '성모님!' 그러자 아이가 꼭 장어처럼 그 여자 배 속에서 미끄러져 나왔답니다그려!

이게 주일날 있었던 일입니다. 그리고 무슨 운명의 장난인지, 그

다음 주 주일에는 우리 어머니가 진통을 시작하셨답니다. 우리 불쌍한 어머니 역시 아파하면서 고함을 질렀지요. '성모님! 성모님!' 하지만 애는 나오지 않았어요. 아버지는 너무나 불안했던 나머지 마당 한가운데 땅바닥에 앉아서 먹지도 마시지도 않았답니다. 그는 성모님을 원망했지요. 그전에 차퍼 하눔 잡년이 애원할 때는 부랴부랴 달려와서는 애를 뽑아주더니 이번에는 도대체 왜 이러시는 겁니까……? 나흘이 지나자 그는 도저히 더는 참을 수가 없었지요. 쇠스랑을 집어 들고 '순교한 성모 수도원'으로 달려가는 데는 채 한두 시간이 걸리지 않았어요. 너무나 화가 나서 성호도 안 긋고 수도원 안으로 들어간 그는 문을 걸어 잠근 다음 성상 앞에 우뚝 섰습니다. 그리고 성모님께 말했지요. '성모님, 제 아내 크리니오가…… 토요일마다 기름을 가져와서 성모님을 위해 등을 켜니까 누군지 잘 아실 겁니다……. 크리니오가 사흘 전부터 밤낮으로 고통스러워해요. 그 소리가 안 들리시나요? 귀가 먹으셨나? 물론 내 아내가 그 터키의 더러운 잡년 차퍼였다면 허겁지겁 달려와서 구해주셨겠지요? 하지만 내 아내 크리니오 같은 기독교인이 힘들어하는 소리에는 귀를 막으시는군요! 만일 당신이 성모님이 아니었더라면 이 쇠스랑으로 혼내줬을 겁니다!'

그리고 그는 절도 하지 않고 돌아서서 나오려고 했지요. 그런데 은혜로우신 하느님! 바로 그 순간 성상이 꼭 금방이라도 갈라질 것처럼 요란하게 삐걱거렸어요. 혹시 모르신다면 알고들 계세요. 성상들은 그렇게 삐걱거리다가 갈라진답니다. 아버지는 모든 걸 이해했지요. 그는 돌아서서 무릎을 꿇고 성호를 그은 다음 소리쳤습니다. '제가 저지른 죄를 용서해주세요, 성모님. 그리고 제가 욕한 거 다 잊어주세요!'

마을에 도착하자마자 그는 행복한 소식을 전해 들었습니다. '축하하네, 콘스탄디. 자네 마누라가 아기를 낳았다네.' 그 아이가 바로 지금 여러분이 보고 있는 나, 아나그노스티입니다. 아시겠지만 우리 아버지가 성모님을 귀머거리 취급하며 모독했거든……. 성모님은 아마 이렇게 말했을 겁니다. '좋아. 네가 신성을 모독한 죗값을 치르도록 네 아들을 귀머거리로 만들어주마!'"

아나그노스티가 성호를 그었다. "그래도 성모님께서 나를 장님이나 바보, 꼽추, 아니면…… 아이고, 하느님, 감사합니다!…… 여자로는 안 만드셨으니 얼마나 다행인지 모르겠습니다그려! 그러니 귀가 안 들리는 정도야 아무것도 아니지요. 자, 하느님이 내려주신 은총에 감사드립시다!"

그는 술잔을 가득 채운 다음 높이 들어 올리며 말했다. "성모께서 우리를 영원토록 도와주시기를!"

"건강하세요, 아나그노스티 영감님. 백 살까지 사셔서 증손자들까지 보시기를!"

영감은 단숨에 술을 마신 다음 손으로 수염을 닦았다.

"아닙니다, 아네요, 이제는 됐어요! 지금 있는 손자들로 충분합니다. 그러니 더는 욕심을 부리지 말아야죠. 이제 살 만큼 살았으니 갈 때가 되었지요. 나는 이제 늙었고, 내 두 다리가 더는 날 견뎌내지 못해요. 더는 씨를 뿌릴 수가 없다니까요. 하고 싶어도 할 수가 없는 거지요. 그러니 더 오래 살아봤자 뭘 하겠소?"

그는 술잔을 다시 채우더니 월계수 잎으로 싼 호두와 말린 무화과를 허리춤에서 끄집어내어 우리에게 주었다.

"난 내가 가진 것 모두를 자식들에게 나눠주었어요. 그래서 빈털터리가 되었지만 불평은 안 해요. 모든 걸 다 하느님께 맡겼으니까!"

조르바가 영감의 귀에 대고 소리 질렀다. "그래, 맞아요, 아나그노스티 영감님. 우리는 모든 걸 다 하느님께 맡겼지요. 하지만 하느님은 우리에게 동전 한 닢도 주지 않아요. 그 구두쇠는 우리에게 아무것도 주지 않는다니까요!"

촌로가 눈썹을 찌푸리며 엄한 어조로 말했다. "에끼! 하느님을 그런 식으로 원망하면 안 되지! 그렇게 막말하면 못 써요! 그 불쌍하신 분께도 우리가 필요합니다!"

그때 아나그노스티 할머니가 흙으로 빚은 사발에 담긴 그 돼지 불알 요리와 포도주가 가득 담긴 커다란 항아리를 들고 왔다. 그녀는 이 모든 걸 식탁에 올려놓은 다음 팔짱을 끼고 눈을 내리깐 채 거기 그냥 서 있었다.

그 음식을 먹어야 된다고 생각하니 구역질이 났지만, 거절한다는 건 또 창피하게 느껴졌다. 조르바가 웃으며 나를 흘겨보더니 말했다. "보스, 이건 이 세상에서 가장 맛있는 음식입니다. 그러니 그렇게 혐오스러워 죽겠다는 표정은 짓지 마세요."

아나그노스티가 너털너털 웃더니 말했다. "맞아요, 맞아. 한번 맛보면 얼마나 맛있는지 알게 될 겁니다. 꼭 골 요리 같아요. 게오르기오스 왕자께서 수도원에 들렀을 때 수도사들이 왕자를 위한 잔치를 벌였는데, 다른 사람들에게는 다 고기 요리를 대접하고 왕자에게만 속이 움푹 들어간 접시에 수프를 담아 올렸답니다. 왕자는 수저를 들어 수프를 휘휘 저었지요. 그는 놀라서 물었습니다. '이거 콩 수프인가요?' 그러자 늙은 수도원장이 대답했지요. '드십시오, 저하. 우선 드세요. 그러고 나서 말씀드리겠습니다.'

왕자는 한 수저, 두 수저, 세 수저 떠먹어 보더니 결국은 접시를 싹 다 비웠고, 혀로 입술을 핥으며 말하더랍니다. '이 기막히게 맛있는 요리는 무엇인가요? 정말 맛있는 콩 수프네요. 꼭 골 요리를 먹는 듯한 기분이 들 정도군요.' 그러자 수도원장이 웃으며 대답했지요. '이건 콩이 아닙니다, 저하. 콩 수프가 아니에요. 마을의 수탉들을 모조리 거세해서 만든 요리랍니다.'"

노인은 만족스러운 표정을 지으며 포크로 돼지 불알 요리를 찍어 내게 내밀었다. "이건 왕자에게 어울리는 요리니 입을 벌리세요!"

나는 입을 벌렸고, 그는 고기를 내 입속에 쑤셔 넣었다. 그는 다시 술잔을 채웠고, 우리는 아나그노스티 영감의 손자가 건강하기를 기원하며 축배를 들었다. 영감의 눈이 환히 빛났다.

"손자가 어떤 사람이 되기를 바라십니까, 어르신? 말씀해주시면 저희가 복을 빌겠습니다."

"글쎄요, 내가 그 아이한테 바라는 건 딱 한 가지, 바른길을 가는 것, 정직한 사람이 되고, 결혼을 하고, 가장이 되어 아이들과 손자들을 낳고, 그 아이가 나를 닮는 것뿐이지요. 나중에 동네 노인들이 이렇게 말하면 좋겠어요. '저 아이는 아나그노스티 영감을 꼭 닮았어! 하느님께서 영감에게 축복을 내려주시기를! 참 좋은 사람이었지!'"

이렇게 말하고 난 그는 아내 쪽은 쳐다보지도 않고 소리쳤다. "마룰리아, 마룰리아, 포도주 좀 더 가져와!"

바로 그 순간, 작은 돼지우리의 쪽문이 요란한 소리와 함께 열리더니 돼지가 아파 죽겠다는 듯 꽥꽥대며 정원으로 뛰쳐나왔다.

조르바가 동정심에 사로잡혀 말했다. "불쌍한 것, 얼마나 아플까나……."

그러자 늙은 크레타인이 큰 소리로 말했다. "불쌍하다고? 만일 누가 당신 그걸 까면 당신은 안 아플 것 같소?"

그러자 조르바가 겁에 질린 표정으로 자기가 앉은 나무 의자를 만지며 나지막하게 혼잣말을 했다. "빌어먹을 귀머거리 영감 같으니, 지금 그걸 말이라고 하는 거야?"

돼지는 우리를 무섭게 째려보며 우리 앞을 왔다 갔다 했다.

"이런! 우리가 자기 거시기를 먹는다는 걸 알아차린 모양이네." 얼마 마시지 않았는데도 벌써 취기가 오를 대로 오른 아나그노스티 영감이 말했다.

반면에 우리는 조용히, 그리고 만족스러워하면서 식인종들처럼 이 진미를 먹고, 붉은 포도주를 마시며 석양빛에 붉게 물들어가는 바다를 은빛 올리브 가지 사이로 바라보았다.

날이 어두워져 우리가 이 마을 원로의 집을 나서는데 얼큰히 취한 조르바도 뭔가 할 말이 있는 모양이었다.

"어제 우리가 무슨 얘기를 했지요, 보스? 대중을 계몽하고 싶고, 그들이 눈을 뜨게 해주고 싶다고 했지요? 자, 그러니 아나그노스티 영감도 눈을 한번 뜨게 해주는 건 어때요? 그 영감의 아내가 명령만 기다리며 차려 자세로 서 있는 거 봤지요? 지금 당장 가서 그 사람들에게 가르쳐줘요. 여자도 남자랑 똑같은 권리를 갖고 있다, 살아 있는 돼지가 바로 눈앞에서 아파 죽겠다며 꽥꽥거리는데 그 앞에서 돼지 불알을 먹는 건 잔인한 행동이다, 언제 어느 때 굶어 죽을지도 모르는 판에 모든 걸 하느님께 기대하는 건 부끄러운 일이다, 라고 말입니다. 당신의 그 엉뚱한 생각이 저 불쌍한 악마 아나그노스티에게 어떤 영향을 미칠 것 같습니까? 그냥 그에게 골칫거리를 안겨줄 뿐이에요. 그의 아내는 또 어떻게 될 거

같아요? 부부 싸움이 벌어지겠죠. 암탉이 수탉 노릇을 하려 할 테니 한바탕 닭싸움이 벌어져 깃털이 사방으로 흩날릴 겁니다…….
보스, 사람들을 그냥 내버려둬요. 눈뜨게 해줄 필요 없어요. 그 사람들이 눈을 떴다고 칩시다. 뭐가 눈에 들어오겠어요? 자기들의 비참한 처지만 눈에 들어옵니다. 그러니 그 사람들이 그냥 두 눈 꾹 감고 꿈이나 꾸게 내버려둬요!"

그는 말을 하다 말고 머리를 긁으며 잠시 생각에 잠겼다. 그가 결국 입을 열었다. "만일에…… 만일에……."

"만일에, 뭐요? 말해보세요!"

"만일에 그들이 눈을 떴을 때 지금보다 더 나은 세상을 보여줄 수 있다면 또 모르겠습니다만…… 그럴 수 있어요?"

나는 알지 못했다. 무엇을 무너트려야 할 것인가는 알았지만, 폐허 위에 무엇을 건설해야 될 것인가에 대해서는 잘 알지 못했다. 나는 생각했다. 그걸 확실하게 아는 사람은 아무도 없어. 낡은 세계는 구체적이고 견고하다. 우리는 이 세계를 살아가며, 매 순간 그것과 싸운다. 이 세계는 실재한다. 미래의 세계는 아직 태어나지 않았다. 그것은 인지되지 않고, 유동적이고, 꿈과 같은 재료로 이루어져 있다. 그것은 광풍(사랑, 상상력, 우연, 하느님)에 요동치는 구름이다. 그것은 모양을 바꾸고, 흩어지고, 뭉게뭉게 피어난다. 아무리 위대한 예언가라 하더라도 인간들에게 제공할 수 있는 건 오직 슬로건밖에 없으며, 이 슬로건이 막연하면 할수록 그 예언자는 더 위대하다.

조르바는 비웃는 듯한 표정으로 웃으며 나를 바라보았다.

나는 화가 나서 대답했다. "나는 내가 그럴 수 있다고 믿어요."

"정말요? 그럼 어디 한번 들어봅시다."

"그걸 말로 설명할 수는 없어요. 어쨌든 당신은 이해하지 못할 거예요."

그러자 조르바는 머리를 저으며 말했다. "그렇다면 당신은 그들에게 더 나은 세상을 보여줄 수 없는 겁니다. 보스, 날 건초나 뜯어먹는 바보로 생각하지 말아요. 당신은 지금 잘못 생각하는 겁니다. 나도 아나그노스티 영감만큼이나 무식하지만 그 정도로까지 바보 천치는 아닙니다. 내가 이해를 못 하는데 그 멍청이 영감탱이와 그 미련 곰탱이 마누라는 어떨 것 같습니까? 그리고 이 세상 그 많은 아나그노스티 영감과 할멈들은 또 어떨 것 같아요? 그들에게 새로운 어둠만 보여줄 거라면 그냥 그들이 살던 대로 살게 내버려둬요. 어쨌든 그들 나름대로 습관이 있을 테니 말입니다. 그 사람들, 지금까지 꽤 잘들 살아왔어요. 그렇게 생각하지 않아요? 자식도 낳고 손자도 보면서 잘들 살아왔다고요. 하느님이 자기들을 귀머거리로 만들고, 장님으로 만들어도 그들은 그냥 '하느님께 영광을!'이라고 외칩니다. 비참하게 사는 데 익숙해진 거예요. 그러니 그냥 내버려두고 아무 말 하지 말아요."

나는 아무 말 하지 않았다. 우리는 과부네 정원 앞을 지나가고 있었는데, 조르바는 잠시 걸음을 멈추었다가 한숨을 한 번 내쉴 뿐 아무 말도 하지 않았다. 어디선가 비가 내린 듯 공기에서 축축한 흙냄새가 났다. 하늘에 별이 하나둘씩 나타났다. 초승달은 연초록색으로 환히 빛났고, 하늘은 부드러움으로 넘쳐흘렀다.

나는 생각했다. 저 사람은 학교 문 앞에도 가보지 못했고, 머릿속에 지식을 쟁여 넣은 적도 없어. 그렇지만 그는 산전수전 다 겪은 사람이라서 마음과 가슴이 활짝 열려 있으면서도 원래의 강건함은 그대로 간직하고 있어. 같은 나라 사람인 알렉산더 대왕처럼 우리가 해결할 수 없는 복잡한 문제들을 단칼에 풀어내지. 그는 단단한 땅에 굳게 버티고 서 있어서 오류에 빠지지 않아. 아프리카의 원시인들은 뱀을 숭배하지. 온몸으로 땅과 접촉하면서 대지의 모든 비밀을 알아내기 때문이야. 배로, 꼬리로, 고환으로, 머리로 그걸 알아내는 거야. 뱀은 어머니 대지와 접촉하고, 그것과 결합해서 한 몸이 되지. 조르바가 바로 그런 사람이야. 우리 같은 먹물들은 구름 속에서 길을 잃고 헤매는 새대가리들에 불과해.

하늘에선 무수히 많은 별들이 빛났다. 별들은 거칠고, 오만하고, 가혹하고, 인간들에 대해 무자비했다.

우리는 꼭 불이라도 지른 것처럼 하늘에 별들이 점점 더 많이 나타나는 것을 보고 놀라서 아무 말 없이 하늘을 바라보았다.

오두막에 도착했다. 식욕이 전혀 없었던 나는 바닷가 바위에 앉았다. 조르바는 불을 피우고 저녁을 먹은 다음 잠시 내게 가볼까 생각했으나 생각을 바꾸어 침대에 누워 잠들었다.

바다는 죽은 듯 잠잠했고, 땅도 별이 총총한 하늘의 눈부시게 환한 빛에 압도되어 침묵했다. 컹컹거리며 짖는 개도 없었고, 구슬프게 우는 밤새도 눈에 띄지 않았다. 은밀하고 깊고 위협적인 침묵이 자리 잡고 있었다. 마음속 너무 깊은 곳에서 터져 나오거나 너무 먼 곳에서 흘러나와 잘 안 들리는 외침 소리만 이따금 이 침묵을 깨트릴 뿐이었다. 오직 피가 내 관자놀이와 목의 정맥을 때리는 소리만 느껴졌다.

나는 몸서리치며 생각했다. '이건 호랑이의 노래야!'

인도에서 사람들은 어둠이 내리면 나지막한 목소리로 구슬프고 단조로운 노래를 흥얼거린다. 멀리서 맹수가 하품을 하는 것 같은 느릿하고 야생적 노래. 이것이 호랑이의 노래다. 그러면 뭐라 말로 표현할 수 없는 격렬한 공포가 가슴속으로 밀려든다.

그 무시무시한 노래를 생각하는 동안 내 가슴은 조금씩 부풀어 올랐다. 두 귀는 깨어났고, 침묵은 외침으로 바뀌었다. 내 영혼도 그 노래로 이루어져 있어 그걸 들으려고 몸 밖으로 튀어 올랐다.

나는 허리를 숙이고 바닷물을 손에 한 움큼 담아 이마와 관자놀이를 축였다. 온몸이 서늘해지는 것 같은 기분이 들었다. 내 존재의 깊은 곳에서 위협적이고 불분명하며 초조한 외침이 들려왔다. 호랑이가 내 속에서 포효하는 것이었다. 별안간 "붓다! 붓다!"라고 외치는 목소리가 또렷하게 들려오자 나는 껑충 뛰어 일어났다.

나는 도망이라도 치려는 듯 바닷가를 따라 성큼성큼 걷기 시작했다. 언제부터인가 밤중에 깊은 침묵에 빠질 때마다 처음에는 만가처럼 애원하듯 구슬프다가 이윽고 조금씩 거칠고 엄격하고 단호해지는 그의 목소리가 들려오곤 했다. 그 목소리는 꼭 어머니 배 속에서 나가게 해달라고 요구하는 아기처럼 내 가슴을 발로 걷어찼다.

자정이 가까워진 것 같았다. 하늘에 검은 구름이 모이자 굵은 빗방울이 내 손으로 떨어졌다. 하지만 내 마음은 딴 곳에 가 있었다. 나는 찌는 듯 무더운 대기에 빠져 있었고, 도화선이 양쪽 관자놀이를 뜨겁게 태우는 것 같은 느낌이 들었다.

나는 몸을 떨며 생각했다. 때가 왔어. 붓다의 법륜이 나를 실어갈 거야. 나를 짓누르는 신성한 것의 무게에서 벗어날 때가 된 거야.

나는 서둘러 오두막으로 돌아가 석유등에 불을 밝혔다. 환한 불빛에 놀란 조르바가 눈꺼풀을 깜박거리다가 눈을 뜨더니 내가 종이에 몸을 굽히고 글을 쓰는 걸 바라보았다. 그는 알아들을 수 없는 말을 뭐라고 몇 마디 중얼거리더니 벽 쪽으로 홱 돌아누워 다시 잠에 빠져들었다.

나는 쉬지 않고 썼다. 급했다. 붓다는 모든 준비를 갖춘 채 내 안에 온전히 자리 잡았다. 나는 붓다가 나의 창자에서 나와 꼭 글자로 뒤덮인 푸른색 리본처럼 펼쳐지는 것을 보았다. 그것은 빠른 속도로 풀려나왔고, 내 손은 그걸 따라잡으려고 종이 위에서 분주히 움직였다. 나는 쓰고 또 썼다. 모든 게 너무나 쉽고 간단해졌다. 자비와 체념, 공空으로 이루어진 한 세계 전체가 내 앞으로 줄지어 지나갔다. 붓다의 궁전, 하렘의 여성들, 황금 마차, 세 번의 운명적 만남(늙은 자와 병든 자, 죽은 자), 출가, 고행, 해탈, 중생을 제도하겠다는 선언. 땅은 노란 꽃으로 뒤덮였고, 거지들과 왕은 황색 가사袈裟를 입었으며, 돌과 나무, 육신 등 모든 것은 가벼워졌다. 영혼은 바람과 정신이 되었고, 정신은 소멸되었다. 손가락이 끊어질 듯 아팠지만, 중단하고 싶지도 않았고 중단할 수도 없었다. 환상이 순식간에 지나갔다가 사라져버리는 바람에 그걸 따라잡아야만 했다.

아침에 조르바는 머리를 원고지에 처박고 잠들어 있는 나를 발견했다.

6

일어나 보니 해가 중천에 떠 있었다. 너무 오랫동안 글을 쓰는 바람에 오른손이 뻣뻣해져서 손가락을 오므릴 수가 없었다. 붓다의 폭풍이 나를 휩쓸고 지나가면서 내 육신을 피곤하고 기진맥진하게 만들어놓은 것이었다.

나는 허리를 숙여 바닥에 흩어진 원고를 주웠다. 나는 그걸 읽어볼 생각도 없었고, 그럴 힘도 없었다. 갑작스럽게 떠오른 그 영감靈感은 한갓 꿈에 지나지 않는 듯, 나는 그것이 언어에 감금되고 타락하는 걸 보고 싶지 않았다.

그날은 비가 내렸다. 조용히, 하염없이 내리는 비. 조르바는 나를 위해 화덕에 불을 피워놓고 나갔다. 나는 먹지도, 움직이지도 않은 채 천천히 떨어지는 계절의 첫 빗소리를 들으며 하루 종일 화덕 앞에 책상다리를 하고 앉아 불을 쬐었다.

아무것도 생각하지 않았다. 나의 정신은 음습한 땅속 두더지처럼 몸을 둥글게 웅크린 채 휴식했다. 가볍게 떨리는 소리와 살랑거림, 땅이 우지끈거리는 소리, 비가 내리는 소리, 씨앗이 싹을 틔우는 소리가 여기저기서 들려왔다. 하늘과 땅이 꼭 남자 여자가 아이를 만들 때와 흡사하게 저 시원始原의 시간에 그랬던 것처럼 교합하는 것을 느낄 수 있었다. 내 앞에 해안을 따라 펼쳐진 바다가 마치 혀를 내밀어 물을 마시는 야수처럼 포효하며 혀를 날름거리는 소리도 들을 수 있었다.

나는 행복했고, 그 사실을 알고 있었다. 우리가 행복하게 사는 동안에는 그걸 느끼기가 힘들다. 행복했던 순간이 지나가고 그것을 되돌아볼 때가 되어야만 우리는 우리가 행복했었다는 사실을 문득 깨닫는다. 그러나 나는 그 크레타 해변에서 행복해했으며, 동시에 내가 행복하다는 걸 알고 있었다.

드넓은 바다가 남쪽으로 아프리카 해안까지 펼쳐졌다. 리바스라는 이름의 뜨거운 바람이 멀리 무더운 사막에서부터 쉴 새 없이 불어닥쳤다. 바다는 아침에는 수박 냄새를 풍겼고, 정오가 되면 김을 모락모락 피우며 사춘기 소녀의 그것처럼 아직 덜 부풀어 작은 가슴을 들어 올렸다. 그리고 저녁이 되면 바다는 한숨을 내쉬며 분홍색과 포도주 같은 붉은색, 가지 같은 보라색, 사파이어 같은 암청색으로 바뀌었다.

오후에 나는 알이 고운 뜨겁고 부드러운 황금색 모래를 한 줌 쥐었다가 그것이 손가락 사이로 흘러내리는 걸 즐겼다. 손은 삶이 스르륵 새어 나가다가 어느새 사라지는 모래시계다. 손이 사라지면 나는 바다를 바라보며 조르바가 하는 얘기에 귀를 기울인다. 그럴 때면 관자놀이가 뻐근할 정도로 행복하다.

기억난다. 섣달그믐 날, 네 살짜리 조카딸 알카와 함께 장난감 가게를 들여다보는데, 아이가 나를 돌아다보며 말했다. "식인귀 삼촌(아이는 나를 이렇게 불렀다), 내 머리에 뿔이 나는 게 너무 좋아요!" 나는 놀랐다. 삶이란 정말이지 얼마나 놀라운 기적인가! 모든 영혼은 가장 깊은 뿌리에 가 닿는 순간 서로 만나 뒤엉키는 것이다. 멀리 떨어진 도시의 어느 박물관에서 흑단으로 깎은 붓다의 얼굴을 본 기억이 즉시 떠올랐다. 7년에 걸친 고뇌를 끝내고 해탈한 붓다의 얼굴은 지고한 희열에 가득 차 있었다. 이마 양쪽의 핏줄은 부풀어 오르다 못해 살 위로 불쑥 튀어나와 꼭 강철 용수철처럼 억센 나선형 뿔 두 개가 되어 있었다.

해질 무렵에 비가 그치고 하늘이 맑아졌다. 배가 고팠지만, 그 사실이 만족스럽게 느껴졌다. 이제 곧 조르바가 돌아와서 불을 피울 테니까. 그러면 매일 그렇듯이 요리와 대화라는 의식이 시작될 것이다.

조르바는 냄비를 불에 올려놓으며 말하곤 했다. "이거 역시 끝없이 계속되는 이야기지요. 여자들(신께서 그들을 보살펴주시기를!)뿐만 아니라 먹는 음식 역시 한도 끝도 없이 이어지는 이야기입니다!"

나는 이 크레타 해안에서 처음으로 먹는다는 게 얼마나 즐거운 일인지를 알게 되었다. 저녁에 조르바가 화덕에 불을 피우고 요리를 하여 먹고 마시면서 대화가 활기를 띠기 시작하면 나는 식사라는 것이 심리적 기능을 갖고 있으며, 고기와 빵, 포도주가 정신을 만드는 재료라는 사실을 깨달았다.

하루 종일 힘든 일을 하고 돌아온 조르바는 먹고 마시기 전에는 사람이 둔하고 말에도 힘이 없어서 억지로라도 말을 시켜야만 했다. 그럴 때면 동작도 기력이 없고 서툴렀다. 하지만 그의 말대로 증기기관에 석탄을 퍼 넣는 순간 고장 나고 둔화되었던 그의 몸이라는 공장은 다시 활기를 되찾고 속도를 내어 전속력으로 돌아가기 시작했다. 눈에는 불이 켜졌고, 기억은 되살아났으며, 두 발은 날개 달린 듯 춤을 추었다.

그는 이따금 말했다. "먹는 음식으로 무얼 하는지 말해주면 당신이 어떤 사람인지 말해줄게요. 어떤 사람은 먹은 걸로 비계와 노폐물을 만들어내고, 또 어떤 사람은 그걸로 일과 즐거움을 만들어내지요. 신을 만들어내는 사람도 있고요. 그러니까 인간은 세 가지 부류가 있습니다. 보스, 나는 가장 나쁜 부류도 아니고 가장 좋은 부류도 아네요. 중간쯤 되는 인간이지요. 나는 내가 먹는 걸 가지고 일과 즐거움을 만들어냅니다. 이 정도면 괜찮지 않나요?"

그는 장난기 어린 시선을 내게 던지며 웃음을 터트렸다. "보스, 내가 보기에 당신은 그걸 갖고 신을 만들어내려고 애쓰는 것 같습니다. 하지만 그렇게 안 되니까 힘들어하는 거지요. 까마귀한테 일어난 일이 당신에게도 일어난 겁니다."

"까마귀한테 무슨 일이 일어났는데요, 조르바?"

"그게 어떻게 된 일이냐 하면…… 원래 까마귀는 까마귀답게 똑바로 정상적으로 걸었어요. 그런데 어느 날 문득 자고새처럼 가슴을 내밀고 우쭐하게 걸어보면 어떨까 하는 생각이 든 거예요. 그리고 그때부터 이 가엾은 까마귀는 본래의 걷는 법을 잊어버리고 폴딱폴딱 걸어 다니는 겁니다."

고개를 들었다. 갱도에서 내려오는 조르바의 발소리가 들렸다. 이윽고 그가 얼굴을 찌푸린 채 어두운 표정으로 다가오는 것이 보였다. 그의 큰 두 팔이 탈구된 꼭두각시의 그것처럼 좌우로 흔들렸다.

그가 건성으로 인사했다. "별일 없지요, 보스?"

"고생했습니다, 조르바. 오늘 일은 어땠습니까?"

그는 내 물음에는 대답하지 않고 이렇게만 말했다. "불 피우고 식사 준비를 할게요."

그는 방 한쪽 구석에 쌓인 나무를 한아름 안고 집 밖으로 나가더니 오두막집을 짓듯 두 개의 바위 사이에 차곡차곡 쌓은 다음 불을 붙였다. 그러고 나서 오지그릇을 불에 올리고 물을 부은 후 양파와 토마토, 쌀을 넣고 요리를 시작했다. 그동안 나는 작고 낮은 원탁에 식탁보를 깔았으며, 빵을 큼직큼직하게 썰어놓고, 목이 가늘고 몸체가 큰 병에 담긴 포도주를 우리가 도착한 날 아나그노스티 영감이 보내주었던 조각된 호리병박에 가득 따라놓았다.

조르바는 냄비 앞에 무릎을 꿇고 앉아 아무 말 없이 불만 뚫어져라 쳐다보았다.

내가 불쑥 물었다. "자식들이 있어요, 조르바?"

그가 고개를 돌렸다. "그런데 왜 그런 걸 묻죠? 딸이 하나 있어요."

"결혼했어요?"

조르바가 웃음을 터트렸다.

"왜 그렇게 웃어요?"

"아니, 잘 물어봤어요. 근데 내 딸이 결혼도 못 할 정도로 멍청이라고 생각해요, 보스? 난 할키디키 지방의 프라비슈타라는 곳에 있는 동광銅鑛에서 일한 적이 있었죠. 어느 날 동생 야니스한테서 편지를 한 통 받았습니다. 아 참, 내게 동생이 있다는 얘기는 안 했지요? 건실하고, 진지하고, 편협하고, 타산적이고, 위선적인…… 말하자면 사회의 기둥 역할을 할 만한 사람이지요. 지금은 살로니카에서 식품점을 합니다. 편지에는 이렇게 쓰여 있었지요. '알렉시스 형님, 형님의 딸 프로소가 잘못된 길로 빠져 우리 가문의 이름을 더럽혔습니다. 애인이 있는데 아이가 생겼답니다. 우리 가문의 평판을 이제 완전히 그르친 겁니다! 지금 당장 마을로 쳐들어가서 그년을 죽여놓고 말겠어요.'"

"그래서 어떻게 했어요, 조르바?"

그가 어깨를 으쓱거렸다. "'아이고, 여자들이란, 참!' 이렇게 한마디 하고 편지를 찢어버렸지요."

그는 냄비 안에 든 내용물을 국자로 한 번 휘젓더니 소금을 친 다음 웃음을 터트렸다. "하지만, 잠깐 기다리세요. 진짜 재미있는 일이 벌어지게 됩니다. 한 달 뒤에 그 바보 멍청이 동생에게서 편지가 또 한 장 날아옵니다. '알렉시스 형님께. 그동안 안녕하셨는지요?' 그 멍청이는 이렇게 썼습니다. '우리 가문의 명예가 회복되었으니 형님께서는 이제부터 당당하게 고개를 들고 다니시게 되었습니다. 문제의 사내가 프로소랑 결혼했거든요!'"

조르바가 나를 돌아다보았다. 나는 그의 담뱃불에 그의 눈이 반짝반짝 빛나는 것을 보았다. 그가 다시 어깨를 으쓱거리며 지독하게 경멸스럽다는 어조로 말했다. "젠장, 남자들이란 참!"

그리고 잠시 후에 이렇게 덧붙여 말했다. "우리가 여자들에게 기대할 수 있는 건 그들이 처음 만난 남자와 붙어 자식새끼를 낳는다는 것뿐입니다. 그리고 남자들에게 기대할 수 있는 건 고작 그들이 그 덫에 걸리고 만다는 것뿐이고요. 남자나 여자들에게 기대할 수 있는 건 그것밖에 없어요!"

그가 냄비를 불에서 들어내어 식탁으로 옮겼다. 우리는 책상다리를 하고 앉아 먹기 시작했다.

조르바는 깊은 생각에 잠겼다. 무슨 큰 걱정거리가 있는 듯 보였다. 그는 나를 보며 입을 열었다가 다시 다물어버렸다. 나는 석유등의 불빛으로 그의 서글프고 불안한 눈빛을 또렷이 볼 수 있었다.

나는 도저히 더는 참을 수 없어서 입을 열었다. "조르바, 나한테 무슨 할 얘기가 있죠? 말해봐요! 그렇게 힘들어하지 말고 말하라니까요!"

조르바는 계속해서 침묵을 지켰다. 대신 조약돌을 하나 집어 들더니 열린 창문에 있는 힘껏 내던졌다.

"왜 애꿎은 돌을 가지고 그래요? 그러지 말고 말해봐요!"

그는 주름진 목을 쭉 빼며 불안한 표정을 짓더니 나를 똑바로 쳐다보며 물었다. "보스, 보스는 나를 신뢰합니까?"

"믿지요. 믿고말고요. 당신은 무슨 일을 해도 그르치는 법이 절대 없어요. 일부러 그르치려고 해도 그렇게 안 될 겁니다. 당신은 사자나 늑대 같은 사람이에요. 이런 동물들은 절대 양이나 나귀처럼 행동하지 않죠. 본성은 절대 바꿀 수 없으니까요. 당신은 뼛속 깊은 곳까지 사자나 늑대 같은 사람이라니까요!"

조르바가 머리를 흔들었다. "난 지금 우리가 어디로 가는 건지 더는 모르겠습니다, 보스."

"아무 걱정 마시고 지금 가는 길로 계속 가세요! 내가 다 알고 있으니까."

그러자 조르바가 소리쳤다. "보스, 그 말 다시 한 번 해줘요. 내가 다시금 용기를 낼 수 있게!"

"지금 하는 것처럼 앞으로도 죽 해나가면 됩니다!"

조르바의 눈이 반짝반짝 빛났다. "자, 그럼 이제 말할 수 있겠군요. 며칠 전부터 내가 한 가지 거창한 계획을 꾸미고 있어요. 보스가 들으면 말도 안 되는 생각이라고 할지도 모르겠습니다만…… 그 계획을 실행에 옮겨도 될까요?"

"지금 그래도 되느냐고 내게 물어보는 겁니까? 생각을 실행에 옮기려고 우리가 여기 온 거 아닌가요?"

조르바가 황새처럼 목을 길게 늘이더니 즐거움과 두려움이 섞인 눈길로 나를 바라보았다. "분명히 얘기해줘요, 보스! 우리가 갈탄을 캐러 여기 온 거 아니었습니까?"

"갈탄은 핑계지요. 사람들이 우리를 이상하게 생각하지 않도록 하려는 핑계 말입니다. 그래야 그들이 우리를 진짜 사업가로 생각하고 구운 감자를 던지며 야유하는 일 따위를 안 할 거 아닙니까? 무슨 말인지 이해하지요, 조르바?"

조르바가 멀거니 입을 벌리고 있었다. 그는 그런 엄청난 행복이 잘 안 믿어진다는, 도대체 이게 무슨 일인지 이해가 잘 안 된다는 표정이었다. 그는 내게 달려들어 어깨를 움켜잡더니 흥분해서 물었다. "춤출래요? 춤춥시다!"

"난 안 출래요."

"안 춘다고요?"

그는 어리둥절한 표정으로 두 팔을 떨구더니 잠시 후에 말했다. "좋습니다. 그럼 나 혼자 출게요, 보스. 멀찌감치 물러서세요. 잘못하면 부딪쳐서 넘어질 수도 있으니까…… 이얏!"

펄쩍 뛰어 오두막 밖으로 나간 그는 신발과 윗옷, 조끼를 벗어 던진 다음 바지를 무릎까지 올리고 춤을 추기 시작했다. 석탄 가루로 더럽혀진 그의 얼굴에서 눈 두 개가 환하게 빛났다.

그가 춤을 추기 시작했다. 흡사 고무줄이 늘어났다 줄어들었다 하듯 손뼉을 치고, 공중으로 뛰어올랐다가, 제자리에서 빙글빙글 돌았다가, 무릎을 구부리고 착지했다가, 다시 다리를 구부리고 뛰어오르기를 되풀이했다. 그러다가 갑자기 자연의 법칙에 도전하여 날아가고 싶은 듯 다시 아주 높이 뛰어올랐다. 영혼이 살을 부추겨 마치 별똥별처럼 함께 어둠 속으로 뛰어들려고 늙고 지친 몸속에서 몸부림치는 듯 느껴졌다. 영혼은 공중에 오래 머무를 수 없어 다시 떨어지고 마는 몸을 뒤흔들어댔다. 그러고 나서 다시 인정사정없이 몸을 흔들어 이번에는 조금 더 들어 올렸지만, 그 불쌍한 몸은 헐떡거리며 다시 떨어지고 말았다.

조르바가 눈썹을 찌푸렸다. 그의 얼굴에 불안하고 심각한 표정이 떠올랐다. 그는 더는 고함치지 않았다. 이를 악문 채 불가능한 것을 달성하려고 애쓸 뿐이었다.

내가 소리 질렀다. "조르바, 이제 그만해요! 그만하면 됐어요!"

그의 늙은 몸이 너무 무리하다가 갑자기 산산조각이 나버릴까 봐 두려웠다.

내가 그렇게 소리쳤지만, 내가 지상에서 내지르는 외침이 조르바의 귀에 더는 들리지 않았다. 그의 오장육부는 이미 새의 그것이 되어버렸다.

나는 불안한 심정으로 그 거칠고 절망적인 춤을 지켜보았다. 어렸을 때 나는 상상력을 마음껏 펼치다가 말도 안 되게 터무니없는 얘기를 친구들에게 들려주곤 했다. 그러다가 결국은 나도 그 얘기를 믿어버리곤 했다.

어느 날, 초등학교 친구 하나가 물었다. "너희 할아버지는 어떻게 돌아가셨어?"

그 말을 듣는 즉시 나는 얘기를 지어냈다. 그리고 거기에 살을 붙이면 붙일수록 나 역시 그걸 믿게 되었다. "우리 할아버지는 고무 구두를 신고 다니셨지. 수염이 하얗게 변해가던 어느 날, 그분은 지붕에서 뛰어내리셨어. 하지만 땅에 닿는 순간 그분은 집보다 더 높이 뛰어오르시더니 다시 그보다 더 높이, 그리고 다시 그보다 더 높이 올랐다가 결국은 구름 속으로 사라지고 말았어. 우리 할아버지는 이렇게 돌아가셨지."

이 이야기를 지어낸 그날부터 나는 작은 성 미나스 교회에 가서 성상 벽 아래쪽에 있는 그리스도가 승천하는 그림을 볼 때마다 손을 내밀어 그걸 가리키며 반 친구들에게 이렇게 말하곤 했다. "자, 고무 구두를 신은 우리 할아버지가 여기 계시잖아."

그리고 오랜 세월이 지난 그날 밤, 나는 조르바가 뛰어오르는 모습을 보며 내가 어렸을 때 지어낸 그 얘기를 기억해내고 두려움을 느꼈다. 그가 구름 속으로 사라져버리는 게 아닌가, 겁이 났다.

나는 다시 한 번 소리쳤다. "조르바, 이제 그만 됐어요!"

조르바가 거친 숨을 몰아쉬며 쭈그리고 앉았다. 얼굴이 즐거움으로 환하게 빛났다. 그의 회색 머리칼은 이마에 달라붙었고, 이마와 뺨에서는 땀이 방울방울 흘러내려 석탄 가루와 뒤섞였다.

나는 불안에 휩싸여 그를 내려다보았다.

그가 잠시 후에 입을 열었다. "몸이 더 가벼워진 것 같아요. 피를 뽑아낸 것 같은 기분이랄까. 이제는 말을 할 수 있을 것 같군."

그는 오두막으로 들어가 행복에 겨운 얼굴로 화덕 앞에 앉았다.

"무슨 일이 있었기에 그렇게 춤을 춘 건가요?"

"내가 뭘 어떻게 할 수 있었겠습니까, 보스? 너무 좋아서 미칠 지경이 되어버리는 바람에 어떤 식으로든지 분출해야만 했어요. 근데 그게 말로 될까요? 천만에요!"

"뭐 때문에 그렇게 좋아했어요?"

그는 불안한 눈길을 내게 던졌다. 그의 입술이 떨렸다. "뭐 땜에 그렇게 좋아했냐고요? 보스, 보스가 방금 한 얘기, 그거 괜히 한번 해본 소리인가요? 무슨 뜻인지도 모르고 그냥 한번 던져본 말이에요? 하지만 당신은 우리가 석탄이나 캐자고 여기 온 건 아니라고 내게 말했어요……. 그냥 시간이나 때우러 온 거고, 사람들에게 연막을 쳐서 그들이 우리를 미친놈으로 취급하고 썩은 감자를 던지지 못하도록 해야 한다고 말하지 않았어요? 우리끼리만 있어서 아무도 우리를 보지 못하면 허리가 끊어지도록 웃자고 하지 않았던가요? 사실 나도 그런 걸 바랐지만, 솔직히 말하자면 그걸 분명히 깨닫지는 못했죠. 석탄 생각도 하다가, 부불리나 생각도 하다가, 또 어떨 때는 당신 생각도 하다가…… 그야말로 뒤죽박죽이었죠……. 갱도를 팔 때는 '난 갈탄을 원해! 난 갈탄을 원한다고! 내가 원하는 건 갈탄이야!'라고 다짐하곤 했습니다. 그러면 머리끝에서 발끝까지 온몸이 석탄 가루로 뒤덮이는 거죠. 하지만 하루 일을 마치고 그 늙은 물개랑 즐거운 시간을 보낼 때는(그 여자를 보호해주소서!) 이 세상 모든 갈탄이랑 보스들을 그 여자가 목에 두른 리본에 그냥 매달아놓지요. 그리고 조르바도 거기 매달아놓습니다. 그러면 아무 생각도 안 나고 멍해집니다. 그러다가 아무 할 일 없이 혼자 있게 되면 다시 당신 생각이 나죠. 그러면 가슴이 뭉클해집니다. 그러면서 양심의 가책이 느껴지지요. '부끄럽지 않니, 조르바? 저 착한 사람한테 사기나 치고 돈까지 떼먹다니, 부끄럽지 않아? 도대체 언제까지 그렇게 오라질 인간으로 살거냐, 조르바? 이제는 정말이지 지겹다!'

보스, 지금에서야 하는 말이지만, 난 원래 중심을 못 잡고 왔다갔다 하는 인간이었습니다. 한쪽에는 악마가 있고, 또 한쪽에는 하느님이 있어서 동시에 날 잡아당기면 내 몸은 둘로 찢기고 말아요. 하지만 지금은 당신이 보스처럼 말을 해준 덕분에 내가 눈을 뜨게 되었습니다. 나는 보았어요! 그리고 깨달은 겁니다! 우리는 이제 죽이 잘 맞으니까 신속하게 일을 해낼 수 있을 겁니다. 돈이 좀 남았나요? 그 돈 아끼지 말고 다 씁시다! 구두쇠 근성 따위는 개나 줘버리고!"

조르바는 이마에 방울방울 매달린 땀을 쓱 닦더니 주위를 돌아다보았다. 우리가 먹다 만 음식들이 낮은 식탁에 놓여 있었다. 그가 굵은 손을 내밀었다. "보스, 먹어도 괜찮겠지요? 또 배가 고프네요."

그는 빵 한 조각과 양파 하나, 올리브 한 움큼을 집어 들더니 게걸스럽게 먹어치웠다. 그러고 나서 포도주가 든 호리병박을 거꾸로 들어 올린 다음 입을 갖다 대지 않고 콸콸 소리가 나게 들이부었다. 그런 다음 만족스러운 듯 혀를 끌끌 찼다.

그가 말했다. "아, 이제 좀 살 것 같군."

그가 나를 쳐다보더니 눈을 찡긋거리며 물었다. "왜 보스는 웃지를 않는 거지요? 왜 날 그런 눈으로 쳐다보는 겁니까? 그게 나의 본래 모습인데 어떡하겠습니까? 내 속에는 소리치는 악마가 한 놈 있어서 나는 그놈이 시키는 대로 합니다. 내가 금방이라도 폭발할 것 같으면 그놈이 말하지요. '춤춰!' 그러면 나는 춤을 춥니다. 춤을 추면 숨통이 좀 뚫리지요. 할키디키에서 우리 아들 디미트라키가 죽었을 때도 나는 이렇게 벌떡 일어나서 춤을 추었습니다. 내가 시체 앞에서 춤추는 걸 본 친척들과 친구들이 내게 달려들어 말렸지요. 그들은 소리쳤습니다. '조르바가 미쳤다! 조르바가 미쳤어!' 하지만 난 그때 춤을 추지 않았더라면 힘들어서 정말 미치고 말았을 겁니다. 디미트라키는 내 첫아이였는데 세 살 때 죽었죠. 나는 아이가 죽었다는 사실을 받아들이기가 너무 힘들었습니다. 보스, 내가 하는 말 이해되지요? 아니면 내가 허공에 대고 혼잣말을 하는 건가?"

"이해됩니다. 이해돼요, 조르바. 당신은 지금 허공에 대고 혼잣말을 하는 게 아녜요."

"또 한번은 내가 러시아에 있을 때였어요. 노보로시스크 근처 동광에도 일을 하러 간 적이 있었지요. 일하는 데 꼭 필요한 러시아 말 대여섯 개만 배워가지고 갔지요. '네, 아니요, 빵, 물, 이리와, 얼마지요?' 나는 러시아 친구 한 명을 사귀었는데, 과격한 볼셰비키였습니다. 우리는 매일 밤 항구의 한 선술집에 자리를 잡고 앉아 보드카를 몇 병씩 비우면서 얼근히 취하곤 했지요. 그렇게 코가 삐뚤어지게 마시고 나면 서로에게 마음을 열었습니다. 그는 혁명 중에 일어난 모든 일을 내게 얘기하고 싶어 했고, 나는 그동안 살아오면서 겪은 모험을 그에게 들려주고 싶었지요. 우리는 둘 다 취해서 형제처럼 친한 사이가 되었습니다.

우리는 손짓 발짓에 짧은 어휘 실력을 동원해가며 의사소통을 계속한 끝에 결국은 대충 합의를 봤지요. 그 친구가 먼저 말을 합니다. 그 말을 못 알아들으면 나는 소리칩니다. '그만!' 그러면 그가 일어나서 춤을 춥니다. 자기가 하고 싶은 말을 춤으로 표현하는 거지요. 나도 그 친구랑 똑같이 합니다. 입으로 말할 수 없는 것을 두 다리와 두 팔, 배로 하고, '하이-하이! 야야아압! 으라차차!'라고 괴성도 질렀지요.

러시아 친구 차례가 되었습니다. 그는 어떻게 해서 무기를 들게 되었는지, 어떻게 전쟁이 발발했는지, 어쩌다 노보로시스크까지 굴러들어 오게 되었는지 얘기해주었습니다……. 내가 무슨 말인지 못 알아들어서 '그만!'이라고 소리치면 그는 펄쩍 뛰어올라 미친 듯이 춤을 춥니다. 그의 팔과 다리, 상체, 눈을 보노라면 그가 무슨 말을 하려는 건지 다 이해가 됩니다. 그들이 어찌하다가 노보로시스크까지 오게 되었는지, 어떻게 귀족들을 죽였는지, 어떤 식으로 가게를 약탈했는지, 남의 집 문을 박차고 들어가 여자들을 납치했는지, 다 알아들을 수 있는 거지요. 처음에는 여자들이 울고불고 난리를 치면서 남자들을 손톱으로 할퀴어대지만, 서서히 얌전해지면서 눈을 감고 좋아 죽겠다며 쾌락의 신음을 내지르더라나요. 여자들이란 참…….

자, 그러고 나자 이번엔 내 차례가 되었지요. 그런데 이 친구는 머릿속이 텅 빈 꺼벙이여서 내가 겨우 세 마디밖에 안 했는데 벌써 '그만!'이라고 소리칩니다. 그거야 내가 바라던 바 아니겠어요? 나는 벌떡 일어나서 탁자와 의자를 치우고 춤을 추기 시작하죠……. 아, 요즘 사람들은 정말 너무 얌전해요……. 빌어먹을 인간들 같으니! 몸은 벙어리로 만들어버리고 오직 주둥이로만 말을 하죠. 하지만 도대체 주둥이로 무슨 말을 할 수 있겠어요? 그 러시아 친구가 나를 머리끝에서 발끝까지 뚫어져라 쳐다보던 모습을 보스가 봤더라면 참 좋을 텐데! 그는 내가 무슨 말을 하든지 다 알아들었지요. 나는 나의 불행과 여행을 춤으로 얘기했습니다. 내가 몇 번이나 결혼했는지, 내가 석공과 광부, 행상, 옹기장이, 의용군, 산투리 부는 사람, 볶은 병아리콩 장수, 대장장이, 밀수꾼 등 얼마나 많은 직업을 전전했는지를 춤으로 얘기했고, 내가 어떤 연유로 감옥에 갇히게 되었는지, 어떻게 해서 거기서 탈출했는지, 어떻게 러시아까지 오게 되었는지를 춤으로 얘기했지요…….

좀 맹하긴 했지만 그는 내가 무슨 말을 하려고 하는지 다 알아들었지요. 하나도 빠짐없이 다요. 내 다리가 말을 했고, 내 팔이 말을 했고, 내 머리카락, 내 옷이 말을 했습니다. 심지어는 내 허리띠에 매달려 있던 나이프까지도 말을 했지요. 내가 춤을 다 추자 그 꺼벙한 친구는 나를 꼭 껴안고 입을 맞추더니 술잔에 보드카를 철철 넘치도록 따랐습니다. 그러고 나서 우리는 서로를 부둥켜안은 채 울다가 웃다가를 되풀이했지요……. 새벽녘에 우리는 헤어져서 비틀거리며 각자 잠을 자러 갔습니다. 그리고 밤에 또 만나곤 했지요.

왜 웃어요? 내 말이 안 믿기는 모양이군요, 그렇지요? 속으로 이렇게 생각하지요? '이 신드바드 같은 뱃놈이 도대체 무슨 헛소리를 하는 거지? 그러니까 춤으로 얘기를 할 수 있다는 거야? 무슨 씨알도 안 먹힐 소릴!' 그렇지만 나는 신과 악마가 이런 식으로 서로 얘기를 나눌 수 있다는 데 내 목을 걸어도 좋습니다.

근데 보스, 졸리는 모양이군요. 당신은 몸도 약하고 강단도 없어 보여요. 자, 가서 자요. 내일 다시 얘기합시다. 내게는 한 가지 계획이 있어요. 아주 굉장한 계획인데, 내일 얘기할게요. 난 담배 한 대 더 피우고 바닷물에 몸이나 담가야겠어요. 몸이 뜨거워졌으니까 식혀야지요. 자, 잘 자요!"

좀처럼 잠이 오지 않았다. 나는 생각했다. 나는 헛된 인생을 살았어. 지금이라도 걸레를 들고 내가 읽은 모든 것, 내가 보고 들은 모든 것을 지워버린 다음 조르바의 학교에 들어가 저 위대한 진짜 알파벳을 배울 수 있다면 얼마나 좋을까!…… 그렇게 하면 나는 전혀 다른 길을 걸을 수 있게 되리라. 내 오감五感과 육신을 완벽하게 단련하여 그것이 즐기고 이해하게 하리라. 달리고, 싸우고, 수영하고, 말 타고, 노 젓고, 운전하고, 총 쏘는 법을 배우리라. 내 영혼을 육신으로 채울 것이며, 마침내는 내 안에서 함께 사는 이 두 적을 화해시키리라…….

나는 침대에 앉아 헛되고 헛된 내 삶을 다시 생각했다. 열린 문을 통해 마치 밤새처럼 바위에 쭈그리고 앉아 먼 바다를 응시하는 조르바의 모습이 별빛 아래 어렴풋이 눈에 들어왔다. 나는 생각했다. 조르바야말로 진리 속에서 살고 있어. 그의 길이 옳은 길이야!

원시적이고 창조적인 다른 시대 같았으면 조르바는 추장으로서 부족을 이끌고 앞장서서 도끼로 길을 열었을 것이다. 아니면 이 성에서 저 성으로 돌아다니는 음유시인이 되어 모든 사람(성주도, 귀부인도, 하인도)이 그가 부르는 노래에 매혹당했을 것이다……. 그러나 우리가 사는 이 척박한 시대에는 주린 배를 움켜잡고 울타리 주변을 어슬렁거리거나, 어느 삼류 작가의 어릿광대 노릇이나 하는 신세가 되어버렸다.

조르바가 벌떡 일어나는 게 보였다. 그는 옷을 벗어 자갈밭에 내던지고는 바닷속으로 뛰어들었다. 물 밖으로 떠올랐다가 다시 물속으로 사라지곤 하는 그의 얼굴이 이따금 희미한 달빛에 나타나곤 했다. 그는 이따금 고함을 내지르고, 개처럼 짖고, 말처럼 울고, 수탉처럼 꼬꼬댁거렸다. 아무도 없이 황량한 밤에 바다 한가운데서 수영을 하다 보니 그의 영혼은 동물 상태로 돌아간 것이다.

나도 모르는 사이에 서서히 잠이 들었다. 그리고 다음 날 동틀 무렵, 한결 가뿐해 보이는 조르바가 내게 다가오더니 미소 지으며 내 발을 침대에서 끌어 잡아당겼다.

그가 말했다. "일어나요, 보스. 내게 어떤 계획이 있는지 말해줄게요. 내 말 듣지요?"

"네."

그는 방바닥에 책상다리를 하고 앉더니 어떻게 하면 산꼭대기에서 해안까지 운반용 삭도를 설치할 수 있을지를 설명했다. 이렇게 하면 갱도에 쓸 목재를 운반하고, 남는 건 골조용 목재로 팔 수 있으리라는 것이다. 우리는 수도원 소유인 소나무 숲을 임차하기로 결정했지만, 운반비가 꽤 많이 드는 데다 나귀를 구하는 것도 쉬운 일이 아니었다. 그래서 조르바는 굵은 케이블과 말뚝, 권양기, 도르래로 운반용 삭도를 설치한 다음 산꼭대기에서 거기다 나무를 매달아 눈 깜짝할 사이에 바닷가로 내려보내겠다는 계획을 세운 것이다.

그가 설명을 마치자마자 물었다. "동의해요? 서명할래요?"

"그럴게요, 조르바. 추진하세요."

화덕에 불을 붙이고 그 위에 주전자를 올려 내게 커피를 타준 그는 내가 감기에 걸리지 않도록 다리에 담요를 덮어준 다음 만족스러운 표정을 지으며 밖으로 나갔다.

그가 떠나면서 말했다. "오늘 새 갱도를 팝니다. 광맥을 찾아냈어요. 진짜 검은 다이아몬드예요."

'붓다' 원고를 펼치고 나만의 갱도를 파 들어가는 데 몰두했다. 하루 종일 원고를 썼다. 쓰면 쓸수록 더 가벼워지고, 더 자유로워지는 게 느껴졌으며, 안도감과 자부심, 혐오감으로 이루어진 복잡한 감정이 밀려들었다. 하지만 나는 전력을 다해 일했다. 일단 이 원고를 끝내서 묶고 봉해버리기만 하면 자유로워질 거라는 사실을 알았기 때문이다.

배가 고팠다. 건포도 몇 개와 아몬드 조금, 빵 한 조각을 먹었다. 나는 조르바가 거침없는 웃음과 즐거운 대화, 맛있는 식사 등 사람의 마음을 즐겁게 해주는 모든 걸 갖고 돌아오기를 기다렸다.

그는 저녁 무렵에 돌아왔다. 그가 요리를 해서 먹었지만, 그의 정신은 다른 데 가 있었다. 바닥에 무릎을 꿇고 앉아 작은 나뭇조각들을 바닥에 꽂은 그는 그것들 위로 가느다란 끈 하나를 건 다음 작은 갈고리에 성냥 하나를 매달았다. 모든 게 무너져버리지 않도록 케이블에 가장 적당한 경사를 줄 수 있는 방법을 찾아내려고 애쓰는 것이었다.

그가 내게 설명해주었다. "경사가 너무 심하면 다 박살나는 거예요. 그러니 필요한 경사도를 정확하게 찾아내야 해요. 그러려면 머리와 포도주가 있어야 합니다, 보스."

나는 웃으면서 대답했다. "포도주야 얼마든지 있지만, 글쎄, 머리는……."

조르바가 웃음을 터트리더니 나를 다정한 눈길로 바라보며 말했다. "보스도 이젠 뭐가 어떻게 돌아가는지 아는군요."

그는 쉬려고 앉아 담뱃불을 붙였다. 활기를 되찾은 그는 다시 말이 많아졌다. “만일 이 운반용 삭도가 아무 문제 없이 운행되면 숲에 있는 나무를 싹 다 베어 실어 나를 수 있습니다. 그렇게 해서 목재소를 하나 차린 다음 널빤지도 만들 수 있고, 기둥도 만들 수 있고, 들보도 만들 수 있어요. 그렇게만 되면 우리는 돈을 가마니로 주워 담을 수 있습니다. 그 돈으로 돛 세 개짜리 배 한 척 만들어서 돛 달고 밧줄 풀고 세계 일주를 떠나는 겁니다!”

조르바의 눈이 환하게 빛났다. 그 눈은 먼 나라의 여인들과 빛에 잠긴 도시들, 넓은 집들, 기계들, 배들로 가득 차 있었다. “보스, 난 이제 머리도 희끗희끗해지고 이빨도 흔들려요. 그래서 허비할 시간이 없어요. 보스야 아직 젊으니까 참고 기다릴 수 있겠지만, 난 그렇지 못하단 말입니다. 맹세컨대, 난 나이를 먹으면 먹어갈수록 더 미친놈처럼 방방 뛸 겁니다. 만일 누가 내게 와서 사람이 나이를 먹으면 물러진다고 얘기하면 가만 안 둘 겁니다. 늙으면 원기가 떨어져서 저승사자 앞에 목을 내밀고 ‘날 데려가주세요, 저승사자님! 저도 성인이 한번 되어보게요!’라고 말한다는 게 도대체 말이 됩니까? 다시 한 번 말하지만, 난 늙어가면 늙어갈수록 더 미친 듯이 날뛸 겁니다. 난 절대 이대로 주저앉지 않을 거예요. 이 세상을 한입에 먹어치울 거란 말입니다!”

그는 몸을 일으키더니 벽에 걸렸던 산투리를 내려 들며 말했다. “이리 오너라, 이 도깨비 같은 것아. 벽 위에서 그렇게 아무 말 없이 뭐 하는 거냐? 자, 네 소리 좀 들어보자!”

조르바가 꼭 무화과 껍질이나 여자의 옷을 벗기는 것처럼 산투리를 싸놓은 천을 부드럽고 조심스럽게 벗기는 모습은 아무리 오랫동안 쳐다보아도 지루하지가 않았다.

그는 산투리를 무릎에 올려놓더니 허리를 숙이고 살그머니 현을 어루만졌다. 무슨 노래를 부를지 의논하는 것 같기도 했고, 이제 그만 깨어나라고 애원하는 것 같기도 했고, 외로움에 사무친 자신의 영혼 곁에 머물러달라고 꼬이는 것 같기도 했다. 그는 노래를 불렀으나 잘되지 않자 포기하고 다른 노래를 부르기 시작했다. 그러나 산투리의 현은 마치 어디가 아프기라도 한 듯, 노래 부르기 싫다는 듯 고함을 내질렀다. 조르바는 벽에 기대고 선 채 느닷없이 이마에 방울방울 흘러내리는 땀방울을 훔치더니 두려운 눈길로 산투리를 바라보며 중얼거렸다. "하고 싶지 않다는군요……. 내 말을 들으려고 하지를 않아요……."

그는 산투리가 사나운 짐승이어서 혹시 물릴까 봐 두려운 듯 조심스럽게 그걸 다시 싸서 천천히 일어나더니 벽에다 걸었다.

그가 다시금 중얼거렸다. "하고 싶지 않대요……. 내 말을 들으려고 하질 않아요……. 하지만 다그쳐선 안 됩니다……."

그는 바닥에 앉아 화덕의 뜨거운 잿더미를 뒤져 익은 밤을 찾아내고 포도주잔을 채웠다. 그는 한 잔 두 잔 연거푸 마시더니 밤 껍질을 까서 알밤 하나를 내게 주었다.

그가 물었다. "이해가 좀 가나요, 보스? 난 뭐가 뭔지 모르겠어요. 모든 것은 다 영혼을 갖고 있어요. 심지어는 나무도, 돌도, 우리가 마시는 포도주도, 그리고 우리가 걸어 다니는 땅도…… 말 그대로 만물에는 영혼이 있는 겁니다, 보스."

그가 잔을 들어 올리며 말했다. "보스의 건강을 위해!"

그는 잔을 비우고 나서 다시 술을 따르며 중얼거렸다. "사는 게 참 지랄 같아요! 정말이지 거지 같다고요! 꼭 부불리나처럼 말입니다!"

나는 웃기 시작했다.

"내 말 좀 들어봐요, 보스. 그렇게 웃지만 말고. 사는 건 꼭 부불리나 같습니다. 늙었지요. 하지만 하루에도 몇 번씩 변덕을 부리는 게 가만히 보면 은근 재미있습니다. 약삭빠르고 꾀가 많아서 남자 애간장을 태운다니까요. 눈을 감으면 꼭 스무 살짜리 계집을 안은 것 같아요. 당신이 아직 팔팔해서 불 끄고 그 짓을 하면 그 여자는 영락없이 스무 살이에요. 맹세할 수 있다니까요!

좋아요. 그럼 당신은 이렇게 말하겠지요. 그 여자, 좀 쉬어 터지지 않았느냐? 온갖 산전수전을 다 겪은 여자 아니냐? 제독, 선원, 병사, 농사꾼, 행상, 사제, 낚시꾼, 경찰, 학교 선생, 설교사, 판사…… 그래서 뭐요? 그게 무슨 뜻이겠어요? 그 갈보는 금방 다 잊어버린다는 겁니다. 옛날 애인은 하나도 기억 못 하고 다시 순결한 비둘기가 되었다가 순수한 거위가 되었다가 멧비둘기가 되었다가 하는 겁니다. 그러면서 처음 하는 것처럼 얼굴을 살짝 붉히며 몸을 바르르 떨죠. 여자란 정말 알다가도 모를 동물입니다, 보스! 천번을 남자 밑에 깔려도 다시 처녀가 되어 천번을 일어날 수 있다니까요. 어떻게 그럴 수가 있냐고요? 기억을 못 하니까 그러는 거죠!"

나는 조르바를 놀려먹기로 했다. "앵무새는 기억하잖아요? 자기 이름이 아닌 이름을 항상 큰 소리로 외쳐대죠. 그놈이랑 같이 일곱 번째 천국에 올라갔는데 그놈이 느닷없이 '카나바로! 카나바로!'라고 외치면 당신은 꼭지가 홱 돌아버릴 겁니다. 그놈 목을 움켜쥐고 비틀어버리고 싶지 않습니까? 그놈이 '조르바! 조르바!'라고 소리치도록 가르쳐야 합니다!"

그러자 조르바가 큰 손으로 귀를 막으며 소리쳤다. "오, 세상에!

요즘 세상이 어떻게 돌아가는지 잘 모르시는구먼! 그놈 목을 비틀어버린다고요? 하지만 난 그놈이 카나바로라고 소리치는 게 정말 좋습니다. 밤이 되면 그 여자는 새장을 침대에 걸어놓습니다. 그러면 어둠을 뚫고 보는 눈을 가진 그놈은 우리가 쾌락의 신음을 내지르자마자 소리칩니다. '카나바로! 카나바로!'

난 결단코 맹세할 수 있어요, 보스……. 그런데 항상 그 쓰레기 같은 책에 코를 파묻고 사는 당신 같은 사람이 어떻게 그걸 이해할 수 있을지 모르겠군요……. 하지만 난 맹세할 수 있어요. 그 소리를 듣는 순간 내 발에는 에나멜 구두가 신겨지고, 머리에는 깃털 달린 모자가 씌워지고, 비단처럼 부드러운 턱수염에서는 파출리 향유 냄새가 나는 것 같았지요. 'Buon giorno! Buona sera! Mangiate macaroni?(좋은 아침! 좋은 저녁! 마카로니 드시겠어요?)' 나는 진짜 카나바로가 됩니다. 그래서 여기저기 총탄을 맞아 구멍이 뻥뻥 뚫린 기함에 오릅니다. 보일러에 불을 피워라! 포격을 개시하라!"

조르바가 자기도 어쩔 수 없다는 듯 웃음을 터트렸다. 그는 왼쪽 눈을 감고 나를 바라보았다. "미안해요, 보스. 나는 우리 할아버지 알렉시스 대장을 닮았어요. 하느님, 그분의 영혼을 지켜주시기를! 그분은 백 살 나이에도 자기 집 문 앞에 앉아 샘으로 물 뜨러 가는 처녀들을 곁눈질하셨답니다. 하지만 눈이 좋지 않아 처녀들 얼굴을 확실하게 볼 수가 없었지요. 그래서 처녀들을 불렀습니다. '얘야, 넌 누구냐?' '전 마스트란도니의 딸 레니오예요!' '자, 얘야. 널 좀 만져보고 싶구나. 이리 가까이 오렴. 겁낼 거 없다.' 그 처녀는 웃음을 꾹 참으며 다가갔지요. 그러자 할아버지는 손을 들어 그 처녀 얼굴에 가까이 가져가서 천천히 부드럽게 어루만졌지요. 그리고 그의 두 눈에서는 눈물이 흘러내렸어요. 어느 날 나는 할아버지에게 물었습니다. '왜 우세요, 할아버지?' 그러자 그가 대답했어요. '아름다운 처녀들을 놔두고 죽어야 하는데 어떻게 눈물을 흘리지 않을 수 있겠니, 애야?'"

조르바가 한숨을 내쉬었다. "불쌍한 할아버지! 지금은 할아버지가 했던 얘기가 너무나 잘 이해됩니다. 나는 가끔 생각하지요. '아! 예쁜 여자들이 나랑 같이 죽을 수 있다면 얼마나 좋을까!' 하지만 그 잡것들은 내가 죽건 말건 계속 살아 있을 거고, 좋은 시절 보내면서 남자들이랑 껴안고 입 맞추겠지요. 내가 한 줌 흙으로 돌아가면 그것들은 그걸 마구 밟고 지나다닐 겁니다."

그는 화덕에서 밤 몇 개를 끄집어내 껍질을 깠다. 우리는 건배를 했다. 우리는 밖에서 바다가 포효하는 소리에 귀를 기울이며 꼭 두 마리 큼직한 토끼처럼 오랫동안 술을 마시고 우물우물 밤을 씹어 먹었다.

7

우리는 아무 말 하지 않은 채 화덕 주변에 오랫동안 머물렀다. 나로서는 이 기회를 통해 행복이란 얼마나 단순하고 소박한 것인지를 확인할 수 있었다. 포도주 한 잔, 허름한 화덕, 바다에서 들려오는 소리. 오직 그것뿐이었다. 지금 이곳에 행복이 있다는 걸 느끼려면 단순하고 소박한 마음만 있으면 된다.

잠시 후, 내가 물었다. "결혼은 몇 번이나 했어요, 조르바?"

우리는 둘 다 얼근히 취했는데, 포도주를 너무 많이 마셔서라기보다는 뭐라 형언할 수 없는 행복감에 잔뜩 도취되어서였다. 우리는 우리가 땅거죽에 잘 적응한 하루살이 곤충 두 마리라는 사실을 각자 나름대로 완벽하게 이해했다. 그 하루살이들이 바닷가의 갈대와 판자, 드럼통 뒤에서 매우 편안한 장소를 찾아냈고, 앞에는 유쾌하고 흥미로운 일이, 가슴에는 우정과 고요, 평정이 자리 잡고 있는 것이다.

조르바는 내 질문을 듣지 못한 것 같았다. 내 목소리가 그에게 가 닿을 수 없는데 그의 마음이 어느 바다를 항해하는지 내가 어찌 알리오? 나는 손을 내밀어 그를 툭툭 쳤다.

나는 다시 한 번 물었다. "결혼을 몇 번이나 했어요, 조르바?"

그가 화들짝 놀랐다. 이번에는 내 질문을 듣고 큰 손을 내저으며 대답했다. "아니, 지금 지나간 과거를 끄집어내서 뭘 하자는 겁니까? 나는 남자가 아닌가요? 나 역시 다른 남자들처럼 일생일대의 실수를 저질렀어요. 나는 결혼을 일생일대의 실수라고 부릅니다. 유부남들이여, 날 용서해주기를! 맞아요. 크나큰 실수를 저질렀지요. 결혼을 한 겁니다."

"알았어요. 결혼을 몇 번이나 했느냐니까요?"

조르바는 신경질적으로 목을 긁었다. 그는 잠시 생각에 잠겼다가 결국 입을 열었다. "몇 번이나 했냐고요? 정직하게는 한 번 했고…… 반쯤 정직하게는 두 번 했고…… 부정직하게는 천 번? 2천 번? 3천 번? 기록을 안 해놔서 정확히는 모르겠네요."

"그 얘기 좀 해봐요, 조르바. 내일은 일요일이니까 말끔하게 면도하고 제일 좋은 옷으로 차려입은 다음 부불리나 집에 가서 편안하게 지내다 옵시다. 내일은 할 일이 없으니까 오늘 밤에는 걱정거리가 있어도 다 잊어버리자고요. 자, 결혼 얘기 좀 해봐요!"

"아니, 도대체 무슨 얘기를 하라는 거예요? 그건 어떻게 할 수 있는 얘기가 아네요. 정당한 결혼은 꼭 후추를 안 친 요리처럼 아무 맛 없이 밍밍해요. 뭘 얘기하지요? 그건 높은 곳에 위치한 성상에서 성인들이 사나운 눈길로 내려다보며 축복을 내리는데 키스를 하는 거나 마찬가지입니다. 우리 마을 사람들은 '훔친 고기가 맛있다'라는 말을 하곤 하죠. 그런데 마누라는 훔친 고기가 아니잖아요?

부정한 결혼에 대해 말하자면…… 어떻게 그걸 다 기억하겠습니까? 수탉이 뭐 장부를 갖고 다니며 일일이 기록한답니까? 말도 안 되는 얘기지. 그걸 왜 하겠어요? 예를 들어 나 같은 경우는 젊었을 때 동침을 한 여자들의 거웃을 모아보자는 기발한 생각을 한 적이 있었지요. 그래서 항상 가위를 갖고 다녔습니다. 심지어는 교회에 갈 때도 가위를 주머니에 넣어가지고 갔다니까요. 남자들에게는 언제 어느 때 무슨 일이 일어날지 모르는 법이지요.

그래서 나는 여자들의 터럭을 모았지요. 갈색 털도 모으고, 금빛 털도 모으고, 밤색 털도 모으고, 심지어는 흰 털도 모았지요. 그걸 차곡차곡 모아서 베갯속을 가득 채운 다음 베고 잤답니다. 겨울에만 그랬지요. 여름에 그걸 베고 자면 너무 더워서요. 하지만 시간이 좀 지나고 나니까 역겹기도 하고, 고약한 냄새가 나기도 해서 불에 태워버렸지요."

조르바가 웃음을 터트렸다. "그게 바로 내 장부였던 셈이지요. 그게 불에 탄 거예요. 나중에는 지겨워지더라고요. 처음에는 털이 그렇게 많은 줄 몰랐는데, 시간이 지나면서 보니까 한없이 늘어나는 거예요. 그래서 가위까지 쓰레기통에 던져버린 거죠."

"그럼 반쯤 정직한 결혼 얘기도 좀 해봐요, 조르바."

그러자 조르바가 웃음을 터트리며 말했다. "아, 그 얘긴 재미가 좀 있지요. 아, 정말이지, 그 슬라브 계집은 정말 진국이었죠! 그 계집이 천년만년 살기를! 그 자유라니! '어디 있었어? 왜 늦었어? 어디서 잤어?' 이런 질문은 단 한 번도 던지지 않았지요. 나도 마찬가지였고. 이런 게 바로 자유 아니겠어요?"

그는 술잔을 향해 손을 내밀더니 단숨에 마셔버리고 밤 껍질을 까서 우물우물 씹으며 말했다. "소핑카라고 불리는 여자가 있었고, 다른 여자는 이름이 누사였죠. 소핑카는 노보로시스크 근처 작은 마을에서 만났어요. 겨울이어서 눈이 내렸고, 일을 할 광산을 찾아다니던 나는 이 마을을 지나다가 멈춰 섰지요. 시장이 열리는 날이었거든요. 인근 마을에 사는 사람들이 다들 나와서 물건을 사고팔았지요. 어마어마한 기근이 닥치고 날씨도 끔찍하게 추워서 사람들은 빵을 사려고 자기가 가진 건 뭐든지 다, 심지어는 성상까지 팔아치웠답니다.

나는 시장을 어슬렁거리다가 2미터나 되는 큰 키에 딱 벌어진 체격, 눈 색깔이 바다처럼 푸르고, 궁둥이가 암말처럼 튼실한 농사꾼 여자가 마차에서 내리는 걸 보게 되었지요. 나는 어안이 벙벙해서 입을 다물지 못했습니다. 그러면서 생각했지요. '오, 불쌍한 조르바. 너, 드디어 임자 만났구나!'

그래서 그 여자를 따라갔지요. 나는 그녀를 눈으로 탐욕스럽게 먹어치웠습니다. 아, 말이 그렇다는 겁니다. 어쨌든 난 포만감을 느끼지 못했으니까……. 그녀의 엉덩이가 꼭 부활절에 울리는 성당의 종처럼 흔들거리더군요. 나는 생각했죠. '아이고, 이 인간아. 아니, 지금 뭘 찾는 거야? 광산? 팔랑개비처럼 빙빙 도는 짓은 그만해. 진짜 광산이 저기 눈앞에 있잖아! 뛰어들어 갱도를 파면 될 텐데 왜 그러고 있는 거야?'

여자가 걸음을 멈추더니 흥정을 하더군요. 그런 다음 땔감 한 묶음을 사서 번쩍 들어 수레에 실었습니다. 아, 그 팔뚝 근육, 정말 굉장하더군요. 그러고는 빵이랑 훈제 생선을 집어 들고 물었습니다. '모두 얼마죠? 비싸네요…….' 그녀는 돈이 없는지 금귀걸이 하나를 풀더군요. 그걸 보는 순간 저는 피가 거꾸로 솟는 듯했습니다. 여자가 자기 귀걸이와 장신구, 향기 나는 비누, 라벤더 향수를 포기하도록 만든다는 게 말이나 됩니까? 여자가 그런 걸 포기하면 세상 끝나는 겁니다! 공작새의 깃털을 뽑는 거나 마찬가지지요……. 보스, 보스 같으면 공작새의 깃털을 뽑겠어요? 나는 생각했지요. '안 돼, 절대 안 돼. 조르바가 살아 있는 한은 그런 일이 일어나게 할 수 없어.' 나는 지갑을 열어 그 여인 대신 값을 치렀지요. 루블화가 휴지 조각으로 변해버렸던 시절이었습니다. 하지만 100드라크마면 나귀 한 마리를 사고, 10드라크라면 계집 한 명을 살 수 있었죠.

그래서 돈을 냈습니다. 그러자 그 건장한 계집이 고개를 돌려 나를 쳐다보더군요. 그러더니 입을 맞추려고 내 손을 잡았습니다. 하지만 나는 손을 빼냈지요. 그녀가 나를 늙은이 취급하는 거 같아서요. 여자가 말했습니다. '스파시바! 스파시바!' 고맙다는 뜻이었지요. 그러고 난 뒤 마차에 훌쩍 뛰어올라 말의 고삐를 잡고 채찍을 치켜 올리더군요. 나는 생각했지요. '조르바, 정신 차려. 저 계집이 지금 네 손아귀에서 빠져나가려고 하잖아!' 그래서 나도 마차에 펄쩍 뛰어올라 그 여자 옆에 앉았죠. 아무 말도 하지 않더군요. 심지어는 날 돌아다보지도 않았습니다. 그녀가 말에 채찍을 가하자 우리는 떠났지요.

가던 길에 그녀는 내가 자기를 아내로 삼고 싶어 한다는 걸 알았지요. 나는 러시아 말을 거의 몰랐지만, 그런 일에는 굳이 말이 필요 없는 법이니까요. 우리는 눈과 손, 무릎으로 말을 했어요. 각설하면, 우리는 마을에 도착하여 어느 이즈바〔러시아의 통나무집〕 앞에 마차를 세웠지요. 마차에서 내렸습니다. 그녀가 어깨로 밀어서 문을 열어주기에 함께 집 안으로 들어갔지요. 땔감은 마당에 부리고 훈제 생선이랑 빵은 방으로 들고 갔습니다. 키가 작은 노파 한 사람이 불기 없는 벽난로 옆에 앉아 덜덜 떨고 있더군요. 부대와 누더기, 양피를 온몸에 둘렀는데도 떨고 있더라니까요. 얼마나 추웠느냐 하면, 손톱이 다 빠져나갈 정도였습니다. 나는 허리를 숙여 벽난로에 땔나무를 잔뜩 집어넣고 불을 피웠습니다. 노파가 나를 보며 웃더군요. 딸이 노파더러 뭐라고 말했지만, 나는 못 알아들었습니다. 노파는 불을 쬐더니 생기를 되찾더군요.

그동안 여자는 상을 차렸지요. 보드카를 내와서 마셨습니다. 사모바르〔러시아 전통 주전자〕를 불에 올려 차도 끓였지요. 우리는 식탁에 앉아 먹으면서 그 노파에게도 먹을 걸 주었습니다. 그러고 나서 여자는 깨끗한 시트로 잠자리를 보고 성모 마리아 성상 앞에 불을 켠 다음 성호를 그었지요. 그러더니 그녀가 내게 신호를 보내는 거였어요. 그래서 우리 두 사람은 노파 앞에 무릎을 꿇고 손에 입을 맞추었지요. 그러자 노파는 뼈만 앙상한 손을 우리 머리에 얹고 뭐라고 중얼거렸습니다. 아마 우리를 축복해주는 것 같았습니다. 내가 '스파시바! 스파시바!'라고 외친 다음 우리는 단숨에 침대로 뛰어올랐습니다."

조르바가 말을 멈추고 고개를 들더니 먼 바다를 바라보았다. 그리고 잠시 후에 이렇게 말했다. "그 여자 이름이 소핑카였죠……."

이렇게 한마디 하고 난 그가 다시 침묵에 빠져들었다.

나는 안달하며 물었다. “그래서요? 그래서 어떻게 됐어요?”

“‘그래서’가 어디 있어요? 툭하면 ‘그래서’라고 묻고, ‘왜’냐고 묻고…… 그거 일종의 편집증이에요. 그런 걸 말로 할 수 있어요? 여자는 맑은 물 같아서 들여다보면 자기 얼굴이 보입니다. 그럼 마시면 되는 거예요. 마시면 뼈 마디마디가 녹신해지는 게 느껴지지요. 그러고 나면 목이 마른 다른 사람이 나타납니다. 그 사람도 고개를 숙여 자기 얼굴을 보고 물을 마시는 겁니다. 그다음에는 세 번째 남자가 또 오겠지요……. 맑은 샘물, 그게 여잡니다…….”

“그러고는 떠났군요?”

“그럼 어쩌겠어요? 말하지 않았나요? 여자는 샘물이고 나는 지나가는 나그네라고……. 그래서 다시 길을 나섰지요. 나는 그 여자 집에서 석 달을 살았고, 그 사실을 후회하지 않아요. 신께서 그녀를 보호해주시기를! 하지만 나는 석 달 만에 내가 광산을 찾으러 다녔다는 사실을 기억해냈지요. 그래서 어느 날 아침에 말했습니다. ‘소핑카, 할 일이 있어서 가봐야겠어.’ 그녀가 대답하더군요. ‘좋아, 가봐. 한 달을 기다릴게. 한 달이 지날 때까지 안 돌아오면 난 자유야. 당신도 자유고. 하느님이 축복해주시기를!’ 그래서 난 떠났지요.”

“그래서 당신은 한 달 뒤에 돌아갔나요?”

“보스, 이렇게 말해서 좀 미안하긴 한데…… 보스 혹시 돌대가리인가요? 돌아가긴 왜 돌아가요? 그 잡것들이 날 가만 내버려둔답니까? 한 달 뒤에 쿠반에서 누사를 만났지요.”

“얘기해줘요! 그 얘기 해줘요!”

“나중에 합시다, 보스. 그 불쌍한 것들을 뒤섞지 말자고요. 소핑카의 건강을 위해서 한 잔!”

그는 포도주잔을 단숨에 비운 다음 벽에 등을 기대며 말했다. “좋아요, 좋아. 누사 얘기도 지금 들려드리지. 오늘 밤은 온통 러시아 판이군. 자, 돛을 내리고 짐을 풀어라!”

그는 손으로 수염을 한 번 쓱 닦더니 벽난로의 불씨를 쑤석거렸다. “난 누사를 쿠반이라는 마을에서 알게 되었어요. 그곳은 여름이었죠. 수박이랑 참외가 지천이어서 손만 뻗으면 따먹을 수 있었죠. 그걸 보고 뭐라는 사람은 아무도 없었습니다. 하나 따서 두 쪽으로 쪼갠 다음 코를 박고 먹으면 죽음이지요.

그곳 카프카스에는 뭐든지 풍성해요. 원하는 건 다 있다니까요! 수박이랑 참외뿐 아니라 생선과 버터, 여자도 흔합니다. 지나가다가 수박이 있으면 따먹으면 되고, 지나가다가 여자가 있으면 취하면 됩니다. 그리스랑은 다릅니다. 이 망할 놈의 나라에서는 어떤 놈의 수박밭에서 수박 잎사귀만 건드려도 그놈이 바로 당신에게 재판을 걸어버리고, 여자 몸에 살짝 손을 갖다 대기만 해도 그 여자 오빠라는 인간이 칼을 들고 나와 당신의 멱을 따버리지요. 이 나라 사람들은 다 쩨쩨하고 구두쇠예요. 이 거지 같은 인간들은 다 지옥으로 보내버려야 해요! 품위 있게 산다는 게 뭔지 알려면 러시아로 가야 합니다.

그래서 쿠반을 지나가는데, 마음에 드는 처자 한 명이 뜰에 나와 있는 거였습니다. 슬라브 여자는 인색하게 굴면서 사랑을 흥정하고, 당신이 눈앞에서 뻔히 보고 있는데도 저울눈까지 속여먹는 그리스 여자와는 다르다는 걸 알아야 합니다, 보스. 슬라브 여자들은 무게를 속이기는커녕 오히려 더 얹어줍니다. 사랑을 할 때도 그렇고, 잠을 잘 때도 그렇고, 요리를 할 때도 그렇습니다. 슬라브 여자들은 짐승들과도 무척 가깝고, 대지와도 무척 가까워요. 따지기 좋아하는 그리스 여자들이랑은 달라요. 뭐든 안 아끼고 듬뿍듬뿍 줍니다. 나는 그 처자에게 물었지요. '이름이 뭔가요?' 러시아 처자들이랑 몇 마디 대화 정도는 나눌 수 있었거든요. '누사라고 해요. 당신은요?' '알렉시스예요. 당신이 맘에 들어요, 누사.' 그녀는 사고 싶은 말을 꼼꼼히 살펴볼 때처럼 나를 꼼꼼히 살펴보더니 말하더군요. '나도 당신이 맘에 들어요. 당신은 약해 보이진 않는군요. 이빨도 튼튼하고, 수염도 짙고, 어깨도 넓고, 팔도 굵어요. 나도 당신이 좋아요.' 우린 더는 얘기를 하지 않았어요. 그럴 필요가 없었던 거죠. 금세 합의에 도달하여 그날 밤 당장 내가 가장 좋아하는 옷을 입고 그녀 집에 찾아가기로 했습니다. 그녀가 묻더군요. '혹시 털옷 있어요?' '있긴 한데…… 이 더위에…….' '까짓것 더워봤자 얼마나 덥겠어요? 그러니 입고 와요. 멋있어 보일 테니까.'

그래서 그날 밤 나는 신랑처럼 꾸며 입었지요. 털옷을 팔에 건 다음 손잡이가 은으로 된 지팡이까지 들고 갔던 겁니다……. 마당도 있고, 암소도 몇 마리 있고, 압착기도 있고, 마당에는 불이 켜져 있고, 불 위에는 가마솥이 걸려 있는 넓은 시골집이었어요. '뭘 끓이는 건가요?' '수박즙을 끓여요.' '그럼 여기다가는요?' '참외즙요.' 나는 생각했지요. 아! 지금 여기서 도대체 무슨 일이 벌어지는 거지? 너, 방금 들었지? 여기서는 수박즙을 끓이고 저기서는 참외즙을 끓인단다. 자, 이제 가난은 끝났어. 난 약속의 땅에 들어온 거야. 넌 신들에게 축복받은 거야, 조르바! 꼭 쥐가 치즈 창고에 들어온 것 같구나!

계단을 올라갔지요. 나무 계단이 엄청 삐걱거리더군요. 초록색 바지를 입고, 술이 달린 혁대를 맨 누사의 부모가 층계참에 서 있었습니다. 그 동네에서는 나름 유지들이었지요. 그들은 내게 팔을 벌렸습니다. 그리고 여기에도 쪽, 저기에도 쪽…… 나는 순식간에 침으로 흠뻑 젖었지요. 그들이 어찌나 빨리 말을 하는지 도무지 알아먹을 수가 없었지만, 아무 상관 없었어요. 표정으로 보아 그들이 내게 호의를 갖고 있다는 걸 알 수 있었으니까 말입니다.

방으로 들어가서 내가 본 게 무엇이었을까요? 돛대 세 개짜리 범선에 실린 짐만큼이나 엄청난 음식이 식탁에 차려져 있었습니다. 남자와 여자 친척들이 모여 있었고, 그들 앞에는 화장하고 치장한 누사가 흡사 뱃머리 조각상처럼 가슴을 앞으로 내밀고 서 있더군요. 그녀는 눈부시게 아름답고 젊었습니다. 머리에는 빨간 머릿수건을 둘렀고, 가슴에는 망치와 낫 모양이 수놓아져 있었지요. 나는 속으로 생각했습니다. 야, 조르바, 이 몸뚱이가 네 거란 말이냐? 오늘 밤에 네가 이 몸뚱이를 안는단 말이냐? 하느님이 널 낳아주신 부모님을 축복해주시길!

우리는 남자 여자 할 것 없이 아귀들처럼 음식에 달려들었죠. 돼지처럼 먹고 물소처럼 마셨습니다. 나는 땀을 뻘뻘 흘리며 배 속에 음식을 집어넣는 내 옆의 누사 아버지에게 물었지요. '우리를 축복해줄 신부神父는 어디 있습니까?' 그러자 누사 아버지는 내 얼굴에 침을 튀기며 대답하더군요. '신부는 없습니다. 종교는 인민의 아편이오.'

말을 마치고 난 그는 약간 뻐기는 듯한 태도로 일어나서 혁대를 풀더니 다들 조용히 하라는 뜻으로 두 팔을 들어 올렸습니다. 그는 술이 찰랑찰랑 넘쳐흐르는 술잔을 들었지요. 그가 내 쪽으로 눈을 돌리더니 말을 하기 시작했습니다. 나를 상대로 연설을 하는 것이었습니다. 무슨 얘기를 했을까요? 그거야 난 모르지요. 얼근히 취하니까 서 있는 게 지겨워졌습니다. 그래서 앉았죠. 앉으면서 내 오른쪽에 앉은 누사의 무릎을 지그시 눌렀지요. 늙은이는 땀을 뻘뻘 흘리면서도 연설을 끝내지 않고 계속했습니다. 그러자 사람들이 연설을 중단시키려고 몰려가 그를 껴안았지요. 누사가 내게 손짓을 했어요. '자, 당신도 한마디해요.'

그래서 자리에서 일어나 절반은 러시아어로, 또 절반은 그리스어로 연설을 했지요. 무슨 얘기를 했냐고요? 그걸 내가 알 리가 없지요. 딱 하나 기억나는 건 말미에 내가 산적들의 노래를 불렀다는 것뿐입니다. 나는 냅다 큰 소리로 노래를 부르기 시작했죠.

> 산적들이 산꼭대기로 올라갔다네.
> 그들이 훔치려고 했던 건 말이었지!
> 하지만 말은 찾을 수가 없었다네.
> 그래서 대신 누사를 납치했지!

보스, 눈치챘겠지만 내가 가사만 슬쩍 바꾼 겁니다.

> 그리고 그들이 도망친다, 도망친다, 도망친다.
> (어머, 엄마, 그들이 도망쳐요.)
> 오, 우리 누사!
> 오, 우리 누사!
> 세상에! 세상에!

나는 '세상에! 세상에!'를 외치면서 누사에게 달려들어 입을 맞추었죠.

그걸로 끝이었어요! 수염이 빨간 덩치들은 내가 신호를 보내기만을 기다렸던 것 같았습니다. 아니, 그들은 오직 그것만을 기다렸던 겁니다. 그들은 우 몰려가더니 불을 꺼버렸습니다.

앙큼한 계집들은 무섭다는 듯 소리를 질렀죠. 그러나 불이 꺼지자마자 서로 간질이면서 깔깔대기 시작하더군요.

그러고 나서 무슨 일이 벌어졌는지는 아마 하느님만이 아실 겁니다. 아니, 그분도 모르셨을 겁니다. 아셨더라면 우리에게 벼락을 내려 홀라당 다 태워 죽였을 테니까요. 남자 여자 할 것 없이 뒤엉켜 방바닥에서 뒹굴었습니다. 누사를 찾았지요. 하지만 어디서 찾겠습니까? 그래서 대신 다른 여자를 골라 재미를 봤죠.

새벽에 내 여자랑 떠나려고 일어났지요. 하지만 아직 어두워 잘 보이지 않았습니다. 발 하나가 손에 잡히기에 끌어당겼으나 누사의 발이 아니었습니다. 그래서 또 다른 발을 움켜잡았지만 그것도 아니더라고요. 세 번째 것도 아니고, 네 번째 것도 아니고, 다섯 번째 것도 아니고⋯⋯ 그렇게 갖은 애를 쓰다가 결국은 누사의 발을 찾아냈지요. 나는 그녀를 짓누르고 있는 덩치들 두세 명을 밀쳐내고 그녀의 발을 잡아당겨 가엾은 그녀를 깨웠습니다. '누사, 가자!' 그러자 그녀가 대답하더군요. '그래요, 가요. 당신 털코트 잊지 마세요!' 그리고 우리는 그 자리를 떴습니다."

조르바가 또다시 입을 다물어버리기에 나는 다시 한 번 물었다.

"그래서요?"

그러자 조르바가 짜증을 내며 물었다. "또 그 '그래서' 타령인가요? 누사랑은 6개월을 살았습니다. 맹세컨대 그때 이후로는 아무것도 두려운 게 없어요. 아무것도. 아니, 딱 한 가지 있긴 하죠. 악마나 신이 이 6개월의 기억을 내 머릿속에서 지워버리는 건 두려워요. 이해하겠어요?"

조르바는 눈을 감았다. 감정이 상당히 격해진 것 같았다. 그가 그렇게까지 과거의 추억에 깊이 사로잡혀 헤어나지 못하는 건 처음 있는 일이었다.

나는 잠시 후에 물었다. "누사를 진심으로 사랑했나 보군요?"

조르바가 눈을 떴다. "보스, 당신은 젊어요. 아직 젊은데 뭘 알겠어요? 보스 머리가 하얗게 세면 이 영원한 얘기를 다시 거론합시다."

"무슨 영원한 얘기요?"

"그야 물론 여자 얘기지요! 도대체 같은 얘기를 몇 번이나 해야 알아들을 겁니까? 여자는 영원히 끝나지 않는 얘기란 말입니다. 지금의 당신은 암탉이랑 눈 깜짝할 사이에 그 짓거리를 한 다음에 거름더미에 올라가 잔뜩 뻐기며 꼬꼬댁거리는 수탉이나 다름없어요. 암탉은 안 봐요. 그냥 자기 볏만 볼 뿐이지요. 그러니 사랑이 뭔지 어떻게 알겠어요? 젠장!"

그는 경멸스럽다는 듯한 표정으로 침을 뱉더니 고개를 돌려버렸다. 나를 더는 보고 싶지 않은 것이었다.

그러거나 말거나 나는 또다시 물었다. "그래서요, 조르바? 누사는 어떻게 되었어요?"

조르바는 바다 위 먼 곳을 멀거니 응시하면서 대답했다. "어느 날 저녁 집으로 돌아와 보니 없었어요. 떠나버린 거죠. 허우대만 멀쩡한 군인 한 놈이 마을에 며칠 머물렀는데, 그놈이랑 같이 날라 버린 거죠. 끝난 겁니다. 가슴이 찢어지는 것 같았습니다. 그러나 그놈의 상처는 금방 아물더군요. 보스는 온갖 색깔의 천 조각을 굵은 실로 요리조리 꿰매놓아서 아무리 사나운 태풍이 불어도 찢어지지 않는 돛을 본 적이 있을 겁니다. 내 마음도 그거랑 똑같습니다. 구멍이랑 조각투성이지요. 이제는 뭐 두려워할 게 없어요!"

"그래서 누사한테 화나지 않았어요?"

"왜 화를 내요? 보스야 그런 식으로 말할 수도 있겠지요. 하지만 여자는 달라요. 인간이 아니라고요……. 그런데 뭐하러 원망해? 여자는 도저히 이해가 안 가는 존재예요. 민법이든 종교법이든 법은 여자를 전혀 이해하지 못했어요. 여자를 그런 식으로 취급해서는 안 됩니다. 법은 너무 가혹하고 부당해요……. 만일 내게 법을 만들 권한이 주어진다면 난 남자와 여자에게 각각 다르게 적용되는 법을 만들겠어요. 남자에게는 십계명이 아니라 백계명, 천계명이 있어도 돼요. 남자는 인간이니까 견뎌낼 수 있는 거예요. 그러나 여자에게는 단 하나의 율법도 있어서는 안 돼요. 왜냐고요? 아니, 도대체 몇 번이나 같은 얘기를 되풀이해야 되는 겁니까? 여자는 연약한 존재라서 그러는 거죠! 누사를 위해 한잔합시다, 보스! 그리고 여자를 위해서도! 하느님이 우리 남자들을 더욱 현명한 존재로 만들어주시기를!"

술을 들이켜고 난 그는 마치 도끼질을 하듯 팔을 들어 올렸다가 다시 힘차게 내렸다. "하느님이 우리 남자들을 더 현명한 존재로 만들어주셔야지, 안 그러면 큰일 납니다! 다 망한다고요!"

8

오늘은 비가 천천히 내린다. 하늘과 땅이 한없이 부드럽게 결합했다. 그걸 보노라니 짙은 회색 돌에 새긴 인도 조각상이 생각났다. 남자가 너무나 다정하고 끈기 있게 여자를 감싸 안은 모습이었는데, 오랜 시간이 지나면서 형체가 거의 사라져버리는 바람에 지금은 가랑비에 날개가 젖고 게걸스러운 흙더미로 소리 없이 몸이 빨려 들어가는 곤충 두 마리를 보는 듯한 느낌이 들었다.

나는 오두막 앞에 앉아 온 세상이 흐려지고 바다가 회색과 초록빛으로 반짝거리는 것을 보았다. 해변 이쪽 끝에서 저쪽 끝까지 사람 한 명 없었고, 배 한 척 없었고, 새 한 마리 보이지 않았다. 열린 창으로 대지의 냄새만 스며들어 올 뿐이었다.

나는 일어나서 거지처럼 빗물에 손을 내밀었다. 그러던 나는 별안간 울고 싶어졌다. 내 마음속에서 우러나는 것이 아닌, 오직 나하고만 관련되는 것이 아닌 어떤 깊고 막연한 슬픔이 축축한 대지에서 올라와 내 뱃속 깊은 곳에 스며들었다. 공포. 한가히 풀을 뜯다가 두 눈으로 볼 수는 없지만 자기가 함정에 빠져 결코 빠져나올 수 없다는 것을 불현듯 느낄 때의 공포.

하마터면 소리를 지를 뻔했다. 그렇게 하면 가슴이 다소 후련해지리라는 건 알았지만, 그러려니 왠지 부끄러웠다.

하늘에는 점점 더 낮게 구름이 깔렸다. 나는 작은 창으로 창밖을 바라보았다.

구름이 갈탄광이 있는 산 위를 뒤덮자 뒤집힌 여자 얼굴이 결국 어둠에 잠겼다.

보슬비가 내리는 그 시간은 관능과 슬픔으로 가득 차 있었다. 인간의 영혼이 꼭 나비처럼 물속에 몸을 담그고 땅속으로 처박히는 것 같았다. 마치 저수조에 가라앉듯 마음속에 가라앉았던 쓰라린 추억들이 뇌리에 떠올랐다. 시간이 지워버린 여인들의 미소, 나비처럼 날개를 잃어버리고 구더기만 남은 희망. 그리고 이 구더기는 내 마음의 잎사귀로 기어올라 탐욕스럽게 그 잎사귀를 갉아

먹는다.

그러면서 그 먼 카프카스로 떠난 친구의 기억이 비와 축축한 흙 속에서 천천히 떠올랐다. 나는 펜을 집어 들고 종이에 엎드려 그와 얘기를 나누었다. 그렇게라도 해서 비의 장막을 찢어버리고 슬픔을 떨쳐버리고 싶었다.

——— 사랑하는 친구,

지금 아무도 없는 쓸쓸한 해변에서 자네에게 이 편지를 쓴다네. 나와 내 운명의 여신은 내가 여기서 몇 달 동안 머무르면서 놀이를 해보기로 합의를 보았다네. 자본가와 갈탄광 소유주, 기업가 놀이를 하는 거지. 만일 성공을 거두면 나는 내가 놀이를 한 게 아니라 일생일대의 결정을 내려 내 인생을 바꿔놓았다고 말할 걸세.

자네, 기억할 걸세. 떠나면서 나를 책벌레 취급했던 거 말일세. 기분이 상한 나는 한동안(아니면, 영원히?) 책 따위는 집어던지고 행동에 나서기로 결심했다네. 나는 갈탄이 매장된 산 하나를 빌려서 인부를 고용하고, 곡괭이와 삽, 아세틸렌 램프, 광주리, 손수레를 샀다네. 그것들을 가지고 갱도를 파고 그 안에 들어가기도 한다네. 자네가 했던 말을 무색하게 하려고 이러는 거지. 땅을 파서 땅 밑에 갱도를 파다 보니 책벌레였던 내가 두더지가 되었네.

자네가 나의 이런 변화를 인정해주었으면 하네. 자네는 내가 자네의 제자라며 종종 놀려먹곤 했지. 하지만 나 역시 그런 관계에서 이익을 얻는다네. 진정한 스승의 의무와 대가가 무엇인지 잘 아니까 말일세. 자기 제자에게 최대한 배우려고 애쓰는 것, 젊은이들이 어느 방향으로 나아가는지 느끼는 것, 그리고 이 선수船首를 자신의 영혼에 맞추는 것. 이렇게 내 스승의 가르침을 따르려다 보니 나는 크레타에 오게 되었다네.

나는 이곳에서 큰 즐거움을 느낀다네. 지극히 단순한 즐거움이어서 그렇고, 맑은 공기와 바다, 밀빵 등 영원불멸한 요소들로 이루어진 즐거움이라서 그렇다네. 밤이 되면 뱃사람 신드바드가 책상다리를 하고 내 앞에 앉아 얘기를 시작하지……. 그러면 세상이 넓어진다네. 이따금 말로 표현하는 게 힘들어지면 벌떡 일어나 춤을 추기도 한다네. 그러다가 춤으로도 힘들면 산투리를 무릎에 올려놓고 연주하기 시작하지.

때로 그가 격정적 멜로디의 곡을 연주하면 삶이 인간의 그것이라고는 믿어지지 않을 정도로 무의미하고 보잘것없어 보여 숨이 턱 막힌다네. 또 때로 그가 구슬픈 곡을 연주하면 삶이 모래알처럼 손가락 사이로 빠져나가 영원히 구원은 이뤄지지 않을 거라는 느낌이 들기도 한다네.

내 영혼은 마치 베틀의 북처럼 내 가슴 이쪽 끝에서 저쪽 끝까지 왔다 갔다 하지. 이 북이 내가 크레타에서 지내야 하는 몇 개월의 시간을 직조하는 중이고, 나는 행복한 것 같네(하느님이 날 용서하시기를!).

공자께서 말씀하시기를 "많은 사람들이 인간보다 높은 곳에서 행복을 찾고, 또 어떤 사람들은 낮은 곳에서 행복을 찾는다. 그러나 행복은 인간과 같은 높이에 있다"라고 했네. 이거야 지당한 얘기지. 그래서 인간들의 키가 다 다르듯이 그들이 누리는 행복도 다 크기가 다르다네. 사랑하는 제자이자 스승이여, 요즈음 내가 느끼는 행복도 이렇다네. 나는 지금 내 키가 얼마인지 알아내려고 키를 재고 또 재지. 자네도 잘 알겠지만 사람의 키는 늘 똑같은 게 아니니까 말일세.

인간의 영혼은 기후와 침묵, 그의 고독, 혹은 그가 누구랑 같이 있느냐에 따라 크게 달라질 수 있다네. 내가 지금 여기서 고독하게 지낸 후로 내 눈에 인간은 자네가 생각하는 것처럼 개미가 아니라 오히려 탄산으로 가득한 대기와 우주를 생성하며 썩어가는 빽빽한 부패물 속에서 살아가는 괴물이나 공룡 혹은 익룡으로 보인다네. 그건 도저히 이해도, 납득도 할 수 없는 음산한 정글이지. 자네가 좋아하는 '조국'이나 '인종'의 개념과 나를 매혹했던 '초국가'나 '인간성' 같은 개념은 시간의 마모가 내뿜는 강력한 입김을 받으면 더는 가치를 갖지 못한다네. 우리는 겨우 음절 몇 개만 발음하다가, 어떨 때는 몇 마디는커녕 '아!'니 '네!'니 하는 불분명한 음들을 내뱉다가 파괴되어버리는 존재가 아닌가 하는 생각이 들어. 아무리 위대한 사상이라도 배를 갈라보면 그것 역시 겨를 채운 인형에 지나지 않는다는 걸 알게 되고, 용수철이 겨 속에 교묘하게 숨은 것을 보게 되는 거지.

자네도 잘 알겠지만, 이런 험악한 생각은 내 가슴속에서 타오르는 불길을 지피는 데 꼭 필요한 불쏘시개라고 할 수 있지. 왜냐하면 나의 스승이신 붓다께서 말씀하신 대로 '내가 보았기' 때문일세. 나는 보았고, 또 활기차고 창의적이며 눈에 보이지 않는 연출가와 순식간에 마음이 통했으니 이제부터는 내가 이 지상에서 맡은 역할을 완벽하게, 즉 일관되고도 흔들림 없이 연기할 수 있다네. 나를 계획하신 분이 내게 이 역할을 주시기도 했지만, 또한 나 스스로의 힘으로 나를 계획했기 때문이기도 하지. 왜냐하면 '내가 보았기' 때문일세. 나 역시 내가 하느님의 무대에서 연기하는 이 작품에 참여했으니까 말일세.

이렇게 우주라는 무대를 훑어보던 내 눈에 카프카스의 전설적 요새에서 맡은 역할을 해내며 위기에 처한 우리 동포 몇천 명의 목숨을 구하려고 애쓰는 자네 모습이 들어오는군. 기아와 추위, 질병, 죽음 같은 암흑의 세력과 싸우면서 견디기 힘든 수난을 겪어야 하는 가짜 프로메테우스. 자네는 암흑의 세력이 숫자도 많고 무자비하다는 사실을 기쁘게 생각해야 하네. 자네의 목표는 희망이 거의 없기 때문에 더 영웅적인 것이 되고, 자네의 투쟁은 더욱더 비극적 위대함을 얻으니 말일세.

분명히 자네는 자네가 사는 삶이 행복하다고 생각할 걸세. 자네가 그렇게 생각한다면 그런 걸세. 자네 역시 자네 키에 맞는 행복을 선택한 거고, 하느님 덕분에 자네 키는 지금 내 키보다 크다네. 진정한 스승이라면, 자기 제자가 자기보다 더 나은 사람이 되게 만드는 것보다 더 큰 상이 어딨겠는가?

나는 자주 나를 속이고, 나를 잊고, 나를 비하한다네. 나의 신앙은 불신의 모자이크지. 이따금 나는 나의 삶 전체를 어느 한순간에 맡겨버리고 싶은 욕구에 사로잡히곤 한다네. 하지만 자네는 방향타를 단단히 붙잡은 채 우리 유한한 삶의 가장 감미로운 순간에조차 자네가 정해놓은 목표를 잊어버리지 않지.

우리 두 사람이 이탈리아를 가로질러 그리스로 돌아가던 일 생각나나? 그때 우리는 흑해에서 생명의 위협을 받던 그리스인들과 관련한 결정을 내렸는데, 자네 기억하나? 우리는 그 결정을 실천에 옮기기로 했지. 그래서 어느 작은 마을에 이르러 부랴부랴 기차에서 내렸어. 기차를 갈아타기까지 시간 여유가 한 시간밖에 없었거든. 우리는 나무가 빽빽하게 우거진 역 근처 숲 속으로 들어갔지. 잎사귀가 큼직큼직한 나무와 바나나나무, 짙은 금속 색깔 대나무가 자라고 있었어. 꿀벌들이 꽃을 피운 나뭇가지에 내려앉았고, 가지는 벌들이 꿀을 빠는 게 좋아서 몸을 가늘게 떨었지.

우리는 꼭 꿈이라도 꾸는 듯 황홀해하며 말없이 숲 속을 걸었네.

그때 꽃이 핀 산책길 모퉁이에서 처녀 두 명이 책을 읽으며 천천히 걷는 모습이 우리 눈에 띄었지. 그들이 예뻤는지 안 예뻤는지는 기억이 안 나지만, 한 사람은 금발 머리에 또 한 사람은 갈색 머리였고, 둘 다 화사한 봄옷을 입었다는 사실은 기억이 나는군.

우리는 꿈속에서처럼 대담하게 그들을 향해 다가가서 웃으며 말했지. "무슨 책을 읽는지는 모르지만 그 책에 대해 우리 즐겁게 토론할까요?"

두 처녀는 고리키의 책을 읽고 있었지. 그리고 시간이 없던 우리는 서둘러 인생과 가난, 저항, 사랑에 대해 얘기를 나누었어…….

나는 그때 우리가 느꼈던 즐거움과 쓰라림이 뒤섞인 감정을 영원히 잊을 수 없을 거야. 우리와 그 두 처녀는 꼭 오랜 친구, 오랜 연인이라도 되는 듯했고, 그들의 영혼과 육체에 책임을 져야 할 사람이라도 된 것 같았지. 그렇지만 우리는 서둘렀어. 이제 곧 영원히 헤어져야만 했거든. 공기 속에서는 납치와 죽음의 냄새 같은 것이 풍겼지.

기차가 도착해서 기적을 울렸네. 우리는 문득 잠에서 깨어난 듯 소스라치게 놀라 두 처녀와 악수를 나누었지. 헤어지고 싶지 않았던 우리 열 손가락의 그 억세고 절망적인 악력을 어찌 잊을 수 있겠는가? 한 처녀는 안색이 백지장처럼 창백했고, 또 다른 처녀는 웃으면서도 몸을 떨었지.

그때 내가 자네에게 이렇게 말한 게 기억나네. "그리스나 의무 같은 단어가 뭘 의미하겠는가? 진실이야. 진실을 의미한다고!" 그러자 자네는 이렇게 대답했네. "그리스니 의무니 하는 건 사실 아무것도 의미하지 않아. 하지만 우리는 이 아무것도 아닌 것 때문에 기꺼이 죽음을 향해 다가가는 것일세!"

도대체 왜 내가 이런 얘기를 자네에게 쓰는지 아나? 내가 자네와 함께 경험한 것 중 그 어느 것 하나도 잊어버리지 않았다는 말을 자네에게 하고 싶어서네. 그리고 마지막으로 감정을 억누르는 좋은(혹은 안 좋은) 우리의 습관 때문에 함께 있을 때는 단 한 번도 내비치지 못했던 솔직한 감정을 편지로 표현할 기회를 갖고 싶어서이기도 하네.

이제 자네가 내 앞에 없어서 내 얼굴 표정을 보지 못하니까, 내가 자네에게 우스꽝스러울 정도로 허약해 보일까 봐 걱정하지 않아도 되니까, 말해도 되겠군. 자네를 많이 사랑한다고 말일세. ———

나는 편지를 이렇게 끝맺었다. 친구와 얘기를 나누고 나니 가슴이 후련해졌다. 조르바를 불렀다. 그는 바위 아래 쭈그리고 앉아 운반용 삭도를 시험해보고 있었다.

나는 그에게 소리쳤다. "자, 자, 조르바, 일어나요. 마을이나 한 바퀴 둘러보고 오자고요!"

"기분이 좋아 보이는군요, 보스. 하지만 비가 오네요. 혼자 가면 안 돼요?"

"맞아요. 나 지금 기분 좋은데, 이 좋은 기분을 잡치고 싶지 않네요. 당신이랑 같이 있으면 그럴 걱정이 전혀 없지요. 자, 가자고요!"

그가 웃으며 말했다. "나 같은 사람도 필요할 때가 있다니 고맙군요. 자, 그럼 가볼까요?"

조르바는 내가 준, 뾰족한 두건이 달린 크레타식 양털 외투를 걸쳤고, 우리는 진창 속을 걸어 마을로 갔다. 비가 내렸다. 산봉우리는 구름에 가려 보이지 않았고, 바람 한 점 불지 않았으며, 암벽은 습기가 배어 번들번들 빛났다. 작은 갈탄광은 안개에 짓뭉개진 것처럼 보였고, 언덕은 꼭 슬픔으로 가득한 여자 얼굴같이 보였다. 너무 슬픈 나머지 실신하여 비를 맞는 여자처럼 보였다.

조르바가 말했다. "비가 오면 사람 마음도 꽁꽁 얼어 무감각해지지요. 하지만 비를 원망하면 안 돼요, 보스."

그는 울타리 옆을 지나다 허리를 숙여 갓 피어난 수선화를 꺾었다. 그러고는 수선화를 생전 처음 보는 사람처럼 정신을 집중해서 오랫동안 바라보다가 눈을 감고 냄새를 맡더니 한숨을 내쉬고 내게 건네주었다. "보스, 돌과 꽃, 비가 무슨 말을 하는지 알아들으면 얼마나 좋을까요? 어쩌면 우리를 부르는데, 우리가 알아듣지 못하는 게 아닐까요? 사람들이 언젠가는 귀를 열까요? 언젠가는 눈을 뜨고 볼까요? 언젠가는 두 팔을 벌리고 돌과 꽃, 비, 사람 등 모든 것을 안을 수 있을까요? 어떻게 생각해요, 보스? 책에는 뭐라고 나오지요?"

나는 조르바가 즐겨 사용하는 표현을 써서 대답했다. "악마 입속에 처박아버리래요! 책에 쓰인 건 그 말뿐입니다! 그것 말고는 없어요."

조르바가 내 팔을 잡았다. "방금 떠오른 한 가지 생각을 얘기할 테니 부디 화는 내지 말아요, 보스. 당신이 가진 책을 몽땅 쌓아놓고 불을 질러버려요. 그러고 나면 뭔가 좀 이해할 수 있을 겁니다. 어쨌든 당신은 바보가 아니고 나름 괜찮은 사람이니까……."

나는 생각했다. '이 사람 말이 옳아! 백번 천번 옳아! 하지만 난 그럴 수가 없어.'

조르바가 걸음을 멈추고 깊은 생각에 잠겼다가 이윽고 입을 열었다. "내가 아는 건……."

"그게 뭔데요? 말해봐요, 조르바!"

"정확히는 모르지만…… 내가 뭔가를 아는 것 같은 느낌이 듭니다……. 하지만 보스한테 얘기하면 모든 게 엉망이 되어버릴 겁니다. 나중에 컨디션이 좀 좋아지면 내가 그걸 춤으로 보여줄게요."

빗줄기가 한층 더 굵어졌다. 마을에 도착했다. 어린 소녀들이 암양을 풀밭에서 데려왔으며, 농부들은 밭을 갈아놓은 채 소의 멍에를 풀었고, 여자들은 길거리에서 아이들을 찾아다녔다. 느닷없이 소낙비가 내리자 마을에 유쾌한 소동이 벌어진 것이다. 여자들은 날카로운 고함을 내질렀지만, 눈은 웃고 있었다. 남자들의 뾰족한 콧수염과 늘어진 턱수염에 굵은 빗방울이 맺혔다. 땅과 돌, 풀이 풍기는 향기가 올라왔다.

우리는 물에 빠진 생쥐 꼴이 되어 카페 겸 정육점 라 퓌되르로 뛰어들었다. 안은 손님들로 미어터졌다. 카드 게임을 하는 사람들도 있었고, 꼭 두 개의 산꼭대기에라도 있는 것처럼 소리를 꽥꽥 질러대며 입씨름을 벌이는 사람들도 있었다. 바닥이 마루로 된 안쪽 중이층에는 마을 원로들이 작은 탁자 앞에 앉아 있었다. 소매가 넓은 흰색 와이셔츠를 입은 아나그노스티 영감도 보였고, 아무 말 없이 근엄한 표정으로 수연통을 빨며 바닥만 내려다보는 마브란도니의 모습도 눈에 띄었다. 야윈 몸매의 중년 교사는 굵은 지팡이에 몸을 기댄 채 사람 좋은 미소를 지으며 칸디아에서 막 돌아온 털보 거한의 얘기에 귀를 기울였다. 카페 주인은 계산대에 상체를 기댄 채 시뻘겋게 달궈진 숯불 위에서 끓는 브리키(그리스식 커피를 만들려고 커피와 섞은 물을 끓이는 작은 용기)에 눈을 떼지 않은 채 얘기를 들으며 웃었다.

우리를 보자마자 아나그노스티 영감이 자리에서 일어나 인사했다. "자, 이리들 오시오, 친구들. 스파키아노니콜리가 칸디아에서 보고 겪은 걸 얘기하는 중입니다……. 재밌어요. 와서 들어보세요!"

그가 카페 주인을 돌아다보며 말했다. "마놀라키, 여기 라키 술 두 잔 주게!"

우리는 자리에 앉았다. 그러나 양치기는 본래 부끄럼이 많은지 낯선 우리를 보자마자 움츠러들며 입을 다물고 말았다.

그러자 교사가 그에게 말을 시키려고 물었다. "자네, 극장에도 갔었지, 니콜리 대장? 어땠나?"

그러자 니콜리가 그 큰 손을 내밀어 술잔을 움켜잡더니 단숨에 비우고는 다시 용기를 내어 소리쳤다. "극장에 가지 않다니 그럴 리가 있겠습니까? 당연히 갔지요! 사람들이 코토풀리Kotopouli〔그리스의 여배우(1887~1954)〕 얘기를 하는 건 저도 많이 들었거든요. 그래서 어느 날 밤 성호를 그은 다음 생각했답니다. '그래, 가자. 아무렴, 나도 가고 싶어. 나라고 가지 말란 법이 어디 있어? 그 코토풀리라는 배우가 도대체 어떻게 생겼는지 꼭 봐야 해!'"

그러자 아나그노스티 영감이 물었다. "그래서 뭘 봤나, 니콜리? 솔직히 얘기해보게!"

"아니요. 맹세컨대 아무것도 본 게 없습니다. 극장에 갔으니 무슨 어마어마한 걸 봤을 거라고 생각하실지 모르겠습니다만…… 결론부터 말씀드리자면, 괜히 돈만 날린 셈이 되었습니다. 카페는 꼭 타작마당처럼 둥그렇게 생겼는데 사람들과 의자, 촛대로 빼곡하더라고요. 나는 아연실색, 머릿속이 새하얘지면서 입만 떡하니 벌렸지요. 사실 겁이 좀 났습니다. 그러면서 속으로 생각했지요. '제기랄, 저 사람들이 네게 마법을 걸 테니 빨리 여기를 빠져나가야 해.' 그때 어떤 계집이 내 팔을 잡더군요. 그래서 소리쳤죠. '아니, 지금 날 어디로 데려가는 거야?' 하지만 그 계집은 날 무작정 끌고 가더니 돌아서서 말했습니다. '앉아요!' 앉았죠. 앞에도, 뒤에도, 오른쪽에도, 왼쪽에도 사람들로 발 디딜 틈이 없더군요. 나는 생각했습니다. '숨 막혀 죽을 것 같아. 이곳엔 공기가 없어.' 옆에 있는 사람에게 물었지요. '여보세요. 프리마 돈나가 어디로 나옵니까?' 그러자 그가 커튼을 가리키며 대답하더군요. '저기서 나오지요.' 그래서 나도 커튼을 뚫어져라 쳐다보았지요.

그 사람 말은 사실이었습니다. 종이 울리고 커튼이 열리자 코토풀리가 나타난 것입니다. 그런데 말입니다. 믿기 힘드시겠지만, 그건 코토풀리가 아니라 그냥 여자였어요. 뼈와 살이 있는 여자 말입니다. 엉덩이를 오른쪽에서 왼쪽으로, 왼쪽에서 오른쪽으로 흔들며 왔다 갔다 할 뿐이었어요. 그러다가 사람들이 싫증이 나서 박수를 쳐대니까 돌아서서 무대 뒤로 쏙 들어가버리는 것이었습니다."

농부들이 웃음을 터트렸다. 스파키아노니콜리는 한편으로는 화도 나고 또 한편으로는 당황스럽기도 한 듯했다. 그러자 그는 문 쪽으로 돌아서더니 화제를 바꾸려는 듯 소리쳤다. "비가 억수같이 쏟아지네요!"

모든 사람의 시선이 문으로 향했다. 바로 그 순간, 일부러 그러기라도 한 것처럼 한 여인이 검은 원피스를 무릎까지 걷어 올리고 풀어헤친 머리채를 어깨까지 내려트린 채 빗속을 달려갔다. 허리를 흔들며 걷는 풍만한 몸매의 여성. 옷이 빗물에 젖어 몸에 찰싹 달라붙으면서 마치 물고기의 그것처럼 단단하고 도발적인 몸매가 그대로 드러났다.

나는 흠칫했다. 그 여자가 꼭 사내를 잡아먹는 암호랑이처럼 보였던 것이다.

여자는 잠시 고개를 돌려 날카로운 눈빛으로 카페 안을 들여다보았다. 그녀의 얼굴이 환하게 빛나더니 벌겋게 달아올랐고, 두 눈은 반짝반짝 빛났다.

솜털이 보송보송한 젊은이가 창가에 앉아 있다가 중얼거렸다.
"아이고, 성모님……."

향토 경찰 마놀라카스도 소리쳤다. "남자들 가슴에 불질러놓는 계집 같으니, 지옥에나 가버려라! 저 계집은 불만 질러놓고 당최 꺼주질 않아!"

창가에 앉은 젊은이가 처음에는 망설이듯 나지막한 목소리로, 그러다가 점점 더 거칠어지는 목소리로 콧노래를 불렀다.

> 과부 베개에서는 모과 향기가 나요.
> 그 향기를 맡은 뒤로는 나도 잠이 안 와요!

그러자 마브란도니가 담뱃대를 흔들며 호령했다. "닥치지 못할까!"

젊은이는 입을 다물었다. 긴 양털 외투를 입은 노인 한 사람이 향토 경찰 마놀라카스 쪽으로 허리를 구부리며 말했다. "자네 아재가 화가 많이 났던데……. 저 불쌍한 계집이 자네 아재 손에 걸리면 뼈도 못 추릴 걸세. 신이시여, 저 계집을 지켜주소서."

그러자 마놀라카스가 대꾸했다. "이것 보세요, 안드룰리오 어르신. 보아하니 어르신께서도 저 과부한테 맘이 있으신 것 같은데…… 어르신 연세에 말입니다. 부끄럽지 않으신가요? 더더구나 성당 관리인이라는 분이 말예요."

"나는 오직 신께서 저 계집을 보호해주셨으면 하는 바람뿐일세. 자네, 요즘 우리 마을에서 태어나는 아이들을 보았나? 아이들이 인간이 아니라 천사처럼 예쁘지! 왜 그렇다고 생각하나? 저 과부가 있어서 그런 거야. 모든 동네 남자들이 오직 과부에게만 관심이 있어. 그래서 불을 끄고 난 뒤에는 내가 지금 내 마누라를 안은 게 아니라 그 과부를 안고 있다…… 이렇게 생각하는 거지. 그래서 우리 마을에 예쁜 아기들이 태어나는 거야."

안드룰리오 노인이 잠시 입을 다물었다가 다시 말을 이어나갔다. "저 계집 몸에 짝 달라붙어 있는 넓적다리는 참 운도 좋아. 내가 마브란도니의 아들 파블리처럼 스무 살이라면 얼마나 좋을까!"

그때 누군가 웃으며 말했다. "금방 다시 해가 나긴 할 것 같은데……."

사람들은 일제히 문 쪽을 바라보았다. 비가 억수같이 내려 물이 콸콸 소리를 내며 자갈 위를 흘러갔고, 번개가 멀리서 하늘을 갈랐다. 과부를 보고 정신이 아득해진 조르바가 내 쪽으로 고개를 돌려 손짓했다. "이제 비가 그쳤네요, 보스. 자, 갑시다!"

맨발에 머리가 헝클어진 젊은 남자 한 사람이 얼이 빠진 듯한 커다란 눈을 이리저리 굴리며 문 앞에 나타났다. 성화 작가들이 그려놓은 세례 요한의 모습(단식하며 기도하느라 눈이 뒤집혀버린)을 보는 듯했다. 그 남자를 본 누군가가 웃으며 소리쳤다. "안녕, 미미토스!"

어느 마을에나 바보가 하나씩 있다. 없으면 심심풀이로 한 명씩 만들어낸다. 미미토스는 이 마을의 바보였다.

그가 여자처럼 가느다란 목소리로 말했다. "여러분, 과수댁 수

르멜리나가 암양을 잃어버렸대요! 그래서 누가 암양을 찾아주면 상으로 포도주 5리터를 주겠다네요!"

그러자 마브란도니 노인이 큰 소리로 외쳤다. "꺼져, 이 바보야! 지금 당장 나가지 못해!"

미미토스는 잔뜩 겁에 질려 문 옆에 쭈그리고 앉았다.

그런 미미토스가 측은해 보였던 아나그노스티 노인이 말했다. "거기 그러고 있지 말고 이리 와서 앉아라, 미미토스. 감기 들면 안 되니까 라키 술 한잔하렴. 바보가 없어져버리면 우리 마을이 어떻게 되겠나?"

이번에는 양쪽 뺨이 가느다란 솜털로 뒤덮이고 눈은 엷은 푸른 색을 띤 한 젊은이가 문 앞에 나타났다. 거친 숨을 몰아쉬는 그의 이마에 물이 줄줄 흐르는 머리카락이 찰싹 달라붙어 있었다.

마놀라카스가 소리쳤다. "안녕, 파블리! 어서 오려무나, 사촌! 이리 와!"

마브란도니가 고개를 돌려 아들을 보고는 눈썹을 찌푸리며 생각했다. '저게 내 아들이야? 생기다 만 저런 머저리가? 도대체 누굴 닮아서 저렇게 생겨먹은 거야? 그냥 목덜미를 움켜잡고 낙지 새끼처럼 바닥에 패대기치면 좋겠구먼!'

조르바는 똥 마려운 강아지 모양 안절부절못했다. 과부가 그의 피를 펄펄 끓게 만들어 더는 벽 안에 갇혀 있을 수가 없는지 계속 이렇게 말했다. "갑시다, 보스. 가자고요……. 여기 계속 이러고 있다가는 죽어버릴 것 같아요!"

그의 눈에는 구름이 걷히고 다시 해가 난 것처럼 보이는 모양이었다.

그가 카페 주인을 돌아보더니 관심 없는 척 물었다. "저 과부는 누굽니까?"

콘도마놀리오가 대답했다. "씨받이 암말이랍니다."

그는 손가락을 입에 갖다 댄 다음 다시 바닥을 뚫어져라 바라보는 마브란도니 노인을 곁눈질하며 같은 말을 되풀이했다. "암, 씨받이 암말이고말고. 하지만 죄를 저지르고 싶지 않으면 그 여자 얘기는 그만두는 게 좋을 것 같은데……."

마브란도니가 일어나더니 관을 수연통 목에 둘러 감으며 말했다. "미안하지만 난 집에 들어가야겠소. 파블리, 따라오너라."

그가 앞장서자 파블리가 그를 따라갔고, 두 사람은 빗속으로 사라져갔다. 마놀라카스도 일어나더니 그들 뒤를 따라갔다.

콘도마놀리오가 마브란도니의 의자에 편안하게 앉더니 옆 식탁에 앉은 사람들이 듣지 못하게 나지막한 목소리로 말했다. "불쌍한 마브란도니 영감……. 저 영감, 아마 화병으로 죽을지도 몰라요. 집안에 날벼락이 떨어졌거든. 어제 파블리가 제 아버지에게 이렇게 말하는 걸 내 두 귀로 똑똑히 들었다니까. '저 여자랑 결혼 못 하면 콱 죽어버릴 거예요!' 하지만 그 못 돼먹은 계집은 파블리를 거들떠보지도 않아요. 가서 콧물이나 닦고 오랬다나 뭐라나……."

"갑시다, 보스." 조르바가 또 같은 말을 되풀이했다. 과부 얘기를 듣다 보니 참기 힘들 정도로 몸이 뜨거워지는 모양이었다.

수탉이 울기 시작하는 걸 보니 비가 좀 잠잠해진 것 같았다.

"좋아요. 갑시다." 나는 의자에서 일어나며 이렇게 말했다.

구석자리에 앉아 있던 미미토스가 벌떡 일어나더니 우리가 나가는 틈을 이용해 슬그머니 우리를 따라나섰다.

자갈들이 반짝반짝 빛났고, 빗물에 젖은 문들은 거무스름하게 변했다. 키 작은 노파들이 달팽이를 주우려고 바구니를 들고 나왔다.

미미토스가 내게 다가오더니 팔을 움켜잡으며 말했다. "담배 한 대만 주시면 하느님께서 당신을 보호해주실 거예요, 보스."

나는 담배를 주었다. 그러자 그가 햇볕에 새까맣게 그을린 앙상한 손을 내밀었다. "불도 좀 주세요!"

불을 주었다. 그는 연기를 깊이 들이마셨다가 콧구멍으로 내뿜으며 눈을 찌푸렸다.

그러더니 흡족한 표정을 지으며 중얼거리는 것이었다. "아, 왕이 따로 없네!"

"너, 지금 어디 가는 거야?"

"과부네 정원요. 암양을 잃어버렸다는 소식을 사방에 전해주면 먹을 걸 주겠다고 약속했걸랑요."

우리는 빠르게 걸었다. 구름이 사라지고 해가 다시 나타났다. 마을이 방금 세수를 하고 좋아서 활짝 웃는 것처럼 보였다.

조르바가 침을 질질 흘리며 물었다. "미미토스, 너, 과부 좋아하니?"

미미토스가 웃음을 터트렸다. "이것 보세요, 아저씨. 그 여자를 안 좋아할 이유가 없잖아요? 저는 뭐 시궁창에서 안 나왔나요?"

나는 놀라서 물었다. "시궁창?"

"그래요. 저도 어머니 배 속에서 나왔다고요."

나는 깜짝 놀라며 생각했다. 아니, 아마 셰익스피어 정도는 되어야, 그것도 가장 창조적인 순간에야 탄생의 가장 어둡고 역겨운 신비를 이처럼 리얼하고 노골적으로 묘사할 수 있을 거야.

나는 미미토스를 보았다. 눈이 퉁방울처럼 생겼는데 살짝 사팔

뜨기였다.

"넌 뭐 하면서 하루를 보내니, 미미토스?"

"전 왕처럼 산답니다! 아침에 일어나서 빵 조각을 하나 먹죠. 그러고 나서는 일을 하러 갑니다! 어디서나 닥치는 대로 일해요. 시장도 보아다 주고, 거름도 실어 나르고, 말똥도 줍고……. 낚싯대도 하나 갖고 있답니다. 지금은 전문적으로 곡을 하는 곡녀 레니오 숙모님 집에서 살아요. 아저씨도 그분 아실 거예요. 모르는 사람이 없으니까. 누가 와서 사진도 찍어갔어요. 저녁이 되면 집에 돌아가서 수프를 한 접시 먹고, 포도주가 있으면 마시죠. 포도주가 없으면 신께서 주시는 물을 마신답니다. 물이야 얼마든지 있으니까 배가 가죽 부대처럼 빵빵해질 때까지 마시죠. 그러고 나서 잠자리에 듭니다."

"장가는 안 갈 거야, 미미토스?"

"저요? 무슨 말씀을 하시는 거예요? 제가 미쳤습니까? 아니, 지금 저더러 사서 고생을 하라는 말씀이신가요? 여자들에겐 신발이 있어야 해요. 근데 그걸 어디서 구해요? 보세요. 저도 이렇게 맨발로 다니는데."

"넌 본래 신발이 없니?"

"무슨 말씀을! 물론 있지요. 레니오 숙모님이 작년에 어떤 죽은 남자의 발에서 벗겨냈답니다. 저는 부활절 날 교회 가서 신부님 모습 보면서 깔깔대고 웃을 때만 그 신발을 신어요. 그러고 나면 벗어서 목에다 걸고 집으로 돌아오지요."

"넌 뭘 제일 좋아하니, 미미토스?"

"전 특히 빵을 좋아해요. 하루 세 끼 빵만 먹고 살라고 해도 살 수 있을 정도예요! 따끈따끈한 빵, 특히 밀빵을 좋아한답니다. 하지만 보리빵도 없어서 못 먹어요. 그다음에는 포도주 좋아하고, 또 그다음에는 잠자는 거 좋아해요."

"여자는?"

"쳇! 먹고 마시고 잠자는 거면 되지요, 뭐! 다른 건 골치만 아파요!"

"그럼 과부는?"

"제가 아저씨께 충고 한마디해도 될까요? 과부 따위는 그냥 지옥으로 보내버리세요!"

그는 침을 세 번 뱉고 나서 성호를 그었다.

"글 읽고 쓸 줄은 아니?"

"무슨 말씀을! 어릴 때 억지로 학교에 끌려갔어요. 하지만 금방 티푸스에 걸려 바보 천치가 되어버렸답니다. 그 덕분에 학교에 안 다닐 수 있게 되었죠."

조르바는 내가 미미토스와 그렇게 한가하게 얘기 나누는 걸 더는 참아내지 못했다. 그의 머릿속에는 오직 과부 생각뿐이었던 것이다. "보스……."

그가 내 팔을 잡아끌며 이렇게 말하더니 미미토스를 돌아보았다. "넌 먼저 가거라. 우리끼리 할 얘기가 있으니까."

그가 목소리를 낮추었다. 잔뜩 흥분된 표정이었다. "보스, 보스가 무슨 생각을 하고 있는지 한번 보겠습니다. 자, 남자들을 부끄럽게 만들어서는 안 돼요! 신이 그랬건, 악마가 그랬건, 이 맛있는 구운 고기를 당신 먹으라고 내온 겁니다. 당신에겐 이빨이 있지요? 그럼 까탈 부리지 말고 맛있게 먹어요. 손을 내밀어 고기를 들고 뜯어 먹으라고요! 왜 조물주께서 우리에게 손을 주셨다고 생각해요? 손을 내밀어 잡으라고 손을 주신 겁니다! 그러니 잡아요! 살면서 수많은 여자를 봐왔지만, 그 빌어먹을 과부만 한 여자는 없습니다!"

나는 짜증을 내며 대답했다. "난 말썽이 생기는 건 원치 않아요."

내가 짜증을 낸 건 나 역시 마음속 깊은 곳에서는 꼭 날짐승처럼 내 앞을 지나가던 그 치명적 몸뚱이를 욕망했기 때문이다.

그러자 조르바가 어이없다는 듯 대꾸했다. "말썽이 생기는 건 싫다고요? 그럼 도대체 보스가 원하는 건 뭡니까?"

나는 아무 대답도 하지 않았다.

조르바가 계속 말을 이어나갔다. "산다는 게 곧 말썽이요, 골칫거리입니다. 죽으면 골칫거리가 없어지겠지요. 살아 있다는 게 뭘 의미하는지 알아요? 허리띠 풀어놓고 골칫거리 만들어내는 게 곧 삶이에요!"

나는 이번에도 아무 말 하지 않았다. 조르바의 말이 옳다는 건 나도 알았지만, 내게는 용기가 없었다. 나의 인생은 길을 잘못 접어들었고, 타인과의 접촉은 오직 나만의 독백이 되고 말았다. 나는 타락했다. 한 여인을 사랑하는 것과 사랑에 관해 잘 쓰인 책을 읽는 것 중에서 하나를 택일해야 한다면 책 읽는 걸 선택해야 할 정도로 타락해버렸다.

조르바가 계속 말했다. "보스, 주판알 튕기는 건 하지 말아요. 숫자 놀음도 하지 말고, 그 빌어먹을 저울도 부숴버리고, 가게 문도 닫아버려요! 자, 이제 당신의 영혼은 구제되거나, 아니면 파멸될 겁니다. 보스, 내 말 잘 들어요. 금화를 두세 개 스카프로 잘 싸요. 지폐는 눈에 잘 안 띄니까 꼭 금화로 해야 합니다. 그리고 미미토스 편에 과부에게 보내면서 이렇게 말하라고 시키세요. '갈탄광 주인께서 안부를 물으시면서 이 스카프도 보내셨어요. 별거 아니지만, 깊은 사랑이 담겼다고 말씀하시더구먼요. 암양 잃어버린 것 때문에 너무 걱정 안 하셨으면 좋겠다는 말씀도 하셨어요. 우리가 있으니 겁낼 필요 없다고요! 탄광 주인께서는 카페 앞을 지나가는 부인의 모습을 보고 한눈에 반하셨답니다…….'

자, 이 정도면 충분합니다. 그리고 그다음 날 밤에 바로 그 집 문을 두드리는 거예요. 어쨌든 최대한 빨리 찾아가는 게 가장 좋을 겁니다. 그리고 어두워서 길을 잃었다면서 등을 좀 빌려달라고 얘기하세요. 아니면 몸이 안 좋아서 그러니까 물 한 잔만 마시면 안 되겠느냐고 부탁하든지요. 제일 좋은 건, 암양을 한 마리 사서 끌고 가는 겁니다. 그리고 이렇게 말하는 거예요. '부인, 여기 부인께서 잃어버린 양이 있습니다. 제가 찾아냈지요…….' 자, 내 말 믿어요. 그럼 과부는 사례를 할 거고, 보스는 말을 타고 천국으로 들어가는 겁니다. 아, 나도 그 말 엉덩이에 타고 천국으로 들어갈 수 있으면 얼마나 좋을까요! 그것 말고 다른 천국은 없습니다. 신부들이 하는 말은 믿지 마세요! 다른 천국은 없으니까!"

과부네 집 정원이 가까워진 게 틀림없었다. 미미토스가 한숨을 내쉬더니 여자처럼 가느다란 목소리로 자신의 슬픔을 노래하기 시작했던 것이다.

> 밤 먹을 땐 포도주! 호두 먹을 땐 꿀!
> 여자에겐 남자! 남자에겐 여자!

조르바가 콧구멍을 벌름거리며 성큼성큼 걸어 나오다가 문득 걸음을 멈추고 잠시 숨을 돌리며 나를 쳐다보는 것이었다. 그러더니 도저히 궁금해서 견딜 수 없다는 표정으로 물었다. "자, 내 말 어떻게 생각해요?"

"어서 가기나 합시다!" 나는 이렇게 짤막하게 대답하고 걸음을 서둘렀다.

조르바는 고개를 저으며 알아듣기 힘든 말을 몇 마디 중얼거렸다.

오두막에 도착하자 조르바는 책상다리를 하고 앉더니 산투리를 무릎에 올려놓고는 마치 연주하게 될 곡을 고르는 듯 머리를 든 채 깊은 생각에 빠져들었다. 그런 다음 슬프고 애처로운 곡을 연주하기 시작했다. 나는 그가 말로 표현할 수 없는 것을 산투리로 표현하려 한다고 느꼈다. 내가 인생을 허비한다고, 그리고 과부와 나는 태양 아래서 겨우 한순간만을 살다가 영원히 죽게 될 두 마리 벌레에 불과할 뿐이라고. 그 이상은 결코 살지 못하게 될 두 마리 벌레! 그 이상은 결코 살지 못하게 될!

조르바가 벌떡 일어났다. 자기가 지금 헛고생을 한다는 사실을 불현듯 깨달은 것이다. 그는 벽에 등을 기대고 담뱃불을 붙였다. 그리고 잠시 후에 입을 열었다. "보스, 어떤 호자(코란을 가르치는 사람의 호칭)가 살로니카에서 내게 가르쳐준 비밀 하나를 알려줄게요. 헛일이 될지는 모르지만, 어쨌든 보스에게 알려줘야겠습니다.

그때 나는 마케도니아에서 장돌뱅이 노릇을 했지요. 이 마을 저 마을 돌아다니면서 실패라든가 바늘, 성인전, 안식향, 후추 같은 걸 팔았어요……. 난 꾀꼬리같이 아름다운 목소리를 갖고 있었습니다. 여자들이 목소리에도 껌뻑 죽는다는 걸 보스도 알아두어야 할 겁니다. 하기야 여자들이 뭐엔들 껌뻑 안 죽겠습니까만…….
여자들이 뭔 생각을 하는지 아는 사람은 이 세상에 아무도 없어요! 귀신이라면 모를까…… 아무리 못생기고 절름발이에다가 꼽추라도 근사한 목소리로 노래만 끝내주게 부르면 여자들은 뿅 가버린다니까요!

그래서 난 장돌뱅이 노릇을 하면서 터키 사람들이 모여 사는 동네에도 들어갔지요. 그런데 내 목소리가 어느 부유한 터키 여자의 가슴에 가 닿으면서 그 여자를 홀려놓은 모양이에요! 그 여자는 나이 든 호자를 불러 손에 금화를 한 움큼 쥐여주며 말했지요. '제발 부탁이니 그 이교도 행상을 좀 불러다주세요……. 그 사람을 보고 싶어요! 꼭 부탁드릴게요! 더는 참을 수가 없어요!'

호자가 나를 찾으러 와서 말하더군요. '자, 이교도 젊은이, 같이 가세.' '날 도대체 어디로 데려가시려는 겁니까? 전 가지 않겠습니다.' '이교도 젊은이, 샘물처럼 상큼한 터키 여인이 지금 자기 방에서 자네를 기다린다네. 자, 가세!' 하지만 나는 터키인들이 사는 동네에서 밤에 그리스인들이 살해당한다는 사실을 알고 있었지요. 그래서 대답했습니다. '아니요. 안 갈래요.' '신이 두렵지 않나, 이교도여?' '내가 왜 신을 두려워한단 말인가요?' '이교도여, 여자와 잠자리를 할 수 있는데도 안 하면 큰 죄를 저지르는 게 되기 때문일세. 여자가 자기 침대로 오라고 부르는데도 안 가면 자네의 영혼은 파멸을 맞는다네. 최후의 심판이 있는 날에 이 여인은 한탄을 할 거고, 자네가 살아생전 아무리 좋은 일을 많이 했어도 자네는 이 여인의 한탄 때문에 지옥으로 떨어지고 말 걸세.'"

조르바가 한숨을 내쉬었다. "만일 지옥이 존재한다면 난 지옥에 갈 겁니다. 바로 그 이유 때문에요. 도둑질을 하거나 간통을 저질렀다는 이유로 지옥에 가는 게 아녜요! 그런 건 아무것도 아녜요! 신께선 그런 건 용서해주시죠. 하지만 난 그날 밤 한 여인이 침대에서 날 기다리는데도 안 갔다는 이유로 지옥에 떨어지게 될 겁니다……."

그는 일어나더니 불을 피우고 식사 준비를 했다. 그는 이따금 나를 흘깃거리며 멸시로 가득한 미소를 짓곤 했다.

"귀머거리네 집 문을 아무리 두드려봤자지!" 이렇게 말하고 난 그는 허리를 숙이더니 심술궂은 표정을 지으며 젖은 나무에 열심히 풀무질을 해댔다.

9

해가 점점 짧아지고 금세 어두워지면서 늦은 오후만 되면 가슴이 메어왔다. 우리 조상들이 겨울 몇 달 동안 날마다 점점 더 짧아지는 해를 보며 느꼈을 원초적 공포가 다시 우리를 사로잡았다. '내일이 되면 해가 완전히 사라지고 말 거야.' 그들은 이렇게 생각하며 절망했을 것이다. 그리고 높은 언덕에 올라 불안해하며 밤을 새웠을 것이다. 과연 내일 해가 뜰까, 안 뜰까? 그들은 벌벌 떨며 이렇게 궁금해했다.

조르바는 그런 두려움을 나보다 더 강렬하고 원초적으로 느꼈다. 이 두려움에서 벗어나려고 그는 별들이 하늘에서 빛날 때까지 땅 밑 갱도에서 나오지 않았다.

그는 열량이 매우 높고, 회분灰分이 거의 섞이지 않았으며, 습기가 많이 없어서 아주 품질이 좋은 갈탄층을 발견하고 몹시 만족스러워했다. 거기서 얻게 될 이익이 그의 마음속에서 순식간에 여행이 되고, 여자가 되고, 새로운 모험이 되었던 것이다. 조르바는 큰돈을 벌면 몸에 날개(그는 돈을 날개라고 불렀다)가 달려 날아오를 수 있을 거라고 생각하며 조바심을 냈다. 그래서 그는 모형으로 만든 운반용 삭도를 실험하고, 그의 말대로라면 마치 천사들이 실어 나르는 것처럼 통나무들을 아주 천천히 내려보낼 수 있는 정확한 경사도를 찾느라 며칠 밤을 꼬박 새웠다.

어느 날 그는 큰 종이 한 장과 색연필을 들고 와서 산과 숲, 운반용 삭도, 그리고 삭도에 매달려 내려오는 통나무를 그렸다. 통나무마다 오른쪽과 왼쪽에 커다란 날개를 푸른색으로 그려놓았다. 작은 항구의 내포에는 검은색 배와 앵무새처럼 초록색 제복을 입은 선원들, 황색 통나무를 싣고 가는 거룻배를 그려 넣었다. 네 모퉁이에는 수도사가 그려져 있었고, 그들의 입에서는 대문자로 "주여, 당신은 위대하시며 당신이 하시는 일은 경이롭습니다!"라고 쓰인 분홍색 리본이 나왔다.

며칠 전부터 조르바는 후다닥 불을 피워 요리를 하고 나서 식사가 끝나자마자 마을로 이어지는 길 위로 모습을 감추곤 했다. 그리고 잠시 후에 침울한 표정으로 되돌아오곤 했다.

그런 그의 모습을 보며 내가 물었다. "어딜 또 갔다 왔어요, 조르바?"

그러면 그는 이렇게 대답하며 화제를 바꿔버렸다. "상관하지 말아요, 보스."

어느 날 마을에서 돌아온 그가 걱정스러운 목소리로 물었다. "신은 존재합니까, 안 합니까? 보스, 보스는 어떻게 생각해요? 만일 신이 존재한다면(그러지 말라는 법은 없으니까) 어떻게 그를 볼 수 있지요?"

나는 어깨만 으쓱해 보였을 뿐 아무 대답도 하지 않았다.

"그렇게 빈정대지 말아요, 보스. 나는 신이 꼭 나 같을 거라고 생각해요. 다만 나보다 조금 더 키가 크고, 힘이 더 세고, 약간 더 돌았겠지요. 영원히 죽지 않을 거고…… 부드러운 양피에 편안히 앉아 있고, 하늘은 그분의 오두막입니다. 그분의 하늘은 우리처럼 양철통으로 만들어진 게 아니라 구름으로 만들어졌지요. 그분은 오른손에 살인자나 식료품상의 연장인 검이나 저울을 든 게 아니라 비구름처럼 물을 머금은 커다란 스펀지를 하나 들었습니다. 그분 오른쪽에는 천국이 있고 왼쪽에는 지옥이 있지요. 불쌍한 영혼은 벌거벗은 채 덜덜 떨면서 들어옵니다. 자신의 육신을 잃어버렸거든요. 신께선 속으로는 낄낄대고 웃으면서도 겉으로는 엄한 표정을 지으며 우렁찬 목소리로 말합니다. '이리 오너라, 이 불쌍한 인간이여!' 그리고 심문을 시작합니다. 영혼은 그분 발밑에 엎드려 애원하지요. '자비를 베풀어주세요! 전 죄를 저질렀습니다.' 그리고 자기가 저지른 죄를 하나씩 열거합니다. 끝도 없고 한도 없이 이어집니다. 신께서도 슬슬 지겨워져서 하품을 하시지요. 그리고 소리 지릅니다. '입 닥쳐! 그런 소리 만날 듣는 것도 지겹다!' 그러고는 스펀지로 쓱 문질러서 모든 죄를 지워버리고 말합니다. '가거라. 천국으로 가버리라고! 이봐, 베드로, 저 불쌍한 영혼을 들여보내 주게!'

보스, 보스가 알아둬야 할 게 있는데, 신은 정말 위대하신 분이라는 겁니다. 모든 걸 용서하시니까 위대한 분이지요!"

기억난다. 그날 밤 조르바가 이렇게 객설을 늘어놓았을 때 나는 그냥 웃고만 말았다. 그렇지만 자비롭고, 관대하고, 전지전능한 이 '위대하신 분'은 내 마음속에서 구체화되었다.

비가 오는 바람에 우리가 오두막에 틀어박혀 화덕에 밤을 굽던 또 다른 날 저녁에 조르바가 꼭 무슨 엄청난 수수께끼라도 풀어보려는 사람처럼 고개를 돌려 오랫동안 나를 쳐다보았다. 그러다가 더는 참을 수 없었는지 입을 열었다. "보스, 난 보스가 도대체 무슨 이유 때문에 날 집 밖에 내쫓아버리지 않는지 정말 궁금합니다. 내 별명이 '노균병 환자'라고 말한 적 있지요? 가는 데마다 사고를 쳐서 그러는 겁니다……. 당신 사업도 곧 망할 겁니다. 그러니 날 쫓아내버려요!"

"난 당신이 좋아요. 그러니 더는 아무 말 마세요."

"보스, 아니 지금 내가 제정신이 아니라는 걸 모른단 말이에요? 조금 더 돌았는지, 덜 돌았는지 그건 확실히 모르지만, 어쨌든 제정신이 아닌 건 확실해요. 자, 내 말 좀 들어봐요. 난 그 과부 때문에 며칠 동안 잠을 제대로 못 잤습니다. 맹세컨대 그건 나 때문이 아니었어요. 나 따위야 악마가 물어가도 상관없어요. 난 절대 그녀의 몸에 손대지 않을 겁니다. 그 여자는 내가 먹기에는 너무 큰 사과 같아요……. 하지만 그 여자가 모든 사람에게 잊힌 존재가 되는 건 참을 수 없는 일입니다. 그 여자 혼자 자는 건 있을 수 없는 일이라고요. 난 그런 일이 일어나는 걸 도저히 참을 수가 없어요, 보스. 그래서 밤마다 그 여자 집 뜰 주변을 어슬렁거리는 겁니다. 그래서 밤마다 내가 어디론가 사라지고, 보스는 내게 어딜 가냐고 묻는 거죠. 이유가 뭔지 알겠어요? 혹시 누가 그 여자랑 잠을 자러 오는지 확인하려는 겁니다. 그러면 내 마음이 편해질 테니까요."

나는 결국 웃고 말았다.

"웃지 말아요, 보스! 여자가 혼자 자면 그건 우리 남자들 잘못이라고요. 우리 남자들은 최후의 심판 날에 어떻게 된 일인지 설명해야 할 겁니다. 내가 며칠 전에 얘기했던 것처럼 신께서는 스펀지를 들고 있다가 우리의 모든 죄를 지워주시지요. 하지만 이 죄만은 용서해주시지 않을 겁니다. 여자랑 잘 수 있었는데도 그러지 않은 모든 남자들에게 화 있을진저! 남자랑 잘 수 있었는데도 그러지 않은 모든 여자들에게 화 있을진저! 호자가 내게 했던 말을 기억해봐요."

그는 잠시 말을 멈추었다가 난데없이 물었다. "사람이 죽었다가 다시 부활할 수 있을까요?"

"난 그렇게 생각 안 해요, 조르바."

"나도 그럴 수 있으리라곤 생각 안 합니다. 하지만 만일 그게 가능하다면, 내가 방금 말한 남자들, 그러니까 여자들에게 봉사하는 걸 거부한 남자들은 탈영병이라고 불러야 해요……. 그런 남자들이 뭘로 다시 태어나는 줄 알아요? 나귀로 태어납니다, 나귀로!"

그는 다시 입을 다물고 깊은 생각에 잠겼다. 별안간 그의 눈이 반짝거렸다. 그리고 즐거운 표정으로 소리쳤다. "누가 압니까? 지금 우리가 보는 나귀들이 모두 전생에 남자이면서 남자구실 못 하고 여자이면서 여자구실 못 했던 그 바보 멍청이들이었는지? 그래서 이런 인간들은 바보가 된 겁니다. 또 그래서 고집도 엄청 세고, 시도 때도 없이 발길질을 해대는 거지요. 자, 여기에 대해서 어떻게 생각해요, 보스?"

나는 웃으면서 대답했다. "당신이 살짝 돌았다고 생각해요, 조르바. 자, 일어나서 산투리나 한번 연주해보세요."

"당신 기분을 상하게 할 생각은 없지만, 왠지 오늘 밤엔 산투리가 안 될 것 같네요. 대신 허튼소리를 좀 해야겠어요. 왠지 알아요? 큰 걱정거리가 있거든요. 진짜 큰 걱정거리가 있어요. 그 빌어먹을 새 갱도가 속을 썩이는군요. 그런데 보스는 산투리를 연주하라 하니, 이게 말이 됩니까?"

이렇게 말하고 난 그는 화덕에서 밤을 꺼내 내게 한 움큼 주고는 우리의 술잔에 라키 술을 가득 따랐다.

나는 술잔을 부딪치며 말했다. "우리 사업이 순풍을 맞아 잘 되어나가도록 신께서 도와주시기를!"

그러자 조르바가 고쳐 말했다. "아니, 이제는 바람이 반대 방향으로 불어야 해요! 지금까지는 바람이 늘 한쪽으로만 불어서 일이 잘 안 풀렸단 말입니다!"

그는 술을 단숨에 들이켠 다음 침대에 벌렁 드러누우며 말했다. "자, 내일은 젖 먹던 힘까지 써야 합니다. 천 마리 악마랑 싸워야 하거든요. 편안히 주무시오!"

다음 날, 동이 트자마자 조르바는 갈탄광 속으로 사라졌다. 품질이 좋은 광맥 속에 새 갱도를 뚫는 작업은 상당히 진척되었지만, 천장에서 물이 스며 나오는 바람에 인부들은 진창에서 철벅거려야만 했다.

그 전전날에 조르바는 갱도를 보강하기 위해 필요한 통나무를 날라다놓았다. 하지만 그는 불안했다. 통나무는 제 역할을 충분히 해낼 만큼 굵지 않았다. 그는 마치 자신의 몸이나 되는 듯 땅 밑 미로를 샅샅이 훑고 다닐 때 느끼는 백 프로 확실한 직감으로 그 버팀목들이 안전하지 않다는 걸 예감했다. 천장을 받치던 버팀목이 천장 하중을 견디지 못해 금방이라도 무너질 것처럼 삐걱거리는 소리를 다른 사람은 듣지 못했지만 그는 들었다.

조르바를 한층 더 불안하게 하는 일은 또 한 가지 있었다. 그가 갱도로 내려가려는 순간 마을 사제 스테파노 신부가 나귀를 타고 지나갔다. 임종을 맞은 수녀의 종부성사를 드리려고 근처에 있는 수녀원에 가는 길이었다. 다행히도 조르바는 신부를 보자마자 재빨리 자기 가슴에 대고 세 번 침을 뱉은 다음 그에게 말을 걸었다.

"안녕하세요, 신부님!" 하고 그는 신부의 인사에 마지못해 대답했다. 그러고 나서 바로 낮은 목소리로 덧붙였다. "물러가라, 악마야!"

그러나 그는 이 액땜이 악운을 쫓기에는 충분하지 않다는 사실을 예감했다. 그래서 새로 판 갱도로 들어가면서도 여전히 불안해했다.

갱도에서는 갈탄과 아세틸렌 냄새가 진하게 풍겼다. 이틀 전부터 일꾼들은 버팀목을 보강해서 갱도를 떠받치기 시작했다.

조르바는 일꾼들과 퉁명스러운 어조로 건성건성 인사를 나눈 다음 소매를 걷어붙이고 일을 시작했다.

십여 명 정도 되는 일꾼들은 광맥을 곡괭이로 찍어 파낸 갈탄을 자기 발밑에 모았고, 또 다른 인부들은 그걸 삽으로 퍼낸 다음 작은 손수레에 실어 갱도 밖으로 날랐다.

조르바가 갑자기 동작을 멈추더니 일꾼들에게도 일을 멈추라고 손짓하고는 귀를 쫑긋 세웠다. 기사가 자신의 말과, 선장이 자신의 배와 한 몸이 되듯 조르바는 탄광과 혼연일체가 되어 갱도가 마치 자기 몸의 혈관처럼 사방으로 뻗어나가는 것을 느낄 수 있었다. 검은 석탄 덩어리가 미처 짐작하지 못했던 것을 그는 가장 먼저 분명하게 예감한 것이다.

그는 귀를 쫑긋 세우고 유심히 들어보았다. 내가 갱도에 도착한 것은 바로 그 순간이었다. 무슨 불길한 예감에 사로잡힌 듯, 어떤 보이지 않는 손이 나를 밀어내기라도 한 듯, 나는 소스라치게 놀라 잠에서 깨어나 허둥지둥 옷을 입은 다음 내가 왜 그러는지, 어디로 가는지조차 모른 채 오두막 밖으로 뛰쳐나왔다. 그러나 내 몸은 잠시의 망설임도 없이 탄광으로 갔다. 불안한 표정으로 귀를 기울이는 바로 그 순간에 내가 탄광에 나타난 것이다.

그는 잠시 그러고 있다가 말했다. "아무 일도 아냐……. 아까는 좀 이상했는데…… 자, 다들 일 시작해!"

그가 돌아서다가 나를 보고는 입을 오므렸다. "아니, 보스, 이 이른 시간에 여기서 뭐 하는 겁니까?"

그가 내게 다가왔다. "올라가서 바람이나 쐬지 그래요? 여기는 다음에 와서 둘러보시고……."

"무슨 일인가요, 조르바?"

"아무 일도 아닙니다……. 내가 착각을 한 것 같아요. 오늘 아침에 신부가 지나가기에……. 그만 가보세요."

"위험하다고 내빼면 그건 비겁한 행동 아녜요?"

"그건 그렇죠."

"당신 같으면 내뺄 거예요?"

"아니요."

"근데 왜 나보고는 가라는 겁니까?"

그러자 조르바는 짜증을 부렸다. "사람이 어떤 상황에 대해 판단을 내리는 기준은 상대에 따라 달라집니다. 하지만 떠나는 것이 비겁하다고 생각한다면 가지 말고 그냥 여기 있어요."

그는 망치를 집어 들더니 발돋움을 해서 천장 나무틀에 굵은 못을 박았다. 나는 기둥에 걸렸던 아세틸렌 램프를 빼내어 들고 진창 속을 이리저리 왔다 갔다 하며 탄맥을 살펴보았다. 탄맥은 짙은 갈색으로 반짝거렸다. 몇백만 년 전에 어마어마하게 넓은 숲이 삼켜졌을 것이다. 땅은 자식들을 낳아 씹어 먹고 소화해 다른 걸로 바꿔놓았다. 나무는 갈탄이 되었고, 조르바가 나타나 그걸 발견한 것이다…….

나는 다시 제자리에 램프를 걸어놓고 조르바가 일하는 걸 지켜보았다. 그는 몸과 마음을 다해 일에 몰두했다. 그의 마음속에는 오직 일뿐이었다. 그는 땅과 곡괭이, 갈탄과 한 몸이 되었다. 망치와 못은 목재와 싸우는 그의 몸이 된 듯했다. 그는 불룩 튀어나온 갱도 천장에 맞서 싸웠다. 갈탄을 파내려고 산 전체와 주먹다짐을 벌이는 것이었다. 그가 탄맥 상태를 정확히 파악해서 가장 약한 부분을 곡괭이로 내리치면 갈탄이 쏟아져 내렸다. 눈의 흰자위만 번뜩일 뿐 온통 먼지를 뒤집어써서 더럽기 짝이 없는 그의 모습을 보면서 나는 그가 적의 성채에 더욱 쉽게 접근해서 공격하려고 갈탄 가루를 뒤집어쓰고 위장을 했거나, 아니면 아예 갈탄 그 자체가 되었다고 생각했다.

나는 나도 모르게 소리쳤다. "조르바, 파이팅!"

그는 대답은커녕 돌아다보지도 않았다. 하기야 그 누가 곡괭이 대신 '손에 몽당연필을 든' 책벌레와 얘기를 나누느라 시간을 허비하겠는가? 그는 일을 하는 동안에는 말을 하려 하지 않았다. 어느 날 저녁에는 이렇게 말한 적이 있다. "내가 일할 때는 말 걸지 말아요! 뚝 하고 부러져버릴지도 모르니까." "부러질지도 모른다고요, 조르바? 아니, 그게 무슨 뜻이죠?" "또 그게 무슨 뜻이냐고 묻는군요, 애들처럼……. 어떻게 그걸 설명해요? 일을 할 때 나는 머리끝에서 발끝까지 잔뜩 긴장한 상태로 암벽과 갈탄, 산투리랑 드잡이를 합니다. 그런데 그 순간 누가 내 몸을 만지거나 말을 걸어서 돌아다봐야 할 상황이 되면 난 뚝 부러져버리는 거죠. 자, 이제 무슨 말인지 알겠어요, 보스?"

시계를 보았다. 열 시가 되어갔다.

내가 소리쳤다. "간식들 먹읍시다, 여러분! 간식 먹을 시간이 지났어요!"

인부들은 내 말이 끝나기가 무섭게 연장을 집어던지더니 이마에 흐르는 땀을 훔치고 갱도에서 나갈 준비를 했다. 조르바는 일에 몰두해서 내 말을 듣지 못한 것 같았다. 하기야 내 말을 들었다 한들 일을 중단하지는 않았을 것이다.

나는 일꾼들에게 말했다. "기다리는 동안 담배나 한 대씩 피웁시다!"

나는 담배를 찾으려고 호주머니를 뒤졌다. 인부들이 내 주변에 모여서 기다렸다.

바로 그 순간, 조르바는 화들짝 놀랐다. 그는 갱도 내벽 면에 귀를 갖다 댔다. 나는 아세틸렌 불빛에 경련을 일으키는 그의 얼굴과 벌어진 입을 볼 수 있었다.

나는 소리쳤다. "왜 그래요, 조르바?"

바로 그때, 우리 머리 위 갱도 천장이 가볍게 흔들리는 게 느껴졌다.

조르바가 쉰 목소리로 소리쳤다. "나가! 다들 빨리 여기서 나가!"

우리는 출구로 달렸다. 그러나 첫 번째 버팀목을 지나기도 전에 우지끈하며 부러지는 소리가 더 크게 우리 머리 위에서 들려왔다. 그 와중에도 조르바는 굵은 통나무를 들어 올려 버팀목을 떠받치려 애썼다. 그게 제대로만 된다면 천장이 몇 초는 더 버텨줄 테고, 그 틈을 이용해 우리는 탈출할 수 있을 것이다.

"나가!" 조르바의 목소리가 다시 들려왔는데, 이번에는 아까보다 더 희미했다. 위급한 순간에는 누구나 다 비겁해지는 걸까. 우리는 조르바에게는 아예 신경도 쓰지 않은 채 일제히 갱도 밖으로 뛰쳐나갔다. 하지만 잠시 후에 냉정을 되찾아 다시 갱도로 돌아갔다. 그리고 소리쳤다. "조르바! 조르바!"

나는 내가 소리를 질렀다고 생각했으나, 사실 내 목소리는 목구멍에서 나오지 않았다. 공포가 내 외침을 억눌러버린 것이다.

나 자신이 부끄러웠다. 나는 팔을 벌리고 그를 향해 한 걸음 내디뎠다. 그 순간 조르바는 막 받침대를 박아 넣은 뒤 진창에서 이리저리 미끄러지며 출구로 달려오던 참이었다. 그는 희끄무레한 어둠 속에서 전속력으로 달려오다가 미처 멈춰 서지 못하고 나와 부딪쳤다. 우리는 자기도 모르게 서로의 품에 안기게 되었다.

그가 또다시 목이 멘 소리로 외쳤다. "나가요! 빨리 나가요!"

우리는 죽어라 달렸다. 빛이 보였다. 일꾼들은 갱도 입구에 모여 일그러진 표정으로 아무 말 없이 동정을 살폈다.

나무줄기 한가운데가 부러지는 것처럼 우지끈하는 소리가 아까보다 훨씬 더 크게 세 번째로 들려왔다. 이어서 벼락을 치는 것 같은 굉음이 들려오더니 산 전체가 뒤흔들리면서 갱도가 폭삭 내려앉았다.

그걸 본 인부들이 성호를 그으며 중얼거렸다. "오, 세상에!"

그때 조르바가 화를 내며 소리 질렀다. "자네들, 곡괭이 갱도에 두고 나왔지?"

인부들은 꿀 먹은 벙어리였다.

그러자 조르바는 생각하면 할수록 더 화가 나는지 아까보다 더 크게 소리를 질렀다. "왜 연장을 놓고 나왔어? 겁이 나서 바지에 오줌이라도 지린 거야, 이 바보들 같으니! 그나저나 연장을 다 놓고 왔으니 아까워서 어떡하나?"

내가 조르바와 인부들 사이에 끼어들어 말했다. "지금 곡괭이 얘기 할 때가 아닌 것 같아요. 다친 사람 없으니 그것만으로도 천만다행이지요. 고마워요, 조르바. 당신 덕분에 우리 모두가 목숨을 건졌네요."

그러자 조르바가 딴청을 피우며 말했다. "아이고, 배고파! 한바탕 난리를 피웠더니 배가 허하네!"

그는 간식을 싸가지고 온 수건을 집어 들어 풀더니 빵과 올리브, 양파, 찐감자, 포도주가 든 호리병을 꺼냈다.

그가 입안 가득 음식을 집어넣은 채 말했다. "자, 다들 먹자고!"

그는 힘을 많이 잃어 심장을 다시 피로 채워 넣고 싶다는 듯 허리를 숙인 채 아무 말 없이 게걸스럽게 음식을 먹어치웠다. 그러다 이따금 호리병을 집어 들고 고개를 뒤로 젖히면 포도주가 콸콸 소리를 내며 그의 건조한 목구멍으로 흘러 들어갔다.

일꾼들도 용기를 내어 음식을 싸온 보자기를 풀더니 식사를 시작했다. 그들은 모두 조르바 주위에 책상다리를 하고 앉아 그를 바라보며 음식을 먹었다. 마음 같아서는 조르바 발밑에 납작 엎드려 그의 손에 입을 맞추고 싶지만, 조르바의 성격이 괴팍하다는 걸 알기 때문에 엄두를 내지 못하는 것이었다.

결국 가장 나이가 많고 흰 수염이 덥수룩한 거구 미헬리스가 입을 열기로 결심했다. "우리 알렉시스 씨가 아니었더라면 우리 아이들은 지금쯤 고아가 되어 있을 겁니다."

"됐수다!" 조르바가 입에 음식을 잔뜩 넣은 채 이렇게 한마디 내뱉자 더는 아무도 말을 이어가지 못했다.

10

"도대체 누가 만들어냈단 말인가? 이 불확실성의 미로를, 이 오만함의 사원을, 죄로 가득 찬 이 항아리를, 추문이 파종된 이 밭을, 이 지옥의 아가리를, 술수가 넘쳐나는 이 바구니를, 꿀처럼 달콤한 이 독을, 인간들을 땅에 묶어놓는 이 사슬을…… 이 여자를!"

나는 불을 피운 화덕 앞 바닥에 책상다리를 하고 앉아 이 불교 노래를 베껴 썼다. 나는 이처럼 구마식을 되풀이하면서 겨울밤 내내 엉덩이를 실룩거리며 눈앞을 지나가던 그 비에 젖은 몸뚱이를 내 마음속에서 쫓아내려고 애썼다. 하마터면 내 삶을 끝장낼 뻔했던 갱도 붕괴 사건 이후로 과부는 내 핏속으로 스며들어 와 마치 야생 짐승처럼 다급하게, 그리고 애처롭게 나를 불렀다.

그녀가 소리쳤다. "와요, 이리 와요! 인생은 반짝 비치는 빛과도 같은 거예요! 그러니 너무 늦기 전에 얼른 와요!"

나는 그것이 여자의 몸을 한 악령, 마라摩羅라는 것을 알았다. 나는 싸웠다. 나는 마치 원시인들이 주변을 배회하는 맹수를 동굴 벽에 뾰족한 돌로 새기거나 물감으로 그렸던 것처럼 쉬지 않고 '붓다'를 썼다. 그들 역시 맹수가 자기들을 덮쳐 잡아먹지 못하도록 맹수를 새기거나 그려 넣어 고정하려 했던 것이다.

하마터면 죽을 뻔한 그날 이후로 과부는 허리를 요염하게 흔들어대고 공기처럼 가볍게 움직이며 고독한 내게 손짓하곤 했다. 낮에는 그래도 힘이 있고 내 정신도 깨어 있어서 과부를 물리칠 수 있었다. 나는 유혹자가 어떤 모습으로 붓다에게 나타나는지를, 그가 어떻게 여자 옷을 입고 풍만한 젖가슴으로 붓다의 넓적다리를 누르는지를 글로 썼다. 그리고 붓다가 위험을 느끼고 온 힘을 다해 유혹자를 물리친 것도 썼다.

나는 글을 썼다. 한 문장 한 문장을 끝낼 때마다 나 자신이 더욱 강하고 가벼워진 것 같은 느낌이 들었다. 유혹자가 언어라는 강력한 구마식에 쫓겨 내게서 멀어지는 것 같았다. 하지만 밤이 되어 내 마음이 경계를 늦추면, 내면의 문이 열리고 과부가 들어왔다.

그러나 아침이 되면 나는 초췌하고 기진맥진한 모습으로 일어나 다시 싸움을 시작하곤 했다. 정신없이 쓰다가 고개를 들어보면 오후가 되어 슬그머니 빛이 물러나고 밤이 찾아들면서 느닷없이 어둠이 나를 짓눌렀다. 해가 짧아지고 성탄절이 다가왔다. 나는 내 주변에서 벌어지는 이 영원한 싸움을 보며 속으로 생각했다. '난 혼자가 아냐. 빛이라는 위대한 힘이 나와 함께 싸우고 있어. 때로는 이기고 또 때로는 패배하지만, 그 빛은 결코 절망하지 않아. 나는 빛과 함께 승리하고 말 거야!'

과부와 싸우면서 나 역시 어떤 우주의 리듬을 따르는 것 같다는 생각이 들었고, 이 같은 생각이 내게 큰 용기를 불어넣었다. 나는 생각했다. 어떤 교활한 물체가 내 몸을 점령해, 나의 내부에서 타오르는 자유로운 불길을 눅여 꺼트려버리려는 거야. 또 나는 생각했다. 신은 물질을 정신으로 바꿔놓는 불멸의 힘이야. 모든 인간에게는 이 신의 회오리바람이 존재하고, 이 회오리바람 덕분에 빵과 물, 고기를 사상과 행동으로 변화시킬 수 있는 거야. 조르바 말이 맞았다. '먹는 음식으로 무얼 하는지 말해주면 당신이 어떤 사람인지 말해줄게요.' 나 역시 지금 격렬한 육체적 욕망을 '붓다'로 바꿔놓으려 애쓰고 있다.

"지금 무슨 생각해요, 보스? 무슨 걱정거리가 있는 것 같은데." 성탄절 전날, 조르바가 내게 말했다. 그는 내가 어떤 욕망과 싸우는지 알고 있었다.

나는 못 들은 척했지만, 조르바는 나를 가만 놔두지 않았다. 그는 별안간 신랄하면서도 노기 띤 어조로 말했다. "보스, 당신은 젊어요. 당신은 젊고, 힘이 있고, 잘 먹고 잘 마셔요. 맑은 공기를 들이마시고, 힘을 몸속에 축적합니다. 그런데 그걸로 뭘 하죠? 당신은 혼자 자면서 그 힘을 낭비해요! 정말 유감입니다그려! 괜히 시간낭비 하지 말고 오늘 밤 당장 그 과부 집에 가요, 보스. 도대체 몇 번이나 얘기해야 됩니까? 자꾸 인생을 복잡하게 만들지 말라니까요!"

나는 내 앞에 펼쳐진 '붓다' 원고를 넘기며 조르바가 하는 말에 귀를 기울였다. 나는 그의 말이 내게 넓고 확실한 길을 열어줄 것임을 알았다. 그러나 그것은 또한 교활한 뚜쟁이인 마라의 악령이 하는 말이기도 했다.

나는 잠자코 그의 말을 들으며 천천히 원고를 넘기다가 마음의 동요를 감추려고 휘파람을 불기도 했다. 그러나 조르바는 내가 아무 대꾸도 안 하자 화가 난 것 같았다. "자, 오늘은 크리스마스 이브니까 과부가 교회 가기 전에 빨리 가서 만나요. 오늘 밤에 예수가 태어났어요. 그러니 당신도 가서 기적을 이뤄요, 보스."

나는 짜증이 나서 일어섰다. "그만해요, 조르바. 인간은 각자 나름대로 사는 겁니다. 나무처럼 말예요. 체리가 안 열린다고 해서 무화과나무랑 싸우진 않잖아요? 그러니 그만하세요! 자정이 가까워지고 있으니 우리도 교회에 가서 예수 탄생이나 지켜보자고요."

조르바는 겨울 모자를 꾹 눌러쓰더니 언짢은 표정을 지으며 말했다. "좋아요, 그럼 갑시다. 하지만 보스, 당신이 오늘 밤에 천사장 가브리엘처럼 과부네 집에 갔으면 신께서 더 좋아하셨을 겁니다. 만약에 오늘 신께서 당신처럼 행동했다면 마리아를 찾아가지 않았을 거고, 그럼 예수도 태어나지 못했을 거예요. 만약에 당신이 어떤 게 신의 길이냐고 묻는다면 나는 마리아에게 가는 길이 신의 길이라고 대답할 겁니다. 말하자면 과부는 마리아인 겁니다."

그는 말을 멈추고 내 대답을 기다렸지만, 내가 대답할 리 없었다. 그는 있는 힘껏 문을 열었고, 우리는 밖으로 나갔다.

조르바가 지팡이로 짜증스레 자갈길을 두드리며 말했다. "아암, 과부가 마리아고말고!"

"자, 이제 그만 가자고요! 소리 그만 지르고!"

우리는 겨울밤 어둠 속을 빠른 걸음으로 걸었다. 하늘은 한없이 맑았고, 큰 별들은 대기 중에 매달린 불덩이처럼 하늘 나직이 걸려 있었다. 해변을 따라 걷노라니 밤이 꼭 바닷가에 쓰러져 누운 짐승처럼 보였다.

나는 생각했다. '겨울이 되자 짧아졌던 빛이 오늘 밤부터는 다시 길어지기 시작할 거야. 빛이 오늘 밤에 신의 아들과 함께 태어났던 것처럼 말야.'

모든 마을 사람이 따뜻하고 향내 나는 교회에 발 디딜 틈 없이 모여 있었는데, 남자들은 앞에, 여자들은 팔짱을 끼고 뒤에 서 있었다. 키가 크고 비쩍 말랐는데 40일째 단식을 하고 난 뒤라 그런지 눈에서 얼이 빠져나간 듯 보이는 스테파노 신부는 황금빛 미사복을 입고 교회 안을 성큼성큼 걸어 다녔다. 그는 예수의 탄생을 어서 빨리 보고 집으로 돌아가 진한 수프와 소시지, 훈제 고기가 먹고 싶었던지 향로를 흔들며 목소리를 높였다.

성경에서 "오늘, 빛이 났도다"라고 말했더라면 사람들 마음을 감동시키지도 않았을 것이고, 그 생각이 전설이 되지도 않았을 것이며, 온 세상으로 퍼져나가지도 않았을 것이다. 그냥 자연적인 물리현상에 불과할 뿐 우리의 상상력을, 달리 말하면 우리의 영혼을 뒤흔들어놓지도 않았으리라. 그러나 한겨울에 태어난 빛은 아기가 되고, 아기는 예수님이 되었다. 그리고 2천 년 동안 우리의 영혼은 이 아기를 가슴에 품고 젖을 먹여왔다…….

신비스러운 의식은 자정이 지나서야 끝이 났다. 예수가 태어났고, 마을 사람들은 배는 고프지만 행복해하면서 진수성찬을 즐기고 뱃속 가장 깊숙한 곳에서 육화肉化의 신비를 체험하러 서둘러 집으로 돌아갔다. 배는 견고한 토대지만, 배에는 우선 빵과 포도주, 고기가 필요한 것이다. 그런 것들이 없으면 신도 존재할 수 없는 것이다…….

별은 꼭 천사처럼 환하게 빛났고, 은하수는 하늘 이쪽 끝에서 저쪽 끝까지 흘렀으며, 초록별 하나가 우리 머리 위에서 에메랄드처럼 반짝거렸다.

조르바가 나를 돌아다보았다. "보스, 보스는 하느님이 인간이 되어 마구간에서 태어났다는 말을 믿나요? 그걸 믿는 겁니까, 아니면 말도 안 되는 얘기라고 생각하는 겁니까?"

"그건 대답하기 어려운 질문이네요, 조르바. 나는 내가 그걸 믿는다고도, 안 믿는다고도 말할 수 없어요. 당신은 어때요?"

"글쎄요, 그건 나도 마찬가집니다. 내가 무슨 말을 할 수 있겠어요? 어렸을 적에 할머니가 내게 이런저런 얘기를 해주셨는데 난 그걸 전혀 믿지 않았죠. 그렇지만 난 꼭 그 얘기를 믿는 것처럼 감동해서 떨기도 하고 울거나 웃기도 했죠. 나이가 들어 턱에 수염이 나자 나는 이런 얘기가 우스꽝스럽다고 생각해서 다 잊어버렸습니다. 하지만 나이를 먹을 만큼 먹은 지금은 오히려 다시 어린 시절로 돌아간 것 같아요……. 그래서 다시 그런 얘기를 믿기 시작했습니다. 인간이란 참 얼마나 이상한 존재들인지!"

우리는 오르탕스 부인 집으로 통하는 길에 접어들어 꼭 굶주린 말들처럼 걸음을 빨리했다.

"그 신부란 사람들은 얼마나 약았나 몰라요! 그 사람들은 우리의 배를 움켜잡지요. 그러니 어떻게 그들을 피할 수 있겠어요? 그들은 우리더러 40일 동안 고기를 먹지 말라고 합니다. 금식을 하라는 거죠. 왜 그러는 줄 압니까? 우리가 고기를 먹고 싶어 하도록 하려고 그러는 겁니다. 이 살찐 돼지들이야말로 정말 약삭빠른 사람들이에요!"

그가 더 빨리 걸었다. "보스, 서둘러요. 지금쯤 칠면조가 먹기 좋게 익었을 겁니다!"

널찍한 더블 침대가 놓인 오르탕스 부인 방에 들어가니 흰색 상보를 씌운 식탁이 놓여 있고, 그 위에는 칠면조가 두 다리를 쫙 벌리고 누워 모락모락 김을 발산했으며, 불을 피운 화덕에서는 열기가 올라왔다.

오르탕스 부인은 머리를 볶고, 넓은 소매에 레이스가 다 해진 색바랜 분홍색 가운을 입고 있었다. 그날 밤에 그녀는 손가락 두 개 두께의 노란색 리본을 주름진 목에 매고, 겨드랑이에 오렌지 꽃물을 아낌없이 뿌렸다.

나는 생각했다. 이 세상 모든 게 다 완벽한 조화를 이루고 있어! 이 세상 만물이 인간과 얼마나 잘 어울리는지 몰라! 예를 들어보자. 이 늙은 카바레 여가수는 평생을 방탕하게 살아왔지만, 이제는 이 외로운 해안에 흘러들어 한 가정의 여자가 베풀 수 있는 일체의 정성과 온기, 사랑을 이 초라한 방에 다 모아놓았어.

정성을 다해 차려놓은 푸짐한 식사, 따뜻하게 불을 켜놓은 화덕, 공들여 화장하고 꾸민 몸, 오렌지 꽃물에서 풍기는 향기……. 너무나 인간적인 이 모든 육체적 즐거움이 믿을 수 없을 만큼 간단하고 신속하게 영혼의 황홀함으로 바뀌었다.

어느 순간 내 두 눈이 눈물로 그렁그렁했다. 내가 이 엄숙한 밤에 이 해변에 혼자 있는 게 아니라 헌신과 애정, 인내를 통해 어머니와 누나, 아내 역할을 다 해내는 여성이 내게 신경을 쓰고 나를 보살핀다는 사실을 문득 깨달은 것이다. 아무것도 필요하지 않다고 생각했던 나는 졸지에 내가 모든 걸 필요로 한다는 사실을 깨달았다.

조르바도 나처럼 감동을 느낀 듯했다. 우리가 방에 들어서기가 무섭게 한껏 모양을 낸 우리 늙은 여가수를 꼭 껴안으며 소리쳤던 것이다. "예수가 태어나셨소! 안녕하시오, 암컷들의 대표시여!"

그가 즐거운 표정을 지으며 나를 돌아다보았다. "보스, 봤지요? 여자가 얼마나 요물인지……. 심지어는 하느님도 감언이설로 속여 넘길 수 있다니까!"

식탁에 앉아 음식을 먹어치우고 포도주를 마셨더니 배가 부르고 기분도 흡족했다. 조르바가 다시 활기를 되찾아 큰 소리로 끊임없이 떠들었다. "먹고 마셔요! 먹고 마시라니까요, 보스! 즐겨요, 노래해요, 우리 젊은 보스 양반! 목동처럼 노래하라니까! '하늘 높은 곳에 계시는 하느님께 영광을!' 예수님이 나셨다는 건 정말이지 굉장한 일이에요. 그러니 그 불쌍한 분이 당신 노래를 듣고 기뻐하시도록 목청껏 노래해요! 이렇게 해서 우리는 그분의 삶을 몹시 고달프게 만들 수 있어요!"

그는 이제 아무도 말릴 수 없을 정도로 신바람이 났다. "예수님이 태어나셨습니다, 현명한 솔로몬이여, 나의 백면서생이시여! 세상사 이것저것 너무 꼬장꼬장하게 따지지 말자고요! 예수님이 태어났어요, 안 태어났어요? 자, 쓸데없는 잡생각 하지 마세요. 그분은 분명히 태어났으니까. 언젠가 어떤 기술자가 해준 얘기인데…… 돋보기로 보듯이 물속을 들여다보면 맨눈으로는 안 보이는 아주 작은 벌레들이 우글거린다고 해요. 벌레를 보면 물 못 마시지요. 물 못 마시면 목이 마른 거고……. 돋보기를 깨버려요. 그 빌어먹을 물건을 깨버리라고요, 보스. 그럼 벌레들이 순식간에 사라지면서 물도 마실 수 있고, 갈증도 해결할 수 있는 거지!"

그는 얼룩덜룩하게 화장을 한 오르탕스 부인 쪽으로 돌아앉더니 술이 가득 찬 술잔을 들어 올리며 말했다. "오, 나의 성모 마리아여, 나의 절친이여, 그대의 건강을 위해 이 잔을 들어 올릴랍니다! 나는 지금까지 살아오면서 수많은 선수상船首像을 보았지요. 그것들은 뺨과 입술을 빨갛게 칠하고 두 손으로 젖가슴을 움켜쥔 채 뱃머리에 고정되어 있었습니다. 항구란 항구는 다 들르며 오대양 육대주를 누비다가 수명이 다하면 선장들이 술을 마시러 오는 어부들의 술집에서 벽에 몸을 기댄 채 남은 생을 마치지요.

자, 바다의 여신이시여, 오늘 이렇게 배부르게 먹고 취하도록 마시다 보니 당신이 꼭 큰 배의 선수상처럼 보이는군요. 오, 나의 부불리나, 난 당신의 마지막 항구요, 선장들이 술을 마시러 오는 선술집입니다. 자, 내게 의지해요! 내게 닻을 내리라고요! 자, 당신의 건강을 위해 잔을 들겠습니다, 나의 세이렌이여!"

감격한 오르탕스 부인은 울음을 터트리며 조르바의 어깨에 머리를 기댔다.

조르바가 내 귀에 대고 속삭였다. "멋진 연설을 했으니 난 이제 곧 골치 아픈 일을 겪게 될 겁니다. 오늘 밤 저 여자가 날 그냥 보내주지 않을 테니까요. 하지만 난 불쌍한 여자들을 보면 마음이 짠해져서 견딜 수가 없는걸요!"

그가 자신의 세이렌을 돌아보며 우레 같은 소리로 외쳤다. "예수님이 태어났소! 자, 우리 건강을 위해 건배!"

그는 오르탕스 부인의 겨드랑이에 팔을 집어넣었고, 두 사람은 꼭 얼싸안은 채 황홀한 눈길로 서로를 바라보며 단숨에 술잔을 비웠다. 해가 막 떠오를 무렵 나는 두 사람을 작고 아늑한 방에 남겨놓고 혼자 오두막으로 돌아왔다. 실컷 먹고 마신 마을 사람들은 이제 겨울 하늘에 뜬 별 아래서 덧문을 닫아놓은 채 잠들어 있었다.

날이 추웠다. 바다에서는 파도가 노호했으며, 금성이 동쪽 하늘에서 교태를 부리며 까불댔다. 나는 바닷가를 따라 걸으며 파도를 회롱했다. 파도가 나를 적시려고 덤벼들 때마다 피해서 달아났다. 나는 행복해하며 이렇게 중얼거렸다. "진정한 행복이란 이런 거야. 아무 야망이 없으면서도 꼭 이 세상 야망이란 야망은 다 품은 것처럼 죽어라 일하는 것. 사람들에게서 멀리 떨어져 사는 것, 사람들을 필요로 하지 않되 그들을 사랑하는 것. 성탄절 날 실컷 먹고 진탕 마신 다음 일체의 유혹을 떨쳐버리고 별은 머리 위에, 뭍은 왼쪽에, 그리고 바다는 오른쪽에 두고 홀로 시간을 보내는 것. 그러다가 삶이 가슴속에서 마지막 위업을 이룩했다는 것을, 즉 삶이 한 편의 동화가 되었다는 사실을 문득 깨닫는 것."

며칠이 지나갔다. 나는 소리도 지르고 장난도 치면서 용기를 내려고 애썼다. 그러나 내 마음속 가장 깊은 곳에서는 슬픔이 느껴졌다. 축제가 계속된 일주일 동안 추억이 밀려들어 내 마음을 음악으로 가득 채우고 사랑하는 존재들을 불러냈다. 인간의 마음은 피로 가득 채워진 도랑이며, 내가 사랑했던 고인들은 거기로 기어올라 우리의 피를 마시고 생기를 되찾는다는 고대의 전설이 그르지 않다는 사실을 다시 한 번 깨달았다. 우리가 소중하게 생각하는 고인일수록 우리의 피를 더 많이 마신다고 한다.

선달그믐 날. 마을 아이들이 커다란 종이배를 들고 시끌벅적하게 우리 오두막으로 몰려오더니 날카롭지만 즐거운 목소리로 칼란다(그리스 성가. 그리스 어린이들은 섣달그믐 날 집집마다 무리 지어 돌아다니며 칼란다를 부르고 선물을 받는다. 그리스정교에서 12월 31일은 성 바실리우스의 날)를 부르기 시작했다. 학자였던 바실리우스 성자는 펜과 종이를 들고 카이세리(터키 남부의 도시)를 떠나 쪽빛 파도가 넘실거리는 이 크레타 해안에 도착했다. 그리고 그를 기리는 바실리우스 성가는 조르바와 나 자신, 그리고 상상 속에 존재하는 '귀부인'을 찬양했다.

나는 아무 말 없이 노래를 듣기만 했다. 내 가슴에서 또 한 장의 꽃잎이, 또 한 해가 떨어져나가는 것 같은 기분이 들었다. 나는 어두운 구덩이 속으로 한 걸음 또 내디뎠다.

긴 북을 두드리며 아이들과 함께 노래하던 조르바가 물었다.
"무슨 일이에요, 보스? 무슨 일이 있었냐고요? 안색이 영 좋지 않은 게 며칠 사이에 폭삭 늙어버린 것 같네요. 오늘 같은 날 밤이면 난 다시 어린애가 된 듯한 느낌이 듭니다. 예수님처럼 다시 태어나는 거지요. 예수님은 해마다 다시 태어나지 않나요? 나도 마찬가집니다."

나는 침대에 누워 눈을 감았다. 그날 밤 나는 마음이 싱숭생숭

해서 아무 말도 하고 싶지 않았다.

잠이 오지 않았다. 그날 밤 꼭 내가 해왔던 행동에 대해 설명해야만 할 것 같았다. 나의 삶 전체가 불확실하고 지리멸렬한 상태로 기억에 다시 떠올랐고, 나는 절망스러운 기분으로 그 삶을 생각했다.

나의 삶은 바람에 흩어지는 솜털 구름처럼 끊임없이 모습을 바꾸었다. 흩어졌다 다시 모이고, 모였다가 다시 흩어지고, 또다시 모여 백조와 개, 악마, 전갈, 원숭이로 모습을 바꾸었다. 그리고 무지개를 안은 구름은 바람에 밀려 끊임없이 풀어헤쳐지다 사라지기를 되풀이했다.

내가 지금까지 살아오면서 나 자신에게 던졌던 질문들은 아무 대답이 없는 상태로 남아 있을 뿐만 아니라 한층 더 복잡해지고 심화되었다. 그리고 내가 절실한 심정으로 품었던 희망들도 점점 더 시들해지면서 변질되어버렸다.

날이 밝았다. 그러나 눈을 뜨지 않은 채 초조함을 억누르며 뇌의 단단한 껍데기를 뚫고 인간이라는 물방울을 드넓은 대양으로 실어 나르는 저 어둡고 위험한 해협으로 들어가려고 애썼다. 어서 빨리 장막을 찢어버리고 새해가 내게 무엇을 가져다줄 것인지를 보고 싶었다.

"안녕하시오, 보스. 새해 복 많이 받으시길!" 조르바의 목소리가 불현듯 나를 다시 현실로 데려갔다. 내가 눈을 뜨는 순간 조르바가 굵은 석류 하나를 오두막집 문에 집어던졌다. 루비처럼 생긴 빨간 석류들이 내 침대에까지 날아와 몇 개 주워 먹었더니 목구멍이 쇄락해졌다.

조르바가 기분이 몹시 좋은 듯 소리쳤다. "새해에는 돈 많이 벌어서 예쁜 계집들 옆에 끼고 신나게 한번 놀아봤으면 좋겠네요, 보스!"

그는 세수하고, 면도하고, 갖고 있는 옷 중에서 제일 좋은 옷(초록색 바지, 회색 재킷, 반쯤 해진 양피 외투)으로 차려입었다. 아스트라칸산 모피로 된 모자를 쓰고 난 그는 수염을 비비 꼬며 말했다.

"보스, 오늘은 회사 대표로 교회에 나가볼까 해요. 사람들이 우리를 프리메이슨단 단원 정도로 알아서 좋을 건 없으니까요. 그래 봤자 뭐 돈 드는 일도 아니고, 게다가 시간을 보내기엔 안성맞춤이지요."

그는 내게 윙크를 하고 나서 고개를 숙였다. "어쩌면 거기서 과부를 만날 수 있을지도 모르겠습니다."

하느님, 회사의 이익, 과부, 이 모든 것이 조르바의 머릿속에서 복잡하게 뒤얽혔다. 나는 그의 가벼운 발걸음이 멀어져가는 소리를 듣고 침대에서 펄쩍 뛰어 일어났다. 마법이 풀리면서 내 영혼은 다시 영혼의 감옥에 갇히고 말았다.

옷을 입고 바닷가로 나갔다. 나는 마치 어떤 위험이나 죄악에서 벗어난 사람처럼 즐거운 기분으로 빠르게 걸었다. 아직 닥치지도 않은 미래를 엿보려고 했던 아침의 내 생각이 문득 신성모독처럼 느껴졌다.

어느 날 아침, 소나무에 매달린 누에집을 본 기억이 났다. 누에집의 껍질이 갈라지면서 나비가 거기서 나올 준비를 하고 있었다. 나는 계속 기다렸지만, 나비는 나올 생각을 하지 않았다. 초조해졌다. 나는 허리를 숙여 입김으로 나비를 덥혀주었고, 본래 나비가 누에집에서 나오는 속도보다 더 빠른 속도로 내 눈앞에서 기적이 일어나기 시작했다. 껍질이 완전히 갈라지고 나비가 거기서 나왔다. 그러나 나는 바로 그 순간 나를 사로잡았던 공포를 영원히 잊지 못할 것이다. 나비의 날개는 딱 달라붙어 있었고, 나비는 작은 몸뚱이를 바들바들 떨면서 날개를 펴려고 무진 애를 썼지만 허사였다. 나는 입김을 불어 나비를 도와주려 했으나 아무 소용없었다. 나비는 햇볕을 받으며 서서히 자라나 껍질을 깨고 나와야만 했던 것이다. 하지만 그러기에는 이미 때가 늦었다. 내가 입김을 불어넣는 바람에 나비는 다 자라지도 못한 채 쭈글쭈글한 상태로 누에집에서 나와야만 했던 것이다. 때가 되기도 전에 누에집에서 나온 나비는 절망적으로 몸을 떨다가 몇 초 뒤 내 손바닥에서 죽고 말았다.

솜털이 보송보송한 나비의 시체만큼 내 양심을 무겁게 짓누른 건 없었던 듯하다. 나는 자연의 법칙을 거스르는 것이야말로 영원토록 용서받지 못할 죄라는 사실을 지금에서야 마음 깊이 깨닫는다. 우리는 오래도록 지속되는 이 자연의 리듬을 믿고 따라야만 하는 것이다.

나는 바위에 걸터앉아 차분한 심정으로 새해 아침의 이 같은 생각에 빠져들었다. 나는 생각했다. 내가 새해부터는 신경질적으로 안달하지 말고 내 삶을 다스리게 되기를! 누에집에서 나오는 걸 한시라도 빨리 보고 싶어 너무 서두르는 바람에 결국은 죽이고만 그 작은 나비가 내 눈앞에서 날아올라 내게 길을 보여주기를! 그리고 이렇게 해서 너무 일찍 죽어버린 그 나비가 한 인간의 쌍둥이 영혼을 도와 서두르지 말고 천천히 날개를 펼 수 있도록 도와주기를!

11

기분이 너무 좋아서 벌떡 일어났다. 차가운 바람과 맑은 하늘, 환히 빛나는 바다, 이 세 가지야말로 새해가 내게 주는 선물이었다.

마을로 향했다. 지금쯤 미사가 끝났을 것이다. 한 걸음 한 걸음 옮기면서 나는 이 새해 첫날에 과연 누구를 처음으로 만나게 될지, 과연 어떤 사람이 맨 처음 내 영혼으로 들어와 행운을 안겨줄지 생각하며 막연한 불안을 느꼈다. 나는 생각했다. 양팔에 장난감을 한아름 안은 어린아이일 수도 있고, 이 세상에서 자기가 해야 할 일은 완벽하게 완수한, 소매 넓은 흰 와이셔츠 차림에 아직은 정정한 노인일 수도 있겠지. 걸으면 걸을수록, 마을이 가까워지면 가까워질수록 내 가슴은 더 크게 뛰었다.

돌연 다리에 힘이 풀리는 게 느껴졌다. 마을로 걸어가는데 얼굴색이 몹시 붉은 과부가 엉덩이를 흔들며 올리브나무 아래 모습을 나타낸 것이다. 검은색 머릿수건을 쓴 그녀는 빳빳하게 몸을 세우고 있었다.

그녀는 꼭 흑표범처럼 나긋나긋하게 걸어왔으며, 그녀에게서는 사향이 진하게 풍기는 듯했다. 아, 쥐구멍에라도 숨고 싶다! 나는 이 성난 맹수에게 동정심이란 없으며, 도망치는 것 말고는 달리 방법이 없다는 사실을 잘 알고 있었다. 하지만 어떻게 도망친단 말인가? 과부가 점점 더 가까이 다가왔다. 그녀가 걸어오자 꼭 군대가 행진하는 것처럼 자갈이 요란한 소리를 내며 바드득거렸다. 그녀가 고개를 까닥거리자 머릿수건이 미끄러지면서 칠흑처럼 까맣고 윤이 나는 머리카락이 드러났다. 그녀는 눈꺼풀을 깜박거리며 나를 흘깃 쳐다보다가 미소 지었다. 두 눈에 야성적 부드러움이 깃들어 있었다. 그녀는 여자의 가장 은밀한 비밀인 머리카락을 보여준 게 부끄럽다는 듯 서둘러 머리에 머릿수건을 썼다.

나는 그녀에게 가서 "새해 복 많이 받으세요"라고 인사하고 싶었지만, 광산 갱도가 무너져서 하마터면 죽을 뻔했던 그날 그랬던 것처럼 목이 잠겨 말이 나오질 않았다. 바람이 집을 울타리처럼 둘러싼 갈대를 뒤흔들어놓았고, 겨울 해가 짙은 색깔 잎사귀를 가진 레몬과 오렌지나무를 비추었다. 뜰이 낙원처럼 환하게 빛났다.

과부가 멈추어 섰다. 그러더니 팔을 내밀어 뜰로 통하는 문을 힘껏 밀어서 열었다. 나는 바로 그 순간에 그녀 앞을 지나갔다. 그녀는 고개를 돌리고 또다시 나를 쳐다보며 눈썹을 치켜 올렸다.

그녀는 문을 열어놓은 채 엉덩이를 흔들며 오렌지나무 뒤로 사라졌다.

재빨리 뛰어가서 문을 잠근 다음 그녀를 따라 들어가 허리를 부여잡고 아무 말 없이 함께 침대에 쓰러지는 것……. 남자라면 당연히 이렇게 해야 할 것이다. 우리 할아버지도 그렇게 했을 것이다. 그리고 내 손자도 그렇게 하기를 바란다. 하지만 나는 그냥 거기 장승처럼 서서 어떡할까 머리만 굴렸다.

나는 씁쓸하게 웃으며 중얼거렸다. "다음 생에는 지금처럼 행동하지 않겠지. 자, 이제 가자!"

숲이 우거진 협곡으로 들어섰다. 죽을죄라도 지은 것처럼 가슴이 답답했다. 여기저기 정처 없이 떠돌아다녔으며, 날이 추워서 벌벌 떨었다. 과부의 실룩거리는 엉덩이와 웃음, 눈길, 젖가슴을 머릿속에서 떨쳐버리려고 애썼지만 소용없었다. 나는 그것들이 내 뒤를 쫓아오기라도 하는 것처럼 죽어라 달렸다.

나무엔 아직 잎이 달리지 않았지만, 눈은 수액으로 가득 차 부풀어 올랐다. 하나하나의 눈 속에서는 아직은 뭉쳐 있지만 빛을 향해 비약할 준비를 하는 움과 꽃, 연한 과실의 존재가 느껴졌다. 이 한겨울에 메마른 나무껍질 아래에서는 위대한 봄의 기적이 아무 소리 없이 비밀리에 밤낮으로 준비되고 있었다.

문득 나는 기쁨의 탄성을 내질렀다. 내 앞의 땅이 움푹 들어간 곳에선 아몬드나무 한 그루가 꽃을 피워 다른 모든 나무에 앞서 봄을 알리고 있었다.

마음이 한결 가벼워지는 것 같았다. 거기야말로 내가 원하던 곳이었다. 나는 싸한 향기를 가득 들이마신 다음 길을 벗어나 꽃을 피운 잔가지 아래 몸을 둥글게 웅크리고 앉았다.

나는 오랫동안 거기 그러고 앉아 있었다. 그냥 행복할 뿐 아무 걱정도, 생각도 없었다. 영원의 시간 속에서 낙원의 나무 밑에 앉아 있는 듯했다.

바로 그때 굵고 거친 목소리가 들려오는 바람에 나는 이 천국에서 쫓겨났다.

"아니, 지금 거기서 무슨 청승을 떠는 겁니까, 보스? 동네방네 돌아다니면서 찾았는데도 안 보이더니! 열두 시가 다 되어갑니다. 자, 빨리 갑시다!"

"어딜 가자는 거예요?"

"지금 어딜 가는 거냐고 물었어요? 새끼돼지 부인네 집에 가는 겁니다, 허허. 배 안 고파요? 새끼돼지 구이가 방금 가마에서 나왔어요. 냄새가 죽이던데요? 자, 얼른 갑시다!"

나는 일어나서 기적의 꽃을 피워낸 그 신비로운 아몬드나무의 단단한 껍질을 어루만졌다. 조르바는 내 앞에서 활기찬 걸음걸이로 서둘러 걸어갔다. 한시라도 빨리 새끼돼지 구이를 먹고 싶은 모양이었다. 인간의 기본적 욕구(음식, 술, 여자, 춤)는 그의 건강하고 튼튼한 몸속에서 결코 충족된 적이 없었다. 그는 주황색 종이로 싸서 금색 끈으로 묶은 꾸러미를 하나 들고 있었다.

내가 물었다. "새해 선물인가요?"

조르바가 자신의 감정을 감추려고 애쓰면서 웃기 시작하더니 돌아보지도 않고 말했다. "그래야 그 여자가 징징대지 않을 거 아닙니까? 이걸 보면서 잘나가던 시절을 회상할 테니까요……. 여자들이 뭐 다 그런 거 아닌가요? 자기 운명에 절대 만족 못 하지요……."

"그거 혹시 사진이에요? 당신 사진?"

"곧 알게 돼요……. 그러니 서두르지 마세요. 내가 직접 만들었어요. 자, 서두릅시다."

정오의 태양이 인간의 뼈를 덥혀주었다. 바다 역시 태양에 몸을 내맡긴 채 행복해했다. 멀리 엷은 안개에 싸인 듯한 작은 무인도가 바다 위로 솟아올라 이리저리 떠다녔다.

마을에 도착했다. 조르바가 내게 다가오더니 낮은 목소리로 말했다. "보스, 그 여자가…… 누구 얘기인지 알지요……? 그 여자가 교회에 왔더구먼요. 내가 그 여자 앞에 있었지요. 성가대 근처였는데, 갑자기 성상들이 반짝반짝 빛나더니 예수와 성모 마리아, 열두제자를 환히 비추지 않겠어요? 그래서 성호를 그으며 생각했지요. '아니, 이게 무슨 일이지? 해가 비쳐서 그런 건가?' 그러면서 고개를 돌려보니…… 그 과부 때문에 그렇게 된 거였어요."

나는 걸음을 빨리하며 대답했다. "무슨 말도 안 되는 소리를……. 이제 그만하세요!"

하지만 조르바는 아랑곳하지 않고 내 뒤를 바짝 쫓아오며 계속 떠들어댔다. "그 여자를 가까이서 봤지요. 뺨에 애교점이 있더군요. 남자들은 그걸 보면 사족을 못 쓰지요. 여자 뺨에 있는 애교점은 그야말로 하나의 신비입니다!"

그는 얼빠진 사람처럼 눈을 크게 떴다. "봤어요, 보스? 피부가 거울처럼 매끈한데…… 거기 딱 검은 점이 하나 있는 거예요. 그것에 대해 뭐 좀 아는 게 있어요, 보스? 책에는 뭐라고 쓰여 있습니까?"

"그 빌어먹을 책 얘기는 이제 그만하세요!"

조르바는 좋아서 죽겠다는 표정으로 웃음을 터트렸다. "좋아요, 좋아! 당신도 이제 뭔가 감을 잡기 시작한 것 같군요!"

우리는 카페 앞에 멈춰 서지 않고 빠르게 지나쳤다.

오르탕스 부인은 가마에 새끼돼지를 구워놓고 문 앞에서 우리를 기다렸다.

이번에도 노란 리본을 목에 두르고, 얼굴에는 분을 처발랐으며, 입술에는 진홍색 루주를 떡칠한 그녀의 모습은 보는 사람에게 두려움을 불러일으킬 정도로 끔찍했다. 우리를 보자마자 그녀의 살덩어리가 떨리기 시작했고, 장난기 어린 작고 푸른 눈은 깜박거리며 말아 올린 조르바의 수염에 고정되었다. 조르바는 문이 닫히자마자 그녀의 허리를 껴안으며 외쳤다. "새해 복 많이 받아, 우리 부불리나! 자, 이거 좀 봐. 내가 선물 가지고 왔어!"

이렇게 말하면서 조르바는 그녀의 포동포동하고 주름진 목덜미에 입을 맞추었다.

늙은 세이렌은 간지러운 듯 진저리를 쳤지만, 그렇다고 해서 정신을 놓치는 않았다. 그녀는 탐욕스러운 눈으로 선물을 바라보았다. 선물을 받아 들고 금색 끈을 푼 그녀는 그걸 한참 동안 바라보다가 탄성을 내질렀다.

나도 그게 뭔가 궁금해서 허리를 숙이고 들여다보았다. 무뢰한 조르바는 두꺼운 판지에 서로 다른 네 가지 색깔(황금색, 밤색, 회색, 검정색) 깃발이 꽂힌 전함 네 척을 그려놓았다. 풀어헤친 머리와 봉긋 솟아오른 젖가슴, 돌돌 말린 꼬리, 목에 두른 리본, 하얀 알몸을 한 세이렌이 전함 앞 파도 위에 드러누워 둥둥 떠다니고 있었는데, 바로 오르탕스 부인이었다. 그녀는 네 가닥 끈으로 각각 영국, 러시아, 프랑스, 이탈리아 국기를 단 전함 네 척을 묶어 끌어당기고 있었다. 그리고 그림 네 귀퉁이에는 각각 황금색과 밤색, 회색, 검은색 수염이 그려져 있었다.

이 늙은 여자는 그 그림이 무슨 뜻인지 즉시 이해하고 자랑스러운 표정으로 세이렌을 가리키며 말했다. "이건 나야!"

그러고는 한숨을 내쉬었다. "나도 옛날에는 강대국 가운데 하나였는데……."

그녀는 침대 위 앵무새 새장 옆에 걸려 있던 작고 둥근 거울을 떼어내고 그 자리에 조르바가 그린 그림을 걸었다. 진한 화장으로 가려진 그녀의 진짜 얼굴은 분명 창백해졌을 것이다.

그사이에 조르바는 슬그머니 부엌으로 들어갔다. 배가 고팠던 모양이다. 그는 화덕에서 구운 새끼돼지 요리를 쇠로 된 쟁반에 담아가지고 나왔다. 그런 다음 자기 앞에 포도주 병을 올려놓고 잔 세 개에 포도주를 가득 따르더니 손뼉을 치며 소리쳤다. "자, 이리들 와서 먹읍시다! 어찌나 배가 고픈지 뱃가죽이 등에 달라붙을 정돈데 우선 배부터 채우자고요! 그런 다음에 배꼽 저 밑에 뭐가 있는지 한번 봅시다!"

하지만 분위기는 우리 늙은 세이렌이 내쉬는 한숨 소리 때문에 시들해지고 말았다. 매해 정월 초하루가 되면 그녀 역시 자기 나름대로 심판의 날을 맞아 자기 삶을 되돌아보면서 그것을 망쳤다고 생각하는 모양이었다. 연말연시 연휴가 되면 날이 갈수록 숱이 적어지는 그녀의 머릿속에서 되살아난 대도시와 남자들, 실크 드레스, 샴페인 술병, 향기 나는 수염이 무덤에서 뛰쳐나와 소리를 지르기 시작하는 것 같았다.

그녀가 애교 넘치는 목소리로 말했다. "난 입맛이 없네요……. 진짜로…… 전혀 없어요……."

그녀가 화덕 앞에 무릎을 꿇고 앉아 빨갛게 타오르는 석탄을 뒤적거리자 그녀의 늘어진 뺨이 불 같은 색깔을 띠었다. 이마까지 흘러내린 머리카락에 불이 붙었다. 머리카락이 살짝 타서 눌어붙으며 역한 냄새가 방 안을 가득 메웠다.

"안 먹을래요……. 안 먹을 거예요……." 우리가 자신에게 관심을 안 보이자 오르탕스 부인이 또다시 이렇게 중얼거렸다.

짜증이 난 조르바가 주먹을 움켜쥐었다. 그는 한동안 결정을 내리지 못했다. 그녀가 토라져서 투덜대든 말든 새끼돼지 구이를 뜯으며 포도주를 퍼마실 수도 있었고, 아니면 그녀 앞에 무릎을 꿇고 품에 껴안은 다음 달콤한 말로 달랠 수도 있었다. 나는 산전수전 다 겪은 조르바의 얼굴 표정이 바뀌는 걸 보면서 그가 지금 이렇게 할까 저렇게 할까 갈등을 겪는다는 사실을 알아차렸다.

문득 그의 표정이 굳어졌다. 결정을 내린 것이다. 그가 무릎을 꿇고 세이렌의 무릎을 감싸 안더니 애절한 목소리로 말했다. "당신이 먹지 않으면 이 세상이 무너지고 말 거예요……. 그러니 이 불쌍한 세상을 가엾이 여겨 이 새끼돼지 뒷다리를 뜯어봐요!"

그러고는 버터가 줄줄 흘러내리는 바삭바삭한 새끼돼지 다리를 오르탕스 부인의 입에 밀어 넣었다.

그런 다음 그녀를 껴안아 들어 올려 우리 둘 사이에 놓인 의자에 앉히며 말했다. "먹어요. 먹으라고. 그래야 바실리우스 성자께서 우리 마을에 오시지. 잘 알겠지만, 당신이 안 먹으면 성자가 안 오실 거예요. 곧장 자기 고향 카이세리로 가버리실 거야. 펜과 종이, 주현절 과자, 새해 선물, 아이들 장난감, 새끼돼지 구이를 들고 가서 영영 돌아오시지 않을 거라고요. 그러니 그 귀여운 입을 벌리고 먹어요, 어서!"

그는 손가락 두 개를 내밀더니 오르탕스 부인의 겨드랑이에 넣고 간지럽혔다. 늙은 세이렌이 킥킥대며 웃더니 빨갛게 충혈된 눈을 훔치고는 새끼돼지 구이를 우물우물 씹기 시작했다.

바로 그 순간, 발정 난 고양이 두 마리가 우리 머리 위 지붕에서 울었다. 고양이들은 증오에 가득 차서 맹렬하게 울어댔다. 그들의 울음소리는 높아졌다 낮아졌다 하면서 위협적으로 변하는가 싶더니 어느 순간 서로에게 덤벼들어 서로를 갈기갈기 찢어놓으려 했다.

"야옹…… 야옹……." 조르바가 늙은 세이렌에게 윙크하며 고양이 울음소리를 냈다.

오르탕스 부인도 웃으며 식탁 밑으로 슬그머니 조르바의 손을 잡더니 기분이 한결 나아진 듯 입을 크게 벌리고 먹기 시작했다.

석양이 작은 창문을 통해 들어오더니 부불리나의 발에 내려앉았다. 술병이 비었고, 조르바는 고양이처럼 수염을 바짝 세우면서 자신의 암컷 옆에 바싹 다가앉았다. 몸을 웅크렸던 오르탕스 부인은 술 냄새를 풍기는 뜨거운 입김이 자신에게 쏟아지는 것을 느끼고 몸을 떨었다.

조르바가 내게 돌아서더니 말했다. "이 신비는 또 뭐지요, 보스?

난 정말 운이 나쁜 사람인 것 같아요. 아기였을 때는 꼭 늙은이 같았대요. 애가 좀 뚱한 데다 말도 없고, 목소리는 또 어른처럼 걸걸했다는군요. 우리 할아버지랑 좀 비슷했나 봅니다그려! 그러나 나이를 한 살 두 살 먹으면서부터는 점점 더 경솔해졌지요. 스무 살 때부터는 바보짓을 하기 시작했어요. 아, 그렇다고 큰 사고를 친 건 아닙니다. 그 나이 또래 젊은 것들이 저지를 만한 짓이었죠. 오히려 마흔 살이 되자 내가 진짜 청년처럼 느껴져서 별 지랄을 다했지요. 그런데 이제 예순을 넘기고 보니…… 우리끼리라서 하는 얘기입니다만, 내가 올해 예순다섯입니다……. 그러니까 예순을 넘기고 보니…… 이걸 어떻게 설명해야 하지……? 내겐 이놈의 세상이 너무 작게 느껴집니다그려!"

그는 술잔을 들어 올리더니 심각한 표정을 지으며 오르탕스 부인 쪽으로 돌아서서 엄숙한 어조로 이렇게 말했다. "당신의 건강을 위해 한잔합시다, 부불리나! 금년에는 하느님께서 초승달처럼 예쁜 눈썹이랑 이빨을 주시기를, 대리석처럼 새하얀 피부를 주시기를, 그래서 목에 두른 저 리본을 벗겨낼 수 있도록 해주시기를! 그리고 크레타에 다시 한 번 혁명이 일어나서 사대 열강이 함대를 끌고 돌아오기를! 곱슬곱슬한 수염에서 향기가 나는 제독들이 각자 자기 함대를 끌고 오기를! 그리고 나의 세이렌, 당신은 다시 한 번 물속에서 떠올라 사랑의 노래를 부를 수 있게 되기를! 사대 열강의 함대는 이 두 개의 거칠고 둥글둥글한 암초에 부딪쳐 산산조각 나기를!"

그는 큼지막한 손을 또다시 오르탕스 부인의 축 늘어진 젖가슴에 올려놓았다.

다시 한 번 흥분해서 열을 내다 보니 조르바는 목이 쉬고 말았다. 언젠가 나는 터키의 고관이 파리의 카바레에서 얼근히 취한 장면이 나오는 영화를 본 적이 있다. 그는 젊은 금발 여점원을 무릎에 앉혀놓았는데, 그가 흥분하자 그가 쓴 모자에 달린 장식 술이 천천히 들어 올려졌다. 처음에는 술이 수평으로 움직이지 않고 그대로 가만있더니, 갑자기 위로 솟아올라 공중에 똑바로 곧추서는 것이었다.

"왜 웃는 거요, 보스?" 조르바가 물었다.

그러나 오르탕스 부인은 여전히 조르바 얘기에 정신이 팔려 있었다. "오, 조르바, 그렇게 될 수 있을까요? 한번 지나간 청춘은 다시 돌아오지 않는 법인데……."

조르바가 그녀에게 더 바싹 다가앉자 의자 두 개가 서로 닿았다. 그는 오르탕스 부인이 입은 블라우스의 세 번째 단추를, 그 결정적 단추를 풀려고 애쓰면서 말했다. "내 말 좀 들어봐요, 우리 부불리나. 내가 당신에게 해줄 선물에 관해 얘기할게요. 기적을 일으키는 의사가 한 명 있어요. 이 의사가 당신에게 물약이나 가루약을 줄 겁니다. 그럼 당신은 그걸 먹고 스무 살로 돌아가는 거예요. 혹시 일이 잘못되더라도 스물다섯 살은 넘어가지 않아요. 그러니 울지 마요, 우리 부불리나……. 내가 그 약을 유럽에 주문해볼 테니까……."

우리 늙은 세이렌이 깜짝 놀라며 물었다. "그게 정말이에요? 정말이냐고요?"

듬성듬성한 머리칼 사이로 보이는 두피가 반짝거리기 시작하더니 이윽고 빨갛게 빛나며 번들거렸다.

그녀는 포동포동한 팔로 조르바의 목을 끌어안더니 그의 뺨에 자기 뺨을 비벼대며 흥흥거렸다. "자기야, 그게 물약이면 큰 걸로 두 병만 부탁할게……. 그리고 가루약이면……."

그러자 조르바가 세 번째 단추를 풀며 소리쳤다. "한 자루 주문하지!"

한동안 잠잠하던 고양이들이 다시 요란하게 울어대기 시작했다. 한 마리는 구슬프게 울며 애원했고, 또 한 마리는 거칠게 콧숨을 내뿜으며 위협했다.

오르탕스 부인이 하품을 하며 커다랗게 눈을 뜨더니 조르바의 무릎에 앉으며 중얼거렸다. "고양이들 우는 소리 들려요? 저놈들은 창피한 줄도 모르나봐……."

그녀는 한숨을 내쉬며 조르바의 목에 살짝 머리를 기댔다. 술을 좀 많이 마셨는지 그녀의 눈동자가 흐려졌다.

그러자 조르바가 그녀의 젖가슴을 두 손으로 움켜쥐며 물었다. "우리 부불리나, 지금 무슨 생각을 하기에 그렇게 눈가에 눈물이 가득 고인 거요?"

이 세상 안 다녀본 데가 없는 늙은 세이렌이 눈물을 훌쩍이며 대답했다. "알렉산드리아…… 알렉산드리아에서…… 베이루트에서…… 이스탄불에서…… 터키인들, 흑인들, 아이스크림, 터키모자, 가죽 신발……."

그녀가 다시 한숨을 내쉬었다. "알리 베이가 나랑 밤을 보낼 때…… 아! 그 사람의 수염이랑 눈썹은 정말 멋졌지요! 팔은 또 얼마나 우람했는지!…… 그 사람은 피리 부는 사람과 북 치는 사람에게 돈을 주고 마당에서 새벽까지 연주하라고 시켰죠. 이웃사람들은 화가 나서 말했어요. '알리 베이가 또 저 여자랑 밤을 보내는구먼…….'

그러고 나서 이스탄불에서 술레이만 파샤는 금요일에 내가 시내에 나가는 걸 금했답니다. 술탄이 사원에 가는 나를 보고 내 미모에 홀딱 반해서 하렘으로 데려갈까 봐 두려웠던 거죠……. 그리고 아침에 우리 집에서 나갈 때가 되면 흑인 세 명을 문 앞에 세워두었어요. 남정네들이 접근 못 하도록 말이에요……. 오, 우리 술레이만!"

그녀가 작은 손수건을 꺼내더니 마치 바다거북처럼 숨을 헐떡거리며 그걸 깨물었다.

조르바는 화가 난 듯 오르탕스 부인을 옆에 있는 의자에 내려놓고 일어났다. 그 역시 식식거리며 방 안을 두세 차례 왔다 갔다 했다. 방 안에 있는 게 영 갑갑했던 그는 지팡이를 집어 들고 마당으로 나가 벽에 사다리를 대놓았다. 나는 사다리를 두 칸씩 성큼성큼 올라가는 그의 모습을 바라보았다.

내가 소리쳤다. "아니, 지금 누굴 패러 가는 겁니까? 혹시 술레이만 파샤를 족치러 가는 건가요?"

"저 빌어먹을 놈의 고양이들을 혼내주러 가는 겁니다! 도대체 사람을 가만히 놔두질 않잖아요!"

그는 단번에 지붕으로 뛰어올라 갔다.

취한 오르탕스 부인은 머리가 헝클어진 채 수도 없이 키스 세례를 받은 두 눈을 감았고, 잠은 그녀를 번쩍 들어 올려 동방의 큰 도시로, 사랑에 빠진 파샤의 은밀한 정원과 어둠침침한 하렘으로 데려갔다. 그녀는 낚시질하는 꿈을 꾸었고, 낚싯줄 네 개를 던져 전함 네 척을 낚았다고 믿었다.

늙은 세이렌은 바다 공기가 시원한지 잠결에 편안하게 미소 지었다.

조르바가 지팡이를 휘두르며 방으로 들어오다가 오르탕스 부인을 보며 물었다. "자요, 저 여자?"

"네, 자네요. 늙은이들을 회춘시켜주는 잠의 의사 보로노프가 데려갔습니다, 조르바 파샤. 스무 살 때로 돌아가 알렉산드리아와 베이루트를 산책하고 있을 거예요……."

그러자 조르바는 바닥에다 침을 뱉으며 투덜거렸다. "에잇, 빌어먹을 년, 지옥에나 가버려라! 흥, 웃는 걸 보니 좋아 죽겠나 보군? 보스, 우리는 그만 갑시다!"

그는 모자를 쓰고 문을 열었다. 내가 말했다. "이렇게 여자 혼자 놔두고 가는 건 좀 부끄러운 행동 아닌가요?"

그러자 그가 투덜거렸다. "저 여자는 지금 혼자 있는 게 아니에요. 술레이만 파샤랑 같이 있다고요! 보면 모르겠어요? 저 갈보년은 지금 일곱 번째 천국에서 놀고 있는 거라고요! 자, 갑시다!"

우리는 차가운 공기 속으로 나왔다. 달은 맑은 하늘을 평화롭게 떠가고 있었다.

조르바가 역겹다는 듯 소리쳤다. "오, 여자들이란 참! 하기야 그게 여자들 잘못은 아니지. 그건 술레이만이나 조르바 같은 골 빈 남정네들 잘못이야!"

그리고 그는 잠시 후에 덧붙였다. "하기야 그게 또 우리 잘못이라고 할 수도 없어요! 그건 새대가리 같은 뇌를 가진 위대한 술레이만의 잘못이지요! 위대한 조르바의 잘못이라고요! 누군지 알겠지요?"

"그분이 존재한다면 모르겠지만…… 만약 존재 안 하면 어쩌지요?"

"그럼 뭐 어쩔 수 없는 거죠, 뭐!"

우리는 한동안 아무 말 없이 빠른 걸음으로 걸었다. 조르바는 우울한 생각에 빠져 있음에 틀림없었다. 침을 뱉으며 끊임없이 지팡이로 길에 깔린 자갈을 내리쳤던 것이다.

그러더니 갑자기 나를 돌아보며 말했다. "하느님이 우리 할아버지의 유골을 축복해주시기를! 우리 할아버지는 여자를 좀 아는 분이었지요. 그 불쌍한 분은 여자를 좋아했어요. 하지만 여자들은 그분을 평생 동안 힘들게 했죠. 그분은 내게 이렇게 말씀하셨어요. '내가 너에게 해줄 말이 있다……. 그게 뭔가 하면…… 여자를 조심하라는 거다. 하느님이(그 순간에 저주가 내릴지어다!)…… 여자를 창조하기 위해 아담의 갈비뼈를 뽑는 순간 악마가 뱀으로 변하여 샥, 도망치고 말았지……. 하느님이 악마를 쫓아가 붙잡았지만 악마는 뿔만 남기고 하느님 손가락 사이로 빠져나가고 말았단다……. 그러자 하느님이 말씀하시길, 살림 잘하는 여자는 숟가락으로 바느질도 할 수 있는 법, 악마의 뿔로 여자를 만들겠노라. 그리고 여자를 만드셨지. 그리하여 우리는 악마의 노리개가 된 거란다, 알렉시스. 조심해라, 얘야. 여자를 만질 때마다 손에 닿는 건 악마의 뿔이니까 말이다. 여자는 에덴동산에서 사과를 훔쳐 젖가슴 사이에다 넣어두고 으스대면서 걷는 거야! 여자는 저주받아 마땅한 것들이란다! 그 사과를 먹으면 너는 망하는 거야. 자, 그리고 또 무슨 충고를 네게 해줄 수 있을까? 그렇지! 너 하고 싶은 거 하면서 살아! 그게 내가 네게 해줄 수 있는 두 번째 충고다.' 자, 할아버지는 내게 이렇게 말씀해주셨지요. 그러니 내가 어떻게 분별 있게 자라날 수 있었겠습니까? 나는 할아버지랑 똑같이 살았어요. 악마에게 곧장 달려간 거죠!"

을씨년스런 달빛이 희미하게 비치는 마을을 서둘러 지나갔다. 우리는 꼭 술에 취해 한 바퀴 돌아보려고 집 밖으로 나왔다가 세상이 확 바뀐 걸 보고 놀라워하는 사람들 같았다. 길거리는 우유가 흐르는 강으로 변했고, 웅덩이에는 석회가 넘쳐났으며, 산은 눈에 뒤덮여 있었다. 우리 손과 얼굴, 목덜미도 반짝이는 누에의 배처럼 하얗게 빛났다. 달은 마치 다른 나라에서 가져온 둥근 부적 모양으로 우리 가슴에 매달려 있었다.

우리는 빠른 걸음으로 걷다가 결국은 달음박질하는 말처럼 전속력으로 뛰기 시작했다. 술기운 탓인지 몸이 한층 더 가볍게 느껴져 꼭 날아가는 것 같았다. 우리 뒤쪽 잠든 마을에서는 개들이 지붕에 올라가 달을 바라보며 구슬프게 짖어댔다. 우리 역시 아무 이유 없이 목을 내민 채 탄식하고 싶은 생각이 문득 들었다.

우리는 과부의 뜰 앞까지 왔다. 조르바가 걸음을 멈추었다. 그는 포도주와 식사, 달에 취했다. 그가 고개를 들더니 잔뜩 흥분해 즉석에서 지은 것 같은 음탕한 시를 당나귀처럼 굵은 목소리로 읊었다.

> 난 네 예쁜 몸뚱이가 좋아, 허리서부터 그 아래쪽이
> 그 몸이 살아 움직이는 뱀장어를 받더니 단번에
> 죽여버리네!

그가 말했다. "저 과부도 악마의 뿔이에요! 자, 갑시다, 보스!"

우리는 날이 막 샐 무렵 오두막에 도착했다. 나는 기진맥진하여 침대에 그대로 쓰러졌다. 조르바는 세수를 한 다음 화덕에 불을 피워 커피를 끓였다. 문 앞 방바닥에 책상다리를 하고 앉아 담뱃불을 붙인 그는 상체를 꼿꼿이 세운 채 미동도 하지 않고 바다를 응시했다. 뭔가 깊은 생각에 잠긴 듯 얼굴 표정이 진지했다. 영락

없이 내가 좋아하는 일본 그림에 나오는 주황색 가사 차림에 가부좌를 튼 고행자의 모습이었다. 얼굴은 비를 맞아 검게 변한 섬세한 목상처럼 단단하고 반들거리며, 목은 빳빳해 보인다. 그는 아무런 두려움 없이 웃으며 자기 앞의 어둠을 바라보고 있다…….

달빛 아래서 조르바를 보노라니 내 입에서 절로 감탄사가 흘러나왔다. 어쩜 저렇게 과감하면서도 단순하게 세상과 어우러질 수 있을까. 그의 몸과 영혼은 일체를 이루고 있다. 여자와 빵, 뇌, 잠 등 모든 것이 그의 살 속에 자리 잡아 조르바라는 인간을 만들어 낸다. 나는 한 인간과 우주가 저렇게 다정하게 소통하는 것을 결코 본 적이 없다.

연한 초록색을 띤 둥근 달은 이제 서쪽 지평선을 향해 기울어져 갔다. 형언할 수 없는 부드러움이 바다 위로 퍼져나갔다.

조르바는 담배꽁초를 집어던지고 바구니를 뒤지더니 끈과 도르래, 나무토막을 끄집어냈다. 그러고 나서 등잔에 불을 켜고 운반용 삭도를 실험하기 시작했다. 초보 수준의 장난감을 들여다보며 까다로운 계산을 하던 그는 잘 안 되는지 연신 머리를 긁적거리다가 이따금 욕설을 퍼붓기도 했다.

그러다가 갑자기 지겨워졌는지 운반용 삭도 모형을 발로 차서 부숴버렸다.

12

깜박 잠이 들었다. 깨어나 보니 조르바는 벌써 나가고 없었다. 날이 추운 탓에 일어날 엄두가 나지 않았다. 머리 위에 있는 작은 선반에 손을 뻗어, 좋아해서 여기까지 들고 온 말라르메Mallarmée

시집을 집어 들었다. 여기저기 마음 가는 대로 골라 천천히 읽다가 책을 덮었고, 다시 펼쳤다가 결국은 집어던지고 말았다. 그의 시에 핏기도 안 보이고, 냄새도 안 나고, 인간의 본질도 깃들어 있지 않다는 생각이 든 건 그때가 난생처음이었다. 엷게 바랜 청색을 띤 그의 시어들이 속이 텅 빈 채 허공에 매달린 듯한 느낌이었다. 박테리아 하나 없이 순수하지만 또한 영양분도 없는 증류수. 생명이 없는 증류수.

인간의 고독을 미화하고 벽을 장식하는 장식품이나 시적 모티프로 전락하고 만 빈혈 상태의 종교와 흡사한 시. 흙과 씨앗으로 가득한 심장의 혼란스런 격정이 무의미한 지적 유희와 허공에 떠 있는 건축물이 되어버리고 만 것이다.

나는 다시 시집을 펼쳐 읽어보았다. 왜 이 시들이 그토록 오랫동안 나를 열광시켰던 것일까? 순수시여서? 인생은 단 한 방울의 피도 섞이지 않은 반투명하고 희미한 놀음이 되어버렸다. 인간의 본질(사랑, 살, 절규)은 거칠고 불순하고 조잡하다. 그런데 말이다! 그 본질이 추상적 개념으로 바뀌어버린다면, 정신의 도가니 속에서 이런저런 연금술로 형체가 없어지면서 증발해버린다면 어떻게 되겠는가?

나를 그토록 매혹시키던 이 모든 것이 그날 아침에는 사기꾼의 책략에 불과해 보였다! 문명이 멸망할 때는 항상 이렇다. 인간의 고뇌는 매우 정교하게 짜인 속임수(순수시, 순수 음악, 순수 관념)에 도달하는 것이다. 일체의 믿음과 환상을 버리고 더는 아무것도 기대하지 않는 인간은 더는 아무것도 두려워하지 않으며, 자신을 구성하는 흙덩이가 정신이 되는 것을 본다. 그리고 그 정신은 어디에다 뿌리를 내려 수액을 빨아올리고 영양을 섭취할지를 더는 알지 못한다……. 인간은 자신을 비웠기 때문에 정액도, 배설물도, 피도 없다. 모든 것은 언어가 되고, 모든 언어는 음악적 변덕이 된다. 그리고 완전한 고독에 도달한 최후의 인간은 결국 음악을 해체하여 그것으로 소리 없는 수학 방정식을 만든다.

나는 소스라치게 놀라며 소리쳤다. 붓다가 바로 그 최후의 인간이다! 이것이 붓다의 비밀이며 엄청난 의미다. 붓다는 자신을 비운 '순수한' 영혼이다. 붓다는 자신 속에 아무것도 갖고 있지 않다. 그는 '공空'이다. 그는 외친다. "네 육신을 비워라, 네 정신을 비워라, 네 가슴을 비워라!" 그가 발을 내딛는 곳에는 물도 솟아나지 않고, 풀도 자라지 않고, 아이도 태어나지 않는다.

나는 생각한다. 주술과 비유의 마법을 걸어 그를 포위하고, 그를 유혹하고, 그를 나의 내장에서 몰아내야 해! 그에게 언어의 그물을 던져 그를 잡고 그에게서 나를 해방해야 해!

'붓다'를 쓰는 일은 더는 문학적 유희가 아니었다. 그것은 내 안에 매복한 엄청난 파괴적 힘과의 싸움이었으며, 내 마음을 고통스럽게 만드는 거대한 부정과의 싸움이었다. 내 삶은 이 싸움의 결과에 좌우되는 것이었다.

나는 만족스러워하며 원고에 달려들었다. 난 목표를 찾아냈고, 정확히 어디를 겨냥해야 하는지를 알았다. 붓다는 최후의 인간이다. 그러나 우리는 이제 겨우 시작했을 뿐이다. 우리는 아직 먹지도, 마시지도 않았고, 충분히 사랑하지도 않았다. 우리는 아직 채 살지 않은 것이다. 빈사 상태의 이 섬약한 노인은 우리를 너무 빨리 찾아왔다. 그가 어서 빨리 물러가기를!

나는 마음속으로 이렇게 소리쳤다. 그리고 그걸 글로 쓰기 시작했다. 그건 글쓰기가 아니라 전쟁이요, 무자비한 추격전이요, 포위 공격이요, 굴에서 짐승을 몰아내기 위한 주문이었다. 예술이란 사실 하나의 의식이기 때문이다. 우리의 내장에는 어두운 살상의 힘이, 불순한 본능이 도사렸다가 우리로 하여금 죽이고 파괴하고 증오하고 더럽히도록 부추긴다. 그때 예술이 갈대 피리로 감미로운 곡조를 불며 나타나 우리를 해방시킨다.

나는 온 힘을 쏟으며 하루 종일 글을 썼다. 저녁때쯤에는 지칠 대로 지쳤지만, 그래도 어느 정도 진전을 보아 몇 개 정도는 적의 진지를 점령했다고 자신한다. 나는 조르바가 돌아오기를 초조하게 기다렸다. 그래야 먹고 잠을 자 힘을 축적함으로써 새벽부터 다시 싸움에 나설 수 있기 때문이다.

조르바는 땅거미가 내릴 무렵 돌아왔다. 그의 얼굴이 환하게 빛났다. 나는 생각했다. 이 사람 역시 해답을 찾은 모양이군! 나는 기다렸다.

얼마 전에 나는 조바심이 나서 짜증스러운 어조로 그에게 이렇게 말했다. "돈이 거의 다 떨어져가요, 조르바. 그러니 해야 할 일이 있으면 최대한 빨리 해야만 해요. 운반용 삭도를 설치하세요. 갈탄 파내는 게 잘 안 되면 목재로 만회하자고요. 안 그러면 파산이에요!"

조르바가 머리를 긁적였다. "진짜 돈이 다 떨어졌어요, 보스? 큰일이네!"

"이제 한 푼도 없어요. 다 써버렸다고요, 조르바. 계산해보면 알 거 아닙니까? 운반용 삭도 실험은 어떻게 되어가나요? 아직 더 기다려야 합니까?"

조르바는 고개를 숙인 채 아무 대답도 하지 않았다. 그는 창피해하면서 무슨 일이 있어도 이 실험을 마무리 짓고 말겠다고 스스로에게 약속했던 모양이다. 그리고 그날 저녁 희색이 만면해 돌아온 것이다.

그가 멀리서 소리쳤다. "보스, 해냈어요! 정확한 경사도를 찾아냈다고요! 이 못된 놈이 손가락 사이로 자꾸 도망치려 하기에 꽉 붙잡아놓았습니다그려!"

"그럼 빨리 시작해요! 서둘러야 해요, 조르바! 뭐 필요한 게 있나요?"

"내일 아침 일찍 이라클리온에 가서 필요한 장비를 구입해야겠어요. 굵은 케이블이랑 도르래, 베어링, 못, 고리……. 금방 갔다 올게요."

그는 단번에 불을 켜서 요리를 했고, 우리는 신나게 먹고 마셨다. 우리 두 사람 모두 그날은 밥값을 제대로 해낸 것이다.

다음 날 아침 나는 조르바와 함께 마을로 갔다. 우리는 실제적 문제들과 갈탄광 채굴 작업에 관해 담담하게 얘기를 나누었다. 비탈길을 내려가면서 조르바가 돌멩이를 걷어차자 돌멩이가 비탈길을 구르기 시작했다. 그는 그처럼 놀라운 광경은 평생 처음 본다는 듯 걸음을 멈추고 바라보았다. 그러다 나를 돌아보았고, 나는 그의 눈길에서 가벼운 놀라움을 읽을 수 있었다.

결국 그가 내게 말했다. "봤어요, 보스? 비탈에서 돌멩이가 생명을 얻는군요!"

나는 아무 말도 하지 않았지만, 내심 무척이나 즐거웠다. 위대한 견자見者들과 위대한 시인들은 이렇게 모든 것을 처음 본 것처럼 본다. 그들은 매일 아침 새로운 세계가 자기 앞에 나타나는 것을 본다. 새로운 세계를 발견하는 것이 아니라 만들어내는 것이다.

최초의 인간들이 그랬던 것처럼 조르바에게도 이 세계는 구체적 환상이었다. 별들이 그를 스쳐 지나갔고, 바다가 그의 관자놀이에서 부서졌다. 그는 중재자 없이, 그리고 이성에 의해 왜곡되지 않으면서 땅이 되고, 물이 되고, 동물이 되었다.

오르탕스 부인은 미리 연락을 받고 문 앞에서 우리를 기다리고 있었다. 화장을 하고 분을 바른 그녀는 왠지 불안한 표정이었다. 그녀는 꼭 토요일 밤의 콘서트 카페 같았다. 문 앞에 나귀가 준비되어 있었다. 조르바가 나귀에 올라타더니 고삐를 움켜쥐었다. 우리의 늙은 세이렌이 슬그머니 다가가더니 자신의 친구가 떠나는 걸 막고 싶어 하는 듯 통통한 손으로 나귀의 가슴을 눌렀다.

그녀는 발돋움을 하며 속삭이듯 말했다. "조르바…… 조르바……."

조르바는 고개를 돌려버렸다. 애인이 길 한가운데서 그렇게 코맹맹이 소리를 내며 애교를 떠는 게 영 맘에 안 드는 모양이었다. 우리 불쌍한 부인은 조르바의 표정을 보고 겁을 먹었다. 그러나 노새의 가슴에 갖다 댔던 손은 애원의 뜻으로 여전히 떼지 않았다.

조르바가 짜증 난다는 표정으로 물었다. "아니, 도대체 왜 이러는 거야?"

그러자 그녀가 애원하듯 중얼거렸다. "조르바, 제발요……. 제발 날 잊지 마세요……."

조르바는 아무 대답 없이 고삐를 흔들었다. 노새가 걷기 시작했다.

내가 소리쳤다. "잘 갔다 와요, 조르바! 사흘 뒤에는 꼭 와야 해요! 하루라도 늦으면 안 됩니다!"

그는 돌아서서 내게 손짓을 했다. 늙은 세이렌은 울고 있었다. 눈물이 진하게 화장한 그녀의 얼굴에 깊은 골을 만들었다.

"알았어요, 보스! 약속 지킬게요!" 조르바가 이렇게 소리쳤다.

그는 올리브나무 아래로 사라졌다. 오르탕스 부인은 자기 몸속에 있는 눈물이란 눈물은 다 쏟아내고 말겠다는 듯 엉엉 울었다. 이 불행한 여인은 사랑하는 애인이 편안히 앉아서 갈 수 있도록 안장에 씌워놓은 빨간색 모포가 은빛 나뭇잎 사이로 조금씩 사라져가는 것을 지켜보았다. 그러다가 그 모포는 시야에서 완전히 사라졌다. 그녀는 주위를 둘러보았다. 세상이 텅 비어버렸다.

나는 해변으로 돌아가지 않고 산 쪽으로 갔다. 가파른 길에 들어서려고 하는데 나팔 소리가 들려왔다. 우체부가 마을에 도착했다는 걸 알리는 소리였다.

우체부가 내게 손을 흔들며 소리쳤다. "선생님!"

그가 내게 다가오더니 신문과 잡지가 든 꾸러미와 편지 두 통을 내밀었다. 그중 한 통은 밤에 하루가 끝나고 마음이 좀 편안해질 때 읽으려고 즉시 호주머니에 집어넣었다. 편지를 누가 보냈는지 알고 있던 나는 기다리는 즐거움을 더 오랫동안 누리려고 편지 읽는 걸 뒤로 미루었다.

나머지 편지 한 장도 날카롭고 힘찬 필체와 이국적 우표로 보아 발신인이 누구인지 알 수 있었다. 카라얀니스라는 이름의 옛 동창이 아프리카에 있는 탕가니카 근처 산중에서 보낸 것이었다.

그는 퉁명스럽고 괴팍한 친구로서 피부가 거무스레했으며, 이빨이 희고 뾰족했다. 송곳니 하나는 꼭 멧돼지 어금니처럼 톡 튀어나와 있었다. 그는 말을 하는 게 아니라 소리를 질렀다. 토론을 하는 게 아니라 싸웠다. 그는 크레타에서 어린 나이에 수단을 입고 신학 교사로 일하다가 고향을 떠났다. 그는 제자 한 명과 그렇고 그런 사이가 되었는데, 어느 날 들판에서 키스를 하다가 들키는 바람에 따돌림을 받는 신세가 되었다. 바로 그날 그는 환속하여 배를 탔다. 아프리카에 사는 친척 집에 가서 죽어라 일만 한 그는 밧줄 공장을 차려 부자가 되었다. 그는 이따금 내게 편지를 보내어 자기랑 같이 6개월만 지내자고 말했다. 그가 보낸 편지를 열 때마다 나는 글씨로 가득 채워 실로 묶어놓은 그 편지에서 머리카락이 곤두설 정도로 격렬한 돌풍이 일어 내게 밀려오는 걸 느끼곤 했다. 그를 만나러 아프리카에 가겠다는 결심은 시간이 지날수록 더 커졌지만, 막상 그 결심을 실행에 옮기지는 못했다.

길에서 벗어나 바위에 앉은 나는 편지를 읽기 시작했다.

——— 그리스라는 나라에 달라붙은 굴과도 같은 자여, 도대체 언제쯤이나 아프리카에 오겠다는 결심을 하려는 건가? 내가 잘못 아는 게 아니라면, 자네 역시 결국은 진짜 그리스 사람이 되고 말았군. 카페에서 자네 인생을 보내니까 말일세. 카페가 엄격한 의미의 카페만 가리킨다고 생각하지는 말게. 카페는 또한 독서라든가 관례, 이념을 의미하기도 한다네. 오늘은 일요일, 일을 안 하는 날이라서 내 땅에서 자네를 생각한다네. 태양은 작열하는데 비 한 방울 오지 않아 집은 꼭 가마처럼 펄펄 끓어오른다네. 하지만 4월, 5월, 6월, 이 석 달 동안은 비가 또 억수같이 쏟아지지.

나는 혼자이고, 그게 좋네. 여기도 그리스인들이 꽤 많이 있지만, 난 그들을 만나고 싶지 않아. 빌어먹을 그리스인들 같으니라고. 자네들은 그 빌어먹을 문둥병을 여기에 수입해왔네. 그리스를 망치는 건 바로 그걸세. 물론 노름도 있고, 무지도 있고, 방탕함도 있지.

난 유럽인들을 증오해. 그래서 여기 우삼바라 산맥에서 이렇게 어슬렁거리는 거 아니겠는가. 유럽인들을 증오하지만, 그중에서도 특히 그리스인들과 그들의 나라를 증오하네. 다시는 그리스에는 발을 디디지 않을 걸세. 난 여기서 죽을 걸세. 그래서 우리 집 근처 한적한 산등성이에 내 무덤을 만들어놓았다네. 비석도 세우고, 거기다가 내 손으로 직접 대문자로 비문을 새겨놓기까지 했네.

그리스인들을 증오하는 그리스인,
여기 잠들다

그리스를 생각할 때마다 나는 웃고, 침 뱉고, 욕을 퍼붓고, 운다네. 나는 그리스인들과 그들의 나라를 다시는 보고 싶지 않아서 영원히 내 조국을 떠난 걸세. 난 여기 오면서 내 운명도 데려왔네. 내 운명이 나를 여기로 데려온 게 아니야. 인간은 자기가 하고 싶은 일을 하는 법이니까. 나는 내 운명을 이곳으로 데려와 짐승처럼 일해왔고 지금도 짐승처럼 일한다네. 비 오듯 땀을 흘려왔고 지금도 흘린다네. 나는 땅과 싸우고, 바람과 싸우고, 비와 싸우고, 인부들과 싸우지.

일이 주는 즐거움 말고 다른 즐거움은 없어. 정신노동과 육체노동이 있지만, 나는 특히 육체노동이 좋아. 나를 혹사하고, 땀을 흘리고, 뼈가 으스러지는 소리를 듣는 게 좋아. 나는 돈을 혐오해. 그래서 내가 원하는 대로, 원하는 곳에서 물 쓰듯 돈을 써버린다네. 내가 돈의 노예가 아니고 돈이 나의 노예니까 말일세. 나는 일의 노예이며, 그 사실을 자랑스럽게 생각하네. 나는 영국인들이랑 계약해서 벌목을 하고, 밧줄을 만들고, 지금은 목화도 재배한다네. 그래서 많은 인부들을 고용하는데, 피부색이 각양각색이야. 게으른 자들도 있고, 운명론자들도 있고, 타락한 자들도 있고, 거짓말쟁이들도 있고, 호색한들도 있지. 어젯밤에는 와기와오족과 왕고니족이라는 두 흑인 부족이 패싸움을 벌였다네. 갈보 하나를 두고 말일세. 자존심 때문에 그런 거지. 하기야 그건 그리스인들도 마찬가지지. 욕지거리를 퍼부어대고, 주먹다짐을 벌이고, 몽둥이질을 해대고, 머리가 깨지고…… 여자들이 한밤중에 달려와 나를 깨우더니 재판을 해달라더군. 나는 화를 내면서 악마한테 들렀다 영국 경찰한테나 가보라고 소리쳤네. 하지만 그들은 밤새도록 내 집 문 앞에서 소리를 질러대더군. 그 바람에 결국 나는 아침에 우리 집 계단을 내려가 그들의 싸움을 말려야만 했다네.

내일 월요일 꼭두새벽에는 나무가 울창하고, 차가운 물이 흐르며, 1년 내내 푸르른 우삼바라 숲에 들어갈 생각이네. 자, 그리스인이여. 자네는 도대체 언제 자네의 바빌론에서, '지상에서 벌어지는 온갖 방탕함과 비천함의 원천'인 자네의 유럽에서 빠져나올 텐가? 도대체 언제 나와 함께 이 청정한 산을 올라가려는 건가?

내게는 흑인 여자와의 사이에서 낳은 아이가 한 명 있다네. 딸이야. 어미는 쫓아내 버렸지. 나무 그늘마다 찾아다니며 닥치는 대로 바람을 피워대는 바람에 얼굴을 들고 다닐 수가 없어서 쫓아내 버린 걸세. 하지만 아이는 내가 키우네. 이제 두 살일세. 걸을 수 있고, 말도 시작해서 그리스어를 가르친다네. 제일 먼저 "더러운 그리스인들이여, 그 얼굴에 침을 뱉는다"라는 문장을 가르쳐주었지.

딸애는 나를 닮았는데, 넓은 납작코만 제 어미를 닮았어. 그 애를 예뻐하지만, 그건 고양이나 개를 예뻐하는 것이랑 다를 게 없다네. 자네도 여기 와서 우삼바라 여자 사이에 아들이나 한 명 낳게. 그럼 나중에 내 딸이랑 결혼시킬 수 있을 테니까 말일세! ———

나는 편지를 읽다 말고 무릎에 그대로 놓아두었다. 떠나고 싶다는 욕망이 또다시 내 안에서 솟아올랐다. 이곳을 벗어나고 싶어서 그런 건 아니었다. 이 해변에 있는 게 좋고 편안하기도 하다. 더는 부족할 게 없었다. 다만 죽기 전에 땅과 바다를 최대한 많이 보고 싶다는 욕망이 여전히 내 마음속에 남아 있었다.

나는 일어났다가 생각을 바꾸었다. 산을 오르는 대신 바닷가에 내려가기로 한 것이다. 또 다른 편지가 윗옷 앞주머니에 들어 있는 게 느껴져 도저히 기다릴 수가 없었다. 나는 생각했다. 이 달콤하면서도 고통스러운 기다림은 이 정도로 충분해.

나는 오두막에 도착해 불을 피우고 차를 끓인 다음 빵과 버터, 꿀, 오렌지를 먹었다. 그러고 나서 옷을 벗고 침대에 길게 누워 편지를 뜯었다.

――――― 나의 스승이여, 그리고 이제 막 나의 제자가 된 이여, 잘 있었나?

이곳에는 '하느님' 덕분에 할 일이 많고 또 힘들다네. 혹시 자네가 이 편지를 읽기 시작하자마자 화부터 낼까 봐 이 위험한 단어를 괄호에 집어넣겠네(맹수를 우리 안에 집어넣듯이 말일세). 다시 말하자면 나는 어려운 일을 하고 있네. '하느님' 덕분에 말일세! 50만 명이나 되는 그리스인들 목숨이 카프카스와 러시아 남부 지역에서 위험에 처했네. 그들 대부분이 터키어나 러시아어밖에 할 줄 모르지만, 그들의 가슴은 열심히 그리스어를 한다네. 그들은 우리 동포일세. 탐욕스럽게 생긴 그들의 눈이 반짝이는 것만 봐도, 그들의 영리하고 관능적인 입술이 미소 짓는 것만 봐도, 그들이 고용한 농민들을 상대로 어떻게 주인 노릇을 하는지만 봐도 그들이야말로 자네가 소중하게 생각하는 율리시즈Ulysses의 진짜 후예라는 사실을 알 수 있지. 그러니 우리는 그들을 사랑할 수밖에 없네. 그들이 멸망해가도록 내버려둘 수는 없어.

왜냐하면 지금 그들은 멸망해가거든. 가진 걸 다 빼앗겼고, 먹을 게 없어서 굶고 있어. 한쪽에서는 볼셰비키들에게, 또 다른 쪽에서는 쿠르드족들에게 박해당한다네. 사방에서 몰려온 피난민들이 그루지야와 아르메니아의 몇몇 도시로 모여든다네. 먹을 것도 없고, 입을 옷도 없고, 의약품도 없어. 이들은 항구에 모여 자기들을 태워 조국 그리스로 데려갈 그리스 배들이 나타나기를 간절히 기다리며 불안한 심정으로 수평선만 바라본다네. 나의 스승이여, 우리 동포의 일부가, 우리 영혼의 일부가 공포에 사로잡혀 있단 말일세.

만일 그들이 그들의 슬픈 운명을 맞도록 그냥 내버려둔다면 그들은 멸망하고 말 거야. 그들을 구해서 우리 자유로운 조국 땅으로, 즉 저 위 마케도니아 변방과 더 멀리 떨어진 트라케 변방으로 이주시키려면 우리에게는 큰 사랑과 이해심, 열의, 실용 정신(자네는 열의와 실용 정신이 합쳐져야 한다고 말하곤 했지)이 필요하네. 이 일을 반드시 해내야 돼. 그래야만 몇십만 그리스인들의 목숨을 구할 수 있을 것이며, 동시에 우리 자신도 구할 수 있을 걸세. 여기 도착하자마자 나는 자네 가르침의 원칙에 따라 원을 하나 그리고, 그 원에 '나의 의무'라는 이름을 붙였네. 그러고 나서 다짐했네. 내가 이 원 전체를 구하면 나도 구원받겠지만, 만일 그러지 못하면 나도 파멸하고 말 거야. 바로 이 원 속에 50만 명의 그리스인들이 있는 걸세.

나는 이 도시 저 도시, 이 마을 저 마을 돌아다니며 그리스인들을 모으고, 보고서를 쓰고, 전보를 치고, 배와 식량, 옷가지, 의약품을 보내주고 이 사람들을 그리스로 수송해달라고 당국자들을 설득한다네. 이처럼 집요하게 싸우는 것이 행복이라면, 나는 행복하네. 자네가 말했던 것처럼 내가 내 행복을 내 키에 맞게 재단했는지 그건 잘 모르겠네. 그랬으면 좋긴 하겠지. 그건 곧 내 키가 커졌다는 걸 의미할 테니까. 그렇지만 내 키가 너무 커지진 않았으면 좋겠어. 내 행복에 맞는 키보다, 말하자면 그리스의 가장 먼 변경을 넘어서까지 커지는 건 원치 않으니까 말일세. 하지만 이론적 얘기는 그만두세……. 자네는 지금쯤 크레타 해변에 드러누워 바다 소리와 산투리 소리를 듣겠지? 자네는 시간이 널널하지만 나는 그렇지 못하네. 나는 이런저런 일을 하느라 눈코 뜰 새 없이 바쁘지만, 그게 좋아. 행동하는 것 말고 다른 방법은 없네. 처음에도 행동, 마지막에도 행동…….

지금 내가 가진 생각은 간단하고 일관된다네. 폰토스와 카프카스 주민들, 카르스의 농부들, 트빌리시와 바툼, 노보로시스크, 로스토프, 오데사, 그리고 크리미아의 장사꾼들은 모두 우리 동포야. 그들도 우리처럼 콘스탄티노플을 수도로 생각하지. 우리 모두는 같은 우두머리를 모신다네. 자네는 그를 율리시즈라고 부르고, 다른 사람들은 콘스탄티누스 팔라이올로구스Constantinus Palaiologus라고 부르지. 투르크와 싸우다 죽은 콘스탄티누스 팔라이올로구스 말고 전설 속에서 대리석으로 새겨진 콘스탄티누스 팔라이올로구스(1453년 터키인들에 맞서 콘스탄티노플을 지키려다 죽은 마지막 비잔틴 황제. 전설에 따르면 천사들에 의해 대리석상으로 만들어졌다가 그리스인들이 그들의 옛 수도를 탈환하는 날 부활한다고 한다) 말일세. 자네만 괜찮다면 나는 우리 민족의 우두머리 되시는 이분을 아크리타스(디게니스 아크리타스Digenēs Akritās를 말한다. 근대 그리스어로 쓰인 최초의 문학 텍스트이자 그리스인들에 의해 최초의 건국 서사시로 간주되는 11세기의 동명 서사시에 등장하는 영웅이다. 디게니스라는 이름에는 '두 민족'이라는 뜻이 있는데, 어머니는 그리스인이며, 아버지는 기독교로 개종한 아랍인이기 때문이다. 아크리타스('아크리'라는 단어는 '국경'을 뜻한다)라는 성은 그가 동쪽 국경에서 비잔틴 왕국을 지켜내려고 싸웠기 때문에 붙여졌다)라고 부르고 싶네. 나는 이 이름이 더 맘에 들어. 더 위엄 있고 전투적이라서 말야. 이 이름만 들어도 완전무장하고 국경과 변방에서 끊임없이 싸우는 헬레네의 모습이 떠오르지 않는가? 국가적·문화적·영적 국경에서 말일세. 여기다 디게니스라는 이름까지 더하면 동양과 서양의 놀라운 종합인 우리 민족의 역사를 더 잘 설명할 수 있겠지.

나는 지금 인근 마을에 사는 그리스인들을 모으러 카르스에 와 있네. 도착하는 날, 쿠르드족이 성문에서 신부와 교사를 잡아다가 나귀의 발에 편자를 박는 것처럼 그들의 발에 편자를 박았다네. 그리스 사람들은 겁에 질려 내가 묵는 집으로 모여들었네. 쿠르드족이 쏘는 대포 소리가 점점 더 가까이 들려오는군. 꼭 내게 그들을 구해줄 힘이라도 있는 것처럼 다들 나만 바라본다네.

본래는 내일 트리빌시로 가야 하지만, 이렇게 위험에 처한 동포들을 내버려두고 간다는 게 영 부끄럽군. 그래서 안 가기로 했네. 겁이 안 난다고는 하지 않겠네. 나도 겁이 나네. 다만 그게 부끄러운 거지. 렘브란트의 전사도 나랑 똑같이 행동하지 않았을까? 그도 안 가고 남아 있었을 걸세. 그래서 나도 남기로 했네. 쿠르드족이 마을에 들어오면 너무나 당연하게도 가장 먼저 나부터 붙잡아서 발에 편자를 박을 거야. 존경하는 스승이시여, 당신의 제자가 나귀와 똑같은 최후를 맞게 될 줄은 꿈에도 몰랐을 것이네.

그리스 사람들이 늘 그러듯이 회의를 거듭한 끝에 우리는 모두가 나귀와 말, 소, 양, 여자들과 아이들을 데리고 동이 트자마자 바로 북쪽으로 떠나기로 결정했다네. 나는 맨 앞에서 걸을 걸세. 양 떼를 이끌고 가는 숫양처럼.

전설적 이름을 가진 산맥을 넘고 평원을 지나는 민족의 대이동. 나는 신에게 선택받은 민족을 약속의 땅으로……(자네는 그리스를 그렇게 부르지……) 인도하는 가짜 모세가 될 걸세. 물론 내게 주어진 이 임무를 무사히 완수하여 자네 체면을 지켜주려면 이 우아한 각반은 벗어던지고 양가죽으로 된 정강이받이도 두르고, 기름때가 잔뜩 낀 데다가 제멋대로 자란 수염도 길러야겠지. 무엇보다 뿔도 한 쌍 달아야겠지. 하지만 난 자네에게 이런 기쁨을 줄 수가 없네. 내 복장을 바꾸는 것보다는 내 영혼을 바꾸는 게 더 쉬울 거야. 나는 각반을 차고 있어. 말끔하게 면도를 했고, 여전히 미혼일세.

스승이여, 이 편지를 자네가 꼭 받았으면 하네. 어쩌면 마지막이 될지도 모르니까 말일세. 앞일은 이 세상 누구도 모르는 법. 나는 인간들을 지켜준다고 하는 비밀스런 힘을 전혀 믿지 않아. 내가 믿는 건 오히려 악의도, 목적도 없이 좌충우돌하다가 닥치는 대로 죽여 버리는 맹목적인 힘일세. 혹시 내가 이 땅을 떠날지도 모르니(자네나 나 자신을 두렵게 만들 수도 있을 정확한 단어를 사용하지 않기 위해서 '떠난다'라는 단어를 쓰는 것일세), 스승이여, 지금 자네에게 작별 인사를 해야겠네. 이런 말 하려니 쑥스럽네만 어쩌겠는가? 할 말은 해야지. 나, 자네를 깊이 사랑했네. ———

그리고 그 아래에 연필로 급히 갈겨쓴 추신이 붙어 있었다.

추신. 떠나던 날 배 위에서 자네와 했던 약속 잊지 않았네. 걱정하지 말게. 내가 '이 땅을 떠나야 할' 순간이 되면 자네가 어디 있든지

간에 알려줄 테니까.

13

사흘이 지나고, 나흘, 닷새가 지났으나 조르바는 돌아오지 않았다.

엿새째 되는 날, 나는 한 편의 소설이라고 해도 될 여러 쪽짜리 편지를 칸디아로부터 받았다. 편지는 화살에 꿰뚫린 심장이 한쪽 모서리에 그려진 향기 나는 핑크빛 편지지에 쓰여 있었다.

나는 이 편지를 소중히 보관하고 있는데, 여기저기 있는 부자연스런 표현들도 그대로 옮겼다. 다만 틀린 철자법은 나름 애교가 있긴 하지만 그래도 손을 보았다. 조르바는 마치 곡괭이를 잡듯이 펜을 쥐고 힘차게 편지를 써 내려갔다. 여기저기 종이가 찢겨 있거나 잉크 튄 자국이 남은 건 그 때문이다.

———— 자본가 나리이자 친애하는 보스께!

건강하게 잘 지내시지요? 나는 하느님 덕분에 잘 있습니다.

아주 오래전부터 내가 소나 말이 되려고 이 세상에 온 건 아니라는 생각을 하곤 합니다. 먹으려고 사는 건 짐승들뿐입니다. 나는 그런 비난을 받지 않으려고 밤낮으로 일거리를 만들어내기도 하고, 생각을 하느라 끼니를 거르기도 하고, 속담을 비틀어 "남의 돈 2천 냥이 내 돈 한 푼만 못하다"라고 말하기도 합니다.

많은 사람들이 자기가 애국자라고 외칩니다. 그렇게 말하면 자기에게 득이 되거든요. 하지만 나는 내가 애국자가 아니라고 말하지요. 그래서 손해를 보는 한이 있더라도 말입니다. 많은 사람들이 자신들의 나귀를 살찌워 미래를 보장받으려고 천국을 믿지요. 하지만 내게는 나귀도 없고, 미래도 없습니다. 난 지옥을 두려워하지 않아요. 거기서 뒈질 나귀가 없으니까 말예요. 난 천당 가는 것도 원치 않습니다. 거기서 토끼풀을 뜯어 먹을 나귀가 없으니까요. 난 무식해서 내 생각을 어떻게 표현해야 할지 잘 모릅니다. 하지만 보스, 당신은 날 이해할 겁니다.

많은 사람이 죽음을 두려워하죠. 하지만 난 그것을 이겨냈습니다. 많은 사람들이 이런저런 생각을 많이 하지만 나는 생각을 할 필요가 없어요. 나는 선에 대해 기뻐하지도 않고, 악에 대해 슬퍼하지도 않아요. 그리스인들이 콘스탄티노플을 점령했다는 소리도 내게는 터키인들이 아테네를 점령했다는 소리나 마찬가지인 겁니다.

혹시 이 편지를 읽다가 내가 살짝 돈 게 아닌가 생각되면 주저 없이 말해주세요. 칸디아의 가게를 돌아다니며 운반용 삭도에 쓸 케이블을 사는데 문득 웃음이 터져 나왔습니다. 그랬더니 "왜 그렇게 웃는 겁니까?"라고 묻더군요. 하지만 그걸 어떻게 설명할 수 있겠어요? 내가 왜 웃었느냐 하면…… 케이블이 튼튼한지 만져보려고 손을 내미는 순간 문득 인간이란 무엇인가, 인간은 왜 이 세상에 왔는가, 인간은 무슨 쓸모가 있는가, 하는 의문이 들어서였습니다……. 내 생각에, 인간은 아무 쓸모가 없어요. 여자가 옆에 있든 없든, 정직하든 정직하지 못하든, 파샤든 짐 내리는 인부든, 무슨 차이가 있겠습니까? 차이가 있다면 내가 살아 있느냐, 아니면 죽었느냐, 그것뿐이지요. 악마나 하느님이(악마든 하느님이든 내게는 다 똑같아요) 날 데려가면 난 죽어 악취 풍기는 송장이 되겠지요. 그러면 사람들은 질식사하게 될까 봐 땅을 넉 자 깊이로 파서 파묻을 겁니다.

말이 나왔으니까 하는 말인데, 나를 두렵게 하는 문제가 하나 있어서 보스에게 물어봐야겠습니다. 날 겁나게 하는 문제는 딱 한 가지인데, 그것 때문에 밤이고 낮이고 편안하지가 않아요. 뭔가 하면, 나이 먹는 게 두렵다는 겁니다! 죽는 건 아무것도 아녜요. 훅 불면 촛불이 꺼지는 것, 뭐 그런 거 아니겠습니까? 하지만 늙는 건 창피한 일입니다.

내가 늙었다는 사실을 인정하는 건 여간 창피한 일이 아니라서 나는 사람들이 아무도 그 사실을 알아차리지 못하게 하려고 별짓을 다 합니다. 뛰기도 하고, 춤을 추기도 하지요. 허리가 아프지만 그래도 춤을 춥니다. 술을 마시면 머리가 빙글빙글 돌지만 나는 아무 일도 없었다는 듯 똑바로 서 있습니다. 땀이 나서 바다에 뛰어들었다가 감기에 걸리면 자꾸 가슴이 답답해져서 기침을 하고 싶어지지만, 왠지 창피해서 기침을 꾹 참게 되지요. 혹시 내가 기침하는 거 본 적 있어요, 보스? 단 한 번도 없을 겁니다. 난 다른 사람들 앞에서만 그러는 게 아니고 나 혼자 있을 때도 그럽니다. 조르바 앞에서도 창피하다고요, 보스. 나는 조르바 앞에서도 창피하단 말입니다!

언젠가 아토스 산에서(거기 올라간 날, 차라리 다리 하나 부러뜨리고 그 핑계로 주저앉는 게 낫다 싶을 정도로 힘들었습니다) 키오스 출신 수도승 라브렌티오 신부를 만난 적이 있지요. 이 한심한 친구는 악마가 자기 안에 산다며 아예 호자라고 이름까지 붙여놨더군요. "호자가 성 금요일에 고기를 먹고 싶어 해." 그는 교회 벽에 머리를 찧으면서 이렇게 말합니다. "호자가 여자랑 자고 싶어 해. 호자가 수도원장을 죽이고 싶어 해. 호자가 이러는 거야. 내가 이러는 게 아니고!" 그러면서 머리를 벽에 쾅쾅 찧는 겁니다.

나 역시 내 안에 악마가 있고, 그 악마를 조르바라고 부릅니다. 내 안의 조르바는 나이를 먹고 싶어 하지 않아요. 나이를 먹고 싶어 하지 않고, 또 실제로 나이를 먹지도 않았어요. 이건 굉장한 일이에요. 머리는 칠흑처럼 검고, 이빨은 서른두 개(32개라고 써도 됩니다), 귀에다 카네이션을 꽂고 다닙니다. 하지만 가엾은 바깥 조르바는 흰머리에 주름살이 생겨 쭈글쭈글해지고, 이빨도 빠지고, 귀에는 나귀처럼 늙으면 나는 흰털이 무성합니다.

어찌해야 될까요? 이 두 조르바는 도대체 언제까지 싸워야 하는 겁니까? 과연 둘 중에 누가 이길까요? 만약에 내가 곧 죽는다면…… 곧 죽어도 아무 상관 없습니다만은…… 그건 잘된 일입니다. 하지만 앞으로도 오랫동안 더 살아야 한다면 나는 쫄딱 망하는 겁니다, 보스. 쫄딱 망하는 거예요. 내가 굴욕을 당할 날이 언젠가는 올 겁니다. 나는 자유를 잃을 테고, 내 딸이나 며느리는 아이가 불에 데거나 높은 데서 떨어지거나 몸을 더럽힐지 모르니까 이 어린 괴물을 잘 감시하라고 시킬 겁니다. 만일 아이가 몸을 더럽히면 또 나더러 씻어주라고 시키겠지요. 휴우!

보스, 당신은 아직 젊지만 같은 운명을 겪게 될 겁니다. 명심하세요! 그러니 내 말 잘 듣고 그대로 해야 합니다. 구원받을 수 있는 길은 이 길뿐이니까요. 산에 올라 석탄과 구리, 철, 아연광을 캐내어 큰돈을 벌면 친척들은 우리를 존경할 것이고, 친구들은 우리 구두를 핥을 것이며, 부자들은 우리에게 모자를 벗고 인사할 겁니다. 보스, 그렇게 하지 못하면 앞에 떡하니 나타난 늑대나 곰 같은 맹수에게 잡아먹히는 게 나을 거예요. 하느님은 그러라고 맹수들을 이 땅에 내려보낸 겁니다. 우리가 모욕을 당하기 전에 잡아먹으라고 말예요. ──────

조르바는 편지의 이 부분에 키 크고 비쩍 마른 남자가 새빨간 늑대 일곱 마리에게 쫓겨 초록빛 나무 아래에서 달아나는 그림을 색연필로 그려놓았다. 그리고 그림 아래에는 큼지막한 글씨로 '조르바와 일곱 가지 큰 죄'라고 써놓았다.

그리고 편지는 계속 이어진다.

——— 보스, 당신이 이 편지를 읽으면 내가 얼마나 불행한 사람인지 이해하게 될 겁니다. 내가 심기증을 진정시킬 수 있는 방법은 오직 당신이랑 같이 있으면서 얘기를 나누는 것뿐입니다. 보스, 당신 자신은 잘 모르겠지만 당신도 나랑 비슷한 사람이거든요. 당신 안에도 악마가 살지만, 당신은 그 악마 이름이 뭔지를 몰라요. 그놈 이름이 뭔지 모르기 때문에 당신은 숨이 막혀 답답해하는 겁니다. 그놈에게 세례를 주고 이름을 붙여줘요. 그럼 좀 나아질 거예요.

자, 나는 내가 정말 불행한 사람이라고 당신에게 말했습니다. 나는 나의 똑똑함이 사실은 어리석음에 지나지 않는다는 사실을 분명히 알고 있지요. 하지만 위대한 사람만이 할 수 있는 생각에 잠겨 걷는 날들이 이따금 있습니다. 내 안의 조르바가 시키는 대로 할 수만 있다면 온 세상 사람들이 놀라서 감탄할 겁니다!

나는 내 인생과 계약을 맺은 적이 없기 때문에 특히 위험한 내리막길에 도착하면 브레이크를 풉니다. 무릇 모든 사람의 인생은 내리막과 오르막으로 이루어진 길이고, 신중한 사람은 브레이크에 발을 올려놓고 그 길을 가지요. 하지만 난 이미 오래전에 브레이크를 떼어내 버렸답니다. '꽈당!' 하는 걸 두려워하지 않으니까요. 하기야 이게 내 장점이기는 하지만요……. 우리 인부들은 궤도에서 이탈하는 걸 꽈당, 이라고 부르지요. 하지만 나는 꽈당을 하든 말든 전혀 개의치 않습니다. 밤낮 안 가리고 전속력으로 달리면서 즐거워하죠.

그러다가 내가 죽는다 한들 누가 신경이나 쓰겠습니까? 그래 봤자 내가 잃을 게 뭐 있나요? 전혀 없어요. 내가 신중하게 천천히 달린다고 해서 안 죽을까요? 당연히 죽죠. 그러니 전속력으로 달리자 이겁니다!

보스는 아마 지금쯤 날 비웃을지도 모르겠습니다. 하지만 나는 헛소리를 늘어놓으렵니다……. 혹은 내 생각이나 약점에 관해 얘기하렵니다……. 이 세 가지 단어에 어떤 차이가 있는지 그건 잘 모르겠습니다만…… 나는 당신에게 편지를 쓰고 있으며, 당신은 그걸 읽고 웃음을 터트리겠지요. 나 역시 당신이 웃고 있다고 생각하면 절로 웃음이 나옵니다. 그렇게 해서 이 세상에는 웃음이 끊이지 않는 거지요. 모든 인간에게는 바보 같은 구석이 있는데, 내 생각에 가장 바보짓은 바보 같은 구석이 없다는 겁니다.

이제 당신은 내가 칸디아에서도 바보짓을 했다는 사실을 눈치챘을 겁니다. 자, 이제부터 그 얘기를 자세히 할게요. 보스의 조언이 필요하거든요. 당신은 아직 젊어요. 그건 사실이에요. 하지만 지혜가 담긴 옛날 책도 많이 읽었고…… 이렇게 표현하면 어떨지 모르지만…… 나름대로 경험도 많이 쌓았어요. 그래서 난 당신의 조언을 구하는 겁니다.

자, 나는 모든 사람에게는 자기만의 독특한 냄새가 있다고 생각합니다. 그렇지만 다른 냄새랑 섞여서 어떤 게 내 냄새고 또 어떤 게 다른 사람 냄새인지 구분이 안 되지요. 다만 지독한 악취가 풍기고, 그게 '인간의 냄새'라고 불린다는 것만 알지요. 다른 사람들은 그게 라벤더 향이라도 되는 것처럼 코를 킁킁대지만, 나는 그 냄새를 맡으면 금방이라도 토할 것만 같아요. 아, 얘기가 옆길로 새나갔네. 하던 얘기 계속하자고요.

내가 무슨 얘기를 하려고 했냐면…… 하마터면 브레이크를 풀어 버릴 뻔했네요……. 여자들은 본래 암캐처럼 축축한 코를 갖고 있어서 어떤 남자의 냄새만 맡으면 그 남자가 자기를 원하는지, 안 그런지를 단번에 알아낸다네요. 그렇기 때문에 어떤 도시를 지나가면…… 오늘도 그런 일이 일어났습니다만…… 늙고, 못생기고, 추레한 나 같은 사람한테도 달라붙는 여자가 한두 명씩은 꼭 있는 겁니다. 그 사냥개 암컷들이 내 냄새를 맡고 쫓아온다니까요! 오, 세상에, 감사합니다, 하느님!

내가 첫날 칸디아에 도착한 건 어둠이 내릴 무렵이었습니다. 나는 서둘러 가게로 달려갔지만, 문이 닫힌 뒤였어요. 그래서 여관을 잡고 노새에게 여물을 먹인 나는 저녁을 먹고 목욕을 한 다음 담배를 한 대 피우고 마을을 한 바퀴 돌아보러 나갔지요. 내가 아는 사람도 없고 날 아는 사람도 없어서 난 말 그대로 완전 자유였습니다. 길거리에서 휘파람을 불 수도 있고, 웃을 수도, 혼자 말할 수도 있었지요. 나는 또 길에서 산 호박씨를 우물우물 씹기도 하고 껍질을 뱉기도 하면서 길거리를 돌아다녔지요. 가로등에 불이 들어오더군요. 남자들은 술잔을 기울였으며, 여자들은 집으로 돌아갔습니다. 대기 중에서는 분粉과 화장비누, 수블라키〔고기를 꼬치에 꿰어 구운 요리〕 냄새가 풍겼어요. 나는 생각했지요. '이봐 조르바, 앞으로 얼마나 더 살면서 이런 냄새를 맡을 수 있을 것 같은가? 이런 공기를 마시며 살 날도 이제 얼마 남지 않았어. 그러니 실컷 마셔두라고!'

나는 보스도 아는 그 큰 광장을 왔다 갔다 하며 숨을 깊이 들이마셨지요. 그런데 돌연 춤추는 소리, 탬버린 두드리는 소리, 동양풍의 노래를 부르는 소리가 들려오는 것이었습니다. 나는 귀를 쫑긋 세우고 서둘러 이 시끌벅적한 소리가 들려오는 곳으로 달려갔지요.

노래도 부르고, 춤도 추고, 쇼도 하는 카페가 있었어요. 딱 내가 원하던 그런 곳이라서 주저하지 않고 들어갔습니다. 프런트 근처 테이블에 앉았지요. 뭐 거리낄 게 있겠습니까? 조금 전에도 얘기했지만 아는 사람이 아무도 없어서 그야말로 자유로운 몸이었는데요.

키만 크지 영 볼품없는 여자가 무대에서 치마를 들어 올렸다 내렸다 하면서 춤을 췄지만, 관심이 가지를 않았어요. 그래서 맥주를 한 병 시켰지요. 그런데 꼭 미장이가 흙손으로 처바른 것처럼 얼굴에 화장품을 처덕처덕 발라놓은, 피부색이 까무잡잡하고 용모가 깜찍한 조그만 계집이 옆에 와서 앉더니 웃으며 말했습니다. "앉아도 되죠, 할배?"

그 말을 듣는 순간 나는 화가 머리끝까지 치솟아 오르면서 그 계집의 목을 졸라버리고 싶더군요. 하지만 이내 냉정을 되찾고 여자라는 족속이 불쌍하다는 생각이 들어 웨이터를 불렀지요. "어이, 여기 샴페인 두 잔 줘!"

(미안해요, 보스. 보스 돈을 좀 썼네요. 하지만 그런 모욕을 당했으니 우리의 명예를, 나의 명예뿐만 아니라 보스의 명예까지도 반드시 되찾아야만 했습니다. 그 쪼그만 계집을 우리 앞에 무릎 꿇려야 했다고요. 꼭 그렇게 해야만 했습니다. 보스, 난 당신이 어떤 사람인지 알아요. 당신이 같이 있었다면 그렇게 힘든 순간에 날 무방비 상태로 내버려둘 리는 없었을 겁니다. 그래서 "어이, 여기 샴페인 두 잔 줘!"가 된 거죠!)

샴페인이 나왔고, 과자도 시켰습니다. 그러다가 샴페인 두 잔을 또 시켰고요. 재스민꽃 파는 사람이 왔기에 바구니째 사서 그 어린 계집의 무릎에 확 비웠지요.

꽤 많이 마시긴 했습니다만 맹세컨대 보스, 계집은 손끝 하나 건드리지 않았어요. 내 나이가 몇입니까? 이제 알 것 다 아는 나이지요.

젊을 때야 여자만 보면 무조건 주물럭거리고 봤지요. 하지만 나이가 든 지금은 달라요. 일단 돈부터 쓰는 거죠. 정중하게 굴면서 돈을 펑펑 쓰는 겁니다. 그렇게 하면 계집들은 환장하죠. 상대가 꼽추건, 꼬부랑 할아버지건, 사회 낙오자건, 백치건, 상관 안 해요. 그년들 눈에 보이는 건 오직 돈을 꺼내는 손밖에 없어요.

그래서 돈을 펑펑 썼더니……, 그 어린 계집이 나한테 찰싹 달라붙어 안 떨어지더군요. 하느님께서 이 돈을 백 배로 불려 보스에게 되돌려주실 겁니다……. 그러더니 슬그머니 내게 몸을 갖다 붙이고 내 딱딱한 다리에 무릎을 밀착하더라고요. 하지만 나는 끄떡 안 했지요. 물론 속에서는 뜨거운 것이 치밀어 올라왔지만요. 보스도 혹시 이런 상황에 처하게 될지 몰라서 말씀드립니다만, 남자가 속은 뜨겁게 타오르는데도 손가락 하나 까딱 안 하는 걸 느끼는 것보다 더 여자들을 열받게 만드는 건 없습니다.

그러다 보니 어느새 시간이 자정이 넘었더군요. 불이 하나하나 꺼지면서 카페가 문을 닫기 시작했어요. 나는 돈다발 하나를 꺼내어 계산을 하고 웨이터에게는 팁도 넉넉하게 주었습니다.

그 조그만 계집이 내게 매달리면서 상사병이 난 사람 같은 목소리로 묻더군요. "이름이 뭐예요?"

나는 부아가 치밀어 올라서 큰 소리로 대답했지요. "할배다, 왜?"

그랬더니 그 조그만 계집이 나를 있는 힘껏 꼬집으며 추파를 던지는 거였어요. "나랑 같이 가요……."

나는 계집의 작은 손을 잡아 꼭 쥐여주며 알았다는 듯 쉰 목소리로 대답했습니다. "그래, 가자꾸나, 이 쪼그만 것아……."

그다음에 무슨 일이 벌어졌는지는 새삼 얘기할 필요가 없겠지요? 우리 두 사람 모두 천국에 갔다 왔지요. 그러고 나서 잠이 들었습니다. 잠에서 깨어보니 정오 무렵이었어요. 주위를 한 바퀴 둘러봤죠. 내가 뭘 봤을까요? 깔끔한 방과 안락의자, 세면대, 작은 화장비누, 향수병, 거울…… 벽에 걸려 있는 알록달록한 색깔의 옷들과 여러 장의 사진(선원, 관리, 선장, 경찰, 무희, 신발만 신은 여자). 그리고 침대 위 내 옆에는 암컷의 대표 격인 따뜻하고, 향내 나고, 머리가 헝클어진 계집이 누워 있었어요.

나는 눈을 감으며 들릴락 말락 한 소리로 중얼거렸습니다. "아이고, 조르바. 넌 지금 산 채로 천당에 왔구나. 여기 있으니까 정말 좋다. 그러니 꼼짝 말고 그냥 여기 있어!"

보스, 내가 조금 전에도 얘기했지만, 모든 인간에겐 자기 나름의 천국이 있어요. 당신의 천국에는 아마도 책과 커다란 잉크병이 잔뜩 쌓여 있겠지요? 포도주와 우조 술, 코냑 상자가 산더미처럼 쌓인 곳을 천국으로 생각하는 자도 있을 거고, 또 어떤 자의 천국에는 파운드화 다발이 발에 치일 정도일 겁니다. 자, 나의 천국은 어떤 곳이냐 하면요, 아주 좋은 냄새가 나고, 여러 가지 색깔의 옷이 벽에 걸려 있으며, 화장비누가 놓여 있고, 내 옆 용수철 달린 침대에는 계집이 누워 있는 방입니다.

죄를 고백하면 반쯤 용서받는다고 하지요. 그날 나는 집 밖으로는 아예 코빼기도 내밀지 않았습니다. 어디를 가야 하지? 무슨 일을 해야 하지? 에이, 모르겠다. 지금 여기 있으면 이렇게 좋은데. 나는 검은 캐비아와 돼지갈비, 생선 요리, 여러 가지 과일, 전통식 파이를 그곳에서 가장 유명한 식당에 주문했지요. 식사를 마친 우리는 그 짓을 한 번 하고 나서 다시 잠이 들었어요. 그리고 저녁 무렵에 깨어나서 옷을 입은 우리는 팔짱을 끼고 그녀가 일하는 카페로 다시 갔습니다.

보스, 당신이 지겨워할까 봐 짧게 말하면, 계획은 전혀 바뀌지 않았습니다. 그러니 아무 걱정 마세요. 우리 일 역시 해나가니까. 이따금 마을을 한 바퀴 돌면서 가게에 들어가 이것저것 살펴봅니다. 케이블을 비롯해서 필요한 거 다 사가지고 갈 테니 안심하셔도 됩니다. 하루를 앞당긴다고 해서 더 나을 건 뭐고, 하루나 일주일 늦어진다고 해서 또 뭐가 크게 달라지겠습니까? 어미 고양이가 너무 서두르면 이상하게 생긴 새끼 고양이가 나온다는 말도 있잖아요? 그러니 서두르지 말자고요. 나는 내 눈이 맑아지고 정신이 또렷해지기를 기다리는데, 다 보스 좋으라고 그러는 겁니다. 우리가 사기를 당하는 건 원치 않거든요. 최고급품 케이블을 찾아내야 합니다. 안 그러면 우린 망해요. 그러니 보스, 나를 믿고 조금만 더 기다려줘요.

그리고 내 건강은 걱정 안 해도 됩니다, 보스. 나는 모험을 하면 다시 젊어지는 그런 사람이에요. 그래서 며칠 만에 스무 살 때의 원기를 되찾았어요. 이가 새로 돋아날 것 같은 기분이 듭니다. 내가 허리 때문에 고생했던 거 기억나지요? 그런데 지금은 꼭 마술에라도 걸린 것처럼 멀쩡해졌어요. 아침에 거울을 보면 왜 내 머리가 다시 검어지지 않는지 의아해요.

내가 왜 이런 편지를 쓰는지 궁금할 겁니다. 그건 당신이 내 고해신부 같은 사람이기 때문이에요. 당신에게는 내가 지은 죄를 고백해도 부끄럽지 않아요. 왜인지 알아요? 내 느낌에, 당신은 내가 좋은 일을 하든, 나쁜 일을 하든 전혀 개의치 않을 것 같아서입니다. 당신은 꼭 하느님 같아요. 젖은 스펀지를 들고 쓱싹쓱싹! 좋은 거든 나쁜 거든 싹 다 지워버립니다! 그래서 이렇게 용기를 내어 당신에게 모든 걸 털어놓는 거예요. 그러니 들어주세요.

지금 나는 머리를 망치로 한 대 '쾅!' 하고 맞은 것처럼 돌아버리기 직전입니다. 제발 부탁인데, 이 편지를 받는 즉시 펜을 들어 답장해 주세요. 당신 답장을 받기까지 난 가시방석에 앉은 듯한 느낌일 겁니다. 하느님은 벌써 오래전에 내 이름을 자신의 장부에서 지워버린 것 같네요. 악마의 장부에서도 지워져버렸고요. 내 이름이 들어 있는 장부는 당신 것뿐이니 내가 의논할 상대는 보스, 당신밖에 없어요. 그러니 내 말에 귀를 기울여주세요. 자, 무슨 일이 있었느냐면요.

어제 칸디아에서 가까운 이 마을에 축제가 벌어졌습니다. 어떤 성인을 기리는 축제였는지는 글쎄, 잘 모르겠네요. 롤라(아, 그래요! 소개하는 걸 깜박했네요. 그 조그만 계집아이의 이름은 롤라입니다)가 내게 말하더군요.

"할배!(계집은 아직도 나를 다정하게 할배라고 부른답니다) 할배, 나 축제에 가고 싶어요."

"그럼 가, 할매."

"할배랑 같이 가고 싶어요."

"난 안 가. 그런 축제는 하도 많이 다녀봐서 지겨워. 그러니 너 혼자 가도록 해."

"그래요? 그럼 나도 안 갈래요."

나는 커다랗게 눈을 뜨며 물었습니다. "왜 안 간다는 거야?"

"할배가 같이 가면 가고, 같이 안 가면 안 갈래요."

"왜? 넌 자유로운 사람이잖아?"

"아니, 아니에요."

"너는 자유롭고 싶지 않니?"

"아니요!"

나는 내 귀를 의심했습니다. 화가 머리끝까지 치밀어 오르더군요.

나는 소리쳤습니다. "자유로워지고 싶지 않다고?"

"그래요, 난 자유로워지고 싶지 않아요! 싫어요! 싫다고요!"

보스, 난 이 편지를 롤라의 방에서 그녀의 편지지에 씁니다. 자, 제발 부탁이니 내가 하는 말을 잘 들어주세요. 나는 자유를 원하는 사람만이 인간이라고 생각하는데, 여자들은 자유를 원하지 않아요. 그렇다면 여자들을 인간이라고 할 수 있나요? 제발 부탁이니 빨리 좀 대답해줘요.

알렉시스 조르바 씀. ———

편지를 다 읽고 난 나는 화를 내야 할지, 아니면 삶의 껍질(논리와 도덕, 정직성)을 깨고 들어가 삶의 본질에 도달한 이 원시인에게 감탄해야 할지 알 수 없어 한동안 갈피를 잡지 못했다. 그 자질구레한 덕성이야 다른 사람들에게는 소중한 것이지만 그에게는 없었다. 그렇지만 그는 단 하나의 어색하고 불편하고 위험한 미덕은, 그를 극한으로, 나락으로 가차 없이 밀어붙이는 미덕은 갖고 있었다.

나는 생각했다. 성질이 급하고 혈기 왕성해서 글을 쓰면 펜을 부러뜨려버리는 이 무식한 일꾼은 꼭 이제 겨우 원숭이의 탈을 벗어던진 원시인이거나 인간의 근본적 문제에 매달리는 철학자 같아. 그리고 그는 이런 문제를 당장 시급하게 해결해야 한다고 느껴. 그는 어린아이처럼 모든 것을 생소한 눈길로 바라본다. 끊임없이 놀라워하고, 의문을 품는다. 그의 눈에는 모든 게 다 경이로워서 아침에 눈을 뜨면 감탄으로 입을 벌린 채 나무와 바다, 돌, 새를 바라본다. 그는 생각하지. 이 무슨 신비란 말인가? 나무와 바다, 돌, 새, 과연 이 모든 것의 의미는 무엇이란 말인가?

어느 날, 마을에 가다가 노새를 타고 가는 조그만 노인을 만난 적이 있다. 조르바는 눈을 휘둥그레 뜨더니 나귀를 바라보았다. 그의 눈빛이 얼마나 강렬했는지 노인이 질겁해서 소리쳤다. "세상에, 친구, 제발 저주의 눈빛을 나귀에게 던지지 말아요!"

이렇게 말하고 나서 그는 성호를 그었다.

나는 조르바를 돌아다보며 물었다. "아니, 왜 저 노인이 저렇게 소리를 지르는 겁니까?"

"아니, 내가 뭘 어쨌다고? 그냥 나귀를 한번 쳐다본 것뿐인데…… 그런데 보스, 놀랍지 않습니까?"

"뭐가요?"

"나귀가 존재한다는 게 말입니다."

또 언젠가는 해변에서 책을 읽는데 조르바가 내 앞에 책상다리를 하고 앉아 산투리를 무릎에 올려놓고 연주를 시작하는 것이었다. 나는 눈을 들어 그를 바라보았다. 그의 표정이 조금씩 바뀌었다. 그는 야성적 즐거움과 기묘한 흥분에 사로잡혔다. 그는 길고 주름진 목을 흔들며 노래를 부르기 시작했다.

마케도니아의 노래, 산적 클레프트의 노래, 야성적 외침. 인간의 목이 선사시대로 돌아갔다. 그 시대의 외침은 우리가 오늘날 음악과 시, 열정이라고 부르는 것을 한꺼번에 뭉뚱그린 것이었다. "아크흐! 바크흐!" 조르바의 내면 깊숙한 데서 외침이 터져 나왔다. 그러자 우리가 문명이라고 부르는 그 얇은 껍데기가 깨지면서 저 영원히 죽지 않는 야수, 털북숭이 하느님, 무시무시한 고릴라가 튀어나왔다.

갈탄광, 이익과 손해, 부불리나, 이 모든 것이 사라졌다. 외침이 모든 걸 휩쓸어가 버렸다. 우리에겐 더는 아무것도 필요하지 않았다. 우리 두 사람은 그 크레타 섬 해안에서 꼼짝하지 않은 채 삶의 온갖 쓰라림과 달콤함을 가슴속에 끌어안았다. 그러니 이제 쓰라림과 달콤함은 더는 존재하지 않았다. 해가 지고 어둠이 내렸다. 큰곰자리가 움직이지 않는 하늘의 축 주변에서 춤을 추었고, 달은 떠오르면서 아무런 두려움 없이 모래 위에서 노래를 부르는 이 두 마리 작은 짐승을 뜨악한 시선으로 내려다보았다.

조르바가 노래를 하다가 흥이 났는지 불쑥 말했다. "인간은 짐승이에요, 보스. 그러니 책 따위는 창밖으로 던져버려요! 창피하지도 않아요? 인간은 짐승이고, 짐승들은 책을 읽지 않아요!"

그는 잠시 말이 없다가 웃음을 터트렸다. "하느님이 인간을 어떻게 창조했는지 알아요? 이 인간이라는 짐승이 처음으로 하느님에게 한 말이 뭔지 알아요?"

"아니요. 내가 그걸 어떻게 알겠어요? 거기 있지도 않았는데."

그러자 조르바가 눈을 반짝거리며 말했다. "나는 있었어요!"

"좋아요. 그럼 얘기해봐요!"

그는 반쯤은 횡설수설하듯, 또 반쯤은 장난기 섞인 말투로 자기 나름대로 인간의 창조에 대한 얘기를 늘어놓기 시작했다. "자, 들어봐요, 보스! 어느 날 아침, 하느님이 울적한 기분으로 잠에서 깨어났어요. 그는 생각했지요. '나를 찬양하거나 모독하면서 내가 시간을 보낼 수 있게 도와줄 놈 하나 없으니, 내가 무슨 하느님이란 말인가? 늙은 쥐처럼 이렇게 혼자 사는 것도 이젠 정말이지 지겨워!' 하느님은 손바닥에 침을 한 번 퉤 뱉고는 옷소매를 걷어붙인 다음 안경을 썼습니다. 그러고 나서 흙을 한 덩어리 집어 들더니 침을 뱉어 진흙을 만든 다음 잘 개서 조그만 남자를 하나 만들고, 그걸 다시 볕에다 말렸지요. 하느님이 이레 만에 다시 와서 보니 잘 말랐기에 거두었지요. 그러고는 웃으면서 그걸 들여다보다가 소리쳤습니다. '빌어먹을, 이건 다리가 두 개 달린 돼지잖아! 난 이런 걸 만들려고 한 게 아닌데, 젠장! 이건 완전히 실패작이야! 하지만 어쩔 수 없잖아? 이미 다 만들어졌는데…….'

하느님은 자기가 만든 인간의 목덜미를 움켜잡고는 발로 뻥 차면서 외쳤습니다. '자, 가버려라! 꺼져버리라고! 가서 새끼돼지들을 까란 말야! 이 땅은 네 것이다. 자, 가라고! 어서!'

하지만 그건 돼지가 아니었습니다. 펠트 모자를 쓰고, 외투는 어깨에 아무렇게나 걸쳐 입고, 다림질로 주름을 잡은 바지를 입고, 빨간 술이 달린 슬리퍼를 신었지요. 그리고 허리띠에는 '널 죽이겠다!'라고 쓰인 날카로운 칼(틀림없이 악마에게서 받았을)까지 찼습니다.

그건 사내였어요. 하느님이 입을 맞추라고 손을 내밀자 사내는 콧수염을 배배 꼬면서 말했답니다. '저리 비켜요, 영감. 지나가게!'"

내가 웃음을 터트리는 걸 본 조르바가 얘기를 멈추더니 얼굴을 찌푸렸다. "웃지 말아요! 진짜 그랬다니까요!"

"그걸 어떻게 알아요?"

"아까 내가 얘기했잖아요? 진짜 그랬다니까요. 어쨌든 내가 아담이었다면 나도 똑같이 그랬을 겁니다. 아담이 다른 식으로 행동했다면 내 손가락에 장을 지지겠소. 책에 쓰인 것 믿지 말아요. 대신 나를 믿으라고요!"

나는 화살에 꿰뚫린 심장이 그려진 향기 나는 조르바의 편지를 손에 든 채 그와 함께 보냈던 인간미 풍기는 나날들을 회상했다. 조르바 옆에서 보낸 시간은 새로운 향기를 풍겼다. 그것은 단순히 사건의 산술적 연속도 아니었고, 해결할 수 없는 철학적 문제도 아니었다. 나는 따뜻하고 고운 모래가 내 손가락을 간질이며 손가락 사이로 빠져나가는 걸 느꼈다.

나는 중얼거렸다. "조르바에게 무한한 감사를! 그는 내 안에서 떨고 있는 추상적 관념에 따뜻하고 사랑스러운 육체를 부여했어. 그가 옆에 없으면 난 다시 추워서 떨게 될 거야."

나는 종이를 꺼내 한 줄 쓴 다음 인부 한 사람을 불러 조르바에게 지급 전보를 치라고 시켰다.

"즉시 돌아올 것."

14

3월 1일, 해질 무렵. 나는 바다가 마주 보이는 바위에 등을 기댄 채 글을 쓰고 있었다. 그날 첫 제비를 보았더니 기분이 좋았다. 붓다를 내쫓는 의식은 아무런 방해를 받지 않고 종이 위에서 순조롭게 진행되었고, 나와 그의 싸움은 잠잠해졌다. 나는 내가 해방되리라는 걸 알았으므로 크게 서두르지 않았다.

그때 갑자기 누군가가 자갈을 밟는 소리가 들려왔다. 고개를 들었다. 꼭 군함처럼 치장을 한 우리의 늙은 세이렌이 해변을 향해 굴러 내려오다시피 했는데, 뛰어오느라 힘들었는지 얼굴이 빨갛게 달아오르고 거친 숨을 몰아쉬었다.

그녀가 불안한 표정으로 소리쳤다. "편지 왔나요?"

"왔습니다."

나는 웃으며 그녀에게 대답했다. 그리고 몸을 일으키며 그녀를 맞았다. "부인에게 안부를 전해달라고 썼더군요. 밤이나 낮이나 부인 생각만 한답니다. 당신과 헤어져 있는 걸 더는 견딜 수가 없어서 먹지도, 마시지도 못한다네요."

"그게 다예요?"

나는 그녀가 불쌍했다. 주머니에서 편지를 꺼내 읽는 척했다.

늙은 세이렌은 이 빠진 입을 헤벌리고 작은 눈을 똥그랗게 뜨더니 숨을 헐떡이며 귀를 기울였다.

나는 편지를 읽는 척했다. 그러다가 무슨 뜻인지 이해 못 한 척하기도 하고, 글씨를 알아보지 못한 척하기도 했다. "……보스, 어제는 싸구려 식당에 점심을 먹으러 갔습니다. 몹시 배가 고팠어요. 그런데 정말 예쁜 여자 한 명이 식당에 들어오는 거였어요. 가히 여신이라고 해도 될 정도의 미인이었어요. 세상에! 우리 부불리나를 꼭 닮은 여자였습니다. 그 순간 내 눈에서는 샘처럼 눈물이 흐르더군요. 또 목이 콱 막혀서 침을 삼킬 수가 없었어요. 나는 일어나서 돈을 내고 식당에서 나왔어요. 평소에는 성자님들 생각을 거의 안 하는 내가 이때만은 종교적 열정에 사로잡힌 나머지 성 미나스 성당으로 달려가 양초를 한 자루 바쳤답니다. 그리고 기도 드렸지요. '미나스 성인님, 내가 사랑하는 천사의 소식을 듣게 해주소서. 우리의 날개가 다시 붙게 해주소서!'"

"호호호!" 오르탕스 부인이 얼굴을 환히 빛내면서 웃었다.

나는 한숨도 돌리고, 새로운 거짓말도 꾸며낼 시간을 벌 생각으로 그녀에게 물었다. "부인, 왜 그렇게 웃는 거죠? 뭐 때문에 그렇게 웃으시냐니까? 나 같으면 울어도 시원찮을 것 같은데……."

그녀가 웃음을 터트리며 콧소리를 냈다. "뭔 일인지 알면…… 그런 말씀 안 하실 건데……."

"내가 뭘 모른다는 거죠?"

"날개 말예요. 그 인간은 우리 둘만 있을 땐 다리를 날개라고 부른답니다. 우리 날개가 다시 붙게 해달라니, 참…… 호호호!"

"자, 더 들어보세요, 부인……. 아마 깜짝 놀라실 겁니다……."

나는 편지를 한 장 또 넘기고 읽는 척했다. "오늘은 이발소 앞을 지나가는데 이발사가 비눗물이 가득한 세면대를 길거리에 비우더군요. 그러자 온 거리가 비누 향으로 가득했어요. 나는 또다시 부불리나가 생각나서 울음을 터트렸죠. 보스, 더는 부불리나와 떨어져 살 수 없어요. 이러다간 미쳐버릴 것 같습니다. 봐요, 시까지 썼다고요. 그저께는 잠이 안 와서 부불리나에게 바치는 시를 썼다니까요, 글쎄. 내가 그녀를 얼마나 보고 싶어 하는지 그녀가 알 수 있도록 이 시를 그녀에게 읽어주세요.

> 오, 좁지만 우리 사랑을 받아들일 수 있는
> 뒤뜰에서 우리가 만날 수만 있다면
> 설사 내 뼈가 부서지고 으깨져도
> 나는 그대를 향해 달려가리!

오르탕스 부인은 눈을 게슴츠레하게 반쯤 뜬 채 감동해서 눈물을 흘리며 시를 듣고 또 들었다. 목을 죄고 있던 작은 리본도 풀어내어 목 주름살에 자유를 되돌려주었다. 그녀는 그저 아무 말 없이 미소만 지었다. 그녀의 마음은 행복과 기쁨의 먼 바다로, 미지의 바다로, 멀리로, 아주 멀리로 떠가는 듯했다.

3월이었다. 신선한 풀과 노란색, 빨간색, 자주색 꽃, 암컷은 흰색이고 수컷은 검은색인 백조 떼가 진홍색 부리를 살짝 벌리고 노래 부르며 짝을 짓는 투명한 수면. 비늘이 반짝이는 초록색 곰치들이 물속에서 솟구쳐 나오더니 굵은 푸른색 뱀들과 한 몸이 되었다. 오르탕스 부인은 열네 살 때로 돌아가 알렉산드리아와 베이루트, 스미르나, 이스탄불 등 동양의 양탄자 위에서 춤을 추다가 크레타에서는 니스칠을 해서 반질반질 윤이 나는 배의 마룻바닥 위에서 춤을 추었다. 그녀 머릿속에서 모든 것이 뒤섞여버리는 바람에 더는 분명하게 기억할 수 없었다. 그녀가 모든 과거를 통째로 기억해내자 그녀의 가슴이 들어 올려지고 해변의 조약돌이 우르르 파도에 휩쓸려갔다.

그녀가 춤을 추는데 느닷없이 뱃머리는 황금색을 띠고 선수에는 알록달록한 색깔의 차양과 비단 깃발이 펄럭이는 배들로 해안이 가득 뒤덮였다. 배에서 사람들이 쏟아져 나왔다. 황금색 술이 빳빳하게 치켜 올라간 빨간색 터키모자를 쓴 파샤들, 값비싼 공물을 양팔 가득 안고 순례에 나선 나이 든 고위 관리들, 우울하고 수염도 아직 안 난 젊은 고위 관리들. 새틴 천으로 된 삼각모를 쓴 제독들, 하얀색으로 반짝이는 칼라와 펄럭이는 통바지 차림의 수병들. 크레타 사람들은 헐렁한 푸른색 면바지를 입고 노란색 장화를 신었으며, 검은 머릿수건을 머리에 둘렀다. 그리고 사랑하는 여인을 보고 싶어 수척해진 키 큰 조르바가 손가락에 굵은 약혼반지를 낀 채 반백 머리에는 레몬꽃으로 만든 화관을 쓰고 마지막으로 걸어 나왔다.

파란만장한 삶을 살면서 그녀가 알게 된 모든 남자가 배에서 나왔다. 단 한 명의 예외도 없었다. 심지어는 이스탄불에서 날이 어두워지면서 아무도 그들을 볼 수 없게 되자 그녀를 배에 태워 이스탄불의 강을 돌아다니며 유람시켜준 늙고 이빨 빠진 곱사등이 뱃사공도 나왔다. 모두가, 모든 사람이 배에서 나왔고, 그 뒤에서는 곰치와 뱀, 백조들이 짝짓기를 했다.

그들 모두는 배에서 나와, 꼭 바위 위에 모여 몸을 꼿꼿이 세우고 혀를 날름거리며 쉭쉭거리는 봄철의 발정 난 뱀들처럼 무리를 지어 그녀에게 몸을 밀착했다. 그리고 이 무리의 한가운데에는 백옥처럼 하얀 알몸이 땀에 젖어 있고, 입을 살짝 벌려 날카로운 이빨을 드러낸 오르탕스 부인이 결코 충족되지 않는 욕망을 주체하지 못하고 젖가슴을 세운 채 아무 움직임 없이 열네 살의, 서른 살의, 마흔 살의, 예순 살의 광채 속에서 식식거렸다.

사라진 것도 없었고, 죽어버린 애인도 없었다. 그들 모두가 그녀의 시든 젖가슴 위에서 화려한 예복 차림으로 부활했다. 마치 오르탕스 부인은 돛이 세 개인 군함이고, 그녀(그녀는 45년 동안 일을 했다)의 모든 애인은 이 배에 올라타 선창으로, 뱃전으로 돌아다니고, 돛대 위로 기어오르는 것처럼 보인다. 마치 그녀는 수없이 구멍이 나고 또 수없이 그걸 메꾸면서도 오랜 세월 간절히 원했던 결혼이라는 항구를 향해 항해한 것처럼 보인다. 그리고 조르바에게는 천의 얼굴이 있었다. 터키인이었고, 유럽인이었고, 아르메니아인이었고, 아랍인이었고, 그리스인……이었다. 오르탕스 부인은 그를 안음으로써 저 성스러운 행렬을 끌어안는 셈이었다.

늙은 세이렌은 문득 내가 편지 읽는 걸 멈추었다는 사실을 깨달았다. 그녀의 환상은 불현듯 끝이 났고, 그녀는 무거운 눈꺼풀을 치켜 올렸다.

그녀는 탐욕스럽게 입술을 핥으며 목소리에 아쉬움을 담아 물었다. "다른 말은 없어요?"

"뭘 더 기대하세요, 오르탕스 부인? 편지에 온통 부인 얘기밖에 없는데 모르시겠어요? 자, 보세요. 넉 장이나 되잖아요? 가장자리에는 심장도 그려져 있고요. 조르바 말로는 자기 손으로 직접 이

걸 그렸다고 했어요. 여기 보세요. 화살이 심장을 꿰뚫었지요? 이건 사랑의 화살입니다. 그리고 밑에는 비둘기 두 마리가 서로 끌어안고 있고, 위에는 빨간색 잉크로 보일락 말락 작게 쓴 두 개의 이름이 서로 얽혀 있죠? 오르탕스와 조르바!"

비둘기도 그려져 있지 않고 이름도 쓰여 있지 않았지만, 눈물에 흐려진 우리 늙은 세이렌의 눈은 오직 자기가 보고 싶은 것만을 보았다.

"다른 건 없나요? 그것밖에 없냐고요?" 그녀는 여전히 불만스러운 표정으로 물었다.

이 모든 것(비둘기, 이발사의 비누 거품)만 해도 더할 나위 없이 달콤했지만, 이 여인의 실리적 정신은 다른 뭔가를, 손에 잡히는 확실한 것을 요구했다. 그동안 살면서 이런 감언이설은 얼마나 지겹게 들어왔을까? 이런 달콤한 말이 무슨 소용이 있었을까? 그토록 힘든 세월을 보냈지만, 지금 그녀는 의지할 사람 하나 없이 혼자였다.

"더 없어요? 그걸로 끝이에요?" 그녀가 사냥꾼에게 쫓기는 사슴처럼 내 눈을 들여다보며 애처로운 목소리로 물었다. 불쌍하다는 생각이 들었다.

"왜 없겠어요? 조르바는 아주 중요한 얘기를 했어요. 그래서 맨 마지막으로 미루어둔 겁니다."

그러자 그녀가 생기 없는 목소리로 말했다. "뭔가요?……"

"돌아오자마자 부인 발밑에 쓰러져 눈물 흘리며 청혼하겠답니다. 더는 못 기다리겠대요. 조르바는 당신을 자기 아내로 맞아, 말하자면 오르탕스 조르바 부인으로 만들어 다시는 헤어지지 않겠답니다."

내 말이 끝나자마자 반짝반짝 빛나던 그녀의 눈에서 눈물이 줄줄 흐르기 시작했다. 이 얼마나 기쁜 일인가! 그토록 가보고 싶어하던 항구에 도달한 것이다! 평생의 꿈을 이룬 것이다! 아무 걱정 없이 침대에 편안하게 누워 지내는 것. 그거면 충분하지 더 바랄 게 뭐 있겠는가.

그녀가 눈물을 훔치더니 귀부인이 되어 선심이라도 쓰듯 말했다. "좋아요. 청혼을 받아들이겠어요. 하지만 조르바에게 편지를 보내 여기는 시골이라서 결혼 화환이 없으니 칸디아에서 가져와야 한다고 좀 알려주세요. 흰 양초 두 개랑 핑크색 리본, 아몬드를 넣은 당과도 있어야 하고…… 그리고 웨딩드레스랑 실크 스타킹, 비단 구두도 주문해야 해요. 시트는 있으니까 사올 필요 없다고 말해주시고…… 침대도 있어요!"

그녀는 남편을 심부름꾼 취급하며 이것저것 필요한 것의 주문을 마치고 몸을 일으켰다. 그리고 별안간 정식으로 결혼한 아내처럼 위엄 있는 표정을 지었다.

"당신에게 진지하게 제안할 게 한 가지 있어요." 이렇게 말하는 그녀의 감정이 북받치는 듯했다.

"말해보세요, 조르바 부인. 분부대로 하겠습니다!"

"조르바와 나는 당신을 좋아해요. 게다가 당신은 관대한 분이니 우리가 낭패를 당하게 하진 않을 거예요. 우리 결혼의 증인이 되어주실 수 있을지요?"

나는 움찔했다. 옛날에 우리 집에 디아만둘라라는 이름의 늙은 하녀가 있었는데, 노처녀로 늙다 보니 신경질적이고, 쭈글쭈글하고, 콧수염이 나고, 가슴이 절벽인 여자였다. 그녀는 동네 식료품점 배달원 미트소를 좋아했다. 미트소는 아직 수염도 안 난 뚱뚱하고 지저분한 젊은이였다.

그녀는 일요일만 되면 미트소에게 물었다. "너, 언제 나랑 결혼해줄 거야? 결혼해줘. 넌 어떻게 기다릴 수가 있어? 난 못 기다리겠어."

영악한 배달원 미트소는 단골손님인 그녀를 놓치지 않으려고 이렇게 대답했다. "나도 힘들어요. 나도 힘들다고요, 디아만둘라. 그렇지만 조금만 더 기다려주세요. 아무리 그래도 남자가 수염도 안 났는데 결혼을 할 수는 없잖아요?"

세월이 흘러갔지만, 디아만둘라는 꾹 참고 기다렸다. 짜증이 줄고 두통도 뜸해졌다. 키스 한번 해보지 못해 늘 씁쓸함이 느껴지던 입술은 미소를 짓기 시작했다. 옷도 전보다 더 깨끗이 빨아 입고, 접시도 덜 깨고, 이젠 음식도 태우지 않았다.

어느 날 밤 디아만둘라가 내게 살그머니 물었다. "우리 결혼의 증인이 되어주실 수 있을까요, 젊은 주인님?"

"해주고말고요, 디아만둘라." 이렇게 대답했지만, 사실 속으로는 기분이 씁쓸해지면서 목구멍이 막혔다.

이 이야기는 내 가슴을 슬픔으로 가득 채웠다. 그래서 오르탕스 부인이 내게 같은 제안을 하자 움찔했던 것이다.

"되어주고말고요, 오르탕스 부인. 영광입니다……."

그러자 그녀가 자랑스럽게 미소 지으며 말했다. "앞으로 우리 둘만 있을 때는 그냥 오르탕스라고 불러주세요……."

그녀는 일어나 모자 밖으로 삐져나온 머리칼을 매만지면서 입술을 핥았다. "안녕히 계세요, 안녕히 계세요……. 그 양반이 빨리 돌아오면 좋겠어요……."

나는 오르탕스 부인이 나이가 들어 구부러진 허리를 젊은 여성처럼 좌우로 흔들며 멀어져가는 걸 바라보았다. 행복이 그녀에게 날개를 달아주었고, 낡아서 모양이 달라진 뾰족구두는 모래밭에 작고 깊은 구멍을 남겨놓았다.

그녀가 곶을 채 지나가기도 전에 해변에서 날카로운 비명과 울음소리가 들려왔다.

나는 벌떡 일어나 전속력으로 달려갔다. 멀리 보이는 반대쪽 곶에서 여자들이 초상이라도 난 듯 곡을 했다. 나는 무슨 일이 일어났나 보려고 바위로 올라갔다. 남자와 여자들이 마을에서 달려왔고, 개들이 짖으며 그 뒤를 따라왔다. 말을 탄 두세 명이 구름 같은 먼지를 일으키며 그들 앞에서 달려왔다.

'무슨 사고가 일어났군.' 나는 이렇게 생각하며 서둘러 곶으로 내려갔다.

왁자지껄하는 소리가 점점 더 커졌다. 해는 방금 넘어갔고, 자그마한 장밋빛 봄 구름 두세 덩어리는 하늘에서 꼼짝하지 않았다. '아가씨의 무화과나무'는 초록색 잎사귀를 새로이 선보였다.

돌연 오르탕스 부인이 나에게 달려왔다. 그녀는 머리를 풀어헤치고 가쁜 숨을 몰아쉬며 가던 길을 되돌아온 것이다. 그녀는 오다가 벗겨진 신발 한 짝을 손에 들고 울면서 뛰어왔다.

그녀가 소리쳤다. "오, 세상에…… 세상에, 이럴 수가!"

그녀가 비틀거리더니 내게로 쓰러졌다. 나는 그녀를 붙잡으며 물었다. "왜 울어요?"

나는 그녀가 신발을 다시 신도록 도와주었다. "무서워요…… 무서워 죽겠어요……."

"뭐가 무섭다는 거지요?"

"죽음이……."

그녀는 대기 속에서 죽음의 냄새를 맡고 두려워하는 것이었다.

나는 그녀의 축 늘어진 팔을 잡았지만, 그녀의 늙은 몸뚱이는 부르르 떨며 저항했다.

"싫어요…… 싫어요……." 그녀가 비명을 내질렀다.

이 불쌍한 여인은 죽음이 자리 잡은 곳에 가까이 다가가기가 무서운 것이었다. 저승으로 건너가는 강의 뱃사공 카론이 자기를 보고 기억할까 봐 두려운 것이었다. 나이 든 사람들이 다 그렇듯 우리 불쌍한 세이렌도 혹시 카론이 자기를 볼까 봐 초록색으로 변해 풀밭에 숨거나, 갈색으로 변해 땅속에 숨으려고 애썼다. 그녀는 머리를 살지고 구부러진 어깨에 파묻고 몸을 떨었다.

그녀는 올리브나무 아래까지 겨우겨우 걸어가더니 여기저기 기운 외투를 벗으며 말했다. "이 외투를 내 몸에 좀 덮어주세요. 그리고 가보세요."

"추운가요?"

"네, 추워요. 그러니 좀 덮어주세요."

나는 흙인지 사람인지 구분이 안 되도록 능숙하게 외투를 그녀의 몸에 덮어주고 난 뒤 그곳을 떠났다.

곶이 가까워지자 곡소리가 더 또렷하게 들려왔다. 미미토스가 내 앞에서 뛰어가기에 큰 소리로 물었다. "미미토스, 무슨 일이야?"

그러자 그가 걸음을 멈추지 않고 대답했다. "물에 빠져 죽었대요! 물에 빠져 죽었대요! 물에 빠져 죽었대요!"

"누가?"

"마브란도니 영감님의 아들, 파블리!"

"왜?"

"과부……."

그의 목소리가 여러 사람의 통곡 소리에 묻혀버렸다. 그 단어가 공기 중에 고정되자마자 황혼이 과부의 고혹적이며 위험하기 짝이 없는 몸뚱이로 가득 채워졌다.

나는 동네 사람들이 모두 모인 바위 근처에 도착했다. 남자들은 모자를 벗은 채 침묵을 지켰으며, 여자들은 머릿수건을 어깨까지 내린 채 머리를 쥐어뜯고 날카로운 소리를 내질렀다. 부풀어 오른 창백한 시체가 해안의 자갈밭에 누워 있었다. 마브란도니 영감은 오른손에 쥔 지팡이에 몸을 기댄 채 꼼짝 않고 아무 말 없이 아들의 시신을 내려다보았고, 왼손으로는 꼬불꼬불한 회색 수염을 비비 꼬았다.

"하느님, 과부 년에게 저주를 내려주세요! 천벌을 내려주시라고요!" 누군가가 이렇게 날카로운 목소리로 외쳤다.

한 여인이 불쑥 땅바닥에서 일어나더니 남자들에게 소리쳤다. "아니, 그래, 이 마을에는 저년을 무릎에다 엎어놓고 양처럼 멱을 따버릴 용기 있는 사내가 단 한 명도 없다는 거예요? 흥! 겁쟁이들 같으니!"

그리고 그녀는 아무 말 없이 자기를 바라만 보는 남자들에게 침을 탁 뱉었다.

그러자 카페 주인 콘도마놀리오가 나섰다. "그런 소리 하지 마, 델리카테리나. 그런 소리 하지 말라고! 우리 마을에도 용감한 사내들이 많아. 두고 보면 알 거야."

나는 더는 참을 수가 없어서 소리쳤다. "다들 부끄럽지 않아요? 이게 무슨 그 여자 잘못인가요? 파블리는 원래 죽을 운명이어서 죽은 겁니다! 다들 하느님이 두렵지도 않아요?"

그러나 아무도 대답하지 않았다.

물에 빠져 죽은 파블리의 사촌 마놀라카스가 그 큰 몸을 숙여 시체를 안고 마을로 향했다. 여자들은 날카로운 소리를 내지르고, 자기 얼굴을 할퀴고, 머리를 쥐어뜯었다. 그들은 마놀라카스가 시체를 안고 가는 걸 보자 시체에 매달리려고 그쪽으로 달려갔다. 그러나 마브란도니 영감이 지팡이를 휘둘러 그들을 쫓아내고 맨 앞에서 걸었다. 여자들은 만가를 부르며 그의 뒤를 따라갔고, 남자들은 침묵 속에서 여자들 뒤를 따라갔다.

그들이 황혼빛 속으로 사라지자 바다가 들릴 듯 말 듯 숨 쉬는 소리가 다시 들려왔다. 주위를 둘러보았다. 나 혼자뿐이었다.

나는 생각했다. '오늘도 어김없이 슬픈 일을 보고 겪었으니…… 이제 그만 돌아가야겠다.'

나는 길을 따라가며 깊은 상념에 잠겼다. 어렴풋한 어둠 속에서 나는 바위에 앉아 긴 지팡이로 턱을 괸 채 바다를 물끄러미 바라보는 아나그노스티 영감의 모습을 보았다.

나는 그를 불렀으나, 그는 듣지 못했다. 내가 가까이 다가가자 그는 나를 보고 고개를 끄덕이며 중얼거렸다. "사는 게 뭔지…… 젊은 녀석이 또 한 명 죽었어……. 인생을 비관하고 슬픔을 이기지 못해 스스로 바닷속에 몸을 던져 저세상으로 가버렸네……. 이제 구원받은 거야."

"구원받았다고요?"

"받았지. 받고말고. 살아봤자 뭘 할 수 있었겠소? 만일 과부랑 결혼을 했다손 쳐도 얼마 지나지 않아 만날 부부 싸움이나 했을 거고, 어쩌면 동네방네 소문이 나서 집안 망신까지 시켰을지도 몰라. 그 여자는 발정 난 암말 같아. 사내만 보면 히힝 울어대는 걸 보면 말이오. 그리고 만약 과부와 결혼하지 않았다면 죽을 때까지 고통스러워했을 거요. 평생 한 번 올까 말까 한 기회를 놓쳤다고 생각할 테니까. 파블리 녀석, 이러지도 저러지도 못했겠지…….”

“그런 말씀 마세요, 아나그노스티 영감님. 영감님 말씀만 들으면 이 세상 살고 싶은 생각 들 사람 아무도 없습니다.”

“그런 걱정 할 것 없어요. 내 말에 귀 기울여주는 사람 아무도 없으니까 말이오. 설사 내 말을 들어준다 해도 내 말을 믿지는 않아요. 이 세상에 나처럼 운 좋은 사람이 어딨겠소? 밭도 있고, 포도밭도 있고, 올리브나무도 있고, 이층짜리 집도 있고……. 이만하면 부자지. 게다가 착하고 순종적인 여자를 만나 결혼해서 아들만 낳았지. 아내는 단 한 번도 눈을 치켜뜨고 내 얼굴을 똑바로 쳐다본 적이 없고, 아들들도 다 잘되었어요. 도대체 나는 불평할 건덕지가 없다니까요. 손자들도 있다오. 그러니 내가 더 바랄 게 뭐 있겠소? 나는 나름대로 뿌리를 깊이 내렸어요. 그렇긴 하지만 인생을 한 번 더 살아야 한다면 파블리처럼 목에 돌을 매달고 바다에 뛰어들겠소. 산다는 건 고역이니까……. 아무리 좋은 운을 타고나도 인생살이는 힘들어요. 아, 개 같은 인생!”

“근데 아나그노스티 영감님, 도대체 뭐가 부족하다고 그렇게 죽는소리를 하시는 겁니까?”

“분명히 말하는데, 내게 부족한 건 없어요! 그렇지만…… 인간의 마음이 어떻게 생겨먹었는지 한번 가만히 들여다보시오.”

그는 잠시 침묵을 지키더니 어두워지기 시작한 바다를 다시 한 번 바라보다가 지팡이를 흔들며 소리쳤다. “파블리, 너 잘했다! 여자들이야 울고불고 난리를 치든 말든 내버려둬라. 원래 머리가 텅 빈 것들이니까. 자, 이제 넌 구원받았어. 네 아비도 그 사실을 안

단다. 그래서 아무 말 하지 않은 거야."

그는 어둠 속으로 파묻혀 들어가는 우리 주변의 하늘과 산을 바라보았다.

그가 말했다. "밤이 되었으니 이제 가봐야겠소."

그는 이 말을 입 밖에 내보낸 걸 후회하기라도 하는 듯, 엄청난 비밀을 털어놓았다가 그걸 다시 주워 담으려는 듯 잠시 망설였다.

그가 비쩍 마른 손을 내 어깨에 올려놓더니 웃으며 말했다. "당신은 젊으니 늙은이들 하는 말 따위는 귓등으로 흘리시오. 사람들이 늙은이들 얘기에 귀를 기울이면 세상은 얼마 지나지 않아 망해버릴 거요. 혹시 길을 가다가 과부를 만나걸랑 무슨 수를 써서라도 당신 여자로 만들어요. 결혼도 하고 아이도 낳으란 말이오! 두려워하지 말고……. 젊은 사람들이야 뭐 겁낼 게 있나?"

나는 해변에 있는 내 처소로 가서 불을 피우고 저녁 식사를 준비했다. 배도 고프고 피곤하기도 했다. 그런데 이제 휴식도 하고 배고픔도 해결하고 보니 인간들의 행복보다 더 강렬한 동물적 행복이 나를 사로잡았다.

미미토스가 창틀에 얼굴을 비치더니 내가 불 앞에 쭈그리고 앉아 식사하는 걸 바라보며 장난스럽게 미소 지었다. "무슨 일이야, 미미토스?"

"보스, 과수댁이 보낸 선물을 가져왔는데…… 오렌지 바구니예요……. 뜰에서 막 딴 거래요."

나는 당황해서 물었다. "과수댁이? 왜 과수댁이 나한테 그걸 보낸 거지?"

"오늘 저녁에 마을 사람들한테 자기에 대해 좋게 얘기해줘서 그러는 거라고 하던데요."

"무슨 좋은 얘기?"

"내가 그걸 어떻게 알겠어요? 시키는 대로 전한 것뿐인데……."

그는 오렌지를 침대에 마구 쏟아놓았다. 오두막은 오렌지 향으로 가득 찼다.

"선물 고맙다고 전해라. 그리고 조심하라는 말도 전하고. 당분간 집 밖에 나오지 말라고 해. 물론 마을에도 나타나지 말라고 하고…… 오늘 파블리의 자살이 잊힐 때까지……. 내 말 알아들었지, 미미토스?"

"그것뿐인가요, 보스?"

"응, 이것뿐야. 이제 가봐도 돼."

미미토스가 내게 눈을 찡긋했다. "그것뿐인가요?"

"가라니까!"

그가 갔다. 나는 마치 꿀처럼 달고 과즙도 많은 오렌지 하나를 깠다. 잠이 밀려오기에 침대에 길게 드러누웠다. 나는 밤새도록 오렌지나무들 아래를 천천히 걸어 다녔다. 웃통을 벗고 따뜻한 바람을 맞으며 심호흡을 했다. 꿀풀 잎사귀 하나가 귀를 간지럽혔다. 나는 스무 살 젊은 농부가 되어 오렌지나무를 심어놓은 정원을 거닐었다. 그리고 이따금 휘파람을 불며 기다렸다. 누구를 기다렸을까? 모르겠다. 하지만 내 가슴은 금방이라도 기쁨으로 터질 것만 같았다. 나는 짧은 수염을 쓰다듬으며 오렌지나무들 뒤에서 바다가 여자처럼 한숨짓는 소리에 밤새도록 귀 기울였다.

15

그날은 거칠고 뜨거운 바람이 바다 건너편에 있는 아프리카 해안에서 불어왔다. 고운 모래가 구름처럼 자욱하게 일어 공중에서 소용돌이치더니 목구멍으로 들어와 배 속 깊숙이까지 내려왔다. 잇새가 지걱거리고 눈이 따끔거렸다. 온통 모래가 묻은 빵 조각을 안 먹고 싶다면 문과 창문을 단단히 잠가야만 했다.

갑갑한 날씨였다. 나무들이 싹을 틔우는 이 울적한 봄날, 나 역시 불안이 나를 사로잡는 걸 느꼈다. 하루 종일 나른하고, 마음이 싱숭생숭하고, 꼭 개미들이 기어 다니는 것처럼 온몸이 스멀스멀하고, 더 강하지만 단순한 또 다른 행복에 대한 욕망(혹은 기억)이 느껴졌다. 수액이 올라오는 시기가 되면 번데기 속 애벌레도 날개가 꼭 두 개의 상처처럼 벌어지는 걸 의식하면서 똑같은 즐거움과 고통을 느낄 것이다.

삼사천 년 만에 다시 땅 위로 모습을 드러내 자비로운 크레타의 태양 아래서 몸을 덥히는 미노아 문명의 옛 소도시. 나는 그곳에 가려고 자갈투성이 산길을 오르기 시작했다. 이 길을 세 시간 정도 걷고 나서 녹초가 되면 아마 이 봄철 우울증도 가라앉을 것이다.

철분이 함유된 회색 바위, 짙은 녹색을 띤 초목의 낭만적 온화함 없이 헐벗은 채 빛에 잠긴 산이 나는 좋았다. 강렬한 빛에 가려져 그 동그랗고 노란 눈을 볼 수가 없는 부엉이가 바위에 앉은 모습은 우아하고 엄숙하고 신비로웠다. 내 발소리를 들을까 봐 살금살금 걸었지만 부엉이의 청각은 극도로 예민했다. 부엉이는 겁이 난 듯 둔탁한 소리를 내며 바위 사이로 날아오르더니 사라져 버렸다. 대기에서 백리향 향기가 났다. 가시금작화가 처음으로 연노랑 꽃을 피웠다.

소도시의 폐허에 도착한 나는 놀라움에 사로잡혔다. 정오쯤 되었을까, 햇빛이 수직으로 쏟아져 내려 그곳을 가득 채웠다. 폐허로 변한 옛 도시에서는 이 시간이 위험하다. 대기가 목소리와 정령들로 득실거리기 때문이다. 나뭇가지 하나가 부러져도, 도마뱀이 스윽 지나가도, 구름이 당신을 자기 그림자로 뒤덮으며 흘러가도 당신은 겁에 질리게 된다. 어디를 밟든 무덤이어서 그곳에 묻힌 망자가 당신을 부른다.

내 눈은 그 강렬한 빛에 서서히 적응해갔다. 이제는 인간의 손이 그 폐허에 남긴 흔적을 분간할 수 있었다. 대리석으로 포장된 넓은 길 두 개, 좌우로 구불구불 이어진 좁은 골목, 둥근 광장, 그리고 두 줄로 늘어선 기둥과 넓은 돌계단, 지하 저장고가 있는 웅장한 왕궁 건물.

그리고 도시 한가운데, 사람들이 가장 많이 들락거렸을 그곳에는 풍만한 젖가슴을 드러내고 양팔에는 성스러운 뱀들을 두른 대모신大母神을 모시는 사원이 있다.

또한 도처에 작은 공장과 가게(기름집과 대장간, 목공소, 도자기 공방 등)가 있었다. 이 개미집은 정교하고 안전하며 질서정연하게 만들어졌지만, 그것을 만든 개미들은 이미 몇천 년 전에 그곳을 떠나버리고 없었다. 어느 공장에서는 장인이 돌결 무늬가 있는 돌에 항아리를 조각했으나 미처 그걸 완성할 시간이 없었나 보다. 장인의 손에서 떨어진 끌이 몇천 년 후에 그의 미완성 작품 옆에서 발견되었다.

영원히 되풀이되는 허망하고 어리석은 질문 하나(왜? 뭣 때문에?)가 가슴을 후려친다. 장인匠人의 유쾌한 격정과 자신에 찬 행동이 한순간에 멈추어버린 그 미완성 항아리를 보노라니 씁쓸할 뿐이다. 얼굴은 햇볕에 잔뜩 그을렸으며, 무릎은 새까맣고, 곱슬머리에는 술 달린 머릿수건을 뒤집어쓴 젊은 양치기 하나가 폐허가 된 궁전 근처 바위에서 불쑥 몸을 일으키더니 소리쳤다. "이봐요, 친구!"

나는 혼자 있고 싶었으므로 못 들은 척했다. 그러나 그 젊은 양치기는 웃으며 나를 놀렸다. "아니, 지금 귀머거리 흉내 내는 거예요? 그러지 말고 담배 한 개비만 주면 안 돼요? 이런 촌구석에서 살면 정말 죽고 싶을 정도로 따분해요!"

그가 '죽고 싶을 정도로'라는 말을 특히 강조했기 때문에 나는 도저히 그 부탁을 거절할 수 없었다.

수중에 담배가 없었으므로 돈을 꺼내 그에게 주려고 했다. 그러자 양치기가 화를 냈다. "돈은 관두세요! 아니, 내가 그 돈으로 뭘 하겠어요? 사는 게 지겹다고 내가 그러지 않았나요? 그러니 담배를 주세요!"

나는 난처해하며 대답했다. "담배는 없어. 없다니까!"

그러자 화가 나는지 그는 지팡이로 돌멩이를 두드리면서 소리쳤다. "없다고요? 담배가 없단 말이에요? 그럼 주머니에 이 불룩한 건 뭔가요?"

나는 주머니에 든 걸 하나씩 꺼내 보여주면서 말했다. "책, 손수건, 종이, 연필, 주머니칼…… 주머니칼 줄까?"

"주머니칼은 나도 있어요. 난 없는 게 없다고요. 빵도 있고, 치즈도 있고, 올리브도 있고, 나이프도 있고, 장화 만들 때 쓸 송곳 바늘이랑 가죽도 있고, 물병도 있고……. 뭐든지 다 있어요! 담배만 빼고……. 그런데 담배가 없으니까 꼭 아무것도 없는 것 같아요! 근데 이런 폐허에서 뭘 찾는 거예요?"

"고대 유적을 보고 있지."

"보면 뭐 이해가 좀 돼요?"

"전혀 안 돼."

"나랑 같네. 어쨌든 저기 살던 사람들은 다 죽었고 우리는 아직 살아 있어요. 자, 잘 가세요!"

꼭 그곳의 정령이 나를 거기서 쫓아내는 것 같았다…….

나는 몸을 일으키며 대답했다. "그래, 이제 가야겠다."

나는 빠른 걸음으로 오던 길을 내려갔다. 잠시 후 고개를 돌려 보니 그 고독한 젊은 양치기는 여전히 바위에 앉아 있었다. 그의 곱슬머리가 검은 머릿수건에서 빠져나와 남쪽에서 불어오는 거친 바람에 나부꼈다. 햇빛이 그의 머리끝에서 발끝까지 넘쳐흐르는 것이 꼭 햇살이 청년의 청동조각 위로 퍼져나가는 것 같았다. 이제 그는 지팡이를 어깨에 올려놓은 채 휘파람을 불었다.

나는 다른 길을 통해 해변으로 내려갔다. 아프리카 대륙에서 불어오는 뜨거운 바람과 근처 정원에서 올라오는 향기가 내 머리 위로 지나가는 게 느껴졌다. 땅에서는 향기가 풍겼고, 바다는 웃었으며, 하늘은 푸른빛을 발하며 쇠붙이처럼 반짝거렸다.

겨울이 되면 우리 몸은 움츠러들지만, 날이 따뜻해지면 가슴이 다시 부풀어 오른다. 걸어가는데 쉰 목소리가 공중에서 들려왔다. 고개를 들자 어린 시절부터 나를 매혹했던 광경이 눈에 들어왔다. 전설에 따르면 날개 위와 앙상한 몸의 주름 속에 제비들을 태우고 온다는 두루미들이 꼭 군인들처럼 전투대형으로 날아가고 있었다.

시간의 주기적 리듬, 무한히 계속되는 생명의 윤회, 태양 아래서 차례로 바뀌는 대지의 네 얼굴, 유한한 삶, 그리고 언젠가는 흙 속으로 돌아가게 될 우리, 이 모든 것이 다시금 내 마음을 뒤흔들어 놓았다. 두루미들 울음소리와 함께 무시무시한 경고의 소리가 다시 한 번 내 속에서 울렸다. 우리 모두는 오직 한 번밖에 살 수가 없다. 다른 삶은 없다. 그리고 이 삶은 순식간에 지나간다. 즐길 수 있는 곳은 오직 이곳뿐이다. 영원히 다른 기회는 주어지지 않을 것이다.

이처럼 무자비하지만 자비로운 경고를 들은 정신은 자신의 비열함과 나약함을 극복하기로, 자신이 품은 헛된 희망과 나태함을 포기하기로, 영원히 사라져버릴 매 순간 매 순간에 매달리기로 결심한다.

위대한 모범들을 떠올려보면 우리는 우리가 매우 하찮은 존재이며, 삶이 하찮은 쾌락과 하찮은 슬픔, 헛소리로 소진되어간다는 사실을 분명히 깨닫는다. 그리고 피가 날 때까지 입술을 깨물면서 "너무 부끄러워!"라고 소리친다.

두루미들은 하늘을 가로질러 북쪽으로 사라져갔지만, 내 마음 속에서는 계속해서 쉰 목소리로 울어대고 한쪽 관자놀이에서 다른 쪽 관자놀이로 날아다녔다.

나는 해안에 도착해서 바닷가를 따라 빠르게 걸었다. 바닷가를 혼자 산책한다는 건 쉬운 일이 아니었다. 파도가 한 번 칠 때마다, 새가 하늘을 한 번 가로질러 갈 때마다 우리의 의무가 일깨워지기 때문이다. 다른 사람들이랑 같이 걸을 때는, 웃고 얘기를 나누며 떠들다 보면 파도와 새가 뭐라 하는지 들리지 않는다. 어쩌면 파도와 새는 아무 말 안 하는지도 모른다. 우리가 커다란 목소리로 하나 마나 한 얘기를 하며 수다 떠는 걸 보면서 아예 입을 다물어버리는 것이다.

자갈에 길게 드러누워 눈을 감았다. 그리고 생각했다. '그렇다면 영혼이란 무엇인가? 영혼과 바다, 구름, 향기 사이에는 무슨 비밀스런 관계가 있는 걸까? 영혼이 바다이기도 하고 구름이기도 하고 향기이기도 한 것 같은데…….'

일어나서 다시 걷기 시작했다. 결정을 내렸다. 무슨 결정을? 나도 알지 못했다.

문득 뒤에서 목소리가 들려왔다. "어디 가십니까? 수녀원에 가십니까?"

돌아다보았다. 검은색 머릿수건으로 머리를 묶은 키 작고 체격이 다부진 노인이 지팡이도 없이 걷다가 웃으며 내게 손짓했다. 늙은 아내가 그의 뒤를 따라왔고, 또 그 뒤에서는 피부가 가무잡잡하고 눈빛이 사나운 딸이 머리에 하얀 스카프를 두른 채 걷고 있었다.

노인이 다시 물었다. "수녀원에 가십니까?"

그러자 나는 내가 수녀원에 가기로 결정했다는 사실을 문득 깨달았다. 몇 달 전부터 나는 바다 근처에 지은 이 수녀원에 가보고 싶었지만 결정을 내리지 못했다. 그런데 이날 내 몸이 대신 불쑥 그런 결정을 내린 것이다.

나는 대답했다. "그렇습니다. 성모 마리아를 찬양하는 찬가를 들으러 갑니다."

"성모 마리아께서 당신을 축복해주시기를!"

그가 걸음을 재촉하여 나를 따라잡았다. "당신이 석탄 회사 한다는 그분이신가요?"

"네, 맞습니다."

"그렇다면 성모 마리아께서 당신이 큰돈을 벌게 해주시기를!

당신은 이 지역을 위해 좋은 일을 하고 계십니다. 가난한 가장들을 먹여 살리는 셈이니까요. 축복받으세요!"

그리고 우리 갈탄광 사업이 잘 안 된다는 소문을 분명히 들었을 그 선한 노인은 나를 위로하는 뜻으로 잠시 후에 덧붙였다. "혹시 돈을 못 벌더라도 너무 걱정하지 마세요. 당신은 언제나 승리자가 될 겁니다. 당신의 영혼은 천당으로 직행할 테니까요……."

"저도 그렇게 되기를 바랍니다, 영감님."

"난 배운 게 별로 없는 사람입니다. 하지만 언젠가 교회에서 예수님이 하신 말씀을 들었는데, 그 말씀이 지금도 내 뇌리에 박혀 잊히질 않는답니다. 예수님은 이렇게 말씀하셨지요. '네가 가진 걸 다 팔아서 큰 진주를 사라.' 큰 진주가 뭘까요? 영혼의 구원이 아니고 뭐겠습니까? 당신은 지금 큰 진주를 얻으러 가는 중입니다."

큰 진주! 그것은 얼마나 자주 내 마음의 암흑 속에서 굵은 눈물처럼 반짝거렸던가!

남자들은 앞에서 걸어갔고, 여자들은 뒤에서 팔짱을 끼고 따라왔다. 우리는 이따금 말을 주고받았다. 올리브나무가 꽃을 피울까요? 비가 와서 보리가 팰까요? 우리의 화제가 음식 쪽으로 옮겨가더니 바뀌지 않는 걸로 보아 우리는 몹시 시장했던 게 틀림없다.

"영감님은 무슨 음식을 제일 좋아하십니까?"

"다 잘 먹지요. 이 음식은 맛있고 저 음식은 맛없어, 라고 말하는 건 큰 죄악이지요."

"왜요? 어떤 음식은 좋아하고 어떤 음식은 싫어해서는 안 되는 겁니까?"

"절대 안 됩니다."

"왜지요?"

"굶는 사람들이 있으니까요."

나는 부끄러워져서 아무 말도 하지 않았다. 내 마음은 그런 연민의 높이에 이른 적이 결코 없었던 것이다.

수녀원에서 울리는 종소리가 마치 즐겁고 유쾌한 여자 웃음처럼 들려왔다.

노인이 성호를 그으며 중얼거리듯 말했다. "성모 마리아께서 오셔서 우리를 도와주시기를 빕니다! 성모 마리아께서는 목을 칼로 찔려서 피 흘리셨지요. 해적들이 출몰하던 시절에……."

그리고 노인은 그게 마치 실제로 박해를 받은 어느 젊은 난민 여성의 이야기라도 되는 듯 성모 마리아의 수난에 살을 붙여 이야기하기 시작했다. 아기를 데리고 온몸에서 눈물을 흘리며 동방에서 왔는데 신을 믿지 않는 회교도들의 칼에 찔렸다는 것이다. "1년에 한 차례씩 성모 마리아의 상처에서는 진짜 뜨거운 피가 흐른답니다. 옛날에 성모 마리아 축제가 벌어졌는데…… 그 당시에 나는 아직 코밑에 수염도 나기 전이었지요……. 인근 마을에 사는 사람들이 다들 내려와서 성모 마리아 앞에 엎드렸습니다. 8월 15일이었어요. 우리 남자들은 교회 마당에서 잤고, 여자들은 안에서 잤지요. 그런데 꿈속에서…… 오, 주님은 정말 위대하십니다!…… 성모 마리아의 비명 소리가 들려왔습니다! 나는 발딱 일어나 성상으로 달려가 성모 마리아의 목을 만져보았지요. 그때 내가 뭘 봤는지 아십니까? 내 손이 피범벅이 되어 있었습니다."

노인이 성호를 그었다. 고개를 돌려 아내와 딸을 보더니 안됐다는 생각이 드는 모양이었다. "자, 힘을 내! 거의 다 왔으니까!"

그러고 나서 목소리를 낮추었다. "그 당시 나는 총각이었습니다. 나는 성모 마리아 앞에 무릎을 꿇고 거짓으로 가득 찬 속세를 떠나 수도사가 되겠다고 맹세했지요…….”

그러고는 웃음을 터트렸다.

“왜 웃으십니까, 영감님?”

“어찌 내가 안 웃을 수 있겠습니까, 젊은 양반? 하필이면 그날 사탄이 여자로 변장해서 내 앞에 딱 서 있지 않겠어요. 그게 바로 저 여자지요!”

말을 마치고 난 그는 고개도 돌리지 않고 엄지손가락을 뒤로 젖혀 아무 말 없이 우리를 따라오는 나이 든 여성을 가리켰다. “지금이야 만지고 싶은 생각이 눈곱만치도 안 나지만, 그때는 달랐습니다. 팔딱이는 물고기처럼 활기차고 늘씬한 아가씨였죠. ‘속눈썹이 긴 미인’이라고 불렀다니까요. 하지만 지금 그 예쁜 눈썹은 어디 갔을까요? 아, 빌어먹을! 하늘로 날아가 버렸나? 하나도 안 남았어요!”

그 순간, 우리 뒤에 있던 그 나이 든 여성이 사슬에 묶인 맹견처럼 으르렁거렸다. 그러나 말은 하지 않았다.

노인이 양팔을 벌리며 말했다. “자, 수녀원에 도착했어요!”

작은 수녀원이 바닷가 거대한 바위 사이에 박혀 하얗게 반짝였다. 그 한가운데에는 최근에 새로 석회를 바른 성당의 둥근 지붕이 있었는데, 작고 둥근 것이 여자의 가슴을 연상시켰다. 성당 주변에는 문을 푸른색으로 칠한 기도실이 여섯 개 있었고, 마당에는 양초처럼 곧고 키가 큰 삼나무 세 그루가 서 있었다. 그리고 담장을 따라 굵은 무화과나무들이 꽃을 피우고 있었다.

우리는 서둘러 걸어갔다. 수녀원의 열린 창문을 통해 듣기 좋은 찬송이 우리 귀에까지 들려왔다. 바다 공기는 안식향을 가득 머금고 있었다. 반원형 대문은 활짝 열려 있었고, 흰색과 검은색 자갈이 깔린 성당 주변 마당은 눈부실 정도로 깨끗했다. 또 양쪽 벽을 따라 로즈메리와 꽃박하, 꿀풀 화분을 늘어놓았다.

이 부드러운 평온함 속에서 석양빛이 회칠한 벽을 장밋빛으로 물들여갔다.

어스름한 빛에 잠긴 훈훈한 성당에서는 양초 냄새가 났다. 남자들과 여자들이 양초 연기 속에서 좌우로 몸을 흔들었으며, 몸에 꽉 끼는 검은색 수녀복을 입은 수녀 대여섯 명이 가냘픈 목소리로 "오, 전능하신 하느님……"을 노래했다. 그들은 계속해서 무릎을 꿇었고, 그럴 때마다 날개가 접히는 것처럼 옷 바스락거리는 소리가 나곤 했다.

내가 성모 마리아에게 바치는 찬송을 들어본 건 몇 년 만의 일이었다. 젊은 시절의 반항기가 끝나자 나는 분노와 경멸의 감정을 품은 채 교회 앞을 지나다녔다. 그러나 시간이 지나면서 부드러워져서 이따금 부활절이나 성탄절 같은 종교 축일에는 교회에 나가곤 했다. 그럴 때마다 내 안에 남은 동심이 되살아나는 것 같아 즐거웠다. 야만인들은 악기가 그 종교적 임무를 수행하지 못하면 듣기 좋은 소리를 내는 힘을 잃어버린다고 믿는다. 이처럼 종교는 결국 내 안에서 미적 쾌락으로 변하고 만 것이다.

나는 구석자리로 가서 신자들이 하도 만지는 바람에 꼭 상아처럼 반들반들해진 성가대석에 몸을 기댄 채 저 먼 과거에서 흘러나오는 것 같은 비잔티움 성가에 귀를 기울였다. "찬양하라, 인간의 마음이 가 닿을 수 없는 높이여. 찬양하라, 천사의 눈으로도 볼 수 없는 깊이여. 찬양하라, 결혼하지 않은 신부新婦를……."

수녀들이 엎드려 바닥에 얼굴을 갖다 대자 그들의 옷에서는 또 다시 날개처럼 가볍게 스치는 소리가 났다.

시간이 흐르면서 마치 안식향 나는 날개가 달린 수녀들이 손에 아직 덜 핀 백합꽃을 들고 성모 마리아의 아름다움을 찬송하는 것처럼 보였다. 해가 넘어가면서 온 세상이 솜털처럼 부드러운 푸른색 황혼빛에 잠겨들었다. 어떻게 해서 우리가 마당으로 나와 있게 되었는지, 어떻게 해서 가장 키가 큰 삼나무 아래서 나이 든 수녀원장과 두 젊은 수녀와 함께 있게 되었는지 지금은 기억이 나지 않는다. 전통적으로 손님을 접대하는 시럽에 담근 과일과 차가운 물 한 잔이 나왔고, 이어서 차분한 대화가 시작되었다.

우리는 성모 마리아의 기적과 갈탄, 봄이 되자 달걀을 낳기 시작한 암탉들, 간질을 앓는 에우독시아 수녀에 대해 얘기를 나누었다. 성당 바닥에 쓰러지더니 물고기처럼 퍼덕거리며 입에 거품을 문 채 신성모독적 말을 하고 자기 옷을 찢는다는 것이었다.

수녀원장이 한숨을 내쉬며 말했다. "서른다섯 살이에요. 저주받은 나이고, 쉽지 않을 때죠. 성모 마리아께서 오셔서 도와주시고 치료해주실 거예요. 10년이나 15년이 지나면 나을 거예요……."

나는 한숨을 쉬며 중얼거렸다. "10년이나 15년……."

그러자 수녀원장이 근엄한 목소리로 말했다. "10년이나 15년 정도는 아무것도 아니죠. 영원한 시간을 생각해보면 말예요."

나는 대답하지 않았다. 나는 영원이란 것이 지나가는 한순간 한순간에 불과하다는 사실을 알고 있었다. 희고 포동포동하며 향 냄새가 나는 수녀원장의 손에 입을 맞춘 다음 수녀원을 떠났다.

날이 어두워졌다. 까마귀 두세 마리가 잠자리로 돌아가려고 서둘러 날갯짓을 했으며, 올빼미들은 먹이를 잡아먹으려고 나무의 움푹 파인 곳에서 나왔고, 달팽이와 애벌레, 들쥐는 잡아먹히려고 밖으로 나왔다.

제 꼬리를 무는 신비의 뱀이 나를 자신의 원에 가두었다. 대지는 자식들을 낳아 잡아먹고, 또다시 낳아 잡아먹는다. 이것이 완전한 원이다.

주위를 둘러 보니 보이는 거라곤 어둠과 정적뿐이었다. 마지막까지 남았던 농부들도 다 떠나서 아무도 나를 보지 못했다. 나는 구두를 벗어던진 다음 바닷물에 발을 담그고 모래밭에서 뒹굴었다. 갑작스럽게 내 맨몸으로 돌과 물, 공기와 접촉하고 싶다는 욕구가 치밀어 올랐던 것이다. 수녀원장이 말했던 '영원'이라는 단어는 나를 자극하고, 마치 야생마를 잡는 올가미처럼 나를 덮쳤다. 나는 거기서 멀어지기 위해, 벌거벗은 가슴을 땅과 바다에 갖다 대기 위해, 내가 너무나 좋아하는 이 덧없는 현실이 분명히 존재한다는 것을 확인하기 위해 벌떡 일어났다.

나는 속으로 소리쳤다. '너는 물과 불, 공기, 흙처럼 존재해. 분명히 존재한다고. 오, 대지여. 나는 그대의 막내, 그대의 젖을 움켜잡고 빨 거야. 절대 놓지 않을 거야. 그대는 내게 오직 한순간만의 삶을 허용하지만, 이 순간은 내가 빠는 젖꼭지가 되지.'

하마터면 나는 이 '영원'이라는 식인食人의 단어가 파놓은 심연으로 빠져버릴 뻔했다. 한 해 전까지만 해도 그 속에 몸을 던지고 싶어 눈을 감고 팔을 벌린 채 그 심연을 들여다보았던 것이다.

초등학교 1학년 때 강독 교과서 2부에 다음과 같은 내용의 이야기가 실려 있었다. 아이 하나가 우물에 빠졌는데, 그 안은 넓은 정원과 꿀, 쌀 푸딩, 장난감 등등이 있는 놀라운 도시였다. 나는 더듬거리며 그 동화를 읽었다. 한 음절 한 음절 읽을 때마다 나는 점점 더 깊이 동화 속으로 빠져들어 갔다. 어느 날 학교가 파한 후

나는 뛰어서 집으로 돌아가 포도 덩굴 아래 있는 우물 가장자리에 허리를 숙인 채 넋을 잃고 검게 빛나는 수면을 내려다보았다. 그리고 집들과 거리, 아이들, 포도가 주렁주렁 매달린 포도 덩굴이 있는 환상의 도시를 본 듯했다. 더는 참을 수 없었다. 우물 속에 머리를 디밀고 양팔을 아래쪽으로 내밀면서 땅을 발로 찼다. 우물에 들어가기 위한 추진력을 얻고자 함이었다. 바로 그 순간 어머니가 나를 보고는 비명을 내지르면서 달려와 간신히 내 허리를 움켜잡았다…….

어릴 때 나는 하마터면 우물에 빠질 뻔했다. 어른이 되자 이번에는 '영원'이라는 단어와 '사랑', '희망', '조국', '신' 같은 다른 많은 단어들 속에 빠질 뻔했다. 매년 나는 내가 구원받아 앞으로 한 걸음 나간다고 믿었다. 하지만 아니었다. 단어만 바꿔놓고 그걸 구원이라고 불렀던 것이다. 그리고 지난 2년 동안은 내내 '붓다'라는 단어만 들여다보고 있다.

그러나 이제는 조르바 덕분에 붓다가 최후의 우물이, 마지막 단어가 될 것이며, 나는 영원히 구원될 것이다. 영원히, 라고? 그건 우리가 늘 하는 말이다.

나는 벌떡 일어났다. 내 몸은 머리끝에서 발끝까지 행복으로 가득 채워졌다. 옷을 벗어던지고 바닷속으로 뛰어들었다. 파도가 웃기에 나도 웃었고, 우리는 함께 웃었다. 피곤해지자 나는 바닷물 속에서 나와 밤바람에 몸이 마르게 내버려두었다가 가벼운 걸음으로 성큼성큼 다시 걸었다. 그때 나는 무시무시한 위험에서 벗어났다고 느꼈다. 나는 대지에 매달려 젖을 빨았던 것이다.

16

갈탄광이 있는 해변이 보이자 나는 우뚝 걸음을 멈추었다. 오두막에 불이 켜져 있었다. '조르바가 돌아온 게 틀림없어!' 나는 이렇게 생각하며 기뻐했다.

나는 서둘러 뛰어가려다가 참았다. '기쁜 표정은 짓지 말아야지. 화난 표정을 지으며 단단히 따져야 해. 급한 일을 보고 오라고 보냈는데 돈이나 펑펑 써대며 카바레 가수들이랑 놀다가 열이틀 만에 돌아온 거 아닌가! 화가 난 척해야지. 암, 그렇게 해야 하고말고!'

나는 속에서 화가 끓어오를 시간을 벌려고 다시 천천히 길을 걸었다. 나를 흥분시키기 위해 애써보고, 눈썹도 찌푸려보고, 주먹도 움켜쥐어 보고, 화를 돋우기 위해 화난 사람의 표정이란 표정은 다 지어보기도 했다. 그러나 아무 소용 없었다. 오두막에 가까워지면 가까워질수록 기쁨은 점점 더 커져만 갔다.

나는 살금살금 다가가서 불빛이 비치는 작은 창문을 통해 안을 들여다보았다. 조르바는 무릎을 꿇은 채 버너에 불을 켜서 커피를 끓이고 있었다. 나는 가슴이 뭉클해져서 소리쳤다. "조르바!"

문이 벌컥 열렸다. 그리고 셔츠를 입지 않은 조르바가 맨발로 달려왔다. 그는 어둠 속으로 목을 내밀었다가 나를 보자 두 팔을 벌렸으나, 즉시 생각을 바꾸어 밑으로 팔을 내렸다.

"다시 만나게 되어 반갑습니다, 보스!" 그는 주저하며 이렇게 말하더니 내 앞에 서서 슬픈 표정을 지었다.

나는 짐짓 목청을 돋우어 빈정거리는 투로 말했다. "드디어 이렇게 집으로 돌아와주니, 기쁘네요! 가까이 오지 말아요. 당신에게서 화장비누 냄새가 나요."

그가 중얼거리듯 말했다. "내가 얼마나 몸을 박박 씻었는지 압니까, 보스? 말을 글겅이로 빗길 때처럼 살가죽이 벗겨지도록 박박 문지르고 나서 당신 앞에 나타났다고요! 거의 한 시간 동안이나 때를 벗겼어요. 그런데 이 빌어먹을 냄새는 어떻게 없애지요? 하지만 이게 처음도 아니고…… 결국은 사라질 겁니다. 원하든, 원치 않든……."

"자, 들어갑시다." 자꾸 웃음이 터져 나오려고 해서 나는 결국 이렇게 말했다.

우리는 오두막으로 들어갔다. 그곳에선 향수와 분, 비누, 여자 냄새가 났다.

나는 상자 위에 나란히 정렬되어 있는 핸드백과 비누, 스타킹, 빨간 우산, 향수병을 가리키며 물었다. "아니, 이건 다 뭡니까?"

그러자 조르바는 고개를 숙이며 중얼거렸다. "선물이지요……."

나는 화를 내려고 애쓰면서 말했다. "선물이라고요? 아니, 무슨 선물요?"

"선물입니다, 보스. 화내지 마세요. 우리 불쌍한 부불리나에게 줄……. 얼마 안 있으면 부활절이잖아요? 어쨌든 부불리나도 인간이니까."

나는 터져 나오려는 웃음을 간신히 참고 말했다. "그런데 정작 당신은 가장 중요한 선물은 잊어버렸군요……."

"그게 뭔데요?"

"결혼 화환요."

그래서 나는 상사병에 걸린 세이렌에게 얘기를 꾸며내어 들려주었다고 말했다.

조르바는 머리를 긁적이더니 잠시 생각에 잠겼다가 결국 이렇게 말했다. "괜한 짓을 했군요, 보스. 이런 말 하기 뭐하지만, 보스가 괜한 짓을 했어요. 그런 농담은 하는 게 아네요……. 여자는 연약한 동물이고 민감한 존재예요. 도대체 이 얘기를 몇 번이나 해야 되는 겁니까? 도자기 같아서 조심해서 다루지 않으면 깨져버린다고요, 보스."

부끄러웠다. 나 역시 그런 행동을 한 걸 후회했지만, 이미 엎질러진 물이었다. 나는 화제를 바꾸었다. "케이블은 어떻게 됐어요? 그리고 연장은?"

"다 사왔으니 걱정하지 마세요! 꿩 먹고 알 먹었어요! 운반용 삭도랑 롤라, 부불리나, 보스…… 전부 다 오케이예요!"

버너에 올려놓았던 주전자를 내려 커피를 내 잔에 따른 그는 칸디아에서 사온 깨로 만든 과자와 없어서 못 먹을 정도로 내가 좋아하는 꿀 바른 할바를 내밀며 다정한 목소리로 말했다. "당신에게 줄 선물로는 할바를 큰 통으로 하나 사왔습니다. 거봐요, 내가 당신을 잊은 게 아니라는 걸 알겠지요? 앵무새에게 줄 피스타치오도 한 주머니 사왔고요. 난 아무도 잊지 않았어요. 내 머리는 아직도 잘 돌아간다니까요."

나는 바닥에 앉아 커피를 마시고 깨과자와 할바를 먹었다. 조르바도 커피를 홀짝이고 담배를 피우면서 나를 바라보았다. 그의 눈이 꼭 뱀의 눈처럼 나를 꼼짝 못 하게 만들었다.

나는 부드러운 목소리로 물었다. "자, 당신을 헛갈리게 했던 그 중요한 문제는 풀었나요?"

"무슨 문제요?"

"여자가 사람인지 아닌지 궁금하다고 그러지 않았어요?"

그러자 조르바는 손을 내저으며 대답했다. "아, 아, 그거! 그 문제는 풀렸어요. 여자들도 우리랑 똑같은 인간입니다. 하지만 좀 못된 인간이지요. 여자들은 남자들 지갑만 보면 눈이 홱 돌아가서 착 달라붙지요. 그러다 자유를 잃어버리는 건데, 그러면서도 행복해합니다. 남자의 지갑이 남자 뒤에서 반짝거리는 걸 보거든요. 하지만 곧 제정신이 돌아오면……. 자, 이딴 얘기는 이제 그만 합시다, 보스!"

그는 일어나서 담배꽁초를 창밖으로 버리고는 말을 계속했다. "자, 우리, 남자들 얘기를 좀 해볼까요? 이제 곧 성주간聖週間이 되고 케이블도 준비됐으니 수도원에 올라가서 배불뚝이 수도사들을 만나 계약서에 서명을 받자고요. 운반용 삭도를 보면 그자들 생각이 바뀔지도 모르니까. 무슨 말인지 알겠어요? 아까운 시간이 흘러간다고요. 여유를 부릴 시간이 없는 겁니다. 빨리 일을 시작해서 그동안 까먹은 것만큼을 배에다 퍼 실어야 해요! 칸디아에 갔다 오느라 돈을 너무 많이 썼어요……. 그 악마 같은 계집 때문에……."

그가 말을 멈추었다. 보기에 안쓰러웠다. 잘못을 저질러놓고 그걸 어떻게 수습할지 몰라 당황해하는 아이 같았다. 그 아이가 나뭇잎 떨듯 그렇게 떨고 있었다.

나는 생각했다. '이런 영혼을 두려움으로 떨게 만들다니, 부끄럽지도 않아? 자, 일어나라고! 조르바 같은 사람을 또 어디서 찾을 것 같아? 스펀지를 들고 모든 걸 싹싹 지워줘 버려!'

나는 내 감정이 폭발하도록 내버려둔 채 소리쳤다. "조르바, 그 악마 같은 계집이야 어떻게 되든 상관없어요! 자, 과거는 싹 다 잊고 산투리나 내리세요!"

그는 다시 나를 포옹하고 싶다는 듯 두 팔을 벌렸다. 그러나 곧

바로 팔을 내리더니 한걸음에 벽까지 가서 발뒤꿈치를 들고 산투리를 내렸다. 석유등 불빛에 가까워지자 그의 머리칼이 칠흑처럼 새까매졌다는 걸 알아차렸다. 나는 소리쳤다. "아니, 머리 색깔이 왜 그래요? 어디서 한 거예요?"

조르바가 웃음을 터트렸다. "염색했어요, 보스. 재수가 없어서 염색했어요……."

"왜요?"

"자존심이 상해서……. 어느 날 롤라랑 손을 잡고 산책을 하는데…… 뭐, 손을 잡은 건 아니고…… 그냥, 손이 닿을락 말락…… 그런데 머리에 피도 안 마른 어린놈 하나가 우리 뒤를 따라오면서 소리치지 않겠어요. '이봐요, 할배, 손녀딸 데리고 지금 어디 가는 거예요?' 그러자 롤라가 창피해했고, 나도 창피해졌죠. 그래서 롤라가 더는 창피하지 않도록 그날 밤 당장 이발소에 가서 염색을 한 겁니다."

나는 웃음을 터트렸다. 조르바가 정색을 하며 나를 쳐다보았다. "보스, 이게 웃깁니까? 내 말 들어보세요. 그럼 인간존재가 얼마나 신비한지 알게 될 겁니다. 염색을 한 날부터 나는 딴사람이 되었어요. 나도 내 머리가 본래 검다고 믿게 된 겁니다. 사람들은 원래 자기랑 잘 안 맞는 건 쉽게 잊어버리거든요. 그리고 맹세컨대 체력이 강해진 게 느껴져요. 롤라도 그걸 눈치챘지요. 내가 옆구리가 쑤신다고 한 거 생각나죠? 이젠 안 아파요. 안 믿기죠? 당신이 좋아하는 책에는 안 쓰여 있을 테니까……."

그가 처음에는 조롱하듯 웃었다가 이내 후회하며 말했다. "미안해요, 보스. 내 평생 책이란 걸 딱 한 권 읽은 적이 있는데, 그게 뭔가 하면 바로 《뱃사람 신드바드》랍니다. 그 책을 읽고 뭘 얻었냐면…….”

그는 산투리 케이스를 조심스럽게 천천히 벗겨내며 말했다. “자, 밖으로 갑시다. 산투리는 벽으로 갇힌 방을 싫어합니다. 산투리는 야생동물 같아서 넓은 데서 살아야 하거든요.”

우리는 집 밖으로 나왔다. 별들이 꼭 라이터 불꽃처럼 하늘에서 반짝거렸다. 은하수가 하늘 이쪽 끝에서 저쪽 끝으로 흘렀다. 바다는 거품을 내며 부글거렸다.

우리는 책상다리를 하고 자갈밭에 앉았다. 파도가 우리 발바닥을 핥았다.

조르바가 말했다. “사는 게 즐거우면 가난 따위는 잊히는 법이지요. 돈이 다 떨어졌다고 해서 삶의 의욕까지 잃어서는 안 됩니다. 자, 이리 오너라, 산투리!”

“조르바, 당신 고향인 마케도니아 노래를 한번 불러보세요!”

“보스는 보스 고향인 크레타 노래를 불러요. 나는 칸디아에서 배운 노래를 부를 테니. 이걸 배우고 나서 내 인생이 바뀌었걸랑요.”

그는 잠시 생각에 잠겼다가 이렇게 말했다. “아니, 사실 인생이 바뀐 건 아녜요. 그냥 지금은 내가 옳았다는 걸 알 뿐이죠.”

그는 굵은 손가락을 산투리에 올려놓고 목을 앞으로 쭉 내밀었다. 거칠고, 허스키하고, 슬픔으로 가득 찬 그의 목소리가 거친 물결처럼 대기를 흔들어놓았다.

> 한번 일을 시작했으면 끝까지 밀고 나가라. 겁먹지 마라.
> 그대의 젊음을 채찍질하라, 그리고 고민하지 마라.

걱정은 흩어지고, 근심은 사라졌으며, 영혼은 절정에 이르렀다.

롤라와 갈탄, 운반용 삭도, '영원', 크고 작은 근심거리 등 모든 것이 푸른 연기가 되어 사라졌다. 남은 거라곤 지저귀듯 노래하는 강철의 새, 인간의 영혼뿐이었다.

자부심에 가득 찬 이 노래가 끝나자 나는 소리쳤다. "당신의 모든 걸 용서할게요, 조르바! 카바레 가수, 염색한 머리, 당신이 펑펑 써댄 돈, 전부 다 용서할게요! 그러니 계속 노래해요!"

그의 목에 다시 한 번 주름이 잡혔다.

대담한 자여, 끝까지 밀고 가라,
격정이 당신을 이끄는 대로 가라!
성공할지 실패할지는 생각하지 마라!

탄광 앞에서 자던 인부 십여 명이 이 노래를 들었는지 일어나 슬그머니 내려와서 우리 주변에 모여들었다. 좋아하는 곡을 듣노라니 팔다리가 근질근질했나 보다.

그러다가 도저히 더는 참을 수 없었던 걸까. 헐렁한 바지에 반쯤 벌거벗고 머리는 헝클어질 대로 헝클어진 채로 어둠 속에서 불쑥 나타나더니 조르바와 그의 산투리를 둘러싼 채 굵은 자갈 위에서 미친 듯 춤을 추었다.

나는 아무 말 없이 그들을 바라보다가 감동을 받아 속으로 생각했다. '내가 찾던 진짜 광맥이 바로 저거였구나. 다른 게 뭐 또 필요할까?……'

그다음 날 동이 틀 무렵부터 광산 갱도에서는 곡괭이 소리와 조르바의 고함 소리가 울려 퍼졌다. 인부들은 쉬지 않고 일했다. 그들에게 이런 열의를 불러일으킬 수 있는 사람은 오직 조르바밖에 없었다. 그와 함께 있으면 일이 포도주가 되고, 노래가 되고, 사랑이 되고, 인부들은 그것에 도취되었다. 세상은 그의 손에서 되살아났고, 돌과 갈탄, 나무, 인부들은 그의 리듬을 따라갔으며, 갱도를 비추는 아세틸렌 램프의 하얀 불빛 아래에선 전쟁이 벌어졌다. 조르바가 맨 앞에서 육탄전을 벌였다. 그는 모든 갱도와 광맥에 이름을 붙이고, 모든 보이지 않는 얼굴에 얼굴을 부여했다. 그러자 그것들은 그의 손아귀에서 벗어나지 못했다.

그는 말했다. "이 갱도의 이름이 '카나바로'(그는 첫 번째 갱도에 이런 이름을 붙였다)라는 걸 내가 아는 순간부터 이놈은 내게 꼼짝 못 하는 겁니다! 내가 자기 이름을 아는데 어찌 감히 더러운 짓을 하겠어요? '수녀원장'이나 '안짱다리 여자', '오줌싸개 여자'도 마찬가지지요. 나는 이것들 이름을 전부 다 안다니까요!"

그날 나는 그가 모르게 슬그머니 갱도 안으로 들어갔다.

그가 인부들에게 소리 질렀다. "자, 자, 서둘러! 일들 하라고! 계속하란 말이야! 이 산을 몽땅 먹어치우자고! 너희가 남자라는 걸 보여줘! 사나운 짐승이라는 걸 보여주란 말이야! 하느님께서 겁을 집어먹도록 열심히 하란 말이야! 크레타 사람인 너희들과 마케도니아 사람인 내가 이 산을 먹어치우는 거지. 산이 우리를 먹어치우는 게 아니고. 우리가 터키도 물리친 사람들인데 이깟 조그만 야산 하나에 발목을 잡혀서야 되겠어? 자, 그러니 힘들 내라고!"

누군가 조르바에게 달려왔다. 나는 아세틸렌 불빛 아래서 미미토스의 비쩍 마른 얼굴을 알아볼 수 있었다.

그가 더듬거리는 목소리로 말했다. "조르바…… 조르바……."

조르바는 고개를 돌려 미미토스를 보더니 그가 무슨 용건으로 왔는지 단번에 알아차리고 큼지막한 손을 들어 올리며 소리 질렀다. "꺼져! 꺼지라고!"

그러자 바보가 더듬거렸다. "아줌마가 보내서 왔는데요……."

"꺼지라고 했지? 일해야 돼……."

미미토스는 걸음아 날 살려라 달아났다. 조르바는 짜증이 나서 침을 뱉으며 말했다. "낮은 남자들의 시간이야. 그러니 일을 해야지. 밤은 여자들의 시간이니까 즐겨야 하는 거고……. 그걸 혼동하면 안 돼!"

나는 그 틈을 타서 모습을 드러냈다. "자, 여러분, 벌써 열두 시가 됐네요. 일은 잠깐 쉬고 점심들 먹어야지요."

조르바가 한심하다는 표정으로 나를 돌아보며 말했다. "보스, 미안하지만 우리는 그냥 가만 내버려두세요. 점심은 가서 혼자 드시고요. 열이틀이나 까먹었으니 서둘러 따라잡아야 해요. 식사 맛있게 하시길!"

갱도에서 나와 바닷가로 내려갔다. 나는 거기서 가져간 책을 펼쳤다. 배가 고팠지만 허기는 잊었다. 나는 생각했다. '생각도 일종의 광산 아닌가? 그럼 나도 그걸 파야지!' 그러고는 깊고 깊은 정신의 갱도로 들어갔다.

그것은 티베트의 설산과 신비스럽기 짝이 없는 수도원들, 그리고 정신을 집중해 하늘의 영기靈氣가 그들이 가진 욕망의 형상을 만들어내도록 한다는 담황색 가사 차림의 말 없는 수도승들에 관한 책이었다.

속세의 부질없는 소음은 높은 산꼭대기와 정기精氣로 충만한 공기에 가 닿지 못한다. 위대한 수행자는 열여섯에서 열여덟 살 남짓 된 제자들을 데리고 한밤중에 산속 얼어붙은 호수로 간다. 옷을 벗은 그들은 얼음을 깨고 얼음처럼 차가운 물에 옷을 집어넣은 다음 다시 꺼내 입고 자신들의 체온으로 옷을 말린다. 그런 다음 다시 물에 집어넣었다가 꺼내어 체온으로 말리기를 일곱 번 계속한다. 그러고는 수도원으로 돌아와 아침 예불을 드린다.

그들은 해발 5천 미터에서 6천 미터에 달하는 산꼭대기에 오른다. 그곳에 앉아 깊이 규칙적으로 호흡한다. 웃통을 벗고 있지만 추운 줄을 모른다. 얼음처럼 차가운 물이 담긴 바리를 손에 들고 그걸 바라보며 정신을 집중한다. 수정처럼 맑은 물에 온 힘을 쏟아 부으면 물이 끓기 시작한다. 그런 다음 그걸로 차를 준비하는 것이다.

위대한 수행자는 제자들을 모아놓고 말한다. "자기 자신 안에 행복의 근원을 가지지 않은 자에게 화 있을지어다!

남들의 비위를 맞추려고 하는 자에게 화 있을지어다!

이승과 저승이 결국은 하나에 불과함을 깨닫지 못하는 자에게 화 있을지어다!"

날이 어두워져 더는 책을 읽을 수가 없었다. 나는 책을 덮고 바다를 바라보았다. 나는 생각했다. '붓다와 하느님, 조국, 사상…… 이 온갖 악몽에서 나 자신을 해방해야 해……. 붓다와 하느님, 조국, 사상에서 자신을 해방하지 못하는 자들에게 화 있을지어다!'

어느 순간 바다가 검게 변했다. 아직 덜 자란 초승달이 서녘을 향해 굴러떨어졌다. 저 멀리 뜰에서 개들이 짖어댔고, 계곡 전체가 그에 화답했다.

그때 조르바가 석탄 가루와 먼지를 잔뜩 뒤집어쓰고 셔츠가 너덜너덜해진 채 어둠 속에서 나타났다.

그가 내 옆에 쭈그리고 앉으며 매우 만족스러운 표정으로 말했다. "오늘은 일이 착착 잘돼서…… 꽤 많이 했습니다……."

나는 조르바가 하는 얘기에 건성으로 귀를 기울였다. 내 마음은 아직도 저 먼 곳 신비한 나라를 떠돌았던 것이다.

"무슨 생각을 해요, 보스? 마음이 딴 데 가 있나 보네요."

나는 다시 정신을 차리고 조르바를 돌아다보며 머리를 저었다. "조르바, 당신은 자신이 이 세상에서 안 돌아다녀본 곳이 없는 굉장한 뱃사람 신드바드라 생각하며 떠벌리고 다니죠. 하지만 당신이 본 건 아무것도 아녜요. 아무것도 아니라고요. 그건 나도 마찬가지고. 세상은 우리가 생각하는 것보다 훨씬 더 넓어요. 자기 나름대론 꽤 많은 곳을 여행했다고 생각하지만, 사실 그건 자기 집 문턱도 못 넘어선 거나 마찬가지란 말입니다."

조르바는 입술을 살짝 오므렸을 뿐 아무 말도 하지 않았다. 충견이 주인에게 얻어맞았을 때처럼 끙끙거리기만 했을 뿐이다.

"크고 높은 산의 굽이마다 수도원이 들어앉은 나라가 있지요. 수도원마다 황색 가사를 입은 수도승들이 사는데, 이들은 다리를 꼬고 앉아 한 달이고 두 달이고 반년이고 오직 한 가지 생각만 합니다. 오직 한 가지만 생각한다고요, 알겠어요? 두 가지가 아니고 한 가지요! 그들은 우리처럼 여자와 갈탄, 책과 갈탄을 생각하지 않아요……. 오로지 한 가지에만 정신을 집중해 기적을 일으키죠. 기적은 그런 식으로 일어나는 겁니다. 돋보기로 태양 광선을 한 점에 집중시키면 무슨 일이 일어나는지 본 적 있지요, 조르바? 그 점에는 불이 붙습니다. 왜 그럴까요? 태양의 힘이 분산되지 않고 그 점에만 완전히 집중돼서 그런 겁니다. 인간의 정신도 마찬가지예요. 정신을 오직 한 가지에만 집중하면 기적이 일어나지요. 알겠어요, 조르바?"

조르바가 숨을 멈추었다. 그는 도망이라도 치려는 듯 잠시 몸을 흔들다가 다시 자신을 추스르며 볼멘소리로 내뱉었다. "계속해봐요!"

그러나 곧 펄쩍 뛰어 일어나며 소리쳤다. "닥쳐요, 닥쳐! 왜 나한테 그런 말을 하는 겁니까, 보스? 왜 내 마음에 독을 푸냐고요? 나는 여기서 잘 지내고 있는데 왜 자꾸 들쑤셔놓냐고요? 나는 배가 고파서 하느님이나 악마(이 둘이 다르다면 난 저주받을 겁니다)가 던져준 뼈다귀를 뜯어먹었지요. 나는 꼬리를 흔들며 외쳤지요. '감사합니다! 정말 감사해요!' 하지만 지금은……."

그는 발로 자갈을 한 번 힘껏 차더니 내게서 등을 돌렸다. 그리고 오두막 쪽으로 가려고 하다가 화가 안 풀리는지 걸음을 멈추고 투덜거렸다. "그 하느님인지 악마인지가 던져준 뼈다귀, 참 맛있더구먼요! 카바레 가수, 그 개 같은 년! 그 나쁜 년!"

그는 자갈을 한 줌 움켜쥐더니 바다에 던지며 소리쳤다. "그런데 우리에게 뼈다귀를 던져준 게 도대체 누구지요?"

그는 이렇게 말하고 나서 잠시 기다렸으나 내가 아무 대답도 하지 않자 한층 화가 나는 모양이었다. "왜 아무 말 안 합니까, 보스? 혹시 누가 그랬는지 알거든 좀 알려줘요. 나도 좀 알게. 걱정 말아요. 알아서 요절을 내줄 테니까. 하지만 누가 그랬는지 모르면 어떻게 혼을 내주겠어요?"

나는 말했다. "배고파요. 식사 준비 좀 해주세요. 우선 밥부터 먹자고요!"

"한 끼 정도 안 먹는다고 죽는 거 아니잖아요, 보스? 우리 아저씨 한 분이 수도사였는데, 일주일을 물이랑 소금만 먹고 살더라고요. 주일이나 축일 때는 밀기울을 조금 섞어 먹었는데, 그러고도 백 살 하고도 스무 살이나 더 살았어요.”

“그분이 그렇게 오래 살 수 있었던 건 하느님을 믿었기 때문이에요, 조르바. 자신의 하느님을 찾아냈으니 더는 아무 걱정이 없었던 거죠. 하지만 우리에겐 우리를 먹여줄 하느님이 없어요. 그러니 불을 피우세요. 생선이 몇 마리 있으니, 양파랑 후추랑 넣어서 우리가 좋아하는 걸쭉하고 뜨끈뜨끈한 생선 수프를 만들어 먹읍시다. 일단 먹고 보자고요.”

그러자 조르바가 격분해서 소리쳤다. “뭘 일단 먹고 나서 보자는 겁니까? 일단 먹고 나면 배가 불러서 싹 다 잊어먹을 텐데!”

“바로 그게 내가 원하는 겁니다, 조르바. 밥은 그러려고 먹는 거 아닌가요?…… 자, 가서 생선 수프나 끓입시다. 우리 머리가 둔해지기 전에…….”

그러나 조르바는 꿈쩍도 하지 않았다. 미동도 하지 않고 나를 바라볼 뿐이었다.

“난 당신이 무슨 계획을 갖고 있는지 알아요. 말해볼까요? 당신이 말하는 동안에 난 순간적으로 당신 계획을 알아차렸어요!”

나는 웃으며 그에게 물었다. “내 계획이 뭔데요?”

“수도원을 세워서 수도사들 대신 당신처럼 펜대 굴리는 자들을 몇 명 데려다놓고 밤낮으로 읽고 쓰게 하려는 거지요. 그러면 그림에 나오는 성인들처럼 당신 입에서는 글씨가 찍힌 리본이 줄줄 풀려나오겠죠. 맞지요, 안 그래요?”

나는 기분이 울적해져 고개를 숙였다. 고상한 이상을 품고 동경했던 내 젊을 때의 순진한 꿈은 깃털 뽑힌 날개처럼 무산되고 말았다. 음악가와 화가, 시인 등 십여 명으로 이루어져 있으며, 낮에는 종일 일하고 밤에만 모여 토론하는 영적 공동체를 세우려고 했다. 공동체의 규칙도 정해놓았고, 이메토스 언덕에 있는 '사냥꾼 성자 요한' 성당에 건물을 물색해두기까지 했다.

내가 얼굴을 붉히며 아무 말 안 하는 걸 본 조르바가 소리쳤다. "오호! 내가 제대로 맞혔구먼!"

나는 감정을 숨긴 채 대답했다. "맞아요. 제대로 맞혔어요, 조르바."

"그렇다면 청을 하나 드립지요, 거룩한 수도원장님. 날 수도원 수위로 취직시켜주면 암시장에 가서 장물도 좀 사고, 여자랑 만돌린, 술통, 애저구이처럼 좀 특별한 물건도 사올게요. 그래야 당신네들이 시답잖은 얘기나 하면서 인생을 낭비하지 않을 테니까 말예요……."

그는 웃으며 서둘러 오두막으로 걸어갔다. 나도 그를 따라갔다. 그는 아무 말 없이 생선을 씻었고, 나는 땔나무를 가져와 불을 피웠다. 수프가 다 되자 우리는 숟가락을 들고 냄비째 퍼먹기 시작했다.

하루 종일 굶었던 우리는 아무 말 하지 않고 게걸스럽게 먹기만 했다. 포도주까지 마시고 나니 좀 살 것 같았다. 조르바가 다시 입을 열었다. "보스, 지금 부불리나가 딱 등장하면 재미있을 텐데 말입니다! 흥, 그럴 일은 없겠지요? 암, 그렇고말고, 그러면 안 되지! 그렇긴 한데, 우리끼리만 있으니까 하는 말인데, 그 여자가 보고 싶더라니까요."

"누가 당신에게 뼈다귀를 던져주는지 이젠 안 물어봐요?"

"누가 던져주든, 그게 우리랑 무슨 상관있겠어요, 보스? 우리 그런 걸로 시간을 낭비하지 말자고요! 뼈다귀를 봐도 누가 그걸 던져준 건지 묻지 말아요. 맛이 있는지, 살코기는 좀 붙어 있는지…… 중요한 건 그겁니다. 나머지야 뭐…….”

나는 조르바의 어깨를 두드리며 말했다. “우리의 식사가 기적을 일으켰군요! 굶주린 육신이 진정됐나요? 그럼 이것저것 궁금한 게 많았던 영혼도 진정된 겁니다……. 자, 산투리나 가져오세요!”

조르바가 몸을 일으키는데 서둘러 자갈밭을 걸어오는 발소리가 들려왔다. 조르바가 코털이 무성한 콧구멍을 벌름거렸다.

그런 다음 조르바는 손으로 허벅지를 치며 낮은 목소리로 말했다. “호랑이도 제 말 하면 온다더니……. 저기 오네! 저 암캐가 조르바의 냄새를 맡고 발자국을 쫓아 이리로 오는군요.”

나는 몸을 일으켰다. “난 이제 그만 가보렵니다. 이 일에는 끼어들고 싶지 않거든요. 한 바퀴 돌아볼게요. 즐거운 시간 보내세요.”

“굿 나이트, 보스.”

“조르바, 잊으면 안 되는 게 한 가지 있어요. 당신은 오르탕스 부인에게 결혼을 약속했어요……. 그러니 날 거짓말쟁이로 만들지 마시도록…….”

조르바가 한숨을 내쉬었다. “나더러 또 결혼을 하라는 겁니까? 결혼이라면 이제 신물이 나는데!”

화장비누 냄새가 점점 더 가깝게 느껴졌다.

“힘내요, 조르바!”

나는 서둘러 그곳을 떠났다. 벌써 늙은 세이렌이 거칠게 숨을 몰아쉬는 소리가 들려왔다.

17

다음 날 동틀 무렵, 조르바의 목소리에 잠이 깼다.

"이렇게 이른 시간에 웬일이에요? 그리고 왜 그렇게 소리는 질러대는 겁니까?"

그는 잡낭에 먹을 걸 채우면서 대답했다. "계속 이런 식으로 일할 수는 없어요. 나귀를 두 마리 끌고 왔어요. 자, 일어나요. 운반용 삭도를 사용할 수 있도록 수도원에 가서 계약서에 서명을 받자고요. 사자가 겁내는 게 딱 한 가지 있는데, 그게 뭐냐면 머릿니라는 놈입니다. 이러다간 머릿니란 놈들이 우리를 잡아먹고 말 거예요, 보스!"

나는 웃으며 대답했다. "왜 불쌍한 부불리나를 머릿니 취급 하는 겁니까?"

그러나 조르바는 내 말을 못 들은 척했다. "자, 해가 중천에 떠오르기 전에 서두르자고요."

나는 어서 빨리 산속을 걸으며 소나무 냄새를 맡고 싶었다. 우리는 노새를 타고 산을 오르기 시작했다. 광산에서는 잠깐 쉬었다. 여기서 조르바는 '수녀원장'을 파고, '오줌싸개 여자'에 배수로를 내서 물을 빼라는 둥 인부들에게 이런저런 지시를 내렸다.

아직 다듬어지지 않은 다이아몬드처럼 해가 반짝거렸다. 산을 오르면 오를수록 우리 영혼도 점점 더 고양되면서 정화되는 듯했다. 나는 맑은 공기와 가벼운 호흡, 광활한 전망이 영혼에 얼마나 큰 가치를 갖는지를 다시 한 번 느꼈다. 영혼 역시 들짐승처럼 허파와 콧구멍이 있어서 많은 공기가 필요하며, 주변에 먼지나 사람이 너무 많으면 산소 부족으로 숨막혀하는 것이다.

우리가 소나무숲에 들어갔을 때는 이미 해가 중천에 떠 있었다. 꿀 냄새가 났고, 산들바람이 바다처럼 가볍게 떨며 우리 머리 위로 불었다.

조르바는 길을 가면서도 계속 산의 경사를 살폈다. 그는 마음속으로 몇 미터마다 기둥을 박고, 눈을 들어 케이블이 햇빛에 반짝이며 곧장 해변까지 내려가는 모습을 보는 것 같았다. 그리고 그의 상상 속에서는 잘라낸 통나무가 마치 시위를 떠난 화살처럼 케이블에 매달려 구르듯 내려가는 것이다.

그는 두 손을 비비며 말했다. "정말이지, 이거야말로 황금알을 낳는 사업이 아니고 뭐겠습니까? 이제 곧 삽으로 돈을 퍼 담아야 할 정도로 많이 벌어서 우리가 말했던 걸 하게 될 겁니다."

나는 놀라서 그를 바라보았다.

"뭡니까? 지금 잊어버린 척하는 건 아니지요? 수도원을 건설하려면 높은 산에 올라가야 합니다, 안 그래요? 그 산 이름이 뭐였죠? 테베스였나?"

"티베트예요, 티베트, 조르바! 하지만 우리 둘이서만 올라가야 합니다. 여자들은 그 산에 올라갈 수 없어요."

"누가 여자를 데려간답니까? 하지만 여자들에 대해서 나쁘게 얘기해서는 안 돼요. 석탄을 캐낸다든가, 성채를 공격한다든가, 하느님에 대해서 얘기한다든가 하는 남자들 일을 하지 않을 때는 여자들도 쓸모가 있으니까요. 그런 경우에 지겨워 죽을 지경이 안 되려면 무슨 일을 해야겠어요? 술을 마시든지, 주사위 놀음을 하든지, 여자를 안든지 하는 거죠. 그러면서 기다리는 겁니다. 자기의 시간이 오기를…… 만약 그 시간이 온다면……."

그는 한동안 입을 다물었다가 다시 화난 목소리로 말을 이어갔다. "만일 그 시간이 온다면요…… 그 시간이 영영 안 올 수도 있으니까……."

그러고 나서 잠시 후에 말했다. "지겨워요, 보스. 지겹다고요. 이 세상이 커지든지, 내가 작아지든지 해야 해요. 안 그러면 난 망하는 겁니다!"

그때 소나무 사이로 수도사 한 사람이 나타났다. 붉은색 머리, 밀랍 색깔 피부, 걷어 올린 법의法衣 소매, 검은색 모자. 그는 손에 든 쇠막대기로 땅을 두드리며 성큼성큼 걸었다. 우리를 보자 그는 걸음을 멈추고 쇠막대기를 쳐들며 물었다. "어디들 가시는 길이오?"

조르바가 대답했다. "수도원에 갑니다. 성모 마리아를 경배하러……."

그러자 그가 푸른색 눈에 핏발을 세우면서 소리쳤다. "돌아가시오! 돌아가는 게 당신들을 위해서 좋을 겁니다! 이곳 수도원은 성모 마리아의 정원이 아니고 사탄의 정원이오! 청빈, 순종, 정절이 수도사의 왕관이라고 말은 하지요!…… 하지만 그건 거짓말입니다! 새빨간 거짓말이라고요! 그러니 돌아가세요. 돈과 맛있는 음식, 수도원장이 되기 위한 음모, 이 세 가지가 바로 그들이 소중하게 여기는 삼위일체올시다!"

조르바가 재미있다는 표정을 지으며 내 귀에 대고 속삭였다. "이 친구, 웃기는데요, 보스……."

그가 수도사에게 다가가 물었다. "신부님께서는 성함이 어떻게 되시오? 그리고 지금 어디 가시는 길이오?"

"내 이름은 자하리아라 하고, 보따리를 싸서 수도원에서 나오는 길입니다. 더는 참을 수가 없어서 영영 떠나는 거지요. 자, 형제님의 존함을 좀 가르쳐주시겠소?"

"카나바로라 하오."

"나는 도저히 더 참을 수가 없었어요, 카나바로 형제. 그리스도가 밤새도록 신음하며 끙끙대는 바람에 잠을 잘 수가 없었소. 그래서 그분이랑 같이 끙끙댔지요. 그랬더니만 수도원장이…… 그가 지옥의 불길에 구워지기를!……. 수도원장이 다음 날 아침 일찍 날 불러서 말하더군요. '이봐, 자하리아, 자네 때문에 다른 형제들이 잠을 잘 수가 없다는군. 그러니 자네를 쫓아내야겠어.' 그래서 대답했죠. '형제들을 잠 못 자게 하는 게 저입니까, 아니면 그리스도입니까? 밤새 끙끙댄 건 제가 아니라 그리스도라고요!' 그랬더니 그 적그리스도가 지팡이를 들더니…… 이거 좀 보세요!"

그가 모자를 벗었는데, 엉킨 피로 뒤덮인 혹이 머리에 나 있었다.
"그래서 신발에 묻은 먼지를 싹싹 털어내고 길을 떠난 겁니다."

조르바가 말했다. "우리랑 같이 수도원으로 돌아갑시다. 수도원장이랑 화해시켜줄게요. 자, 우리랑 같이 가면서 길 좀 안내해주시오. 아무래도 하늘이 당신을 보내준 것 같소."

수도사가 잠시 생각에 잠겼다. 그의 눈이 반짝거렸다.

그가 결국 입을 열었다. "내게 뭘 주시겠소?"

"뭘 원하시오?"

"소금에 절인 대구 1킬로랑 코냑 한 병."

조르바가 허리를 숙이고 그를 바라보았다. "당신 마음속에 악마가 들어앉은 것 아니오, 자하리아?"

수도사가 화들짝 놀라서 물었다. "아니, 그걸 어떻게 알았습니까?"

"나는 성스러운 아토스 산에서 왔소. 그래서 그쪽으로는 아는 게 좀 있지요."

수도사가 고개를 숙이더니 들릴락 말락 한 목소리로 말했다.
"맞아요. 저의 뱃속에는 악마가 한 마리 들어앉았습니다."

"그놈이 대구와 코냑을 먹고 싶어 하는 거지요, 맞지요?"

"그래요. 그 빌어먹을 놈이 그걸 원합니다!"

"알았어요, 알았어! 그놈이 담배도 피우고 싶어 하지요?"

조르바가 담배를 던져주자 그는 꼭 며칠 굶은 사람처럼 얼른 받았다.

"그 빌어먹을 악마 놈이 담배를 피운다니까요! 담배를 말예요!"

그는 호주머니에서 부싯돌과 심지를 꺼내어 불을 붙이더니 담배 연기를 깊숙이 들이마시며 말했다. "어, 좋다!"

그가 쇠지팡이를 들고 돌아서더니 걷기 시작했다.

"당신 마음속에 들어앉은 그 악마의 이름은 무엇이오?" 조르바가 내게 윙크하며 그에게 이렇게 물었다.

그러자 수도사가 돌아다보지 않고 대답했다. "요셉입니다."

나는 반쯤 미친 이 수도사와 동행한다는 게 그다지 내키지 않았다.

병든 육체가 그렇듯 병든 마음도 내게 연민과 혐오의 감정을 동시에 불러일으켰다. 그러나 나는 아무 말 하지 않고 조르바가 하고 싶은 대로 하게 내버려두었다.

맑은 공기를 쐬니 왠지 배가 고파오기에 우리는 커다란 소나무 아래 앉아 잡낭을 열었다. 수도사는 잡낭에 뭐가 들었는지 보려고 허리를 숙이며 탐욕스러운 표정을 지었다.

그걸 본 조르바가 슬그머니 말을 놓으며 소리쳤다. "이봐, 이봐! 입맛 다시지 말라고, 자하리아 신부. 오늘은 성 월요일 아닌가? 우리는 프리메이슨 단원이므로 닭고기만 조금 먹을 걸세. 하느님께서도 우리를 용서해주시기를. 자네에겐 할바와 올리브를 주겠네."

수도사가 지저분한 수염을 쓰다듬으며 고해라도 하듯 말했다. "나, 자하리아는 단식 중입니다. 그러니 빵과 올리브만 먹고, 물만 마시겠어요……. 하지만 요셉은 악마라서 단식을 안 하지요. 그 저주받은 자는 당신들처럼 고기를 먹을 거고, 당신들 술병을 들어 포도주도 마실 겁니다!"

그는 성호를 긋고 나서 빵과 올리브, 할바를 게걸스럽게 먹어치우더니 손등으로 입을 닦았다. 그런 다음 식사를 마쳤다는 듯 다시 성호를 긋더니 말했다. "이번에는 이렇게 세 번 저주를 받은 요셉 차렙니다."

그러고는 닭고기를 먹어치우기 시작했다. 그는 흥분해서 큼지막한 조각을 집어 들며 말했다. "먹어라, 이 악령아! 먹어! 먹으라고!"

조르바가 열광하며 소리쳤다. "만세, 만세, 우리 수도사 형제! 내가 보기에 자네는 양쪽으로 탁 트인 사람인 듯싶네."

조르바가 나를 돌아보았다. "보스, 이 사람 어때 보여요?"

나는 웃으며 대답했다. "당신이랑 비슷한 것 같은데요."

조르바가 수도사에게 포도주가 담긴 호리병을 내밀었다. "자, 요셉, 마시게!"

그러자 수도승은 호리병을 받아 입에다 갖다 붙이며 말했다. "마셔라, 이 악령아!"

햇빛이 타는 듯 뜨거워지기에 우리는 조금 더 그늘로 들어갔다. 수도사한테서 양초 냄새가 나고 시큼한 땀 냄새가 풍겼다. 그는 쨍쨍 내리쬐는 태양 아래서 금방이라도 쓰러질 것처럼 보였다. 조르바가 악취가 덜 나게 하려고 그를 그늘 속으로 잡아당겼다.

"자네는 어쩌다 수도사가 되었나?" 조르바가 배불리 먹고 나더니 이제 얘기를 좀 해야 되겠다는 듯 물었다.

수도사가 웃음을 터트렸다. "제가 원래 거룩한 구석이 있어서 수도사가 되었다고 생각한다면, 그건 큰 착각입니다. 형제여, 저는 가난해서 수도사가 되었거든요. 가난해서 말입니다. 먹을 게 하나도 없어서 이렇게 생각했지요. 굶어죽지 않으려면 수도원에 들어가는 것 말고는 달리 방법이 없어."

"그래서 지금은 만족스러운가?"

"하느님, 찬미를 받으소서! 저는 자주 불평을 늘어놓습니다만…… 좋아요. 난 속세 일에는 신경도 안 써요. 속세 일 따위야 개나 물어가라지요. 내가 가고 싶어 하는 곳은 천국이에요. 농담도 하고 헛짓거리라도 하면 수도사들은 날 보며 비웃지요. 그들은 내가 일곱 마리 악마에게 들렸다며 욕합니다. 하지만 난 생각하지요. '아니, 그렇지 않아. 하느님께서는 인간들이 자기를 웃기는 걸 좋아하셔. 언젠가는 날 보고 말씀하실 거야. 어이, 광대. 이리 와서 날 웃겨주렴.' 그러니까 나는 천국에 들어가 광대 노릇을 하게 될 겁니다."

조르바가 일어서면서 말했다. "음, 자네는 제대로 머리가 돌아가는구먼! 자, 어서 가세. 날이 어두워지기 전에 도착해야 하니까!"

수도사가 우리에게 길을 안내해주려고 다시 앞장섰다. 산을 오르는데 꼭 내 마음속 풍경을 기어오른다는 느낌이 들었다. 그것은 일상의 것에 대한 근심에서 더욱 고매한 것에 대한 근심으로, 평지의 편안한 교리에서 험준한 이론으로 올라가는 것이었다.

수도사가 갑자기 걸음을 멈추며 외쳤다. "복수의 성모이십니다!"

그는 우리에게 우아하고 둥근 돔을 씌운 작은 예배당을 가리켜 보이며 말했다.

그는 무릎을 꿇고 성호를 그었다.

나는 노새에서 내려 그 시원한 예배당으로 들어갔다. 벽의 움푹 들어간 곳에는 초의 연기에 그을려 새까매진 성상이 은으로 된 예물에 뒤덮인 채 놓여 있었다. 성상 앞에 놓인 촛대에서는 영원히 꺼지지 않는 촛불이 타올랐다.

나는 그 성상을 자세히 관찰했다. 그것은 단단한 목에 근엄하면서도 불안한 눈빛을 가진 사납고 호전적인 성모 마리아였다. 그녀는 거룩한 아기 예수를 안고 있는 것이 아니라 똑바로 세운 긴 창을 들고 있었다.

수도사가 신앙심이 충만한 표정으로 말했다. "수도원을 공격하는 자에게 화 있을지어다! 성모께서는 그런 자에게 덤벼들어 창으로 몸을 꿰뚫어버립니다! 옛날에 알제리인들이 바다를 건너와 수도원에 불을 지른 적이 있지요. 그런데 이 이교도들이 어떤 대가를 치렀는지 아십니까? 그자들이 배로 돌아가려고 이 예배당 앞을 지나가는데 성모께서 성상에서 펄쩍 뛰어오르더니 밖으로 뛰쳐나오셨지요. 그리고 창을 휘둘러 이교도들을 하나도 남김없이 싹 다 죽이셨답니다. 우리 할아버지는 그자들 뼈가 숲 속 여기저기 뒹굴어 다녔다고 말씀하셨지요. 그때부터 사람들은 이 성상을 '복수의 성모'라고 부른답니다. 그전에는 '자비의 성모'라고 불렀지요."

조르바가 물었다. "그런데 왜 터키인들이 수도원을 불태우기 전에 기적을 행하시지 않은 걸까?"

그러자 수도사가 성호를 세 번 그으며 대답했다. "전능하신 분의 뜻이지요!"

"전능하신 분의 뜻은 참 이상하기도 하지!"

조르바가 이렇게 중얼거리며 다시 노새에 올라탔다.

잠시 후, 암벽과 소나무 숲 한가운데 산중턱 평지에 웅장한 성모 수도원의 모습이 나타났다. 평화롭고 아름다우며, 속세에서 멀리 벗어나 있으며, 습곡에 들어앉아 있고, 산정의 고결함과 평지의 부드러움이 잘 조화되어 있는 이 수도원은 내 눈에 인간의 영혼이 명상을 할 수 있도록 선택된 더없이 훌륭한 은신처로 보였다.

나는 생각했다. 삶의 즐거움을 마음껏 누릴 수 있는 이런 장소에서라면 인간의 영혼을 종교적 차원에서 고양할 수 있을 거야. 인간의 영혼이 자신의 인간적 부드러움을 잃지 않고 고양되는 데 필요한 것은 가파르고 초인간적인 산정이나 관능적이고 게으른 평지가 아니라 바로 이런 곳이지. 이런 풍경은 영웅도, 돼지도 만들어내지 않아. 오직 완전한 인간을 만들어낼 뿐이지.

우아한 고대 그리스 신전이나 회교 사원을 그곳에 옮겨놔도 잘 어울릴 것이다. 아무리 하느님이라도 이곳에 내려오면 수수한 옷을 입고 맨발로 봄철 풀밭을 걸으며 조용히 인간들과 얘기를 나누어야 할 것이다.

나는 중얼거렸다. "이 얼마나 멋진 곳인가! 이 깊은 고독! 이 뿌듯한 행복!"

노새에서 내린 우리는 아치형 문을 통해 내빈 접객실로 올라가 라키 술과 잼, 커피 등 전통 음식을 대접받았다. 손님을 맞이하는 일을 하는 수도승이 나타났고, 우리는 수도승들에게 둘러싸여 대화를 시작했다. 교활한 눈빛, 색을 밝히는 입술, 콧수염, 턱수염, 수컷 냄새를 풍기는 겨드랑이.

"신문 안 가져왔어요?" 한 수도사가 물었다.

나는 놀라서 물었다. "신문요? 아니, 신문은 어디다 쓰시려고?"

그러자 수도사 두셋이 화난 목소리로 대답했다. "신문을 봐야 세상이 어떻게 돌아가는지 알 거 아닙니까?"

수도사들은 나무로 된 발코니 난간에 기대어 영국과 러시아, 베니젤로스 수상, 국왕에 대해 얘기하며 꼭 까마귀 떼처럼 시끄럽게 떠들어댔다. 세상은 그들을 버렸지만, 그들은 세상을 버린 적이 없었다. 그들의 눈은 도시와 상점, 여자, 신문 등으로 가득 차 있었다.

뚱뚱한 털보 수도사 한 사람이 코를 훌쩍거리며 일어나더니 말했다. "보여줄 게 하나 있으니 어떻게 생각하는지 말해주시오. 가서 가져올게요."

그는 털투성이 짧은 손을 배에 올려놓은 채 슬리퍼를 질질 끌며 문밖으로 사라졌다.

수도사들이 악의적으로 코웃음을 치며 비웃었다.

내빈 접대를 담당하는 수도사가 말했다. "도메티오스 신부가 또 점토로 만든 수녀상을 들고 올 모양이군. 사탄이 그걸 땅속에 파묻어놓았는데, 어느 날 도메티오스가 뜰을 일구다가 발견한 겁니다. 우리 불쌍한 도메티오스는 그걸 자기 방으로 가져갔다가 그때부터 통 잠을 못 잔다는구먼요. 그 바람에 정신이 반쯤 나가버렸어요."

조르바가 짜증이 나는지 일어서며 말했다. "수도원장님을 좀 뵙고 싶습니다만…… 서명 받을 서류가 있어서……."

그러자 접대 담당 수도사가 대답했다. "거룩하신 수도원장께서는 지금 자리에 안 계십니다. 오늘 아침 수도원 부속 영지에 가셨으니, 좀 기다리셔야 합니다."

도메티오스 신부가 마치 성배라도 들고 오듯 두 손을 모아 앞으로 내민 채 나타났다.

그가 조심스럽게 손을 벌리면서 말했다. "자, 이거 보세요!"

신부 가까이 다가섰다. 반쯤 벌거벗은 작고 귀여운 타나그라 소입상小立像이 수도사의 큼지막한 손바닥에서 미소 짓고 있었으며, 하나 남은 손으로는 제 머리를 받치고 있었다.

도메티오스가 말했다. "손으로 자기 머리를 가리키는 건…… 아마도 그 속에 보석이 들었다는 말을 하고 싶어서일 겁니다. 다이아몬드나 진주 같은 보석요. 자, 어떻게 생각하십니까?"

그러자 짓궂어 보이는 수도사 한 사람이 쏘아붙였다. "머리가 아파서 그런 것 같은데……."

그러나 뚱보 도메티오스는 염소의 그것처럼 생긴 입술이 떨릴 정도로 숨을 거칠게 몰아쉬며 내가 대답해주기를 기다리다가 결국 입을 열었다. "나는 이걸 한번 깨볼 생각이에요. 안에 뭐가 들었는지 보려고요. 이것 때문에 밤에 잠을 잘 수가 없어서……. 속에 다이아몬드라도 들었는지 모르잖아요?"

나는 살덩어리와 쾌락, 키스를 저주하는 십자가들 사이의 향냄새 자욱한 그곳에 유배된, 작고 단단한 젖가슴을 가진 우아한 처녀를 바라보았다.

오, 내가 이 처녀를 구해줄 수 있다면 얼마나 좋을까!

조르바가 점토로 빚은 이 작은 조각상을 집어 들더니 날씬한 여체를 어루만졌다. 그의 손가락이 처녀의 끝이 뾰족한 젖가슴에서 멈추었다. 그러고는 말했다. "신부님, 신부님은 이게 사탄이라는 걸 모르시겠습니까? 이건 사탄을 꼭 빼닮은 형상이라고요! 하지만 걱정 말아요. 내가 저 역겨운 사탄에 대해서는 잘 아니까. 도메티오스 신부님, 이 둥글고, 단단하고, 상큼한 젖가슴을 좀 보세요.

악마의 젖가슴이 딱 이렇게 생겼습니다, 신부님."

젊고 잘생긴 수도사 한 사람이 문 앞에 나타났다. 햇빛이 그의 금발 머리와 솜털이 보송보송한 둥근 얼굴을 비춰주었다.

안색이 누르스름한 독설가 수도사가 접대 담당 수도사에게 눈을 찡긋거렸다. 두 사람은 음흉하게 웃으며 말했다. "도메티오스 신부, 저기 당신의 수련 수도사 가브리엘이 왔소."

그 말을 듣자 도메티오스는 즉시 점토 인형을 집어 들더니 술통만큼이나 무거운 몸뚱이를 질질 끌고 문 쪽으로 걸어갔다. 젊은 수도사가 허리를 흔들며 아무 말 없이 앞장섰고, 두 사람은 금방이라도 무너질 것 같은 회랑 저편으로 사라져갔다.

조르바에게 손짓을 해서 함께 밖으로 나왔다. 밖은 여전히 더웠지만 그래도 견딜 만했다. 마당 한가운데 꽃을 피운 오렌지나무가 향기를 뿜어냈다. 나무 바로 옆에는 대리석으로 조각한 숫양 머리가 있어서 물이 졸졸 흘러나왔다. 물 아래로 얼굴을 집어넣었더니 시원해졌다.

조르바가 역겨운 표정으로 말했다. "저것들은 다 뭐야? 남자도 아니고 여자도 아냐. 그냥 노새들이지. 흥! 목이나 매고 뒈져버려라!"

이번에는 그가 차가운 물 아래 머리를 집어넣고 웃기 시작했다. 그리고 같은 말을 되풀이했다. "흥! 목이나 매고 뒈져버려라! 저 수도사 놈들, 다들 자기 안에 악마 한 마리씩 키운다니까! 여자를 원하는 악마, 소금에 절인 대구를 원하는 악마, 돈을 원하는 악마, 신문을 원하는 악마……. 바보 멍청이들 같으니!…… 그냥 속세에 내려가서 먹고 싶은 음식 맘대로 먹고, 마시고 싶은 술 맘대로 퍼마시면서 살지, 왜들 저러고 있는지 몰라! 그렇게 하면 머리가 제대로 돌아갈 텐데!"

그는 담뱃불을 붙인 다음 꽃이 만발한 오렌지나무 옆에 놓인 벤치에 앉았다. "내가 뭘 먹고 싶으면 어떻게 하는 줄 알아요? 소화불량에 걸릴 때까지 목구멍에 처넣는 겁니다! 그러면 더는 뭘 먹고 싶다는 생각이 안 나요. 아니, 그 생각만 해도 구역질이 날 정도가 되지요. 예를 들어 어렸을 때 나는 버찌를 진짜 좋아했어요. 그런데 돈이 많이 없으니 한 줌씩만 사서 먹곤 했는데, 먹고 나면 또 먹고 싶어지고 먹고 나면 또 먹고 싶어지고 그러는 거였어요……. 밤낮으로 버찌 생각만 하다 보니 입에 군침이 도는 게 정말 미치겠습디다! 그러던 어느 날 화가 났습니다. 아니면 창피했는지도 모르겠습니다. 버찌가 날 가지고 놀며 바보 취급한다는 사실을 깨달았지요. 그래서 어떻게 한 줄 알아요? 한밤중에 슬그머니 일어나서 아버지 호주머니를 뒤졌더니 은화가 한 닢 있기에 훔쳤지요. 그리고 아침 일찍 과수원에 가서 버찌를 한 바구니 샀어요. 도랑에 앉아 먹기 시작했습니다. 닥치는 대로 입에 처넣었더니 나중에는 배가 아파오고, 결국은 토하고 말았지요. 맞아요, 보스, 몽땅 토했어요. 그리고 그날부터 더는 버찌를 먹고 싶다는 생각을 한 적이 없습니다. 아예 쳐다보기도 싫더라고요. 그렇게 해서 나는 자유로운 인간이 되었지요. 버찌가 눈에 띌 때마다 나는 말하곤 했죠. '너 이젠 더는 필요가 없어!' 포도주나 담배도 그렇게 했습니다. 여전히 술도 마시고 담배도 피우긴 하지만, 끊고 싶으면 얍! 단숨에 끊어버립니다. 나는 내 열정의 노예가 아닌 겁니다. 조국에 대해서도 마찬가지예요. 먹고 싶을 때 실컷 먹다가 토해서 지금은 아무 관심 없습니다."

나는 웃으며 물었다. "여자는 어때요?"

"여자들 차례도 올 겁니다! 그럼 싹 다 치워버려야죠! 하지만 내 나이 일흔은 되어야 해요!"

그는 잠시 생각하다가 일흔이면 너무 적다고 생각했는지 고쳐 말했다. "내 나이 여든은 되어야 해요! 보스, 웃으면 안 돼요. 내 말 잘 들어요. 무릇 인간은 수도원에 들어가야만 해방되는 게 아니라 난봉꾼이 되어야 해방되는 겁니다. 보스, 생각해봐요. 악마와 싸워 이기려면 악마보다 더 센 악마가 되어야 하지 않겠어요?"

도메티오스가 숨을 헐떡이며 나타났고, 금발머리 수련 수도사가 그 뒤를 따라왔다.

"꼭 화난 천사 같군……." 조르바가 잘생긴 청년 수도사의 야성적이면서도 우아한 분위기에 감탄하며 말했다.

두 사람은 이층 독방으로 올라가는 돌계단 쪽으로 갔다. 도메티오스가 돌아서더니 젊은 수도사를 바라보며 뭐라고 말했다. 젊은 수도사는 거절하는 듯 머리를 흔들었다. 그러나 그는 곧 고개를 끄덕이며 순종했다. 그는 늙은 수도사의 허리를 껴안고 함께 계단을 올라갔다.

그 모습을 본 조르바가 내게 물었다. "알겠어요? 이해가 돼요? 이곳이야말로 소돔과 고모라라고요!"

다른 수도사 둘이 나타났다. 그들은 서로를 보며 눈을 찡긋하더니 귀에 대고 무슨 말인가를 속삭이며 웃었다.

조르바가 투덜거렸다. "못된 인간들 같으니라고! 늑대들도 자기들끼리는 안 잡아먹지요. 그런데 수도사들은 자기네끼리 잡아먹어요! 여자들끼리 서로 치고받는 걸 봐요!"

나는 웃으며 말했다. "그게 아니고 남자들끼리……."

"보스, 여기서는 굳이 남자 여자 가릴 필요 없어요. 보스, 내가 아까도 말했지만 저것들은 다 노새들이라니까요. '가브리엘'이라고 해도 되고, '가브리엘라'라고 해도 돼요. '도메티오스'라고 해도 되고, '도메토리아'라고 해도 된다고요. 보스, 한시라도 빨리 여기서 빠져나가야 해요. 서명 받는 대로 떠나자고요. 여기 더 있다가는 남자 여자 안 가리고 다 경멸하게 될 겁니다!"

그가 목소리를 낮추어 말했다. "내게 계획이 있어요……."

"또 무슨 엉뚱한 일을 하려고……."

조르바가 어깨를 으쓱거렸다. "자, 어떻게 얘기를 시작해야 될지 모르겠습니다만…… 말하자면 보스, 당신은 착한 사람이에요. 모든 사람에게 골고루 신경을 써주니까요. 당신은 겨울에 이불 위를 기어 다니는 벼룩을 보면 혹시라도 벼룩이 감기에 걸릴까 봐 이불을 덮어줄 겁니다. 그러니 나같이 늙은 건달을 어떻게 이해하겠어요? 나 같은 사람은 벼룩을 보면 탁! 눌러 죽입니다. 그리고 양을 보면 목을 따고 꼬챙이에 꿰어 친구들이랑 같이 바비큐 파티를 할 겁니다. 그럼 당신은 이렇게 말하겠지요. '그 양은 당신 게 아니잖아요?' 맞는 얘기지요. 하지만 그건 잊어버려요. 일단 먹고 나서 그게 '내 것인지' '네 것인지' 따져보라는 거지요. 당신이 이러쿵저러쿵 이것 따지고 저것 따지는 동안 나는 성냥개비로 이빨을 쑤시고 있을 겁니다."

마당에 그의 웃음소리가 울려 퍼졌다. 자하리아가 질겁해서 달려 나왔다. 그는 손가락을 입을 갖다 댄 채 발뒤꿈치를 들고 걸어왔다. "쉿! 웃지 마세요. 저 위, 열려 있는 창문 뒤에서 지금 주교님이 일을 하고 계십니다. 저기는 도서관이에요. 주교님은 글을 쓰고 계시고요. 하루 종일 쓰십니다."

조르바가 자하리아 신부의 팔을 잡으며 말했다. "아, 그러잖아도 찾았는데 마침 잘 오셨소, 요셉 신부님. 우리 신부님 방에 가서 얘기 좀 합시다."

그가 내 쪽으로 고개를 돌렸다. "자, 보스, 우리가 얘기할 동안 교회를 한 바퀴 돌아보고 옛 성상도 구경하고 계세요. 난 수도원장을 기다릴 테니까. 금방 오겠지요. 사업은 내게 맡겨요. 보스가 끼어들면 일을 망칠 수도 있으니까. 내 나름대로 계획이 있으니 내게 맡겨줘요."

그러고는 허리를 숙이더니 내 귀에 대고 속삭였다. "숲을 반값에 빌릴 수 있어요……. 그러니 아무 말 말아요!"

그러고 나서 그는 반쯤 정신이 나간 자하리아 수도사의 겨드랑이를 끼고 빠른 걸음으로 사라졌다.

18

성당 문턱을 넘어 시원하고 향기로운 미광 속으로 들어갔다.

성당 안에는 아무도 없었다. 은으로 만든 야등에서는 희끄무레한 빛이 흘러나왔고, 바닥까지 정교하게 세공된 성상 벽은 포도가 주렁주렁 매달린 금빛 정자 모양을 드러냈다. 벽은 천장에서 바닥까지 반쯤 지워진 벽화로 장식되어 있었다. 사나운 표정을 짓고 있는 고행자들, 초기 교회의 교부들, 그리스도의 수난, 빛바랜 넓은 리본으로 곱슬머리를 질끈 묶은 천사들.

성당 천장 맨 위에서는 성모 마리아가 두 팔을 벌려 기도하고 있었다. 무거운 은제 석유등이 성모 앞에서 타올랐으며, 석유등의 떨리는 불빛이 비탄에 잠긴 성모의 긴 얼굴을 쓰다듬듯 부드럽게 어루만졌다. 성모의 슬픔에 잠긴 눈과 가느다란 입술, 의지가 굳어 보이는 강인한 턱을 나는 결코 잊지 못할 것이다. 나는 생각했다. 극심한 고통을 겪으면서도 더없이 행복하고 충만한 어머니가 여기 있다. 유한한 존재인 자신의 모태가 불멸의 존재를 낳았다는 걸 느끼기 때문이다.

성당에서 나와보니 해가 뉘엿뉘엿 넘어갔다. 나는 행복한 기분으로 오렌지밭을 둘러싼 낮은 돌담장에 앉았다. 성당의 돔은 꼭 해가 뜰 때처럼 장밋빛으로 물들어갔다. 수도사들은 독방에 들어가 휴식하고 있었다. 철야를 하려면 힘을 비축해두어야만 한다. 이날 밤에 그리스도는 골고다 언덕을 오를 테고, 수도사들도 용기를 내어 그와 함께 올라가야만 한다. 젖꼭지가 여러 개인 암퇘지 두 마리는 이미 캐롭나무 아래서 잠들었다. 지붕 위에서는 비둘기 떼가 사랑을 나누었다.

나는 생각했다. 나는 얼마나 오래 살면서 대지와 대기, 꽃이 만발한 오렌지나무 향기의 감미로움을 만끽할 수 있을까? 성당에서 본 바쿠스 성인의 성상이 내 마음을 행복으로 가득 물들였다. 내 존재의 가장 깊숙한 곳을 감동시키는 모든 것(꾸준한 노력, 불안 속 의연함)이 다시 내 앞에 나타났다. 곱슬머리가 마치 검은 포도송이처럼 이마까지 내려오는 저 젊은 성인의 작고 매혹적인 성상에 축복이 있을지어다. 고대 그리스의 디오니소스와 바쿠스 성인이 내 마음속에서 뒤섞이며 얼굴이 똑같아졌다. 포도 잎사귀와 수도사의 법 아래에 햇볕에 그을린 하나의 몸이, 그리스라는 나라가 살고 있는 것이다.

조르바가 안뜰에 나타나더니 급하게 말했다. "수도원장이 돌아왔어요. 우리 사업에 대해 얘기했는데, 불만스러워하더구먼요. 우리가 제안한 값에는 숲을 내줄 수 없다며 돈을 더 내라는 거예요.

하지만 내가 알아서 해결할 겁니다."

"불만스러워했다고요? 이미 합의된 게 아니었나요?"

그러자 조르바가 애원했다. "보스, 제발 이번 일에는 끼어들지 말아요. 보스가 나서면 일을 망치게 될지도 몰라요. 지금도 여전히 예전에 했던 합의 얘기를 하잖아요? 그 합의는 폐기됐습니다. 얼굴 찌푸리지 말아요! 이미 땅속에 파묻혔으니까! 우리는 반값에 저 숲을 차지하게 될 겁니다."

"또 무슨 일을 꾸미려는 거예요, 조르바?"

"보스는 신경 안 써도 됩니다. 내가 다 알아서 할 테니까. 바퀴가 잘 굴러가도록 기름을 좀 칠 거예요. 이게 무슨 말인지 알지요?"

"아니, 모르겠어요. 그게 무슨 말이죠?"

"내가 칸디아에서 돈을 너무 많이 썼거든요! 롤라란 년이 내 돈을, 아니 보스 돈을 몇천 드라크마나 집어삼켰어요. 내가 잊었다고 생각했지요? 내게도 명예라는 게 있습니다. 난 누가 내 말에 토 다는 게 싫어요. 내가 썼으니까 내가 갚을 겁니다. 계산을 해봤어요. 롤라란 년 밑으로 7천 드라크마가 들어갔더군요. 그래서 그 액수만큼을 숲에서 벌충하려는 겁니다. 수도원장과 수도원, 성모 마리아가 롤라 밑으로 들어간 돈을 대신 내는 거지요. 이게 바로 내가 세운 계획입니다. 마음에 들어요?"

"조금도 마음에 안 드네요. 당신이 분별없이 써버린 돈을 왜 성모 마리아가 내야 하는 거죠?"

"성모 마리아도 책임이 있지요. 아니, 많지요. 성모 마리아가 아들을 낳았습니다. 하느님을요. 하느님은 나, 조르바를 만드셨고, 내게 연장도 주셨습니다. 무슨 연장인지는 보스도 잘 알 거예요. 그리고 그 빌어먹을 연장은 여자를 보는 순간 내 머리가 돌게 하고, 지갑을 열게 만든단 말입니다. 알겠어요? 따라서 성모 마리아께서도 이번 일에 큰 책임이 있는 겁니다. 그러니 돈을 내도 되는 거지요!"

"나는 당신 얘기가 전혀 맘에 안 들어요, 조르바."

"그건 별개 문젭니다, 보스. 그 얘기는 나중에 다시 하기로 하고, 우선은 7천 드라크마를 메꿔놓고 보자고요. '얘야, 우선 네가 해야 할 일부터 하렴. 그러고 나면 내가 다시 네 숙모가 될 테니……' 이 시, 알아요?"

접대를 담당하는 뚱뚱한 수도사가 다시 나타나서 나긋나긋한 목소리로 말했다. "안으로 들어가시지요. 식사가 준비되었습니다."

우리는 수도원 식당으로 내려갔다. 긴 의자와 좁고 긴 식탁이 놓인 그 넓은 식당에서는 시큼하고 역한 냄새가 났다. 안쪽 벽에는 반쯤 지워진 〈최후의 심판〉 벽화가 그려져 있었다. 열한 명의 제자들이 흡사 양 떼처럼 그리스도를 둘러싸고, 그 앞에는 이마가 툭 튀어나오고 코가 매부리 모양인 붉은 머리 유다가 혼자 등을 돌리고 서 있었다. 그리스도는 오직 유다만 뚫어져라 바라보고 있었다.

접대 담당 수도사가 의자에 앉았다. 나는 그의 오른쪽에, 조르바는 왼쪽에 자리 잡았다.

수도사가 말했다. "오늘은 사순절입니다. 그래서 먼 길을 오시긴 했지만 기름이나 포도주는 드릴 수가 없습니다. 어쨌든 오신 걸 환영합니다!"

우리는 성호를 그은 다음 아무 말 없이 올리브와 초록색 양파, 샐러드, 절인 콩에 손을 뻗었다. 우리 세 사람은 별 식욕을 못 느끼며 천천히 씹었다.

접대 담당 수도사가 말했다. "이승의 삶은 곧 사순절 기간의 절제와도 같습니다. 그러니 참아야 합니다. 속죄양이신 예수님이 오실 테니까요. 천국이 올 테니까요."

기침이 나왔다. 조르바가 '조용히 해요!'라고 말하려는 듯 내 발을 밟았다.

조르바가 화제를 바꾸려고 말했다. "자하리아 신부를 만났는데……."

접대 담당 수도사가 깜짝 놀라서 물었다. "혹시 그 귀신 들린 자가 뭐라고 하던가요? 그자 마음속에 일곱 마리 악마가 살고 있으니 그자가 하는 말에는 귀 기울이지 마세요! 그자는 영혼이 부정하며, 어디서나 부정한 것만을 봅니다!"

철야 기도를 알리는 종소리가 구슬프게 들려왔다. 접대 담당 수도사가 성호를 긋더니 식탁에서 일어서며 말했다. "저는 이만 가봐야겠습니다. 그리스도의 수난이 시작되었으니 우리는 가서 그분과 함께 십자가를 지고 가야 합니다. 오시느라 고생하셨으니 오늘 밤에는 가서 쉬세요. 하지만 내일 아침 예배에는……."

수도사가 식당에서 나가자마자 조르바가 어물어물 중얼거렸다. "비열한 인간들 같으니! 오라질 인간들, 거짓말쟁이들, 개 같은 인간들!"

"무슨 일 있어요, 조르바? 자하리아가 뭐라 하던가요?"

"신경 쓸 거 없어요, 보스. 그 얘긴 이제 그만합시다. 설사 그들이 서류에 서명을 안 한다 해도 걱정할 거 없어요. 내게도 다 생각이 있으니까."

우린 수도사들이 우리를 위해 잠자리를 봐놓은 방으로 갔다. 방 한쪽 구석에는 눈에 눈물이 가득한 채 아들의 뺨에 뺨을 갖다 대고 있는 오래된 성모 마리아 성상이 있었다.

조르바가 고개를 흔들었다. "성모 마리아가 왜 울고 계신지 알아요, 보스?"

"아니요."

"뭐든지 다 볼 수 있어서 우는 겁니다. 만일 내가 성상을 그리는 화가라면 눈도, 귀도, 코도 없는 성모 마리아를 그릴 겁니다. 성모 마리아가 너무 불쌍해서 말예요."

우리는 조금 빳빳한 짚을 넣은 매트에 누웠다. 들보에서 삼나무 냄새가 났고, 열린 창으로 향기를 머금은 봄바람이 불어 들어왔다. 구슬픈 가락이 이따금 돌풍이 부는 것처럼 연속해서 안뜰에서 올라왔다. 꾀꼬리 한 마리가 창가에서 노래를 부르자 조금 더 멀리서 또 다른 꾀꼬리가 따라 불렀고, 이윽고 세 번째 꾀꼬리도 화답했다. 밤은 사랑으로 가득했다.

나는 잠을 이룰 수가 없었다. 꾀꼬리 울음소리와 그리스도를 애도하는 노랫소리가 뒤섞였다. 나도 꽃을 피운 오렌지나무들 사이로 굵은 핏방울들을 따라 골고다 언덕을 오르려 애썼다. 그 봄밤의 푸르스름한 빛 속에서 나는 그리스도의 차가운 땀이 그의 창백하고 연약한 몸을 뒤덮는 것을 보았다. 애원하는 그리스도도, 구걸하듯 손을 내민 그리스도도 볼 수 있었다. 갈릴리 사람들이 그의 뒤를 따르며 외쳤다. "호산나! 호산나!" 그들은 종려나무 가지를 손에 들고 자기들이 입었던 옷을 그리스도 발밑에 깔았다. 그는 사랑하는 사람들을 바라보았지만, 그가 어디로 가는지 아는 사람은 아무도 없었다. 오직 그리스도만이 자신이 죽음을 향해 걸어간다는 사실을 알았다. 그는 별 아래 눈물 흘리며 두려움에 떠는 인간으로서 자신의 심장을 위로했다. "나의 심장이여, 한 톨

밀알처럼 너도 땅에 떨어져 죽어야 하나니. 두려워하지 마라. 나의 심장이여, 만일 네가 죽지 않으면 어떻게 하나의 이삭이 되어 굶주려 죽어가는 사람들을 먹일 수 있으랴?"

그러나 그의 내부에 있는 인간의 심장은 자꾸 떨면서 죽고 싶어하지 않는 것이었다…….

꾀꼬리 노랫소리가 수도원을 둘러싼 숲에 서서히 퍼져나갔다. 사랑과 열정으로 가득 찬 그 노랫소리는 축축한 나뭇잎에서 올라왔고, 인간의 심장은 그 노랫소리와 함께 고동치고, 울고, 부풀어 오르고, 넘쳐흘렀다.

그리고 이렇게 그리스도의 수난과 함께, 꾀꼬리 노랫소리와 함께 나는 마치 영혼이 천국으로 들어가는 것처럼 나도 모르게 꿈속으로 빠져들어 갔다.

겨우 한 시간이나 잤을까, 나는 두려움에 떨며 화들짝 놀라 잠에서 깨어났다.

나는 소리쳤다. "조르바, 들었어요? 총소리가 났어요!"

그러나 조르바는 벌써 일어나서 침대에 앉아 담배를 피우고 있었다.

그는 화를 참으려고 애쓰면서 말했다. "신경 쓰지 마세요, 보스. 자기네 일은 자기들끼리 해결하게 그냥 내버려두자고요."

복도에서 높은 언성과 슬리퍼 끄는 소리, 쾅 소리와 함께 문이 닫히는 소리, 그리고 멀리서 상처를 입은 듯한 사람의 신음 소리가 들려왔다.

나는 침대에서 내려와 문을 열었다. 앙상하게 마른 노인 하나가 내 앞에 불쑥 나타났다. 뾰족한 흰색 모자를 썼으며, 같은 색으로 된 무릎까지 내려오는 잠옷을 입고 있었다.

“누구신가요?”

그러자 그가 떨리는 목소리로 대답했다. “난 주교요.”

나는 하마터면 웃음을 터트릴 뻔했다. 상제의祥祭儀와 주교관, 지팡이, 온갖 종류의 모조 보석은 다 어디 갔단 말인가? 내가 잠옷 차림 주교를 본 건 그때가 처음이었다.

“총소리가 난 것 같은데, 무슨 일이지요?”

그는 말을 더듬으며 나를 뒤로 밀어냈다. “모르겠어요…… 전혀…… 무슨 일인지…….”

침대에 앉아 있던 조르바가 웃으며 소리쳤다. “이봐요, 영감님, 사시나무 떨듯 떨고 계시는구려. 들어와요, 불쌍한 양반 같으니. 걱정 말아요. 여긴 수도사들 없으니까.”

나는 들릴락 말락 한 소리로 말했다. “조르바, 그런 식으로 말하면 안 되죠. 주교님이시라는데…….”

“흥, 주교님은 무슨? 잠옷 입은 주교는 이 세상에 없습니다! 자, 얼른 들어와요!”

그는 침대에서 내려와 주교의 팔을 잡고 방 안으로 끌어들인 후 문을 닫았다. 그러고는 배낭에서 라키 술병을 꺼내 잔에 따랐다. “마셔요. 힘이 좀 날 겁니다.”

노인은 잔을 비웠고, 과연 생기를 되찾았다. 그는 내 침대에 앉아 벽에 몸을 기댔다.

“주교님, 총소리는 어떻게 된 겁니까?”

“모르겠소, 젊은이…… 자정까지 일을 하고 누우려는데 내 방 옆에 있는 도메티오스 신부 방에서…….”

그러자 조르바가 소리쳤다. “아하, 그럼 그렇지! 자하리아 말이 맞았군!”

주교가 고개를 숙이며 중얼거렸다. "도둑이 들었는지도 모르지요……."

복도에서 소동이 멎자 수도원은 다시 침묵에 빠져들었다. 주교는 많이 놀랐는지 선해 보이는 눈으로 애원하듯 나를 바라보며 물었다. "졸려요, 젊은이?"

나는 그가 혼자서 방에 있고 싶어 하지 않는다는 사실을 알아차렸다. 두려운 것이다.

"아닙니다. 안 졸리니까 여기 그냥 계셔도 됩니다."

우리는 대화를 나누었다. 조르바는 베개에 몸을 기댄 채 몹시 헐떡거리며 담배를 피웠다.

주교가 내게 말했다. "당신은 배운 사람 같군요. 여긴 말상대가 없어요. 내 인생을 조금 여유 있게 만들어주는 세 가지 이론이 있소. 내가 당신에게 그걸 알려주고 싶어요, 젊은이."

그는 내 대답도 듣지 않고 말을 이어갔다. "내 첫 번째 이론은 이렇소. 꽃의 모양은 그 색깔에 영향을 미치고, 그것의 색깔은 그 속성에 영향을 미친다. 따라서 각각의 꽃은 인간의 육체와 영혼에 다르게 작용한다. 따라서 꽃이 만발한 들판을 걸을 때는 무척 조심해야 한다."

그는 내 의견을 기다리는 듯 잠시 침묵했다. 나는 이 선한 노인이 꽃이 만개한 들판을 거닐면서 꽃 한 송이 한 송이의 모양과 색깔을 관찰하고 남몰래 전율하는 모습을 떠올렸다. 그는 온몸을 부르르 떨었을 것이다. 봄이 되면 들판은 정령들로 북적거리는 것처럼 보였다.

"나의 두 번째 이론은…… 실제적 영향력을 가진 일체의 관념은 또한 실체를 가지고 있다. 그렇다, 실체는 존재한다. 그것은 눈에 안 보이는 유령처럼 공중을 떠다니는 게 아니라 진짜 몸을 갖고 있다. 눈도, 입도, 다리도, 배도 있는 것이다. 그것은 남자 아니면 여자여서 남자는 여자를, 여자는 남자를 쫓아다닌다. 그래서 복음서에 이르기를 '말씀이 육신이 되었다'라고 하는 것이다."

그는 다시 나를 불안한 표정으로 쳐다보다가 나의 침묵을 견딜 수가 없었던지 서둘러 말했다. "나의 세 번째 이론으로 말할 것 같으면…… 우리의 덧없는 삶에도 영원성이 존재한다. 우리는 일상적 근심거리로 인해 길을 잃어버리기 때문에 그걸 발견하기가 매우 힘들다. 오직 선택받은 몇 사람만 덧없는 삶 속에서도 영원을 살 수 있게 된다. 그 나머지는 길을 잃을지도 모르기 때문에 하느님께서 불쌍히 여겨 종교를 내려주신 것이다. 그 덕분에 많은 사람들이 영원을 살 수 있다."

말을 다 하고 나니 마음이 좀 가벼워진 모양이었다. 주교는 속눈썹이 없는 작은 눈을 들더니 웃으며 나를 바라보았다. 꼭 내가 가진 건 이것뿐이니 너에게 다 주겠어, 라고 말하는 것 같았다. 나는 그가 평생 동안 연구한 것의 결실을 잘 알지도 못하는 내게 그렇게 친절하게 알려주는 것을 보고 큰 감동을 받았다.

그의 눈에서 눈물이 흘렀다. 그가 내 손을 꼭 잡으며 물었다. "내 이론에 대해 어떻게 생각하시오?"

그는 마치 내 대답 여부에 따라 자기 인생의 성공과 실패 여부가 결정된다는 듯 나를 바라보았다.

그는 떨고 있었다. 나는 인간에게는 진실보다 훨씬 더 중요한 의무가 있다는 사실을 알고 있었다.

나는 대답했다. "주교님의 이론은 많은 영혼을 구할 수 있을 겁니다."

주교의 얼굴이 환해졌다. 그가 인생을 제대로 살았다는 게 증명된 것이다.

그가 내 손을 다정하게 잡아 쥐며 중얼거리듯 말했다. "고맙소, 젊은이."

바로 그때 조르바가 구석자리에서 펄쩍 뛰어 일어나며 소리쳤다. "실례합니다만 내게는 네 번째 이론이 있습니다!"

나는 불안한 심정으로 그를 쳐다보았다. 주교가 그를 돌아다보았다. "말씀해보시오, 형제. 당신의 이론에도 역시 축복이 내리기를! 자, 네 번째 이론이란 게 뭐요?"

그러자 조르바가 엄숙하게 말했다. "2 더하기 2는 4다!"

주교가 놀란 표정으로 그를 쳐다보았다.

조르바는 아랑곳하지 않고 말을 이어갔다. "내게는 다섯 번째 이론도 있습니다, 주교님. 2 더하기 2는 4가 아니다! 자, 둘 중에 하나 골라보시지요, 손님!"

주교는 내게 도움을 청하듯 더듬거리며 말했다. "무슨 말인지 모르겠어요……."

조르바가 웃음을 터트리며 말했다. "나도 무슨 말인지 모르겠는데요!"

나는 당황해서 어쩔 줄 몰라 하는 노인을 돌아보며 화제를 바꾸었다. "주교님께서는 이 수도원에서 무얼 연구하십니까?"

"수도원에 있는 필사본을 베껴 쓰고 있다오, 젊은이. 요즘은 우리 교회에서 사용하던 성모 마리아 찬양 어구를 모으는 중이지요."

그는 한숨을 내쉬며 덧붙였다. "나는 이제 늙어서 다른 일은 아무것도 할 수가 없어요. 성모님 찬양 어구 수집하는 일을 하노라면 마음이 편안해지고 속세의 비참한 일상을 잊을 수 있다오."

그는 베개에 몸을 기대더니 흡사 정신착란을 일으켜 헛소리를 하는 것처럼 중얼거리기 시작했다. "시들지 않는 장미, 풍요로운 대지, 포도 덩굴, 샘, 강, 기적의 샘, 천국으로 올라가는 사다리, 인도교, 프리깃함, 항구, 천국으로 들어가게 해주는 열쇠, 새벽, 양초, 번개, 불기둥, 용맹한 여전사, 부동의 탑, 난공불락의 요새, 보석, 은둔, 위안, 즐거움, 장님의 지팡이, 고아들의 어머니, 가난한 사람들의 식탁과 음식, 평화, 평온, 젖과 꿀 냄새……."

조르바가 나지막한 목소리로 말했다. "저 불쌍한 양반은 제정신이 아녜요. 혹시 감기라도 들지 모르니까 담요를 덮어줘야겠어요……."

그는 일어나 주교에게 담요를 덮어주고 베개도 바로잡아 주었다.

"내가 듣기로, 이 세상에는 일흔일곱 가지 미친 짓거리가 있다는데…… 저 미친 짓거리가 오늘 하나 또 추가되었으니 이제 일흔여덟 가지로 늘어났군……."

날이 밝아왔다. 세만트론〔긴 직사각형 형태의 나무 타악기로 주로 정교회 수도원에서 연주한다〕이 울리는 소리가 안뜰에서 들려왔다. 창밖으로 머리를 내밀어보니 머리에 검은색 두건을 쓴 깡마른 수도사 한 사람이 작은 망치로 긴 나무토막을 두드려 듣기 좋은 소리를 내면서 천천히 안뜰을 돌고 있었다. 세만트론 소리는 부드럽고 아름다운 기도 소리처럼 아침 대기로 퍼져나갔다. 꾀꼬리들은 입을 다물었고, 아침 일찍 일어나는 새들은 숲 속에서 수줍게 지저귀기 시작했다.

나는 창밖으로 고개를 내민 채 황홀한 기분으로 달콤한 세만트론 소리에 귀를 기울이며, 삶의 고양된 리듬은 마치 속이 텅 빈 조개껍데기처럼 쇠락했을 때조차 여전히 그 우아하고 위엄 있는 외관을 간직한다고 생각했다. 영혼은 떠나지만 그것이 오래전부터 만들었으며 마치 조개껍데기처럼 영혼을 담는 데 필요한 크기와 구조를 가지고 있는 고치는 망가지지 않고 멀쩡하게 남는 것이다.

나는 생각했다. 시끄럽기만 하지 종교가 없는 큰 도시에서 볼 수 있는 웅장한 성당이나 풍상에 해골만 앙상하게 남은 선사시대 괴물들도 그런 빈 조개껍데기나 마찬가지야.

누가 우리 방 방문을 두드렸다. 접대 담당 수도사의 느끼한 목소리가 들려왔다. "일어나세요, 형제님들! 아침 예배 시간입니다!"

조르바가 화가 나서 침대에서 벌떡 뛰어 일어났다. "총소리, 그거 어떻게 된 거냐니까?"

그는 잠시 기다렸다. 침묵이 이어졌다. 멀어져가는 발소리가 안 들리는 걸 보니 수도사는 아직 문 뒤에 있는 모양이었다. 조르바가 흥분해서 다시 소리쳤다. "어제 그 총소리, 도대체 어떻게 된 거냐니까, 이 멍텅구리 수도사!"

황급히 멀어져가는 발소리가 들려왔다. 조르바가 단숨에 문으로 달려가 활짝 열었다.

"이 꼭두각시들 같으니!" 조르바가 이렇게 말하고 나서 달아나는 수도사를 향해 침을 뱉었다.

"교황도, 수도사도, 수녀도, 교회지기도, 성당관리인도 그렇고, 다 어릿광대에 지나지 않아!"

내가 말했다. "갑시다! 여기선 피 냄새가 나요!"

조르바가 투덜거렸다. "피 냄새만 나면 괜찮게요? 보스, 가고 싶으면 아침 예배에 가요. 나는 여기저기 돌아다니면서 뭐가 어떻게 된 일인지 알아봐야겠어요!"

나는 다시 한 번 말했다. "아니, 그냥 가자니까요! 제발 부탁이니 남의 일에 끼어들지 말아요!"

"하지만 내가 원하는 건 바로 그렇게 남의 일에 끼어드는 거랍니다!"

그는 잠시 뭔가 생각하더니 교활한 미소를 지으며 말했다. "보스, 악마가 우리에게 호의를 베풀었어요. 적시에 그걸 가져다준 겁니다. 어제 그 총소리 때문에 수도원이 돈을 얼마나 내놓아야 할 것 같습니까? 최소한 7천 드라크마는 토해놓아야 할걸요!"

우리는 안뜰로 내려갔다. 그곳은 꽃을 피운 나무들이 향기를 내뿜는 행복과 온화함의 안식처였다. 자하리아가 우리를 기다리고 있었다. 그가 달려오더니 조르바의 팔을 잡았다.

그는 몸을 떨며 나지막한 목소리로 말했다. "카나바로 형제, 가요! 어서 빨리 여기를 떠야 해요!"

"총소리는 어떻게 된 거야? 살인 사건이 벌어진 거지? 빨리 말해! 안 그러면 목을 비틀어버릴 거야, 이 가증스런 수도사 같으니!"

수도사의 턱이 덜덜 떨렸다. 그는 주위를 둘러보았다. 안뜰에는 아무도 없었고, 모든 독방은 문이 닫혀 있었다. 열린 성당 문으로 마치 파도처럼 계속해서 음악이 밀려왔다.

그가 중얼중얼 말했다. "두 분 다 절 따라오세요……. 여기는 소돔과 고모라와 마찬가지예요!"

우리는 벽을 따라 걷다가 안뜰을 지나 수도원에서 나갔다. 수도원 바로 옆에 묘지가 있었다. 우리는 묘지 안으로 들어갔다.

우리는 무덤들을 성큼성큼 뛰어넘었다. 자하리아가 작은 예배당 문을 밀고 그 안으로 들어갔다. 우리도 그를 따라 들어갔다. 한가운데 시신 한 구가 수도사복에 싸여 거적에 놓여 있었다.

초 하나는 시신의 머리를, 또 하나는 발을 비쳐주고 있었다.

시신 위로 허리를 숙여 얼굴을 확인하는 순간 나는 떨리는 몸으로 중얼거렸다. "그 젊은 수도사! 도메티오스의 그 젊은 금발 머리 수도사……."

예배당 문 위에는 날개를 활짝 펴고, 검을 빼 들었으며, 빨간 가죽 구두를 신은 미카엘 천사장이 눈부시게 빛나고 있었다.

수도사가 외쳤다. "미카엘 성인이시여, 그자들에게 불을 보내시어 싹 다 태워버리소서! 미카엘 성인이시여, 성상에서 나오소서! 총소리를 못 들으셨습니까?"

"누가 죽였어? 누구야? 도메티오스야? 말해, 이 더러운 인간 같으니!"

수도사는 조르바의 손아귀에서 빠져나와 천사장 발밑에 엎드렸다. 그는 마치 매복을 할 때처럼 고개를 들고 입을 벌린 채 한동안 꼼짝하지 않고 있었다. 그러다가 환한 표정으로 벌떡 일어나며 단호한 표정으로 말했다. "내가 그자들을 불태워버릴 겁니다! 천사장께서 움직이더니 내게 신호를 보내셨어요!"

그는 성호를 그었다. "하느님을 찬양합니다! 저는 드디어 마음이 가벼워졌습니다."

조르바가 다시 수도사의 겨드랑이를 움켜쥐며 말했다. "이리 와, 자하리아! 이제부터 내가 시키는 대로 하게."

그러고 나서 나를 돌아다보았다. "돈 좀 줘요, 보스. 서명은 내가 할게요. 그자들은 늑대고 보스는 양이나 마찬가지니까 산 채로 잡아 먹힐 겁니다. 그러니 내게 맡겨요. 걱정 말아요. 내가 그 수도사 뚱뚱이들을 꼼짝 못 하게 할 테니까. 늦어도 정오 전에는 임야 문서를 주머니에 넣고 여기를 떠날 수 있을 겁니다. 자, 가세, 자하리아!"

두 사람은 은밀히 수도원 쪽으로 접근했고, 나는 소나무 숲 쪽으로 걸어갔다.

해는 이미 높이 떠올라 하늘과 땅이 반짝반짝 빛났고, 나뭇잎 위에서는 이슬방울이 반짝거렸다. 티티새 한 마리가 내 눈앞에서 날아오르더니 돌배나무 가지에 앉아 긴 꼬리를 흔들기도 하고, 부리를 벌리기도 하고, 나를 쳐다보기도 하고, 조롱하는 것 같은 표정으로 휘파람 소리를 내기도 했다.

검은 승모僧帽가 양쪽 어깨까지 내려와 있는 수도사들이 고개를 푹 숙이고 열을 지어 수도원 바깥마당으로 나오는 모습이 소나무 사이로 언뜻 보였다. 아침 예배를 끝내고 식당으로 가는 것이었다.

나는 생각했다. 이 같은 엄숙함과 고귀함에 영혼이 깃들어 있지 않다니, 얼마나 유감스러운 일인가.

잠을 설쳤더니 피곤했다. 풀밭에 드러누웠다. 제비꽃과 금작화, 로즈메리, 샐비어 향기가 진동하고, 배고픈 곤충들이 붕붕거리며 꽃 속으로 미끄러져 들어가 꽃가루를 탐했다. 멀리 보이는 산은 마치 뜨거운 태양 아래 살랑거리는 아지랑이처럼 맑고 조용하게 반짝였다.

나는 편안해져서 눈을 감았다. 감미로운 즐거움이 나를 사로잡았다. 마치 나를 둘러싼 그 모든 식물이 천국인 것 같기도 했고, 그 모든 신선함과 가벼움, 소박한 도취가 하느님인 것 같기도 했다. 하느님은 계속해서 얼굴을 바꾼다. 하느님이 무슨 가면을 쓰고 계시든 간에 그분의 얼굴을 알아볼 수 있는 자에게 복이 있을지니. 그분은 한 잔의 신선한 물이 될 수도 있고, 무릎 위에서 춤을 추는 자식이 될 수도 있고, 선정적 여인이 될 수도 있고, 이른 아침의 산책이 될 수도 있다.

내 주변 모든 것이 조금씩 정화되고 가벼워지더니 형태는 그대로인 채 꿈이 되었다. 잠과 깨어남은 똑같은 얼굴을 갖고 있어서 나는 잠을 자면서 행복하게 현실을 꿈꾸었다. 이승과 천국은 결국 하나에 불과했다. 삶은 한가운데 꿀이 한 방울 맺혀 있는 들꽃처럼, 내 영혼은 그 꿀을 탐하는 들판의 벌처럼 보였다.

나는 불현듯 이 같은 평온함에서 깨어났다. 발소리와 속삭임에 이어 즐거움에 가득 찬 목소리가 뒤에서 들려왔던 것이다. "갑시다, 보스!"

조르바가 내 앞에 우뚝 섰다. 그의 두 눈이 악마의 눈처럼 광채를 발했다.

나는 안도감을 느끼며 물었다. "가는 겁니까? 다 끝났어요?"

조르바가 저고리 안주머니를 손으로 툭툭 치며 대답했다. "다 끝났습니다! 숲이 여기 있지요! 이제 미래는 우리 겁니다. 롤라란 년이 먹어치운 7천 드라크마도 여기 있어요!"

그가 호주머니에서 지폐 다발을 꺼내들었다. "자, 받으세요. 빚을 갚는 겁니다. 이제 창피해서 보스 앞에서 낯을 붉히지 않아도 되게 됐어요. 스타킹 값, 핸드백 값, 향수 값, 부불리나의 파라솔 값이 전부 다 그 안에 포함되어 있습니다. 앵무새가 먹은 피스타치오 값도…… 내가 당신에게 사다준 할바 값도 포함되어 있고요."

"조르바, 그 돈은 그냥 넣어두세요. 내가 당신에게 주는 선물이라 생각하고……. 당신이 모독한 성모 마리아에게 용서를 구하는 의미에서 당신 키만 한 양초나 한 자루 바치는 게 어때요?"

조르바가 고개를 돌렸다. 때에 전 초록색 윗옷을 입고 뒤축이 다 나간 구두를 신은 자하리아 신부가 노새 두 마리의 고삐를 잡고 우리에게 걸어왔다. 조르바가 그에게 100드라크마짜리 지폐 다발을 보여주며 말했다. “어이, 요셉 신부, 우리 이거 나눠 갖자고. 이 돈으로 소금에 절인 대구를 한 100킬로쯤 사서 배가 터지다 못해 토할 정도까지 먹어보게. 그러면 결국 대구 생각은 더 안 날 테니까. 자, 손 벌려!”

수도사는 때 묻은 지폐 다발을 냉큼 낚아채더니 윗옷에 숨기며 말했다. “이걸로 등유를 사야겠어요…….”

조르바가 목소리를 낮추어 수도사 귀에 대고 속삭였다. “어두워지면서 다들 잠이 들고 바람이 거세게 불 때까지 기다리게……. 수도원 벽마다 다 끼얹어야 해. 헝겊이든, 걸레든, 밧줄 부스러기든, 손에 잡히는 대로 불을 붙이란 말일세……. 알아들었어?”

수도사는 바들바들 몸을 떨었다. “그렇게 떨 거 없어, 이 가증스런 수도사! 천사장께서 자네에게 시키신 일 아닌가? 등유와 하느님 덕분에 모든 게 다 잘될 걸세! 행운을 비네!”

우리는 노새에 올라탔다. 나는 마지막으로 수도원을 바라보며 물었다. “뭘 좀 알아냈어요, 조르바?”

“총소리 말입니까? 걱정 말아요, 보스. 자하리아 말이 맞았어요. 소돔과 고모라가 따로 있는 게 아니라니까요! 도메티오스가 그 잘생긴 젊은 수도사를 죽였어요!”

“도메티오스가? 왜?”

“부탁이니 그렇게 자꾸 캐묻지 말아요, 보스. 온통 구린 얘기니까.”

그가 수도원을 돌아다보았다. 수도사들은 이제 식당에서 나와 자기네들의 독방으로 돌아가고 있었다.

조르바가 소리쳤다. “나를 저주하라, 거룩한 신부 나부랭이들아!”

19

우리가 어둠이 내릴 무렵 해안으로 내려와서 가장 먼저 만난 사람은 오두막 앞에 둥글게 몸을 웅크리고 있는 부불리나였다. 등불을 켜고 그녀 얼굴을 본 나는 덜컥 겁이 났다. "무슨 일인가요, 오르탕스 부인? 혹시 어디 편찮으세요?"

결혼이라는 일생일대의 희망이 그녀의 마음을 불타오르게 한 순간부터 우리의 세이렌은 본래의 불가해하고 수상쩍은 매력을 잃어버렸다. 그녀는 모든 과거를 지워버리고, 파샤와 터키의 고급관리, 제독들에게서 뽑아내어 자신을 꾸몄던 깃털 장식을 모두 떼어내 버리려고 애썼다. 그녀의 바람은 오직 한 가지, 진지하고 얌전한 여염집 여인이 되는 것, 신실한 아내가 되는 것뿐이었다. 그녀는 이제 화장도 하지 않고, 꾸미지도 않았으며, 얼굴에 비누칠을 하지도 않았다. 심지어 그녀에게서는 고약한 냄새가 나기까지 했다.

조르바는 아무 말 하지 않았다. 염색한 수염만 신경질적으로 꼬아댈 뿐이었다. 그는 허리를 숙여 버너를 켠 다음 커피 물을 끓일 냄비를 불에 올려놓았다.

"잔인하군요!" 나이 든 여가수가 쉰 목소리로 느닷없이 이렇게 소리쳤다.

조르바가 고개를 들어 그녀를 쳐다보았다. 그의 눈빛이 부드러워졌다. 그는 여자가 자신에게 애원하는 목소리로 말하면 꼼짝 못 하는 사람이었다. 여자가 눈물 한 방울만 흘려도 마음이 흔들리면서 목이 메는 것이었다.

그는 아무 말 없이 커피와 설탕을 냄비에 넣고 흔들었다.

늙은 세이렌이 울부짖듯 말했다. "왜 이렇게 결혼을 질질 끌면서 내 속을 태우는 거예요? 부끄러워서 이젠 마을에도 나갈 수가 없게 됐어요. 이러느니 차라리 죽는 게 낫겠어요!"

피곤했던 나는 베개에 팔꿈치를 하고 침대에 누워 그 웃기면서도 슬픈 장면을 지켜보았다.

오르탕스 부인은 조르바에게 다가가 그의 무릎을 만지며 애절한 목소리로 물었다. "왜 결혼 화관은 안 가져왔어요?"

조르바는 부불리나의 통통한 손이 자기 무릎 위에서 떨리는 것을 느꼈다. 이 무릎은 수도 없이 난파당했던 이 여인이 마지막으로 매달릴 수 있는 한 뼘 땅이었다.

조르바는 그 사실을 잘 알고 있었고, 그래서 그의 마음도 부드러워졌다. 그렇지만 그는 입을 열지 않았다. 그는 커피를 잔 세 개에 따랐다.

오르탕스 부인이 달뜬 목소리로 다시 한 번 물었다. "왜 결혼 화환을 가져오지 않은 거예요?"

조르바가 대답했다. "칸디아에는 쓸 만한 게 없더라고요."

그는 커피잔을 각자에게 나누어준 다음 방 한쪽 구석에 웅크리고 앉아 말을 이어나갔다. "좋은 걸로 보내달라고 아테네에 편지를 보냈어요. 흰 초도 주문했고…… 초콜릿이랑 구운 아몬드를 입힌 당과도 주문했고……."

말을 하면 할수록 그의 상상력에는 불이 붙었다. 그의 눈은 반짝반짝 빛났다. 그는 마치 보람찬 창조의 시간을 맞이한 시인처럼 거짓과 진실이 서로 뒤섞여 깊은 우애를 맺는 높은 경지에 도달했다. 그는 쭈그리고 앉아 휴식을 취하면서 커피를 홀짝홀짝 마셨다. 그는 두 번째 담배를 꺼내 불을 붙였다. 운 좋은 하루였다. 주머니에 임야 계약 서류도 있겠다, 빚도 갚았겠다, 기분이 흡족했다. 그의 상상력은 더 높이 날아올랐다.

"우리의 결혼식은 큰 화제를 불러일으킬 겁니다, 내 사랑하는 부불리나. 내가 주문한 당신의 웨딩드레스를 보면 아마 깜짝 놀랄 거요. 내가 칸디아에 그렇게 오래 머무른 건 다 그 때문이오. 아테네에서 이름난 재단사 두 명을 불러서 말했지요. '내가 결혼할 여인은 동서고금에 견줄 상대가 없을 만큼 어마어마한 사람이라네. 사대 열강을 호령했으나, 지금은 미망인이 되었지. 열강들이 죽자 나와 결혼하려는 거야. 그래서 난 자네들이 그 유례가 없는 웨딩드레스를 만들어주었으면 하네. 전부 비단으로 만들고, 진주로 수를 놓고 장식 밑단에는 황금 별을 붙이게나. 그리고 블라우스 왼쪽에는 해를, 오른쪽에는 달을 바느질로 꿰매게.' 그러자 재단사들이 소리치더군요. '그럼 눈이 부실 겁니다. 아마 사람들 눈이 멀어버릴지도 몰라요!' 그래서 내가 말했지요. '내 사랑하는 여인이 만족하기만 한다면, 사람들 눈머는 게 뭐 대순가?'"

오르탕스 부인은 벽에 몸을 기댄 채 귀를 쫑긋 세우고 그가 하는 말에 귀를 기울였다. 축 늘어지고 주름진 그녀의 얼굴에 함박꽃 같은 미소가 퍼져나갔다. 그녀가 목에 두른 빨간 리본은 금방이라도 끊어져버릴 것만 같았다.

오르탕스 부인이 조르바에게 나른한 눈길을 던지며 속삭였다. "할 말 있으니 귀 좀 갖다 대봐요."

조르바는 나를 보고 한쪽 눈을 찡긋하더니 허리를 숙였다.

미래의 신부는 털이 숭숭 난 그의 귓속에 자신의 작은 혀를 집어넣으며 속삭였다. "오늘 밤에 당신에게 주려고 가져왔어요."

그녀는 블라우스에서 매듭지은 작은 스카프를 끄집어내어 조르바에게 주었다.

조르바는 손가락 끝으로 스카프를 집어 자신의 오른쪽 무릎에 올려놓은 다음 문 쪽으로 고개를 돌려 바다를 응시했다.

그녀가 말했다. "조르바, 그 매듭 안 풀어봐요? 서두르는 기색이 전혀 없네……."

"우선 커피부터 마시고…… 담배도 한 대 피워야 해요……. 사실 내가 그거 풀어본 적이 있어서…… 안에 뭐가 있는지 알아요."

세이렌이 애원했다. "풀어봐요…… 풀어보라고요……."

"담배 한 대 피운 다음 풀어보겠다고 했잖아요, 글쎄!"

그러고 나서 그는 나무라는 듯한 눈길로 나를 바라보았다. "이게 다 보스 때문이오!"라고 말하는 것 같았다.

그는 천천히 담배 연기를 들이마셨다가 콧구멍으로 내뿜더니 바다를 바라보았다. "내일은 뜨거운 남풍이 불겠군……. 날씨가 바뀌었어. 나무들도 부풀어 오르고, 젊은 여자애들 젖가슴도 부풀어 올라 블라우스를 뚫고 나오려고 할 거야……. 오, 봄은 장난꾸러기야! 악마의 발명품이라니까!"

그는 침묵했다가 잠시 후에 이렇게 덧붙였다. "이 세상의 좋은 건 다 악마의 발명품이에요. 예쁜 여자들, 봄, 포도주, 이 모든 걸 다 악마가 만들었다니까요. 하느님은 수도사와 금식, 카밀레 차, 못생긴 여자들을 만들었고요……, 니미럴!"

그는 이렇게 말하면서 구석에 쪼그리고 앉아 자기 말을 듣고 있는 그 불쌍한 여인을 화난 표정으로 쳐다보았다.

그녀는 계속 그에게 애원했다. "조르바…… 조르바……."

하지만 그는 세 번째 담배에 불을 붙이더니 다시 바다를 바라보기 시작했다.

그가 말했다. "봄을 지배하는 건…… 사탄입니다. 허리띠를 풀고, 블라우스 단추를 끄르고, 나이 든 여자들은 한숨을 내쉬고…… 이봐요, 부불리나, 손 치워요!"

"조르바! 조르바!"

오르탕스 부인이 애원했다. 그녀는 허리를 숙여 스카프를 집어 들더니 조르바의 손에 쥐여주었다.

그는 담배꽁초를 집어던지더니 스카프의 매듭을 풀었다. 그러고는 손바닥을 들여다보았다.

"이게 도대체 뭐요, 부불리나?" 그가 혐오스럽다는 듯한 표정을 지으며 물었다.

늙은 세이렌은 덜덜 몸을 떨며 대답했다. "반지예요. 작은 반지요, 내 사랑…… 결혼반지…… 증인도 있고, 밤도 아름답고, 뜨거운 남풍도 불고, 하느님도 우리를 보고 계시니, 이 이상 뭐가 더 필요하겠어요? 우리 결혼해요, 조르바!"

조르바는 나를 바라보았다가, 오르탕스 부인을 바라보았다가, 다시 반지를 바라보았다. 여러 마리 악마가 그의 마음속에서 싸움을 벌였으나 아직은 아무도 승리를 거두지 못했다. 불쌍한 여인은 두려운 표정으로 그를 바라보았다.

그녀가 속삭였다. "오, 나의 조르바…… 나의 조르바……."

나는 침대에서 일어나 그다음 일이 어떻게 될지 기다리며 지켜보았다. 조르바는 이 두 개의 길 가운데 어느 길을 선택할 것인가?

그가 갑자기 고개를 가로저었다. 결정을 내린 것이다. 그의 얼굴이 환해졌다. 그는 손뼉을 치더니 벌떡 일어나며 소리쳤다. "나갑시다! 별빛 아래로 가자고요! 하느님께서 우리를 보시기를! 보스, 보스가 증인이니까 반지 챙겨요. 혹시 찬송할 줄 알아요?"

"아니, 몰라요."

나는 이미 침대에서 뛰어내려 와 오르탕스 부인이 일어서는 걸 도와주고 있었다.

그러자 조르바가 말했다. "내가 할 줄 아니까 걱정할 거 없어요. 깜빡 잊고 얘기 안 했는데, 내가 왕년에는 교회에서 성경을 낭독했다고요. 결혼식이나 세례식, 장례식이 있을 때마다 신부를 따라다녔고, 또 성서를 몽땅 암기했지요. 자, 이리 와요, 나의 부불리나. 어서 이리 와요, 나의 프랑스 프리깃함이여. 내 오른쪽에 서요!"

조르바의 악마들 가운데 관대하고 장난기 있는 악마가 결국 승리를 거둔 것이다. 조르바는 이 늙은 여가수가 불쌍했다. 피곤에 절어 있는 흐릿한 눈으로 자신을 불안하게 쳐다보는 그녀를 보노라니 가슴이 미어졌던 것이다.

그가 결정을 내리고 나서 중얼거렸다. "어쨌든 다시 한 번 암컷들을 즐겁게 해줄 수 있겠군. 하기야 그래서 안 될 게 뭐 있나?"

해변으로 달려간 그는 오르탕스 부인의 팔을 잡더니 반지를 내게 맡겨놓은 다음 읊조리기 시작했다. "하느님, 대대손손 축복을 받으소서, 아멘!"

그가 내 쪽으로 고개를 돌리고 말했다. "정신 똑바로 차려요, 보스."

"오늘 밤엔 보스는 없어요. 날 증인이라고 불러주세요……."

"알았어요. 어쨌든 정신 차리고 있어요. 내가 '시작!'이라고 외치면 우리 손가락에 반지를 끼워줘요."

그러고 난 그는 급격하고 불규칙한 가성으로 찬양을 시작했다. "하느님의 종 알렉시스와 하느님의 종 오르탕스가 오늘 결혼을 하나이다. 하느님, 이렇게 기도드리오니 그들을 구원해주소서!"

"주여, 자비를 베푸소서! 주여, 자비를 베푸소서!" 나는 웃음이 터지고 눈물이 나오려는 걸 간신히 참으며 이렇게 읊었다.

그러자 조르바가 말했다. "아직 더 해야 되는데…… 내가 그걸 다 기억해내면 악마가 날 데려갈 거야! 좋아, 꼭 해야 되는 것만 합시다!"

그리고 펄쩍 뛰어오르며 소리쳤다. "시작! 시작해요!"

그리고 내게 큰 손을 내밀며 약혼녀에게도 말했다. "당신도 그 귀여운 손 내놔봐요, 내 귀염둥이."

매일같이 빨래를 하느라 망가진 포동포동한 손이 떨렸다. 나는 그들의 손에 반지를 끼워주었고, 조르바는 이슬람교 수도사처럼 소리쳤다. "하느님의 종 알렉시스는 하느님의 종 오르탕스와 성자, 성부, 성신의 이름으로 약혼하나이다, 아멘! 하느님의 종 오르탕스는 하느님의 종 알렉시스와 약혼하나이다……. 자, 이제 끝났어요! 이리 와요, 내 약혼녀. 내 평생 처음으로 키스다운 키스를 해줄 테니까!"

그러나 오르탕스 부인은 땅바닥에 푹 쓰러졌다. 그녀는 조르바의 다리를 부여잡은 채 울었고, 조르바는 그녀가 가여워서 머리를 설레설레 흔들며 중얼거렸다. "불쌍한 여자들이여!"

오르탕스 부인이 일어나 옷을 턴 다음 팔을 벌렸다.

조르바가 외쳤다. "아이고, 이런! 오늘이 성 화요일이네. 팔 내려요! 사순절이라니까!"

오르탕스 부인은 행복해서 황홀한 표정으로 중얼거렸다. "나의 조르바……."

"조금만 참아요, 내 사랑. 부활절 때까지만 기다리면 돼요. 그때가 되면 고기도 먹고, 빨간 달걀도 깰 수 있을 거요. 당신, 지금은 집에 돌아가야 할 시간이오. 사람들이 당신이 이 시간에 밖에서 돌아다니는 걸 보면 뭐라 하겠소?"

부불리나는 그에게 애원하는 눈빛을 던졌다.

그러자 조르바가 단호하게 말했다. "안 돼요, 안 돼! 부활절까지 기다려야 해요! 자, 증인, 우리랑 같이 갑시다!"

그가 고개를 숙여 내 귀에 대고 속삭였다. "제발 부탁이니, 우리 둘만 남겨두고 가지 말아요. 오늘 밤엔 영 흥이 나질 않네요."

우리는 마을로 가는 길에 접어들었다. 하늘은 반짝거렸고, 바다는 향기를 풍겼으며, 밤새들은 우리 머리 위에서 울었다. 늙은 세이렌은 한편으로는 행복해하고 또 한편으로는 우울해하며 조르바의 팔에 매달려 끌려갔다.

그날 밤, 그녀는 평생을 꿈꾸어온 항구에 입항했다. 그녀는 노래하고, 먹고 마시며 흥청대고, 여염집 여인들을 조롱하며 평생을 보냈다. 그러나 가슴은 찢겨나가는 듯했다. 진한 화장에 향수를 뿌리고 짙은 빛깔 옷차림에 알렉산드리아와 베이루트, 이스탄불 길거리를 지나가면서 가난한 여인들이 아기들에게 젖을 먹이는 모습을 볼 때마다 그녀의 젖가슴이 들떠 부풀어 오르고, 젖꼭지는 아기의 입을 찾아 빳빳하게 일어서곤 했다. 그녀의 마음속에는 오직 한 가지 생각뿐이었다. '결혼해야 해…… 남편이 있어야 해…… 아이를 가져야 해…….' 그녀는 한숨을 내쉬었다. 하지만 그녀는 자신의 고통을 단 한 번도 다른 사람에게 내비친 적이 없었다. 그러나 이제는 하느님이 보우하사, 조금 지체되고(조금 늦은 게 뭐 대수랴?) 파도에 시달려 온몸이 만신창이가 되긴 했지만 그럼에도 그토록 그리던 항구에 도달한 것이다.

그녀는 이따금 눈을 들어 옆에서 성큼성큼 걷는 키 큰 남자를 힐끔거리며 생각했다. '금술 달린 모자를 쓴 부유한 파샤가 아니면 어떻고, 고관대작의 잘생긴 아들이 아니면 어떤가! 하느님, 찬양받으소서! 나는 진짜 남편을 구한 거야!'

조르바는 그녀의 존재가 자신을 짓누르는 걸 느끼고 서둘러 마을로 데려가 떼어내 버릴 생각을 하고 있었다. 불쌍한 여인은 자갈길에서 비틀거렸다. 금방이라도 발톱이 빠질 것 같았고 티눈 때문에 아팠지만, 그녀는 아무 말 하지 않았다. 불평을 왜 한단 말인가? 하느님이 은혜를 베풀어주신 덕분에 모든 일이 다 잘되어가는데 말이다.

'아가씨의 무화과나무'와 미망인의 안뜰을 지나갔다. 마을 어귀의 집들이 나타났다. 우리는 걸음을 멈추었다.

"잘 자요, 내 사랑." 오르탕스 부인이 기쁜 표정을 지으며 이렇게 말하더니 약혼자의 입술에 닿으려고 발꿈치를 들고 일어섰다.

그러나 조르바는 허리를 숙이지 않았다.

그걸 본 오르탕스 부인은 땅에 엎드릴 태세로 물었다. "내가 당신 발밑에 엎드려야 하나요, 내 사랑?"

조르바는 여자를 품에 안으며 고개를 저었다. "안 돼, 안 돼! 내가 당신 발에 입을 맞추어야지. 하지만 지금은 안 되겠어. 잘 자요!"

우리는 헤어졌다. 조르바와 나는 조용히 오던 길을 되돌아갔다. 우리는 향기로운 밤공기를 가득 들이마셨다. 조르바가 고개를 돌려 나를 쳐다보며 말했다. "자, 어떻게 할까요? 울어야 하나요, 웃어야 하나요? 말 좀 해봐요."

나는 대답하지 않았다. 나 역시 목이 콱 막혔는데, 그 이유를 알 수가 없었다. 웃고 싶어서였을까? 아니면 울고 싶어서?

갑자기 조르바가 물었다. "보스, 지상의 여인들을 가만 내버려두지 않았다는 그 망나니 같은 신, 이름이 뭐지요? 나도 그 신에 관해 좀 들어서 압니다. 소문에 따르면 그 신은 수염을 염색하고, 팔에 심장과 세이렌 모양 문신을 새기고, 황소와 백조, 양, 그리고 이렇게 말하면 어떨지 모르지만 창녀들에게 욕망을 불러일으키는 모든 것으로 변신했다더구먼요. 이름이 뭔지 좀 가르쳐줘요!"

"제우스 얘길 하시나 보군요. 어쩌다 제우스를 기억해내게 되었죠?"

그가 두 팔을 하늘로 들어 올리며 대답했다. "하느님, 그의 영혼을 축복하소서! 제우스라는 양반, 그것 때문에 얼마나 힘들었을 것이며, 또 얼마나 애를 먹었을까요? 진짜 순교자였죠. 내가 거기 대해서는 좀 압니다만……. 보스, 보스는 책에 쓰여 있는 것만 믿지요? 근데 누가 그걸 쓰는지는 생각해봤어요? 쳇, 선생들이라고요! 그것들이 여자에 대해서 뭘 알겠어요? 여자들을 쫓아다니는 남자들 일에 대해 뭘 알겠냐고요? 아무것도 몰라요!"

"그럼 직접 책을 쓰면 될 텐데 왜 안 써요, 조르바? 그래서 이 세상 모든 신비를 설명하면 될 거 아녜요?"

"왜 안 쓰냐고요? 그 신비를 온몸으로 살아내느라 그걸 글로 쓸 시간이 없어서 그런 겁니다. 때로는 세상을, 때로는 여자를, 때로는 술을, 또 때로는 산투리를 살아내다 보니 펜을 들 시간이 없었던 거죠! 그래서 이 세상이 펜을 굴리는 자들 손아귀에서 놀아나는 겁니다. 신비를 온몸으로 살아내는 사람들에게는 글을 쓸 시간이 없고, 글을 쓸 시간이 있는 사람들은 그걸 살아낼 생각이 없는 거지요. 무슨 말인지 이해가 갑니까?"

"그럼 제우스는요? 화제 바꾸려고 애쓰지 말아요."

그러자 그가 한숨을 내쉬며 말했다. "아, 그 불쌍한 양반!…… 나는 그가 힘들어한다는 걸 압니다. 맞아요. 그 양반은 여자를 좋아했지요. 하지만 당신들처럼 펜대만 굴리는 사람들이 생각하는 것과는 전혀 다르게 여자들을 좋아했어요. 그 양반은 여자들을 불쌍히 여겼지요. 여자들의 비밀스런 욕망을 이해하고, 그들을 위해 자신을 희생했습니다. 시골에 가다 사랑으로 가슴을 태우는 노처녀나 남편이 곁에 없어서 잠을 이루지 못하는 아리따운 유부녀를 보면(여자가 꼭 그렇게까지 예쁘지 않아도 됩니다. 추녀여도 상관없다니까요) 자비로운 영혼의 소유자인 그 양반은 성호를 긋고, 옷을 갈아입고, 여자가 좋아할 만한 얼굴로 변신한 다음 여자의 방으로 들어갔어요.

하지만 제우스, 그 양반, 여자랑 노닥거릴 기분은 아니었어요. 그러기는커녕, 몹시 피곤해하기까지 했는데 다 이유가 있습니다. 그 불쌍한 양반, 그렇게 많은 여자들을 품에 안다 보니 어찌할 바를 모르는 거지요. 여자들이 진절머리가 날 때도 많고, 몸이 편치 않을 때도 많습니다. 보스, 혹시 암염소를 여러 마리 상대하고 난 뒤의 숫염소를 본 적이 있나요? 침을 질질 흘리고, 눈에는 눈곱이 끼고, 목이 쉬고, 기침까지 콜록콜록 해대지요. 너무 지쳐서 더는 서 있기도 힘든 상태예요. 그래요, 불쌍한 제우스가 바로 이런 상태였던 겁니다. 그는 새벽에 이렇게 중얼거리며 집으로 돌아갔을 걸요. '오, 주님, 언제쯤이나 편안히 누워 한숨 푹 잘 수 있을까요? 이제 두 발로 서 있을 힘조차 없습니다그려.' 이러면서 흐르는 침을 연방 닦아냅니다.

그 순간, 어디선가 여자의 한숨 소리가 또 들려옵니다. 저 아래, 지상에서 한 여인이 이불을 걷어차고 테라스로 나와 한숨을 내쉬는 것이었어요. 그 모습을 보는 순간, 제우스는 또 그 여인이 불쌍해집니다. 그래서 투덜거리지요. '이런, 젠장, 또 지상으로 내려가

야겠군. 여자가 신세 한탄을 하니 가서 위로해줘야지 별수 있나?'

그러다 보면 그는 여자들 때문에 결국 녹초가 되어버립니다. 허리는 끊어질 것처럼 아프고, 구역질도 나오고, 온몸이 마비된 것처럼 감각이 없어져버리죠. 그래서 결국은 그 일을 그만두어버립니다. 그러면 그리스도가 그 뒤를 이어 등장하지요. 그리스도는 제우스의 꼴이 말이 아닌 걸 보고 생각합니다. '음, 여자들을 조심해야겠군.'"

조르바의 얘기를 듣던 나는 그의 참신한 상상력에 감탄하며 웃음을 터트렸다. "그래요, 웃고 싶으면 웃어도 좋아요. 하지만 신이나 악마가 우리 사업이 성공하도록 도와준다면(신이나 악마에게 그럴 능력은 없는 것 같습니다만) 내가 무슨 가게를 열 것 같습니까? 결혼중매소입니다! '제우스 결혼중매소'를 차릴 거라고요! 그럼 아마 남편감을 못 구한 노처녀들이라든가 못생긴 여자, 안짱다리, 사팔뜨기, 절름발이, 꼽추 등이 찾아올 겁니다. 나는 잘생긴 청년들 사진으로 벽을 도배한 응접실에서 그들을 맞아들이고 이렇게 말할 겁니다. '이중에서 맘에 드는 사람을 골라봐요. 그럼 내가 남편으로 맞이하도록 손을 써줄 테니까.' 그런 다음 사진이랑 비슷하게 생긴 청년을 몇 명 골라 옷을 입히고는 돈을 좀 쥐여주고 이렇게 말할 겁니다. '어느 마을 어느 거리 몇몇 번지에 가면 이름이 뭐라 뭐라 하는 여자가 있을 테니 구혼하게. 아, 싫은 기색을 해선 안 되네. 돈은 내가 줄 테니 자네는 그 여자랑 잠만 자면 되는 거야. 남자가 여자에게 많이 하지만 그 여자는 일평생 단 한 번도 들어보지 못했을 달콤한 말을 아낌없이 해줘야 하네. 심지어는 염소나 거북이, 지네도 누리지만 그 여자는 누려보지 못한 즐거움을 안겨주란 말일세!'

그런데 만일 우리 부불리나처럼 늙은 여자가 자기를 위로해줄 남자를 찾아 나섰지만 아무리 돈을 많이 준대도 지원자가 나타나지 않으면 결혼중매소 소장인 내가 성호를 긋고 직접 나설 겁니다. 물론 멍청이들은 이렇게 말하겠지요. '흥, 음탕한 영감 같으니! 세상에, 저 영감탱이는 볼 수 있는 눈도, 냄새 맡을 수 있는 코도 없어!' 그럼 나는 받아칩니다. '이 멍청이들아, 내가 왜 눈이 없어? 이 이기주의자들아, 내가 왜 코가 없냐고? 난 가슴도 있어서 여자들을 불쌍히 여긴단 말야! 사람이 가슴이 있으면 눈이나 코는 별로 중요하지 않아! 더 생각할 필요가 없다니까!'

나 역시 너무 많은 여자들을 상대하는 바람에 힘이 다 빠져 꼴깍 숨이 넘어가면 천국을 지키는 문지기 베드로 성인님이 문을 열어주며 말하겠지요. '들어가라, 조르바, 위대한 사랑꾼이여. 들어가라, 조르바, 위대한 순교자여. 네 친구 제우스 옆에 누워 편히 쉬어라. 한평생 애 많이 썼다!'"

조르바는 끊임없이 얘기를 늘어놓았다. 상상력을 한없이 발휘하던 그는 그 속의 함정에 빠져 결국은 서서히 자기가 지어낸 얘기를 정말로 믿기 시작했다. 저녁 무렵 얘기를 마친 그와 함께 '아가씨의 무화과나무' 앞을 지나가는데 그가 한숨을 내쉬더니 꼭 맹세라도 하듯이 팔을 내밀며 소리쳤다. "걱정 말아요, 부불리나! 걱정 마라니까, 내 당신을 의지가지없이 내버려두지 않을 테니! 사대 열강도 당신을 버리고, 젊음도 당신을 버리고, 하느님도 당신을 버렸지만 나, 조르바는 절대 당신을 버리지 않을 거요!"

우리는 자정이 넘은 시간에 해변에 도착했다. 바람이 불어왔다. 아프리카 해안에서 불어오는 따뜻한 남풍은 그 뜨거운 입김으로 나무들과 포도 넝쿨, 크레타 여인의 젖가슴을 부풀렸다. 바다에 떠 있는 섬 전체가 수액을 솟아나게 하는 이 바람의 따뜻한 입김 속에서 전율했다. 그날 밤 제우스와 조르바, 사랑을 품은 따뜻한 남풍이 내 마음속에서 한데 뒤섞여 남자의 얼굴을 만들어냈고, 수염이 검고 머리카락이 반들거리는 그 얼굴은 오르탕스 부인, 대지에 뜨거운 진홍빛 입을 맞추었다.

20

우리는 침대에 드러누웠다. 조르바가 만족스러운 듯 두 손을 서로 비벼댔다.

"오늘은 참 보람찬 하루였네요, 보스. 뭐가 그렇게 보람찼냐고 묻고 싶지요? 오늘 하루 쉴 틈 없이 바쁘게 지냈다는 겁니다. 생각해보세요. 오늘 아침에는 꽤 멀리 떨어진 수도원까지 가서 원장에게 한 방 먹였습니다. 원장은 우리를 저주하며 난리치겠지만, 그럴 테면 그러라지요 뭐! 그러고 나서는 오두막으로 돌아와 부불리나를 만나 약혼을 했지요. 자, 이 반지 좀 봐요. 순금으로 만들었다네요……. 부불리나 말로는, 지난 세기가 끝나갈 무렵에 영국 제독이 준 파운드 금화 두 개가 수중에 있었는데, 자기 장례식 비용으로 쓰려고 여태 간직했다는군요. 그걸 보석상에게 가져가 반지로 만들어달라고 부탁했답니다. 정말이지, 인간이란 참으로 알다가도 모를 존재라니까요!"

"자, 이제 그만 자요, 조르바. 진정해요. 오늘은 이 정도로 충분합니다. 내일 공식 행사가 우리를 기다리잖아요. 운반용 삭도의 첫 번째 기둥을 세워야지요. 스테파노 신부에게 좀 와달라고 부탁했습니다."

"잘했습니다, 보스! 잘했어요! 그 염소수염 신부랑 마을 유지들을 초대합시다. 그 사람들에게 양초를 나눠주고 켜달라고 부탁하자고요. 그렇게 하면 사람들에게 깊은 인상을 줄 수 있고, 우리 사업을 위해서도 좋을 겁니다. 나는 신경 쓰지 말아요. 내게는 나만의 신, 나 개인의 신도 있고, 역시 나 개인의 악마도 있으니까. 반면에 다른 사람들은……."

그가 웃음을 터트렸다. 그는 잠을 이룰 수가 없었다. 그의 마음은 거센 파도처럼 술렁였다. 잠시 후에 그가 말했다. "할아버지는 참 이상한 분이었죠……. 대지가 그분에게 안식을 주기를! 그분 역시 나처럼 유명한 난봉꾼이었습니다. 하지만 이 불한당은 예수 그리스도의 성묘聖墓에 갔다 와서 하지(예루살렘에 갔다 온 순례자를 가리키는 그리스어)가 되었지요. 그곳에 왜 갔는지는 아무도 모릅니다. 그분이 마을로 돌아오자 염소를 훔치는 것 말고는 아무짝에도 쓸모없는 친구 한 사람이 이렇게 말했답니다. '어이, 친구, 성지순례를 갔다 왔다는 사람이 설마 나를 위해 성聖 십자가 한 조각 안 가져온 건 아니겠지?' '그럴 리가 있나, 이 사람아! 혹시 내가 자네를 잊었다고 생각하는 건 아니겠지? 오늘 밤 우리 집에 오면서 신부님도 모시고 오게나. 그분이 축복을 해주고 나면 내가 그 성 십자가를 자네에게 주겠네. 구운 새끼돼지 요리와 포도주도 들고 오게나. 우리, 잔치 한번 하세!'

그날 밤, 집에 돌아와 문에서 쌀알 한 톨만 한 나뭇조각을 잘라낸 할아버지는 그걸 천으로 잘 싼 다음 그 위에 기름을 몇 방울 떨어트리고 기다렸지요. 잠시 후에 그 친구가 신부와 함께 돼지고기 요리를 들고 도착했습니다. 신부가 영대를 걸치고 축도를 하자 할아버지는 성 십자가를 내놓았지요. 그러고 나서 세 사람은 새끼

돼지 구이를 뜯기 시작했습니다. 내 얘기, 믿기나요? 그 친구는 나뭇조각 앞에 엎드려 절하더니 그걸 목에 매달았다고 합니다. 그리고 그날 이후로 완전히 딴사람이 되었어요. 사람이 싹 달라진 겁니다. 그는 산으로 들어가 의병이 되어 터키 병사들과 싸웠습니다. 터키 마을을 불태우고, 빗발치는 총탄 속을 겁도 없이 누비고 다녔지요. 더는 무서워할 이유가 없었거든요. 성 십자가 조각을 목에 걸고 다니는데 총알이 그를 다치게 할 수 있겠어요?"

조르바가 웃음을 터트렸다. "모든 건 생각하기 나름입니다. 믿으면 낡은 문에서 잘라낸 나뭇조각 하나도 성물聖物이 되는 거고, 안 믿으면 진짜 성 십자가도 낡은 나뭇조각에 불과해지는 거지요."

조르바의 영혼은 어디를 만지든 불꽃을 터트린다.

"전쟁에 나간 적 있어요, 조르바?"

조르바가 어두운 표정을 지으며 대답했다. "그걸 내가 어떻게 알겠어요? 기억이 안 나요. 어떤 전쟁을 말하는 거죠?"

"조국을 위해 싸워본 적이 있느냐, 없느냐? 내가 묻고 싶은 건 그겁니다."

"다른 얘기 합시다! 그런 바보 같은 짓은 이미 잊힌 과거의 일입니다!"

"아니, 지금 그걸 바보짓이라고 말하는 겁니까? 부끄럽지 않아요, 조르바? 조국을 그런 식으로 얘기해도 되는 거예요?"

조르바가 고개를 들어 나를 바라보았다. 나 역시 침대에 누워 있었고, 석유등이 내 위에서 타올랐다. 그는 콧수염을 비비 꼬며 진지한 표정으로 오랫동안 나를 바라보다가 결국 입을 열었다. "보스, 보스가 하는 얘기는 꼭 설익은 고기 같아요……. 학교 선생의 살, 학교 선생의 뇌처럼 서투르고 어설픕니다. 보스, 미안한 얘기지만, 꼭 쇠귀에 경 읽는 것 같은 느낌이 든다니까요."

나는 소리쳤다. "뭐라고요? 나도 이해합니다. 맹세컨대, 나도 아주 잘 이해한다고요!"

"맞아요, 당신은 머리로 이해하지요. 당신은 말하지요. '이건 옳다, 이건 틀리다, 이건 이렇다, 이건 이렇지 않다, 그 사람은 옳다, 그 사람은 옳지 않다.' 그래서 뭐 어떻다는 겁니까? 보스, 보스가 말을 하는 동안 나는 보스의 팔다리, 가슴을 봅니다. 이 모든 것은 침묵을 지켜요. 아무 말 안 하는 겁니다. 꼭 피 한 방울 안 흐르는 것처럼 말이지요. 그런데 도대체 뭘로 이해하는 겁니까? 머리로? 말도 안 돼요!"

나는 그의 화를 돋우려고 목소리를 높여 말했다. "조르바, 은근슬쩍 빠져나가려 애쓰지 말고 당신이 심중에 품은 생각을 얘기해 봐요. 내가 보기에 당신은 조국에 대해서는 아무 관심도 없는 것 같아요! 부끄러운 일입니다!"

그가 화를 내며 주먹으로 벽을 세게 치자 양철통이 덜거덕거렸다.

그가 소리쳤다. "나한테 그런 식으로 얘기하지 마쇼, 보스! 당신 눈앞에 있는 나로 말할 것 같으면, 성 소피아 성당의 모습을 수놓아 부적처럼 목에다 걸고 다녔던 사람이란 말입니다. 그래요. 그때만 해도 칠흑처럼 검던 내 머리카락을 뽑아 이 굵은 손가락으로 직접 수놓았다고요. 지금 당신에게 말하는 이 조르바가 그 유명한 파블로스 멜라스Pavlos Melas(불가리아와의 전쟁에서 활약했던 그리스 장교)랑 같이 마케도니아 산맥을 누비고 다녔다니까요. 그 당시만 해도 건장한 장정이었던 나는 훈장과 각반, 부적, 금줄, 탄대, 권총까지 차고 다녔지요. 온몸이 쇠붙이와 은, 징으로 덮여 있어서 걸어가면 꼭 기병 연대가 행진하는 것처럼 요란하게 덜거덕거리는 소리가 났어요. 자, 여기 좀 봐요…… 그리고 여기도……."

그가 셔츠를 벗고 바지를 내리더니 내게 명령했다. "불 좀 이리 가져와요."

나는 등불을 가까이 가져갔다. 등불이 그의 깡마른 구릿빛 몸을 환히 밝혀주었다. 그의 몸은 온통 깊은 칼자국과 총탄 자국투성이였다.

"자, 이쪽도 봐요."

그는 돌아서서 등을 보여주었다. "등에는 상처가 하나도 없지요?…… 무슨 뜻인지 알겠어요? 자, 등불을 제자리에 갖다 놔요."

그는 다시 셔츠와 바지를 입고 침대에 앉더니 화난 목소리로 소리쳤다. "어리석어요! 부끄럽고요! 우리 인간은 도대체 언제 인간다운 인간이 될까요? 우리는 바지를 입고, 접착식 칼라를 붙이고, 모자를 쓰지만, 그래도 여전히 당나귀 새끼, 늑대 새끼, 여우 새끼, 돼지 새끼 신세를 못 면해요. 하느님 형상으로 만들어졌다고 말들 하지요? 누가요? 우리가요? 그 우스꽝스런 상판대기가 하느님을 닮았다고요?"

끔찍한 기억들이 그의 기억 속으로 떠오르는 듯 그는 점점 더 격노했고 이해할 수 없는 단어들이 그의 흔들거리는 이빨 사이로 쏟아져 나왔다.

그는 일어나더니 물항아리의 손잡이를 움켜잡고 벌컥벌컥 들이켰다. 그러고 난 그는 그제야 진정이 되는 듯했다. "누군가 내 몸 어디를 건드리든 나는 신음을 내지릅니다. 보스, 보스는 왜 그렇게 나에게 지겹도록 여자 얘기만 하는 겁니까? 나는 내가 진짜 남자라는 사실을 깨닫자 여자들에게 눈길 한번 주지 않았어요. 설사 돌아다봤다 해도 수탉처럼 후다닥 한 번 건드린 다음 금방 내

갈 길을 갔지요. '저 더럽고 교활한 것들, 저 위선적이고 맹목적인 신자들은 나를 골수까지 빨아먹을 거야. 쳇! 저런 년들은 지옥에나 떨어져라!' 이렇게 생각하면서 말이지요.

그러고 나서 나는 총을 들고 길을 나섰지요. 그리고 숲 속으로 들어가 유격대원이 되었습니다. 어느 날, 해질 무렵에 나는 어느 불가리아 마을에 잠입하여 마구간에 숨었지요. 그곳은 바로 불가리아 신부의 집이었는데, 이 사람은 잔혹하고 흉포한 파르티잔이었습니다. 밤이 되면 그는 법의를 벗어던지고 양치기 복장으로 갈아입은 다음 무기를 들고 그리스 마을로 갔지요. 그리고 다음 날 새벽녘에 온몸이 피투성이인 채로 다시 집에 돌아와 미사를 올리는 것이었습니다. 그 며칠 전에 그자는 침대에 잠들어 있는 그리스인 교사를 살해했지요. 그래서 그자의 마구간에 들어가 시간이 되기를 기다렸던 거지요. 나는 황소 두 마리 뒤에 쌓아놓은 거름더미에 누워 기다렸습니다. 저녁때가 되자 신부가 황소들에게 사료를 주려고 마구간으로 들어오더군요. 나는 그자에게 덤벼들어 양의 목을 따듯 목을 따버린 다음 귀를 잘라 가지고 왔지요. 불가리아 놈들의 귀를 수집하던 중이었거든요. 그래서 그자의 귀를 들고 내뺀 겁니다.

며칠 뒤, 이번에는 행상인 척하고 대낮에 그 마을에 다시 갔지요. 총은 산에 숨겨두고 동지들이 먹을 빵과 소금, 신발을 사러 간 거였습니다. 그런데 어느 집 앞에서 맨발에 모두 검은 옷을 입은 다섯 아이가 손에 손을 잡고 구걸을 하는 겁니다. 여자 아이가 셋, 사내아이가 둘이었습니다. 맏이는 아무리 많아도 열 살이 안 되어 보였고, 막내는 아직 갓난애였어요. 큰언니가 이 아기가 울지 않도록 품에 안아 입을 맞추며 어루만지고 있더군요. 왜 그랬는지는 모르겠습니다만(아마 신의 계시겠지요) 그 아이들에게 가까이 다가 갔습니다.

그리고 불가리아어로 물었지요. '너희는 뉘 집 아이들이냐?'

그러자 큰아들이 대답하더군요. '저번에 마구간에서 목이 잘려 죽은 신부의 아이들이에요.'

내 눈이 눈물로 흐려졌고, 땅이 맷돌 돌아가듯 빙빙 돌더군요. 벽에 몸을 의지하자 그제야 어지럼증이 멈추었습니다.

'얘들아, 이리 오너라. 이리 가까이 와.'

나는 탄약통에서 지갑을 꺼냈지요. 그 안에는 터키 동전이랑 그리스 동전이 가득 들어 있었습니다. 나는 무릎을 꿇고 동전을 땅바닥에 몽땅 쏟으며 소리쳤지요. '자, 가져라. 마음대로 가져가렴.'

아이들이 땅바닥에 엎드리더니 작은 손으로 동전을 줍기 시작했습니다.

나는 또 소리쳤지요. '전부 다 너희 거야! 그러니 다 가져!'

그리고 물건을 사서 담은 바구니도 아이들에게 줘버렸습니다. '다 너희 거야. 그러니 맘대로 가져가!'

말을 마치자마자 나는 즉시 그 마을을 떠났지요. 마을을 빠져나온 나는 셔츠 단추를 풀고 수를 놓아 만든 성 소피아 성당 장식을 떼어내 갈기갈기 찢어버린 다음 달리고 또 달렸지요……. 나는 지금도 달립니다!"

조르바는 벽에 몸을 기대고 나를 돌아다보며 말했다. "이렇게 나는 해방되었습니다."

"조국에서 해방되었다는 건가요?"

조르바는 단호하면서도 차분한 목소리로 대답했다. "그래요. 조국에서 해방되었어요."

그리고 잠시 후에 이렇게 덧붙였다. "조국에서 해방되고, 신부들에게서 해방되고, 돈에서 해방되었지요. 말하자면 나는 걸러진 거예요. 나는 가벼워졌어요. 말하자면 나 자신을 해방해 비로소 진정한 인간이 된 겁니다."

조르바의 눈이 반짝반짝 빛났고, 큰 입에는 만족스러운 웃음이 떠올랐다.

그는 잠시 입을 다물었다가 다시 힘을 내어 말했다. 그는 가슴에 넘쳐흐르는 격정을 주체하지 못했다.

"저놈은 터키 놈, 저놈은 불가리아 놈, 또 저놈은 그리스 놈, 생각하던 시절이 있었습니다. 보스, 나는 보스의 머리칼을 쭈뼛 서게 할 일을 많이 했어요. 목도 따고, 약탈도 하고, 마을도 불태우고, 일가족을 몰살하기도 했습니다……. 왜 그랬는지 알아요? 그게 터키 놈이나 불가리아 놈이었기 때문이지요. 이따금 나는 이렇게 나 자신을 나무라곤 했습니다. '너야말로 진짜 나쁜 자식이야. 지랄 그만하고 지옥에나 떨어져라!' 나는 마음을 고쳐먹었지요. 요즘은 이 사람은 좋은 사람, 저 사람은 나쁜 놈, 이렇게 생각합니다. 터키인이든 불가리아인이든 전혀 상관 안 해요. 중요하게 생각하는 건 딱 한 가지, 좋은 사람인가, 아니면 나쁜 놈인가뿐입니다. 내가 먹는 빵을 두고 맹세컨대, 이제 나이가 더 들면 그것조차도 상관 안 할 겁니다. 어떤 사람이 좋은 사람이든, 나쁜 사람이든 그게 뭐 중요하겠습니까? 다 불쌍한 사람들이지. 어떤 사람을 보면 겉으로는 무관심한 척하지만, 사실은 가슴이 미어집니다. 어떤 사람을 보면 이렇게 생각하지요. 이 불쌍한 사람도 먹고 마시고 사랑하고 두려워하지. 이 사람도 자신의 신과 악마를 가지고 있고, 시간이 흐르면 죽어 땅속에 꼿꼿하게 눕혀져 구더기들 밥이 되지. 불쌍한 사람! 우리 모두는 형제지간입니다. 모두가 구더기 밥이라고요!

그런데 그 사람이 여자라면, 나는 절로 눈물이 납니다. 보스는 내가 여자를 좋아한다며 끊임없이 놀려대지요. 하지만 내가 어떻게 여자들을 좋아하지 않을 수 있겠어요? 이 연약한 존재들은 내가 젖가슴을 살그머니 만지기만 해도 가진 걸 다 내줘버려요.

어느 날 나는 다시 한 번 불가리아 마을로 들어갔습니다. 그런데 마을 유지라는 그리스 놈이 나를 밀고하는 바람에 묵던 집이 포위당했지요. 나는 지붕으로 뛰어올라 갔어요. 달이 환히 떠 있어서 나는 추적자들을 피하려고 고양이처럼 이쪽 지붕에서 저쪽 지붕으로, 이쪽 테라스에서 저쪽 테라스로 뛰어 달아났습니다. 하지만 그놈들은 내 그림자를 보고는 지붕 위로 기어올라 와 내게 총을 쏴대더군요. 그러니 어떡하겠습니까? 마당으로 슬그머니 내려왔지요. 잠옷 바람으로 마당에서 자던 불가리아 여자가 펄쩍 뛰어 일어나더니 나를 보고 소리를 지르려고 하기에 손을 뻗으며 말했지요. '제발 조용히 해요!' 그러면서 그 여자 젖가슴을 움켜잡았습니다. 여자는 얼굴이 창백해지더니 사시나무 떨듯 떨더군요. 그녀가 낮은 목소리로 말했습니다. '들어와요. 누가 보면 안 되니까…….' 나는 안으로 들어갔고, 그 여자는 내 손을 잡으며 물었습니다. '그리스 사람이에요?' '그렇소. 날 고발하지 말아줘요.' 나는 그 여자 허리를 안았고, 그녀는 아무 말도 하지 않았어요. 나는 그녀와 잤고, 내 가슴은 즐거움으로 쿵쾅쿵쾅 뛰었지요. 나는 생각했지요. 이봐, 조르바, 저 사람은 여자다, 그리고 저 사람은 인간이다. 여자가 불가리아인이라고? 아니면 그리스인이라고? 그건 단지 단어 차이에 불과해! 그리스인이든 불가리아인이든, 마찬가지라고. 불가리아인이든 그리스인이든 다 인간이야. 그래, 다 인간이라고! '넌 사람 죽이는 게 부끄럽지도 않으냐? 빌어먹을 인간 같으니!' 나는 여자의 따뜻한 몸을 어루만지며 이렇게 생각했지요. 하지만 그 미친 개 같은 내 조국이 나를 가만히 내버려두었을 것 같습니까? 나는 그다음 날 아침 과부가 주는 불가리아 남자 옷을 입고 그 집을 나섰지요. 그녀는 장롱에서 죽은 남편 옷을 꺼내 내게 주더니 내 무릎에 입을 맞추며 다시 돌아와 달라고 애원했습니다.

맞아요. 그래서 그다음 날 밤에 그 마을로 되돌아갔지요. 나는 애국자였어요. 한 마리 들짐승이었던 거죠. 휘발유 한 통을 들고 가서 그 마을을 불태워버렸습니다. 그 불쌍한 여자 역시 불에 타 죽었을 겁니다. 루드밀라라는 여자였는데……."

조르바는 한숨을 내쉬었다. 그는 담배에 불을 붙여 두 모금만 빨고는 던져버렸다.

"조국, 이라고 했습니까? 보스, 보스는 그 책 쪼가리에 나오는 헛소리에 귀를 기울이지 말고 내 말에 귀를 기울여야 해요. 이 지구상에 조국이란 게 있는 한 인간은 잔혹한 들짐승 신세를 벗어날 수가 없어요……. 하지만 난 하느님 덕분에 해방되었습니다. 그래요, 해방된 거예요. 난 끝났습니다. 근데 보스는 어떻게 되었지요?"

나는 대답하지 않았다. 내가 의자에 엉덩이를 붙이고 앉아 혼자서 하나씩 해결하려고 무진 애썼던 문제들을 이 사람은 산속에서 단칼에 해결해버린 것이다.

나는 낙심해서 눈을 감아버렸다.

그러자 조르바가 화난 표정으로 말했다. "지금 자는 거요, 보스?

그런데 나는 지금까지 바보처럼 계속 혼자 떠들어댄 거야?"

그는 툴툴거리며 자리에 눕더니 몇 분 뒤 코를 골며 잠이 들었다.

나는 밤새도록 잠을 이룰 수가 없었다. 그날 밤 고독 속에서 처음으로 들은 꾀꼬리 울음소리는 세상을 견딜 수 없는 슬픔으로 가득 채웠고, 나는 문득 눈에 눈물이 흐르는 것을 느꼈다.

새벽에 일어난 나는 문 앞에 서서 대지와 바다를 바라보았다. 하룻밤 사이에 세상이 바뀐 듯 보였다. 맞은편 모래사장 위 가시덤불은 하루 전만 해도 앙상했는데 어느새 작은 흰색 꽃으로 뒤덮였고, 대기엔 꽃을 피운 레몬나무와 오렌지나무의 그윽한 향기가 가득했다. 나는 새로 단장한 그 땅으로 몇 걸음 걸어갔다. 영원토록 되풀이되는 이 기적은 아무리 봐도 싫증이 나질 않았다.

그때 갑자기 등 뒤에서 즐거운 외침이 들려왔다. 고개를 돌려보았다. 조르바가 반쯤 벌거벗은 채 껑충 뛰어 일어나더니 문 앞에 서서 황홀한 표정으로 그 봄 풍경을 바라보고 있었다.

그가 놀란 표정으로 소리쳤다. "저게 뭔가요, 보스? 정말이지, 내가 이 세상을 처음으로 본다는 생각이 들어요! 저기서 움직이는 저 푸른빛, 저건 그야말로 경이로움 그 자체예요, 보스! 저걸 뭐라고 부르지요? 바다? 바다? 그리고 꽃으로 뒤덮인 저 초록색 앞치마는? 대지? 저걸 만든 사람은 위대한 예술가예요! 보스, 내 맹세컨대, 내가 저런 걸 보는 건 난생처음이오."

그의 눈에서 눈물이 흘렀다.

나는 큰 소리로 그에게 물었다. "조르바, 다시 어린 시절로 돌아간 거예요?"

"웃지 말아요! 당신 눈에는 저게 안 보입니까? 저것이 우리를 홀리잖아요!"

그는 밖으로 뛰쳐나가 춤을 추기도 하고, 봄철 망아지처럼 잔디밭에서 뒹굴기도 했다.

해가 나타났다. 나는 손바닥을 덥히려고 손을 해 쪽으로 내밀었다. 수액이 나무속으로, 가슴속으로 올라왔다. 영혼과 육체가 같은 물질로 이루어졌음을 느낄 수 있었다.

조르바가 머리카락이 온통 흙과 이슬투성이인 채로 우뚝 일어섰다.

그가 소리쳤다. "서둘러요, 보스! 옷을 입고 멋지게 치장해야 합니다! 오늘은 축성祝聖을 하는 날이에요. 신부랑 마을 유지들이 곧 몰려올 겁니다. 우리가 풀밭에서 뒹구는 걸 그 사람들이 보기라도 해봐요. 우리 회사 꼴이 말이 아니게 됩니다. 그러니 빨리 와이셔츠랑 넥타이를 꺼내야 해요! 분위기에 맞게 근엄한 표정을 지어야 합니다. 그 사람들은 우리 머릿속에 뭐가 들었는지는 신경 안 써요. 하지만 우리가 모자를 안 쓰고 나타나면…… 참, 인간들이 미친 거지!"

우리가 옷을 입고 준비를 마치자 인부들이 나타났고, 이어서 마을 유지들이 속속 도착했다.

조르바가 말했다. "자, 갑시다, 보스. 오늘은 웃음도 꾹 참아야 해요. 다른 사람들한테 우습게 보여서는 안 돼요."

스테파노 신부가 깊은 주머니가 달린 더러운 법의를 입고 맨 앞에서 걸어왔다. 그는 축성식과 장례식, 결혼식, 세례식 등 행사가 있을 때마다 건포도와 롤 케이크, 치즈 파이, 오이, 고기 단자, 콜리바(밀과 설탕, 건포도로 만드는 케이크. 전통적으로 장례식 때 제공된다), 당과 등을 받아 이 주머니에 마구 집어넣었고, 밤이 되면 그의 늙은 아내 파파디아가 안경을 쓰고 이 모든 걸 끄집어내 흐물흐물 씹는 것이었다.

스테파노 신부 뒤를 이어 마을 유지들이 걸어왔다. 카네아에도 가봤고 게오르기오스 왕자도 본 적이 있어서 나름 세상을 좀 안다고 자부하는 카페 주인 콘도마놀리오, 소매가 넓은 흰색 와이셔츠 차림에 온화한 미소를 띤 아나그노스티, 지팡이를 들고 근엄하고 엄숙한 표정을 짓는 교장 선생, 그리고 느릿느릿 무거운 발걸음으로 맨 뒤에서 걸어오는 마브란도니. 마브란도니는 검은색 머릿수건을 쓰고 검은색 셔츠를 입었으며 검은색 장화를 신었다. 그는 마지못해 인사하더니 분하고 거친 표정을 지으며 사람들에게서 멀찌감치 떨어져 바다를 등지고 섰다.

조르바가 엄숙한 목소리로 말했다. "우리 주 예수 그리스도의 이름으로!"

그가 행렬의 맨 앞에 서자 다른 사람들은 경건한 마음으로 그 뒤를 따라갔다.

아주 오래된 마술적 의식의 기억이 이 농부들의 가슴속에서 다시 깨어났다. 마치 신부가 어떤 은밀한 힘과 싸워 쫓아버리는 걸 보려는 듯 모든 사람들이 그에게 시선을 고정했다. 몇천 년 전에는 마술사가 두 팔을 들어 올리고 공중에 성수를 뿌리며 신비하고 전능한 주문을 외면 악령은 도망가고 선한 정령들은 물과 땅, 하늘에서 나와 날아다니며 인간들을 도왔다.

우리는 운반용 삭도의 첫 번째 기둥을 세우려고 파놓은 구덩이에 이르렀다. 인부들은 굵은 소나무 기둥을 들어 올려 구덩이 속에 똑바로 세웠다. 스테파노 신부가 영대를 걸치더니 성수 살포기를 잡고 꾸짖는 듯 근엄한 시선으로 기둥을 바라보며 귀신을 쫓는 주문을 외기 시작했다. "……기둥이 비바람에도 흔들리지 않는 반석 위에 서게 하옵소서……. 아멘!"

"아멘!" 조르바가 성호를 그으며 우렁찬 목소리로 외쳤다.

"아멘!" 마을 유지들도 소리쳤다.

"아멘!" 마지막으로 인부들이 입을 모아 외쳤다.

"하느님께서 그대들의 사업을 축복해주시고, 아브라함과 이삭에게 내려주신 재물을 그대들에게도 내려주시기를!"

스테파노 신부가 이렇게 축원하자 조르바가 그의 손에 은행 지폐를 슬그머니 쥐여주었다. "나의 축원을 받아주시기를!"

신부가 몹시 흡족한 표정으로 축원해주었다.

우리는 오두막으로 돌아왔다. 조르바는 손님들에게 문어와 오징어, 절인 콩, 올리브로 만든 사순절용 오르되브르와 포도주를 내놓았다. 참석자들은 음식을 다 먹고 나서 해변을 따라 걸어가다가 모습을 감추었다. 마법의 의식이 끝난 것이다.

"자, 무사히 끝났군요." 조르바가 두 손을 비비며 말했다.

옷을 벗고 작업복으로 갈아입은 그가 곡괭이를 들더니 인부들에게 소리쳤다. "자, 여러분! 우리 시작해볼까?"

그날 하루 종일 조르바는 고개 한 번 들지 않고 일에만 매달렸다. 인부들은 50미터마다 구덩이를 하나씩 파면서 산꼭대기까지 일렬로 기둥을 세워나갔다. 조르바는 하루 종일 먹지도, 담배를 피우지도, 쉬지도 않고 측량하고, 계산하고, 지시하며 오직 일에만 매달렸다.

이따금 그는 내게 이렇게 말하곤 했다. "어정쩡하게 끝낸 일, 어정쩡하게 하다 만 얘기, 어정쩡하게 범한 죄, 어정쩡하게 베풀다 만 선행이 이 세상을 요 모양 요 꼴로 만들어놓은 겁니다. 겁내지 말고 한번 화끈하게 끝까지 밀어붙여야 해요. 하느님은 대장 악마보다 일을 어정쩡하게 하다 마는 악마를 더 미워하신답니다."

하루 종일 일을 하고 저녁에 일터에서 돌아온 그는 기진맥진하여 모래 바닥에 드러누우며 말했다. "난 여기서 잘랍니다. 날이 밝기를 기다렸다가 다시 일을 시작하겠어요. 야간 작업조도 투입해야겠어요."

"그런데 왜 그렇게 서둘러요, 조르바?"

그는 잠시 망설였다. "왜 서두르냐고요? 경사를 제대로 정했는지 빨리 보고 싶어서지요. 만일 경사가 정확하지 않으면 우린 거덜 나는 거예요. 그러니 단 일 분이라도 빨리 알아내는 게 우리한테는 좋은 거지요."

그는 재빨리 게걸스럽게 저녁 식사를 끝냈고, 잠시 후 해변에는 그의 코 고는 소리가 울려 퍼졌다. 나는 오랫동안 잠을 이루지 못하고 푸르스름한 하늘에 떠 있는 별들을 올려다보았다. 별들이 천천히 움직이자 내 머리도 천문대의 둥근 지붕처럼 그걸 따라 움직였다. "마치 그것들과 함께 달리는 것처럼 별들의 운행을 지켜보라." 마르쿠스 아우렐리우스의 이 문장이 내 마음을 조화로움으로 가득 채웠다.

21

그날은 부활절이어서 조르바는 멋지게 차려입었다. 발에는 마케도니아에서 여자 친구가 짜주었다는 두꺼운 가지색 털양말을 신고 있었다. 그는 불안한 표정으로 해변 근처 언덕을 계속 오르락내리락했다. 이따금 햇빛을 가리려고 굵은 눈썹에 손을 갖다 대고 멀리 마을 쪽을 바라보곤 했다.

"이 여자, 왜 이렇게 안 오는 거야……. 하필이면 오늘 같은 날 늑장을 부리다니, 빌어먹을…… 정말, 왜 이렇게 안 와?"

이제 막 번데기에서 나온 나비 한 마리가 날아오더니 조르바의 수염에 앉으려고 했다. 하지만 조르바는 나비가 자기를 간질이자 콧바람을 불었다. 나비는 조용히 날아올라 햇살 속으로 사라져 갔다.

그날 우리는 오르탕스 부인과 함께 부활절을 축하하려고 그녀를 기다리고 있었다. 우리는 양고기를 구우려고 꼬챙이에 꿰어놓았고, 양의 내장 요리도 만들어놓았다. 또 모래밭에 흰 천을 깔아놓았고, 부활절 달걀도 빨간색으로 색칠해놓았다. 그날 조르바와 나는 절반은 장난으로, 절반은 진심으로 그녀를 거창하게 환영하기로 결정했던 것이다. 이 한적한 해변에서 퇴폐적이지만 향내를 풍기는 이 통통한 세이렌은 이상하게 우리를 매혹했다. 그녀가 옆에 없으면 오 드 콜로뉴 냄새와 빨간 색깔, 오리처럼 뒤뚱거리는 걸음걸이, 약간 쉰 목소리, 눈동자가 뾰족하고 희멀쑥한 두 눈이 왠지 그리워졌다.

그래서 우리는 도금양과 월계수 가지를 잘라 오르탕스 부인이 지나올 길에 개선문까지 세웠다. 개선문 위에는 깃발 네 개(영국, 프랑스, 이탈리아, 러시아 깃발)를 꽂고, 제일 높은 한가운데에는 푸른색 띠를 그린 길고 하얀 천을 매달았다. 우리에겐 대포가 없었으므로 대신 장총 두 정을 빌려 언덕 꼭대기에서 기다리다가 그녀가 꼭 물개처럼 몸을 좌우로 흔들며 해변까지 비탈길을 급히 내려오는 모습을 보는 즉시 예포를 쏘기로 결정했다. 이 엄숙한 날, 그녀의 찬란했던 과거를 부활시킴으로써 불쌍한 그녀로 하여금 자신이 다시 붉은빛이 감도는 안색에 젖가슴이 탄탄하고, 에나멜 가죽으로 된 하이힐을 신고 실크 스타킹을 신은 젊은 여성으로 되돌아갔다는 환상을 품게 해주고 싶었던 것이다. 젊음과 즐거움, 다시 기적을 믿게 되었다는 신호를 우리에게 주지 못한다면, 나이 든 세이렌이 스무 살 때로 돌아가지 못한다면, 예수 그리스도의 부활이 도대체 무슨 의미가 있을까?

"이 여자가 늦네……. 왜 이렇게 늦는 거야, 빌어먹을…… 제 시간에 오면 얼마나 좋아, 젠장……."

조르바는 자꾸 흘러내리는 가지색 양말을 연방 위로 당겨 올리며 계속 투덜댔다.

내가 말했다. "조르바, 여기 캐롭나무 아래로 와서 담배나 한 대 피워요. 오르탕스 부인은 금방 올 겁니다."

그는 마을로 이어지는 길을 조바심 어린 눈길로 다시 한 번 바라보고는 캐롭나무 아래 자리 잡았다. 정오가 가까워 날이 더웠다. 부활절을 알리는 즐거운 종소리가 멀리서 들려왔다. 크레타 리라〔현악기의 일종〕의 활을 켜는 소리도 이따금 바람에 실려 우리 귀에까지 들려왔다. 마을 전체가 봄철 벌집처럼 웅성거렸다.

조르바가 고개를 저으며 말했다. "예전에는 부활절이 되면 내 영혼도 예수 그리스도와 함께 부활했었는데…… 다 끝났어요! 이제는 내 육체만 부활해요. 사람들은 내게 먹을 걸 권하면서 말하지요. '이것도 한 입 드세요…… 저것도 한 입 드세요…….' 그러면 맛있는 음식을 푸짐하게 먹게 되지요. 하지만 이 음식이 다 똥으로 삭혀지는 건 아니지요. 그중 일부는 남아 날 자극해서 춤을 추게 하고, 노래를 하게 하고, 말다툼을 하게 하는 거지요. 나는 이 일부를 부활이라고 부릅니다."

그는 다시 일어나 지평선을 유심히 살펴보더니 느닷없이 화가 치밀어 오르는 듯 묘한 표정을 지으며 말했다. "웬 아이가 이쪽으로 뛰어오는군요."

그러고는 그 심부름꾼을 맞으러 뛰어갔다.

아이가 발뒤꿈치를 들더니 조르바의 귀에 대고 뭐라고 속삭였고, 조르바는 흠칫 놀라며 소리쳤다. "아파? 아프다고? 만약 거짓말이면 맞을 각오를 해!"

그러고는 내 쪽으로 돌아서서 말했다. "보스, 그 여자에게 무슨 일이 있는지 보러 마을에 잠깐 갔다 올랍니다……. 조금만 기다려요. 빨간색 달걀 두 개만 줘요. 그 여자랑 같이 깨트리게…… 금방 돌아올게요."

그는 빨간색 달걀을 호주머니에 쑤셔 넣고 가지색 양말을 치켜 올린 다음 출발했다.

나는 언덕에서 내려와 바닷가에 깔린 차가운 조약돌에 누웠다. 산들바람이 불자 바닷물이 일렁였다. 갈매기 두 마리가 잔물결에 배를 올려놓은 채 이리저리 흔들리며 바다의 리듬을 즐기기 시작했다.

나는 바닷물에 배를 담근 새들이 얼마나 상쾌하고 즐거울지 상상하며 부러워했다. 나는 그들을 관찰하며 생각했다. '그래, 절대적 리듬을 찾아내어 그걸 믿고 따라가는 것, 그것이야말로 우리가 가야 할 길이다.'

한 시간 뒤에 조르바가 다시 나타났다. 그는 만족스런 표정으로 수염을 쓰다듬었다. "그 불쌍한 여자가 감기에 걸렸다는군요. 심각한 건 아네요. 지난주가 부활절 주간이어서 로마가톨릭 신자이기는 했지만 자정 미사에 참석했다는군요. 자기 말로는 나를 위해서 갔다는데…… 그러다 감기에 걸린 겁니다. 불쌍한 여자 같으니……. 그래서 부항을 떠주고, 등잔 기름으로 온몸을 마사지해주고, 럼주도 한 잔 따라줬지요. 내일이면 언제 그랬냐는 듯이 거뜬히 나을 겁니다. 그 여자, 은근히 좋아하더군요. 음탕한 여자 같으니……. 내가 마사지를 해주니까 간지러워하면서 비둘기처럼 끙끙대더라니까요!"

우리는 식탁에 앉았다. 조르바가 그와 나의 술잔을 채우며 나지막한 목소리로 말했다. "그 여자의 건강을 위해 한잔합시다. 악마가 그 여자를 되도록 늦게 데려가기를."

우리는 한동안 아무 말 없이 먹고 마시기만 했다. 멀리서 벌떼가 윙윙거리는 것처럼 크레타 리라의 활을 열정적으로 켜는 소리가 바람에 실려 우리 귀에까지 들려왔다. 그리스도는 마을에 있는 집들의 테라스에서 계속 부활했으며, 부활절 양과 부활절 롤빵은 사랑의 노래로 다시 태어났다.

실컷 먹고 마신 조르바가 털이 덥수룩하게 난 굵은 손을 내밀며 중얼거리듯 말했다. "리라 소리네…… 마을에서 춤을 추나 봅니다……."

조르바가 벌떡 일어났다. 그는 배불리 먹고 잔뜩 취한 상태였다. 그가 소리쳤다. "여기서 이렇게 죽치고 앉아 있어봤자 뭐 합니까? 우리, 춤이나 추러 갑시다! 방금 먹은 양고기가 그냥 몸 밖으로 빠져나가 버리는 게 아깝지 않아요? 자, 양고기를 춤과 노래로 바꿔놓자고요! 얼른 갑시다! 조르바가 부활했다!"

"그만해요, 조르바! 머리가 어떻게 된 거 아녜요?"

"보스, 보스가 무슨 말을 하건 난 상관 안 해요. 하지만 난 우리가 먹은 양이 불쌍해요. 빨간 달걀도 불쌍하고, 부활절 롤빵도 불쌍하고, 크림치즈도 불쌍해요. 맹세컨대, 빵이랑 올리브만 먹었다면 나는 이렇게 생각했을 겁니다. '자, 이제 가서 잠이나 자는 수밖에 없겠다. 빵이랑 올리브만 먹고 어떻게 신이 나서 춤을 출 수 있나?' 하지만 양고기에다 달걀, 롤빵, 크림치즈까지 푸짐하게 먹었는데 아무것도 안 하고 가만히 있는다는 건, 일종의 죄악이에요. 자, 보스, 부활을 축하하러 갑시다!"

"오늘은 별로 그러고 싶지 않네요. 그러니 혼자 가서 내 몫까지 춤추고 와요!"

그러자 조르바가 내 팔을 잡고 일으켜 세웠다. "그리스도가 부활했다고요! 아, 내가 당신만큼만 젊었다면! 일이든, 술이든, 사랑이든, 안 가리고 닥치는 대로 덤벼들었을 겁니다! 신도, 악마도 두려워하지 않고 말예요……. 젊다는 건 그런 겁니다!"

나는 웃으며 대답했다. "조르바, 당신 안에서 말을 하는 건 당신이 아니라 양입니다. 양이 야생 상태로 돌아가 늑대가 된 거라고요!"

"양이 조르바가 된 거지요. 그리고 지금 말하는 건 조르바예요. 우선 내 말을 들어봐요. 그러고 나서 나를 욕해도 충분하니까……. 난 뱃사람 신드바드요. 물론 내가 세상을 구석구석 다 돌아다녀서 신드바드라는 얘기는 아닙니다. 아니고말고요! 하지만 나는 훔치고, 죽이고, 거짓말하고, 수많은 여자들이랑 잠을 잤어요. 계명이란 계명은 싹 다 무시했지요. 계명이 전부 몇 개지요? 열 개인가요? 난 계명이 스무 개, 쉰 개, 아니 백 개 있으면 좋겠어요. 마지막 하나까지 다 박살내버리게 말예요. 하지만 설사 하느님이 계신다고 해도, 때가 되어 그분 앞에 서야 한다고 해도 난 하나도 두렵지 않아요. 어떤 식으로 설명을 해야 보스가 알아들을

지 모르지만, 나는 이 모든 게 조금도 중요하지 않다고 믿습니다. 하느님이 무슨 할 일이 없어서 구더기를 관찰하면서 구더기가 무슨 짓을 하는지를 일일이 기록하겠습니까? 이 구더기가 탈선해서 근처에 사는 여자 구더기에게 달려들고, 고기를 먹으면 안 되는 성 금요일에 고기 한 점 먹었다고 하느님이 버럭 화를 내면서 붉으락푸르락 얼굴을 붉히고 걱정이라도 할 것 같습니까? 배불뚝이 신부 놈들, 지옥에나 떨어져버려라!"

나는 그의 화를 돋우려고 이렇게 대답했다. "알겠어요, 조르바. 하지만 하느님께서는 당신이 뭘 먹었는지를 묻는 게 아니라 뭘 했는지를 물으시죠."

"하느님은 그것조차도 신경을 안 쓰십니다. 그럼 당신은 내게 묻겠지요. '이봐요, 무식한 조르바, 당신이 그걸 어떻게 알아요?' 난 그걸 확실히 압니다. 그래서 내게 큰놈으론 신중하고 견실하고 알뜰하고 독실하며, 둘째 놈으론 탐욕스럽고 여자들 뒤꽁무니나 쫓아다니고 비행을 저지르고 다니는 두 아들이 있다면, 물론 두 놈 다 식탁에 초대는 하겠지만, 나는 온 마음을 다해 둘째 놈을 사랑할 겁니다. 왜냐하면 둘째 놈이 나를 닮았기 때문이지요. 하지만 하루 종일 무릎을 꿇으면서 돈을 긁어모으고, 밀이 산더미처럼 쌓여 있는데도 배고프다고 소리치는 스테파노 신부보다 내가 하느님을 덜 닮았다고 말할 수 있을까요?

하느님도 꼭 나처럼 신나게 놀고, 죽이고, 속이고, 사랑하고, 일하고, 헛된 계획도 세웁니다. 먹고 싶은 걸 먹고, 맘에 드는 여자를 취한다고요. 절세미인이 당신 앞을 지나갑니다. 그러다가 갑자기 땅이 갈라지더니 여자가 사라져버립니다. 누가 여자를 데려갔을까요? 그 여자가 참한 여자라면 사람들은 하느님이 데려갔다고 얘기할 테고, 그 반대라면 사람들은 악마가 데려갔다고 얘기하겠지요. 하지만 보스, 몇 번이나 말하지만, 하느님이나 악마나 다 그게 그겁니다!"

나는 아무 대답도 하지 않았다. 지팡이를 집어 든 조르바는 꼭 불량소년처럼 모자를 삐딱하게 쓰더니 동정 어린 눈빛으로 나를 바라보았다. 어쨌든 내 눈에는 그렇게 보였다. 그의 입술이 무슨 말인가를 하려는 듯 순간적으로 움직였다. 하지만 그의 입에서는 아무 말도 나오지 않았고, 그는 수염을 배배 꼬며 마을 쪽으로 서둘러 걸어가 버렸다.

나는 그의 긴 그림자가 지팡이를 휘두르며 황혼빛 속에서 자갈밭 위로 멀어져가는 걸 보았다. 그가 지나가자 해변 전체가 다시 살아나는 것 같았다. 나는 천천히 멀어져가는 조르바의 발소리를 들으려고 한동안 귀를 기울였다. 그런데 문득 내가 혼자 남았다는 사실을 깨닫고는 벌떡 일어났다. 왜? 어디 가려고? 나도 몰랐다. 나는 아무것도 결정하지 않았다. 하지만 내 몸이 저 혼자 일어나더니 내 의견은 묻지도 않고 제멋대로 결정을 내렸다. 내 몸이 명령이라도 하듯 힘차게 소리쳤다. "가자!"

나는 단호한 표정을 짓고 빠른 걸음으로 마을을 향해 곧장 걸어갔다. 그러다가 이따금 걸음을 멈추고 봄의 공기를 들이마셨다. 흙에서는 카밀레 꽃향기가 풍겼고, 마을에 있는 집들의 정원에 가까이 다가가면 갈수록 오렌지나무와 레몬나무, 협죽도 향기가 점점 더 진하게 내게 밀려들었다. 서쪽 하늘에서 저녁 별이 즐겁게 춤추기 시작했다.

"바다, 여자, 술, 일!" 걸으면서 나도 모르게 조르바가 했던 말을 중얼거렸다. "일이든, 술이든, 사랑이든, 안 가리고 닥치는 대로 덤벼들었을 겁니다! 신도, 악마도 두려워하지 않고 말예요……. 젊다는 건 그런 겁니다!" 나는 스스로 용기를 불어넣으려는 듯 계속 이렇게 되뇌며 앞으로 걸어나갔다.

나는 마치 목적지에 도달하기라도 한 듯 문득 멈추어 섰다. 여기가 어디지? 주위를 둘러보았다. 나는 과부의 뜰 앞에 와 있었다. 갈대와 선인장 울타리 뒤에서 부드러운 여자 목소리가 흥얼거리며 노래를 불렀다. 나는 내 앞뒤를 살펴보았다. 아무도 없었다. 나는 울타리 쪽으로 다가가서 갈대를 헤쳤다. 풍만한 가슴을 가진 과부가 검은색 옷차림을 하고 오렌지나무 아래 서 있었다. 그녀는 노래를 부르며 꽃을 피운 가지를 잘랐다. 석양의 희미한 빛 속에서 나는 그녀의 반쯤 드러난 젖가슴이 반들반들 빛나는 것을 볼 수 있었다.

금방이라도 숨이 멎어버릴 것만 같았다. 나는 생각했다. '저 여자는 맹수야. 여자도 그걸 알아. 여자들 앞에서 남자들은 얼마나 허약하고, 덧없고, 바보 같고, 경솔하고, 무력한가! 곤충의 암컷들(사마귀나 방아깨비, 거미 암컷)이 그렇듯 저 여자도 새벽녘이 되면 왕성한 식욕으로 수컷을 잡아먹을 것이다…….'

과부는 어느 순간 내가 자기를 쳐다본다는 걸 느낀 것 같았다. 갑자기 노래를 멈추더니 돌아다보는 것이다. 우리 두 사람 시선이 섬광처럼 마주쳤다. 갈대 울타리 뒤에 웅크린 호랑이를 보기라도 한 듯, 나는 다리에서 힘이 빠져나가는 걸 느꼈다.

그녀가 숨죽인 목소리로 물었다. "거기 누구예요?"

그녀는 가슴을 가리려고 블라우스 단추를 잠갔다. 그녀의 얼굴이 어두워졌다.

나는 그 자리를 뜨려고 했지만, 조르바가 했던 말이 문득 내 가슴을 가득 채웠다. 나는 마음을 가다듬었다. "접니다. 문 좀 열어 줘요."

이 말을 마치자마자 나는 두려움에 사로잡혔다. 그래서 다시 한 번 그 자리를 뜨려 했다. 하지만 그렇게 하지 않았다. 조르바를 생각하자 부끄러워졌던 것이다.

"저라니, 누구세요?"

그녀는 아무 말 없이 천천히, 조심스럽게 앞으로 한 걸음 걸어 나와 목을 내밀더니 더 잘 보려고 눈을 가늘게 떴다. 그러고는 다시 한 걸음 더 다가와 경계하며 허리를 앞으로 숙였다.

갑자기 그녀의 얼굴이 환해졌다. 그녀는 혀끝을 내밀어 입술을 핥았다.

"아, 사장님이시구나!" 그녀가 부드러운 목소리로 말했다.

그녀가 또 한 걸음 앞으로 나섰다. 그러더니 은밀한 표정을 지으며 금방이라도 뛰어오를 기세로 몸을 웅크렸다.

"사장님이시죠?" 그녀가 숨죽인 목소리로 다시 한 번 물었다.

"그래요."

"들어오세요."

나는 새벽이 밝아올 무렵 잠에서 깨어났다. 마을에서 돌아온 조르바는 오두막 앞에 앉아 바다를 바라보며 담배를 피우고 있었다. 나를 기다렸던 것 같았다.

내가 나타나자마자 그는 눈을 들어 나를 쳐다보았다. 그의 콧구멍은 사냥개 주둥이처럼 가늘게 떨렸다. 그는 목을 내밀더니 깊이 숨을 들이마시며 킁킁 냄새를 맡았다. 그의 얼굴이 일순 환해졌다. 내게서 과부의 냄새를 맡은 것이었다.

그는 천천히 일어나더니 활짝 웃으며 두 팔을 벌리고 말했다.
"축하합니다!"

침대에 누운 나는 두 눈을 감고 마치 자장가처럼 평화로운 바다의 숨소리에 귀를 기울였다. 그랬더니 나 자신이 꼭 파도 위에 떠 있는 갈매기처럼 오르내리는 듯 느껴졌다. 이처럼 기분 좋게 흔들리다 보니 나는 어느 순간 잠이 들었고, 꿈을 꾸었다. 키가 엄청나게 큰 흑인 여자가 땅바닥에 쭈그리고 앉아 있었는데, 내 눈에는 꼭 검은색 화강암으로 지어진 거대한 고대 신전처럼 보였다. 나는 불안해하며 입구를 찾아내려고 그녀 주위를 빙글빙글 돌았다. 내 키는 그녀의 발가락 정도밖에 되지 않았다. 그녀의 발꿈치를 돌았을 때 꼭 동굴 입구처럼 생긴 검은색 문이 보였다. 그리고 내게 이렇게 말하는 굵고 낮은 소리가 들려왔다. "들어오라!"

그래서 안으로 들어갔다.

정오쯤 잠에서 깨어났다. 햇살이 창문을 통해 방 안으로 미끄러져 들어오더니 시트 위로 퍼져나가기도 하고, 벽에 걸린 거울을 산산조각 낼 것처럼 강렬하게 후려치기도 했다.

거대한 흑인 여자의 꿈이 다시 생각났다. 바다는 응석을 부리듯 나지막하게 속삭였다. 나는 다시 두 눈을 감았다. 행복했다. 내 몸은 가벼웠고, 사냥을 나가 사냥감을 잡아먹은 뒤 이제는 햇살 속에서 입술을 핥는 짐승처럼 만족스러웠다. 마음도 몸처럼 배불리 먹은 뒤 휴식을 하고 있었다. 마음을 끈질기게 괴롭히던 문제들이 매우 단순한 해답을 발견한 듯했다.

지난밤의 온갖 즐거움이 내 마음속 깊은 곳에서 솟아오르더니 여러 갈래로 퍼져나가 나를 만들어낸 대지에 넘치도록 물을 흘려보냈다. 눈을 감고 드러누워 있노라니 나의 뼈가 우지끈 소리를 내며 부풀어 오르는 것 같았다. 지난밤, 생전 처음으로 나는 영혼이 곧 육체라는 사실을, 어쩌면 더 유동적이고, 더 투명하고, 더 자유롭긴 하지만 역시 육체라는 사실을 아주 구체적으로 확인했다. 그리고 육체 또한 영혼이라는 사실을, 다소 둔하고, 오랫동안 걸어서 기진맥진해 있고, 무거운 짐을 물려받아 짓눌려 있지만 결정적 순간에는 깨어나 다섯 개 촉수를 날개처럼 펼치며 활기를 띠는 영혼이라는 사실을 깨달았다.

그림자 하나가 내 위에 내려앉았다. 눈을 떴다. 조르바가 문턱에 서서 만족스러운 표정으로 나를 바라보고 있었다.

그가 어머니처럼 다정한 목소리로 말했다. "일어나지 말고 더 자요……. 오늘은 휴일이니까 더 자도 돼요!"

"실컷 잤는데요, 뭐." 나는 이렇게 말하며 일어났다.

그러자 조르바가 웃으며 말했다. "거품 낸 달걀 하나 해줄게요. 먹으면 힘이 날 겁니다."

나는 아무 말 하지 않고 해변으로 뛰어가 바닷물에 풍덩 뛰어들었다가 다시 나와서 햇볕에 몸을 말렸다. 그러나 내 콧구멍과 입술, 손가락에서는 은은한 향기가, 크레타 여인들이 머리에 바르는 오렌지 꽃물이, 월계수 기름 냄새가 여전히 사라지지 않았다.

그 전날 여자는 레몬꽃을 한아름 따놓았다. 오늘 밤 마을 사람들이 하얀 포플러나무 아래서 춤을 추느라 교회가 비어 있을 때 그리스도에게 바치기 위해서였다. 그녀는 침대 위 성상을 레몬꽃으로 장식해놓았고, 이 꽃 한가운데에 눈이 큰 성모 마리아가 슬픔에 잠겨 있었다.

조르바가 허리를 숙여 거품 낸 달걀이 든 컵과 오렌지 두 개, 부활절 빵을 내 옆에 내려놓았다. 그는 어머니가 전장에서 돌아온

아들에게 하듯이 아무 말 없이 즐거운 표정으로 나를 돌봐주었다.

"오늘 기둥을 몇 개 더 박을 겁니다." 그가 말했다.

나는 꼭 시원한 초록색 바닷물 위를 떠다니는 것처럼 강렬한 육체적 행복감에 사로잡혀 천천히 음식을 씹었다. 나는 내 정신이 이 육체적 쾌락을 주워 모은 다음 제 틀 속에 집어넣고 꾹 짜서 그걸로 생각을 만들어내도록 내버려두지 않았다. 그냥 머리끝에서 발끝까지 내 온몸이 마치 한 마리 짐승처럼 그 쾌락을 만끽하도록 내버려두었다. 나는 그저 이따금씩 황홀한 상태에서 내 주변과 내 안에서 벌어지는 세상의 기적을 바라보았을 뿐이다. 나는 생각했다. 무슨 일이 일어나는 걸까? 도대체 어떻게 해서 이 세상은 우리 발과 우리 손, 우리 배에 이렇게 기막히게 적응하는 것일까? 그러다가 나는 다시 한 번 눈을 감고 침묵을 지켰다.

나는 갑작스레 몸을 일으켜 오두막 안으로 들어가 '붓다' 원고를 집어 들고 펼쳤다. 원고 맨 끝부분이었다. 붓다는 꽃을 피운 나무 아래 누워 손을 들어 올리더니 자신을 구성하는 다섯 가지 원소(흙, 물, 불, 공기, 정신)에 녹아 없어지라고 명령했다.

내겐 내 번뇌의 얼굴이 더는 필요하지 않았다. 나는 그것을 넘어섰고, 붓다를 섬기기를 그만두었다. 나도 손을 들고 붓다에게 내 안에서 녹아 없어지라고 명령했다.

나는 황급히 언어라는 매우 강력한 구마 수단의 도움을 빌려 붓다의 육체와 영혼, 정신이 사라지게 만들었다. 매우 급했으므로 인정사정 보지 않았다.

나는 붓다가 마지막으로 한 말을 휘갈겨 쓴 다음 고함을 한 번 내지르고 뭉툭한 빨간 연필로 내 이름을 썼다.

나는 굵은 끈을 찾아 원고를 단단히 묶었다. 철천지원수의 팔다리를 묶어버릴 때처럼, 원시인들이 사랑하는 사람들이 죽으면 그들이 무덤에서 다시 기어나오거나 뱀파이어로 변하는 것을 막으려고 시신을 꽁꽁 묶어버릴 때처럼 기묘한 즐거움을 느꼈다.

맨발의 어린 소녀가 나를 향해 달려왔다. 작은 노란색 치마를 입은 소녀는 빨간색 달걀 하나를 손에 꼭 쥐고 있었다. 소녀는 내 앞에서 멈춰 서더니 겁먹은 표정으로 나를 쳐다보았다.

나는 소녀에게 용기를 심어주려고 웃으며 물었다. "무슨 일이야?"

소녀는 코를 한 번 훌쩍이더니 숨이 차서 헐떡거리는 작은 목소리로 대답했다. "부인이 보내서 왔어요. 좀 와주셨으면 하셔요. 몸이 편찮으셔서 자리에 누워 계세요. 아저씨가 조르바라는 분이죠?"

"알았다. 지금 가마."

나는 소녀의 다른 쪽 손에 빨간색 달걀 하나를 쥐여주었다. 소녀는 그걸 움켜쥐고 뛰어갔다.

나는 일어나서 마을로 향했다. 리라를 조율하는 부드러운 소리와 축제에서 터져 나오는 높은 언성, 총소리, 흥겨운 노랫소리 등 마을에서의 소음이 점점 더 가까이 들려왔다. 마을 광장에 도착하니 처녀 총각들이 이제 막 잎사귀가 돋아나는 포플러나무 아래 모여 춤출 준비를 하고 있었다. 노인들은 주변 벤치에 앉아 지팡이에 턱을 괸 채 그들을 구경했으며, 나이 든 여자들은 그 뒤에 서 있었다. 이렇게 모여 있는 사람들 한가운데에는 4월 장미 한 송이를 귀에 꽂은 유명한 리라 연주자 파누리오가 떡하니 자리 잡고 있었다. 그는 무릎에 올려놓은 리라를 왼손으로 똑바로 붙잡은 채 오른손을 계속 움직이면서 큰 소리를 내는 방울들로 장식한 활을 연습하는 중이었다.

나는 지나가며 소리쳤다. "그리스도가 부활하셨도다!"

그러자 거기 모여 있던 사람들이 입을 모아 대답했다. "부활하셨고말고!"(그리스에서는 전통적으로 부활절에 이 같은 인사를 나눈다)

나는 얼른 둘러보았다. 청년들은 건장한 체격에 허리는 잘록했으며, 헐렁한 바지를 입고 있었다. 또 머리에는 장식 술이 마치 머리털 타래처럼 이마와 관자놀이까지 늘어진 머릿수건을 썼다. 금화를 꿰어 만든 긴 목걸이를 목에 걸고, 자수를 놓은 하얀 머릿수건을 머리에 둘러쓴 처녀들은 눈을 내리깐 채 몰래 청년들을 힐끔거렸다.

"이쪽으로 오시지요, 사장님."

하지만 나는 이미 그들을 지나친 뒤였다.

오르탕스 부인은 그녀에게 남은 유일한 가구인 넓은 침대에 누워 있었다. 두 뺨은 열이 올라 뜨거웠으며, 기침까지 했다.

나를 보자마자 그녀는 서글픈 표정으로 한숨을 내쉬었다. "조르바는? 조르바는 어디 있어요?"

"조르바도 몸이 편치 않아요. 부인이 병이 난 그날부터 조르바도 병이 났습니다. 부인 사진을 손에 들고 그걸 보며 한숨만 내쉬지요."

"그래서요?…… 그래서 어떻게 됐나요?" 그 불쌍한 세이렌은 이렇게 묻고 행복에 겨운 나머지 눈을 감았다.

"뭐 필요한 게 없는지 물어보고 오라고 나를 보냈습니다. 아픈 몸을 끌고서라도 오늘 저녁에 부인을 보러 오겠다고 말하더군요…… 더는 부인과 떨어져 살 수는 없다는 겁니다……."

"계속…… 계속 얘기해보세요……."

"조르바 말에 따르면, 아테네에서 전보를 받았다는군요. 결혼

예복은 준비되었고, 화관과 구두, 당과도 배로 도착할 거랍니다…… 분홍색 리본을 두른 양초도 곧 올 거고……."

"계속하세요…… 계속하세요…… 계속……."

그러나 잠이 승리를 거둔 듯 숨소리가 달라지더니 그녀가 헛소리를 하기 시작했다. 방에서는 오 드 콜로뉴 냄새와 암모니아 냄새, 땀 냄새가 풍겼고, 열린 창문으로는 마당에서 키우는 닭과 토끼의 시큼한 똥 냄새가 들어왔다.

나는 일어나서 방을 나왔다. 문에서 미미토스와 마주쳤다. 그날 그는 장화를 신고 헐렁한 바지를 입었으며, 귀에는 바질 가지 하나를 꽂고 있었다.

"미미토스, 칼로 마을에 가서 의사 선생님을 좀 모셔오렴."

미미토스는 벌써 구두를 벗어 겨드랑이에 꼈다. 길을 가다가 구두를 더럽힐까 봐 그런 것이다.

"의사 선생님을 만나거든 내 안부를 전해드린 다음 말을 타고 이리로 와주십사 말씀드려라. 부인이 몹시 아프다고 전하렴. 감기에 걸린 것 같아. 내 말 꼭 전해야 한다. 자, 가봐!"

"그럼 가볼까?"

하지만 그는 손바닥에 침을 퉤 뱉더니 즐겁게 박수를 쳤을 뿐 단 한 발자국도 움직이지 않았다. 유쾌한 표정으로 나를 바라보기만 하는 것이었다.

"어서 가! 가라니까!"

하지만 그는 가지 않았다. 한쪽 눈을 찡긋거리면서 음탕하게 웃을 뿐이었다.

그가 말했다. "보스, 보스 드릴 오렌지 꽃물을 한 병 가져왔어요…… 선물이에요……."

그러고는 잠시 말을 멈추었다. 누가 그걸 보냈는지 내가 묻기를 기다리는 거였지만, 나는 침묵을 지켰다.

그러자 그가 웃음을 터트리며 말했다. "누가 보냈냐고 안 물어봐요? 머리에다 바르라고 그랬어요. 그럼 좋은 냄새가 난다고……."

"입 닥치고 빨리 가지 못해!"

그는 웃음을 터트리더니 다시 손에 침을 뱉었다. "하나, 둘, 셋, 얍! 그리스도가 부활하셨다!"

그리고 그는 사라졌다.

22

포플러나무 아래에서는 부활절 춤이 절정에 달했다. 아직 면도날이 닿은 적 없는 솜털이 뺨을 뒤덮고 있으며 피부가 가무잡잡한 스무 살가량의 잘생긴 청년이 춤을 이끌어갔다. 그의 가슴은 곱슬곱슬하고 거친 털로 수북하게 덮인 채 드러나 있었다. 그는 고개를 뒤로 젖힌 채 날개처럼 가벼워 보이는 두 발로 땅을 차면서 이따금 어떤 처녀를 흘깃거리곤 했는데, 그때마다 검은 얼굴 위에서 사나워 보이는 눈의 흰자가 번득이곤 했다.

나는 매혹과 동시에 두려움을 느꼈다. 오르탕스 부인 집에서 돌아오는 길이었다. 여자를 하나 불러 그녀의 시중을 들게 해놓은 다음 편안한 마음으로 크레타 사람들이 춤추는 모습을 구경하러 온 것이다. 나는 아나그노스티 영감이 앉은 벤치에 다가가 그 옆에 앉았다.

나는 그의 귀에 입을 갖다 대고 물었다. "춤을 주도하는 저 청년은 누군가요?"

아나그노스티가 웃음을 터트렸다. "저 불한당 녀석은 영혼을 앗아가는 천사장처럼 잘생겼지요. 양을 치는 시파카스예요. 1년 내내 산에서 양을 치다가 부활절 때만 내려와 사람들도 만나고 춤도 추고 그럽니다."

그는 한숨을 내쉬며 중얼거렸다. "아, 내가 저 녀석처럼 젊다면 얼마나 좋을까. 그럴 수만 있다면 콘스탄티노플도 다시 빼앗아올 텐데!"

청년이 머리를 흔들어대면서 발정 난 숫양처럼 알아들을 수 없는 짐승의 괴성을 내질렀다. "연주해, 파누리오! 카론(저승으로 가는 배를 모는 뱃사공)이 죽어버릴 때까지 연주하란 말야!"

카론은 매 순간 죽었다가 마치 삶이 그렇듯 금세 다시 태어난다. 몇천 년에 걸쳐 선남선녀들은 새로 돋아난 나무 잎사귀 아래서(포플러 아래서, 소나무 아래서, 떡갈나무 아래서, 플라타너스 아래서, 키 큰 종려나무 아래서) 춤을 추었고, 앞으로도 몇천 년 동안 그렇게 욕망에 사로잡혀 춤을 출 것이다. 얼굴들은 흙으로 돌아가고, 20년에 한 번씩 바뀌고, 다른 얼굴들에 자리를 내준다. 그러나 본질은 언제나 유일하다. 그것은 영원히 스무 살로 남아 춤추고 사랑한다. 그것은 죽지 않는다.

젊은이는 수염도 없으면서 마치 수염을 비비 꼬려는 듯 두 팔을 들어 올리며 소리 질렀다. "연주해! 연주하라고, 파누리오! 내가 터져버리는 걸 보고 싶지 않으면 연주해!"

리라 연주자가 팔을 흔들자 리라 소리가 울려 퍼지고 방울들이 요란하게 땡그랑거리기 시작했다. 젊은이는 공중으로 뛰어올라 사람 키 높이에서 두 발을 세 번 부딪친 다음 신고 있던 장화 끝으로 마을 경찰 마놀라카스가 머리에 두른 하얀 머릿수건을 걷어차서 벗겼다.

"브라보, 시파카스!" 사람들이 감탄사를 내질렀고, 처녀들은 온몸이 전율하는 것을 느끼며 눈을 내리깔았다.

느닷없이 춤이 중단되었다. 늙은 성당지기 안드룰리오가 두 손을 하늘로 쳐들고 혀를 빼문 채 숨을 헐떡거리며 소리쳤던 것이다. "과부다! 과부야! 과부가 나타났어!"

마을 경찰 마놀라카스가 가장 먼저 둥글게 모여 춤추는 사람들을 헤치고 성당지기에게 달려갔다. 광장에서는 아직도 도금양과 월계수로 장식되어 있는 교회가 저 아래로 보였다. 춤을 추던 사람들이 춤을 멈추었고, 노인들은 벤치에서 일어났다. 파누리오는 리라를 무릎에 올려놓고 귀에 꽂힌 4월 장미를 빼내어 향기를 맡았다.

"그년이 어디 있다는 거야? 어디 있냐고?" 과부가 나타났다는 얘기를 듣고 모두가 잔뜩 흥분해서 한목소리로 외쳤다.

"교회에 있어요. 그 저주받을 년이 방금 안으로 들어갔습니다. 레몬꽃을 한아름 들고 말이죠."

"자, 다들 그년을 잡으러 갑시다!" 마을 경찰이 이렇게 소리치며 앞장서 달려갔다.

바로 그 순간, 검은색 머릿수건을 쓴 과부가 교회 문 앞에 나타나더니 성호를 그었다. 조금 전까지 춤을 추던 사람들 사이에서 고함이 터져 나왔다. "나쁜 년! 갈보 같은 년! 살인자! 저년은 우리 마을의 명예를 더럽힌 주제에 무슨 염치로 여기 낯짝을 내민 거야?"

몇 사람은 마을 경찰과 함께 교회 쪽으로 달려갔고, 또 몇 사람은 높은 곳에서 그녀에게 돌을 던졌다. 돌 하나가 그녀의 어깨를 맞혔다. 그녀는 비명을 내지르더니 얼굴을 두 손으로 감싼 채 앞으로 내달리면서 도망치려고 했다. 그러나 젊은이 몇 명이 이미 교회 문에 도착한 뒤였고, 마놀라카스는 칼을 빼 들었다.

과부는 날카로운 비명을 내지르더니 허리를 깊숙이 숙이고 비틀거리며 교회 쪽으로 뛰어갔다. 하지만 문턱에는 마브란도니 영감이 서 있다가 두 팔을 크게 벌려 그녀가 교회 안으로 들어가는 것을 가로막았다.

그녀는 왼쪽으로 방향을 바꾸어 교회 마당에 서 있는 키 큰 삼나무 쪽으로 뛰어가더니 나무를 두 팔로 감쌌다. 그때 돌멩이 하나가 공중으로 날아와 그녀의 머리를 맞히자 머릿수건이 벗겨졌다. 그녀의 머리카락이 어깨 위로 흘러내렸다.

"제발! 제발!" 그녀는 악착같이 삼나무에 매달리며 애원했다.

광장에 모여 있던 마을 처녀들은 흰 머릿수건을 잘근잘근 씹었다. 나이 든 여인들은 교회 마당을 둘러싼 철창에 매달려 소리를 질러댔다. "죽여버려! 저 나쁜 년을 죽여버리라고!"

젊은 남자 둘이 그녀에게 달려들어 꽉 붙잡았다. 그녀의 검은 블라우스가 찢겨져나가면서 대리석처럼 하얗게 빛나는 젖가슴이 그대로 드러났다.

"제발! 제발, 이러지 말아요!" 그녀가 계속 애원했다.

그녀에게서 피가 흘러나왔고, 그녀의 젖가슴이 하얗게 번득였다. 그걸 본 젊은이들이 광분하여 허리춤에서 단도를 하나씩 뽑아 들었다.

그때 마놀라카스가 소리쳤다. "잠깐! 그년은 내가 알아서 할게!"

교회 문턱에 서 있던 마브란도니 영감이 손을 쳐들었다. 모든 사람이 멈추어 섰다.

그가 묵직한 목소리로 말했다. "마놀라카스, 네 사촌의 피가 복수를 부르짖고 있다! 넌 그 아이의 영혼을 위로해줘야 해!"

나는 담벼락을 뛰어넘어 교회 쪽으로 달려가다가 돌에 헛디디는 바람에 벌렁 자빠지고 말았다. 바로 그 순간, 시파카스가 내 옆을 지나갔다. 그는 허리를 숙이더니 꼭 고양이를 다룰 때처럼 내 목덜미를 움켜잡고 일으켜 세우며 말했다. "아니, 도대체 여기서 뭐 하는 겁니까? 당장 돌아가요!"

"자네는 저 여자가 불쌍하지도 않나, 시파카스? 저 여자에게 자비를 베풀게."

산에서 양을 치는 이자가 웃음을 터트렸다. "나더러 저 여자를 동정하라고요? 아니, 지금 내가 여자로 보입니까? 난 사내라고요, 사내!"

그 역시 재빠르게 교회 마당으로 달려갔다.

나는 그를 따라갔다. 모든 사람이 과부를 둘러싼 채 무거운 침묵을 지켰다. 들려오는 건 그녀의 목멘 헐떡임뿐이었다. 마놀라카스가 성호를 긋더니 한 걸음 앞으로 걸어 나가 칼을 들어 올렸다. 담벼락에 매달렸던 늙은 여인들이 즐거운 고함을 내질렀다. 처녀들은 머릿수건을 잡아당겨 내리더니 얼굴을 가렸다.

눈을 든 과부는 머리 위에 칼이 있는 걸 보더니 암소처럼 울부짖었다. 그리고 삼나무 밑동에 주저앉아 어깨 사이에 얼굴을 파묻었다. 그녀의 머리카락이 땅을 뒤덮었고, 목덜미는 꼭 눈처럼 하얗게 반짝였다.

마브란도니 영감이 성호를 그으며 소리쳤다. "하느님의 이름으로 너를 심판한다!"

그러나 바로 그 순간 우레 같은 목소리가 우리 뒤쪽에서 울려 퍼졌다. "그 칼 내려놓지 못해, 살인자 같으니!"

모두가 놀라서 고개를 돌렸다. 마놀라카스도 고개를 들었다. 조르바가 그의 앞에 서더니 단단히 화가 난 표정으로 팔을 휘두르며 고함쳤다. "다들 부끄럽지 않나? 참, 대단들 하시군! 온 마을이 여자 한 명 죽이겠다며 이 난리를 치다니! 당신들은 지금 크레타 섬 전체의 명예를 실추시키는 거요!"

그러자 마브란도니가 소리쳤다. "본인 일이나 걱정하시오, 조르바! 쓸데없이 우리 일에 끼어들지 말고!"

그가 조카를 돌아보며 말했다. "마놀라카스, 그리스도의 이름으로 명하노니, 그년을 죽여라!"

마놀라카스가 펄쩍 뛰어오르더니 과부를 붙잡아 땅바닥에 쓰러트린 다음 무릎으로 그녀의 배를 누르고 칼을 치켜들었다.

그러나 그는 더는 어쩌지 못했다. 조르바가 그의 팔을 붙잡더니 머릿수건을 감은 손으로 마을 경찰 손에서 칼을 빼앗으려고 애썼던 것이다.

과부는 무릎을 꿇은 채 재빨리 주변을 둘러보며 어디를 통해 도망칠 수 있을지 살펴보았다. 그러나 마을 사람들은 교회 문을 막아섰고, 교회 마당과 벤치 위에서 둥근 원을 이루고 있었다. 과부가 도망치려 애쓰는 걸 본 그들은 앞으로 한 걸음 더 가까이 다가서서 포위망을 좁혔다.

그동안 조르바는 아무 말 없이 날렵하게 움직이며 용감하게 싸웠다. 나는 교회 문턱에 서서 불안한 심정으로 그 싸움을 지켜보았다. 마놀라카스의 얼굴은 분노로 붉으락푸르락했다. 시파카스와 또 한 명의 건장한 청년이 그를 도와주려고 다가갔다. 그러나 마놀라카스는 잔뜩 화가 난 눈길로 그들을 바라보며 쏘아붙였다.

"물러서! 물러서라고! 아무도 가까이 오지 마!"

그러고 나서 마놀라카스는 맹렬한 위세로 조르바에게 덤벼들더니 마치 황소처럼 그를 머리로 들이받았다.

조르바는 아무 말 없이 입술을 깨물었다. 그는 죔틀로 물건을 죄듯 마을 경찰의 오른쪽 팔을 움직이지 못하게 만든 다음 허리를 좌우로 흔들면서 박치기 공격을 피했다. 화가 나서 미칠 지경이 된 마놀라카스는 있는 힘을 다해 조르바의 귀를 꽉 문 다음 잡아당겼다. 피가 뿜어져 나왔다.

"조르바!" 나는 겁에 질려 소리치며 조르바를 구하러 달려갔다.

그는 나를 보며 소리쳤다. "저리 비켜요, 보스! 이 일에 끼어들지 말라고요!"

그는 주먹을 꽉 쥐더니 마놀라카스의 아랫배 급소 부분을 있는 힘을 다해 가격했다. 맹수처럼 거칠게 굴던 마놀라카스는 그 자리에서 돌처럼 굳어버렸다. 조르바의 귀를 꽉 물고 있던 그의 이빨이 느슨해지면서 귀가 반쯤 떨어져 나왔다. 푸르뎅뎅하던 조르바의 낯빛이 돌연 창백해졌다. 조르바는 있는 힘껏 그를 땅바닥에 내동댕이치고는 그의 손에서 칼을 빼앗아 포석에 던져버렸다. 칼이 여러 동강 나며 부러져버렸다.

조르바는 귀에서 방울져 떨어지는 피를 머릿수건으로 닦아내고 땀이 뚝뚝 떨어지는 얼굴도 문질렀다. 그의 얼굴은 온통 피로 얼룩져 있었다. 그는 일어나서 퉁퉁 붓고 빨갛게 충혈된 눈으로 주변을 둘러보았다. 그가 과부에게 소리쳤다. "일어나요! 나랑 같이 갑시다!"

그리고 그곳을 떠나려고 교회 문 쪽으로 갔다.

과부는 사력을 다해 일어나더니 앞으로 달려 나가려고 온 힘을 모았다. 하지만 미처 그럴 시간이 없었다. 마브란도니 영감이 빛의 속도로 그녀를 덮쳤다. 그런 다음 그녀를 땅바닥에 쓰러트리더니 긴 머리칼을 자기 팔에 세 번 두르고 단칼에 목을 잘라버린 것이다.

"이 죗값은 내가 치르겠소!" 그는 이렇게 소리친 다음 과부의 머리를 교회 입구에 집어던졌다.

그러고는 성호를 그었다.

조르바는 고개를 돌려 그 광경을 보았다. 그는 깊은 한숨을 내쉬며 수염을 한 움큼 뽑아냈다. 나는 그에게 다가가 팔을 잡았다. 그는 허리를 숙여 나를 바라보았다. 굵은 눈물 두 방울이 그의 눈썹에 매달려 있었다.

"갑시다, 보스." 그가 숨이 막힐 것 같은 목소리로 말했다.

그날 밤, 그는 아무것도 입에 대려 하지 않았다. "목이 콱 막혀서 하나도 소화시킬 수 없을 것 같네요."

그는 찬물로 귀를 씻은 다음 라키 술에 솜을 적셔 붕대를 만들었다. 그리고 두 손으로 머리를 감싼 채 침대에 누워 생각에 잠겼다.

나도 벽에 몸을 기대고 바닥에 드러누웠다. 뜨거운 눈물이 천천히 뺨을 타고 흘러내리는 게 느껴졌다. 머리가 굳어버렸는지 아무 생각도 나지 않았다. 나는 깊은 슬픔에 빠진 어린애처럼 엉엉 울었다.

잠시 후 조르바가 고개를 들더니 감정을 폭발시켰다. 고함을 내지르더니 씁쓸한 표정을 지으며 큰 소리로 혼잣말을 계속했다. "보스, 이 세상은 불의 그 자체예요! 정말이지, 불의 그 자체라고요! 나 조르바는 비록 벌레처럼 하찮은 놈이지만 이놈의 세상을 받아들이는 걸 거부하겠습니다! 늙다리들은 여전히 살아 있는데 왜 젊은 것들은 죽어야 하는 겁니까? 왜 어린 것들이 죽어야 하냐고요? 디미트라키라는 아들이 하나 있었는데, 세 살 때 죽었어요. 나는 절대, 절대, 절대 하느님을 용서하지 않을 겁니다! 언젠가 그 양반이 뻔뻔하게 내 앞에 나타나면 창피한 꼴 좀 당할 거예요. 그가 진짜 하느님이라면 버러지 같은 내 앞에서 부끄러워해야 한다고요!"

그가 고통스러운 듯 얼굴을 찡그렸다. 상처에서 다시 피가 흘렀다. 그는 신음 소리를 내지 않으려고 입술을 깨물었다.

나는 조르바에게 말했다. "기다려요. 붕대 갈아줄게요."

나는 다시 한 번 그의 귀를 라키 술로 씻어준 다음 침대에 올려놓은, 과부가 보내주었던 오렌지 꽃물을 가져와 솜을 적셨다.

그걸 본 조르바가 꽃물의 향기를 한껏 들이마시며 물었다. "오렌지 꽃물인가요? 오렌지 꽃물이에요? 머리에 좀 부어줘요. 손에도 좀 뿌려주고…… 병에 든 거 다 부어요! 그렇지, 그렇지!"

그는 다시 생기를 찾았다. 나는 놀라서 그를 바라보았다.

그가 말했다. "꼭 과부네 정원에 들어가는 느낌이네요."

그리고 그는 자신의 쓰라린 심정을 토로했다. "흙이 그런 몸을 만들어내게 되기까지 얼마나 오랜 세월이 걸렸겠어요? 보스는 그 여자를 보면서 이렇게 생각했죠? '아, 내 나이가 스무 살이고, 지구에서 모든 인류가 사라지면 난 딱 한 가지만 요구할 거야. 저 여자랑 나, 둘만 남아 내가 저 여자에게 아이를 낳게 해달라고 말이야. 아니, 그건 아이들이 아니라 진짜 신들이지. 그리하여 그 신들이 세상을 가득 채우게 해달라고 말이야.' 그러나 지금은……."

그가 벌떡 일어났다. 그의 눈에 눈물이 그득했다. "보스, 더는 참을 수가 없어요. 저녁에는 산을 오르락내리락하면서 몸을 피곤하게 만들어야 정신을 좀 차리겠네요……. 오, 과부! 그녀를 위해 진혼가라도 불러야 할 듯싶습니다. 그렇게라도 안 하면 폭발해버릴지도 모르겠어요!"

그는 산 쪽으로 뛰어가더니 어둠 속으로 사라졌다.

나는 침대에 누워 등을 끄고, 다시 한 번 나의 비인간적이고 못된 습관에 따라 현실에 등을 돌려 그것의 피와 살, 뼈를 제거했다. 그런 다음 그것을 추상적이며 매우 일반화된 법칙으로 요약함으로써 방금 일어난 일은 어차피 일어날 수밖에 없었다는 끔찍한 결론에 도달했다. 오늘 일어난 일은 이 세상을 더욱더 풍요하고 조화롭게 만듦으로써 우주가 더 잘 돌아가도록 만드는 데 기여했다는 것이다. 그리하여 나는 오늘의 비극은 필요했을 뿐만 아니라 어차피 일어날 수밖에 없었고, 또 적절했다는 소름 끼치는 위안에 도달했다.

과부의 목이 잘린 사건은 몇 년 전부터 모든 것이 자리를 잡고 어떤 규율에 복종하던 내 뇌 속에 마치 잔혹하고 무시무시한 메시지처럼 뚫고 들어왔다. 그 메시지는 내 마음을 뒤흔들어놓았다. 그러나 나의 모든 이론은 그 즉시 이 메시지에 덤벼들어 그것을 이미지와 기교로 에워쌈으로써 위험하지 않은 것으로 만들었다. 마치 벌들이 꿀을 훔치러 벌통 속에 들어온 사나운 뒝벌을 밀랍으로 둘러싸 버리듯 말이다.

이렇게 해서 몇 시간 만에 과부는 하나의 신성한 상징이 되어 내 기억 속 깊은 곳에서 미소를 머금은 채 아무런 움직임 없이 조용히 안식하게 되었다. 그녀는 이미 밀랍으로 감싸여 더는 내 마음속에 공포를 퍼트릴 수도, 내 뇌를 마비시킬 수도 없게 되었다.

단 하루 사이에 일어난 이 끔찍한 사건은 점점 더 커지더니 시간과 공간으로 퍼져나가 사라져버린 과거의 위대한 문명과 일체가 되었고, 이 위대한 문명은 지구 전체의 운명과 일체가 되었으며, 또 지구는 우주와 일체가 되었다. 그리고 이렇게 해서 과부는 보편적 법칙에 복종하여 평온하고 신성한 부동성 속에서 그녀를 죽인 살인자들과 화해했던 것이다.

시간은 내 마음속에서 그 진정한 본질을 획득했다. 그리하여 과부는 이미 몇천 년 전에 죽은 것처럼, 크노소스의 곱슬머리 처녀들, 에게 문명의 처녀들은 바로 그날 아침에 죽은 것처럼 느껴졌던 것이다.

잠이 나를 이겼고, 언젠가는(그보다 확실한 건 없다) 죽음이 나를 이길 것이다. 나는 소리 없이 어둠 속으로 미끄러져 들어갔다. 조르바가 언제 돌아왔는지, 심지어는 그가 돌아왔는지조차 알지 못했다. 아침에 산에 올라가보니 그는 인부들에게 소리를 지르며 꾸중하고 있었다.

그들이 하는 일이 성에 차지 않는 모양이었다. 그는 말 안 듣는 인부 세 명을 쫓아낸 다음 자기가 직접 곡괭이를 잡더니 기둥을 박으려고 가시덤불과 떡갈나무 사이에 예정해놓은 길을 파기 시작했다. 또 그는 산으로 올라가 벌목 인부들이 소나무를 잘라내는 걸 보자 호통을 치기 시작했다. 그들 중 한 명이 웅얼대며 웃음을 터트리자 조르바는 그자의 상판을 있는 힘껏 갈겼다.

그날 밤 조르바는 몹시 지치고 기진맥진한 모습으로 해변으로 내려와 내 옆에 앉았다. 그는 입을 잘 열지 않았다. 입을 여는 건 오직 건축용 목재와 케이블, 갈탄에 대해 얘기할 때뿐이었다. 그럴 때의 그는 서둘러 그곳을 개발해서 떼돈을 번 다음 떠나버리려고 서둘러대는 탐욕스런 사업가 같은 모습이었다.

어느 순간 내가 평온을 되찾아 과부 얘기를 꺼내려고 하면 그는 손을 내밀어 내 입을 막아버렸다. "닥쳐요!"

나는 부끄러워서 하려던 말을 삼켰다. 저게 진짜 사내의 모습이지. 나는 조르바의 고통을 부러워하며 이렇게 생각했다. 뜨거운 피와 단단한 뼈를 가진 진짜 사내는 힘들 때는 닭똥처럼 굵은 눈물을 흘리고, 기쁠 때는 형이상학의 체로 걸러내느라 자신의 행복을 잡치는 일이 없었다.

사나흘이 이렇게 흘러갔다. 조르바는 먹지도, 마시지도, 쉬지도 않으면서 일에만 몰두했다. 어느 날 밤 나는 조르바에게 부불리나가 여전히 병상에 누워 있는데 의사가 아직 오지 않아서 그녀가 그의 이름을 부르며 헛소리를 한다고 말했다.

그는 주먹을 쥐며 말했다. "알았어요."

그다음 날 그는 동이 트자마자 마을에 가더니 금방 돌아왔다.

나는 물었다. "오르탕스 부인을 만났나요? 좀 어떻던가요?"

조르바가 얼굴을 찌푸리며 대답했다. "아무 문제 없어요. 하지만 곧 죽을 겁니다."

그러고는 부랴부랴 산으로 떠났다.

그날 밤 그는 저녁도 먹지 않고 지팡이를 집어 들더니 나갔다.

내가 물었다. "어디 가요, 조르바? 마을에 가나요?"

"아닙니다. 잠깐 산책 좀 하고 금방 돌아올게요."

그는 단호한 걸음걸이로 성큼성큼 마을로 향했다.

나는 피곤해서 잠자리에 들었다. 내 생각은 온 세상을 돌아다녔다. 고통스러운 기억이 표면에 떠올랐고, 내 정신은 머나먼 이상을 향해 나비처럼 훨훨 날아갔다가 결국은 돌아와 조르바에게 내려앉았다.

나는 생각했다. 혹시 조르바가 길을 가다가 마놀라카스를 만나면 화가 잔뜩 난 이 덩치 좋은 크레타인이 그에게 덤벼들어 죽일지도 몰라. 소문에 따르면 마놀라카스는 요 며칠 집 밖에 나오지도 못하고 앓는 소리만 한다고 했다. 창피해서 마을에 나타나지도 못하고 조르바를 만나기만 하면 정어리 씹어 먹듯 자근자근 씹어 돌리겠다며 벼른다는 것이다. 인부 한 사람은 그가 완전무장을 하고 밤 열두 시경에 오두막 주변을 배회하는 모습을 봤다고도 했다.

나는 벌떡 일어나 옷을 입고 서둘러 마을로 갔다. 밤은 습하고 푸근했으며, 꽃무와 제비꽃 향기가 느껴졌다. 잠시 후, 피곤한 듯 천천히 어둠 속을 걷는 조르바의 모습이 눈에 들어왔다. 그는 이따금 멈춰 선 채 별을 바라보며 귀를 기울이곤 했다. 그런 다음 다시 걷기 시작했고, 그때마다 내 귀에는 그의 지팡이가 길 위의 돌을 때리는 소리가 들려왔다.

이제 그는 과부의 정원에 다가가고 있었다. 대기 중에서는 레몬꽃과 인동초 향기가 풍겼다. 꾀꼬리 울음소리가 졸졸 흐르는 맑은 샘물 소리처럼 갑자기 오렌지나무 사이에서 점점 더 크게 들려왔다. 꾀꼬리는 어둠 속에서 숨이 막힐 듯 울어댔다. 조르바가 그런 부드러움에 마음이 흔들려 걸음을 멈추었다.

그때 갈대 울타리가 움직이더니 예리한 잎사귀가 마치 강철판처럼 날카로운 소리를 냈다.

그리고 굵은 남자 목소리가 소리쳤다. "어이, 거기! 드디어 널 찾아냈구나, 노망난 늙은이 같으니!"

나는 피가 얼어붙는 것 같았다. 그게 누구 목소리인지 알고 있었던 것이다.

조르바가 한 걸음 앞으로 걸어 나가더니 지팡이를 들어 올리고 다시 멈추어 섰다. 그의 동작 하나하나가 별빛에 분명하게 보였다.

그 거한이 단숨에 갈대 울타리에서 뛰쳐나왔다.

조르바가 목을 빼며 물었다. "거기 누구신가?"

"나다. 마놀라카스."

"가던 길이나 계속 가게. 여기서 사라지라고!"

"이봐, 조르바, 왜 날 망신 준 거지?"

"난 자네를 망신 준 적이 없어, 마놀라카스. 그러니 가보라고. 자네는 키도 크고 힘도 센 사람이지만 운이 없었던 거야. 운이 눈멀었다는 건 자네도 잘 알잖아."

그러자 마놀라카스가 이를 갈며 대답했다. "운이 있건 없건, 눈이 멀었건 안 멀었건, 난 내가 당한 오욕을 씻을 거야. 오늘 밤에 당장! 당신, 칼 있어?"

"없는데. 지팡이뿐이야."

"그럼 가서 칼 가져와. 난 여기서 기다릴게. 자, 가라고!"

그러나 조르바는 단 한 발자국도 움직이지 않았다.

그러자 마놀라카스가 조롱하는 말투로 야유했다. "왜, 겁이 나나? 그러지 말고 빨리 다녀와!"

조르바도 슬슬 열을 받기 시작한 듯했다. "칼은 왜? 칼로 내가 뭘 하냐고? 자네가 기억해야 할 게 있는데, 교회에서 자네에겐 칼이 있었지만 나는 맨손이었잖나? 그런데도 내가 자네를 이기지 않았던가?"

마놀라카스가 불같이 화를 냈다. "나를 조롱하기까지 하는 거야, 지금? 하지만 때를 잘못 골랐어. 난 칼을 가졌고 당신은 안 가졌다고 해서 나를 비웃는 거야, 응? 가서 칼 가져와, 이 더러운 마케도니아 놈아! 남자들끼리 한번 붙어보자고!"

조르바가 분노 때문에 떨리는 목소리로 응수했다. "칼을 버려. 나도 지팡이를 버릴 테니까. 우리, 맨손으로 한번 붙어보자고! 자, 덤벼봐, 이 크레타 놈아!"

조르바가 손을 들어 지팡이를 버렸다. 지팡이가 갈대 위로 떨어지는 소리가 내 귀에 들려왔다.

조르바가 다시 외쳤다. "칼 버려!"

나는 발뒤꿈치를 들고 살금살금 다가갔다. 별빛에 광채를 발하며 단도가 갈대 위로 떨어지는 것이 보였다. 조르바가 손바닥에 침을 퉤 뱉더니 공격을 하려고 펄쩍 뛰어오르며 소리쳤다. "자, 덤벼!"

하지만 두 건장한 남자가 격돌하기 전에 내가 그 사이로 끼어들며 고함을 내질렀다. "그만들 해요! 이리 와요, 마놀라카스. 조르바, 당신도 이리 오세요. 두 사람, 이러고 있는 게 부끄럽지 않아요?"

두 적수는 천천히 다가왔다. 나는 두 사람의 오른손을 잡았다. "자, 악수해요! 두 사람 모두 용감한 남자들이에요. 그러니 앞으로 친하게 지내세요!"

그러자 마놀라카스가 손을 빼내려고 애쓰면서 대답했다. "저 사람이 내 명예를 훼손했소……."

내가 말했다. "당신의 명예는 그렇게 쉽게 훼손되지 않아요, 마놀라카스 대장. 당신이 용감한 사람이라는 건 온 마을 사람들이 다 압니다. 저번에 교회에서 있었던 일은 다 잊어요. 그건 재수가 없어서 벌어진 일이에요. 어차피 일어난 일은 일어난 거고, 그건 이미 과거의 일이라고요. 그리고 조르바가 타향 사람이라는 사실을 잊어선 안 됩니다. 그는 마케도니아 사람이에요. 우리를 찾아온 타향 사람에게 손을 대는 건 우리 크레타 사람들로서는 큰 수치입니다……. 자, 악수하세요. 악수하는 것이야말로 진짜 용감한 행동입니다. 자, 이리 오세요, 마놀라카스 대장. 우리, 오두막에 가서 커다란 소시지를 굽고 술이나 한잔하면서 화해를 축하합시다!"

나는 마놀라카스의 허리를 안고 한쪽으로 데려가서 귀에 대고 속삭였다. "저 양반은 이제 늙었어요. 그런데 당신처럼 키도 크고 건장한 사람이 저런 양반이랑 싸운다는 건 도무지 어울리지 않아요!"

마놀라카스는 좀 누그러진 듯 보였다.

그가 말했다. "좋아요, 좋아. 당신을 봐서 내가 참고 넘어가겠수다."

그는 조르바에게 한 걸음 다가가더니 굵고 무거운 손을 내밀었다. "자, 조르바, 과거는 잊어버립시다. 우리 악수합시다!"

"자네가 내 귀를 물어뜯긴 했지만, 다 잊어버림세! 자, 악수하세!"

두 사람은 손에 힘을 주고 오랫동안 악수를 나누었다. 그들은 손에 점점 더 세게 힘을 주면서 서로를 노려보았다. 나는 그들이 또다시 싸울까 봐 겁이 났다.

조르바가 말했다. "자네, 손아귀 힘이 좋군. 자네는 용감한 남자야, 마놀라카스."

"당신도 손아귀 힘이 좋군요. 어디, 할 수 있으면 더 세게 한번 쥐어보시지!"

내가 말했다. "자, 자, 이제 그만들 해요. 우리 우정을 위해 한잔하러 갑시다!"

조르바는 내 오른쪽에, 마놀라카스는 내 왼쪽에 세워 우리는 오두막으로 돌아갔다.

나는 화제를 바꾸려고 말을 꺼냈다. "올해는 풍년이 들겠네요……."

그러나 그들은 내 말에 아무 신경을 쓰지 않았다. 두 사람의 가슴에 아직 맺힌 게 있는 모양이었다. 믿을 건 이제 술밖에 없었다. 우리는 오두막에 도착했다.

"우리 누추한 오두막에 오신 걸 환영합니다, 마놀라카스 대장! 자, 조르바, 소시지도 좀 굽고 마실 것도 내놓읍시다."

마놀라카스는 오두막 앞에 있는 바위에 앉았다. 조르바는 불을 피우고, 소시지를 굽고, 잔 세 개를 가득 채웠다.

나는 잔을 들어 올리며 말했다. "우리 모두의 건강을 위해! 건강하세요, 마놀라카스 대장! 건강하세요, 조르바! 우리, 건배합시다!"

우리는 잔을 부딪쳤다. 마놀라카스가 술 몇 방울을 땅에 뿌리며 엄숙한 어조로 말했다. "조르바, 내가 당신에게 손을 대면 내 피가 이 술처럼 흐를 거요!"

조르바 역시 술을 몇 방울 땅에 뿌리며 말했다. "만일 자네가 내 귀 물어뜯은 일을 잊어버리지 않는다면 내 피도 이 술처럼 흐를 걸세!"

23

동틀 무렵에 조르바는 침대에 일어나 앉아 나를 깨웠다. "보스, 자요?"

"무슨 일이에요, 조르바?"

"꿈을 꿨어요. 이상한 꿈을…… 우리, 머지않아 여행을 하게 될 것 같아요. 들어보세요. 아마 웃음이 나올지도 모르겠습니다. 여기 항구에 한 도시만큼이나 큰 배가 한 척 들어와 있었지요. 곧 떠날 것처럼 뱃고동을 울려댔답니다. 나는 배를 놓치지 않으려고 손에 앵무새 한 마리를 들고 마을에서부터 뛰어갔지요. 제시간에 도착해서 배에 오르는데 선장이 달려와서 외치더군요. '표 좀 봅시다!' 나는 호주머니에서 지폐 다발을 꺼내며 물었지요. '얼마요?' '1천 드라크마입니다.' '800드라크마에 안 됩니까? 좀 싸게 해줘요.' '안 돼요. 1천 드라크마 내요!' '나, 800드라크마밖에 없어요. 그것만 받아요!' '1천 드라크마라니까! 단 한 푼도 깎아줄 수 없소. 1천 드라크마 안 낼 거면 빨리 내려요!' 그래서 나도 화를 냈지요. '내 말 잘 들어요, 선장. 좋은 말 할 때 800드라크마 줄 테니 그거라도 받아두시오. 안 그러면 난 잠에서 깨어날 거고, 그러면 당신은 800드라크마도 못 받게 될 테니까!'"

조르바는 웃음을 터트렸다. "인간이란 참 이상한 기계지요! 빵이나 술, 물고기, 무 같은 걸 주면 한숨이라든가 웃음, 꿈이 되어 나와요. 완전 무슨 공장이라니까! 내 생각으로는, 우리 머릿속에 유성영화를 상영하는 극장이 있는 거 같아요."

그가 갑자기 침대에서 뛰어내리더니 불안한 목소리로 물었다. "그런데 앵무새는 왜 등장했을까요? 내가 앵무새랑 같이 배를 타러 갔다는 게 무슨 의미일까요? 이거 혹시?…… 음."

그는 말을 채 다 끝맺지 못했다. 말썽깨나 부릴 것같이 생긴 빨간 머리 심부름꾼 소년이 숨을 헐떡거리며 오두막에 들이닥치더니 소리쳤던 것이다. "불쌍한 오르탕스 부인…… 제발 부탁이니 의사 좀 불러주세요! 그 가엾은 오르탕스 부인이 죽어간단 말예요. 그녀가 죽으면 두 분 잘못이에요."

견딜 수 없을 정도로 부끄러웠다. 과부의 죽음으로 혼란스러웠던 바람에 우리는 오르탕스 부인을 까마득하게 잊어버렸던 것이다.

본래 말이 좀 많아 보이는 소년은 수다스럽게 계속 말을 해나갔다. "오르탕스 부인은 엄청 힘들어해요. 어찌나 기침을 해대는지 여관이 들썩들썩할 정도랍니다. 꼭 당나귀가 울어대는 것처럼 말예요. 쿨럭! 쿨럭! 마을 전체가 흔들린다니까요!"

나는 그를 나무랐다. "그만해! 지금 그렇게 웃을 때가 아니야!"

나는 종이를 한 장 꺼내 급하게 몇 자 적었다. "이걸 갖고 달려가서 의사에게 줘. 의사가 말에 올라타는 걸 보기 전에는 절대 돌아오지 마. 알았지? 가봐!"

그는 종이를 받아 혁대에 쑤셔 넣고는 언덕을 올라갔다.

조르바는 벌써 일어나 있었다. 그는 아무 말 없이 서둘러 옷을 챙겨 입었다.

나는 그에게 말했다. "기다려요. 나도 함께 가겠습니다."

"난 급해요. 급하다고요." 그는 이렇게 대답하고 마을 쪽으로 가버렸다.

잠시 후 이번에는 내가 같은 길로 접어들었다. 과부의 정원은 버려진 듯했다. 미미토스가 얻어맞은 개처럼 거기 앉아 있었다. 그는 불안한 표정으로 자기만의 세계에 갇혀 있는 것 같았다. 눈에 띌 정도로 수척해 보였고, 붉게 충혈된 두 눈은 움푹 들어갔다. 고개를 돌린 그가 나를 보더니 돌을 집어 들었다.

"여기서 뭐 하니?" 나는 과부의 정원에 아직도 욕망이 불타오르는 시선을 던지며 물었다.

따뜻하고 힘 있는 두 팔이 내 목 주위에 놓이는 게 느껴졌다……. 레몬꽃과 월계수 기름의 향기. 우리는 아무 말 하지 않았다. 나는 석양빛 속에서 그녀의 촉촉하면서도 불타는 듯 뜨거운 두 눈을 보았다. 호두나무 기름으로 문질러 윤을 낸 듯한 그녀의 뾰족한 이가 흰색으로 반짝였다.

미미토스가 투덜거렸다. "근데 그런 건 왜 물어요? 그러지 말고 당신 일이나 신경 쓰세요!"

"담배 한 대 줄까?"

"담배 끊었어요. 당신들은 모두 쓰레기들이에요! 당신네들 전부가 다 쓰레기들이라고요!"

그는 적당한 단어를 찾았으나 그게 잘 안 되는 듯 숨이 차서 말을 끊었다.

"쓰레기들…… 개자식들…… 거짓말쟁이들…… 살인자들!" 그는 자기가 찾던 단어를 발견한 듯 벌떡 일어나더니 손뼉을 쳤다.

"살인자들!…… 살인자들!…… 살인자들!" 그는 이렇게 절규했다. 그러더니 이번에는 웃기 시작하는 것이다.

그 모습을 보노라니 마음이 쓰렸다.

"네 말이 옳다. 백번 천번 옳고말고!" 나는 이렇게 말하고 나서 빠른 걸음으로 그곳을 벗어났다.

마을 입구에서는 아나그노스티 영감이 지팡이에 몸을 기댄 채 봄풀 위에서 서로를 좇는 나비 두 마리를 관찰하고 있었다. 이제는 나이도 먹을 만큼 먹었고, 밭일이니 아내, 자식들 때문에 골치를 썩일 일이 없으니 여유를 갖고 세상을 바라보는 것이었다. 그는 땅에 드리워진 내 그림자를 보자 고개를 들며 물었다. "아니, 이렇게 이른 아침에 어딜 가시오?"

그러나 그는 내 얼굴에서 불안한 빛을 읽은 듯 내 대답을 기다리지 않고 말했다. "빨리 가보시오, 젊은이. 지금 가면 혹시 살아있을지도 모르지, 불쌍한 여자 같으니……."

그녀가 오랫동안 써왔던 그녀의 가장 충실한 반려자인 커다란 침대가 작은 방 한가운데 옮겨져 그 방을 가득 메우고 있었다. 그녀 바로 위에서는 초록색 옷을 입고 노란색 모자를 쓴 그녀의 절친한 친구이자 조언자인 앵무새가 깊은 생각에 잠겨 걱정스러운 표정으로 그녀를 내려다보았다. 앵무새는 침대에 누워 신음하는 주인을 내려다보면서 이따금 사람 머리처럼 생긴 자기 머리를 옆으로 기울여 귀를 모으곤 했다…….

아니다, 그것은 앵무새가 너무나 잘 아는 사랑에 도취되었을 때의 한숨이 더는 아니었다. 비둘기의 달콤한 속삭임도 아니었으며, 겨드랑이를 간지럽혔을 때의 자지러지는 웃음소리도 아니었다.

주인의 얼굴에 흐르는 차가운 땀방울, 더럽게 뒤엉켜 관자놀이에 달라붙은 아마색 머리카락, 침대에서의 무거운 움직임, 앵무새가 이런 모습을 본 건 처음이어서 불안했다……. 앵무새는 "카나바로! 카나바로!" 외치고 싶었지만, 그의 목소리는 목구멍을 통과하지 못했다.

앵무새의 불쌍한 주인은 신음을 내지르며 끙끙거렸고, 그녀의 쪼그라들고 축 늘어진 팔은 자꾸 시트를 밀쳐 올렸다. 숨이 막히는 모양이었다. 얼굴색이 창백하고 피부가 부풀어 오른 그녀에게서는 시큼한 땀 냄새와 이제 막 부패가 시작된 살 냄새가 풍겼다. 뒤꿈치가 망그러지고 모양이 일그러진 그녀의 뾰족구두가 침대 가장자리 밑으로 비죽 삐져나와 있었다. 그녀를 보노라니 가슴이 아팠다. 그리고 뾰족구두는 보기에 한층 더 애처로웠다.

조르바는 환자 머리맡에 앉아 뚫어져라 뾰족구두를 쳐다보았다. 그는 뾰족구두에서 시선을 뗄 수가 없었다. 그는 눈물을 참으려고 입술을 깨물었다. 나는 방으로 들어가 조르바 뒤에 섰지만, 그는 내가 들어오는 소리를 듣지 못했다.

불쌍한 여인은 다시 숨을 쉬려고 몸을 뒤척였지만 숨이 막히는 듯했다. 조르바가 인조 장미로 장식된 모자를 못에서 내려 그녀에게 부채질해주었다. 마치 물에 젖은 석탄에 불을 붙일 때처럼 그의 굵은 손이 빠르면서도 서투르게 움직였다.

그녀가 두려움으로 가득 찬 눈을 뜨더니 주위를 둘러보았다. 시야가 흐릿해져 그녀는 아무도 구분할 수가 없었다. 심지어는 조르바도, 그가 든 빨간 장미 장식이 달린 모자도 알아볼 수 없었다.

그녀를 둘러싼 어둠 속에서 푸르스름한 증기 같은 것이 바닥으로부터 솟아오르더니 계속해서 형태를 바꾸며 때로는 히죽히죽 웃는 입들이, 때로는 갈고리처럼 생긴 발들이, 또 때로는 거무스름한 날개들이 되었다.

불쌍한 오르탕스 부인은 눈물과 침, 땀으로 더러워진 때 묻은 베개를 손톱으로 후벼 파며 내질렀다. "죽기 싫어! 죽기 싫단 말야!"

하지만 그녀의 상태를 전해 들은 마을의 곡녀 두 명이 벌써 와 있었다. 그들은 방에 들어와 등을 벽에 기대고 방바닥에 앉았다.

눈을 동그랗게 뜨고 그들을 바라보던 앵무새가 화를 내면서 고개를 앞으로 쑥 내밀며 소리쳤다. "카나바!……" 그러나 조르바가 신경질을 내며 새장을 주먹으로 치자 앵무새는 입을 다물었다.

다시 한 번 절망적 외침이 들려왔다. "죽기 싫어! 죽기 싫어!"

햇볕에 얼굴이 새까맣게 탄 젊은 녀석 둘이 문 안으로 머리를 디밀더니 오르탕스 부인을 지켜보다가 만족스러운 표정을 지으며 서로에게 손짓을 하고는 사라졌다.

갑자기 마당에서 우지끈 소리에 이어 겁을 먹은 닭들이 날개를 퍼덕거리는 소리가 들려왔다. 누군가 닭을 잡으려고 쫓아다니는 모양이었다.

첫 번째 곡녀 말라마테니아 노파가 동료를 향해 고개를 돌리며 말했다. "봤어, 레니오, 봤어? 저 비렁뱅이들, 얼마나 배가 고픈지 바로 닭 목을 비틀어서 한 입에 먹어치우려 하고 있어. 아무짝에도 소용없는 마을 떨거지들이 지금 마당에 다 모였다니까. 얼마 안 있으면 이 집은 그 인간들 손에 깡그리 털리고 말 거야."

그녀는 죽어가는 오르탕스 부인을 돌아다보더니 지겹다는 표정을 지으며 중얼거렸다. "이왕에 죽을 거면 빨리 좀 죽을 일이지, 참! 그래야 우리도 뭐 좀 건질 거 아냐?"

레니오 노파가 이빨이 다 빠져버린 입을 오물거리며 말했다. "사실대로 말하자면…… 말라마테니아, 어쩌면 그 인간들이 옳을지도 몰라요……. '먹으려면 빼앗고 가지려면 훔쳐라.' 우리 어머니는 내게 이렇게 말씀하셨답니다. 후다닥 곡을 해치워서 저 여자 영혼을 얼른 하느님께 보내준 다음 우리도 맛있는 것도 좀 훔쳐 먹고 실패도 좀 꼬불치자고요. 저 여자한테는 자식도 없고 개도 없어요. 그러니 누가 닭이랑 토끼를 잡아먹겠어요? 포도주는 또 누가 마시겠냐고요? 누가 실패랑 빗, 사탕을 물려받겠어요? 말라마테니아, 하느님도 나를 용서해주실 거예요. 그러니 챙길 수 있는 거면 뭐든지 다 챙겨갈 거예요!"

그러자 말라마테니아가 레니오의 팔을 붙잡으며 말했다. "그렇게 너무 서두르지 말고 잠깐만 기다리게. 나 역시 자네랑 생각이 같다네. 하지만 우선은 그녀가 마지막 숨을 내쉴 때까지 내버려두자고."

그동안 우리 불쌍한 오르탕스 부인은 베개 밑에서 무엇인가를 미친 듯이 찾았다. 마지막 순간이 시시각각 다가온다는 걸 느낀 순간 그녀는 흰색 뼈로 만든, 세월이 지나면서 반들반들해진 작은 십자가를 조그만 상자에서 꺼내어 베개 밑에 숨겨놓았던 것이다. 다 해진 블라우스와 벨벳 쪼가리와 함께 트렁크 밑바닥에 처박아두고 잊어버린 지가 여러 해였던 십자가였다. 그리스도는 마치 큰 병에 걸렸을 때만 찾지, 먹고 마시고 사랑하며 즐겁게 살 때는 아무 필요 없는 치료약 같았다.

그녀는 베개 밑을 더듬거리다가 뼈로 만든 십자가를 찾아 땀에 젖은 축 처진 가슴에 올려놓았다. "오, 예수님…… 사랑하는 예수님……."

그녀는 마지막 애인을 껴안고 입 맞추며 중얼거렸다.

그녀의 말에는 그리스어와 프랑스어가, 애정과 열정이 뒤섞여 있었다. 그녀의 목소리를 들은 앵무새는 목소리의 어조가 달라졌다는 걸 느꼈다. 그 순간 앵무새는 옛날의 그 흥청망청했던 밤 생활을 기억해내고는 즐거워서 발딱 일어섰다.

"카나바로! 카나바로!" 앵무새는 해가 떠오르기를 기다리며 우는 수탉처럼 목쉰 소리로 울었다.

조르바도 이번에는 앵무새가 우는 걸 제지하지 않았다. 오르탕스 부인이 울면서 십자가에 못 박힌 그리스도에게 입 맞추는 것을, 가쁜 숨을 몰아쉬는 그녀의 초췌한 얼굴에 뜻밖에도 부드러운 표정이 퍼져나가는 것을 그냥 바라만 볼 뿐이었다.

문이 열리더니 아나그노스티 영감이 모자를 손에 들고 살금살금 들어왔다. 그는 환자에게 다가가더니 허리를 숙이고 무릎을 꿇으며 말했다. "날 용서해주시오, 부인, 날 용서해줘요. 하느님께서도 당신을 용서해주실 거요. 내가 그동안 부인께 험한 말을 좀 했다 하더라도 날 용서해주시오. 우리는 인간에 지나지 않아서 그런 거니까…… 부디 나를 용서해주시오."

하지만 오르탕스 부인은 아나그노스티 영감이 하는 말을 듣지 못한 채 뭐라 말로 표현할 수 없는 행복에 잠겨 평화롭게 누워 있을 뿐이었다. 불행한 노년과 궁핍, 모욕, 이름 없는 여염집 아낙처럼 문 앞에서 농부들이 신는 면양말이나 짜며 홀로 보내야 했던 슬픈 저녁 시간 등 그녀가 당해야만 했던 온갖 고통은 이제 흔적조차 없이 사라져버렸다. 사대 열강을 무릎에 올려놓고 가지고 놀았으며, 사대 열강의 함대가 경의의 표시로 예포를 발사했던 그 치명적 매력의 파리 여인도 이제는 사라지고 없다.

푸른 바다는 거품 이는 파도로 뒤덮이고, 바다에 떠 있는 요새는 이리저리 흔들리기 시작하며, 온갖 종류의 깃발이 게양대에서 펄럭거린다. 메추리 굽는 냄새와 석쇠에서 익어가는 붉은 숭어 냄새가 진동하고, 차갑게 식힌 과일이 세공된 크리스털 잔에 담겨 나오고, 샴페인 병마개는 전함의 천장까지 튀어 올라간다.

검은 수염, 갈색 수염, 잿빛 수염, 금발 수염…… 오 드 콜로뉴와 바이올렛, 사향, 파출리 등 네 가지 향수. 선실 철문이 잠기고, 무거운 커튼이 내려지며, 전깃불이 켜진다……. 오르탕스 부인은 눈을 감는다. 오, 하느님! 사랑과 고통으로 가득 찬 그녀의 삶은 단 한순간에 지나지 않는 것을…….

그녀는 이 사람 무릎에서 저 사람 무릎으로 옮겨 가고, 금실로 수놓은 제독의 제복을 껴안으며, 향수 냄새 나는 무성한 수염에 작은 손가락을 집어넣는다. 그녀는 그들 이름을 기억하지 못한다. 앵무새도 마찬가지다. 기억하는 건 카나바로뿐. 그가 가장 돈을 잘 썼고, 앵무새가 이름을 발음할 수 있는 유일한 사람이었던 것이다. 다른 이름은 복잡하고 기억하기 어려워서 다 잊혔다.

오르탕스 부인은 깊은 한숨을 내쉬면서 십자가에 못 박힌 그리스도를 정열적으로 끌어안았다. "우리 카나바로…… 우리 사랑스런 카나바로……."

그녀는 그리스도를 축 늘어진 땀이 찬 가슴에 가져다 대며 이렇게 헛소리를 했다.

그걸 본 레니오 할멈이 중얼거렸다. "헛소리를 하기 시작했어요……. 저승사자를 보고 겁을 집어먹은 게 틀림없어요……. 자, 우리, 머릿수건을 풀고 가까이 가봅시다……."

말라마테니아 노파가 말했다. "자네는 하느님이 두렵지도 않은가? 아직 사람이 살아 있는데 만가를 부르자는 거야?"

그러자 레니오 할멈이 낮은 목소리로 투덜댔다. "말라마테니아, 저 여자가 궤짝에 넣어둔 옷가지랑 가게에 쌓아둔 물건들, 마당에서 키우는 닭이랑 토끼가 안 보여요? 아니, 저 여자가 죽을 때까지 그냥 가만히 앉아서 기다리자는 거예요?"

레니오가 이렇게 말하고 나서 일어나자 말라마테니아도 겁에 질려 그녀를 따라나섰다. 머릿수건을 풀어버린 두 사람은 몇 올 안 남은 백발을 풀어 내리더니 침대 가장자리를 꽉 붙잡았다. 레니오 노파가 먼저 등골이 오싹할 정도로 날카로운 고함을 내질러 신호를 보냈다. "에에에에에!"

그때 조르바가 벌떡 일어나더니 두 노파의 머리끄덩이를 잡아 뒤로 밀어내며 소리쳤다. "입 다물지 못해, 이 늙은 까마귀들아!

아직 살아 있는 거 안 보여? 귀신은 저런 것들 안 잡아가고 뭐 하는 거야? 빌어먹을."

그러자 말라마테니아가 다시 머릿수건을 쓰며 투덜거렸다. "저 늙은이는 왜 또 저러는 거야? 노망이 났나? 자기랑 상관없는 일에 왜 끼어들고 난리냐고?"

고통받는 늙은 세이렌 오르탕스 부인이 날카로운 고함 소리를 듣는 순간 달콤한 환상도 사라지고, 제독의 배도 가라앉고, 구운 고기도, 향수를 뿌린 수염도, 샴페인도 사라졌다. 그리고 그녀는 더러운 임종의 침대로, 이 세상 끝 구멍 속으로 다시 떨어졌다. 그녀는 떠나고 싶은 듯, 빠져나가고 싶은 듯 애를 썼지만 다시 누워 나지막한 목소리로 애처롭게 중얼거렸다. "죽고 싶지 않아…… 죽고 싶지 않단 말야……."

조르바가 허리를 숙이더니 못이 박힌 손으로 펄펄 끓는 그녀의 이마를 어루만져주고 얼굴에 달라붙은 머리카락도 떼어주었다. 그의 눈에는 눈물이 가득했다.

"아무 말 하지 말고 가만있어요……. 나 조르바, 여기 있으니 겁먹지 말아요."

그러나 마치 파란색 날개를 가진 어마어마한 나비처럼 돌연 다시 환상이 침대를 뒤덮었다. 죽어가는 여인이 조르바의 손을 잡더니 팔을 뻗어 자기를 내려다보는 그의 목을 껴안았다. 그녀가 입술을 움직였다. "우리 카나바로…… 나의 사랑하는 카나바로……."

뼈로 만든 십자가가 베개에서 미끄러지더니 방바닥으로 떨어져 부서져버렸다.

마당에서 남자 목소리가 들려왔다. "닭 빨리 집어넣어! 물이 끓잖아!"

조르바는 오르탕스 부인의 팔을 천천히 목에서 떼어냈다. 그가 일어섰다. 얼굴이 창백했다. 그는 눈물이 글썽한 눈을 손등으로 닦았다. 환자를 쳐다보았지만 아무것도 구분할 수 없었다. 그는 다시 눈을 닦았다. 그러자 그녀의 축 늘어지고 부어오른 발이 움직이고 입이 뒤틀리는 것이 보였다. 그녀가 한 번, 두 번 몸을 뒤척이자 시트가 방바닥으로 흘러내리면서 그녀의 반쯤 벌거벗은 몸이 드러났다. 땀으로 흠뻑 젖은 그 몸은 퉁퉁 부어올랐으며, 핏기가 조금도 없이 푸르스름한 색깔을 띠었다. 그녀는 꼭 목이 잘리는 닭처럼 날카로운 고함을 한 번 짧게 내질렀다. 그러고 나서는 흐릿하고 얼이 빠진 듯한 눈을 크게 뜬 채 미동도 하지 않았다.

앵무새가 새장 바닥으로 뛰어내리더니 가름대를 꼭 움켜잡은 채, 조르바가 굵은 손을 여주인 쪽으로 내밀어 한없이 다정하게 그녀 눈을 감겨주는 걸 보았다.

"서둘러! 여자가 죽었어!" 곡녀들이 이렇게 소리치더니 침대를 향해 달려갔다.

그들은 주먹을 쥐어 가슴을 치고, 상체를 앞뒤로 흔들며 함께 만가를 불렀다. 이렇게 단조롭게 몸을 흔들며 만가를 부르다 보니 그들은 서서히 최면 상태에 빠져들었다. 이윽고 그들의 해묵은 슬픔에서 독이 흘러나오고 넘쳐 마음의 둑이 무너지면서 만가는 절정으로 치달았다.

> 땅속에 누워야 한다니
> 이 어인 일인고……

조르바는 마당으로 나갔다. 눈물이 치밀어 올라오는 게 느껴졌지만 여자들 앞에서 울기가 창피했다. 그는 언젠가 내게 이렇게 말했다. "우는 건 부끄럽지 않아요. 남자들 앞에서 우는 건요. 남자들끼리야 뭐 부끄러운 게 있나요? 하지만 여자들 앞에서는 언제나 용감한 모습을 보여야 합니다. 우리가 울기 시작하면 그 불쌍한 것들은 어떻게 되겠어요? 다 끝나는 거지요, 뭐."

그녀의 시신을 포도주로 씻었다. 그런 다음 염을 하는 여자가 망자가 입었던 옷을 벗긴 후 상자에서 꺼낸 깨끗한 옷을 입히고 방금 찾아낸 오 드 콜로뉴 한 병 모두를 망자의 몸에 뿌렸다. 근처 정원에서 파리 떼가 날아와 망자의 콧구멍과 눈구멍, 입 가장자리에 알을 슬었다.

날이 어두워졌다. 서쪽 하늘은 한없이 부드러운 짙은 보라색을 띠었다. 황금색 술 장식이 달린 것 같은 작고 빨간 솜털 구름이 저녁 햇살 속을 지나가면서 배로 바뀌기도 하고, 백조로 바뀌기도 하고, 풀어헤친 비단과 솜으로 만들어진 환상의 동물로 바뀌기도 했다. 마당 갈대 사이로 언뜻언뜻 저 멀리 파도치는 바다가 보였다.

통통하게 살찐 까마귀 두 마리가 무화과나무에서 날아오르더니 마당 포석에 내려앉아 종종걸음을 치며 돌아다녔다. 조르바는 화를 내며 돌을 하나 주워 들더니 그걸로 까마귀들을 쫓아버렸다.

마당 한쪽 구석에서는 마을 건달들이 야단법석을 떨며 잔치를 벌였다. 부엌에서 커다란 식탁을 가지고 나온 그들은 빵과 접시, 식기를 귀신같이 찾아내어 밥상을 차렸다. 또 창고에서 포도주도 찾아내어 가져오고, 닭도 세 마리 삶았다. 이제 배가 고파진 이들은 술잔을 부딪치며 먹고 마시면서 즐겁게 웃고 떠들었다.

"하느님께서 저 여자가 지은 죄를 용서해주시기를! 저 여자의 죄가 물속 소금처럼 녹아 없어지기를!"

"저 여자 애인들이 모두 천사가 되어 저 여자 영혼을 하늘로 데려가기를!"

그때 마놀라카스가 소리쳤다. "오, 저기 조르바 영감 좀 봐! 까마귀를 쫓고 있네! 저 불쌍한 영감은 이제 홀아비가 되었어! 위로주나 한잔하라고 해볼까? 이봐요, 조르바 대장, 이리 와요! 한잔합시다!"

조르바가 고개를 돌렸다. 차려진 식탁과 김이 모락모락 나는 닭고기, 잔에 따라놓은 포도주가 눈에 들어왔다. 머릿수건을 머리에 쓴 건장한 체격의 시커먼 청년들이 넘치는 젊음을 발산하며 무사태평하게 먹고 마시고 떠들어댔다.

마놀라카스가 다시 소리 질렀다. "조르바! 조르바! 그렇게 축 처져 있지 말고 이리 와요!"

그는 그쪽으로 가서 술을 한 잔, 두 잔, 세 잔 단숨에 들이켰다. 그리고 닭다리를 하나 뜯었다. 사람들이 말을 걸었지만 대답하지 않았다. 아무 말 없이 게걸스럽게 고기를 한 입 우적우적 씹어 먹고 벌컥벌컥 술을 마실 뿐이었다. 그의 얼굴은 부불리나의 시신이 아무 움직임 없이 눕혀진 방으로 향해 있었으며, 그의 귀는 열린 창문을 통해 들려오는 만가를 들었다. 이따금 곡소리가 끊기고 다투는 듯한 고함 소리와 장롱 문이 열렸다 닫혔다 하면서 덜컹거리는 소리, 서로 싸우는 것 같은 무겁고 빠른 발소리가 들려왔다. 그러고 나면 벌들이 잉잉거리는 듯 단조롭고 절망적인 만가가 다시 이어졌다.

두 곡녀는 만가를 부르면서도 방 안을 이리저리 뛰어다니며 닥치는 대로 뒤졌다. 그들은 찬장을 열고 조그만 숟가락 대여섯 개와 설탕 조금, 커피와 과자가 든 양철통을 찾아냈다. 레니오는 달려들어 커피와 과자를, 말라마테니아는 설탕과 작은 수저를 챙겼다. 말라마테니아가 과자 두 개를 입속에 처넣는 바람에 그녀 입에서는 목이 졸린 듯 갑갑한 만가가 흘러나왔다.

꽃들은 그대 위에 비 오듯 쏟아지고
사과는 그대 앞치마에……

슬그머니 방 안으로 숨어들어 와 트렁크 쪽으로 달려간 다른 노파 두 명이 거기 손을 집어넣어 손수건 몇 장과 타월 두세 장, 스타킹 세 켤레, 가터벨트를 끄집어내더니 입고 있는 블라우스에 집어넣은 다음 망자를 돌아다보며 성호를 그었다.

이 노파들이 트렁크 터는 걸 본 말라마테니아가 화를 벌컥 내며 레니오에게 소리쳤다. "자네는 계속 불러! 나는 금방 다시 합류할 테니!"

그러고는 트렁크에 머리를 집어넣었다.

누더기나 다름없는 새틴 천 옷가지들, 다 해진 자주색 드레스, 오래된 빨간색 슬리퍼, 부서진 부채, 한 번도 안 쓴 빨간색 우산, 그리고 트렁크 맨 밑바닥에는 제독의 낡은 삼각모가 있었다. 오르탕스 부인은 혼자 있을 때면 젊을 때 받은 이 선물을 머리에 쓰고 우울하면서도 심각한 표정을 지으며 거울 앞에서 군대식으로 경례를 붙이곤 했다.

누군가 문 쪽으로 다가왔다. 노파 둘은 밖으로 나갔고, 레니오는 다시 침대 가장자리를 붙잡고 가슴을 치면서 만가를 불렀다.

그대 목에 자줏빛 카네이션을……

조르바가 돌아와서 목에 작은 벨벳 리본을 두른 채 팔을 포개고 누워 있는 망자를 내려다보았다. 파리들이 달라붙어 있고 얼굴은 창백했지만 그 모습은 평화롭고 차분해 보였다.

그는 생각했다. '한 줌 흙으로 돌아갔구나…… 배고파하고, 웃고, 입도 맞추었던 한 줌 흙…… 울기도 했던 진흙 한 덩이…… 그런데 지금은? 도대체 누가 우리를 이 세상에 데려왔다가 데려가는가?'

그는 침을 탁 뱉고 앉았다. 먹고 마셨더니 다시 힘이 솟았다.

마당에서는 젊은이들이 춤을 추려고 벌써 자리를 잡았다. 리라를 연주하는 파누리오도 왔다. 그들은 테이블과 화분으로 쓰였던 양철통, 나무통, 세탁물 바구니를 한쪽으로 밀어내고 춤출 자리를 만들어 춤을 추기 시작했다.

마을 유지들이 도착했다. 통이 큰 흰 와이셔츠 차림에 끝이 꼬부라진 긴 지팡이를 든 아나그노스티. 통통하고 꼬질꼬질한 콘도마놀리오. 청동으로 만든 필기도구함을 허리띠에 차고 귀에는 녹색 펜대를 꽂은 학교 선생. 마브란도니는 보이지 않았다. 경찰을 피해 산속에 숨어 있는 것이다.

아나그노스티가 손을 쳐들며 말했다. "만나서 반갑네, 친구들! 마음껏 즐기게! 하느님이 축복해주실 테니 먹고 마셔! 하지만 소리를 질러선 안 되네! 그건 부끄러운 일이니까. 소리를 지르면 죽은 사람이 들어. 죽은 사람이 듣는다니까!"

콘도마놀리오는 찾아온 목적을 분명히 밝혔다. "우리는 고인의 재산목록을 작성하러 왔네. 그걸 가난한 마을 사람들에게 나눠주기 위해서 말일세. 자, 다들 배불리 먹고 실컷 마셨네. 이제 그만하면 됐어! 거지들처럼 집 안 여기저기 돌아다니면서 고인의 물건을 약탈하는 일은 안 했으면 하네. 안 그러면 내가 가만히 있지 않을 테니 말이야, 알겠지?"

그는 이렇게 말하며 위협적으로 지팡이를 휘둘렀다.

세 명의 마을 유지들 뒤에 머리가 헝클어지고 맨발에 누더기를 걸친 여자들이 십여 명 나타났다. 다들 빈 자루를 겨드랑이에 끼고 있거나 광주리를 등에 짊어지고 있었다. 그들은 느릿느릿한 걸음걸이로 슬그머니 다가왔다.

아나그노스티가 고개를 돌려 그들을 보더니 불같이 화를 내며 소리쳤다. "돌아가지 못해, 이 잡시 떼들아! 약탈하러 여기 온 거야? 우리는 이곳에 있는 모든 물건의 목록을 하나하나 기록해두었다가 나중에 가난한 사람들에게 공평하게 나눠줄 거야. 이 지팡이로 맞고 싶지 않으면 다들 썩 꺼져!"

학교 선생은 혁대에서 긴 청동 필기도구함을 끄르고 두꺼운 인쇄지를 펼치더니 목록을 작성하려고 가게로 갔다.

바로 그 순간, 귀가 먹먹할 정도로 시끄러운 소리가 들려왔다. 양철통을 두들겨대고, 실패가 굴러 떨어지고, 컵들이 와장창 부딪쳐 산산조각 났다. 그리고 부엌에서는 냄비와 접시, 포크가 부딪쳐서 나는 어마어마하게 시끄러운 쨍그랑 소리가 들려왔다.

콘도마놀리오 영감이 지팡이를 휘두르며 달려갔다. 하지만 그 상황에서 그가 뭘 어찌할 수 있겠는가? 늙은 여자들, 남자들, 아이들 할 것 없이 우르르 문을 박차고 들어오거나, 창문이나 울타리를 타고 넘어오거나, 지붕으로 이어진 테라스를 내리굴러 와 냄비와 프라이팬, 매트리스, 토끼 등을 닥치는 대로 훔쳐 달아났다. 문짝이나 창틀을 떼어 어깨에 짊어지고 가는 사람들도 있었다. 미미토스는 오르탕스 부인이 신고 다니던 뾰족구두를 훔쳐 끈으로 묶고 목에다 걸었다. 꼭 오르탕스 부인이 그의 어깨에 말을 타듯 걸터앉아 있는데 사람은 안 보이고 구두만 보이는 것 같았다…….

학교 선생은 눈을 찌푸리더니 필기도구를 다시 혁대에 끼워 넣었다. 그는 아무것도 쓰지 않은 종이를 접더니 자존심이 상한 표정으로 말없이 문턱을 넘어 사라져버렸다.

불쌍한 아나그노스티 영감만 소리도 질러봤다가, 애원도 해봤다가, 지팡이도 휘둘러봤다가 하면서 혼자 애를 썼다. "다들 부끄러운 줄 알아야 해! 부끄러운 줄 알아야 한다고! 고인이 자네들 소리를 다 듣고 있단 말이야!"

미미토스가 물었다. "신부님을 모셔올까요?"

그러자 콘도마놀리오가 버럭 화를 내며 대답했다. "이 바보야, 신부님을 왜 모셔와? 고인은 로만 가톨릭이었어. 성호 긋는 거 안 봤어? 이교도라서 네 손가락으로 성호를 그었잖아! 자, 이제 고인을 땅에 묻어야지. 고약한 냄새가 온 동네로 퍼져나가기 전에 말이야."

그때 미미토스가 성호를 그으며 말했다. "시신에 벌써 구더기가 슬기 시작했어요. 보세요!"

마을의 큰어른인 아나그노스티 영감이 머리를 저으며 말했다. "그게 이상하다고 생각하는 거냐, 이 멍청아? 눈에 안 보여서 그렇지 사실 인간은 태어날 때부터 배 속에 구더기 천지란다. 하지만 그놈들은 죽은 사람에게서 악취가 풍기는 순간 바로 구멍에서 기어나오지. 치즈 구더기처럼 하얀 놈들이 말이야!"

첫 별들이 나타나더니 은으로 만든 작은 종처럼 공중에 매달려 흔들거렸다. 어둠은 땡그랑거리는 종소리로 가득 찼다.

조르바는 고인의 침대에 걸려 있던 앵무새 새장을 들어내려고 손을 뻗었다. 주인을 잃은 앵무새는 겁에 질려 한쪽 구석에 쭈그리고 앉았다. 앵무새는 주변을 둘러보고 또 둘러봤지만 뭐가 뭔지 도통 알 수가 없었다. 앵무새는 머리를 날갯죽지에 파묻고 몸을 움츠렸다.

조르바가 새장을 들어내자 앵무새는 소스라치게 놀랐다. 앵무새가 무슨 말인가를 하려 했지만 조르바가 손으로 앵무새의 입을 막으며 상냥한 목소리로 말했다. "조용히 해. 아무 말 하지 말고 나랑 같이 가자."

조르바는 허리를 숙여 고인을 바라보았다. 한동안을 그렇게 보고 있노라니 목에 메어왔다. 고인에게 입을 맞추고 싶었지만 꾹 참았다.

그가 중얼거렸다. "안녕."

그는 새장을 들고 마당으로 나갔다가 나를 보고 다가왔다. "갑시다……."

그는 이렇게 조용히 말하고 내 팔을 잡았다. 그는 평온해 보였으나 입술은 떨렸다.

"인간은 다들 같은 길을 갑니다." 나는 그를 위로하려고 말했다.

그러자 그가 빈정거리는 말투로 대답했다. "참 멋진 얘기네요!"

"잠깐만 기다려요, 조르바. 이제 곧 시신을 떠메고 나올 모양이니까 보고 갑시다. 괜찮겠어요?"

그가 목멘 소리로 대답했다. "괜찮을 것 같지 않네요."

그는 새장을 바닥에 내려놓고 팔짱을 끼었다.

모자를 쓰지 않은 아나그노스티와 콘도마놀리오가 시신이 눕혀져 있던 방에서 성호를 그으며 나왔다. 그들 뒤에는 얼근히 취한 춤꾼들 네 명이 고인의 시신이 올려진 문짝 네 귀퉁이를 하나씩 들고 나왔다. 그 뒤를 리라를 연주하는 파누리오와 여전히 음식을 우물우물 씹는 즐거운 표정의 남자들 십여 명, 그리고 각자 냄비나 의자를 하나씩 들고 있는 여자들 대여섯 명이 따라나섰다. 뒤꿈치가 망가진 뾰족구두를 목에 건 미미토스가 맨 뒤에 섰다.

그가 웃으며 소리쳤다. "살인자들! 살인자들! 살인자들!"

덥고 습한 바람이 불자 바다가 다시 거칠어졌다. 파누리오가 활을 들어 올렸고, 그의 맑고 즐거운 목소리가 밤의 온기 속에서 조금씩 커졌다.

> 태양이여, 무어가 그리 급해 서산으로 저버리는고……

조르바가 말했다. "갑시다. 다 끝났어요……."

24

우리는 아무 말 없이 좁은 마을길을 걸었다. 어둠에 잠긴 집들은 이제 검은 형체에 불과했다. 어디선가 개가 짖었고, 황소가 한숨을 내쉬었다. 즐겁고 경쾌한 리라의 방울 소리가 이따금 바람에 실려 우리 귀에까지 들려오곤 했다.

우린 마을을 벗어나 우리 오두막이 있는 해변으로 이어지는 길로 접어들었다.

나는 무거운 침묵을 깨트리려고 입을 열었다. "조르바? 이건 무슨 바람인가요? 남풍인가요?"

하지만 조르바는 앵무새 새장을 무슨 등처럼 들고 내 앞에서 걸어갈 뿐 아무 대답도 하지 않았다.

우리가 오두막이 있는 해안에 도착하자 조르바가 고개를 돌리며 물었다. "배고파요, 보스?"

"아니, 배 안 고파요, 조르바."

"졸려요?"

"아니요."

"나도 잠이 안 오는군요. 우리, 자갈밭에 좀 앉읍시다. 보스한테 물어볼 게 있어요."

우리 두 사람은 피곤했다. 하지만 잠을 자러 가고 싶지는 않았다. 그날 낮에 있었던 일이 그냥 잊히도록 내버려두고 싶지 않았던 것이다. 우리는 잔다는 게 부끄러웠다. 잠을 잔다는 게 꼭 위험 앞에서 도망치는 것처럼 느껴졌던 것이다.

우리는 바닷가에 앉았다. 조르바는 무릎 사이에 새장을 내려놓고 한동안 침묵을 지켰다. 여러 개의 눈과 나선형 꼬리가 달린 모양이 기괴하고 섬뜩한 별자리 하나가 산 위에 떠올랐다. 이따금 별이 하나씩 거기서 벗어나 떨어지곤 했다.

조르바는 꼭 별을 처음 보는 사람처럼 입을 벌리고 올려다보며 중얼거렸다. "저 높은 곳에서는 무슨 일이 벌어질까요?"

잠시 입을 다물었던 그가 결심한 듯 말문을 열었다. 그의 목소리는 밤의 무더위 속에서 비장하면서도 엄숙한 억양을 띠었다. "보스, 말해줄 수 있어요? 이 모든 것의 의미가 무엇인지 말해줄 수 있냐고요? 누가 그걸 만들었지요? 왜 만들었을까요? 그리고 무엇보다도……(조르바의 목소리가 분노와 두려움으로 떨렸다) 왜 사람은 죽는 걸까요?"

"모르겠어요, 조르바." 나는 이렇게 대답했다. 가장 간단하고 가장 필요한 질문을 받았는데 대답을 못 한 것 같아서 부끄러웠다.

그러자 조르바는 언젠가 밤에 그가 춤출 줄 아느냐고 묻기에 내가 모른다고 대답했을 때처럼 놀라서 눈을 크게 뜨며 물었다. "모른다고요?"

그는 잠시 입을 다물고 아무 말도 하지 않다가 다시 폭발했다.

"그렇다면 당신이 읽는 그 빌어먹을 책들은 도대체 무슨 소용이 있습니까? 왜 그것들을 읽는 거예요? 사람들이 왜 죽는지에 대해 설명해주지 않는다면 도대체 뭘 얘기하는 거예요?"

"조르바, 책들은 당신이 던지는 그런 질문에 대답할 수 없는 인간의 불안에 대해 얘기하고 있어요."

그러자 조르바는 화가 난다는 듯 조약돌을 발로 차며 소리쳤다. "흥, 불안이라니, 무슨 되지도 않는 소리를!"

그가 갑자기 소리를 질러대자 앵무새가 화들짝 놀라며 도움이라도 구하는 듯 울었다. "카나바로! 카나바로!"

조르바가 새장을 주먹으로 쾅 치며 소리쳤다. "닥치지 못해!"

그가 다시 나를 돌아다보았다. "보스, 우리가 어디서 와서 어디로 가는지 말해줘요. 지금까지 당신은 아마 종이를 3톤은 족히 씹어 먹으며 책을 파고들었을 겁니다. 자, 말해봐요. 거기서 얻은 결론이 뭡니까?"

조르바의 목소리에는 고뇌의 기색이 역력해서 나는 숨이 턱 막혔다. 내가 그의 질문에 대답해줄 수 있었더라면 얼마나 좋았을까?

나는 내 마음속 저 깊은 곳에서 느꼈다. 인간이 도달할 수 있는 가장 높은 목표는 지식이나 미덕, 아름다움, 승리가 아니라 더 높고 영웅적이며 더 절망적인 어떤 것, 즉 신성한 공포라는 사실을 말이다. 신성한 공포 너머에는 무엇이 있을까? 인간은 신성한 공포 너머로는 갈 수가 없다.

조르바가 불안한 표정으로 물었다. "대답 안 해줄 건가요?"

나는 신성한 공포가 무엇인가를 조르바에게 이해시키려고 애썼다. "조르바, 우리는 아주 작은 구더기예요. 엄청나게 큰 나무의 작은 잎사귀에 붙은 아주 작은 구더기 말입니다. 이 작은 잎사귀는 우리의 지구지요. 다른 잎사귀들은 밤에 움직이는 별들이고요. 우리는 우리의 이 작은 잎사귀를 기어오르고, 불안하게 그걸 만져보지요. 우리는 잎사귀의 냄새를 맡아봅니다. 잎사귀에서는 좋은 냄새나 나쁜 냄새가 나지요. 맛을 보기도 합니다. 먹을 수 있으니까요. 또 손으로 두드려보기도 합니다. 그러면 살아 있는 존재처럼 소리를 지르며 반응하지요.

겁이 없는 몇몇 사람들은 잎 가장자리까지 가봅니다. 가장자리에서 몸을 구부린 채 눈을 크게 뜨고 귀는 활짝 열지요. 그리고 저 아래 심연을 내려다봅니다. 그 순간 전율이 온몸을 훑고 지나가지요. 우리는 우리 아래 무시무시한 심연이 있다는 걸 알게 됩니다. 거대한 나무의 다른 잎들이 서걱거리는 소리가 멀리서 들려오고, 수액이 나무뿌리에서 올라와 우리 마음을 가득 채우지요. 그리고 이렇게 심연을 내려다보면서 우리는 우리 몸과 영혼이 공포에 휩싸이는 것을 느낍니다. 바로 이 순간부터 시작되는 게……."

나는 말을 멈추었다. 나는 '바로 이 순간부터 시가 시작됩니다'라고 말하려고 했다. 하지만 조르바가 무슨 말인지 알아듣지 못할 것 같아 입을 다문 것이다.

그러자 조르바가 초조하게 물었다. "뭐가 시작된다는 겁니까? 왜 말을 하다 말아요?"

"그때 큰 위험이 시작됩니다, 조르바. 어떤 사람들은 현기증을 일으키며 헛소리를 하지요. 또 어떤 사람들은 두려움에 사로잡혀 자신에게 용기를 불어넣을 수 있는 대답을 찾으려고 애쓰다가 '하느님!'이라고 소리칩니다. 그리고 잎사귀 가장자리에서 차분하고 용감하게 심연을 내려다보다가 '나는 저게 좋아'라고 말하는 사람들도 있고요."

조르바는 한참 동안 깊은 생각에 잠겨 있었다. 이해하려고 머리를 짜내는 것이었다.

결국 그가 입을 열었다. "난 매 순간 죽음을 바라봅니다. 죽음을 봐도 두렵지가 않아요. 하지만 '나는 죽음이 좋아'라는 생각은 절대, 절대, 절대 하지 않아요. 아니, 난 죽음을 전혀 좋아하지 않아요! 난 자유인 아닌가요? 그러니 그런 생각은 받아들일 수 없다고요!"

그는 잠시 말을 멈추었다가 다시 입을 열었다. "나는 양처럼 삼도천三途川 뱃사공에게 목을 내밀고 '이봐요, 카론. 내가 천당에 직행하도록 내 목을 따시오!'라고 말하진 않을 겁니다."

내가 아무 대답을 안 하자 그는 뒤돌아서서 나를 화난 눈길로 쳐다보며 소리쳤다. "아니, 지금 내가 자유로운 사람이 아니라는 겁니까?"

나는 아무 말 하지 않았다. 필연을 받아들이는 것, 필연적인 것을 자유의지로 전환시키는 것, 어쩌면 이런 것들이야말로 인간이 해방으로 갈 수 있는 유일한 길일지도 모른다. 나는 그 사실을 알고 있었다. 그래서 침묵을 지켰다.

조르바는 내가 자신에게 해줄 말이 없다는 걸 알아차렸다. 그는 앵무새를 깨우지 않으려고 새장을 조심스럽게 들어 머리맡에 놓아두고는 드러누우며 중얼거렸다. "잘 자요, 보스. 이제 그만하면 됐어요."

뜨거운 남풍이 이집트에서 불어와 채소와 과일, 크레타 사람의 가슴을 여물게 했다. 나는 그 바람을 내 이마와 입술, 목에 받아들였고, 나의 뇌는 마치 과일처럼 쩍쩍 소리를 내며 부풀어 올랐다.

나는 잠을 잘 수도 없었고, 자고 싶지도 않았다. 나는 아무 생각도 하지 않았다. 그 무더운 밤, 나는 내 안의 무엇인가가 자라난다는 것만을 느꼈을 따름이다. 나는 그 놀라운 사건을 생생하게 보고 체험하는 중이었다. 내가 변화해가는 것이다. 항상 우리 심부의 가장 어두운 회랑에서 일어나던 일이 이번에는 바로 내 눈앞에서 백주에 공개적으로 벌어지는 것이었다. 나는 바닷가에 쭈그리고 앉은 채 그 기적을 지켜보았다.

며칠이 흘러갔다. 밀이 익어서 무거운 곡식이 달린 이삭이 고개를 숙였다. 매미들이 올리브나무 위에서 허공을 갈기갈기 찢어놓을 듯이 날카로운 소리로 울어댔고, 반짝거리는 곤충들은 불타듯 뜨거운 햇빛 속에서 윙윙거렸다. 바다는 수증기로 뒤덮였다.

동틀 무렵이 되자 조르바는 아무 말 없이 산으로 떠났다. 운반용 삭도를 건설하는 일이 거의 다 끝나가고 있었다. 철탑을 세우고, 케이블을 가설하고, 도르래를 매달았다. 조르바는 날이 어두워지자 일을 마치고 기진맥진해서 돌아왔다. 그가 불을 피워 요리를 했고, 우리는 함께 먹었다. 우리는 사랑과 죽음, 두려움 등 우리 안에 잠들어 있는 악마들을 깨우지 않으려고 애썼다. 과부와 오르탕스 부인, 신에 대해서도 일체 얘기하지 않았다. 두 사람 모두 멀리 사라져가는 바다를 묵묵히 바라볼 뿐이었다.

어느 날 아침, 일어나 세수를 했더니 꼭 세상도 일어나 세수를 해서 새로이 만들어진 것처럼 반짝반짝 빛나는 듯했다. 나는 마을로 이어지는 길로 접어들었다. 내 왼쪽으로는 남빛 바다가 고요하고 편편하게 펼쳐졌고, 오른쪽으로는 꼭 전투대형을 취한 병사들이 황금색 창을 들고 있는 것처럼 밀밭의 밀 이삭들이 똑바로 서 있었다. 초록색 잎사귀와 아주 작은 열매로 뒤덮인 '아가씨의 무화과나무' 앞을 지나간 나는 과부의 정원을 보지 않으려고 일부러 고개도 돌리지 않고 걸음을 재촉하여 마을로 들어갔다. 오르탕스 부인의 호텔은 주인을 잃고 버려져 있었다. 문과 창문은 사라져버렸고, 개들이 마당에서 어슬렁거렸으며, 방마다 쑥대밭이 되어 텅 비어 있었다. 그녀가 숨을 거두었던 방에는 이제 침대도 없고, 트렁크도 없고, 의자도 없었다. 다 약탈당한 것이다. 붉은 장식 술이 달린 다 떨어진 실내화 한 짝만 실내화 주인의 발 모양을 충실히 간직하고 한쪽 구석에 버려져 있었다. 인간의 영혼보다 더 인정 많은 이 보잘것없는 실내화는 사랑도 많이 받았지만 학대도 많이 받았던 이 발을 아직도 잊지 못하는 것이었다.

나는 오두막에 늦게 돌아갔다. 조르바는 벌써 불을 피우고 요리 준비를 했다. 그는 고개를 들고 나를 보더니 내가 어디서 오는지 알아차리고 눈썹을 찌푸렸다. 며칠 동안 침묵을 지키던 그는 그날 밤 마음의 문을 열고 입을 뗐다.

그는 자기 처지를 정당화하려는 듯 말했다. "보스, 매번 고통 때문에 내 마음은 깊은 상처를 입습니다. 하지만 내 마음은 너무나 많이 상처를 받는 바람에 그 즉시 아물어버려 상처가 보이지 않지요. 내 몸은 아문 상처로 뒤덮여 있어요. 그래서 내가 견뎌낼 수 있는 겁니다."

나는 나도 모르게 퉁명스러워진 목소리로 대답했다. "조르바,

그 불쌍한 부불리나를 정말 빨리도 잊어버리는군요."

조르바는 아픈 데를 찔린 듯 목소리를 높여 소리쳤다. "새로운 길을 가려면 새로운 계획을 짜야지요! 나는 어제 일어난 일에 대해 생각하지 않고, 내일 무슨 일이 일어날지도 생각하지 않아요. 내가 관심을 갖는 건 오로지 오늘 지금 이 순간에 일어나는 일뿐입니다. 나는 생각하지요. '너, 지금 뭐 하고 있어, 조르바?' '자고 있는데.' '그럼 잘 자!' '지금 뭐 하고 있어, 조르바?' '일하고 있어.' '그럼 일 잘해!' '지금 뭐 하고 있어, 조르바?' '여자랑 키스하고 있어.' '그럼 키스 잘해! 키스할 때는 다른 건 싹 다 잊어버리게. 이 세상에 오직 자네와 그 여자뿐일세. 자, 계속하라고!'"

그리고 그는 잠시 후 덧붙였다. "부불리나가 살아 있는 동안 이 늙고 가난한 조르바만큼 그 여자를 즐겁게 해준 카나바로는 없었습니다. 왜일까요? 다른 카나바로들은 그 여자에게 키스할 때 동시에 자신의 함대나 크레타, 왕, 훈장, 마누라를 생각했어요. 하지만 나는 그 순간 다른 모든 건 싹 다 잊어버렸고, 그 여자는 그 사실을 알아차렸지요. 자, 유식한 양반, 내가 한 가지 가르쳐드리지요. 여자에게 그 이상 가는 기쁨은 없답니다. 자, 내 말 명심해요……. 진짜 여자는 자기가 남자로부터 기쁨을 받을 때보다는 남자에게 기쁨을 줄 때 더 큰 즐거움을 느끼는 법입니다."

그는 허리를 숙이더니 장작을 불에 집어넣고 말을 이어나갔다. "내일모레 운반용 삭도의 운행을 시작할 겁니다. 난 이제 땅에 발을 디디지 않고 날아다닐 거예요. 양쪽 어깨에 도르래가 하나씩 달린 것 같아요!"

"조르바, 피레아스의 카페에서 당신이 날 낚으려고 던진 미끼 생각나요? 당신은 둘이 먹다가 셋이 죽어도 모를 만큼 맛있는 수프를 끓일 수 있다고 말했지요. 내가 이 세상에서 제일 좋아하는 게 바로 그 수프랍니다. 대체 그걸 어떻게 알아차렸지요?"

"모르겠어요. 느닷없이 그런 생각이 떠오른 거겠지요. 보스가 카페 한구석에 조용히 점잖게 허리를 숙이고 앉아 단면에 금박을 입힌 책을 읽는 걸 보는 순간 아, 저 사람은 수프를 좋아하겠구나, 생각했지요. 그냥 그런 생각이 들었어요. 뭘 알고 그런 게 아니라……."

그가 말을 멈추더니 귀를 기울이며 말했다. "잠깐만요. 누가 오고 있어요!"

누군가 거친 숨을 몰아쉬며 다급하게 뛰어왔다. 그리고 누더기가 된 수도사복에 모자도 안 쓰고, 턱수염은 살짝 눌어 다갈색이 되었으며, 콧수염은 절반쯤 타버린 수도사 한 사람이 일렁거리는 화덕 불빛 속에 불쑥 나타났다. 그에게서 석유 냄새가 났다.

조르바가 소리쳤다. "어, 이게 누구야? 어서 오게, 자하리아 신부! 그런데 어쩌다 이 지경이 되었는가?"

자하리아 신부는 화덕 옆 바닥에 털썩 주저앉았다. 그의 턱이 덜덜 떨렸다.

조르바는 허리를 숙이더니 그에게 한쪽 눈을 찡긋거리며 뭔가를 물어보는 것 같았다.

자하리아 신부가 대답했다. "네, 그렇게 했습니다."

그러자 조르바가 기뻐하며 펄쩍 뛰어 일어났다. "잘했네, 자하리아 신부! 자네는 곧장 천국으로 올라갈 걸세. 틀림없어. 손에 석유통을 들고 말이야!"

그러자 신부가 성호를 그으며 중얼거렸다. "아멘!"

"자, 어떻게 된 건가? 언제? 얘기해보게."

"카나바로 형제, 난 미카엘 천사장을 보았습니다. 그분이 명하시더군요. 제 얘기 좀 들어보세요. 나는 부엌에서 콩을 까고 있었어요. 문은 잠겨 있었지요. 수도사들은 모두 저녁기도를 올렸습니다. 정적 그 자체였어요. 새들이 지저귀는 소리에 귀를 기울였지요. 꼭 천사들이 노래를 부르는 것 같았습니다. 마음이 평화로웠어요. 나는 모든 걸 준비해놓고 기다렸습니다. 석유를 한 통 사서 묘지 예배당 성단 밑에 감춰놓았지요. 미카엘 천사장께서 축복해주실 수 있도록 말이에요.

그래서 어젯밤에 콩을 까며 머릿속으로는 천국을 그려보았어요. 그러면서 생각했지요. '주 예수여, 제가 천국에 들어갈 만한 자격을 가진 사람이 되게 해주세요. 비록 천국의 부엌에서 영원히 야채를 다듬어야만 한다 해도 상관없습니다.' 이렇게 생각하자 내 눈에는 눈물이 가득 고였습니다. 그런데 갑자기 내 위에서 날개를 퍼덕거리는 소리가 들려오지 않겠어요. 나는 즉시 알아차리고 고개를 숙였지요. 그때 목소리가 들려왔습니다. '눈을 들어라, 자하리아! 두려워하지 마라!' 하지만 나는 두려움에 몸을 바들바들 떨며 바닥에 쓰러졌지요. '눈을 들어라, 자하리아!' 그 목소리가 같은 말을 되풀이했습니다. 나는 눈을 들어 보았지요. 문이 열려 있고 문지방에 미카엘 천사장이 서 있었는데, 성소 문에 그려진 천사장 모습 그대로였어요. 검은 날개에 붉은색 샌들, 황금색 투구…… 단 한 가지, 칼이 아니라 불타오르는 횃불을 들고 계시더군요. 그분이 말씀하셨습니다. '자하리아, 잘 있었느냐? 나는 하느님의 종이다!' 나는 대답했지요. '명령하십시오!' '이 횃불을 받아라! 주님이 너와 함께하실 것이니라!' 나는 손을 내밀었지요. 손바닥이 불에 덴 듯 뜨겁더군요. 하지만 천사장님은 벌써 모습을 감추고 안 계시더군요. 창밖으로 보이는 거라곤 꼭 별똥별이 지나간 것처럼 하늘에 길게 나 있는 불의 흔적뿐이었어요."

수도사는 얼굴에 흐르는 눈물을 닦았다. 그의 낯빛이 창백해졌다. 그는 몸에 열이 있는 사람처럼 이를 딱딱거렸다.

조르바가 채근했다. "그래서? 그래서 어떻게 됐나? 용기를 내, 수도사!"

"수도사들이 저녁기도를 마친 뒤 식당으로 들어갔습니다. 수도원장이 꼭 내가 무슨 개새끼라도 되는 듯 나를 발로 한 대 차고 지나가더군요. 수도사들 모두가 웃었지만, 나는 아무 말 하지 않았어요. 천사장님이 남긴 유황 냄새가 아직도 공기 중에 배어 있었지만, 아무도 그걸 눈치채지 못하더군요. 그들 식탁에 자리 잡았습니다. 음식을 나눠주는 수도사가 내게 묻더군요. '자하리아, 식사 안 해?' 하지만 나는 여전히 아무 말 안 했지요. '자하리아는 천사의 빵으로 배를 채우니까 괜찮아!' 동성애자인 도메티오스가 이렇게 말하자 수도사들이 다시 웃더군요. 나는 일어나서 묘지로 갔습니다. 천사장 앞에 엎드리자 그분의 발이 내 목을 짓누르는 게 느껴지더군요. 시간이 번개처럼 흘러갔습니다. 아마 천국에서는 몇 시간, 몇백 년이 그렇게 흘러가겠지요. 자정이 되자 수도사들은 일체 입을 열지 않고 잠을 자러 갔습니다. 나는 일어나서 성호를 긋고 천사장님 발에 입을 맞춘 다음 말했어요. '천사장님 뜻이 이루어지기를!' 그런 다음 석유통 뚜껑을 따서 들고 나왔지요. 낡은 헝겊을 옷에 잔뜩 집어넣고요.

밖은 칠흑처럼 어두컴컴했습니다. 아직 달이 뜨지 않았기 때문에 수도원은 마치 지옥만큼이나 어두웠지요. 나는 마당으로 나가 계단을 올라간 다음 수도원장 방 앞으로 갔어요. 문과 창문, 벽에 석유를 뿌렸지요. 그런 다음 도메티오스 방까지 달려간 나는 거기서부터 다른 방과 복도에 석유를 들이부었습니다. 당신이 알려준 대로 말예요. 그러고 나서는 예배당으로 들어가서 초를 하나 집어 그걸로 그리스도의 야등을 켜서 불을 붙였지요…….”

수도사는 가쁜 숨을 몰아쉬며 말을 멈추었다. 그의 두 눈이 불길로 타올랐다.

그가 성호를 그으며 소리쳤다. “하느님을 찬양하리로다! 하느님을 찬양하리로다! 수도원은 단숨에 화염에 휩싸였지요. 나는 목청껏 소리를 질렀습니다. ‘지옥의 불길이다!’ 그리고 죽을힘을 다해 도망쳤지요. 달리고 달리고 또 달렸어요. 종소리가 울리고, 수도사들이 고함을 질러댔습니다……. 나는 뛰고 또 뛰었지요…….

날이 밝았습니다. 나는 숲 속에 숨었지요. 해가 떠오르자 나를 찾아 덤불숲을 뒤지는 수도사들 목소리가 들려오더군요. 하지만 하느님이 안개를 보내어 감싸주신 덕분에 그들은 나를 보지 못했습니다. 해질 무렵에 나는 다시 목소리를 들었어요. ‘가라! 바닷가로 가라!’ 나는 소리쳤지요. ‘천사장이시여, 절 인도해주소서!’ 그리고 길을 떠났습니다. 나는 내 발이 날 어디로 데려가는지 알지 못했습니다. 하지만 천사장님께서는 때로는 한줄기 빛이 되어, 때로는 나무 위 검은 새가 되어, 또 때로는 내리막길이 되어 나를 인도해주셨지요. 그리고 나는 오직 그분만을 믿고 뛰고 뛰고 또 뛰었지요. 오, 그분의 은혜는 크고 또 크도다! 나는 당신을, 카나바로 형제를 만나 구원받은 겁니다!”

조르바는 아무 말도 하지 않았지만, 그의 얼굴은 말 없는 악마 같은 미소로 환하게 빛났다. 그의 입이 털북숭이 당나귀 귀까지 찢어졌다.

식사가 준비되었다. 조르바는 식사를 화덕에서 끄집어냈다. "자하리아, 아까 얘기한 '천사의 빵'이라는 게 뭔가?"

그러자 수도사가 성호를 그으며 대답했다. "정신이지요."

"정신? 다른 말로 하면 바람? 사람이 그것만 먹고는 못 살아. 이리 와서 빵이랑 생선 수프, 생선 요리를 좀 먹어보게나. 아주 큰일을 했으니 먹어야지!"

그러자 수도사가 대답했다. "배고프지 않아요!"

"자하리아는 배가 안 고프지만, 요셉은? 요셉도 배가 안 고픈가?"

자하리아는 큰 비밀을 털어놓기라도 하는 것처럼 목소리를 낮추어 말했다. "요셉은…… 그 저주받은 요셉은 불에 타 죽었습니다. 하느님을 찬양할지어다!"

그러자 조르바가 웃으며 물었다. "불에 타 죽었다고? 언제? 어떻게? 자네가 보았나?"

"카나바로 형제, 그는 내가 초를 들어 그리스도의 야등에 불을 붙이는 순간 불에 타 죽었어요. 나는 그걸 내 눈으로 똑똑히 보았습니다. 요셉은 불로 된 글씨가 쓰여 있는 검은 리본처럼 내 입에서 나오더군요. 촛불의 불길이 그를 덮치자 그는 꼭 뱀처럼 꿈틀거리다가 재로 변하고 말았지요. 오, 세상에! 그걸 보니 얼마나 안심이 되던지! 나는 이미 천국에 들어간 느낌이었어요!"

그는 쪼그리고 앉아 있던 불가에서 몸을 일으키며 말했다. "바닷가에서 자야겠어요. 그러라는 명을 받았거든요."

그는 바닷가를 따라 걸어가다가 어둠 속으로 사라졌다.

내가 말했다. "조르바, 당신은 저 사람을 곤란한 지경에 빠트렸어요. 저 사람, 수도사들에게 잡히면 죽을지도 모른다고요!"

"안 붙잡힐 테니까 보스는 걱정 안 해도 됩니다. 난 이런 경우에 어떻게 도망쳐야 하는지 잘 알아요. 내일 아침에 저 친구를 말끔히 면도시키고 사복으로 갈아입힌 다음 배에 태울 겁니다. 걱정하지 마세요, 보스, 이 정도야 아무것도 아니니까……. 내가 끓인 수프, 맛있지요? 괜히 쓸데없는 걱정 하지 말고 인간의 빵을 맛있게 먹어요."

조르바는 맛있게 먹고 마신 다음 손으로 수염을 쓱 닦았다. 이제 얘기를 하고 싶은 기분이 드는 모양이었다.

그가 말했다. "보스도 봤지요? 저 친구의 악마는 죽었어요. 그리고 이제 저 친구는 비었어요. 텅 비어버린 거예요! 이제 다 끝났다고요! 다른 사람들이랑 똑같이 되어버린 거지요."

그는 한참을 생각하더니 갑자기 이렇게 말했다. "보스, 보스 생각에는 저 친구의 악마가……."

"그래, 맞아요. 수도원을 불태워버리겠다는 생각이 그를 사로잡자 그걸 불태워버리고 진정이 된 거였어요. 바로 그 생각이 고기를 먹고, 술을 마시고 싶어 했던 겁니다. 그 생각이 무르익어 마침내 행동으로 옮겨진 거지요. 반면에 자하리아에겐 고기도 술도 필요하지 않았습니다. 이 자하리아는 굶으면서 성숙해간 거지요."

조르바는 내 말을 곱씹고 또 곱씹더니 말했다. "보스, 보스 말이 맞는 것 같네요. 내 안에도 악마가 대여섯 놈은 사는 것 같아요!"

"우리 모두는 악마를 몇 마리씩은 갖고 있으니 걱정하지 말아요. 악마를 많이 가지면 가질수록 좋은 겁니다. 그 악마들이 설사 길은 서로 다르더라도 똑같은 목표만 지향한다면 그걸로 충분한 거죠."

이 말을 듣자 조르바는 당황한 것 같았다. 그 큰 머리를 무릎 사이에 파묻고 생각하더니 결국 고개를 들고 물었다. "무슨 목표 말인가요?"

"내가 그걸 어떻게 알 수 있겠어요? 너무 어려운 걸 나한테 묻는군요. 그걸 내가 어떻게 설명할 수 있겠냐고요?"

"내가 이해할 수 있게 그냥 간단히 얘기해봐요. 지금까지 나는 내 안의 악마들이 자기네들 멋대로 하고 싶은 걸 하도록, 자기네들이 가고 싶은 대로 가도록 내버려두었지요. 그래서 어떤 사람들은 내가 정직하지 못하다 하는데 어떤 사람들은 정직하다 하고, 어떤 사람들은 내가 미쳤다 하고, 또 어떤 사람들은 솔로몬처럼 지혜롭다 말합니다. 나는 이 모든 것이면서, 동시에 훨씬 그 이상이에요. 완전 잡탕이라고 할 수 있지요. 그러니 날 좀 깨우쳐줘요. 무슨 목표를 말하는 건가요?"

"조르바, 내 생각이 틀렸을 수도 있는데, 인간은 세 부류가 있어요. 우선은 자기 기분대로 살아가는 사람들이 있지요. 먹고, 마시고, 사랑하고, 돈을 벌고, 유명해지고……. 두 번째로는 자신의 삶이 아니라 타인의 삶을 사는 걸 목표로 하는 사람들이 있습니다. 그들은 인간들이 결국 하나라고 생각하여 인간들을 깨우치고, 사랑하고, 자기가 할 수 있는 한 도와주려 애씁니다. 그리고 마지막으로 우주의 삶을 사는 게 목표인 사람들이 있지요. 사람이든 동물이든 식물이든 별이든, 모든 게 하나이며, 우리는 무시무시한 싸움을 벌이는 하나의 실체다, 라고 생각하는 사람들 말입니다. 무슨 싸움일까요? 물질을 정신으로 바꾸는 싸움이지요."

조르바가 머리를 긁적이며 말했다. "나는 머리가 나빠서 금방금방 알아듣질 못해요……. 그러니 내가 이해할 수 있도록 당신이 말하고자 하는 바를 혹시 춤으로 표현할 순 없나요?"

나는 절망스러워서 입술을 깨물었다. 그 간절한 생각들을 춤으로 표현할 수 있다면 얼마나 좋겠는가?

"아니면 그걸 한 편의 이야기로 말해줄 순 없나요? 후세인 아가가 했던 것처럼 말예요. 그 사람은 우리 이웃에 살던 터키 노인이었어요. 나이도 아주 많고, 무척 가난하고, 아내나 자식도 없이 사고무친이었지요. 다 해진 옷을 입고 다니기는 했지만, 항상 눈이 부실 정도로 깨끗했지요. 손수 빨래를 하고, 요리도 하고, 걸레질도 하고, 밤이 되면 우리 집에 와서 우리 할머니를 비롯한 다른 노파들과 함께 마당에 앉아 손수 양말을 뜨곤 했어요.

이 후세인 아가라는 분은 성자 같은 사람이었습니다. 어느 날 그는 나를 무릎에 앉히더니 축복이라도 내리는 것처럼 내 머리에 손을 올려놓으며 이렇게 말하더군요. '알렉시스, 내가 너에게 비밀을 한 가지 알려주마. 지금은 너무 어려서 그게 무슨 뜻인지 알 수 없겠지만, 앞으로 어른이 되면 알게 될 거다. 내 말 잘 들어라, 얘야. 하늘의 칠층도, 땅의 칠층도 너무 좁아서 하느님이 그 안에 들어가실 수가 없단다. 하지만 사람의 마음은 아주 넓어서 하느님이 그 속으로 들어가실 수 있지. 알렉시스, 그러니 절대 사람의 마음에 상처를 내지 않도록 해야 한단다!'"

나는 묵묵히 조르바 얘기에 귀를 기울였다. 할 수만 있다면 나 역시 추상적인 생각이 그 가장 높은 경지에 도달했을 때, 그리하여 한 편의 이야기가 되고 나서야 입을 열 것이다. 그러나 오직 위대한 시인만이, 혹은 위대한 민족만이 몇백 년 동안 묵묵히 노력해야 그런 경지에 도달할 수 있는 것이다.

조르바가 일어서며 말했다. "가서 우리 방화범이 무얼 하는지

봐야겠어요. 그리고 혹시 감기라도 걸리면 안 되니까 담요라도 한 장 덮어줘야겠어요. 가위도 가져갈게요. 필요할 테니까……."

그가 웃음을 터트렸다. "인간다운 인간이 되면 그 자하리아는 저 유명한 카나리스〔Constantine Kanaris(1793 or 1795~1877)는 1822년 독립전쟁 중에 오토만 제국 해군의 대장이 탄 기함에 불을 질러 폭발시킴으로써 유명해졌다〕와 어깨를 나란히 하게 될 겁니다!"

그는 담요와 가위를 집어 들더니 바닷가를 따라 걸어갔다. 초승달이 떠오르더니 푸르스름하고 병적인 색깔을 지상에 쏟아부었다.

나는 불이 꺼져가는 화덕 옆에서 혼자 조르바가 했던 말의 무게를, 의미로 충만하고, 심오한 인간성을 간직하고 있으며, 푸근한 흙냄새를 풍기는 말의 무게를 가늠해보았다. 그의 말은 그의 허리와 내장에서 나와 여전히 인간적 온기를 간직하고 있었다. 반면에 나의 말은 종이로 만들어졌을 뿐이고 머리에서 나온 것이어서 핏방울이 거의 묻어 있지 않았다.

배를 깔고 누워 잉걸불을 쑤석이는데 조르바가 두 팔을 축 늘어뜨린 채 멍한 표정으로 나타났다.

그가 말했다. "보스, 놀라지 말아요……."

나는 벌떡 일어났다.

"수도사가 죽었어요……."

"수도사가 죽었다고요?"

"가서 보니 달빛 아래 바위에 길게 드러누워 있더라고요. 그래서 턱수염이랑 콧수염을 자르기 시작했지요. 그런데 그렇게 계속 자르는데도 그 친구가 꼼짝도 안 하지 뭡니까. 내친김에 그의 머리카락도 박박 깎아버렸지요. 족히 한 근은 깎아낸 것 같아요. 털이 완전히 깎인 양처럼 되어버렸어요. 나는 그 모습을 보며 배꼽

이 빠지도록 웃었지요. 나는 그 친구를 잡아 흔들며 소리쳤습니다. '이봐, 자하리아! 일어나서 성모님이 일으키신 기적을 보라고!' 그러나 그는 여전히 꼼짝도 하지 않았어요. 그를 잡고 다시 한 번 흔들어보았지만 역시 아무 반응이 없더군요. 나는 생각했지요. '이 친구, 죽었을 리는 없는데?' 나는 그의 옷을 벗긴 다음 가슴을 열고 그의 가슴에 손을 갖다 댔지요. 아무 소리도 안 나더군요. 그의 몸을 움직이는 엔진이 멈춰 서버린 겁니다."

조르바는 말을 하면서 원기를 되찾았다. 그는 잠시 죽음 앞에 당황했지만, 얼마 지나지 않아 그 충격에서 벗어났다. "저 친구를 어떻게 하지요, 보스? 나는 화장을 하면 좋을 것 같은데. 석유로 타인을 죽인 자, 석유로 망하리라. 이거 성서에 나오는 구절 아녜요? 그가 입고 있는 옷이 빳빳해질 정도로 때에 찌든 데다가 석유까지 뿌려져 있으니 성 목요일의 유다처럼 불이 확 붙을 겁니다."

나는 어쩐지 마음이 불편해져서 대답했다. "좋을 대로 하세요."

조르바가 생각에 잠겼다가 잠시 후에 말했다. "이거 곤란하게 됐네……. 불을 붙이면 저 친구가 입은 옷은 횃불처럼 활활 타오르겠지만, 이 불쌍한 친구는 너무 말라서 가죽이랑 뼈밖에 없기 때문에 재가 되려면 꽤 오랜 시간이 필요할 겁니다. 그 불쌍한 친구의 몸에는 비계가 단 1그램도 안 붙어 있어서 불을 쑤셔 일으킬 수가 없어요……."

그가 고개를 가로저으며 덧붙였다. "만일 하느님이 계신다면 이 모든 상황을 미리 예측해서 우리가 이 어려운 상황에서 벗어날 수 있도록 그 친구 몸에 비계를 붙이고 살을 찌우지 않았을까요? 어떻게 생각해요, 보스?"

"난 이 일에 끼어들고 싶지 않아요, 조르바. 그러니 알아서 하세요. 최대한 빨리요."

"제일 좋은 건 이 모든 것에서 기적이 일어나는 겁니다. 하느님이 친히 이발사가 되어 그 친구의 머리를 깎고, 수도원에 손해를 끼친 것을 벌하기 위해 그를 죽였다고 수도사들이 믿어야 하는 거지요."

그가 다시 한 번 머리를 긁으며 혼잣말을 했다. "하지만 무슨 기적이 일어나야 하는 거야? 도대체 무슨 기적이 일어나야 하는 거냐고? 조르바, 어떻게 좀 해봐!"

초승달이 뉘엿뉘엿 넘어가고 있었다. 달은 바다에서 수평선에 도달했다. 색깔이 꼭 불에 달군 구리처럼 진홍빛을 띠었다.

피곤해서 잠을 자러 갔다. 새벽에 깨어보니 조르바는 내 옆에 앉아 커피를 끓이고 있었다. 얼굴은 창백했고, 눈은 잠을 설쳐 퉁퉁 부어오르고 빨갛게 충혈되어 있었다. 그러나 염소처럼 두터운 입술에는 장난스런 미소가 어려 있었다.

"할 일이 있어서 밤에 잠을 못 잤네요."

"무슨 일을 하느라고?"

"기적을 일으켰지요."

그는 이렇게 말하고 나서 유쾌하게 웃으며 입술에 손가락을 갖다 대었다. "안 가르쳐줄 겁니다. 오늘은 운반용 삭도를 개통하는 날이에요. 뚱보 수도사들이 축복을 하러 올 겁니다. 그러면 보스도 복수의 성모가 일으키는 새로운 기적을 보게 될 거예요. 성모님의 은총은 크고 또 크셔라!"

그가 커피를 따라주며 덧붙였다. "말입니다, 내가 수도원장을 하면 진짜 잘해낼 겁니다. 만일 내가 수도원을 열면 다른 모든 수도원이 문을 닫게 만들고 그들의 손님을 몽땅 다 빼앗아올 거예요. 눈물을 원해요? 물에 적신 작은 솜뭉치 하나만 있으면 모든 성상들이 눈물을 흘리기 시작할 겁니다. 천둥소리를 원해요? 성찬대 밑에 폭음을 내는 기계를 설치해놓으면 돼요. 아니면 유령을 원합니까? 믿을 만한 수도사 두 명을 골라 매일 밤 침대 시트를 뒤집어쓰고 수도원 지붕을 돌아다니라고 시키면 간단합니다. 그리고 해마다 성모 마리아 축제 때마다 장님과 절름발이, 불구자들을 모아놓고 다시 눈을 뜨고, 다시 벌떡 일어나 춤을 추도록 하면 되지요.

웃지 말아요, 보스. 내게 아저씨 한 분이 있는데, 어느 날 죽어가는 늙은 노새를 보았습니다. 죽으라고 외딴 장소에 버려둔 거지요. 아저씨는 그놈을 끌고 와서 매일 아침 데리고 나가 풀을 뜯기고 밤에 다시 집으로 데려왔습니다. 동네 사람들은 아저씨에게 묻곤 했지요. '어이, 하랄람비스, 도대체 그 늙은 나귀를 어디다 쓰려는 건가?' 그럴 때마다 아저씨는 대답했습니다. '이건 내 똥 공장일세!' 내가 수도원을 열기만 하면 그걸 기적의 공장으로 만들 겁니다!"

25

그날, 4월 30일은 내 기억에 영원토록 각인될 것이다. 운반용 삭도는 이미 설치되었고, 기둥과 케이블, 도르래는 아침 햇살을 받아 반짝반짝 빛났다. 도끼로 네모지게 잘라낸 굵은 소나무 목재는 산꼭대기에 차곡차곡 쌓였고, 인부들은 거기서 그걸 케이블에 매달아 바닷가로 내려보내려고 기다렸다.

운반용 삭도가 설치된 산꼭대기 출발점에서는 커다란 그리스 국기가 나부꼈고, 똑같은 국기가 또 하나 바닷가 도착점에서도 나부꼈다. 조르바는 오두막 앞에 작은 포도주통을 준비해두었고, 인부 한 사람이 그 옆에서 살진 양을 꼬챙이에 꿰어 빙빙 돌렸다. 축성과 기공식이 끝나면 손님들은 술도 마시고 안주도 먹으며 우리에게 대박을 터뜨리라고 축하해줄 예정이었다.

조르바는 또 앵무새 새장을 조심조심 오두막에서 들고 나와 첫 번째 기둥 근처 높은 바위에 올려놓았다. "저놈을 보고 있으면 꼭 저놈 주인을 보는 것 같은 기분이 들어."

그는 앵무새를 다정한 눈길로 바라보더니 호주머니에서 땅콩을 한 움큼 꺼내 먹이며 이렇게 중얼거렸다.

그는 단추를 푼 흰색 와이셔츠와 회색 재킷, 초록색 바지, 고무 밑창이 달린 구두 등 예복을 차려입었다. 수염이 본래 색깔을 잃기 시작했으므로 그는 크림으로 염색까지 했다.

그는 지체 높은 영주가 중신들을 영접하듯 달려가 마을 유지들을 맞으면서 운반용 삭도란 게 무엇인지, 그게 마을에 얼마나 큰 돈을 벌어다줄지, 어떻게 성모 마리아께서 자신에게 계시를 주어 (그분께 영광 있으라!) 이 사업이 잘되게 해주시는지를 설명했다.

그는 말했다. "이건 정말 굉장한 공사입니다. 정확한 경사도를 찾아내야 하거든요. 그야말로 첨단 과학이라 할 수 있지요! 그것 때문에 몇 달 동안 머리를 쥐어짰지만 아무 소득도 얻지 못했습니다. 이같이 엄청난 일을 할 때는 인간의 정신으로는 충분하지가 않고 하느님의 도움도 필요하지요. 그래서 성모님께서는 힘들어하는 나를 보시고 자비를 베풀어주신 겁니다. 성모께서는 말씀하셨지요. '조르바는 정직한 사람이야. 마을을 위해 좋은 일 하려고 저렇게 애쓰는데, 내가 도와줘야겠다.' 그러자 기적이 일어난 겁니다!"

조르바가 말을 멈추더니 성호를 세 번 그었다. "그래, 맞아요. 기적이 일어난 거예요. 어느 날 밤, 잠을 자는데 검은 옷을 입은 여인이 내 앞에 나타났습니다. 성모 마리아였지요. 손에 딱 이만한 작은 쇳조각을 들고 계시더구먼요. 그분이 말씀하셨습니다. '내가 하늘에서 운반용 삭도 모형을 가지고 내려왔다. 이 경사도대로 해보아라. 그리고 나의 축복을 받으렴!' 이렇게 말하고 나서 성모 마리아는 사라졌습니다. 그래서 나는 벌떡 일어나 실험을 해보던 장소로 달려갔는데 거기 뭐가 있었는지 아십니까? 케이블이 정확한 각도로 걸려 있고, 거기서 안식향 냄새가 나는 게 아닙니까. 의심의 여지가 없는 거지요! 성모 마리아께서 그걸 만진 게 아니고 뭐겠습니까?……"

콘도마놀리오가 질문을 던지려고 입을 여는 순간 노새에 올라탄 수도사 다섯 명이 자갈투성이 오솔길에 모습을 나타냈다. 또 한 명의 수도사는 어깨에 커다란 나무 십자가를 짊어지고 맨 앞에서 뛰어왔다. 그가 뭐라고 소리를 질러댔는데, 무슨 내용인지는 알아들을 수가 없었다.

그러고 나자 시편을 노래하는 소리가 들려왔다. 수도사들은 팔을 휘두르며 성호를 그었고, 길에 깔린 자갈에서는 불꽃이 튀었다.

나귀를 타지 않은 수도사가 비 오듯 땀을 흘리며 우리가 선 곳에 이르렀다. 그가 십자가를 흔들며 소리 질렀다. "형제들이여, 기적이 일어났습니다! 형제들이여, 기적이 일어났어요! 신부들이 성모님을 모시고 오는 중입니다……. 무릎을 꿇고 성모님을 영접하세요!"

감동에 사로잡힌 마을 사람들(마을 유지든, 인부든 가리지 않고)이 달려가 그 수도사를 둘러싸고 성호를 그었다. 나는 멀찌감치 떨어져 있었다. 조르바는 반짝반짝 빛나는 눈길로 나를 흘낏 바라보며 말했다. "보스도 이리 가까이 와요! 그래야 성모 마리아의 기적이 뭔지 들어볼 수 있지요!"

수도사가 거친 숨을 몰아쉬며 불규칙하고 단속적 목소리로 얘기를 시작했다. "내 말 들어보시오, 형제들. 하느님이 나타나시고 성스러운 기적이 벌어졌습니다. 저번 날 밤, 악마가 그 저주받은 자하리아의 영혼을 사로잡아 수도원에 석유를 뿌리고 불을 지르게 했지요. 하지만 하느님은 우리들더러 잠에서 깨어나라고 눈치를 주셨지요. 그래서 우리는 불길을 보고 단숨에 일어난 겁니다. 수도원장님 방과 복도, 독방이 불길에 휩싸였지요. 우리는 종을 울리며 소리쳤어요. '복수의 성모시여, 도와주소서!' 우리는 항아리와 양동이에 물을 퍼 날랐고, 새벽이 되자 겨우 불길을 잡았습니다. 성모님을 찬양합니다!

우리는 기적의 성모상이 있는 예배당으로 갔지요. 그리고 그 앞에 무릎을 꿇고 소리쳤습니다. '복수의 성모시여, 창을 휘둘러 방화범을 찌르소서!' 마당에 모인 우리는 그 유다 자하리아가 보이지 않는다는 걸 알았습니다. 그래서 입을 모아 소리쳤지요. '그자가 불을 지른 거야! 그자야!' 그리고 숲 속에 흩어져 그자를 찾았지요. 꼬박 하루 낮, 하룻밤을 찾았지만 헛수고였습니다. 그래서 오늘 아침 동틀 무렵, 예배당으로 돌아갔는데 세상에, 거기서 뭘 봤는지 아세요, 형제님들? 기적이 일어난 것이었습니다. 자하리아가 죽어 성상 앞에 눕혀져 있고, 성모께서 들고 있는 창끝에 굵은 핏방울이 묻어 있었어요."

그러자 마을 사람들이 무릎을 꿇으며 중얼거렸다. "주여, 저희들을 측은히 여기소서! 저희들을 측은히 여기소서!"

"그보다 더 끔찍한 일이 있습니다!"

수도사는 침을 꼴깍 삼키고 나서 말을 계속 이어나갔다. "그 귀신 들린 자를 들어 올리려던 우리는 아연실색하여 입을 쩍 벌렸습니다. 성모 마리아께서 그자의 머리와 콧수염, 턱수염을 모조리 다 깎아놓은 것이었어요! 가톨릭 신부처럼 말입니다!"

나는 터져 나오려는 웃음을 간신히 억누르며 조르바 쪽을 돌아보았다.

그리고 낮은 목소리로 말했다. "이런 악당 같으니!……"

그러나 조르바는 커다랗게 눈을 뜨고 수도사를 바라보며 명상에 잠긴 표정으로 계속 성호를 그었다. 그가 중얼거렸다. "주여, 당신은 위대하십니다! 당신은 위대하시며, 당신이 하시는 역사役事는 참으로 놀랍습니다!"

그사이에 다른 수도사들이 도착하여 노새에서 내렸다. 접대 담당 수도사는 기적의 성상을 들고 있었다. 그가 바위에 앉자 모두들 달려가 서로를 밀치며 그 앞에 무릎을 꿇었다. 그 뒤에서는 뚱보 도메티오스가 쟁반을 손에 든 채 헌금을 받으며 농부들의 투박한 이마에 성수를 뿌렸다. 나머지 수도사 세 명은 얼굴이 땀으로 흠뻑 젖은 채 그의 주변에 서서 두 손을 포개어 배에 올려놓고 찬송가를 불렀다.

뚱보 도메티오스가 말했다. "우리는 신자들이 성모 마리아 상 앞에 무릎을 꿇고 헌금을 할 수 있도록 마을을 한 바퀴 돌 생각입니다……. 수도원을 보수하려면 돈이 많이 필요하니까요……."

그러자 조르바가 중얼거렸다. "잔뜩 처먹어서 살이 뒤룩뒤룩 찐 저 수도사 놈들이 또 돈을 긁어모으려고 수를 쓰는군!"

그는 수도원장에게 다가갔다. "수도원장님, 축복받을 준비가 다 되었습니다. 성모 마리아께서 우리 일을 축복해주시기를!"

태양은 이미 중천에 떠 있었다. 무척 더운 날씨였지만 바람 한 점 불지 않았다. 수도사들이 그리스 국기가 게양된 첫 번째 기둥을 둘러쌌다. 그들은 넓은 소매로 이마에 흐르는 땀을 닦고 난 뒤 '정초식定礎式' 때 올리는 기도문을 읊기 시작했다. "오, 주여, 주여, 이 건물을 반석 위에 세우시사 물이나 바람이 무너뜨리지 못하도록 해주옵시고……." 그들은 작은 구리 양동이에 성수 살포기를 집어넣었다가 기둥과 케이블, 도르래, 조르바와 나에 이어 농부들, 인부들, 그리고 바다에 성수를 뿌렸다.

그러고 나서 그들은 병든 여성을 다루듯 조심스럽게 성상을 들어 올려 앵무새 새장 옆 바위에 똑바로 세워놓은 다음 준공식을 구경하려고 주변에 빙 둘러섰다. 마을 유지들은 기둥 반대편에 자리 잡았고, 조르바는 한가운데 섰다. 나는 바다 쪽으로 물러서서 기다렸다.

본래 삼위일체를 뜻하는 통나무 세 개로만 시험 운행을 할 예정이었으나, 복수의 성모에게 감사하는 뜻으로 통나무를 하나 더 추가했다.

수도사들과 마을 주민, 인부 등 모든 사람들이 성호를 그으며 중얼거렸다. "하느님과 성모님의 이름으로!"

조르바가 한걸음에 첫 번째 기둥 아래로 달려가 줄을 잡아당기자 그리스 국기가 내려왔다. 인부들은 산 위에서 그 신호를 기다렸다. 우리는 뒤로 물러서서 산 위를 주시했다.

"성부의 이름으로!" 수도원장이 외쳤다.

그러고 나서 일어난 일은 뭐라 말로 표현하기가 힘들다. 파국은 꼭 벼락처럼 우리를 덮쳤다. 우리에겐 미처 도망칠 틈이 없었다. 운반용 삭도 전체가 흔들거렸다. 인부들이 케이블에 매달아놓은 통나무가 불꽃과 나뭇조각을 날리며 무시무시한 속도로 굴러 내려갔고, 단 몇 초 만에 저 아래 해변에 도착했을 때는 절반가량이 불에 새까맣게 타버린 장작더미에 지나지 않았다.

조르바는 얻어맞은 개 같은 표정을 지으며 나를 바라보았다. 수도사들과 마을 사람들이 멀찌감치 물러섰고, 묶여 있던 노새들은 뒷발질을 하기 시작했다. 뚱보 도메티오스가 벌렁 나자빠지며 중얼거렸다. "주여, 절 불쌍히 여기소서!"

조르바가 손을 들며 외쳤다. "괜찮습니다. 첫 번째 통나무는 항상 이런 식이거든요. 이제 기계가 길이 좀 들 겁니다. 자, 보세요!"

그는 깃발을 들어 두 번째 신호를 보내고 뛰어서 자리를 피했다.

"성자의 이름으로!" 수도원장이 살짝 떨리는 목소리로 다시 소리쳤다.

두 번째 통나무가 출발했다. 기둥이 흔들리더니 통나무가 속도를 냈다. 통나무는 꼭 돌고래처럼 튀어 오르며 우리를 향해 곧장 돌진했다. 하지만 통나무는 미처 바닷가에 도달할 시간도 없이 산산조각 나더니 산중턱에서 사방으로 흩어져버렸다.

그러자 조르바가 수염을 물어뜯으며 투덜댔다. "빌어먹을! 경사도가 정확하지 않아서 그러는 건가?"

그는 식식거리며 기둥 쪽으로 달려가더니 국기를 내리고 다시 한 번 신호를 보냈다. 나귀 뒤에 몸을 피하고 있던 수도사들이 성호를 그었다. 마을 유지들은 등자에 발을 갖다 대고 도망칠 준비를 한 채 기다렸다.

"성신의 이름으로!" 수도원장이 승복을 걷어 올리고 이렇게 우물우물 말했다.

세 번째 통나무는 엄청나게 큰 소나무였다. 그것은 출발하자마자 엄청난 굉음을 냈다.

"이런, 젠장! 다들 엎드려요!" 조르바가 걸음아 날 살려라 도망치며 소리쳤다.

수도사들은 땅바닥에 납작 엎드렸고, 마을 사람들은 순식간에 사방으로 흩어졌다.

통나무는 한 차례 튀어 오르더니 케이블에 매달려 불꽃을 튀기며 무시무시한 속도로 굴러 내려갔고 눈 깜짝할 사이에 바닷속에 처박혀 엄청난 포말을 만들어냈다. 여러 개의 기둥이 흔들리더니 기울어졌다. 나귀들이 고삐를 끊고 도망쳤다.

조르바가 정신 나간 사람처럼 소리쳤다. "괜찮아요, 괜찮아! 이제 기계가 길들여질 겁니다! 자, 계속합시다!"

그가 다시 한 번 깃발을 올렸다. 절망스러워하는 그는 어서 빨리 이 상황에서 벗어나고 싶은 모양이었다.

"복수의 성녀 이름으로!" 수도원장이 바위 뒤에 몸을 숨기고 들릴락 말락 한 목소리로 말했다.

네 번째 통나무가 내려갔다. 무시무시한 우지끈 소리가 들려왔다. 우지끈 소리가 두 번째로 들려왔다. 모든 기둥이 마치 카드 패처럼 하나씩 차례로 쓰러졌다.

"주여, 저희를 불쌍히 여기소서! 저희를 긍휼히 여기소서!" 인부들과 마을 사람들, 수도사들이 이렇게 소리치며 삼십육계 줄행랑을 놓았다.

통나무 조각이 도메티오스의 허벅지에 상처를 입혔다. 또 하나의 통나무 조각은 하마터면 수도원장의 한쪽 눈을 날릴 뻔했다.

마을 사람들은 다 어디론가 사라지고 없었다. 오직 성모 마리아만이 손에 창을 들고 바위 꼭대기에 서서 무서운 눈초리로 인간들을 내려다보았다. 그리고 성모 마리아 옆에서는 불쌍한 앵무새가 초록색 날개를 곤두세운 채 바들바들 떨고 있었다.

성모 성상을 들어 가슴에 안은 수도사들은 아프다며 비명을 지르는 도메티오스를 일으켜 세워 부축한 다음 노새들을 모아 올라타더니 가버렸다. 꼬챙이에 꿴 양고기를 돌리며 굽던 인부가 혼비백산하여 달아나버리는 바람에 고기가 타기 시작했다.

"양고기가 숯덩이가 되겠네!" 조르바가 이렇게 외치더니 뛰어가서 그걸 뒤집었다.

나는 그의 옆에 앉았다. 바닷가에는 우리 두 사람뿐 아무도 보이지 않았다. 그는 내 쪽으로 고개를 돌리더니 뭐라 규정하기 어려운 애매모호한 눈길로 나를 바라보았다……. 그는 내가 이 재난을 어떻게 받아들일지, 이 뜻밖의 사건이 어떤 식으로 끝나게 될지 몰라 난감해하는 듯했다. 다시 허리를 숙여 양고기를 살펴보던 그는 칼을 집어 들어 한 조각 잘라 맛을 보았다. 그러더니 즉시 고기를 불에서 들어내어 꼬챙이에 꿰어진 상태로 세워놓으며 말했다. "입안에서 살살 녹는데요? 한 조각 맛볼래요, 보스?"

"술이랑 빵도 가져와요. 배고프네요."

조르바는 벌떡 일어나더니 민첩한 동작으로 술통을 양고기 옆으로 굴려오고, 커다란 통밀 빵과 술잔 두 개를 가져왔다. 우리는 각자 칼을 한 자루씩 들고 양고기와 빵을 큼지막하게 잘라내어 게걸스럽게 먹기 시작했다.

"맛있지요, 보스? 정말 살살 녹네요. 보다시피 여기는 기름진 목초지가 없어서 양들이 마른풀을 뜯어먹습니다. 그래서 고기가 맛있는 거지요. 내 기억이 정확하다면, 나는 평생 이렇게 맛있는 고기를 먹어본 적이 딱 한 번밖에 없습니다. 머리카락을 꼬아 성 소피아 성당을 만들어 부적처럼 걸고 다니던 시절이니까…… 아주 오래된 옛날 얘기지요……."

"얘기해봐요! 얘기해보라니까요!"

"옛날 얘기라니까요, 보스! 그리스인들 아니면 할 수 없는 미친 짓거리였어요!"

"그래도 해봐요! 듣고 싶네요!"

"그럼 해볼까요? 불가리아인들이 우리를 포위 공격했지요. 어둠이 내렸어요. 놈들이 우리를 빙 둘러싸더니 산꼭대기에 불을 피우고, 우리에게 겁을 주려고 북을 두드리고 늑대처럼 고함을 질러대더군요. 그놈들은 삼백 명은 좋이 되어 보였는데 우리는 겨우 스물다섯 명에 불과했습니다. 우리 편 대장은 루바스란 친구였는데 참 좋은 사람이었어요. 만일 이제 이 세상 사람이 아니라면 그의 영혼에 평화가 깃들기를!

그가 나한테 말하더군요. '이봐, 조르바! 양을 꼬챙이에 꿰!' '대장, 꼬챙이에 꿰는 것보다는 구덩이를 파고 구우면 더 맛있습니다!' '그런가? 어떻게 굽든 그건 자네 마음대로 하게. 대신 빨리 좀 하게. 배고프니까.'

그래서 구멍을 파고 양을 껍질째 그 속에 집어넣은 다음 그 위에 숯불을 가득 쌓았지요. 그리고 배낭에서 빵을 꺼내 불 주변에 둘러앉았습니다.

루바스 대장이 말했어요. '이게 우리의 마지막 식사가 될지도 모르겠군! 혹시 이중에 겁나는 사람 있나?'

모두가 웃음을 터트렸지요. 아무도 대답을 하려 하지 않았습니다. 우리는 수통을 집어 들며 외쳤어요. '대장의 건강을 위해! 대장의 총알이 불가리아 놈들을 명중시키기를!'

우리는 한 잔 마시고, 두 잔 마시고, 양을 구덩이에서 끄집어냈지요. 고기는 정말 맛있었습니다, 보스! 고기 생각을 하면 지금도 입에 군침이 돕니다. 꼭 송아지 골 요리처럼 입안에서 살살 녹더군요. 다들 정신없이 양고기를 뜯었습니다.

대장이 말하더군요. '세상에, 이렇게 맛있는 고기는 생전 먹어본 적이 없어! 하느님께서 우리를 보호해주고 계시는 거야!'

평소에는 술을 잘 안 마시는 사람이었는데 그날은 단숨에 술잔을 비워버리더군요.

그가 우리에게 명령했습니다. '노래하라, 동지들! 클레프트의 노래를 부르라고! 저 자식들은 늑대처럼 고함을 지르지만, 우리는 인간답게 노래를 불러야 해. 자, 〈늙은 디모스〉를 부르자고!'

우리는 재빨리 잔을 비우고 다시 술을 따라 건배한 다음 목청을 돋우어 노래를 시작했지요. 노랫소리는 점점 더 커져 온 계곡에 울려 퍼졌습니다. '얘들아, 난 늙었단다. 클레프트가 된지 40년이나 됐어…….' 우리는 신이 났지요.

대장이 말하더군요. '좋아, 다들 사기충천하군! 이런 분위기가 계속 이어지기를 바라네! 이봐, 알렉시스, 양의 등을 좀 보게나……. 거기 어떻게 나와 있어?'

나는 숯불로 다가가서 칼로 양의 등을 뒤적거려 보았지요. '대장, 무덤도 안 보이고, 죽음의 신도 안 보이는데요……. 우리는 이번에도 어려움에서 벗어날 수 있을 것 같습니다.' 그러자 얼마 전에 결혼한 대장이 말했지요. '하느님이 자네 말을 들으시기를! 그리고 아들을 하나 둘 수 있으면 좋겠어. 그다음에야 뭐 어찌 되든 상관없어!'"

조르바는 양의 등심 부분을 큼지막하게 잘라냈다. "그때 양고기는 참 맛있었어요. 하지만 이놈도 그에 못지않게 맛이 좋네요."

"조르바, 술 더 마십시다! 가득 따라서 단숨에 비워요!"

우리는 건배를 하고 토끼 피처럼 검붉은 저 유명한 이에라페트라(크레타 남동쪽에 있는 도시) 포도주를 마셨다. 겨우 몇 방울 마셨는데도 대지의 피와 교감하여 서로 안고 있는 듯한 느낌이 들었다. 혈관은 힘으로, 가슴은 선의로 넘쳐흘렀다. 겁이 많은 사람은 용감한 사람으로, 용감한 사람은 야수 같은 사람으로 바뀌었다. 인간의 하찮음과 비열함이 잊혔고, 너무 좁은 경계는 사라졌다. 인간과 짐승이 하느님 앞에서 하나가 된 것이다.

나는 말했다. "우리도 양의 등짝에 어떤 점괘가 나오는지 봐요! 조르바, 어서 예언을 해보라고요!"

그는 양의 등짝을 정성스레 혀로 핥더니 들고 있던 칼로 깨끗이 다듬은 다음 불빛에 가까이 가져가 주의 깊게 살펴보았다.

그가 말했다. "모든 게 다 잘되어가는군요. 앞으로 천년은 살겠어요, 보스. 아직도 정정하니까 말예요."

그가 고개를 숙이더니 다시 한 번 양의 등짝을 바라보고 나서 말했다. "여행할 괘가 보이네요. 아주 오랜 여행을요. 그리고 여행을 마치면 문이 여러 개 있는 대저택이 있습니다. 큰 도시인 것 같군요, 보스. 아니면 수도원일 수도 있어요. 전에도 말했던 것처럼, 내가 문지기 노릇을 하면서 밀수를 할 수도 있을 수도원 말예요."

"조르바, 예언은 그만하고 술이나 마십니다. 문이 많다는 그 저택이 뭔지 내가 가르쳐줄게요. 그건 대지와 대지에 있는 무덤이에요. 여행이 끝난 거지요! 자, 당신의 건강을 위해 한잔합시다!"

"보스의 건강을 위해서 한잔! 사람들 말에 따르면, 행운의 신은 눈이 멀었다고 하지요. 자기가 어디 가는지도 모르고 걷다가 지나가는 사람들에게 걸려 넘어지는데, 그렇게 부딪친 사람을 운이 좋은 사람이라고 부르지요. 웃기지 않아요? 그런 게 행운이라니 말예요. 우리는 그런 행운 원치 않아요, 보스!"

"그럼요! 그렇고말고요, 조르바!"

우리는 살점 하나까지 남김없이 양고기를 뜯어먹고 마지막 한 방울까지 술도 마셨다. 그러고 나니 세상이 좀 더 가벼워진 것 같았다. 바다가 웃음 짓는 듯했고, 대지는 배의 갑판처럼 이리저리 흔들렸다. 갈매기 두 마리가 인간들처럼 뭐라고 재잘대며 자갈밭 위를 걸어갔다.

나는 몸을 일으키며 소리쳤다. "조르바, 이리 와서 춤 좀 가르쳐 줘요!"

조르바가 벌떡 일어났다. 그의 얼굴이 환하게 빛났다. "춤추고 싶어요, 보스? 정말 춤추고 싶어요? 자, 자, 이리 와요!"

"시작해요, 조르바. 내 인생이 바뀌었어요!"

"우선은 제임베키코를 가르쳐드리지. 이건 군인들이 추는 야성적인 춤이에요. 파르티잔들이 전투를 치르기 전에 이 춤을 추곤 했지요."

그는 구두와 가지색 양말을 벗고 셔츠 차림이 되었다. 그러나 셔츠도 갑갑하게 느껴지는 모양이었다. 그것마저 벗어던졌다.

"내 발을 봐요, 보스! 잘 봐야 해요!"

그는 발을 뻗어 땅을 살짝 치더니 다른 쪽 발을 뻗었다. 두 발이 서로 얽혀 즐겁게 노닐자 땅이 울렸다.

그가 내 어깨를 잡으며 말했다. "자, 우리 함께 출까요?"

우리는 함께 춤을 추기 시작했다. 조르바는 진지하고 끈기 있게, 그리고 자상하게 내 자세를 고쳐주었다. 나는 차츰 대담해졌다. 날개가 자라는 것처럼 느껴졌다.

"브라보! 아주 잘하는데요!" 조르바는 박자를 맞추느라 손뼉을 치며 소리쳤다.

"브라보, 젊은 양반! 종이랑 잉크병 따위는 지옥으로나 보내버려요! 수입이나 이익 따위도 지옥으로나 보내버려요! 자, 보스, 이제 보스가 나처럼 춤을 추고 내 언어를 말하기 시작했으니 우리 서로 못 할 얘기가 어딨겠습니까?"

그는 손뼉을 치며 맨발로 자갈밭을 사뿐사뿐 걸어가며 소리쳤다. "보스, 보스에게 할 말이 아주 많아요! 난 누군가를 보스만큼 사랑해본 적이 없습니다! 할 말은 진짜 많지만 내 혀가 따라주질 않는군요……. 그러니 말로 하는 대신 춤으로 출게요……. 내가 당신 몸을 밟고 지나가면 안 되니까 옆으로 물러서요. 자, 갑시다!"

그가 뛰어오르자 그의 두 손과 두 발이 날개로 변했다. 그가 하늘과 바다를 배경으로 하늘 높이 솟구쳐 오르는 모습을 보는 순간 나는 반란을 일으킨 늙은 천사장을 생각했다. 조르바의 춤은 도발이요, 고집이요, 저항이었기 때문이다. 그는 이렇게 소리치는 것 같았다. "전지전능하신 하느님, 당신이 날 뭘 어쩌겠습니까? 기껏해야 죽이기밖에 더하겠어요? 그러니 날 죽여요. 난 상관없으니까. 화도 풀었고, 해야 할 말도 했고, 춤도 추었으니, 이제 더는 당신이 필요 없다고요!"

조르바가 춤추는 모습을 보노라니 아주 오래전부터 인간에 대한 저주로 여겨졌던 중력과 물질을 이겨내기 위한 그 초인적 저항이 처음으로 이해되었다. 나는 그의 끈기와 날렵함, 그의 자부심에 감탄했다. 그는 능숙하고 신명나게 두 발로 모래 위에 인간의 악마적 운명을 기록했다.

그가 문득 춤을 멈추었다. 그리고 운반용 삭도가 무너지면서 쌓인 잔해를 응시했다. 해가 뉘엿뉘엿 넘어가면서 그림자가 길게 늘어났다. 조르바는 방금 뭔가를 기억해낸 듯 커다랗게 눈을 떴다. 그는 나를 돌아다보며 평소에도 자주 그랬던 것처럼 손을 입에 갖다 대고는 말했다. "아, 참, 보스? 아까 그 불꽃 굉장하지 않았어요?"

우리는 웃음을 터트렸다. 조르바가 내게 달려들더니 껴안고 입을 맞추며 다정하게 말했다. "보스, 보스도 그게 우스워요? 보스도 우습지요, 안 그래요? 좋아요, 좋아!"

우리는 눈물이 날 정도로 웃으면서 한동안 자갈밭에서 부둥켜안고 장난을 쳤다. 그러다 일순 그 위에 푹 쓰러져 서로의 품 안에서 잠이 들었다.

나는 해가 떠오를 무렵 잠에서 깨어나 빠른 걸음으로 바다를 따라 마을로 향했다. 내 가슴은 즐거움으로 떨렸다. 나는 평생을 통해 그 같은 즐거움을 누려본 적이 거의 없었다. 그것은 단순한 즐거움이라기보다는 뭐라 말로 설명이 안 되는 특별하고 이상한 즐거움이었다. 그 즐거움은 설명이 안 되는 정도가 아니라 일체의 설명을 아예 거부했다. 나는 인부들과 운반용 삭도, 수레, 그리고 수송을 위해 해안에 건설했지만 이제 수송할 게 아무것도 없으니 전혀 쓸모가 없는 항구 등 내가 가진 모든 것을 다 잃었다. 일순 모든 게 다 날아가 버린 것이다.

그런데 바로 그 순간에 나는 뜻하지 않게 해방감을 느꼈다. 마치 어둡고 답답한 필연의 미로를 힘들게 헤매다가 문득 한쪽 구석에서 자유가 마음껏 뛰어놀고 있는 걸 본 듯했다. 나는 자유와 함께 장난치며 놀았다.

모든 것이 우리와 대립할 때 우리 영혼의 인내력과 가치를 시험해본다는 건 얼마나 즐거운 일인가! 눈에 안 보이는 강력한 적(누군가는 그 적을 하느님이라 부르고, 또 누군가는 악마라고 부른다)이 우리를 쓰러트리려고 덤벼들지만, 우리는 여전히 꿋꿋하게 서 있는 것 같은 느낌이 든다. 외적으로는 참패했을지라도 내적으로는 승리했을 때 진정한 인간은 뭐라 말로 표현할 수 없는 기쁨과 자부심을 느낀다. 외적 시련이 지고至高의 행복으로 바뀌는 것이다.

언젠가 밤에 조르바가 내게 이렇게 말했다. "어느 날 밤, 눈 쌓인 마케도니아의 산에 강풍이 불었지요. 바람은 내가 몸을 의지하던 작은 오두막을 뒤흔들더니 뒤집어 엎어버리려고 하더군요. 하지만 나는 오두막을 잘 손봐두었지요. 나는 벽난로 앞에 불을 피워놓고 그 앞에 혼자 앉아 바람을 비웃으며 말했습니다. '아무리 그래 봤자 넌 내 오두막에 들어올 수 없어. 문을 안 열어줄 거니까. 내가 피운 불을 끌 수도 없을 거야. 넌 절대 날 쓰러트릴 수 없어!'"

조르바의 이 말은 나의 영혼을 더욱더 강인하게 만들어주었다. 나는 인간이 어떻게 행동해야 하는지, 어떻게 필연에 맞서야 하는지를 깨달았다.

나는 해변을 성큼성큼 걸어가며 보이지 않는 적과 얘기를 나누었다. 나는 그에게 소리쳤다. "넌 내 영혼 속으로 들어올 수 없을 거야! 내가 문을 안 열어줄 테니까. 넌 내가 피운 불을 끌 수 없을 거야! 날 쓰러트릴 수 없을 거라고!"

해가 아직 산 위에 모습을 나타내지 않았다. 하늘과 바다는 푸른색과 초록색, 분홍색, 무지개 빛깔로 알록달록 빛났다. 멀리 올리브밭에서 새들이 지저귀며 울었다.

나는 이 황량한 해변에 작별 인사를 고하고, 그 해변을 내 기억 속에 새겨 함께 떠나려고 바닷가를 따라 걸었다.

나는 거기서 수많은 즐거움을 체험했고, 조르바와의 생활은 내 마음을 열어주었다. 그의 말 몇 마디는 너무나 복잡한 내 관심사에 대해 너무나 간단한 해결책을 제공함으로써 내 영혼을 위안해주었다. 확실한 직감을 갖춘 이 남자는 독수리처럼 날카로운 눈으로 믿을 만한 지름길을 찾아내어 별다른 어려움 없이 노력의 정상에 도달했다.

한 무리 남녀가 음식과 포도주가 든 바구니를 들고 지나갔다. 5월 1일 축제〔그리스에서는 5월 1일에 봄이 왔음을 기념하는 축제를 벌인다. 이 날 꽃을 따서 화환을 만들어 6월 24일까지 집 문에 매달아놓았다가 불에 태운다〕를 기념하려고 과수원에 가는 중이었다. 마치 물줄기가 솟아나듯 한 젊은 여성의 입에서 노래가 흘러나왔다. 가슴이 봉긋 솟아오른 소녀가 가쁜 숨을 몰아쉬며 내 앞을 뛰어 지나가더니 화가 나서 자기를 따라오는 검은 수염에 얼굴이 창백한 남자를 피하려고 바위 꼭대기로 올라갔다.

남자가 쉰 목소리로 소리쳤다. "내려와…… 내려오라니까!……"

하지만 소녀는 볼을 붉히며 두 팔을 들어 올리더니 머리 뒤에 깍지를 끼고는 땀에 흠뻑 젖은 몸을 천천히 흔들며 노래를 불렀다.

> 농담을 하면서 말해도 좋고, 애교를 떨며 말해도 좋아요.
> 당신이 날 좋아하지 않는다 해도 난 눈 하나 깜박 안 해요.

“내려와…… 내려오라니까…….” 검은 수염이 난 남자가 애원과 위협을 되풀이하면서 쉰 목소리로 소리쳤다.

별안간 그가 뛰어오르더니 소녀의 발을 붙잡아 꽉 쥐었다. 소녀는 자기 속마음을 속 시원하게 드러나게 해줄 이런 행동을 기다리기라도 한 듯 울음을 터트렸다.

나는 빠른 걸음으로 가던 길을 계속 갔다. 이 모든 기쁨이 내 마음을 씁쓸하게 했다. 뚱뚱하고, 몸에 향수를 뿌려 좋은 냄새가 나고, 물리도록 키스를 한 늙은 세이렌이 생각났다. 어느 날 밤 그녀는 감기에 걸렸고, 대지는 입을 벌려 그녀를 집어삼켰다. 그녀는 지금쯤 몸이 부어올라 초록색으로 변했을 것이고, 피부에는 금이 가 터졌을 것이며, 체액이 새어 나와 구더기들이 열심히 파먹을 것이다.

나는 몸서리를 치며 고개를 좌우로 흔들었다. 이따금 대지가 투명해지면서 우리는 작업장 주인인 구더기들이 지하 작업장에서 밤낮으로 일하는 것을 본다. 하지만 우리는 곧 눈을 돌려버린다. 인간은 모든 걸 다 견딜 수 있지만, 이 작고 하얀 구더기만은 그럴 수가 없기 때문이다.

나는 마을로 들어가다 막 트럼펫을 불려고 하는 우체부를 만났다.

그가 나를 보더니 푸른색 봉투를 내밀며 소리쳤다. “편지 왔습니다, 사장님!”

나는 섬세한 필체를 알아보고 기뻐서 몸을 떨었다. 서둘러 마을을 지나 올리브밭에 들어간 나는 편지를 뜯었다. 다급하게 쓴 듯 짧은 편지였다. 나는 단숨에 읽어 내려갔다.

——— 우리는 쿠르드족을 피해 그루지야 국경을 지났다네. 모든 일이 잘되어가고 있어. 나는 내가 지금 행복이 무엇인지 안다고 말하게 되었네. 내가 그걸 이해하게 된 것은, "행복이란 자신의 의무를 다하는 것이며, 의무를 행하기 힘들면 힘들수록 행복은 더 커진다"라는 고전 문선집의 아주 오래된 격언을 몸소 실천하기 때문일세.

며칠 후면 박해받고 죽어가는 이 그리스인들은 바툼에 가 있게 될 걸세. 오늘 아침에는 "첫 번째 배들이 시야에 들어왔다!"라는 내용의 전보를 받았다네.

몇천 명에 달하는 이 재능 있고 부지런한 그리스인들은 엉덩이가 펑퍼짐한 마누라들, 아이들과 함께 이제 곧 마케도니아와 트라케로 수송될 걸세. 새롭고 용감한 피를 그리스의 핏줄에 주입하는 거지.

나는 좀 피곤하네. 그런데 그게 뭐 대순가? 우리는 승리를 거두었다네, 친구여. 곧 자네를 만나기를 바라며. ———

나는 편지를 호주머니에 집어넣고 걸음을 서둘렀다. 나 역시 행복했다. 나는 꽃을 피운 백리향 잔가지를 손가락으로 만지작거리며 가파른 산길을 계속 올라갔다. 정오가 가까워졌다. 내 검은 그림자가 발밑에서 길게 늘어났다. 매 한 마리가 하늘 높이 날고 있었는데, 날개를 어찌나 빨리 움직이는지 꼭 제자리에 가만히 서 있는 것처럼 보일 정도였다. 내 발소리를 들은 자고 한 마리가 덤불숲에서 튀어나오더니 침묵을 깨고 날카로운 고함을 지르며 날아갔다.

나는 행복했다. 할 수만 있다면 목청껏 노래를 부르고 싶었지만, 막상 입에서 나온 건 알아듣기 힘든 고함뿐이었다. 나는 나 자신을 조롱하며 스스로에게 물었다. '도대체 무슨 일이지? 그래, 네가 대단한 애국자였는데 그 사실을 몰랐다는 거야? 네가 그렇게까지 친구를 사랑한다는 거야? 정신 차려. 부끄럽지 않아?' 하지만 아무도 내게 대답하지 않았고, 나는 고함을 내지르며 계속 길을 갔다. 방울 소리가 들려와서 올려다보니 검은색, 갈색, 회색 염소들이 바위산 높은 곳에 나타났다. 숫염소가 맨 앞에 서서 목을 뻣뻣이 세우고 있었다. 심하게 냄새가 났다.

"어이, 친구! 어딜 그렇게 가요? 뭘 찾는 거요?" 양치기가 바위로 뛰어올라 가더니 손가락을 입속에 집어넣어 휘파람을 불며 이렇게 소리쳤다.

"할 일이 있다네." 나는 이렇게 대답하고 나서 계속 길을 올라갔다.

"잠깐 쉬었다 가요. 이리 와서 우유 한 잔 마셔요. 그럼 시원해질 거예요!" 양치기가 내게 다가오려고 이 바위에서 저 바위로 뛰어오며 소리쳤다.

"할 일이 있다니까!" 나는 그와 얘기를 함으로써 지금의 즐거움을 방해받기 싫어서 같은 말을 되풀이했다.

그러자 양치기는 화를 내며 소리쳤다. "흥, 아저씨는 내가 짠 염소젖을 마시고 싶지도 않나 보군요! 좋아요, 잘 가시구려!"

그가 입에 손가락을 갖다 대고 휘파람을 불자 염소들이 바위 뒤로 사라져버렸다.

잠시 후 산꼭대기에 도착한 나는 마치 산 정상에 오르는 게 나의 목표이기라도 했던 것처럼 평정을 되찾았다. 나는 바위 그늘에 누워 멀리 평야와 바다를 바라보았다. 숨을 깊이 들이마셨다. 공기에서 샐비어와 백리향 냄새가 향기롭게 풍겼다.

일어나 샐비어를 한아름 따서 그걸로 베개를 만들어 다시 누웠다. 피곤해서 눈을 감았다.

한순간 내 마음은 눈에 뒤덮인 고원을 향해 날아갔다. 나는 북쪽으로 향하는 사람들과 소 떼를 상상하려고 애썼고 마치 암양들을 이끄는 숫양처럼 맨 앞에 서서 걷는 내 친구를 상상해보았다. 그러나 얼마 지나지 않아 내 머리는 흐려졌고, 잠을 자고 싶다는 참을 수 없는 욕구가 나를 사로잡았다.

나는 저항하고 싶었고, 잠에 굴복하고 싶지 않아서 눈을 떴다. 까마귀 한 마리가 내 앞 바위에 내려앉았다. 푸르스름한 검은색 깃털이 햇빛을 받아 반짝거렸고, 커다란 노란색 부리가 똑똑히 보였다. 왠지 불길한 징조로 생각되었다. 화가 난 나는 돌멩이를 하나 집어 까마귀에게 던졌다. 까마귀는 평화롭게, 천천히 날개를 폈다.

더는 저항할 수 없어서 눈을 감았고, 잠은 그 즉시 전광석화처럼 나를 덮쳤다.

겨우 몇 초나 잤을까, 나는 소리를 지르며 펄쩍 뛰어 일어났다. 그 까마귀가 요란하게 날개를 퍼덕거리며 여전히 내 위를 날아다니고 있었다. 나는 바위에 기대어 온몸을 바들바들 떨었다. 꿈 혹은 신의 계시가 방금 예리한 칼처럼 내 마음을 사납게 베고 지나간 것이다.

나는 아테네의 헤르메스 거리를 혼자 걸어갔다. 타는 듯 뜨거운 햇빛이 내리쬐었고, 거리에는 아무도 없었으며, 가게는 다 문을 닫아 죽음과도 같은 침묵만이 자리 잡고 있었다. 그런데 나는 카프니카레아 교회 옆을 지나다 창백한 얼굴에 몸을 바들바들 떠는 친구를 보았다. 그는 앞에서 성큼성큼 걷는 키 큰 남자를 따라가고 있었다. 내 친구는 외교관 복장이었다. 그는 나를 보더니 거친 숨을 몰아쉬며 멀리서 나를 불렀다. "어이, 친구, 요즘 어떻게 지내나? 자넬 못 본 지 몇 년은 된 것 같군. 우리 오늘 밤에 만나 회포나 한번 풀어봄세."

나는 그가 무척 멀리 있어서 내 말을 듣게 하려면 있는 힘을 다 동원해야 하는 것처럼 큰 소리로 소리쳤다. "어디서 만나?"

"오늘 밤 여섯 시에 오모니아 광장. '천국의 샘' 카페에서 보세."

나는 대답했다. "알았어. 이따 보세."

그러자 그가 나무라는 듯한 어조로 말했다. "말뿐이야. 자넨 말뿐이라고…… 말만 그렇게 해놓고 안 올 거지?"

"그럴 리가 있나? 꼭 갈게. 약속하는 의미에서 악수를 하세. 손을 이리 줘보게."

"나는 바쁘네."

"뭐가 바쁘다는 거야? 손 이리 줘."

그가 팔을 내밀었다. 그런데 그의 팔이 갑자기 어깨에서 툭 분리되더니 허공을 날아와 내 손을 잡는 게 아닌가.

나는 그 차가운 감촉에 질겁하여 소리를 지르며 별안간 잠에서 깨어났다.

까마귀가 내 머리 위를 날고 있었던 것이다. 내 입술에서 독이 방울져 떨어지는 게 느껴졌다.

나는 마치 먼 곳을 보려는 듯 고개를 동쪽으로 돌려 수평선을 응시했다. 틀림없다. 친구가 위험에 처해 있었다. 나는 큰 소리로 세 번 그의 이름을 불렀다. "스타브리다키! 스타브리다키! 스타브리다키!"

그에게 용기를 불어넣으려고 그랬던 것이다. 그러나 내 목소리는 채 몇 걸음도 못 가 허공으로 사라지고 말았다.

나는 곤두박질치듯 산길을 걸어 내려갔다. 내 몸을 피곤하게 만들어 나의 고통을 내 몸으로 전이시키려 애썼다. 내 머리는 때로 인간의 영혼 속으로 끼어드는 그 수수께끼 같은 메시지를 무시하려 애썼으나 소용없었다. 원초적이고, 동물적이며, 이성보다 더 심오한 확실성이 나를 두려움으로 가득 채웠다. 그것은 지진이 일어나기 전에 양이나 쥐 같은 동물들이 느끼는 확실성이었다. 인간이 존재하기 이전의 영혼이, 아직 땅에서 분리되지 않았으며, 이성의 개입에 의해 왜곡되지 않고 진리를 즉각적으로 포착하는 영혼이 나의 내부에서 깨어났다.

나는 중얼거렸다. "그가 위험에 처했어……. 그가 위험에 처했단 말이야……. 그가 죽을지도 몰라……. 그는 자기가 위험에 처했다는 걸 아직 모를 수도 있어. 하지만 나는 그 사실을 확실히 알아……."

나는 산길을 뛰어 내려가다 무너져 쌓인 돌 더미에 발이 걸려 굴러떨어졌다. 그 바람에 사방으로 돌이 튀었다. 내 두 손과 두 발은 여기저기 찰과상을 입어 온통 피투성이가 되었고, 입었던 셔츠는 갈기갈기 찢겨나갔다.

나는 목이 메어 생각했다. "그가 죽을지도 몰라……. 그가 죽을지도 몰라……."

인간이라는 이 불행한 존재는 자기 주변에 도저히 건널 수 없을 만큼 높은 방책을 쌓아놓고 이 튼튼한 성루城壘 안에 들이박혀서 자신의 일상생활과 물질적·정신적 삶에 질서와 안전을 부여하려고 애쓴다. 이 울타리 안에서는 모든 것이 다 미리 그려진 길을, 신성하게 여겨지는 반복적 일상을 따라야 하며, 무슨 일이 일어나고 우리가 어떻게 행동할지를 어느 정도는 확실히 예측하도록 간단하고 이해하기 쉬운 규칙에 복종해야 한다. 불확실성의 갑작스런 기습에 대비해서 쌓아올린 이 요새 안에서는 작은 확실성들이 꼭 지네처럼 꼬물거리며 기어 다닌다. 하지만 아주 오래전부터 모든 인간이 힘을 합쳐 저항하며 증오하는 철천지원수는 딱 하나, '거대한 확실성'(죽음을 말한다)이다. 바로 이 거대한 확실성이 성채를 뚫고 들어와 나를 덮친 것이다.

해변에 도착한 나는 잠시 숨을 골랐다. 그리고 꼭 내 성루의 두 번째 성채에 도달한 것처럼 다시 마음을 가다듬었다.

나는 생각했다. '이 모든 것은 우리가 느끼는 불안의 산물이며, 우리가 잠을 자는 동안 상징이라는 눈부신 외관을 하고 나타나지. 그 모든 것을 만들어내는 건 바로 우리 자신이야. 그것들이 우리를 발견하려고 멀리서 올 필요는 없어. 그것들은 먼 곳에서 우리에게 전해지는 메시지가 아니라고. 그것들은 바로 우리 자신에게서 생겨나며, 우리들 밖에서는 전혀 아무런 가치를 갖지 못해. 우리의 영혼은 그 메시지들의 수신자가 아니라 전송자야. 그러니 우리는 두려워하지 않아도 되는 거야.'

나는 마음이 편해졌다. 이성이 암울한 예감으로 인해 혼란스러워진 내 마음에 다시 질서를 부여했다. 이성은 이상하게 생긴 박쥐의 날개를 자르고 깎고 다듬어 친숙한 생쥐로 만들더니 안심했다.

오두막에 도착하자 나는 나의 순진함에 웃음 지었다. 내 마음이 그렇게 빨리 흥분하도록 내버려두다니, 부끄러웠다. 나는 벌써 일상의 길로 되돌아간 것이다. 나는 배도 고프고 목도 말랐다. 피곤했다. 돌에 찢긴 상처가 쓰라렸다. 하지만 내 마음은 안도감을 느꼈다. 방책을 뚫고 들어온 무시무시한 적은 내 영혼을 수호하는 제2방어선에서 가로막힌 것이다.

26

다 끝났다. 조르바는 케이블과 연장, 운반용 수레, 철물, 건축용 목재 등을 모아 바닷가에 쌓아놓고 범선이 그걸 실어갈 때까지 기다리기로 했다.

나는 그에게 말했다. "조르바, 저걸 당신에게 선물로 주겠어요. 다 당신 겁니다. 저걸로 큰 이익을 내면 좋겠네요."

조르바는 터져 나오는 울음을 참으려는 듯 목이 메었다. "우리 이제 헤어지는 건가요? 보스는 어디로 갈 겁니까?"

"외국으로 갈 거예요. 내 안에 살고 있는 염소가 씹어 먹어야 할 종이가 아직 많아서요."

"보스, 아직도 그 버릇을 못 고쳤어요?"

"네, 조르바. 하지만 이번엔 고쳐볼 겁니다. 당신 방법을 써서요. 당신이 버찌로 버찌를 정복했던 것처럼 나는 책으로 책을 정복해 볼 셈이에요. 목구멍이 막힐 때까지 종이를 씹어 먹으면 구역질이 나서 다 토해내겠지요. 그러면 결국 책에서 해방될 겁니다."

"보스, 당신이 없으면 난 어떻게 될까요?"

"조르바, 슬퍼하지 말아요. 언젠가는 다시 만나겠지요. 앞으로 무슨 일이 일어날지 누가 알겠어요? 인간이란 워낙 엄청난 능력을 가진 존재잖아요? 다시 만나면 우리, 당신의 그 원대한 계획을 실행에 옮기자고요. 우리가 생각하는 수도원을 짓는 겁니다. 신이나 악마 없이 오직 자유로운 인간들만 있고, 조르바 당신은 베드로 성인처럼 문을 여닫는 열쇠 뭉치를 들고 문 앞에 서 있는 수도원 말예요…….”

조르바는 오두막에 등을 기댄 채 땅바닥에 앉아 아무 말 없이 계속 술잔을 채워 마시고 또 마셨다.

어둠이 내렸다. 식사를 마친 우리는 술잔을 홀짝거리며 우리의 마지막 대화를 나누었다. 그다음 날이 되면 우리는 헤어지는 것이다. 나는 칸디아로 갈 예정이었다.

“그래요…… 그래요…….” 조르바는 안주도 없이 술을 마시면서 수염을 쥐어뜯었다.

하늘에는 별이 총총했고, 우리 머리 위 어둠은 광채를 발했다. 우리 가슴은 금방이라도 북받쳐 터져버릴 것 같았지만, 간신히 참았다.

나는 생각했다. 이제 조르바에게 영원히 작별을 고해야 한다. 그의 모습을 잘 봐두자. 다시는 그를 볼 수 없을 테니까.

나는 그의 품에 안겨 펑펑 울고 싶었지만, 왠지 부끄러웠다. 내가 동요한다는 걸 숨기려고 웃음을 터트릴 뻔했지만, 그러지도 못했다. 목에 메어왔다.

나는 조르바가 뼈가 앙상한 얇은 목을 내민 채 묵묵히 술만 마시는 것을 바라보았다. 그를 가만히 보고 있자니, 인생이란 참으로 놀라운 신비라는 생각이 들었다. 인간들은 가을바람에 이리저리 흩날리는 낙엽처럼 만나고 헤어지기를 되풀이한다. 그러니 사랑하는 사람의 실루엣과 얼굴, 몸짓을 눈에 담아두려 애써봤자 아무 소용이 없는 것이다. 몇 년만 지나도 그 사람 눈이 무슨 색깔이었는지도 기억이 안 나는걸, 다 부질없다…….

나는 생각했다. 인간의 영혼은 쇠나 청동으로 만들어져야 해. 바람이 아니라…….

조르바는 그 큰 머리를 똑바로 세운 채 미동조차 하지 않고 술을 마셨다. 꼭 한밤중 가까워지거나 멀어져가는 발소리에 귀를 기울이는 듯 보였다. 그리고 그것은 오직 그 자신의 심연 속에서만 들을 수 있는 소리였다.

"무슨 생각 해요, 조르바?"

"내가 무슨 생각을 하겠어요, 보스? 아무 생각도 안 합니다. 아무것도 생각 안 해요. 아무 생각도 안 한다니까요!"

그리고 잠시 후에 술잔을 다시 채우며 말했다. "건강하시오, 보스!"

우리는 잔을 부딪쳤다. 이런 슬픔은 그다지 오래가지 못한다는 사실을 우리 두 사람은 알고 있었다. 눈물이 흘러내리도록 내버려 두든지, 술에 잔뜩 취하든지, 아니면 춤이라도 추어야만 했다.

그래서 내가 제안했다. "산투리 한번 쳐봐요, 조르바!"

"보스, 내가 얘기하지 않았던가요? 마음이 즐거워야 산투리를 칠 수 있다고……. 한 달이나 두 달…… 아니면 2년 뒤에나 칠 수 있을 겁니다. 하기야 그걸 누가 알겠어요? 그러면서 두 존재가 어떻게 영원히 이별하는지 노래할 겁니다."

나는 놀라서 소리쳤다. "영원히라고요?"

나는 다시 주워 담을 수 없는 이 무시무시한 말을 마음속으로만 했을 뿐 그것이 큰 소리로 말해지는 걸 들을 만한 용기는 없었다. 두려웠던 것이다.

"영원히!" 조르바가 힘들게 침을 삼키며 같은 말을 되풀이했다. "영원히! 당신이 방금 내게 한 말, 다시 만나서 수도원을 짓자는 말은 죽음을 기다리는 환자를 위로해주려고 할 때나 하는 얘기라고요! 난 그런 얘기는 듣고 싶지 않아요……. 바라지 않는다고요!

우리가 그런 위로나 받아야 할 만큼 심약한 남자들입니까? 아니죠? 그러니 우리는 영원히 이별하는 겁니다!"

나는 조르바의 솔직하면서도 노골적인 발언에 당황하여 말을 더듬거렸다. "난 그냥 여기 당신과 함께 남아 있을 수도 있어요. 아니면 당신이랑 같이 어디 다른 데로 갈 수도 있고……. 난 자유로우니까 말예요!"

조르바가 머리를 흔들며 말했다. "아니, 당신은 자유롭지 않아요. 당신이 묶여 있는 줄이 다른 사람들이 묶여 있는 줄보다 조금 더 긴 것뿐이지요. 보스, 그렇게 긴 끈에 매달려 있으니까 이리저리 다니면서 자기가 자유롭다고 생각하는 겁니다. 하지만 당신은 그 줄을 잘라버리지 못해요. 그 줄을 잘라내지 못하면……."

"언젠가는 자를 겁니다!"

나는 허세를 부렸다. 조르바의 말이 내 안에 벌어져 있던 상처를 건드려 나를 아프게 했기 때문이다.

"보스, 그건 어려운 일이에요. 아주 어려운 일이라고요. 그 줄을 자르려면 광기가 필요합니다. 광기가 필요하다고요, 알겠어요? 모든 걸 다 걸어야 해요! 하지만 당신은 항상 머리가 앞서니까 바로 그 머리란 놈이 당신을 잡아먹고 말 겁니다. 인간의 머리는 꼭 구멍가게 주인 같아서 꼬박꼬박 치부를 해요. 얼마를 받았고 얼마를 줬으니까 이익은 얼마를 봤고 손해는 얼마를 봤다, 뭐, 이런 식으로……. 그야말로 전형적 소시민인데, 가진 걸 몽땅 다 걸지는 않고 항상 일부는 남겨두지요. 절대 줄을 자르지 않는 거죠! 아니, 오히려 더 꽉 쥐어요. 행여 줄을 놓치기라도 하면 끝장나버리니까요! 하지만 줄을 끊어버리지 않으면…… 글쎄, 사는 게 너무 밍밍하지 않겠어요? 이 맛도 저 맛도 없는 카밀레 차처럼 말입니다. 세상을 뒤집어서 보게 만드는 럼주랑은 비교가 안 되는 거지요!"

그는 말을 멈추고 빈 술잔에 술을 따르려다 생각을 바꾸었다.

"미안해요, 보스. 난 촌놈입니다. 단어들이 꼭 구두 바닥에 진흙 달라붙듯 그렇게 자꾸 이빨에 달라붙어요. 단어들을 꼭꼭 씹어서 예의를 차려야 하는데, 내가 그걸 못 해요. 도저히 그렇게 할 수가 없다니까요. 하지만 당신은 내가 무슨 말을 하는지 이해할 겁니다."

그는 잔을 비우더니 나를 바라보았다.

그러다가 갑자기 화가 치밀어 오르는 듯 소리쳤다. "당신은 이해라는 걸 해요! 앞으로도 계속 그렇게 머리로만 이해한다면 당신은 결국 파멸에 이르게 될 겁니다. 하지만 당신이 머리로만 이해하지 않는다면 행복해질 거예요. 당신에겐 부족한 게 없어요. 젊고, 돈 많고, 머리 좋고, 건강하고, 사람 좋고…… 뭐 하나 모자라는 게 없잖아요? 정말이지, 당신에겐 부족한 게 하나도 없어요. 하지만 당신에게는 딱 한 가지, 조금 전에도 말했듯이 광기가 부족합니다. 그런데 보스, 그게 없으면……."

그는 머리를 흔들더니 다시 침묵을 지켰다.

나는 울기 일보 직전이었다. 조르바가 하는 말은 하나도 빠짐없이 다 옳았다. 어렸을 때 나는 엄청난 충동과 욕망을 느껴 혼자서 한숨을 내쉬곤 했다. 세상이 내게는 너무 작아 보였던 것이다.

그러다가 시간이 흐르면서 나는 조금씩 신중해졌다. 나는 한계를 정하고, 가능한 것과 불가능한 것, 인간적인 것과 신적인 것을 나누고, 나의 연이 날아가지 않도록 손으로 꼭 붙들었다.

유성 하나가 하늘을 가로질러 사라져갔다. 조르바는 꼭 유성을 처음 본 사람처럼 화들짝 놀라면서 휘둥그레 눈을 떴다.

그가 물었다. "금방 별 봤어요?"

"네."

그때 갑자기 조르바가 길고 야윈 목을 내밀더니 가슴을 부풀리며 야생적이고 절망적인 고함을 내질렀다. 그 무시무시한 외침이 터키어 노래 가사로 바뀌자마자 조르바의 가슴속 깊은 곳에서는 열정과 고통, 외로움으로 가득 찬 단조로운 옛 가락이 터져 나왔다. 대지의 가슴이 열리면서 달콤하면서도 무서운 동방의 독이 그 안으로 쏟아졌고, 나는 내 안에서 나를 미덕과 희망에 매어두었던 모든 끈이 썩어가는 것을 느꼈다.

> 이키 키클릭 비르 테펜테 오티요르
> 오트메 데, 키클릭, 베민 데르팀 예티요르, 아만! 아만!

적막함, 끝없이 펼쳐진 모래알 고운 사막. 공기는 분홍색과 푸른색, 노란색으로 흔들리고, 관자놀이는 긴장을 풀고 느슨해지며, 영혼은 미친 듯 소리를 내지르더니 그 어떤 고함도 화답하지 않는다며 좋아서 어쩔 줄 몰랐다. 적막함…… 적막함…… 그리고 문득 내 눈에 눈물이 고인다.

> 자고 한 쌍이 언덕 위에서 노래를 하네.
> 울지 마라, 자고들아, 내 아픔만으로도 충분하니, 아만! 아만!

조르바는 아무 말도 하지 않았다. 이마에 송골송골 맺힌 땀을 재빨리 손으로 닦아내더니 땅에 뿌렸을 뿐이다. 그리고 고개를 숙여 땅바닥을 내려다보았다.

잠시 후에 내가 물었다. "그건 무슨 노래인가요?"

"낙타 몰이꾼의 노래지요. 낙타 몰이꾼이 사막에서 부르는 노래예요. 오랫동안 기억난 적도 없고 부른 적도 없는데…… 오늘 갑자기……."

그의 목소리가 갈라져 나왔다. 목이 메는 모양이었다.

"보스, 이제 자러 갈 시간입니다. 내일 아침 일찍 일어나야 칸디아행 배를 탈 수 있어요. 잘 자요!"

나는 대답했다. "잠이 안 와요. 그냥 당신이랑 같이 있을랍니다. 우리가 함께 보내는 마지막 밤이잖아요."

"그렇기 때문에 최대한 빨리 끝내야 합니다!"

그는 술을 더 안 마시겠다는 걸 보여주려고 빈 술잔을 엎어놓으며 소리쳤다. "남자라면 담배나 술, 도박을 이렇게 단숨에 끊어야 하는 겁니다! 팔리카리(영웅을 가리키는 그리스어)처럼 말이예요!

보스가 알아둬야 할 게 있는데, 우리 아버지는 진짜 팔리카리 같은 사람이었어요. 날 보면 안 돼요. 난 아버지에 비하면 존재감이 전혀 없는 바보 멍청이니까요. 그분은 사람들이 흔히 얘기하는 고대 그리스인이었어요. 그분이랑 악수를 하면 손이 으스러질 정도였다니까요. 그래도 나는 가끔은 조용조용 얘기하잖아요? 그런데 아버지는 아니었어요. 으르렁거리고, 말처럼 히힝거리고, 큰 소리로 노래를 불렀습니다. 그 양반 입에서 차분한 사람의 말이 나오는 일은 거의 없었지요.

그분은 이것저것 집착이 정말 강했어요. 하지만 또 자를 때는 단칼에 잘라버리곤 했습니다. 그 양반은 원래 골초였어요. 하루 종일 줄담배를 피워댔지요. 어느 날 아침 일어나서 밭을 갈러 나갔지요. 밭에 도착한 이 애연가께서는 울타리에 몸을 기댄 채 일을 시작하기 전에 한 대 피울 생각으로 허리띠에 손을 넣어 담배

쌈지를 찾았는데…… 아, 글쎄, 쌈지를 꺼내고 보니 납작한 거예요. 그 안에 담배가 단 한 줌도 없었어요. 집에서 담배를 채워가지고 나와야 되는데 깜박, 잊어버린 겁니다.

그 양반은 치밀어 오르는 화를 참지 못해 펄펄 뛰면서 고래고래 소리를 지르더니 별안간 몸을 돌려 마을을 향해 내달리기 시작했어요. 금방 얘기한 그 강한 집착에 사로잡힌 거지요. 그런데 죽어라 달려가던 이분이 우뚝 멈춰 섰습니다. 그러게, 인간이란 참 오묘한 존재지요? 부끄러웠던 거지요. 그는 이빨로 쌈지를 갈기갈기 찢어 땅바닥에 내팽개치더니 미친 사람처럼 발로 잘근잘근 밟으며 소리쳤습니다. '빌어먹을 놈의 쌈지 같으니, 내가 다시 담배를 피우면 사람이 아니다!'

그리고 바로 그날부터 아버지는 평생 동안 담배를 입에도 대지 않았어요.

팔리카리는 이런 겁니다. 좋은 꿈 꾸시오, 보스!"

그는 일어나서 뒤도 돌아보지 않고 자갈밭을 지나 파도가 부서지는 바닷가까지 걸어갔다. 그리고 어둠 속으로 사라졌다.

그 뒤로 다시는 그를 보지 못했다. 수탉이 울기도 전에 노새 몰이꾼이 나를 데리러 왔다. 나는 노새를 타고 떠났다. 내가 잘못 생각했는지는 모르나, 그는 그날 아침 어딘가에 숨어서 내가 떠나는 걸 지켜보았던 것 같다. 그렇지만 그는 다른 사람들처럼 달려 나와 흔한 작별 인사를 나누고, 눈물 흘리고, 악수를 나누고, 손수건을 흔들고, 맹세를 하지는 않았을 것이다.

이별은 예리한 칼로 자르듯 단숨에 이루어졌다.

칸디아에서 전보 한 통을 받았다. 나는 오랫동안 그걸 바라보기만 했다. 손이 떨렸다. 나는 전보에 무슨 내용이 쓰여 있을지 충분히 짐작했다. 거기 쓰인 단어가 몇 개인지, 글자가 몇 개인지를 소름이 끼칠 정도로 정확히 알고 있었다.

나는 그걸 찢어버리고 싶은 충동에 사로잡혔다. 무슨 내용인지 이미 다 아는데 굳이 뭐하러 읽는단 말인가? 아, 그러나! 우리는 우리 영혼을 신뢰하지 않는다. 우리가 늙은 점쟁이나 무당을 비웃듯 구멍가게 주인인 우리의 이성은 영혼을 비웃는 것이다. 나는 전보를 뜯었다. 티플리스에서 온 것이었다. 한동안 글자들이 눈앞에서 춤을 추는 바람에 아무것도 구분할 수 없었다. 이윽고 글자들이 서서히 제자리를 잡았다. 나는 전보를 읽었다.

스타브리다키, 어제 오후 급성폐렴으로 사망.

길고 끔찍했던 5년이 흘러가는 동안 시간이 더 빨리 흐르면서 국경은 춤을 추고 각 나라 영토는 꼭 아코디언의 풀무처럼 늘어났다 줄어들기를 되풀이했다. 이 같은 격변의 시대에 조르바와 나는 공포와 기아의 벽에 가로막혀 오랫동안 만나지 못했다. 처음 3년 동안은 그래도 이따금 그에게서 엽서가 날아왔다.

한번은 아토스 산에서 엽서를 보냈다. 슬퍼 보이는 큰 눈과 두드러진 모양 덕분에 의지가 강해 보이는 턱을 가진 문지기 성처녀가 그려진 엽서였다. 그는 종이가 찢어질 만큼 뭉툭하고 무거운 필체로 꾹꾹 눌러썼다. “여기서는 사업을 할 수가 없네요, 보스. 수도사들이 원숭이처럼 약아빠졌어요. 떠나야겠습니다!” 며칠 뒤에 또 다른 엽서가 날아들었다. “수도원에서는 복권 파는 사람이 막대기를 들고 다니는 것처럼 그렇게 앵무새를 들고 다닐 수가 없어요(그리스에서는 복권을 팔러 다니는 사람이 복권을 매단 가느다란 막대기를 손에 들고 길거리나 카페를 돌아다닌다). 그래서 자기가 기르는 티티새에게 〈주여, 불쌍히 여기소서〉라는 성가를 가르쳐준 친절한 수도사에게 앵무새를 선물로 줘버렸답니다. 당신도 그 티티새를 보면 깜짝 놀랄걸요. 꼭 성가대원처럼 아름다운 목소리로 노래를 하거든요. 그 수도사는 우리 불쌍한 앵무새에게도 시편 낭독하는 법을 가르칠 겁니다. 이 녀석, 살아오면서 별의별 걸 다 봤는데, 이제…… 어이, 앵무새, 결국은 수도사가 된 거냐? 그렇다면 넌 진짜 저주를 받은 거다……. 그럼 안녕. 은둔 수도사, 알렉시오스 신부."

6~7개월이 지났고, 어느 날 루마니아에서 보낸 엽서가 도착했다. 가슴이 파인 옷을 입은 풍만한 여성이 그려진 엽서였다. "난 아직 살아 있어요. 강냉이죽을 먹고 맥주를 마시며 시궁창의 쥐처럼 유전에서 일합니다. 하지만 이곳에는 마음이 원하는 건 뭐든지 다 있어요. 원하는 건 다 있다고요. 나처럼 늙은 건달들에게는 지상낙원이죠. 굳이 장황하게 설명 안 해도 무슨 말인지 알겠지요, 보스? 여기서는 예쁜 여자들이랑 인생을 즐기면서 살 수 있다니까요. 신께서 도와주신 덕분에 말입니다.

자, 그럼 또 연락할게요. 시궁창의 생쥐, 알렉시스 조르베스코."

그리고 또 2년이 지나갔다. 이번에는 세르비아에서 부친 엽서를 받았다. "나는 아직 살아 있습니다. 날이 너무 추워서 어쩔 수 없이 결혼을 했네요. 엽서를 뒤집으면 결혼할 여자 얼굴이 있으니 한번 보세요. 어때요, 쓸 만하지 않나요? 배가 좀 불룩하지요? 조르바 2세가 그 속에서 자라나고 있거든요. 나는 당신이 내게 준 양복을 입고 손에는 결혼반지를 끼고 있어요. 반지는 우리 불쌍한 부불리나 겁니다. 뭐, 그럴 수도 있는 거지요! 그녀의 영혼이 천국에서 편안히 쉴 수 있기를! 엽서에 나와 있는 여자는 이름이 류바라고 합니다. 내가 지금 입고 있는 여우털 깃이 달린 외투는 그녀가 혼수로 해온 겁니다. 암퇘지 한 마리랑 새끼 돼지 일곱 마리도 끌고 왔어요. 전남편이랑 사이에 낳은 어린애 두 명은 덤이고요. 짐작하시겠지만, 류바는 과부입니다. 근처 산에서 마그네사이트 광맥을 하나 발견해서 지금 물주를 하나 구슬리는 중이에요. 자, 나는 파샤처럼 잘 지냅니다.

그럼 또 엽서 보낼게요. 전직 홀아비 알렉시스 조르비치."

엽서 뒷면에는 결혼 예복에다 최신 유행의 긴 외투를 걸치고, 털모자를 썼으며, 멋쟁이 지팡이를 든 조르바의 사진이 있었다. 아주 건강해 보였다. 그의 품에는 아무리 많아봤자 스물다섯이 안 되었을 것 같은 예쁜 슬라브 여자가 안겨 있었다. 굽 높은 장화를 신은 그녀는 꼭 야생마처럼 엉덩이가 크고 가슴이 풍만했다. 그리고 조르바는 꼭 손도끼로 찍어서 쓴 것 같은 글씨로 그 밑에 이렇게 써놓았다. "나 조르바, 그리고 내가 평생 동안 벌이는 사업인 여자. 이번 여자의 이름은 류바입니다."

그동안 나는 외국을 여행하고 있었다. 나 역시 필생의 사업을 하고 있었지만 그 사업은 풍만한 가슴도, 외투도, 돼지도 주지 않았다. 그리고 어느 날 나는 전보 한 장을 받았다. "너무나 아름다운 녹옥석을 발견했음. 즉시 오시오. 조르바."

나는 모든 걸 팽개치고 용감하지만 미친 짓이나 다름없는 일에 일평생 두 번째로 뛰어들 용기는 없었다. 그리고 나는 조르바한테 짧은 편지 한 통을 받았는데, 거기서 그는 나를 죽을 때까지 펜대만 굴릴 인간으로 취급했고, 사실 그건 당연한 비난이었다.

그 후로 우리는 더는 서로에게 전보를 치거나 편지를 쓰지 않았다. 엄청난 사건들이 전 세계를 뒤흔들어놓으면서 우리를 갈라놓았던 것이다. 세상이 계속해서 꼭 부상당한 사람처럼, 술 취한 사람처럼 비틀거리자 개인들의 우정과 관심사 따위는 뒤켠으로 물러났다.

하지만 나는 위대한 영혼을 가진 이 남자에 관한 얘기를 자주 친구들에게 들려주면서 그 영혼을 내 마음속에 생생하게 간직했다. 우리는 이 무식한 남자의 자신감 넘치고 확신에 가득 찬 행동에 감탄했다. 우리는 오랫동안 악착같이 노력해야 겨우 도달할 수 있는 이 영혼의 정상에 그는 단 몇 마디 말로써 도달했고, 그때 우리는 "조르바는 위대한 영혼이야"라고 말했다. 아니면 그가 그 정상을 넘어설 때도 있었는데, 그때는 "그는 미쳤어"라고 말했다.

시간은 추억의 달콤 씁쓰레한 기억 속에서 이렇게 흘러갔다. 조르바와 함께 크레타 해안에 살 때 느닷없이 나를 찾아오곤 했던 내 친구의 유령도 내 영혼을 짓누르면서 나를 떠나지 않았다. 나 자신이 친구의 영혼을 떠나지 않았기 때문이다.

하지만 나는 이 유령에 대해 아무에게도 얘기하지 않았다. 그것은 내가 피안과 나누는 은밀한 대화, 나로 하여금 죽음에 익숙해지도록 만들어주는 대화였다. 그것은 또한 나를 하데스와 이어주는 비밀의 다리이기도 했다. 그리고 이 죽은 영혼이 다리를 건너면 나는 그것이 얼굴에 핏기가 하나도 없을 정도로 지칠 대로 지쳐 더는 또렷하게 말을 할 수도 없고, 내 손을 잡을 힘도 없다는 것을 느꼈다.

나는 때때로 내 친구가 자신의 육체를 승화시키고 영혼을 준비시켜 굳건히 만들 시간을 미처 갖지 못했던 게 아닐까 생각하며 불안을 느꼈다. 그렇게만 할 수 있었더라면 그의 영혼이 결정적 순간에 죽음 앞에서 공포에 사로잡혀 허공으로 사라져버리는 일은 없었으리라. 내 친구의 영혼은 언젠가는 소멸하게 되어 있는 그 원자 집합체 속에서 불멸화될 수도 있었을 것이다. 하지만 영원히 존재하게 만들 시간을 갖지 못했기 때문에 그가 어쩌면 죽을지도 모른다고 나는 생각했다.

하지만 그가 갑자기 원기를 되찾는다. 그런데 정말 그가 맞는 걸까? 아니면 내가 더 깊은 애정을 느끼며 불현듯 그를 기억하는 것일까? 그는 다시 젊어져서 원기 왕성한 모습으로 돌아왔고, 나는 계단을 올라오는 그의 발소리를 들을 수 있을 정도였다.

최근에 눈에 덮인 엥가딘 산맥으로 혼자 여행을 다녀왔다. 나는 거기서 잠을 잤다. 열린 창문으로 환한 달빛이 넘쳐 흘러들어 왔고, 산과 고드름이 매달린 나무들, 암청색 어둠이 내 잠든 마음속으로 뚫고 들어왔다.

잠을 자면서 나는 이루 말할 수 없는 행복을 느꼈다. 잠이 깊고 투명하며 평온한 바다처럼 느껴졌다. 꼭 내가 행복해하며 그 깊은 바닷속에 미동조차 없이 누운 것처럼 느껴졌다. 나는 내 위로 몇천 척이나 되는 수면에 작은 배가 지나가도 내 몸에 자국을 남겨놓을 수 있을 정도로 민감했다.

그런데 갑자기 유령이 내게 달려들었다. 나는 그게 누구인지 알았다. 나를 나무라는 그의 목소리가 쩌렁쩌렁 울렸다. "자나?"

나 역시 침울한 어조로 대답했다. "늦었군. 자네 목소리를 벌써 몇 달이나 듣지 못했네……. 어디 갔다 왔나?"

"난 늘 자네와 함께 있었지만 자네는 날 잊어버렸지. 난 힘이 없어서 자네를 부르지 못하고, 자네는 날 떠나야겠다는 생각을 했어. 달빛도, 눈 쌓인 나무도, 이승에서의 삶도 아름답고 멋지지. 하지만 날 잊지는 말게."

"난 영원히 자네를 잊지 않을 거야. 자네도 그 사실을 잘 알고 있을 걸세. 처음에 나는 외국을 돌아다녔다네. 원시림이 우거진 산악 지대를 돌아다니며 내 몸을 녹초로 만들었고, 밤에는 한숨도 안 자고 자네를 생각하며 눈물 흘렸다네. 고통에 빠지지 않으려고 시를 쓰기도 했지만, 그건 나의 고통을 덜어주지도 못하고, 나를 그 같은 중압감에서 해방해주지도 못하는 형편없는 시였어. 그중 하나는 이렇게 시작한다네.

> 나는 자네의 몸에 감탄했다네.
> 가파른 오솔길을 걸어가는 두 사람 같은 자네의 가벼움에.
> 마치 새벽에 잠에서 깨어 걸어가는 두 친구 같았다네.

그리고 미완성인 또 다른 시에서 나는 자네에게 소리쳤지…….

> 잘 버티게, 친구, 자네의 영혼이 무한 속으로 날아오를지도 모르니!"

그는 씁쓸한 미소를 짓더니 내게 얼굴을 수그렸고, 나는 그의 창백한 안색을 보는 순간 전율했다.

그는 눈알은 없고 그냥 두 개의 작은 진흙 덩어리만 있을 뿐인 눈구멍으로 나를 바라보았다.

내가 물었다. "자네, 무슨 생각을 하는 거야? 왜 말이 없어?"

그의 목소리가 꼭 아득한 폐부에서 올라오는 한숨처럼 다시 울렸다. "이승을 지키지 못한 영혼에게는 이승에 남아 있는 게 없군!

다른 누군가가 쓴 몇 줄의 시, 쓰다 만 형편없는 시만 여기저기 굴러다닐 뿐 온전한 시는 남아 있지 않아. 나는 이승을 왔다 갔다 하면서 친구들을 찾아다니지만 그들의 마음은 닫혀 있어. 어디를 통해 들어가야 하지? 어떻게 해야 생명을 되찾을 수 있지? 나는 꼭 문에 자물쇠가 채워진 주인집 주변을 뱅뱅 도는 개처럼 돌고 또 돈다네……. 오, 꼭 익사자처럼 자네들의 따뜻하고 살아 있는 육체에 찰싹 달라붙지 않고 자유롭게 살 수 있다면 얼마나 좋을까!"

그의 눈구멍에서 눈물이 솟아오르자 그 안에 있던 흙이 진흙으로 변했다.

그러나 그의 목소리는 곧 확고해졌다. "자네는 내 성명姓名 축일에 내게 가장 큰 즐거움을 안겨주었지. 취리히에서였는데, 기억나나? 자네가 나에 대해 얘기했지, 생각나? 우리 말고 한 사람 또 있었는데……."

"기억나네. 우리가 '마담'이라고 부르던 여자였는데……."

우리는 잠시 침묵했다. 그 뒤로 얼마나 오랜 시간이 흘렀는가! 밖에는 눈이 내렸지만 우리 세 사람은 따뜻한 방에서 축제의 식탁 주변에 모여 앉았고, 나는 내 친구를 칭찬했다.

"무슨 생각을 하고 계신가, 스승?" 그가 살짝 비꼬는 투로 물었다.

"많은 걸 생각하고 있어……, 모든 걸……."

"난 자네가 마지막으로 했던 말을 생각하고 있네. 자네는 잔을 들어 올리고 말했지. '마담, 스타브리다키가 아직 아기였을 때 그의 할아버지는 한쪽 무릎에는 그를, 다른 쪽 무릎에는 크레타 리라를 올려놓고 전쟁의 노래를 연주하곤 했지요. 오늘 밤에는 내 친구의 건강을 위해 건배합시다, 부인. 자, 운명이 자네를 보살펴 자네가 늘 하느님의 무릎에 앉아 있게 되기를!' 하느님께서는 자네의 기도를 너무 빨리 들어주셨네, 스승이여."

나는 말했다. "그게 뭐 중요한가? 사랑은 죽음보다 강한데."

그는 씁쓸하게 웃을 뿐 아무 대답도 하지 않았다. 나는 그의 몸이 여기저기 떠돌아다니다가 어둠 속에 녹아들어 흐느낌이 되고, 한숨이 되고, 조롱이 되었다고 느꼈다.

죽음의 맛은 여러 날 동안 내 입술에 남아 있었다. 하지만 내 마음은 한결 가벼워졌다. 죽음은 꼭 우리를 만나러 와서 우리가 일을 끝낼 때까지 안달하지 않고 한쪽 구석에서 얌전히 기다려주는 친구처럼 다정하고 친숙한 모습을 하고 내 삶으로 불쑥 들어온다. 죽음을 이렇게 친숙한 현실로 이해하고 나니 마음이 진정되는 것 같았다.

죽음은 정신을 어찔하게 만드는 향수처럼 이따금 우리 삶으로 순식간에 퍼져나간다. 보름달이 뜬 밤, 이 같은 고독과 깊은 침묵 속에서 육체가 잠을 자는 동안 스스로 깨끗하고 가볍다고 느껴 더는 영혼을 방해하지 않을 때 특히 그렇다. 바로 그때 일순간에 삶과 죽음의 경계선이 투명해지면서 저 너머에, 땅 밑에 무엇이 있는지 볼 수 있다.

내가 잠을 자는 동안 조르바가 불쑥 나타났다. 그가 어떤 모습이었는지, 무슨 말을 했는지, 뭘 하러 왔는지, 전혀 기억나지 않는다. 잠에서 깨어나 보니 가슴이 금방이라도 터질 것처럼 빠르게 뛰었다. 그리고 까닭은 알 수 없지만, 느닷없이 두 눈에 눈물이 가득했다.

그와 동시에 크레타 해안에서 그와 함께했던 삶을 다시 짜 맞추고, 내 기억을 다그쳐 조르바의 말과 외침, 동작, 웃음, 춤을 그러모으고 싶은, 그래서 그것들을 망각의 세계에서 끄집어내고 싶은 격렬한 욕망이 나를 사로잡았다.

이 욕망은 너무나 격렬하고 갑작스러워서 나는 혹시 그게 조르바가 그동안 지구 어딘가에서 죽어가는 징후가 아닐까 생각하며 두려움에 몸을 떨었다. 왜냐하면 나는 내 영혼이 그의 영혼과 너무나 가까이 밀착되어 있어서 둘 중 한 사람이 죽는데 다른 사람이 그로 인해 동요하지도 않고, 고통으로 절규하지도 않는 일은 있을 수 없다고 생각했던 것이다.

나는 내 기억에 남아 있는 조르바의 모든 흔적을 모아 언어로 표현하는 것을 잠시 주저했다. 어떤 유치한 두려움이 나를 사로잡았던 것이다. '만일 내가 그렇게 한다면, 그건 곧 조르바가 진짜로 위험에 빠졌다는 걸 의미한다. 그렇게 하라고 자꾸 내 손을 잡아끄는 손을 뿌리쳐야 한다.'

나는 이틀, 사흘, 일주일을 버텼다. 다른 글을 쓰거나, 가벼운 여행을 가거나, 책을 읽었다. 술책을 써서 그 눈에 안 보이는 존재를 속이려고 애썼다. 그러나 내 마음은 침울해하고 불안해하면서 여전히 조르바에게만 집중했다.

어느 날 나는 아이기나 섬의 해변에 있는 우리 집 테라스에 앉아 있었다. 정오쯤, 뜨거운 태양 아래서 나는 살라미스 섬의 헐벗은 옆구리를 관찰했다. 사실대로 말하면, 사전에 그렇게 하겠다는 생각을 한 적은 전혀 없었다. 하지만 나는 갑자기 종이를 집어 들고 뜨겁게 달아오른 테라스 판석에 엎드려 조르바의 말과 행적을 기록하기 시작했다.

나는 서둘러 써 내려갔다. 초조해하며 과거를 소생시키고, 조르바의 온전한 모습을 기억해내서 되살리려고 애썼다. 만일 그가 사라져버린다면 그건 전적으로 내 책임이라는 생각이 들었다. 나는 내 '정신적 아버지'의 초상화를 완벽하게 그려내려고 밤낮 안 가리고 일에 몰두했다.

나는 조상의 영혼이 자기 몸을 알아보고 다시 찾아올 수 있도록 꿈에서 본 조상의 모습을 동굴 벽에 최대한 실물처럼 그리는 아프리카 원시 부족의 주술사처럼 일했다.

조르바 성자의 연대기는 몇 주 만에 완성되었다.

연대기가 완성된 날 오후가 끝나갈 무렵, 나는 다시 우리 집 테라스에 앉아 바다를 물끄러미 바라보았다. 탈고한 원고는 무릎에 놓여 있었다. 무거운 짐을 내려놓은 듯 한없이 마음이 가볍고 행복했다! 가슴을 짓누르던 거대한 바윗덩어리를 치워버린 것 같았다. 산모가 갓 태어난 아기를 품에 안은 것 같기도 했다.

해가 뉘엿뉘엿 넘어갈 때 통통하고 발랄한 소녀 술라가 시내에서 온 우편물을 들고 맨발로 테라스까지 올라왔다. 아이는 그걸 내게 건네주고 다시 뛰어내려 갔다. 나는 알고 있었다. 아니, 적어도, 알고 있다고 믿었다. 편지를 뜯어 읽으면서도 펄쩍 뛰어 일어나 고함을 지르지도 않고, 놀라지도 않았던 것이다. 나는 확신했다. 탈고된 원고를 무릎에 올려놓고 지는 해를 바라보는 바로 그 순간에 편지를 받게 되리라는 사실을 이미 알고 있었던 것이다.

나는 눈물 한 방울 흘리지 않고 침착하게 편지를 읽었다. 세르비아 스코피아 근처 어느 마을에서 보내온 편지로, 서투른 독일어로 쓰여 있었다.

———— 저는 이 마을 학교 교사인데, 이곳에 마그네사이트 광산을 갖고 계시던 알렉시스 조르바 씨가 지난 일요일 오후 여섯 시 경에 돌아가셨다는 슬픈 소식을 전하고자 이 편지를 씁니다. 그분

은 임종 전에 나를 불러 이렇게 말씀하셨습니다.

"선생님, 이리 좀 와보세요. 내게는 그리스에 친구가 한 명 있는데, 내가 죽거든 지체하지 말고 그 친구에게 편지를 보내 내가 마지막 순간까지 정신이 멀쩡했고, 그를 생각했다고 좀 전해주시오. 그리고 내가 생전에 무슨 일을 했든 나는 전혀 후회하지 않는다는 말도 전해주시오. 이제는 잘못된 점을 고쳐가며 살라는 말도 그 친구에게 좀 전해주시고…… 건투를 빈다는 말도 빼먹으면 안 돼요.

혹시 신부 나부랭이가 찾아와서 내 참회를 듣고 고해성사를 하려고 하면 차라리 내게 저주를 내리고 얼른 꺼지라고 해요! 나는 살아생전 안 해본 일 없이 다 해봤지만, 그래도 아직 못 한 일이 있소. 나 같은 사람은 한 천년은 살아야 하는데…… 편안히 주무시오!"

이게 바로 그분의 유언입니다. 유언을 끝내자마자 그분은 베개를 손으로 짚더니 시트를 걷어붙이고 일어나려고 애썼습니다. 그래서 그의 아내 류바와 저, 그리고 건장한 이웃 남자 몇 사람이 급히 달려가 말렸지요. 그러나 그분은 우리를 밀치고 침대에서 내려오더니 창가로 갔습니다. 거기서 그분은 창틀을 꽉 잡고 먼 산을 바라보면서 눈을 크게 뜨고 웃기 시작하다가 말처럼 울더군요. 그분이 이렇게 창틀에 손톱을 박고 서 있는 동안 죽음의 신이 그를 찾아왔습니다.

그의 아내 류바는 당신에게 경의를 표하며, 고인께서 당신 얘기를 자주 했고, 자신이 죽으면 자기를 기억하는 의미에서 갖고 있던 산투리를 당신에게 전해달라는 내용의 유언을 당신에게 꼭 전해달라고 제게 부탁하더군요.

그래서 미망인께서는 혹시라도 당신이 우리 마을을 지나가실 일이 있으면 자기 집에서 하룻밤 묵으시고, 그다음 날 아침에 떠나실 때 산투리를 가져가시라고 말씀하셨습니다. ————

옮긴이 후기

'그리스인 조르바'. 이 제목이 우리에게 무엇인가를 생각나게 한다면 그건 아마도 지난 세기 니코스 카잔차키스가 이 작품을 썼고, 전 세계 수많은 언어로 여러 차례 번역된 이 작품을 미카엘 카코야니스Michael Cacoyannis가 영화화했기 때문일 것이다.

이 작품을 몇 개의 문장으로 요약한다는 건 쉽지 않고, 심지어는 불가능하기까지 하다. '그리스인 조르바'야말로 문학적으로나 정신적으로나 깊은 울림을 남겨주는 진짜 보석 같은 작품이기 때문이다. 독자는 이 작품을 한 문장 한 문장 읽을 때마다 자신의 삶에 대해 성찰하고, 여행을 떠나고 싶은 욕구에 사로잡힌다. '그리스인 조르바'를 읽는다는 건 그만큼 독자의 정신과 가슴에 지워지지 않는 흔적을 남기는 것이다.

삼십 대의 화자는 크레타 섬의 해안에 갈탄광을 열어 자신의 운을 시험해보기로 한다. 책 속 진리에만 갇혀 있는 그는 우연히 호방하고 자유롭고 즉흥적이고 초인적인 그리고 춤과 노래를 즐기는 알렉시스 조르바를 만나 미지의 세계로 떠난다. 모든 면에서 반대되는 이 두 인물은 갖가지 모험을 통해 떼려야 뗄 수 없는, 심지어는 보완적 관계를 형성한다.

타락한 수도사들의 수도원, 화자에게 마음을 여는 젊은 과부, 오르탕스 부인과 조르바, 과부를 짝사랑하던 마을 청년의 자살, 과부와 오르탕스 부인의 죽음.

사업은 망하지만 조르바는 양고기를 먹고 포도주를 마시며 춤을 추고, 화자도 그를 따라 하며 자신이 모든 집착에서 해방되는 것을 느낀다. 결국 작가가 말하려 했던 건 바로 이 무소유의 실천이 아니겠는가.

이 작품은 모든 구절, 모든 대화가 그 자체로 완벽하다. 의미 없는 구절, 의미 없는 대화는 없다. 모든 구절과 대화가 삶과 죽음, 사랑, 종교 등 어디서나 보편적으로 존재하는 주제들을 성찰하고 문제시한다. 그리하여 이 작품을 읽는 독자는 여러 등장인물에 대해, 특히 삶의 즐거움과 슬픔을 매 순간 온몸으로 구현하는 조르바에 대해 애착을 느낄 수밖에 없다. 조르바는 먹고 마시고 춤추고 사랑하고 산투리를 연주하며 단순하면서도 치열하게 살아간다. 그의 이성을 마비시키는 단 한 가지는 여자다. 그에게 여자는 악마의 화신이요, 남자를 유혹하는 사이렌이요, 연약하면서도 미스터리한 존재다.

"미안해요, 보스. 나는 우리 할아버지 알렉시스 대장을 닮았어요. 하느님, 그분의 영혼을 지켜주시기를! 그분은 백 살 나이에도 자기 집 문 앞에 앉아 샘으로 물 뜨러 가는 처녀들을 곁눈질하셨답니다. 하지만 눈이 좋지 않아 처녀들 얼굴을 확실하게 볼 수가 없었지요. 그래서 처녀들을 불렀습니다. (……) 그 처녀는 웃음을 꾹 참으며 다가갔지요. 그러자 할아버지는 손을 들어 그 처녀 얼굴에 가까이 가져가서 천천히 부드럽게 어루만졌지요. 그리고 그의 두 눈에서는 눈물이 흘러 내렸어요. 어느 날 나는 할아버지에게 물었습니다. '왜 우세요, 할아버지?' 그러자 그가 대답했어요. '아름다운 처녀들을 놔두고 죽어야 하는데 어떻게 눈물을 흘리지 않을 수 있겠니, 얘야?'"

붓다와 자기 삶의 의미에 사로잡힌 화자는 책에 빠지고, 글을 쓰고, 자기가 느끼는 것과 만물의 의미에 대해 명상하는 것을 좋아한다. 조르바보다 덜 충동적이고 생각이 많고 형이상학적 근심에 사로잡힌 화자는 말 그대로 '책상머리 지식인'이다. 반대로 그가 생각하는 조르바는 마치 어린아이처럼 인간의 편견과 비열함에서 해방되고, 매 순간 마음을 활짝 열어 이 세계의 가장 단순한 경이로움을 발견하고자 한다. 그는 뱃사람 신드바드처럼 되려고 애쓰지만, 자신의 의식과 지식에 갇혀 있다. 우리는 그를 통해서 우리의 삶을 관통하는 여러 가지 주제들, 특히 얻기가 너무 힘든 절대적 자유에 대해 성찰하게 된다.

시간의 주기적 리듬, 무한히 계속되는 생명의 윤회, 태양 아래서 차례로 바뀌는 대지의 네 얼굴, 유한한 삶, 그리고 언젠가는 흙 속으로 돌아가게 될 우리, 이 모든 것이 다시금 내 마음을 뒤흔들어놓았다. 두루미들 울음소리와 함께 무시무시한 경고의 소리가 다시 한 번 내 속에서 울렸다. 우리 모두는 오직 한 번밖에 살 수가 없다. 다른 삶은 없다. 그리고 이 삶은 순식간에 지나간다. 즐길 수 있는 곳은 오직 이 곳뿐이다. 영원히 다른 기회는 주어지지 않을 것이다.

이 작품은 읽히는 것이 아니라 음미된다. 우리를 먹여 살린다.

의미로 충만한 문장이 수없이 등장하여 우리 마음의 양식이 되고, 우리로 하여금 그리스의 야생적 풍경뿐만 아니라 사유와 명상의 세계를 여행하게 한다. 사소하고 단순한 삶의 즐거움을 맛보고 싶으면, 그리고 언젠가 조르바처럼 되고 싶으면 이 작품을 읽고 또 읽을 것.

"먹는 음식으로 무얼 하는지 말해주면 당신이 어떤 사람인지 말해줄게요. 어떤 사람은 먹은 걸로 비계와 노폐물을 만들어내고, 또 어떤 사람은 그걸로 일과 즐거움을 만들어내지요. 신을 만들어내는 사람도 있고요. 그러니까 인간은 세 가지 부류가 있습니다. 보스, 나는 가장 나쁜 부류도 아니고 가장 좋은 부류도 아네요. 중간쯤 되는 인간이지요. 나는 내가 먹는 걸 가지고 일과 즐거움을 만들어냅니다. 이 정도면 괜찮지 않나요?"

그는 장난기 어린 시선을 내게 던지며 웃음을 터트렸다. "보스, 내가 보기에 당신은 그걸 갖고 신을 만들어내려고 애쓰는 것 같습니다. 하지만 그렇게 안 되니까 힘들어하는 거지요. 까마귀한테 일어난 일이 당신에게도 일어난 겁니다."

"까마귀한테 무슨 일이 일어났는데요, 조르바?"

"그게 어떻게 된 일이냐 하면…… 원래 까마귀는 까마귀답게 똑바로 정상적으로 걸었어요. 그런데 어느 날 문득 자고새처럼 가슴을 내밀고 우쭐하게 걸어보면 어떨까 하는 생각이 든 거예요. 그리고 그때부터 이 가엾은 까마귀는 본래의 걷는 법을 잊어버리고 폴딱폴딱 걸어 다니는 겁니다."

번역본으로는 르네 부셰René Bouchet가 새로 번역하여 2015년에

캄부라키출판사에서 펴낸 프랑스어 번역판을 사용했다. 이 새 번역판은 1963년에 이본 고티에Yvonne Gauthier가 번역하여 플롱출판사에서 펴낸 최초의 프랑스어 번역판에 이어 50여 년 만에 다시 출판되었다. 이 르네 부셰 번역판을 이본 고티에 번역판 및 영어 번역판(*Zorba the Greek*, Faber & Faber, 2008)과 비교해보면 여러 가지 장점이 있다. 우선 두 번역판에서 누락되었던 부분(특히 25장 일부)을 보충하여 바로잡았고, 가독성을 높이고자 최대한 간결하게 문장을 다듬었으며, 문어체로 되어 있던 대화 일부를 구어체로 바꾸었다. 이번 프랑스어 번역판은 지나친 직역과 의역 사이에서 균형을 잃지 않으려 애썼다고 자부한다.

옮긴이 **이재형**

한국외국어대학교 프랑스어과 박사 과정을 수료하고 한국외국어대학교, 강원대학교, 상명여대 강사를 지냈다. 지금은 프랑스에 머무르면서 프랑스어 전문 번역가로 일하고 있다.

옮긴 책으로《가벼움의 시대》(질 리포베츠키),《달빛 미소》(줄리앙 아란다),《나는 걷는다 끝.》(베르나르 올리비에·베네딕트 플라테),《하늘의 푸른빛》(조르주 바타유),《프랑스 유언》(안드레이 마킨),《세상의 용도》(니콜라 부비에),《어느 하녀의 일기》(옥타브 미르보),《시티 오브 조이》(도미니크 라피에르),《군중심리》(귀스타브 르 봉),《사회계약론》(장 자크 루소),《꾸뻬 씨의 행복 여행》(프랑수아 를로르),《프로이트: 그의 생애와 사상》(마르트 로베르),《마법의 백과사전》(까트린 끄노),《지구는 우리의 조국》(에드가 모랭),《밤의 노예》(미셸 오스트),《말빌》(로베르 메를르),《세월의 거품》(보리스 비앙),《레이스 뜨는 여자》(파스칼 레네),《눈 이야기》(조르주 바타유) 등이 있다.

그리스인 조르바

1판 1쇄 발행 2019년 4월 15일
1판 3쇄 발행 2024년 4월 10일

지은이 니코스 카잔차키스 | 옮긴이 이재형
펴낸곳 (주)문예출판사 | 펴낸이 전준배
출판등록 2004. 02. 11. 제 2013-000357호 (1966. 12. 2. 제 1-134호)
주소 04001 서울시 마포구 월드컵북로 21
전화 393-5681 | 팩스 393-5685
홈페이지 www.moonye.com | 블로그 blog.naver.com/imoonye
페이스북 www.facebook.com/moonyepublishing | 이메일 info@moonye.com

ISBN 978-89-310-1144-9 03890

• 잘못 만든 책은 구입하신 서점에서 바꿔드립니다.

문예출판사® 상표등록 제 40-0833187호, 제 41-0200044호

■ 문예 세계문학선

★ 서울대, 연세대, 고려대 필독 권장도서 ▲ 미국 대학위원회 추천도서
● 《타임》 선정 현대 100대 영문 소설 ▽ 《뉴스위크》 선정 세계 100대 명저

1 **젊은 베르테르의 슬픔** 괴테 / 송영택 옮김
▲▽ 2 **멋진 신세계** 올더스 헉슬리 / 이덕형 옮김
▲●▽ 3 **호밀밭의 파수꾼** J. D. 샐린저 / 이덕형 옮김
4 **데미안** 헤르만 헤세 / 구기성 옮김
5 **생의 한가운데** 루이제 린저 / 전혜린 옮김
6 **대지** 펄 S. 벅 / 안정효 옮김
●▽ 7 **1984** 조지 오웰 / 김승욱 옮김
▲●▽ 8 **위대한 개츠비** F. 스콧 피츠제럴드 / 송무 옮김
▲●▽ 9 **파리대왕** 윌리엄 골딩 / 이덕형 옮김
10 **삼십세** 잉게보르크 바흐만 / 차경아 옮김
★▲ 11 **오이디푸스왕 · 안티고네** 소포클레스 · 아이스킬로스 / 천병희 옮김
★▲ 12 **주홍글씨** 너새니얼 호손 / 조승국 옮김
▲●▽ 13 **동물농장** 조지 오웰 / 김승욱 옮김
★ 14 **마음** 나쓰메 소세키 / 오유리 옮김
★ 15 **아Q정전 · 광인일기** 루쉰 / 정석원 옮김
16 **개선문** 레마르크 / 송영택 옮김
★ 17 **구토** 장 폴 사르트르 / 방곤 옮김
18 **노인과 바다** 어니스트 헤밍웨이 / 이경식 옮김
19 **좁은 문** 앙드레 지드 / 오현우 옮김
★▲ 20 **변신 · 시골 의사** 프란츠 카프카 / 이덕형 옮김
★▲ 21 **이방인** 알베르 카뮈 / 이휘영 옮김
22 **지하생활자의 수기** 도스토옙스키 / 이동현 옮김
★ 23 **설국** 가와바타 야스나리 / 장경룡 옮김
★▲ 24 **이반 데니소비치의 하루** A. 솔제니친 / 이동현 옮김
25 **더블린 사람들** 제임스 조이스 / 김병철 옮김
★ 26 **여자의 일생** 기 드 모파상 / 신인영 옮김
27 **달과 6펜스** 서머싯 몸 / 안흥규 옮김
28 **지옥** 앙리 바르뷔스 / 오현우 옮김
★▲ 29 **젊은 예술가의 초상** 제임스 조이스 / 여석기 옮김
▲ 30 **검은 고양이** 애드거 앨런 포 / 김기철 옮김
★ 31 **도련님** 나쓰메 소세키 / 오유리 옮김
32 **우리 시대의 아이** 외된 폰 호르바트 / 조경수 옮김
33 **잃어버린 지평선** 제임스 힐턴 / 이경식 옮김
34 **지상의 양식** 앙드레 지드 / 김붕구 옮김
35 **체호프 단편선** 안톤 체호프 / 김학수 옮김
36 **인간 실격** 다자이 오사무 / 오유리 옮김
37 **위기의 여자** 시몬 드 보부아르 / 손장순 옮김
●▽ 38 **댈러웨이 부인** 버지니아 울프 / 나영균 옮김
39 **인간희극** 윌리엄 사로얀 / 안정효 옮김
40 **오 헨리 단편선** O. 헨리 / 이성호 옮김
★ 41 **말테의 수기** R. M. 릴케 / 박환덕 옮김
42 **파비안** 에리히 케스트너 / 전혜린 옮김
★▲▽ 43 **햄릿** 윌리엄 셰익스피어 / 여석기 옮김
44 **바라바** 페르 라게르크비스트 / 한영환 옮김
45 **토니오 크뢰거** 토마스 만 / 강두식 옮김
46 **첫사랑** 이반 투르게네프 / 김학수 옮김
47 **제3의 사나이** 그레엄 그린 / 안흥규 옮김
★▲▽ 48 **어둠의 속** 조셉 콘래드 / 이덕형 옮김
49 **싯다르타** 헤르만 헤세 / 차경아 옮김
50 **모파상 단편선** 기 드 모파상 / 김동현 · 김사행 옮김
51 **찰스 램 수필선** 찰스 램 / 김기철 옮김
★▲▽ 52 **보바리 부인** 귀스타브 플로베르 / 민희식 옮김
53 **페터 카멘친트** 헤르만 헤세 / 박종서 옮김
★ 54 **몽테뉴 수상록** 몽테뉴 / 손우성 옮김
55 **알퐁스 도데 단편선** 알퐁스 도데 / 김사행 옮김
56 **베이컨 수필집** 프랜시스 베이컨 / 김길중 옮김
★▲ 57 **인형의 집** 헨릭 입센 / 안동민 옮김
★ 58 **심판** 프란츠 카프카 / 김현성 옮김
★▲ 59 **테스** 토마스 하디 / 이종구 옮김
★▽ 60 **리어왕** 윌리엄 셰익스피어 / 이종구 옮김
61 **라쇼몽** 아쿠타가와 류노스케 / 김영식 옮김
▲▽ 62 **프랑켄슈타인** 메리 셸리 / 임종기 옮김
▲●▽ 63 **등대로** 버지니아 울프 / 이숙자 옮김
64 **명상록** 마르쿠스 아우렐리우스 / 이덕형 옮김
65 **가든 파티** 캐서린 맨스필드 / 이덕형 옮김
66 **투명인간** H. G. 웰스 / 임종기 옮김
67 **게르트루트** 헤르만 헤세 / 송영택 옮김
68 **피가로의 결혼** 보마르셰 / 민희식 옮김

(뒷면 계속)

★ 69 **팡세** 블레즈 파스칼 / 하동훈 옮김
70 **한국 단편 소설선 1** 김동인 외
71 **지킬 박사와 하이드** 로버트 L. 스티븐슨 / 김세미 옮김
▲ 72 **밤으로의 긴 여로** 유진 오닐 / 박윤정 옮김
★▲▽ 73 **허클베리 핀의 모험** 마크 트웨인 / 이덕형 옮김
74 **이선 프롬** 이디스 워튼 / 손영미 옮김
75 **크리스마스 캐럴** 찰스 디킨슨 / 김세미 옮김
★▲ 76 **파우스트** 요한 볼프강 폰 괴테 / 정경석 옮김
▲ 77 **야성의 부름** 잭 런던 / 임종기 옮김
★▲ 78 **고도를 기다리며** 사뮈엘 베케트 / 홍복유 옮김
★▲▽ 79 **걸리버 여행기** 조너선 스위프트 / 박용수 옮김
80 **톰 소여의 모험** 마크 트웨인 / 이덕형 옮김
★▲▽ 81 **오만과 편견** 제인 오스틴 / 박용수 옮김
★▽ 82 **오셀로 · 템페스트** 윌리엄 셰익스피어 / 오화섭 옮김
★ 83 **맥베스** 윌리엄 셰익스피어 / 이종구 옮김
▽ 84 **순수의 시대** 이디스 워튼 / 이미선 옮김
★ 85 **차라투스트라는 이렇게 말했다** 니체 / 황문수 옮김
★ 86 **그리스 로마 신화** 에디스 해밀턴 / 장왕록 옮김
87 **모로 박사의 섬** H. G. 웰스 / 한동훈 옮김
88 **유토피아** 토머스 모어 / 김남우 옮김
★▲ 89 **로빈슨 크루소** 대니얼 디포 / 이덕형 옮김
90 **자기만의 방** 버지니아 울프 / 정윤조 옮김
▲ 91 **월든** 헨리 D. 소로 / 이덕형 옮김
92 **나는 고양이로소이다** 나쓰메 소세키 / 김영식 옮김
★ 93 **폭풍의 언덕** 에밀리 브론테 / 이덕형 옮김
★▲ 94 **스완네 쪽으로** 마르셀 프루스트 / 김인환 옮김
★ 95 **이솝 우화** 이솝 / 이덕형 옮김
★ 96 **페스트** 알베르 카뮈 / 이휘영 옮김
▲ 97 **도리언 그레이의 초상** 오스카 와일드 / 임종기 옮김
98 **기러기** 모리 오가이 / 김영식 옮김
★▲ 99 **제인 에어 1** 샬럿 브론테 / 이덕형 옮김
★▲100 **제인 에어 2** 샬럿 브론테 / 이덕형 옮김
101 **방황** 루쉰 / 정석원 옮김
102 **타임머신** H. G. 웰스 / 임종기 옮김
●103 **보이지 않는 인간 1** 랠프 엘리슨 / 송무 옮김
●104 **보이지 않는 인간 2** 랠프 엘리슨 / 송무 옮김
▲105 **훌륭한 군인** 포드 매덕스 포드 / 손영미 옮김
106 **수레바퀴 아래서** 헤르만 헤세 / 송영택 옮김
▲107 **죄와 벌 1** 표도르 도스토옙스키 / 김학수 옮김
▲108 **죄와 벌 2** 표도르 도스토옙스키 / 김학수 옮김
109 **밤의 노예** 미셸 오스트 / 이재형 옮김
110 **바다여 바다여 1** 아이리스 머독 / 안정효 옮김
111 **바다여 바다여 2** 아이리스 머독 / 안정효 옮김
112 **부활 1** 레프 톨스토이 / 김학수 옮김
113 **부활 2** 레프 톨스토이 / 김학수 옮김
▲●114 **그들의 눈은 신을 보고 있었다** 조라 닐 허스턴 / 이미선 옮김
115 **약속** 프리드리히 뒤렌마트 / 차경아 옮김
116 **제니의 초상** 로버트 네이선 / 이덕희 옮김
117 **트로일러스와 크리세이드** 제프리 초서 / 김영남 옮김
118 **사람은 무엇으로 사는가** 레프 톨스토이 / 이순영 옮김
119 **전락** 알베르 카뮈 / 이휘영 옮김
120 **독일인의 사랑** 막스 뮐러 / 차경아 옮김
121 **릴케 단편선** R. M. 릴케 / 송영택 옮김
122 **이반 일리치의 죽음** 레프 톨스토이 / 이순영 옮김
123 **판사와 형리** F. 뒤렌마트 / 차경아 옮김
124 **보트 위의 세 남자** 제롬 K. 제롬 / 김이선 옮김
125 **자전거를 탄 세 남자** 제롬 K. 제롬 / 김이선 옮김
126 **사랑하는 하느님 이야기** R. M. 릴케 / 송영택 옮김
127 **그리스인 조르바** 니코스 카잔차키스 / 이재형 옮김
128 **여자 없는 남자들** 어니스트 헤밍웨이 / 이종인 옮김
129 **사양** 다자이 오사무 / 오유리 옮김
130 **슌킨 이야기** 다니자키 준이치로 / 김영식 옮김